HEYNE BÜCHER

SCIENCE FICTION

Herausgegeben
von Wolfgang Jeschke

C. J. CHERRYH

PELLS RUF

Ein Roman aus dem
PELL-UNIVERSUM

Aus dem Amerikanischen von
CHRISTINE STRÜH

Deutsche Erstausgabe

WILHELM HEYNE VERLAG
MÜNCHEN

HEYNE SCIENCE FICTION & FANTASY
Band 06/6329

Titel der amerikanischen Originalausgabe
FINITY'S END
Deutsche Übersetzung von Christine Strüh
Das Umschlagbild ist von Stephen Youll

Umwelthinweis:
Dieses Buch wurde auf
chlor- und säurefreiem Papier gedruckt

Redaktion: Wolfgang Jeschke

Erstausgabe 1997 by Warner Books, Inc., New York
Mit freundlicher Genehmigung der Autorin
und Paul & Peter Fritz AG, Literarische Agentur, Zürich
(# 56 661)

http://www.heyne.de
Deutsche Erstausgabe 11/2000
Printed in Germany 9/2000
Umschlaggestaltung: Nele Schütz Design, München
Technische Betreuung: M. Spinola
Satz: Schaber, Satz- und Datentechnik, Wels
Druck und Bindung: Ebner Ulm

ISBN 3-453-17111-X

KAPITEL 1

Auf dem Monitor, der den Verkehr im Sonnensystem überwachte, zeigte sich ein Echoimpuls. Die von einer weit, weit entfernten Präsenz hoch über dem Stern hervorgerufene Wellenfront übermittelte eine Reihe von Zahlen an einen Computer in der Zentrale von Pell, und blinkend erschien ein Name auf den Bildschirmen, überall im Raum.

Der größte Schirm, der zwei Meter über den Arbeitsplätzen der Verkehrsüberwachung hing, zeigte denselben Namen in leuchtend grünen Lettern.

Die *Finity's End* war nach Pell zurückgekehrt.

»Sagt der Stationsleiterin Bescheid«, rief der Cheftechniker und schon verbreitete sich die Nachricht kreuz und quer durch das Funksystem der Pell Station.

Inzwischen war das Signal, das mit Lichtgeschwindigkeit von der Boje im Sprungbereich hereinkam, vier Stunden alt. Die Computer von Pell Central kalkulierten aufgrund von Daten, die sich in Bruchteilen von Sekunden änderten, einen Kurs und zeigten diesen in gewöhnlichem Grün an. Die erste Projektion ließ ein gutes Stück von Pells Stern entfernt eine abrupte Reduzierung der Geschwindigkeit vermuten.

Plötzlich veränderte sich der riesige Display, erstrahlte in der ganzen Farbpalette von Rot bis Blau, basierend auf den letzten drei Kursen und Geschwindigkeiten, die das Schiff auf diesem Vektor nach Pell benutzt hatte … und projizierte mitten in die Sonne.

Ein breiter, gleißender Streifen zog sich durch die

gewöhnlich routinemäßig verlaufenden, direkten Kursdaten und versetzte die neuesten Techniker in Alarmbereitschaft: Hände zuckten zu den Resetknöpfen. Kauffahrer tauchten nicht so nah und so schnell zur Sonne ab.

Aber dieses Schiff hatte es getan. Vor Jahren schon. Dieses Ereignis war noch in den Computern gespeichert, niemand hatte es je aus den Datenbanken gelöscht.

Aber der Krieg war Vergangenheit. In ihrer einsamen Position über dem Stern registrierte die Navigationsboje alle Ankömmlinge im Eintrittsbereich und die Informationen, die sie zur Pell Station schickte, zeigten keine anderen Signale, die das Schiff begleiteten. Diesmal kam *Finity's End* also allein und der Cheftechniker informierte die Juniortechniker mit großer Gelassenheit, dass der Vorgang auf ihren Bildschirmen keine Fehlfunktion, aber auch kein Grund zur Beunruhigung war.

Die Information der Boje, die in diesen Sekunden eintraf, war ein wenig klarer. Einige Möglichkeiten waren bereits ausgeschlossen, und die automatisierten Computerdisplays veränderten sich stetig, während die Boje verfolgte, wie das Schiff zur Sonne flog – vor vier Stunden geflogen war.

In Realzeit und Realraum hatte das älteste aller funktionsfähigen Handelsschiffe inzwischen entweder überschüssige Geschwindigkeit verloren und Kurs auf Pell genommen oder es war etwas grundsätzlich schief gelaufen. Nur der Beobachtungsroboter hätte das Schiff hereinkommen sehen können und Sekunde um Sekunde wurde der vielfarbige Fächer der Möglichkeiten auf den Schirmen blasser, während mehr und mehr Daten von entfernten Beobachtungsstationen eintrafen. Der Projektionsfächer schrumpfte zusammen, bis die Sonne ausgeschlossen war.

Zehn Minuten später war kaum noch etwas von der Farbenvielfalt übrig und die Techniker hatten ihre Nervosität beinahe überwunden, als die Stationsleiterin hereinkam, um sich einen Überblick über die Situation zu verschaffen.

Falls die zahmeren Projektionen auf den Bildschirmen der Wirklichkeit entsprachen, musste unterdessen eine Nachricht vom Schiff zur Station unterwegs sein.

Erwartungsgemäß würde der Kapitän des ältesten funktionstüchtigen Handelsschiffs die Stationsleiterin von Pell, die mit seiner Hilfe die Allianz gegründet hatte, angemessen begrüßen und so würden die Machthaber, die ein Drittel der menschlichen Präsenz im Universum regierten, demnächst aufeinander treffen.

Aber die Stationsleiterin Elene Quen marschierte, ebenfalls erwartungsgemäß, zum Terminal des Kom-Technikers und ergriff das Mikrofon, ehe irgendeine mit Lichtgeschwindigkeit versandte Botschaft sie erreichen konnte.

»*Finity's End,* hier spricht Quen auf Pell. Willkommen. Was verschafft uns die Ehre?«

* * *

So weit das Auge reichte, erstreckte sich der Lauf des Alten Flusses. So weit das Auge reichte, wucherten graugrüne, weiß blühende Büsche unter einem stets wolkenverhangenen Himmel. Direkt hinter diesen Büschen lagen riesige rechteckige Holzrahmen auf der Erde, die darauf warteten, geflutet zu werden; hier arbeiteten die Downer, immer wieder unterbrochen von den üblichen Spielpausen.

Hisa, so nannten sie sich selbst. Braunpelzig und nackt bis auf die Ketten aus Schmuck und Fell um Hals und Taille, planschten und spritzten sie fröhlich zwischen den mit Holzstämmen begrenzten Reisfeldern, die bereits unter Wasser standen. Mit weit ausholenden Bewegungen verstreuten sie die schweren Körner, die sofort hinabsanken.

Seit die Menschen auf Pells Stern siedelten, beobachteten sie Jahr für Jahr diesen immer gleichen Vorgang.

Auch Fletcher Neihart konnte nur zusehen; zwar lebte er in der Welt der Downer, aber er gehörte nicht wirklich dazu; wie jedes menschliche Wesen hier musste er eine Atemmaske tragen. In seinen jugendlichen Träumen hatte er sich das anders vorgestellt, damals, als er mit dem übrigen menschlichen Personal nach Downbelow gekommen war: Pells Welt, die er davor sein Leben lang durch das Panoramanfenster gesehen hatte, unterhalb der Pell Station, faszinierend, wolkenbedeckt, für Besucher verboten.

Aber jetzt war es Realität, keine Fotos, keine Studientapes, in denen die Welt lediglich simuliert wurde. Hier waren die Wolken oben, nicht unten.

Hier schufteten die Hisa-Arbeiter, ohne Maske, mit anmutigen Bewegungen, arbeiteten für die noch verbleibende kurze Zeit, die ihre unkomplizierte Welt ihnen abverlangte. Wenn die Holzrahmen gebaut waren und die Welt dem Frühling und dem Neuanfang entgegen wirbelte, warteten die Hisa gemeinsam mit den Feldern nur noch auf Regen.

Die Pflanzen, deren Zyklen ebenfalls mit dem Monsun übereinstimmten, waren bereit und trieben schon Knospen. Im Wald, der an die holzumrandeten Felder grenzte, färbten die sonnengereiften, von den Schauern des Vortags angeschwollenen Puffer die Luft golden. Wenn man einen Pufferball berührte, platzte er auf, aber bei dem warmen, windigen Wetter heute explodierten die Pufferbälle ohne ersichtlichen Grund, und der Pollen quoll heraus. Auf der Oberfläche der umrahmten Teiche bildete er einen goldenen Film, auf dem Alten Fluss trieb er in mattgoldenen Bändern.

Plopp. Plopp. Plopp.

Zwei Hisa, die sich ebenfalls vor der Arbeit drückten, spielten am Waldrand mit den Puffern, rannten einen dicht mit Pufferpflanzen bewachsenen Abhang hinab, sodass die weißen, grau gefleckten Kugeln in Massen explodierten und das Fell der Hisa golden färbten.

»Gold, Gold, Gold für Frühling«, krähte Melody und erklomm die Böschung am Flussufer, und Patch, ihr Faulenzerkollege, dessen menschlicher Name von einem weißen Fleck an seiner Seite stammte, jagte ihr nach. Melody rannte den Abhang hinunter und wieder hinauf, in einem Wirbel von Gold. »Dummer Fetcher! Komm, komm, komm!«

Fetcher – so nannten sie ihn. Sie wollten, dass er mit ihnen Fangen spielte. Aber die Menschen hatten Anweisung, nicht zu rennen und auch nicht zu klettern. Die Sicherheit der Atemmasken war zu wichtig.

»Gold für uns!« rief Patch und unter seiner spielerischen Attacke spritzte der Pollen nur so aus den Pufferbällen, plopp, plopp, plopp-plopp, eine Kettenexplosion von Feenstaub, der im ersterbenden Licht schimmerte.

Fletcher beobachtete, wie sie einen kleinen Hügel neben ein paar alten Bäumen hinauf und hinunter tollten, und brachte selbst ein paar Puffer zum Platzen. Die kleine Anhöhe war ein Paradies für einen Teenager: Man konnte Sachen kaputtmachen, damit aber nur für neues Leben und Lachen sorgen – und obendrein entstanden fürs nächste Jahr neue Pufferbälle.

Er war siebzehn und schwänzte genau wie die Hisa nur ein kleines bisschen die Arbeit der Basisstation.

Aber hier unten kümmerte es niemanden, wenn man gelegentlich eine kleine Pause einlegte, schon gar nicht die Downer, die sich ohnehin auf Wanderschaft machten, wenn der Frühling rief – was jetzt der Fall war.

Nur noch ein paar Tage, in denen man in den Holzrahmen die Aussaat vornehmen konnte. Dann würde der Monsunregen einsetzen, und danach brach im Land eine Zeit der Blüte und der Fortpflanzung aus, in der niemand die Hisa zu so etwas Albernem wie Arbeit bewegen konnte.

Ein halbwüchsiger Junge verstand das nur allzu gut. Er hatte hart gearbeitet, um hierher zu kommen, ins Juniorprogramm aufgenommen zu werden, und jetzt zahlte es sich endlich aus, ein phantastischer Augenblick, noch besser, als er ihn sich erträumt hatte.

Die Hisa kreischten und rannten, und da konnte Fletcher schließlich doch nicht mehr an sich halten. Gegen alle Regeln und Vorschriften lief er den beiden nach, ins Dickicht am Flussufer. Sie sausten über den Kamm des nächsten Pufferballhügels, unterbrachen ihre Flucht aber, um ihm aufzulauern, und erwischten ihn in einer dicken Wolke aus Pollen.

Nachdem sie ihn lange genug auf und ab gejagt und genügend gesprenkelte Pufferbälle zum Platzen gebracht hatten, um die Wasseroberfläche, die Felsen und sogar die Luft zwischen den müden alten Bäumen mit Pollen golden zu färben, ließen sie sich am Ufer des rauschenden Flusses auf den Boden sinken, um Luft zu schnappen und den wie immer bewölkten Himmel zu betrachten.

Fletcher streckte sich neben den beiden Hisa auf der Uferböschung aus. Die Atemmaske, deren Gesichtsschutz nun dick mit Pollen bespritzt war, verhinderte den direkten Kontakt zur Welt, und weil er die Luft durch die mit Filtern versehenen Zylinder einziehen musste, fühlte er sich schwindlig und atemlos.

Atmen, atmen, so schnell wie möglich atmen, im Rhythmus, in dem die Maske ihm Sauerstoff gab. Wenn Downer in Upabove arbeiteten, lebten sie in den Versorgungstunneln mit dem hohen CO_2-Niveau, das die Downer erträglich fanden. Wenn sie aus den Gängen in die menschlichen Korridore kamen, waren sie diejenigen, die Masken tragen mussten.

In Pells Welt, auf Downbelow, waren die Bedürfnisse umgekehrt; hier waren die Menschen fremd und konnten es ohne Masken nur im Innern ihrer Unterkunftskuppeln aushalten und mussten Masken tragen, sobald sie ins Freie kamen.

Den Menschen war stets bewusst, dass sie auf Downbelow Gäste waren – sie bearbeiteten ihre eigenen riesigen Felder und Mühlen in den Flussniederungen im Süden, pflegten ihre eigenen weitläufigen Obstgärten am Waldrand, wo sie genug Getreide und Obst ernteten, dass sie mit anderen Sternstationen Handel treiben konnten.

Downer arbeiteten nicht mehr als für ihren eigenen Bedarf. Vermutlich hielten sie nicht viel von all der harten Arbeit und den riesigen Warenlagern. Mit Nahrungsmitteln Handel zu treiben, war nicht nach Art der Hisa. Ob sie wussten, dass die Pell Station nicht die gesamten Getreidevorräte verzehrte, die auf Downbelow eingefahren wurden? Im Verständnis zwischen Hisa und Menschen klaffte eine tiefe Kluft.

Dein eigenes Leben kannst du ruhig manchmal aufs Spiel setzen. Aber riskiere nie das Leben eines Downers. Das war das A und O aller Regeln, die man hier lernte. Bring dich um, wenn du zu dumm bist – und das war schon einige Male geschehen: Auf Downbelow war der CO_2-Gehalt der Luft mehr als hoch und wimmelte von Bakterien, die es auf die menschliche Lunge abgesehen hatten. Wenn die Atemzylinder und Filter schlapp machten, blieb man zwar vielleicht am Leben – aber man musste mit erheblichen gesundheitlichen Schwierigkeiten rechnen.

Bring dich um, wenn du zu dumm bist. Lauf mit verbrauchten Zylindern in deiner Atemmaske rum, wenn du ein Idiot bist. Aber tu nie einem Downer etwas zuleide, bewundere nie etwas, was ihm gehört. Sie reagierten grundsätzlich anders als Menschen. Wenn man ihnen etwas zu essen oder irgendwelchen Krimskrams schenkte, freuten sie sich mächtig und ließen sich mit dergleichen gelegentlich auch bestechen.

Glücklicherweise mochten sie auch Menschen, die gern spielten. Alle Theorien und wissenschaftlichen Studien liefen auf das Gleiche hinaus: Downer arbeiteten, um zu leben und zu spielen. Um Einfluss und Sympathie bei den Downern zu gewinnen, spielte die menschliche Belegschaft mit ihnen Spiele. Programmteilnehmer, die mit der stringenten, humorlosen Disziplin von Upabove in Kriegszeiten herangewachsen waren, lernten hier unten andere Regeln – zumindest diejenigen, die direkten Kontakt mit den Downern hatten.

Fletcher fand diese Lebenseinstellung wunderbar und absolut einleuchtend.

Als Allererstes hatten die Menschen gelernt, sich nicht irre machen zu lassen, wenn der Frühling kam, die Downer auf Wanderschaft gingen und ihre Arbeit auf Gedeih und Verderb den Fluten überließen. Die Rahmen verhinderten, dass die Samenkörner zu weit im Umkreis verteilt wurden. Manchmal lockerte das Wasser einen Rahmen, sodass er wegtrieb und ein ganzes Reisfeld verloren ging. Aber das war kein Grund zur Aufregung, denn die Hisa legten genug Rahmen an.

In einem Jahr, das in die Legende einging, wären sämtliche Rahmen den Fluss hinabgeschwommen und die Ernte wäre gänzlich fehlgeschlagen, hätten die Menschen das Land nicht gerade noch rechtzeitig mit Dämmen gesichert, um die Hisa zu schützen. Eine wunderbare Idee, fanden die Hisa, als sie von ihrer Frühlingswanderung zurückkehrten, und sie waren sehr glücklich und dankbar, dass die Menschen ihre Ernte gerettet hatten; die Hisa waren fest davon ausgegangen, sie wäre verloren.

Aber natürlich waren solche Katastrophen schon früher vorgekommen und die Hisa hatten sie überlebt – höchstwahrscheinlich waren sie einfach flussabwärts zu anderen Stämmen gezogen. Und sämtliche menschlichen Bemühungen, durch die Deiche die Lebensart der Hisa grundlegend zu ändern, erwiesen sich als vergeblich. Inzwischen experimentierten ein paar Freidenker mit Deichen, wie die alte Graynose und ihre Abkömmlinge weiter flussabwärts, aber die Greynose-Gruppe bearbeitete Felder in einer Gegend, wo der Fluss noch wesentlich unberechenbarer war als hier.

Sollte man die ackerbaulichen Fähigkeiten der Downer verbessern? Pflanzen von der Erde importieren oder Downer-Getreide biotechnisch aufrüsten, damit es höhere Ernteerträge brachte? Den Alten Fluss kanalisieren? Hisa-Getreide brauchte die Überschwemmungen. Pflanzen von der Alten Erde bauten die Menschen nur in Upabove an, in Satellitenanlagen, um das Ökosystem der Welt nicht zu schädigen. Das war Luxus und sehr selten. Die in Downbelow heimischen Gewächse waren der Überfluss, der die Speicher füllte und aus denen sich die Handelsschiffe bedienten. Downer-Getreide wurde zu Brot weiterverarbeitet, dessen Überreste die Fischtanks versorgten, aus denen die Kolonien von Pell bis Cyteen versorgt wurden. Die landwirtschaftlichen Plantagen beförderten Güter hinauf zur Station und erhielten im Austausch Waren geliefert, manchmal mit Shuttles und nicht selten auch mit altmodischen harten Fallschirmen, die durch Downbelows wild wirbelndes Wolkenmeer herabschwebten.

Im Hafen und bei der Startbahn herrschte viel Betrieb; hier tummelten sich hauptsächlich Menschen, und Fletcher war froh gewesen, zur Außenstelle am Alten Fluss versetzt worden zu sein. Hier, auf den Feldern am Rand tiefer, dichter Wälder, verlief das Leben in geruhsamem Tempo und nichts fiel vom Himmel. Hier traf eine nicht sonderlich große Hisa-Population auf Menschen, die die Auswirkungen der weitläufigen Aktivitäten im Süden auf das Hisa-Leben untersuchten, nach Anzeichen für Stress Ausschau hielten, nach Hisa-Art ein wenig Getreide anbauten, Listen führten, beobachteten …

Und jeden Frühling ließen die Hisa erneut ihre Felder links liegen und folgten ihren Instinkten – aus Gründen, die mit Liebe, mit Wohnhöhlen und mit Babies zusammenhingen. Sie gingen auf Wanderschaft: Die Frauen zogen weit, weit über die Hügel, durch die Wälder und hinab zum Fluss, die Männer immer dicht auf ihren Fersen.

Fletcher war erst letztes Jahr zur Erntezeit hier angekommen, er hatte die Wanderung noch nicht miterlebt. Nun stand der Monsun bevor und Fletcher wusste, dass sich im Frühling oft Tragödien ereigneten: Es war nicht nur die Zeit der Wiedergeburt, sondern auch des Todes. Es gab Stürze, Hisa ertranken … und die Menschen, die schon lange hier waren, warnten die jungen Mitglieder der Belegschaft vor allen möglichen Unglücksfällen. Da auch die ältesten Hisa mit wanderten, griff der Tod im Frühjahr um sich wie eine Seuche – als Geistersymbole wurden die Gürtel und Ketten von den überlebenden Wanderern zurückgebracht und an der Bestattungsstätte auf Stöcke gehängt. Das Frühjahr war voller Risiken und Gefahren, wenn der Regen herabrauschte und der Fluss Hochwasser führte – Fletcher machte sich zunehmend Sorgen um *seine* beiden Hisa, um Melody und Patch.

Auf der Station musste man ein Training absolvieren, um auch nur mit Downern sprechen zu dürfen.

Aber Fletcher hatte Melody verbotenerweise auf Pell getroffen – vor vielen Jahren, als er mit acht von zu Hause weggelaufen war und zu seiner Rettung unbedingt ein Wunder, ein bisschen Magie brauchte. »Du traurig?« hatte Melody ihn mit ihrer seltsamen, von der Maske gedämpften Stimme gefragt und sich vor sein Versteck gekauert, um ihn zu mustern.

Wie gab man einer magischen Kreatur eine barsche Antwort? Fletcher hatte sich in sein Schneckenhaus verkrochen, sich in den Eisenträgern des Docks versteckt, war von einem kalten, gefährlichen Ort zum nächsten geflohen, um den Stationsbehörden zu entkommen, die womöglich auch hier nach einem durchgebrannten Jungen suchten.

An diesem Tag hatte er seine Pflegefamilie – seine dritte! – zutiefst verabscheut. Genaugenommen verabscheute er alle Erwachsenen.

Aber das ließ sich wohl kaum auf diese seltsame, fremdartige Kreatur anwenden, die neben ihm in der kalten, metallischen Luft kauerte und fragte »*Warum* du traurig?«

Ja, warum war er denn traurig? Er hatte sich noch nicht einmal klargemacht, was er fühlte, bis sie ihn mit der Nase darauf stieß. Er hatte gedacht, er wäre verrückt. Er war wütend auf fast alles. Aber Melody hatte die Frage gestellt, um die alle seine Psychodocs seit Jahren herumschlichen wie die Katze um den heißen Brei, hatte den Finger direkt auf den Mittelpunkt der Wunde gelegt, und nun fragte er sich plötzlich, warum er traurig war.

Weil seine Mutter Selbstmord begangen hatte?

Weil seine Pflegefamilien ihn verabscheuten?

Das hatte er überlebt. Nein, darum ging es nicht.

Er war traurig, weil es nirgendwo irgendjemanden gab, der ihn so haben wollte, wie er war. Nicht einmal seine Mutter.

»Meine Mutter ist tot«, hatte er damals gesagt, obwohl es schon drei Jahre her war. Und Melody hatte sanft seinen Arm gestreichelt. Ungefähr zu diesem Zeitpunkt tauchte Patch auf und kauerte sich ebenfalls zu ihm.

»Trauriger junger Mensch«, erklärte ihm Melody. »Weg, weg, er Mama.«

Fletcher fühlte sich, als wäre er drei Jahre alt. Oder fünf. So alt war er gewesen, als seine Mutter sich umgebracht und ihn ein für allemal verlassen hatte. Auf einmal fühlte er sich verlegen und in eine Lüge verstrickt, die sich nur noch weiter ausbreiten würde.

»Schon lange her«, meinte er deshalb in barschem Ton.

»Schon lange her du traurig«, sagte Melody und hatte einmal mehr ins Schwarze getroffen, auf eine Art, zu der die Psychodocs nie fähig gewesen wären.

Irgendwie halfen sie ihm dann auf die Füße – vielleicht war es Patchs Idee gewesen – und redeten mit ihm über Dinge, die für ihn keinen Sinn ergaben.

Fletcher wusste, dass er eigentlich nicht mit ihnen reden durfte. Die Tatsache, dass er eine Vorschrift verletzte, machte ihm Lust, mit den beiden wegzugehen und *richtig* Ärger zu kriegen, die Behörden herauszufordern, dass sie ihn aus der Pflegefamilie nahmen, von der er weggelaufen war.

Eine Stunde lang wanderte er mit ihnen draußen herum, ohne dass ihn jemand erwischte, straflos, und die Downer zeigten ihm erstaunliche Dinge, von denen er nichts gewusst hatte. Aber dann war einer von Melodys Maskenzylindern verbraucht. Sie mussten zu einem Spind in den Servicetunneln gehen, um einen neuen Zylinder zu holen, und Fletcher entdeckte eine geheime Welt, die ansonsten nur Aufseher mit amtlicher Lizenz legal zu Gesicht bekamen, in Gesellschaft zweier Lebewesen, mit denen nur Aufseher mit amtlicher Lizenz legal Kontakt aufnehmen durften.

Er war zu seiner Pflegefamilie gegangen und hatte sich entschuldigt, hatte das Blaue vom Himmel herunter gelogen und behauptet, es täte ihm furchtbar, furchtbar Leid. Drei volle weitere Jahre blieb er bei dieser Familie und befolgte ihre Regeln, denn ihr Wohnsitz befand sich in der Nähe des ihm bekannten Zugangs zu den Tunneln. Durch diese Gänge gelangte er zu allen möglichen Orten der Station, und sie wurden seine Zuflucht, wenn er in Schwierigkeiten geriet. Er benutzte die Masken, die für die menschlichen Wartungsmonteure vorgesehen waren und die immer in einem Spind bei den Zugangsschleusen lagen. Er richtete keinen Schaden an. Zum ersten Mal hatte er einen Platz, der ihm gehörte, wann immer er ihn brauchte. Zum ersten Mal hatte er etwas zu verlieren, wenn man ihn erwischte. Und zum ersten Mal in seinem Leben gab er seine schlechten Gewohnheiten auf und schwor, sich zu bessern. Er trennte sich von der Bande, zu der er gehörte, und verhielt sich insgesamt so vorbildlich, dass die Sozialarbeiter glaubten, seine Pflegefamilie – eigentlich die schlechteste seiner Sammlung – hätte ein Wunder bewirkt.

Die positive Entwicklung hielt an: In der Schule verbesserten sich seine Leistungen, was auf einem ganz anderen Bereich später Früchte trug. Und selbst als Melody und Patch nach dem Vierjahres-Rotationsplan wieder in ihre Welt zurückkehren mussten, war er nicht zusammengebrochen und auch nicht wieder der Jugendkriminalität verfallen.

Nein, er hatte seine Geschichte zumindest teilweise seinem Studienberater gestanden (dass er tatsächlich in den Tunneln gewesen war, hatte er ausgelassen) und eine seriöse Berufswahl getroffen: Er wollte mit den Downern auf Downbelow arbeiten.

Harte Auswahlkriterien, ein hartes Training, harte akademische Arbeit. Aber er hielt durch. Und bekam seine Chance.

Da Downer, die früher auf der Station gearbeitet hatten, in der Nähe der menschlichen Siedlungen auf Downbelow lebten und arbeiteten, war er bereits innerhalb von einer Stunde nach seiner Ankunft auf Melody und Patch gestoßen, als er letzten Herbst in der Waldbasis eintraf. Melody war grauer geworden, Patch war nicht so groß, wie Fletcher ihn in Erinnerung gehabt hatte. In den fast zehn Jahren, seit er sie zum letzten Mal gesehen hatte, war er so viel gewachsen, und er hatte nicht gewusst, wie alt die beiden Downer waren.

Möglicherweise war es Melodys letzte fruchtbare Phase und Patch ihr letzter Partner. So weit Fletcher wusste, verfolgte sie außer Patch kein anderer männlicher Downer, und sie würde Patch sicher nicht auf eine schrecklich lange Jagd führen, wenn der Frühling sie überkam – denn Patch war auch nicht mehr gar so gut zu Fuß.

Fletcher wollte sie beide gesund und wohlbehalten zurück haben. Aber wenn er ganz nüchtern darüber nachdachte, wusste er natürlich, dass er letzten Endes auch diese beiden Wesen verlieren würde. Deshalb waren diese Tage besonders kostbar. Und heute – heute war der schönste Tag seines Lebens, dieses ausgelassene Spiel mit den Pufferbällen und dem Pollen.

Ein harter Downerfinger bohrte sich zwischen seine Rippen, und er duckte sich, um sich zu verteidigen. Melody und Patch waren zu Streichen aufgelegt, und Fletcher, der noch immer auf dem Rücken am Ufer lag, piekte Patch zurück, worauf dieser sich schreiend zum nächsten Baum flüchtete und sich ins Geäst hinaufschwang. Die Downer waren behende Kletterer und als Mensch, der zusätzlich von schweren Stiefeln und vom Schutzanzug behindert war, hatte Fletcher keine Chance, Patch zu fangen.

Patch warf mit Blättern nach ihm. »Gemein, gemein«, schrie Melody und schleuderte einen Pufferball, der beim Aufprall platzte und seinen Pollen überall in die Gegend verteilte. Kreischend ließ Patch sich vom Baum fallen.

Anschließend brach der Pollenkrieg wieder aus, bis die Luft dick und golden war.

Und bis Fletcher wegen seiner beengten Atmung japsend an einen niedrigen Ast lehnte und nach Luft schnappen musste. Er schwitzte grässlich in seinem Anzug.

Inzwischen war das Licht fahler geworden.

»Sonne geht wandern«, sagte er. Den Downern konnte man nicht sagen, dass die Große Sonne unterging oder über Nacht verschwand oder etwas derartiges. So bestimmten es die Regeln. Die Große Sonne wanderte über die Hügel. Die beiden Downer kannten das ungeschützte Gesicht der Großen Sonne, denn sie waren in Upabove gewesen, aber das änderte nichts an ihrer Ehrfurcht vor dem Gestirn. »Die Uhrenworte sagen, Menschen gehen nach drinnen«, sagte Fletcher mit Downer-Worten.

Melody und Patch blickten auf die graue, umwölkte Sonne über dem allmählich dunkelnden Fluss. Eng umschlungen wanderten sie dann den Weg hinauf zur Basis, alte Freunde, vertraut und liebevoll. Als der Weg breiter wurde, legte Melody den anderen Arm um Fletcher, und so wanderten sie zu dritt den Flusspfad zurück, an drei großen Rahmenfeldern vorbei, bis die Kuppeln in Sicht kamen, in denen die Menschen lebten, in gefilterter, mit Sauerstoff versorgter Luft, sicher über dem Hochwassergebiet.

»Du gut?« fragte Patch. »Du hast Bauchweh?«

»Nein«, antwortete Fletcher lachend. Downer hatten nicht die Neigung, auf einem Thema herumzureiten. Wenn man unnütze Fragen vermeiden wollte, lachte man einfach. Wenn er traurig war oder Sorgen hatte, ließen sie ihn nicht in Ruhe.

In dieser Hinsicht waren sie unbeirrbar.

Deshalb lachte er jetzt und stupste Patch in die Rippen; Patch stupste zurück und versteckte sich hinter Melody.

Spiele.

»Spät, spät, spät«, sagte er. In diesem Augenblick piepte seine Uhr, und überall auf den Feldern kündigte sich auf dem Sender, den jeder bei sich trug, der Feierabend an.

»Oh, du machen Musik, Zeit gehen!«

Nicht dass sie auch nur ansatzweise über eine Zeitvorstellung verfügten. An Tagen, wenn ein großer Teil der Belegschaft auf den Feldern draußen war, scharten sich die Downer kurz vor Feierabend hier zusammen und stießen Überraschungsschreie aus, wenn alle Menschen gleichzeitig die Arbeit einstellten, sich die jeweiligen Werkzeuge aufluden und aufsammelten, was sie mitgebracht hatten, und sich auf den Rückweg zur Basis machten. Die Downer verstanden, dass es ein Signal gab, und dass es mit Musik verbunden war. Nicht das Piepsen selbst verwunderte die Downer, sagte der Direktor, sondern *warum* es erklang. Alte Hasen wie Melody und Patch, die den Schichtwechsel in der Station kannten, die bei der Uhr gearbeitet hatten, erklärten den jüngeren Downern, dass Zeit für die Menschen ungemein wichtig war und dass sie großen Wert auf Zusammenarbeit legten.

»Aber Große Sonne er kommen wieder«, protestierte Melody gegen die Idee von Termindruck. »Er immer kommen.«

Im Denken der Downer auf Downbelow brachte der nächste Tag immer neue Chancen, ein neues Morgen.

Eigentlich hatte niemand etwas so Dringendes zu tun, dass es nicht wenigstens eine Stunde oder einen Tag verschoben werden konnte. Du willst wissen, wann du in deine Wohnhöhle gehen sollst? Sieh dir die Große Sonne an und geh, bevor es dunkel ist. Oder auch danach, wenn du dich der Dunkelheit aussetzen magst.

Man war nie wirklich in Hektik. Man konnte sich Zeit lassen und auf dem Nachhauseweg einen großen, großen Umweg machen, man konnte (was für einen in der Station geborenen Menschen immer noch ungewohnt war) über eine große weite Fläche blicken und beobachten, wie sich andere Leute auf anderen Wegen fortbewegten. In Upabove war der Blick ja von Korridoren und Wänden verstellt.

Hier, an diesem wunderschönen Tag, kreuzte Fletchers Pfad den von Bianca Velasquez, die sich ebenfalls auf dem Heimweg befand. Die beiden besuchten das gleiche Biochemie-Seminar. Vor der Diskussionsphase mischten sich die Gruppen, und Bianca gesellte sich für gewöhnlich zu Marshall Willett und den Dees – die ihrerseits nichts mit Fletcher zu tun hatten.

Bestimmt würde sie ihm die kalte Schulter zeigen. Vielleicht könnte er so tun, als hätte er etwas verloren, dann würde sie an ihm vorbeigehen, während er im Kies herumwühlte. Wie ein Idiot. Auf diese Weise konnte er es sich ersparen, dass dieser schöne Tag ein bitteres Ende nahm.

Aber eigentlich müsste es doch ganz einfach sein, Bianca anzusehen. Und mit ihr reden. Hi, ein simples Hi, dann war sie verpflichtet, ebenfalls höflich zu reagieren. – Hi. – Hast du dich schon auf den Biochemie-Quiz vorbereitet? Woran arbeitest du gerade? So ein Gespräch war doch keine Kunst. In seinem Kopf hatte er sich allerlei Artigkeiten zurechtgelegt, aber da war sie plötzlich ganz nah und dank ihrer sich zufällig überschneidenden Wege gingen sie nebeneinander her.

Das war nicht irgendein Mädchen – das war Bianca Velasquez! Das Mädchen, das ihm gleich zu Anfang aufgefallen war. Auf einmal herrschte in Fletchers Hirn gähnende Leere. Er konnte Bianca nicht ansehen, wenn er nicht denken konnte, und seine Körpertemperatur stieg, bis er so knallrot anlief, dass man selbst im Dunkeln gesehen hätte.

Himmel, was war er doch für ein Idiot! Er wusste nicht, warum er diese Begegnung ausgerechnet provoziert hatte. Bianca war einfach aufgetaucht und er hatte es getan.

»Woher kommst *du* denn?« fragte sie.

»Von da drüben.« Er machte eine Handbewegung zum Fluss. Das klang ziemlich blöd. Hatte sie tatsächlich bemerkt, dass er nicht im Unterricht gewesen war? Himmel, wenn der Aufseher ihn hier erwischt hätte …

»Von wo?« wiederholte sie ihre Frage.

»Oh, da drüben, hinter den Bäumen. Beim Fluss.«

»Was hast du da gemacht?«

»Die Downerin, mit der ich arbeite – Melody – wollte mir etwas zeigen.« *Mit der ich arbeite.* Als wäre er ein Oberaufseher. Er hörte sich an wie ein Blödmann. Bianca brachte ihn total durcheinander, allein ihre Gegenwart erschütterte ihn in seinen Grundfesten. Da hatte er gerade erst den Mund aufgemacht und sich schon so verheddert.

»Du bist voller Staub.«

Fletcher klopfte seinen Schutzanzug ab. »Ja, von den Pufferbällen.« Gott sei Dank fiel ihm wenigstens etwas zu sagen ein. »Das Zeug war überall. Und die Sonne und so, das war richtig hübsch. Deshalb war ich dort.«

»Wo?«

Schnell nachdenken! Panik. Dann ein Entschluss. »Ich zeige es dir.«

»Gern.«

O Gott, sie hatte ja gesagt. Er hatte nicht erwartet, dass sie ja sagen würde.

»Wann?« fragte sie.

»Kannst du dich morgen irgendwann loseisen?«

»Wie lange?«

»Nicht länger als ich heute weg war. Etwa um die gleiche Zeit. Direkt vor Sonnenuntergang. Wenn das Licht richtig ist.«

»Ich weiß nicht. Wir dürfen eigentlich nicht allein dort unten sein.«

Sie hielt ihn also für einen, der leicht in Schwierigkeiten geriet. Aber das stimmte nicht. Ihm fiel ein Satz ein, mit dem er sie vielleicht umstimmen konnte.

»Melody und Patch werden auch da sein. Sie haben auf der Station in der Nähe meiner Wohnung gearbeitet. Ich kannte sie schon, ehe ich hierher kam. Keinerlei Risiko.« Kaum war er damit herausgeplatzt, wünschte er sich schon, er wäre nicht so mit der Tür ins Haus gefallen. Bianca war ein nettes, anständiges Mädchen aus einer soliden, gesetzestreuen Familie. Er hatte ihr gerade etwas erzählt, das die Aufseher aus seinen Akten wahrscheinlich nicht wussten, und wenn sie zu viele Fragen über Melody und Patch stellten, gaben *die* in ihrer Hisa-Ehrlichkeit womöglich aus Versehen eine Information preis, wegen der man ihn blitzschnell aus dem Programm werfen würde.

»In Ordnung«, sagte sie. »In Ordnung. Gern.«

Er konnte es kaum glauben. Sie stammte aus einer guten Familie, und er aus einem Haushalt ohne festen Wohnsitz, aus ungeordneten Verhältnissen. Normalerweise würde ein Mädchen wie Bianca mit einem wie Fletcher auf der Station nicht mal sprechen. Aber jetzt schien sie ihn geradezu aufzufordern, ihre Hand zu nehmen, berührte ihn zufällig beim Gehen, und als er tatsächlich ihre Hand ergriff, waren ihre Finger keusch und kalt und schlaff, sodass er sich fragte, ob alle Mädchen aus Stationsfamilien so waren oder ob er etwas Falsches, Unerwünschtes getan hatte.

»Pass auf deine Hände auf, wenn du nachher durch die Entseuchung gehst«, riet er ihr. »Ich bin voller Pollen.«

»Ja, mach ich«, antwortete sie und drückte seine Hand ein wenig. Ihm wurde ganz schwindlig im Kopf. Er irrte sich nicht! Sie wollte wirklich mit ihm reden. Er hatte es sich nicht eingebildet, dass sie im Biochemiekurs seinen Blick erwidert hatte.

Dabei hatte er das wirklich nicht erwartet. »Ich dachte, du wärst, na ja, du wärst mit Marshall Willett zusammen.«

»Ach, *Marshall.*« Ihre Verachtung traf nicht nur den Namen, sondern die ganze Existenz von Marshall Willett, einen *der* Willetts, der sich seit drei Monaten in ihrem Dunstkreis bewegt und so tat, als gehörte ihm die Basis einschließlich des gesamten leitenden Personals.

Fletcher wusste nicht, was er sagen sollte. Er hatte einen Traum, und offen gestanden war in diesem Traum kein Platz für Bianca Velasquez. Er wollte *in* und *auf* dieser Welt leben, auf Downbelow, an Tagen wie diesem.

Zum Abschlussjahrgang des Programms in Downbelow zu gehören, war etwas Solides. Sich mit jemandem wie Bianca einzulassen, half dabei nicht, es war eher ein Hindernis, das er nicht unbedingt gesucht hatte.

Aber hier schlenderte er mit ihr durch die Wiesen und Bianca zeigte unmissverstehlich Interesse – zumindest am Händchenhalten. Und was machte er daraus?

Bianca war klug. Wesentlich ernsthafter als Marshall Willett. Es wurde gemunkelt, dass Marshall hauptsächlich deshalb hier gelandet war, weil seine Familie versuchte, ihm wenigstens zu *irgendeiner* Art Karriere zu verhelfen. Bianca dagegen war intelligent, sie war hübsch, ihr schien etwas an ihrer Arbeit zu liegen, und das war – zusätzlich zu dem Privileg, den Rest seines Lebens hier inmitten der Wunder dieses Planeten verbringen zu dürfen – für einen jungen Mann wie Fletcher einfach zu viel des Guten.

Nein. Zurück zur Normalität: Eine dauerhafte Stellung auf Downbelow war alles, was er wollte, und das würde er nicht aufs Spiel setzen, indem er bei Bianca und ihrer einflussreichen Familie einen Fehler machte, nicht mal wenn sie splitterfasernackt, sonnenbeschienen im Pollengold vor ihm am Ufer stehen würde.

Gott, aber die Vorstellung gefiel ihm schon. Sie würde so hübsch aussehen, mit ihrem dunklen Haar und ihrer olivfarbenen Haut. Golden in der Sonne und der Pollen würde auf sie nieder rieseln … tja, er musste das Bild umgestalten, mit Atemmaske und Schutzanzug. Sie würden unbeholfen herumtapsen, während Melody und Patch herumtollten und sie mit Pufferbällen bewarfen. Und wie viel Ärger konnte man sich mit einem Mädchen einhandeln, wenn man die Atemmaske nicht abnehmen und sich bestenfalls mit den Fingerspitzen berühren konnte?

Hand in Hand wanderten sie weiter auf die Kuppeln zu, die sich geisterhaft blass in der rasch einfallenden Dämmerung vor ihnen erhoben. Die weißen Hoflichter brannten bereits. Auch andere Arbeiter kehrten heim, allerdings mit wesentlich rascheren Schritten als Fletcher und Bianca.

Dort wo der Pfad das so genannte Quadrat erreichte,

trennten sich ihre Wege, denn die Unterkunftskuppeln hatten strikte Regeln – männlich in die eine Richtung, weiblich in die andere, wenn man zur jüngeren Belegschaft gehörte …

Als hätte man vor dem zwanzigsten Geburtstag keinerlei Vernunft und danach würde einem automatisch Reife und Erfahrung geschenkt; im Großen und Ganzen jedoch war Fletcher froh gewesen über die Regel, die der männlichen Seite ein wenig Frieden bescherte. Heute Abend war er ebenfalls froh darüber, denn jetzt brauchte er sich nicht mehr den Kopf zu zerbrechen, um noch an ein Dutzend klügere Sachen zu denken, über die er mit Bianca reden konnte. Ungefähr fünf Minuten war er neben ihr her gegangen, in dem ständigen Bemühen, sich nicht total zu blamieren. Nun hatte er die ganze Nacht und den ganzen Tag morgen, um seine Gedanken zu sammeln, ehe er das nächste Mal mit ihr sprechen musste.

Gott im Himmel, er hatte eine Verabredung mit Bianca Velasquez!

Es war unmöglich. Er war noch nie mit einem Mädchen gegangen. Und dass sich ein Familienmädchen wie Bianca tatsächlich mit ihm verabredete … unmöglich! Bianca stammte aus einer so guten Familie, dass ihre Füße beim Gehen nicht den Boden berührten, so jungfräulich und sauber, dass ihr Knie einrasteten, wenn sie schlief. Einerseits ging ihm der Gedanken im Kopf herum, dass es irgendeine abgekartete Sache war – derartiges war ihm schon öfter passiert, aus keinem anderen Grund als dem, dass er ein Niemand war.

Aber in den letzten Wochen hatte er beobachtet, dass Bianca klüger war als die meisten, vielleicht sogar ein wenig von ihnen gelangweilt, und Fletcher überlegte, ob sie vielleicht auch einsam war. Marshall schien zu denken, die Sonne und alle Planeten drehten sich ganz selbstverständlich um ihn, einfach weil er ein Willett war; Bianca war das einzige menschliche Wesen auf der

Basis – einschließlich der Aufseher –, das sich nicht im geringsten davon beeindrucken lassen musste, dass Marshall ein Willett war, denn *sie* war eine Velasquez. Den Velasquez' konnten die Willetts, Siddons, Somervilles oder Kielers samt und sonders den Buckel runter rutschen, auch wenn sie hier die große Clique darstellten.

Was also tat Bianca da? Sie hielt Händchen mit *ihm*?

Er hatte überhaupt keine Familie. Er war Abschaum ohne festen Wohnsitz.

Außerdem war er einen Meter achtzig groß, hatte auf Pells wildem Weißen Dock – dem unteren Ende der Gegend, in der er mit seiner vierten Pflegefamilie wohnte – gelernt, sich selbst zu verteidigen, und konnte Marshall Willett windelweich prügeln. Vielleicht hatte sie das im Kopf, vielleicht wollte sie der ganzen Versammlung eine lange Nase drehen. Auch sie war auf ihre Art eine Einzelgängerin, allerdings im Zentrum einer Wolke von Verehrern.

Und Marshall – Marshall würde zuallererst eins von ihr wollen, etwas, was Fletcher nicht zu verlangen beabsichtigte, nicht weil er nicht daran dachte, sondern weil sein Motiv, anders als bei Marshall, letzten Endes nicht darin bestand, sich aus dem Programm werfen zu lassen.

Sie benahm sich schüchtern. Er drückte ihre Hand, als sie sich trennten. Üblicherweise saßen Belegschaftssenioren vor den Türen Wache. Sie zählten alle, die für die Nacht hereinkamen, aus Sicherheitsgründen, um sich zu vergewissern, dass niemand mit gebrochenem Bein oder funktionsuntüchtigen Atemzylinder oder etwas Ähnlichem draußen zurückblieb.

Wenn man noch keine Zwanzig war, hatte man keine Minute für sich allein.

Händchenhalten war ungefährlich. Der Direktor hatte ihnen klipp und klar gesagt, wenn man vor der Volljährigkeit gegen die Regeln verstieß und sich auf eine sexuelle Beziehung einließ, fand man schnell einen Nachfolger, denn es gab zehn Bewerber für jeden Platz im Studienprogramm.

Morgen würden sie sich treffen, das hatte Bianca Velasquez ihm versprochen, und Fletcher Neihart schlenderte den Weg zum Männerwohnheim hinab, an den Monitoren vorbei zur Entseuchung, so gedankenverloren, dass der Monitor ihn zweimal auffordern musste, sich einzutragen.

KAPITEL 2

Das Restaurant war so alt, dass es bereits den Weg von Glamour zu Abgenutztheit und wieder zurück zum Glamour hinter sich hatte. Jetzt war es über alle Trends erhaben. Es war eine Tradition auf Pell: Das beste Restaurant der Station, mit beleuchteten Fußböden und sehr realistischen Sternen hinter den Tischen, beides oft kopiert, aber niemals erreicht.

Seit neuestem gab es einen holographischen Bildschirm, auf dem die Sterne zwischen den Tischen in Bewegung gebracht wurden, eine technische Spielerei, die Elene Quen bisher nur bei angeschalteter Deckenbeleuchtung gesehen hatte. Natürlich zerstörte das den Effekt der Illusion, aber jedesmal, wenn es dunkel wurde, waren die Sinne wie benebelt, ganz gleich, ob man die Technik hinter dem magischen Schauspiel kannte oder nicht.

Die Kellner führten ihre distinguierten Gäste an den besten Tisch, den Elene hatte reservieren lassen, sobald *Finity's End* ihren Funkspruch erwidert hatte. Die Gruppe bestand aus Elenes Ehemann Damon Konstantin, Kapitän James Robert Neihart und seinen Brüdern, den Kapitänen Madison, Francie und Alan. Für Francie und Alan war die Mahlzeit das Frühstück, für James Robert und Madison Abendessen. Nun waren also alle vier Kapitäne der *Finity* gleichzeitig vom Schiff abwesend, und falls ausgerechnet jetzt, so kurz nach der Landung, auf Deck der *Finity* irgendwelche Geschäfte abzuwickeln waren, mussten nicht ganz so erfahrene Besatzungsmitglieder das bewerkstelligen.

Cocktails wurden serviert, Gläser klimperten, von langen Kriegsjahren gezeichnete Gesichter lächelten. Verjüngungskuren und Zeitdehnung verlängerten das Leben zwar, aber auch jahrelange Verjüngungsmaßnahmen hinterließen ihre Spuren – bei ihnen allen. Vor allem bei Kapitän Neihart, der nach der Zeitrechnung der Stationen hundertneunundvierzig Jahre zählte; er hatte den Körperbau eines Manns um die Vierzig, bei näherem Hinsehen jedoch bemerkte man seine grauen Haare und seine papierdünne Haut, das Gesicht durchzogen von den Falten und Fältchen des ganzen Ärgers und des Lachens eines langen, langen Lebens.

Erschrocken nahm Elene zur Kenntnis, wie die Jahre selbst den Spacern ordentlich zugesetzt hatten, so leicht und locker diese ihre Zeit auch handhabten und deren Schiffsuhren anders gingen als die Uhren auf den Stationen. Sie warf ihrem Mann Damon einen besorgten Blick zu, und eine flüchtige, angstvolle Sekunde lang durchdrang sie der Gedanken, dass sie alle nicht unsterblich waren. Zwanzig Jahre waren seit dem Krieg vergangen, und für sie und Damon verstrich die Zeit schneller als für jeden Spacer.

Auch sie war Spacerin gewesen, bis sie beschloss, mit einem Mann, den sie liebte, einen einjährigen Urlaub zu nehmen und bei dem Mann zu bleiben, den sie liebte; ein Jahr lang Ferien an diesem Strand des Sternenmeers, eine demonstrative Verbindung mit den Konstantins von Pell.

Eine schicksalhafte Entscheidung. Elenes Schiff, die *Estelle*, hatte ihren nächsten Flug nicht überlebt: Die *Estelle* war Opfer des Krieges geworden, und der Name Quen, einst unter den Kauffahrern hoch angesehen, wäre fast mit ihr untergegangen. Kein Schiff, kein Name war mehr übrig von dem, was sie einst gewesen war. Und so vieles war zusammen gekommen, um sie an die Station zu binden. Sie hatte ihren Krieg in den Korridoren von Pell ausgefochten.

War auch sie in den Augen der anderen gealtert in diesen sieben Jahren, seit die *Finity's End* den Hafen von Pell zuletzt angelaufen hatte? Und Damon?

Sahen die Kapitäne der *Finity's End* sie an und dachten: Wie traurig, dass die letzte der Quens in der Stationszeit altert?

Aus der Perspektive der Spacer war sie die letzte Quen. Aber dank Damon war sie nicht die Letzte dieses Namens. Sie hatte zwei Kinder geboren, eins für ihre, eins für Damons Familie, zwei gleichermaßen alte, gleichermaßen bedrohte Geschlechter. Die Neiharts der *Finity's End* hatten es vielleicht noch nicht richtig zur Kenntnis genommen, aber sie hatte nicht nur den Konstantins einen Sohn und Erben geschenkt – Angelo Konstantin, Stationsbewohner, in der Tradition seines Vaters geboren und aufgezogen. Nein, für die Hoffnungen der Spacer war ihre Tochter, Alicia Quen, weit wichtiger. Zwar besaßen die Quens kein Schiff, aber wenigstens eine Nachfolgerin.

Cocktails und Konversation. Mühsam versuchten sie, sieben Jahre mit dünnen, farblosen Fragen aufzuholen: Wie seid ihr zurechtgekommen? Wie laufen die Geschäfte? Was ist aus diesem und jenem geworden?

Sie bestellten ein üppiges Mahl. Sie waren Spacer aus dem tiefen, kalten Draußen, gerade zu einem zweiwöchigen Urlaub im ruhigen Hafen eingetroffen; dies war die erste wirkliche Freizeit, die sie seit dem Krieg genossen. Das an sich war schon eine Neuigkeit, die das Dock in Aufregung versetzte.

»Was sich verändert hat?« wiederholte Damon eine Frage von Madison. »Jede Menge neuer Einrichtungen, jede Menge Verbesserungen das Dock rauf und runter. Eine ganze Reihe von neuen Schlafheimen, ein paar Luxusetablissements …«

»Der Garten«, sagte Elene.

»Der Garten«, wiederholte Damon. »Den müsst ihr euch unbedingt ansehen.«

»Ein Garten?« fragte Francie. Für einen Spacer war ein Garten zum Anpflanzen von Gemüse da: Man legte einen an Bord des eigenen Schiffs an, wenn man Zeit und Platz dafür hatte. Ein Garten brauchte viel Licht und regelmäßige Bewässerung.

Auf Pell wurden nicht nur Salat und Radieschen angebaut.

»Glaubt mir«, bekräftigte Elene. »Ihr werdet staunen.« Doch sie hatte ein seltsames Gefühl, als sie es aussprach – warum sage ich das, fragte sie sich. Da pries sie den Spacern Pells Vorzüge an und wunderte sich, dass sie dabei ein flaues Gefühl hatte.

Jeden Morgen blickte ihr aus dem Spiegel eine Fremde entgegen, eine von früh bis spät in Stationsangelegenheiten engagierte Frau, und in letzter Zeit erwiderte sie ihren Blick, erschrocken und verbittert über die Veränderung in ihrem Gesicht. Würde sie immer noch dieses Exil wählen, in dem die Zeit so rasend schnell verstrich?

Mehrere Kellner trugen das Essen auf. »Sehr gut«, bemerkte James nach den ersten Bissen, und die anderen pflichteten ihm bei, dass es ein würdiges Sieben-Jahres-Essen war.

Selbstverständlich verbreiteten sich sofort Gerüchte darüber, was die *Finity* am Dock zu tun hatte, denn niemand gab sich so recht mit Madisons seltsamer Erklärung zufrieden, sie hätten einfach nur *echte* Ferien. Spekulationen über dieses Essen waren in Elenes Büro vorgedrungen, an ihren Frühstückstisch, sogar bis zu ihrem Bett – direkt von Pells Justizbehörde, Damons Domäne.

Sicher war, dass die *Finity's End*, ehe sie auf Pell angelegt hatte, von der Allianzbank eine große Summe abgehoben hatte: 74,8 Millionen, sowohl vom Kapital als auch vom Zins der Summe, die sie im Krieg als Sicherheit auf dem Konto angelegt hatten. Als letzter Abflughafen war Sol Eins, die Erde im Logbuch eingetragen.

Warenverkäufe waren dokumentiert, außerdem vor der Landung Termingeschäfte mit einigen Luxusgütern – ein Verfahren, das auf Pell als durchaus positiv angesehen wurde.

Der Markt hatte reagiert. Wenn die *Finity* gekommen war, um Waren zu verkaufen, konnte man mit ihr Handel treiben. Spekulanten hatten schon vom ersten Moment an, als das Schiff auf den Bildschirmen auftauchte, vermutet, dass die *Finity* Trockenvorräte wie Mehl und Zucker – beides war auf Pell billig – oder kleinere Massenfracht wie Arzneimittel aufnehmen würde. Beides wäre für ein Schiff wie die *Finity* ein vernünftiges Vorhaben gewesen. Kapitän Mallory von der *Norway*, Pells Verteidigung gegen die Piraten, konnte solche Dinge immer gut gebrauchen. Die *Finity* diente der *Norway* als Zulieferer, und derlei Artikel wurden teurer. Doch da es selbst den patriotischsten und nachsichtigsten Direktlieferanten lieber war, wenn ihre Ladung tatsächlich das von ihnen angepeilte Ziel erreichte, statt zu irgendeinem einsamen Hafen am Rande der Zivilisation umgeleitet zu werden, blieben die Angebote für Waren und Postlieferungen stabil.

Dann stellte sich entgegen allen Prophezeiungen heraus, dass die Termingeschäfte der *Finity* Luxusgüter betrafen, Artikel wie beispielsweise Downer-Wein.

Seltsam. Als Erstes wurde gemunkelt, die *Finity* würde sich lediglich die zwei Wochen im Dock ein wenig mit dem Handel beschäftigen, ein bisschen Unruhe stiften und die Waren dann im letzten Moment auf den Markt werfen, nachdem sie den Preis im Vorfeld hochspekuliert hatten – was nirgendwo erlaubt war, außer auf Pell. Der Markt war unsicher. Ein paar politische Analytiker, die dem Augenschein vertrauten, meinten, wenn die *Finity* auf eigene Kosten hochwertige Fracht kaufte, müsste die Piratenjagd so gut wie zu Ende sein, wie manche es bereits seit einiger Zeit prophezeiten – und wie es allmählich dringend nötig war. Die öffentlichen Mittel für eine Fortsetzung der Operation stellten eine schwere ökonomische Belastung dar.

Die andere Meinung war genau kontrovers, nämlich eine große Aktion gegen die Piraten stünde bevor, eine Operation, die jedoch absolut verdeckt laufen musste. Deshalb lud die *Finity* hochwertige Güter mit wenig Masse und bezahlte scheinbar mit eigenen Mitteln, damit es so *aussah*, als stünde die Piratenjagd nicht mehr auf ihrem Programm.

Die Zahl der von der früheren Flotte aufgebrachten Schiffe schwankte, selbst in offizieller Version. Im unendlichen tiefen Dunkel des Draußen konnte das Gegenteil nicht bewiesen werden, und vor allem in Anbetracht der geradezu legendären Gerissenheit der Flottenkapitäne, konnte man nie hundertprozentig sicher sein, ob ein bestimmtes Schiff wirklich zerstört worden war. Bei manchen ging man zwar fest davon aus, aber die Flottenkapitäne waren schlau und schwer festzunageln. Ein Mazianni-Träger mit seinen Riderschiffen war mehr als eine Geschützplattform, die sich mit Lichtgeschwindigkeit bewegte: Es war eine bewegliche, unabhängige, in sich geschlossene Welt, potentiell tödlich und von enormer Widerstandsfähigkeit. Sofern er die nötige Zeit hatte, konnte sich ein schwer beschädigter Träger sogar wieder reparieren. Selbst wenn Pell einen Sieg verkündete, zogen sich womöglich einige überlebende Schiffe der Flotte zur sagenumwobenen geheimen Basis zurück, hielten sich eine Generation oder so dort verborgen, ehe sie zurückkehrten und den Rebellenkapitän Mazian plötzlich wieder zu einer wichtigen Person im menschlichen Mächtespiel machten.

Elene neigte zu einer Mischung dieser Vermutungen. Erstens war sie überzeugt, dass die Bedrohung durch Mazian eher ab- als zunahm. Zweitens aber war sie der Ansicht, dass das Ende der Piratenkriege ein Abflauen und nie ein beweisbarer Sieg sein würde, und dass drittens die schlimmste Gefahr für die menschliche Rasse nicht von einer größtenteils im Rückzug befindlichen Flotte ausging, Geheimbasis hin oder her. Schon so lange fungierte die Flotte als Schreckgespenst im Dunkeln, dass sie schon fast zum Mythos geworden war, so mächtig, dass sowohl Vertreter der Allianz wie der Union nur den unheilvollen Namen Mazian auszusprechen brauchten, und schon wurden die gewünschten Geldmittel genehmigt.

Die Kehrseite der Konzentration auf die Mazianni war, dass der Allianzrat sich weigerte, den Blick von der Flotte zu wenden und stattdessen auf seinen Hauptkonkurrenten zu blicken: die Union, den Feind, gegen den die Flotte gekämpft hatte, ehe sie sich dem Piratentum zuwandte.

Elenes Berater meinten, sie sei von gestern, besessen von historischen Ereignissen, unfähig, über das Desaster der *Estelle* hinwegzukommen. Sie sollte progressiver denken und die Bitterkeit eines Krieges vergessen, der in die moderne politische Landschaft nicht mehr passte.

Ganz und gar nicht.

»Sieben Jahre«, sagte Elene und näherte sich langsam ihrem Thema an, während die Kellner die leeren Salatteller abtrugen. Sie wusste, wer an den Nebentischen saß: zwei ihrer loyalen Assistenten und der erste politische Berater. Sie kannte diese Ecke des Restaurants, sie kannte den Geräuschpegel, die Akustik, die nicht sonderlich gut war. Sie hätte dem Chef die Haut über die Ohren gezogen, wenn er jemanden in ihre Nähe platziert hätte, der nicht ihr vollstes Vertrauen genoss – denn jeder, der jemals auf den Docks gearbeitet hatte, konnte von den Lippen ablesen, sodass der Kniff mit den Lichteffekten nicht mehr funktionierte, der ansonsten die Privatsphäre dieses Bereichs sicherstellte. »Niemand kann sieben Jahre auf ein gutes Essen warten, *Finity*. Wie stehen unsere Chancen, dass wir euch in Zukunft häufiger sehen?«

James Roberts Gesicht ähnelte einer Maske aus Pergament. Doch seine lebhaften Augen huschten sofort zu Elene und musterten sie aufmerksam.

»Die Chancen stehen ziemlich gut«, antwortete er und die Händler, die Luxusgüter vertrieben, hätten das sicher mit Interesse vernommen. »Vorausgesetzt, die Union benimmt sich anständig.« Der unvermeidliche Gegenschlag. Ein eindeutiges Jein. James Roberts, wie er leibte und lebte.

»Wir widmen uns ausschließlich dem ehrlichen Handel«, erklärte Francie. »Zumindest ist das unser Vorsatz.«

»Dem friedlichen Handel«, fügte Madison hinzu und hob sein Glas. »Cyteen *und* Mutter Erde werden es mit Verwirrung zur Kenntnis nehmen.«

»Auf den Frieden«, sagte Damon, wie immer eher der Politiker, und Francie und Allen leerten ihre Gläser bis auf den Grund.

Nun wurde der Hauptgang aufgetragen, ein Wirbel von Servierwagen und Kellnern, in dem die Kapitäne der *Finity* die Flasche herumgehen ließen und zum Entsetzen der Bediensteten eigenhändig Wein nachschenkten – sie waren eben Spacer bis ins Mark, und wenn die Kellner sich nicht schnell genug um die leeren Gläser kümmerten, taten sie es eben selbst, ohne Rücksicht auf Stationsetikette, so, wie sie es seit Jahrzehnten praktizierten. Sie waren unabhängig, äußerliche Regeln spielten für sie keine Rolle.

So haben es auch die Quens auf ihrem eigenen Deck gehalten, ging es Elene unwillkürlich durch den Kopf. Und jetzt hoffte und buhlte und trickste die fast Letzte der Quens, um dieses Recht wiederzuerlangen, und verfluchte im Stillen die Kellner, die im falschen Moment um sie herum wuselten.

In ihrer Macht lag es, die interne Regierung von Pell umzustimmen, die Hälfte der Allianz. Die Zustimmung des Rats der Kapitäne – das war der springende Punkt ihres Plans. Und das wiederum bedeutete, dass James Robert Neihart die Führung übernehmen musste.

»Eine schöne neue Welt des Friedens«, nahm sie den Faden wieder auf, als die Keller mit ihren Wagen wieder verschwunden waren und ehe das Gespräch sich einem anderen Thema zuwenden konnte. »*Finity,* ich habe euch ein Angebot zu unterbreiten. Zuallererst möchte ich euch noch einmal versichern, dass uns an dem Tisch hier niemand hören kann. Ich denke, das wisst ihr.«

James Robert hob das Kinn und betrachtete sie mit halb geschlossenen Lidern.

»Für mein Angebot brauche ich allerdings Geldmittel und Unterstützung vom Rat.«

Sobald sie mit ihrer Einleitung begonnen hatte, war Damon, ihrem Mann, schlagartig klar, was sie im Schilde führte. Sie wusste, dass er es wusste und sich jedes Gegenargument verkniff. Zwei Jahrzehnte waren Zeit genug, um alles, was man zu dem Thema sagen konnte, zu besprechen, und jetzt konnte er seine Frau nicht zurückhalten, komme, was wolle. Wenn die *Finity's End* gekommen war, um anzukündigen, dass der Krieg in eine neue Phase eingetreten war, wenn sich eine Veränderung der Lage abzeichnete – dann hatte Elene ihre Tagesordnung.

»Was für ein Angebot?« fragte Madison. »Einen Wendepunkt? Ein Geschäft?«

»Beides«, antwortete sie. Die Besatzung der *Finity* war nie weit vom Puls der Ereignisse entfernt. Regelmäßig gaben die Mitglieder ihre Stimme beim Allianzrat ab, über das Netzwerk ihrer Schiffskontakte, die nicht auf den Hyperspace angewiesen waren, regulärer Schiffsverkehr, wie er an jedem Stationsdock einlief. »Frieden mit der Union, ja, Frieden und Handel, und *Schiffe*, Allianzschiffe. *Auf Pell gebaut*.«

»Darauf brauchen wir noch eine Flasche Wein«, meinte Madison.

James Robert, der Erste Kapitän, hatte noch nicht reagiert.

Elene winkte einem Kellner und bedeutete ihm, drei Flaschen zu bringen. Der Chef persönlich war in Sichtweite, und der Wein wurde prompt geliefert. Die uralte Etikette mit Flasche und Gläsern wurde durchgespielt, das Schicksal des Universums balancierte einen Augenblick auf einer Laune, einer traditionellen freundlichen Geste. Der Kellner füllte die Gläser und zog sich zurück.

In dieser Verhandlungspause spürte Elene ihren Mann, den Stationsbewohner, überdeutlich neben sich, ein geduldiger Mann, ein Heiliger geradezu, der wusste, dass die Frau, neben der er schlief, nie über den Verlust ihres Schiffes hinwegkommen und seine Heimat nie als ihre anerkennen würde. Nach zwei gemeinsamen Kindern und achtzehn Jahren des Zusammenlebens war zwischen ihnen nicht mehr die blinde Liebe, mit der sie einst zueinander gefunden hatten. Dafür hatten sie zu viel gesehen und getan, mit zu viel Verzweiflung. Aber jetzt vereinte sie eine lebenslange Verpflichtung zueinander, eine Partnerschaft, die Elene niemals gänzlich verraten würde, weil sie zu lange ihren gemeinsamen Interessen gedient hatte. Unter dem Tisch ergriff sie Damons Hand und hielt sie fest, ein Versprechen so stark wie ein Schwur, durchdringend wie ein Schrei.

»Das ist eine ernste Sache«, sagte James Robert schließlich, als alle Kellner verschwunden waren.

Elene kannte alle Gründe, die gegen ihren Plan sprachen. Wenn ein einzelnes Schiff wiederhergestellt wurde, warf das natürlich die Frage auf, ob nicht auch andere im Krieg zerstörte Schiffe zu neuem Leben erweckt werden sollten, ob solche Schiffe überhaupt nicht in die Handelsrouten der Allianz passten, in einem Zeitalter, in dem Kauffahrer mit einem gänzlich veränderten Routennetz zwar gut, aber durchaus nicht optimal zurechtkamen. Darüber hatten sie schon unendliche Male diskutiert.

Von den internen Debatten auf Pell ganz zu schweigen: Kauffahrer, Mitglieder des Rats der Kapitäne, bildeten Suballianzen innerhalb ihrer Ränge, und wenn die *Finity* Elene nun den Gefallen tat und ihren Antrag auf Geldmittel unterstützte, würden rechts und links Schulden eingefordert – von anderen Schiffen an die *Finity*, von der *Finity* an andere Schiffe, an Pell und an Mallory. In einer Kauffahrer-Crew wurde die Rückzahlung von Gefälligkeiten oft mit einem Drink geregelt oder damit, dass man die Schicht mit jemandem tauschte. Aber in diesem Rahmen forderte das Einlösen einer Schuld die der nächsten, bis das ganze erst vor kurzem einigermaßen zur Ruhe gekommene Universum womöglich gänzlich aus den Fugen geriet.

»Ich frage euch nicht nach euren Geschäften oder eurem momentanen Ziel«, meinte Elene. »Ich frage auch nicht, warum ihr das Geld abgehoben habt. Das ist Mallorys Sache oder auch nicht, aber auf alle Fälle möchte ich euch nicht in die Verlegenheit bringen, mich anlügen zu müssen. Aber es ist sicher nichts Neues für euch, wenn ich sage, dass die Union sich aus dem Vertrag herauszuwinden versucht. Damit müssen *wir* uns beschäftigen. Was euch allerdings neu sein dürfte, ist, dass demnächst der Bau von vierzehn oder noch mehr Schiffen in Angriff genommen werden soll. Die Union baut Schiffe, um uns aus dem Geschäft zu drängen, und zwar, während wir uns zanken.« Sie hatte die Argumente für ihr Schiff sorgfältig vorbereitet, in zahlreichen schlaflosen Nächten, sieben Jahre lang; nun trommelte sie mit dem Finger auf die Tischplatte, um ihren Worten Nachdruck zu verleihen, und ignorierte alle Logik, warum ein Quen-Schiff das Erste sein sollte.

»Ich kann euch die Schiffe nennen«, sagte sie. »Ich kann euch die Werften nennen, in denen sie gebaut werden sollen.« Sie hätte fast gewettet, dass auch die Männer der *Finity* das gekonnt hätten. Aber James Robert, der alte Fuchs, dachte nicht einmal daran, ihr zu helfen oder sie zu unterstützen. »Punkt Eins. Der Vertrag besagt, dass die Union keine Frachtschiffe baut und die Allianz keine Kriegsschiffe. Punkt Zwei: Die Union befördert Fracht auf Militärmaschinen und stattet diese plötzlich mit verdammt großen Laderäumen aus. Ich nehme an, das ist euch nicht neu. Punkt Drei: Wir verwenden unser Budget für die Bewaffnung unserer Handelsschiffe und haben kein einziges Schiff gebaut, um der wahren Bedrohung etwas entgegenzusetzen. Kommt mir jetzt bloß nicht mit den offiziellen Dementis – ich habe sie selbst verfasst. Punkt Vier: Wir haben einen Kuchen von einer bestimmten Größe, aber wir könnten einen viel größeren bekommen.« Verdammt, reagierte James Robert denn auf gar nichts? Sie hatte schon des Öfteren mit ihm am Verhandlungstisch gesessen und erinnerte sich erst jetzt wieder, wie anstrengend es gewesen war. »Punkt Fünf – harte Fakten, die ihr alle kennt: *Wir werden überhaupt keinen Kuchen haben, wenn wir die Union militärische Handelsschiffe bauen lassen und selbst nur Kanonen herstellen.* Tatsache ist, dass wir uns in einem neuen Krieg befinden, einem Handelskrieg, und der ist nicht mit Waffen zu gewinnen. Wir brauchen neue lizensierte Schiffe. Wir können die Zähne zusammenbeißen, das Budget entsprechend einteilen, unsere Handelsrouten anpassen und Maßnahmen ergreifen – oder wir können uns weiter darüber zanken, bis *alle* Schiffe Unionsschiffe sind und wir keine Wahl mehr haben.«

Kapitän James Robert Neihart – der vor Jahrzehnten den Abgesandten der Union und der Erdcompany gleichermaßen das Recht verweigert hatte, sein Schiff zu betreten und zu inspizieren. Kapitän James Robert, der den Handelsstreik angefangen hatte, der jedem Kauffahrer praktisch politische Souveränität verschaffte, James Robert, der die Kauffahrer endlich gegen die Union vereint und die Companykriege ausgelöst hatte … James Robert zuckte nicht mit der Wimper.

Doch Elene auch nicht, Elene Quen, die sich auf Pell, nicht auf der Erde niedergelassen hatte, um das neue Hauptquartier der Kauffahrerallianz einzurichten, eine unabhängige Pell-Station, die sie gefordert hatte. Gemeinsam hatten sie die Erde und das mächtige Cyteen gegeneinander ausgespielt, um ihre Unabhängigkeit zu verteidigen, und wie zwei Pfeiler hatten James Robert und Elene Quen die ganze Struktur der Allianz im Gleichgewicht gehalten: Schiffsrechte und Stationsrechte wurden in gegenseitiger Übereinkunft definiert und festgehalten – da konnte die Union ruhig behaupten, den Krieg gewonnen zu haben, und die Erde auf ihrem Anspruch beharren, dass sie zumindest nicht der Verlierer war.

Da die Überbleibsel der Flotte auf Transporte aller Art Jagd machten und die Zivilisation am Rande des Abgrunds schwebte, war es für die Union schlicht vorteilhafter gewesen, einem neutralen Pell und einer freien Kauffahrerallianz zuzustimmen. Doch nun veränderten sich die Verhältnisse – die Bedrohung durch die Piraten war geringer, die Union nutzte jedes Hintertürchen des Vertrags mit der Allianz zu ihren Gunsten aus und die Kapitäne der Handelsschiffe versuchten immer noch, sich vor der Erkenntnis zu drücken, dass der Vertrag Stück für Stück auseinanderbrach. Zwar war ihnen bewusst, dass etwas unternommen werden musste, damit sie nicht irgendwann von der Union überrannt wurden, aber keiner brachte den Mumm auf, sich hinzustellen und zu sagen, dass der Zeitpunkt gekommen war.

»Sie wissen, wie die Union argumentieren wird«, meinte James Robert. »Um sie dazu zu kriegen, dass sie Kauffahrer der Allianz in ihrem Raum dulden, müssen wir den Schmuggel einstellen.«

Also zurück zum alten Argument der Unionsseite. Aber Elene hatte nicht erwartet, es ausgerechnet von James Robert zu hören.

»Unmöglich«, erwiderte sie. Unwillkürlich war sie

bei der bloßen Erwähnung eines solchen Ansinnens zurückgezuckt. Dann wurde sie sich plötzlich ihrer Körpersprache bewusst: Wie sie da saß, steif aufgerichtet, um Armeslänge vom Tisch entfernt. Im selben Augenblick beugte James Robert sich vor, beanspruchte den Raum, den sie geräumt hatte, um seinem Argument noch mehr Nachdruck zu verleihen.

»Es muss aber sein«, sagte er.

»Weil die Union es sagt? Die betrügen doch bei jeder sich bietenden Gelegenheit.«

»Aber in einer Hinsicht haben sie Recht. Diesem Punkt stimmt sogar Mallory zu. Der Schwarzmarkt versorgt Mazian.«

Kauffahrer waren fast per definitionem Schmuggler. Jeder hatte seine kleinen Nebengeschäfte, die nicht auf der Station versteuert wurden. Ein geringfügiger Betrag gemessen an dem, was sonst durch die Stationen floss. So war es schon immer gewesen. Es war das *Recht* der Kauffahrer, außerhalb der Station Handel zu treiben und sich den Steuern und Abgaben zu entziehen, die eigentlich bezahlt werden sollten, wenn zwei Schiffe miteinander Geschäfte machten.

Aber Elene hatte eigentlich nicht vorgehabt, über Schmuggel zu sprechen. Jetzt hatte sich das Gespräch in eine ganz andere Richtung entwickelt, als sie es beabsichtigt hatte; sie war verwirrt und grübelte immer noch darüber nach, warum James Robert, der historische Vater der Kauffahrerrechte, die Seite der Union vertrat. »Wir können uns nicht ernsthaft mit dem Handel befassen«, sagte sie und lenkte die Diskussion entschlossen zurück auf ihr Thema, »wenn wir einer Flotte von nicht zur Allianz gehörigen Handelsschiffen gegenüberstehen. Der Teufel hol den Schmuggel. Wir arbeiten nach den Regeln der Union und zwar *nur* nach den Regeln der Union, wenn wir tatenlos zusehen, wie sie Schiffe bauen, um die freien Kauffahrer aus dem Rennen zu schlagen. Ich will mein Schiff, *Finity*. Darum geht es hier. Ich fordere meine Schulden ein. Alles, was ich habe.« Wenn eine Veränderung bevorstand, wenn eine neue Phase menschlichen Lebens anbrach, eine, in der selbst James Robert Neihart für eine Beschneidung der Kauffahrerrechte plädierte, weil den Kauffahrern sonst ihr Anteil am Reichtum der Union und an den Ressourcen der Erde entging, hatten die Pessimisten auf lange Sicht vielleicht Recht. Vielleicht würden am Ende tatsächlich alle nur mit einem Bruchteil dessen dasitzen, was sie erwartet hatten, und ein Zeitalter geringeren, nicht größeren Wohlstands dämmerte herauf, mit weniger Sternstationen, weniger Bevölkerungszentren, kleineren Märkten.

Aber möglicherweise bedeutete es zumindest noch für eine kurze Zeit etwas, dass Elene Quen eine Galionsfigur der Allianz war; das würde sie genauso ausnutzen wie alles, was ihr zu Gebote stand, um ihren Namen im Weltraum zurückzubekommen und den Anteil ihrer Nachfahren an den verbliebenen Märkten. »Ich will mein Schiff. Ja, ich will, dass es das erste der Schiffe ist, die wir bauen. Ja, ich will, dass wir, die Allianz, Pell *und die Erde* der Union die Stirn bieten. Ich will, dass wir uns der Situation stellen und nicht zulassen, dass die Union uns noch weitere zwanzig Jahre die Taschen leert. Vielleicht haben wir eine Weile nicht so viel Geld. Aber wir werden überleben und unabhängig bleiben, wenn wir Schiffe bauen. Das ist mein Vorschlag.«

»Ich sage dir meinen«, entgegnete James Robert. »Der Schmuggel muss aufhören. Wenn die Flotte von *uns* versorgt wird, sind wir unsere eigenen schlimmsten Feinde. Und um das möglich zu machen … werden die Kauffahrer alle Mitglieder der Allianz um niedrigere Steuern bitten.«

Hier also lag der Hase im Pfeffer. Weniger Steuern. In einer Zeit, da die Stationen jede Menge Geldmittel für Modernisierung brauchten und untereinander darum wetteiferten, dass die Kauffahrer länger in ihren Häfen blieben und ihr Geld lieber auf dieser Sternstation als auf einer anderen ausgaben. »Wie viel niedriger?«

»Anfangs um zehn Prozent, später abhängig vom Handels*zuwachs*, der durch die Station fließt, wenn wir nicht mehr unter der Hand Geschäfte machen.«

»Das ist schwierig.«

»Unsere Kauffahrerbrüder zu überzeugen, ist auch schwierig. Aber wenn die Stationen ihre Hafengebühren nicht senken und wenn wir unseren Leuten nicht moralisch Druck machen, aus dem Schmuggelgeschäft auszusteigen, werden wir bald sehen, dass die Flotte unsere Rolle übernommen hat – das ist die Gefahr. Ich kann euch sechs oder sieben Schiffe nennen, die in dieser Branche arbeiten – mitsamt stichhaltigen Beweisen. Wir wollen, dass der Spielraum eingeschränkt wird. Wir wollen, dass Strafmaßnahmen angedroht, dass Häfen geschlossen werden, wenn entsprechende Beweise vorliegen. Und dafür ist es unabdingbar, dass es im Rat der Kapitäne zu einem Schulterschluss kommt, und wir brauchen eine solide Zusage von allen Stationen.«

Elene stellte sich vor, welchen Wirbel es auslösen würde, wenn die Kauffahrerallianz versuchte, ihre eigenen Schiffe an dem zu hindern, was sie immer getan hatten, mit der Begründung, dass ein paar von ihnen angeblich Mazian versorgten. Schon immer hatte *irgendjemand* Mazian versorgt.

Aber sie konnte sich nur zu gut vorstellen, dass ihm noch mehr zu Willen wären, wenn das Vertragsbündnis auseinanderbrach. Wenn Mazian reumütig für seine Überfälle auf die Kauffahrerschiffe um Verzeihung bat und Besserung schwor, wenn die Union die Kauffahrer mit dem Plan, Waren auf ihren eigenen abgelegenen Routen mit staatlichen Mannschaften zu befördern, zu sehr unter Druck setzte, ja, dann war es gar nicht schwer, sich auszumalen, dass die ganze Zivilisation vor die Hunde ging. Dass der Krieg von vorn anfing. Wenn die Union oder Pell oder die Kauffahrer einander zu sehr auf die Füße traten und ihre Beziehungen zueinander daran zerbrachen, brauchte Mazian gar nicht anzugreifen. Er würde als Retter auftreten, sein Ruf wäre wiederhergestellt. Von neuem der Held von Erde und Pell – ein albtraumhafter Gedanke.

Eine längere Pause trat ein, in der Elene in der ständig kreisenden Luft unter dem langsamen Tanz der Sterne im Raum fröstelte.

»Wenn wir den Bau Ihres Schiffs unterstützen«, meinte James Robert schließlich, »– reden wir Klartext –, Sie meinen nicht, dass Sie selbst ins All zurückkehren wollen. Das wäre zu viel der Begünstigung. Es geht Ihnen ums Prinzip. Habe ich das richtig verstanden?«

Sie waren beide zu alt, um sich wie Dummköpfe zu benehmen. Es hatte eine Zeit gegeben, in der Elene plante, auf dem Namen ihres Schiffs zu beharren, auf einer neuen *Estelle*.

»Meinetwegen kann der Rat dem Schiff einen Namen geben. Es gibt fähige, verlässliche Besatzungen, die um eine Koje regelrecht betteln. Aber meine *Tochter* wird ins All fliegen.«

»Das könnten wir unterstützen«, erwiderte James Robert, und mit diesem simplen Zugeständnis machte er deutlich, dass sie sich nicht mehr in der Anfangsphase der Verhandlungen befanden. »Wir *brauchen* Sie hier, wo Sie sind.«

»Meine Tochter wird ihren Beitrag für die Station leisten«, eröffnete Elene die nächste Runde. Nun war sie sich der Unterstützung durch Neihart zumindest halbwegs gewiss, denn nachdem er in diesem einen Punkt nachgegeben hatte, wurde alles andere unvermeidlich, die ganze Debatte unter Spacern – und die Zustimmung führte zum notwendigen Ergebnis, dass die Union vom Bau der Handelsschiffe Abstand nahm. Natürlich nur unter der Voraussetzung, dass sie die Allianz dazu bringen konnten, sich auf ein gemeinsames, einheitliches Programm zu einigen – mit Gottes Hilfe! Der Stationsanteil ihrer Tochter – in Millionenhöhe, während kein anderer gestrandeter Spacer auch nur mit Tausendern aufwarten konnte – würde sie zur Eigentümerin und Betreiberin in einer Person machen. Nicht Pilotin, aber diejenige, die die Fäden in der Hand hielt. »Kann ich im Rat auf euch zählen?«

James Robert war in erster Linie Kaufmann. So entwickelte sich das Gespräch Schritt für Schritt zu einer Übereinkunft und verlief sich schließlich mit dem letzten Tropfen der zweiten Flasche Wein in Belanglosigkeiten.

James Robert, Held der Kauffahrer gegen die Stationsregierungen, würde seine Position zur Überredung der anderen Kauffahrer ausnutzen. Elene würde ihren Einfluss in der Pell-Station spielen lassen. Plötzlich schien es möglich, dass etwas in Bewegung geriet, was alle bisher für unabänderlich gehalten hatten. Würde der Schmuggel aufhören und der Schwarzmarkt zusammenbrechen, der – ein schrecklicher Gedanke – vielleicht Mazian unterstützte?

Möglicherweise waren so viele Versorgungsgüter über diese Kanäle geflossen, dass man von einem signifikanten Leck im System sprechen konnte. Bisher war man davon ausgegangen, dass Sol dahinter steckte oder dass es Geheimbasen gab, Lager, die sie noch entdecken mussten.

Aber wenn es so war, konnten sie diese Versorgungskanäle stilllegen – und das würde Mazian ganz und gar nicht schmecken.

Wenn sie Mazian mit einem Versorgungsembargo unter Druck setzen konnten, wenn die in der Union die Angst vor einem Wiederauftauchen Mazians am Leben erhalten konnten und wenn James Robert die Kauffahrerkapitäne noch einmal auf eine Linie bringen konnte … es war ein Kartenhaus mit äußerst heikler Balance, aber wenn sie all das schafften, konnten sie mit der Union darüber verhandeln, vom Aufbau einer eigenen Handelsflotte abzusehen.

Und dies wiederum würde sichere Handelswege für neue, steuerzahlende Kauffahrer schaffen, die Werften auf Pell mit Aufträgen versorgen – das Schlüsselargument, die industriellen Interessen auf Pell dafür zu gewinnen, niedrigeren Zöllen und Hafengebühren zuzustimmen, die ihrerseits den Kauffahrern zu größeren Profiten verhelfen und ihnen die Übereinkunft noch schmackhafter machen würden …

Alles passte wunderbar zusammen; Elenes Haut prickelte vor Aufregung über dieses Beinahe-Wunder. Sie hatte James Robert und seine Kapitänskollegen hierher eingeladen, um ein dringendes Gespräch über die Zukunft zu führen, und offenbar waren auch sie daran interessiert, sich an diesem Angelpunkt der Veränderung des Universums auszutauschen und zu verhandeln.

Elene war hier, um ihre Ansprüche deutlich zu machen, und sie hatte alles bekommen, denn es war vernünftig und richtig, Schiffe zu bauen. Und es geschah im Interesse aller Beteiligten.

Selbst in dem der Erde, denn auf lange Sicht sicherte diese Lösung den Frieden. Sie konnten ihren Wohlstand behalten – wenn James Robert Recht hatte. Sie konnten alles gewinnen.

Da sagte James Robert: »Es gibt noch eine Schwierigkeit. Das *alte* Problem. Den Prozess.«

Den hatte Elene vollkommen vergessen. Dabei hatte sie sich vorgenommen, das Thema gleich in der Anfangsphase des Gesprächs anzuschneiden – aber nicht jetzt, da sie sich so dicht vor Übereinkunft befanden. Das war Damons Bereich, da ging es um rechtliche Probleme. Ihr Magen verkrampfte sich. »Francescas Fall.«

»Zum dritten Mal«, meinte James Robert bedächtig, »zum dritten Mal haben wir versucht, die Sache mit Pell ins Reine zu bringen. Wir verklagen euch, ihr reicht die Gegenklage ein. Ihr Finanzverwalter, bestimmt irgendein Angestellter aus Ihrem Büro, hat uns gerade eine Rechnung für eine Stationsbeteiligung geschickt.«

»Sie belieben zu scherzen«, entgegnete Elene.

»Wir haben euch auch eine geschickt. Irgendwann wird sie sicher auf Ihrem Schreibtisch auftauchen.«

Bisher war nichts dergleichen geschehen, aber Elene war entsetzt. Ihre Finger umklammerten Damons Hand, eine stumme Bitte zu schweigen. Sie war sicher, dass Damon einigermaßen beunruhigt war.

Aber James Robert war viel zu schlau, um direkt eine Verbindung zu suggerieren.

»Eine ganz grundlegende Frage der Kauffahrersouveränität«, meinte er. »Ich bin sicher, unsere Rechtsabteilung hat der euren schon vor Jahren unmissverständlich deutlich gemacht, dass wir bereit sind, vor Gericht zu ziehen – was angesichts der anstehenden Angelegenheiten dazu führen würde, dass ein Thema wieder aufflammt, das längst hätte erledigt sein sollen. Wir schulden der Pell-Station keine Stationsbeteiligungen. Wir zahlen keinen Lebensunterhalt. Aber wir begleichen Francescas Arztrechnungen. Und dabei bleibt es.« James Robert machte eine Handbewegung, wie um das Thema abzuschließen. »Nur damit ihr wisst, dass kein böser Wille dahinter steckt.«

Eine Schiffsbeteiligung an der *Finity's End* bedeutete eine enorme Geldsumme – und eine Stationsbeteiligung auf Pell ebenfalls. Für Francesca Neihart hatten sich eine ganze Menge Arztrechnungen und Lebensunterhaltskosten angehäuft. Für ihren Sohn ebenfalls.

»In einem Jahr wird der Junge volljährig«, warf Damon ein.

»Und sieben Jahre älter als bei unserer letzten Klage. Wir sind mitten im Ankauf unserer Fracht. Vor sieben Jahren war es noch leeres Gerede: eure Schulden für unsere Schulden. Aber jetzt haben wir es mit echtem Geld zu tun, vierzehn Komma fünf Millionen Kredite echtes Geld, und ich versichere euch in aller Freundschaft, dass ihr es *nicht* zu Gesicht bekommen werdet, dass eure Gerichte es *nicht* beschlagnahmen und auch nicht einfrieren werden, weil wir euch das letzte Hemd vom Leib klagen werden – sozusagen.«

James Robert bluffte nicht.

»Der Junge ist ein Mündel unter der Amtsvormundschaft des Gerichts von Pell«, sagte Damon.

Madison räusperte sich in das ausgedehnte Schweigen hinein. Die Konstantins waren unter anderem für ihre Sturheit bekannt.

»Er ist *unser* Bürger«, brach James Robert schließlich das Schweigen, »und wir operieren nicht mehr in der Gefahrenzone. Soweit ich weiß, lautete so die Urteilsbegründung des Gerichts in früheren Jahren. Wir können es uns nicht leisten, über diesen Punkt zu debattieren, Konstantin. Nicht zu diesem Zeitpunkt. Trotzdem werden wir vor Gericht gehen, aus Prinzip.«

Für Damon – der seiner Frau in einer Verhandlung niemals widersprach – nahm das Gesetz den Platz eines Gottes ein; wenn sie heute Abend heimkamen, würde er explodieren. Elene spürte die Spannung in seiner Hand, die ihre so fest drückte, dass es beinahe weh tat. Keine Kinder im Kriegsgebiet, lautete der Erlass des Jugendgerichts, trotz der Tatsache, dass es auf jedem Kauffahrerschiff draußen im All, das sich in Familienbesitz befand, Kinder gab. Das Jugendgericht hatte eins dieser Kinder in der Hand, und vor lauter Angst vor dem Krieg wollte ein Richter und die von ihrem Mann geleitete Behörde dieses Kind nicht gehen lassen. Aber in dem Satz *»wir operieren nicht mehr in der Gefahrenzone«*, war genau die passende Antwort für das Rechtssystem, das seine verfahrenstechnischen Probleme mit Francesca Neiharts Sohn nicht lösen konnte, weil die vom Gericht bestellten Sozialarbeiter und Psychiater ihre Zustimmung verweigerten.

Fletcher Robert Neihart hatte schon immer zwischen allen Stühlen gesessen. Es war nicht seine Schuld, dass bestimmte Elemente der Verwaltung von Pell es hassten, nur ein Anhängsel der Kauffahrerallianz zu sein;

ein paar Schreihälse vertraten sogar die Meinung, dass Pell Handelsschiffe überprüfen sollte, um festzustellen, ob sie für Kinder geeignet waren. Ein lächerliches Ansinnen, mit dem das ganze Handelsnetzwerk zum Zusammenbruch gebracht werden konnte, samt der übrigen Zivilisation – aber diese Leute argumentierten rein themenorientiert.

Um die Sache noch komplizierter zu machen, hatte sich vor Jahren ein Jugendverteidiger in der Justizbehörde ein gutes Argument ausgedacht, mit dem man eine Stationsbeteiligung beanspruchen und die *Finity* in Kriegszeiten im Namen des Jungen verklagen konnte. Die Bürokratie setzte der Idiotie noch eins drauf: Nachdem die Klage beim Gericht eingereicht war, spielte es keine Rolle mehr, dass die 14,5 Millionen Kredite als Summe niemals existiert hatten, weder in bar noch als offizielle Schuldschätzung. Aber nun, da die Summe in den Akten stand, scheuten Politiker und Finanzverwalter gleichermaßen davor zurück, die Verantwortung zu übernehmen und eine Schuld von über vierzehn Millionen zu erlassen. So blieb die Forderung in den Gerichtsakten und würde nicht gelöscht werden, ehe irgendjemand irgendwo eine entsprechende Vereinbarung unterschrieb.

Um die makabre Komödie, die ständig in eine Tragödie umzuschlagen drohte, auf die Spitze zu treiben, hatte die Finanzverwaltung von Pell nun offensichtlich – unaufhaltsam wie die stellare Schwerkraft – der *Finity* eine Rechnung über die Summe zugestellt, die laut Buchführung offen stand, und damit den obersten und wichtigsten Kapitän der Kauffahrerallianz verärgert, einen Mann, dem Pell und die ganze Allianz ihre Unabhängigkeit zu verdanken hatten. Und das genau in dem Moment, in dem es für den Frieden und die ganze menschliche Zukunft am allerwichtigsten gewesen wäre, so schnell und reibungslos wie möglich eine persönliche, wenn vielleicht auch nicht hundertprozentig legale Übereinkunft zu erzielen, bevor Pells Feinde wussten, was vor sich ging.

Elenes leidgeprüfter Ehemann wusste, wo er stand. Ihre gemeinsamen Kinder – inzwischen beide fast erwachsen – wussten es ebenfalls. Ihr Sohn behauptete, Elene würde sich nur um seine Schwester kümmern; ihre Tochter beklagte sich bitter, dass ihre Geburt nur ein Mittel zum Zweck gewesen sei.

Doch so einfach ließen sich die Kämpfe eines Lebens nicht in Schubladen packen. Die Pell-Station wusste, was sie wollte, wenn sie hartnäckig eine Spacerfrau und Fanatikerin in das Amt wählte, das Elene innehatte … dass es in ihrer Seele Ecken gab, in denen absolute, schwarze, tiefste Finsternis herrschte.

Dass der Zweck die Mittel heiligte, gehörte natürlich zu Elenes Motiven.

KAPITEL 3

Der nächste Tag – die nächsten *Tage* – waren herrlich. »Das du Frau«, sagte Melody bei ihrem dritten Treffen am Flussufer und spähte höchst interessiert durch Biancas Gesichtsschutz. Vermutlich war sie inzwischen zu dem Schluss gekommen, dass die Begegnung nicht rein zufällig war. »Sie jung, gut, stark. Zurückgekommen, dich zu sehen.« Melody tätschelte Biancas Bein. »Du gehen?«

Damit meinte Melody den Frühling, die Paarung, den Langen Marsch. Aber Bianca verstand sie nicht, sondern murmelte, dass sie von der Basis käme, und Fletcher errötete unter der Maske. »Noch nicht, nein, wir wandern noch nicht«, antwortete er schnell.

Jetzt war Bianca verlegen. Und ein bisschen ärgerlich. »Was hast du ihr gesagt, Fletcher?«

»Dass ich dich irgendwie mag«, erwiderte Fletcher und starrte auf seine Füße. Melody und Patch bewarfen die beiden mit Blättern und kreischten vor Lachen nach Downer-Art.

Fletcher mochte Bianca tatsächlich irgendwie. Zumindest mochte er, was er sah. Und das, was er der Tatsache entnahm, dass sie bereit gewesen war, zweimal hierher zurückzukommen. Und eben deshalb geriet er auf einmal ins Schwimmen und war sich dessen auch bewusst. Er sah V-Dramen und Vids, er malte sich aus, wie es wäre, wenn ein Mädchen ihn mochte, ein Mädchen, das vielleicht – ganz vielleicht – Teil seines Traums von einem Leben hier auf Downbelow werden würde.

In den letzten zwei Wochen hatte er nicht viel Biochemie gebüffelt.

Was er erlebte, war kein Irgendwann. Er träumte nicht nur. Als Juvvie hatte er gedacht, er hätte sowieso keine Möglichkeiten, und sich ausgemalt, nach Downbelow zu kommen – als blinder Passagier in einem Shuttle. Dann wollte er Vorräte plündern, eine Outlaw-Kuppel bauen und alle Downer auf seine Seite ziehen.

Wenn die Downer sich zusammengeschlossen hatten, würden die Menschen in der Basis nie wieder einen von ihnen zu Gesicht bekommen, wenn Fletcher es nicht ausdrücklich erlaubte. Dann würden die Stationsleiter sich notgedrungen auf einen Handel mit ihm einlassen. Er wäre König von Downbelow und würde gemeinsam mit Melody und Patch die Welt regieren.

Gott, wie maßlos naiv er gewesen war, und jetzt, nachdem er sich gerade in der Realzeit blamiert hatte, musste er sich eingestehen, dass er sich einem Tagtraum hingegeben hatte, der beinahe genauso unrealistisch war. Bianca war verlegen, er ebenfalls. Und wenn man Tagträume bei Licht betrachtete, lösten sich die meisten in Luft auf.

Kein Mädchen aus einer wichtigen Familie würde sich mit ihm einlassen. Wahrscheinlich versuchte sie gerade nur, Marshall Willett loszuwerden. Zwei Tage Glück mit gelegentlichen Augenblicken der Angst und einem höchstwahrscheinlich verpatzten Biochemietest. Eine ziemliche Glückssträhne für jemanden wie ihn.

Er hörte sich an wie ein Idiot. Doch die Realität war die beste Medizin für einen Anfall von Tagträumen und in seiner Verlegenheit ging Fletcher hinunter ans Wasser, hockte sich hin und stocherte zwischen den Steinen herum, echte Steine in einer wirklichen Welt, wichtige Dinge.

Sein Leben war nicht so wie in den Vids, Tagträume erfüllten sich nicht für einen Niemand wie ihn, der nicht wusste, wo das Leben ihn hinführte. Es war abgrundtief peinlich, wenn man vor den Augen der anderen Kinder zum Lehrer gehen und sagen musste, dass man nichts von dem Test gewusst hatte, weil man leider nicht mehr in 28 608 Grün wohnte, sondern umgezogen war, und jetzt hauste man wieder im Heim oder war schon wieder draußen und wohnte diese Woche bei den Chavezes.

Wenn der blöde Lehrer die Unterlagen dann schließlich geändert hatte, bekam man die E-Mails immer nicht, weil es mit den Chavezes »leider nicht geklappt hatte«. Ziemlich heftig, wenn man erst acht Jahre alt war.

Doppelt schlimm war es, wenn man gerade einen Therapeuten hatte, der zu blöd war, die Tür zu seinem Büro zu schließen, wenn er sich mit den Pflegeeltern über einen unterhielt – die einen nicht mehr wollten, weil die Frau schwanger war und beide Angst hatten, man würde das Baby stören.

Das war kein Honiglecken gewesen. Irgendwann hatten die Behörden ihm einen anderen Therapeuten vermittelt, der die gleichen doofen Fragen stellte und mit ihm die ganze Kennenlernroutine noch mal von vorn durchzog, die gerade endlich aufgehört hatte weh zu tun. Inzwischen langweilte ihn das, denn er war so oft weitergereicht worden, so viele verschiedene Leute hatten die vom Gericht vorgeschriebenen Formulare ausgefüllt, dass er die Routine durchschaute und wusste, dass die Sache rein geschäftlich war. Sie wurden dafür bezahlt, dass sie sich um ihn kümmerten, stundenweise.

Die Station bezahlte die Pflegefamilien.

Sie bezahlten Downer, nicht mit Geld, und schon gar nicht dafür, dass sie sich um streunende Kinder kümmerten; Melody und Patch hatten ihm ihre Zuwendung freiwillig geschenkt.

Eine Hand legte sich auf seine Schulter. Er dachte, es wäre Melody und fühlte sich getröstet.

Aber es war nicht Melody, sondern Bianca, die sich neben ihn gekniet hatte und ihren Kopf leicht an seinen legte, sodass sich die Gesichtsplatten berührten. Fletcher war starr vor Schreck.

»Was ist los?« fragte sie. »Was hab ich getan?«

Gott, die Welt stand Kopf. Was *sie* getan hatte? Sie konnte das unmöglich ernst meinen. Ausgeschlossen. Aber Bianca legte den Arm um ihn, und er drückte sie an sich. Wenn es nicht lebensgefährlich gewesen wäre, hätte er die Maske abgenommen und Bianca geküsst.

»Oh«, hörte er Melodys Stimme ganz in der Nähe. »Schau, schau, sie treiben's miteinander.«

»Verdammt!« rief Fletcher und brach damit die ersten zehn Regeln des Lebens auf Downbelow. Er beschimpfte Melody sonst nie. Schnell ließ er Bianca los, hob einen Zweig vom Boden auf, warf ihn nach Melody und gleich noch eine Handvoll Blumen hinterher. »Das ist gemein!« schrie er und verwandelte seine ungehaltene Reaktion so schnell er konnte in einen Scherz.

Melody ging außerhalb der Reichweite der Blumengeschosse in die Hocke und wurde ernst. »Fletcher nicht mehr traurig«, stellte sie fest und sah ihn mit großen Downer-Augen an. »Gut, gut, du nicht mehr traurig.«

Was sagte man, was *konnte* er überhaupt sagen vor dem Mädchen, das er zu beeindrucken hoffte und das mit angesehen hatte, wie idiotisch er sich gerade mit den Downern benommen hatte, die er hier vor menschlichen Eindringlingen beschützen sollte?

»Ich liebe dich«, sagte er zu Melody und übertrat damit den Rest der Regeln. »Du meine Mama, Melody. Patch, du mein Papa. Liebe euch.«

»Baby wird groß«, entgegnete Melody. »Geh wandern bald, mach *neues* Baby.«

Himmel, was bedeutete das nun schon wieder, dass er sich so plötzlich und vollkommen ungerechtfertigt verletzt fühlte?

Er drehte sich halb um und wollte sehen, was Bianca dachte, aber durch die Maske war nicht viel zu erkennen.

Für sie umgekehrt natürlich auch nicht. »Melody hat sich früher um mich gekümmert«, erklärte er. Die Wahrheit, wenn auch nicht die ganze Wahrheit. Für die Lehrer und Ämter und Psychologen und alle anderen war der Name Fletcher gleichbedeutend mit Ärger. Sie hatten alle Familie, genau wie Bianca, und er war bloß der *Junge vom Gericht*.

»Wo war das?« erkundigte sich Bianca, zu Recht etwas verwirrt.

»Vor langer Zeit, auf der Station. Ich habe mich verirrt und sie haben mich ... na ja, sie haben mich gefunden. Und nach Hause gebracht.« Er hatte nicht vor, in die unangenehmen Einzelheiten zu gehen. Aber aus ihrem maskierten Gesicht konnte er nicht entnehmen, was sie von ihm hielt. Verzweifelt kämpfte er um ein wenig Vertrauen zu dem einzigen Mädchen, mit dem er je zusammen gewesen war. »Ich hab mich immer in die Tunnel geschlichen, um sie zu treffen. Und als ich hierher geschickt wurde, wollte ich als Erstes Melody und Patch finden.«

»Du nimmst mich auf den Arm«, sagte sie.

Er schüttelte den Kopf. »Nein, das ist die reine Wahrheit.«

»Macht er sich über mich lustig?« erkundigte sie sich bei Melody, womit sie die erste Regel brach: Stelle niemals den Charakter eines anderen Menschen infrage.

»Er sehr klein, sehr traurig«, antwortete Melody. »Lange Zeit er traurig. Du glücklich er.«

Manchmal wusste man nicht recht, was Downer meinten, wenn sie Worte aneinander reihten. Bei Melody erriet Fletcher es meistens: Anscheinend mochte sie Bianca.

»Machen ihn wandern eine Menge weit«, mischte sich Patch hilfsbereit ein.

»Das ist ja abgefahren«, sagte Bianca im Teenie-Slang ... den man ebenfalls nicht benutzen sollte. Wahrscheinlich war sie einfach überwältigt und es dämmerte ihr allmählich, dass sie mit einem Jungen zusammen war, der nicht ganz den normalen Maßstäben entsprach. Der nicht respektabel war, der sich nicht an die Regeln hielt. Sie saß da und sah ziemlich verdattert aus, soweit man das von jemandem behaupten konnte, der eine Maske trug. Fletcher nahm sich ein Herz und legte den Arm um sie.

Sie machte eine rasche Bewegung und Fletcher ließ sie hastig los. Hatte er sie doch missverstanden?

Aber sie berührte seinen Arm, wie sie es gelernt hatten, um den Gesprächspartner zu besonders intensivem Zuhören aufzufordern.

»Ich glaube dir«, sagte sie, ließ ihre Hand über seinen Arm zu seiner Hand wandern und hielt sie fest. Es prickelte, als ihre nackte Haut sacht die seine berührte.

Als sie wenig später bei Sonnenuntergang den Heimweg antraten, hielt sie wieder seine Hand.

»Ich hab mir das Programm drüben in Blau angesehen«, meinte Bianca unvermittelt, als sie am Flussufer entlang schlenderten. »Warst du schon mal dort?«

»Gelegentlich.«

Mittwoch abends gab es immer große Ballspiele. Die Akademie im wohlhabenden Blauen Sektor spielte gegen Schulen wie seine drüben im industriellen Dock Weiß, wo er bei den Wilsons gelebt hatte. Manchmal endete ein Spiel auch mit einer außerschulischen Schlägerei.

»Komisch, wir sind uns wahrscheinlich schon früher begegnet«, stellte Bianca fest.

»Könnte sein.«

Das muss für sie unvorstellbar sein, dachte er. Bestimmt würde sie ihm die kalte Schulter zeigen und alle seine Geheimnisse ausplaudern, wenn sie erst wieder sicher bei den Kuppeln war. Aber sie drückte seine

Hand und erlöste ihn aus seinen Schreckensphantasien. Sie plauderte von Ballspielen und von der Schule.

Er wollte ihr von seinen Gefühlen erzählen. In einem tollkühnen Augenblick hätte er sie gern gefragt, ob sie genauso unsicher war wie er, weil sie diese Grenze überschritten hatten, sich an den Händen hielten, so dicht nebeneinander her gingen.

Aber konnte er so etwas ansprechen? Er hatte das Gefühl, dass auf seinen Nerven und Venen eine Last ruhte, die er nicht überleben würde.

Vielleicht fühlten sich normale Menschen so. Vielleicht auch nicht. Wie sollte er je sicher sein? Wenn Melody es nicht wusste und von Gleichaltrigen nichts zu erfahren war, wen sollte er dann fragen?

Jedenfalls ganz bestimmt nicht die Psychodocs.

* * *

Zwei Dokumente warteten auf Elenes Unterschrift. *In der Sache des vor dem Gericht von Pell anhängigen Verfahren …* lag zuoberst: *In einer endgültigen Regelung hinsichtlich der oben genannten Forderung gegen das Handelsschiff* Finity's End, *stellen James Robert Neihart, Erster Kapitän der* Finity's End, *ihre Besatzung und Handelsgesellschaft 150 000 Kredite zur Verfügung, die treuhänderisch hinterlegt werden zur Deckung aller Kosten, ganz gleich welcher Art und welchen Ursprungs, öffentlich oder privat, ab dem heutigen Datum. Obige Summe ist auf der Bank von Pell anzulegen, zur Tilgung sämtlicher Schulden von Fletcher Robert Neihart, einem Angehörigen der* Finity's End.

Damit war eine Kontroverse mit einem Bruchteil der geforderten 14,5 Millionen geschlichtet. Die 150 000 stellten eine vernünftige Schätzung von Francescas damals beabsichtigtem Aufenthalt auf Pell dar, nämlich ein Jahr, plus die Arztrechnungen für eine normale Geburt, ohne Zinsen.

Die Schuld war getilgt. Die *Finity's End* schickte den

vereinbarten Betrag einfach an die Bank von Pell, und der Rechtsstreit, der jedes Andocken der *Finity* während des Krieges schwierig gemacht hatte, war beigelegt. Weitere Forderungen und Verpflichtungen aller Art würden nach diesem Fonds eingeschätzt. Nun mussten sich die internen politischen Streithammel und ihre Anwälte auf einen konkreten, erreichbaren Preis konzentrieren und nicht mehr auf ein Kind und die mit ihm zusammenhängenden Probleme.

Elene unterschrieb die Schriftstücke, stand auf und überreichte sie dem gesetzlichen Vertreter der *Finity*, einem jungen Mann mit dem einfachen Namen Blue.

»Das wäre erledigt«, sagte sie. Und hatte Bedenken wegen des letzten noch ausstehenden Schritts im Fall Fletcher. Ihr hatte es sowieso nie gepasst, dass ein Spacer nach Downbelow ging, es war nur nicht mehr so einfach, ihn daran zu hindern. Mit ein wenig schlechtem Gewissen dachte sie daran, dass sie nicht heftigen Widerspruch eingelegt hatte, als sie vor vier Jahren bemerkte, dass Fletchers jugendliche Begeisterung für die Downer nun auf Planetarwissenschaft umgeschwenkt war. Das Studienprogramm hatte dafür gesorgt, dass der Junge nicht mehr in den Polizeiberichten auftauchte, und sie hatte die vier Jahre ohne eine Fletcher-Krise weidlich genossen. Aber jetzt war eine Entscheidung fällig.

Dank der Unterstützung der *Finity* im Rat der Kapitäne wurde zum ersten Mal seit dem Vertrag von Pell ein Handelsschiff gebaut.

Zusammenfassend konnte man als Ergebnis bezeichnen, dass die Union ihren Willen nicht bekommen würde. Doch die Union glaubte nicht, dass der Rat der Kapitäne eine uneigennützige Entscheidung fällen konnte, auch nicht, dass sie gemeinsam aktiv wurden oder zwei Kauffahrer dazu brachten, sich zu einigen.

Wenn Mallory von der *Norway* Recht hatte und der Schwarzmarkt tatsächlich Mazians Pipeline für Waren und Geldmittel darstellte, dann war es ein sehr beunruhigender, aber durchaus plausibler Gedanke, dass Schiffe in sein Lager überliefen. Anfangs war der Krieg zwischen der Erdcompany und der Union ausgefochten worden – die Allianz hatte damals noch nicht existiert. Kauffahrer hatten sich in dem damals noch geringfügigen Disput neutral verhalten und beiden Seiten gedient, außer denen, die sich aktiv als Kanonenschiffe verdingten.

Unterdessen baute die Erde die Flotte, um ihren Einfluss in den Kolonien zu verstärken und dem Unabhängigkeitsstreben der Union entgegenzuwirken. Typischerweise hatte die Erde nicht erkannt, was notwendig war, um einen Krieg auf diesem Niveau zu führen; sie versagte bei der Versorgung der Flotte, die sie ins Leben gerufen hatte, und erklärte, das wäre Aufgabe der Kolonien; die Flotte hatte sich daraufhin auf Lieferungen der Kauffahrer verlassen – hatte im Krieg vom Schwarzmarkt gekauft und sich gelegentlich auch schon vor der Schlacht um Pell der Piraterie verschrieben. Die Flotte hatte sich den Kauffahrern entfremdet, bis sich diese schließlich gegen die Flotte erhoben und sie vertrieben – weit hinaus ins Dunkel, nachdem ihr Versuch, die Erde zu übernehmen, auf den vereinten Widerstand von Mallory, der Union und der Kauffahrer gestoßen war. Nun hatte die Flotte alle Verbündeten verloren und musste sich in die Einsamkeit des tiefen Raums zurückziehen. Wie sie sich dort versorgten, hatte allerdings noch niemand zuverlässig feststellen können.

Vor der Schlacht um Pell hatten die meisten Handelsschiffe mit Mazian Geschäfte gemacht; und als James Robert das Schreckgespenst heraufbeschwor, dass Mazian noch in wesentlich größerem Umfang von Handelsschiffen unterstützt wurde, als man bisher angenommen hatte, wurde es unangenehm naheliegend, dass einige Kauffahrer, für die persönliche Unabhängigkeit seit Jahrhunderten einen unumstößlichen ethischen

Wert darstellte, noch immer bereit waren, einem Kollegen das Wasser abzugraben, indem sie ihre Handelspraktiken in großem Rahmen fortsetzten. Dieser Handel, der natürlich nicht in der Buchführung der Stationen auftauchte, entzog sich historisch schon immer einer Überprüfung – wie sollte man auch Statistiken von etwas aufstellen, was man nie zu Gesicht bekam? Und nun kam James Robert mit der Hypothese, dass Mazian Mittel und Wege gefunden hatte, sich in den Schattenhandel einzuklinken, bei dem sich Schiffe an isolierten Sprungpunkten trafen, Ladungsmanifeste und Stempel sich auf mysteriöse Weise veränderten, Waren sich verwandelten oder auf dem Weg zum nächsten Hafen verschwanden, bis schließlich die Dokumente, auf denen Statistiken und Steuern basierten, nicht mehr wiederzuerkennen waren.

Außerdem erstreckten sich die Routen des Schattenhandels weit über das den Stationen bekannte Gebiet hinaus – keine Station konnte über jeden Schiffskontakt und jede Schiffsbewegung Buch führen, wenn nur Stationsbesuche in den Logbüchern vermerkt wurden. Der Schattenmarkt war ein Netzwerk, in dem man theoretisch alles zu kaufen bekam, was von einem Schiff transportiert werden konnte. Der so auf Ordnung bedachten Union war das nie Recht gewesen. Sie wollte nicht, dass die Allianz ihre abgelegenen Koloniehäfen bediente – das war eine potentielle Bedrohung für die innere Sicherheit, wurde argumentiert. Andere Stimmen behaupteten, die Union wollte lediglich vermeiden, dass Pell und die Erde erfuhren, wie rasch sie sich ausbreitete. Gleichzeitig trieb die Union aggressiv den Bau von Schiffen voran; sie gestatteten ausgewählten Kauffahrern der Allianz, Cyteen anzulaufen und köderten die Betreffenden mit vorteilhaften Handelsvereinbarungen, um unter den Kauffahrern Neid und Missgunst zu schüren. Dies wiederum hatte zur Folge, dass Pell immer stärker unter Druck geriet, seine Dockgebühren zu senken, um mit den günstigen Tarifen der Union mithalten zu können. Aber nun meinte James Robert, die Kauffahrer sollten der Union insofern nachgeben, dass sie sich selbst einschränkten, und dass alle Stationen ihre Gebühren senken sollten als Gegenleistung dafür, dass die Kauffahrer sich verpflichteten, sämtliche Geschäfte innerhalb der Gebührenregelung abzuwickeln.

Dies, so argumentierte James Robert, war die einzige Alternative, wenn nicht irgendwann die ganze Allianz in Mazians Griff zappeln wollte – aber *Elene* machte sich Sorgen, dass die Allianz der Union in die Hände fiel.

Doch sie mussten beide zugeben, dass in harten Zeiten mehr Kauffahrer verzweifelt genug sein würden, um mit dem Teufel Geschäfte zu machen – oder ihn als Helden zurückzuholen, den Retter vor den gierigen Stationspolitikern.

Conrad Mazian als strahlender Held. Alle übrigen als Gesetzesbrecher und Verräter. Der Krieg würde von vorn beginnen. Das war kein neuer Gedanke. Nur eine uralte Sorge, die von neuem ihr hässliches Haupt erhob.

Doch das Risiko war inzwischen ungleich höher geworden. Auch die Union legte keinen Wert auf ein solches Zukunftsszenario.

Kehrte die *Finity* zum Handel zurück, weil der Krieg vorbei war? Nein. Elene glaubte nicht, dass es irgendwo einen überwältigenden Sieg gegeben hatte. Außerdem hätte sie gewettet, dass Mallory die *Finity* tatsächlich zurück in den Kauffahrerhandel geschickt hatte – aus einem wichtigen Grund, nämlich, um genau das zu tun, was James Robert mit ihr getan hatte: Um Verhandlungsergebnisse zu erzielen, die nur James Robert erzielen konnte. Offensichtlich war er zuerst zu ihr gekommen, um Pell für seinen Plan zu gewinnen. Und er verließ sich fest darauf, dass sie, Elene Quen, dafür sorgen konnte, dass Pell zustimmte.

Danach würde er das allgemeine Einverständnis der Kauffahrer anstreben – und wo konnte er das besser als entlang der Kette von Sternen, die *einerseits* zur Union und *andererseits* zur Allianz gehörten und ein heikles Beziehungsballett mit beiden vollführten.

Mariner. Voyager. Esperance.

Dann die Kauffahrer direkt. Keine Station, keine Regierung, keine Militärorganisation konnte mehrere hundert auf Unabhängigkeit erpichte Kauffahrerkapitäne von einem Handel abbringen, den sie für ihr gottgegebenes Recht hielten, genauso wenig wie man sie dazu überreden konnte, andere Kauffahrerkapitäne zu etablieren, die eine Konkurrenz darstellten.

Aber James Robert würde womöglich genau das schaffen.

* * *

In den Vids, die von der Alten Erde kamen, gab es Tage mit blauem Himmel. So etwas passierte auf Downbelow nie. Die Wolken hatten endlose Muster: Manchmal waren sie glatt, manchmal bildeten sich kleine Beulen auf ihrer Unterseite, manchmal hatten sie Schichten und Lagen, die mit unterschiedlicher Geschwindigkeit von den wilden Winden vorangetrieben wurden. Die Große Sonne aber hüllte sich für gewöhnlich in dichte Schleier – sodass es für die Downer ein wichtiges Ereignis war, wenn sie doch einmal ein wenig Feuer sehen ließ.

Doch obgleich die Downer die Große Sonne verehrten, obwohl sie höflich und respektvoll warten wollten, bis diese wieder einmal auftauchte, war ihnen die Zeit zwischen ihrem Erscheinen einfach zu lang.

Deshalb hatten sie die Wächter geschaffen, großäugige, ehrfurchtsvolle Statuen, die anstelle der Downer gen Himmel starrten.

Auf einem bewaldeten Hügel in der Nähe der Basis gab es mehrere solcher Figuren, nur kniehoch, sodass man über sie stolperte, wenn man nicht auf sie gefasst war. Zwei von ihnen blickten nach oben. Eine schaute vom Abhang leicht nach unten, und wenn man ihrem Blick folgte, erblickte man die Basis hinter den Bäumen.

Fletcher kannte die Stelle und wusste deshalb, wohin Melody und Patch gingen, als sie diesen Hügel erklommen. Er folgte ihnen, Bianca dicht hinter sich.

»Wohin gehen die beiden?« keuchte Bianca, doch als sie die fast gänzlich von Unkraut überwucherten Gestalten entdeckte, blieb sie wie angewurzelt stehen. »Oh, du meine Güte.«

Sie war beeindruckt. Fletcher wurde warm ums Herz.

»Bringen schauen Himmel«, erklärte Patch mit einer Handbewegung rundherum. »Gut sehen Himmel!«

Großartige Aussicht, meinte er damit und heute gehörte es aus irgendeinem Grund zur Tagesordnung der Downer, ebenfalls zum Himmel hinaufzublicken – vielleicht wollten sie heute Bianca diese Stelle zeigen, wie sie sie voriges Jahr im Frühherbst Fletcher gezeigt hatten.

»Es ist wundervoll«, sagte Bianca. »Wissen sie das in der Basis, ich meine, weiß man dort, dass es diese Stelle gibt?«

»Ich weiß nicht«, antwortete Fletcher. »Es geht die Forscher nichts an, oder? Höchstens, wenn die Hisa selbst es ihnen nicht erzählen.«

So dachte er darüber. Er wusste nicht, ob er in den Computern in der Basis einen Vermerk finden würde, dass der Platz der Forschung bekannt war und dass es nur den Teilnehmern des Studienprogramms untersagt war, ihn zu betreten; aber für gewöhnlich hatten Studienanfänger ja auch keine persönlichen Hisa, die sie hierher führten.

Dass Melody und Patch ihn heute Morgen plötzlich vom Büscheschneiden fortgezerrt hatten und von ihm verlangten, er solle Bianca holen, war bestimmt ein Zeichen dafür, dass sie Bianca akzeptierten.

»Banky!« So nannten sie Bianca. »Wandern, wandern, wandern.«

Das bedeutete eine ziemlich große Entfernung. Dreimal wandern!

So hatte sich Bianca heute Morgen ebenfalls von ihrer Arbeit weggeschlichen. Es war ganz einfach. Irgendwann im Lauf des Tages würde der Job erledigt werden. In der Station hätte man sofort Nachforschungen angestellt, wenn zwei Teens einfach eine Vormittagspause einlegten.

Sie fanden ein verstecktes Plätzchen und beobachteten die Wolken, die über sie hinwegsegelten.

»Die Wolken bewegen sich echt schnell«, stellte Bianca fest und deutete zum Himmel; sie lagen ausgestreckt neben Melody und Patch auf dem Rücken im Gras. »Es muss ziemlich windig sein da oben.«

»Regen kommen«, meinte Melody, ergriff Fletchers Hand und drückte sie mit ihren schwieligen Fingern.

Regen. Der Monsun.

Der Wetterbericht in der Basis hatte ein Tiefdruckgebiet im Golf angekündigt, das vom südlichen Kontinent heraufzog. Aber solche Vorhersagen stammten von der Station, und da man dort das Wetter aus dem Weltraum beobachtete, waren sie nie sehr genau – irgendwann würde es einen Umschwung geben, das schon, aber der Wetterbericht hatte so gut wie nie Recht. Es gab so viele Variablen, die das Wettergeschehen beeinflussten, und richtige Bodendaten wurden nur von vier Stellen auf Downbelow geliefert: von den Farmen im Süden, vom Hafen, von einer Forschungsstation an der Golfküste und von der Basis, mithilfe eines primitiven kleinen Instrumentenkastens. Die Belegschaft machte gern Witze, dass die Downer über das Wetter immer Bescheid wussten, während den Wetterleuten nichts anderes übrig blieb als zu würfeln.

Doch die Wolken wurden so rapide dunkler, dass Fletcher vor Nervosität eine Gänsehaut bekam. Der Monsun war im Anmarsch: Obwohl Fletcher auf der Station geboren war, spürte er den plötzlichen Umschwung am Himmel und in der Luft. Auch Melody und Patch deuteten zum Himmel und unterhielten sich angeregt darüber, wie der Wind die Wolken vor sich her trieb. Vielleicht, dachte Fletcher mit einem äußerst unguten Gefühl im Magen, vielleicht spüren sie jetzt das, was die Downer auf ihre Wanderungen treibt, was immer das sein mag. Abgelenkt, wie sie waren, konnten sie sich leicht in Gefahr begeben.

Womöglich sah er sie heute zum letzten Mal!

»Fluss er gehen in Himmel«, meinte Patch und fuchtelte ausladend mit seinem pelzigen Arm in der Luft herum. »Wandern mit Große Sonne. Runter, runter, runter er fallen, bringen hoch Blumen, Menge Blumen.«

Melody atmete tief ein. »Regen riechen.«

Wie Regen wohl riechen mochte? Das war eine der vielen Fragen, die Fletcher gern gestellt hätte; aber er wagte es nicht. Die Wolken waren heute ungewöhnlich grau, und wenn er in der letzten Viertelstunde hätte schätzen sollen, wie spät es war, hätte er auf die Abenddämmerung getippt, obwohl er genau wusste, dass Mittagszeit war. Ein Teil in ihm war beunruhigt und verstört. Ein anderer musste plötzlich das Gefühl abschütteln, dass es Nacht wurde – und gegen ein Gähnen ankämpfen.

Das war auch ein Gefahrensignal, dass der Zylinder dabei war, den Geist aufzugeben. Aber Fletcher glaubte eher, dass das Licht daran schuld war. Das passierte eben, wenn es dunkel wurde, ob es nun der Übergang vom Haupttag zum Wechseltag auf der Station war oder die von der Sonne abgewandte Drehung eines Planeten.

»Es ist ein Gefühl, als würde es Nacht«, bemerkte Bianca, als wollte sie Fletcher das Wort aus dem Mund nehmen.

»Ja, genau«, stimmte er zu.

»Regen«, sagte Melody und im nächsten Moment landete ein dicker Tropfen auf Fletchers Hand.

Mit einer Wucht, dass die Blätter erzitterten, platschten nun weitere Tropfen auf die Wiese herab.

»Wir sollten lieber zurückgehen«, sagte Fletcher. Auf einmal war seine Angst eher körperlicher Natur, eine Angst vor Blitz und Überschwemmung. Zwar hatte er gelegentlich Regen gesehen, aber sie waren eindringlich vor den Monsununwettern gewarnt worden, vor den plötzlichen Überflutungen, die einen von jetzt auf nachher von den bekannten Wegen abschneiden konnten – Gefahren, von denen stationsgeborene Menschen nichts ahnten. Sie lebten stets im gleichen Wetter, ob Hoch oder Tief, ob Tag oder Nacht. Was ihnen jetzt bevorstand, war nach dem, was sie gelernt hatten, zwar kein ausgewachsener Monsun – der kam nicht an einem einzigen Nachmittag –, aber ungewohnt und bedrohlich genug.

Einen kurzen Moment wurde es hell. Ein Blitz, dachte Fletcher. Er hatte selten Blitze gesehen außer aus der Sicherheit der Kuppeln.

Dann erscholl ein lautes Dröhnen, das direkt über ihnen zu sein schien, nicht in der Ferne, wie Fletcher es bisher kannte. Er und Bianca sprangen auf, was Melody und Patch köstlich amüsierte.

»Das war Donner«, erklärte Fletcher mit zittriger Stimme. Er war ganz sicher. Shuttles durchbrachen die Schallmauer, aber nur weit weg von hier. »Ich finde, wir sollten lieber aufbrechen.«

»Wir euch bringen Sicherheit«, versprach Melody, rannte los und tätschelte die Statuen, sprach mit ihnen in der Hisa-Sprache, ein wahrer Wortschwall, und hinterlegte eine einzelne Blume bei ihnen.

Dann kamen die beiden Hisa zurückgehüpft, packten Bianca und Fletcher an den Händen und zogen sie zum Weg zurück zur Basis, während die Regentropfen auf sie herabprasselten. Ein Stück weiter ließen sie ihre Hände los und hopsten munter vor ihnen her. Ein heftiger Windstoß schüttelte die Bäume, mit einem Rauschen, das sich anhörte wie Wasser.

Ein schwaches Sirenengeheul erklang im Wald und übertönte das Pladdern des Regens. Die Wetterwarnung, ein wenig verspätet.

In der Basis hatte man das Gewitter nicht kommen sehen. Nicht rechtzeitig jedenfalls. Jetzt fummelte bestimmt jemand nach dem Alarmschalter. Und dieser Jemand war vermutlich knallrot im Gesicht.

Aber sie hatten noch einen langen Weg vor sich, bis sie in Sicherheit waren.

KAPITEL 4

Der Abenteurer balancierte auf der Kante eines blaurandigen Abgrunds.

Und stürzte ab. Rutschte mit atemberaubender Geschwindigkeit in die Tiefe flog in einer Spirale durch die Sterne und landete schließlich in einer erbarmungslosen Wüste.

Am Horizont erschien eine Dinosaurierherde. Sie kam unaufhaltsam näher.

JR sah sich nach einer Fluchtmöglichkeit um und stieß mit dem Fuß die Steine weg, die um ihn herum lagen.

Unter dem Sand glühte es purpurn.

Entweder war es das nächste Höllen-Level oder ein Ausweg. Ganz in der Nähe sah er einen großen Felsen und schob ihn mit übermenschlicher Kraft beiseite. Aktinisches Licht strahlte aus dem Sand empor, und er steckte vorsichtig den Fuß hinein. Gerade als die Dinoherde über ihn hinwegdonnerte, dass die Erde unter ihren Leibern erzitterte, glitt er hinein. Mäuler schnappten nach ihm, heißer Atem zischte ihm um die Ohren.

Nun sauste er durch die formlose Finsternis, purpurrote Ranken griffen nach ihm, schlangen sich um ihn und verlangsamten seinen Fall.

Doch er entkam ihnen und landete mit dem Steißbein auf einer weichen Oberfläche. Das Licht wurde schwächer. Und wieder heller. Dreimal.

Das Spiel war zu Ende.

Er nahm den Helm ab und fuhr sich mit der Hand durch die verschwitzten Haare. Eine Weile saß er regungslos auf dem Boden unter der Ausgangsrutsche und rang nach Atem. Er zitterte am ganzen Leib. Ich bin in Sicherheit, sagte er sich immer wieder. Spiele waren nützlich, sie schulten die Reflexe. Und es ging nicht um Menschenleben.

Aus der Rutsche neben ihm kam sein Cousin Bucklin. Ihm folgte Cousine Lyra.

Genauso erschöpft, genauso zittrig. Es war wie ein Rausch; zwar ging es nicht um Leben und Tod, aber es dauerte wahrscheinlich seine Zeit, bis kampfesmüde Nerven darauf vertrauen konnten.

»Ziemlich gut für ein bisschen rotes Licht«, meinte Lyra, immer noch atemlos.

»Ja.«

Seit sie Kinder gewesen waren, hatten sie keine Vid-Fahrt mehr gemacht – auf der Sol-Station der Erde hatte es zwar zahlreiche Spielhallen gegeben, aber wegen der strengen Moralerlasse gab es nur Kinderkram oder Kampfszenen. Ersteres wurde denn auch hauptsächlich von den Kids genutzt, aber für zukünftige Piloten war das andere tabu. Voraussetzung für den Einlass zu der Einrichtung hier war eine Größe von mindestens einem Meter fünfzig und unter den Gästen waren auch einige erwachsene Spacer; so hatten JR und seine Truppe ihr Geld aus der Tasche gekramt und es versucht. Angeblich nur, um zu erfahren, ob es für ihre drei jüngsten Cousins geeignet war.

JRs Beine waren wie aus Gummi. Man musste ja richtig hart arbeiten da oben in der Simulation. So albern das alles auch war – wie Lyra bereits festgestellt hatte, für ein bisschen rotes Licht und Dinosaurier war es ziemlich gut. Er schwitzte und atmete schwer. Und hatte sogar ein paar blaue Flecken, wo er gegen die gepolsterten Wände geknallt war.

Die Einrichtung warb mit siebenundvierzig verschiedenen Spielen, je nach Software. Einige waren Nahkampf, andere dienten der Entspannung, wieder andere waren reines Fitnesstraining. Was sie gewählt hatten, wurde als Geschicklichkeitsübung eingestuft und machte dieser Beschreibung alle Ehre. Sie schwitzten immer noch, als sie nach draußen zu einer lauten kleinen Saftbar schlenderten – hier wurde streng darauf geachtet, dass die Kundschaft nüchtern war, und kein Alkohol ausgeschenkt. Im Weißen Sektor gab es ein ähnliches Etablissement, in dem es freizügiger zuging, und dort war die Klientel erwartungsgemäß wesentlich ausgelassener und auch älter. Das wäre dem Alten Mann bestimmt nicht recht gewesen.

Die *Finity* war lange nicht mehr auf Pell gewesen, sie alle hatten zu lange dort draußen gelebt, zwischen echten Geschützen und echten Waffen. Doch die größte Sorge des Alten Mannes galt weniger dem eventuell schädlichen Einfluss von Sex – obgleich dieses Problem bei Junioren, die mental alt genug, aber körperlich noch nicht reif dafür waren, natürlich nicht zu leugnen war. Dem Alten aber ging es zum einen um die Spiele, in denen Kampfszenen im Weltraum nachgestellt wurden, und zum anderen um die reale Konfrontation mit den eher zwielichtigen Elementen mancher Docks, und in diesen Bereichen bestand er aus moralischen Gründen auf strikten Regeln und Einschränkungen. JR, der unmittelbar für die Junioren zuständig war, wollte die Juniorjunioren aber auch deshalb nicht ohne Aufsicht in eine Spielhalle gehen lassen, weil selbst die jüngsten Besatzungsmitglieder der *Finity* über Reflexe verfügten, die anderen fehlten, und dieser Umstand leicht zu Problemen mit der Haftbarkeit führen konnte.

Das hier war phantastisch genug, fand JR. Die Junioren konnten es unmöglich mit der Wirklichkeit verwechseln. Sie würden keine Albträume davon bekommen, und es würde sie auch nicht zu aggressivem Verhalten verleiten.

Wenn die Juniorjunioren sicher in ihren Zimmern weilten, würden die Seniorjunioren natürlich trotzdem in den Roten oder Weißen Sektor abwandern, um zu sehen, wie das nicht jugendfreie Angebot in den schäbigeren Gegenden der Docks aussah. Die Seniorjunioren, also JRs Gruppe, hatten in den sieben Jahren seit ihrem letzten Aufenthalt in diesem Hafen die Grenze zur Volljährigkeit überschritten. Sie waren draußen im richtigen Kampf gewesen, sie waren echte Korridore entlanggegangen und hatten unliebsame Überraschungen erlebt, die nicht aus dem Computer stammten. Nach sieben harten, gefährlichen Jahren im Weltraum kamen sie in ihren Registrierhafen zurück, und nun saßen sie in einer Saftbar, deren Wände mit Dinosauriern und grellen Drachen bemalt war, und schlürften rosarote Fruchtgetränke, während der Rest der kleinen Gruppe nach und nach ebenfalls in der Bar eintrudelte und sich an ihrem Tisch versammelte.

Chad, Toby, Wayne und Sue erschienen, verschwitzt, mit geröteten Wangen; alle gaben zu, dass es tatsächlich aufregender gewesen war, als sie erwartet hatten.

»Wird den Junioren jedenfalls nicht schaden«, lautete JRs Urteil, während er nachdenklich an seinem Fruchtsaft nippte. Süßes Zeug, von dem einem schnell schlecht werden konnte. Außerdem weckte es nicht unbedingt angenehme Erinnerungen an seine Kindheit.

Die ganze Reise schon hatte Erinnerungen geweckt, ein Albtraum, der nie ganz enden wollte. Denn die Toten kamen nicht zurück, um noch einmal die Dinge zu genießen, die sie beim letzten Aufenthalt in Pell gemeinsam erlebt hatten. Das verursachte vielen Besatzungsmitgliedern Probleme: Manchmal hatten sie fast das Gefühl, Gespenster zu sehen, wenn plötzlich an irgendeinem vertrauten Treffpunkt ein Gesicht auftauchte, das einem anderen zum Verwechseln ähnelte.

Oder man dachte an einen Theaterbesuch, und plötzlich wurde einem schmerzlich bewusst, wie viel kleiner die Gruppe geworden war, im Vergleich zu der Erinnerung, dem Bild aus der Vergangenheit.

Gespenster, viel lebensechter als jede Computersimulation … präzise, von Träumen begleitet. Aber man musste sie loslassen. Das wusste JR, obwohl er noch jung war. Aber er hatte etwas anderes erwartet, ein bisschen mehr …

Ein bisschen mehr Würde.

Im Krieg war Pell ein grimmiger, freudloser Ort gewesen, sagten die Senioren; JR hatte in den letzten Jahren beobachtet, wie sich die Docks in ein lärmendes, neonglitzerndes Vergnügungsviertel verwandelten. Jetzt … jetzt gab es hier Dinosaurier, und man kam sich vor, als wäre die Verbindung zur Realität gänzlich gekappt worden.

Der Alte Mann meinte also, sie würden wieder in den Handel einsteigen und sich auf ehrliche Weise ihren Lebensunterhalt verdienen, jetzt, da Mazians Piraten sich in ihr Versteck zurückgezogen hatten und damit zufrieden zu sein schienen, eine Weile ihre Wunden zu lecken. Zumindest im Augenblick waren die Kampfhandlungen eingestellt.

Aber was bedeutete das für sie, die kampferprobte Truppe, die klügste, beste, tatendurstigste Jugend der Allianz?

Sie testeten die Spielhallen aus – ein wirklich anspruchsvoller Auftrag –, in denen sich die Juniorjunioren amüsieren sollten. Sie waren bessere Babysitter.

Nun, das war der Wandel, von dem der Alte Mann in seiner Rede vor der Crew gesprochen hatte. Diesmal bekämen sie einen richtigen Freigang, hatte er gemeint, die Alten Gesetze waren wieder in Kraft, Regeln, die in JRs Leben nie gegolten hatten, und er war der älteste Seniorjunior, verantwortlich für die jüngeren. Jetzt musste er Entscheidungen auf dem Niveau von Dinoabenteuern treffen, sie hatten die Chance zu spielen, die Sau rauszulassen … oder wie diese lockeren, verweichlichten Stationsleute es nennen mochten, wenn erwachsene Männer schwitzten, vor Phantasiedrachen davonliefen und auch noch Geld dafür bezahlten.

So war das Leben auf Pell, nicht viel anders als auf Sol oder Russels oder sonst einer Weltraumstation, die nach demselben Muster, demselben Prinzip erbaut worden war, nahezu identisch bis hin zu den Farbkodes an den Docks, eine interstellare Sprache von Design und Funktion. Pell war nur reicher, wilder, fetter und fauler. Pell feierte mit wahrer Nachkriegsausgelassenheit und versuchte, seine Vergangenheit zu vergessen, und die Gedenktafeln hier und dort wirkten wie die sprichwörtlichen Skelette beim Festmahl. *An dieser Stelle wurde die Stationsmauer überrannt ...*

Dies war der Q-Sektor ...

Menschen gingen an den Tafeln vorbei, benahmen sich albern, trugen ausländische Klamotten in grellen Farben. Sie verschwendeten einen Haufen Geld und Mühe auf eine Mode, die in JRs Augen bestenfalls seltsam aussah. Stationsgeborene Jugendliche schlenderten über die Docks, suchten Ärger und fanden ihn oft genug. Die Polizei demonstrierte ihre Präsenz, unternahm jedoch nichts, um die Spacer in ihre Schranken zu weisen – sie brachten ja Geld! Bei den ansässigen Jugendlichen dagegen griffen sie durch, denn die stellten, soweit JR wusste, auf Pell ein schwerwiegendes Problem dar. Auf der *Finity* waren die Juniorjunioren eigens darauf hingewiesen worden, immer ihr Schiffs-ID bei sich zu tragen und sich vor Taschendieben in Acht zu nehmen.

In Pell hatte sich so viel verändert. JR konnte sich nicht vorstellen, dass sich diese jungen Modetypen für etwas anderes interessierten als für ihren Körper. Seine Generation war eine Grenzgeneration, sie hatte den großen Krieg miterlebt, den Krieg, der alle Kriege beenden sollte ... und selbst mit siebzehn, achtzehn Schiffsjahren – gerade mal sechsundzwanzig nach der hiesigen Zeitrechnung – erkannte er, dass die schnell herangewachsenen Stationsbälger verdammt viel für selbstverständlich hielten, dass sie auf das Geld spuckten, das aber gleichzeitig ihr einziger Maßstab war.

Und nicht nur die Stationsjugend war davon betroffen. Ihre eigenen Jüngsten waren unruhige Geister mit seltsamen Ideen, immer noch viel zu sehr auf die Faszination der Gewalt fixiert ... sie hatten noch weniger anständige Bildung und Erziehung bekommen als JRs Altersgenossen und das wollte etwas heißen.

Jetzt tauchten die Vernachlässigten auf, als nächstes Nike und Connor. Da der Kellner inzwischen vorgewarnt war, mussten sie nicht lange auf ihre Getränke warten, während sie sich über die Effekte der Simulation unterhielten, über die Pflanzen, von denen man stranguliert zu werden glaubte, über den Sumpf und die Technik des Ganzen.

»Effex Bag«, meinte Buckley. »Genau das gleiche Prinzip, da verwette ich mein letztes Hemd.« Der Effex Bag war ein Sack in Menschengröße, der sich wehrte, wenn man ihn angriff, aber einen Feedback-Mechanismus besaß, der ihm Grenzen setzte und dem Gegner eine moralische Lektion erteilte – jedenfalls war das JRs Meinung. Man lernte eine ganze Menge über Aktion und Reaktion, und die Effekte waren wesentlich ausgefeilter als die bei den primitiven Geräten, die sie bei einem Reparaturaufenthalt auf Bryants ausprobiert hatten, einem unerwartet ausgedehnten Landgang. Bei einem Effex Bag war man selbst für das Risiko verantwortlich. Wenn man zuschlug, erhielt man die Quittung, die man verdient hatte. Wenn man kämpfte, verteidigte er sich. Verhielt man sich passiv, konnte man sich mit dem Ding ordentlich langweilen.

»Ziemlich guter Absturz am Schluss«, meinte Toby. »Die lassen dich tatsächlich durch ein Stück Realraum fallen.«

»Ja«, bestätigte auch Nike. »Ungefähr einen Meter. Aber weich.«

»Den Juniorjunioren wird es bestimmt gefallen«, sagte JR und kam schlagartig zu der Erkenntnis, dass er von dem rosaroten Zeug nichts mehr hinunterbrachte. Dann lauschte er seinem Team, das darüber diskutierte, ob man weitere fünf Kredite für einen Besuch im Geisterschloss ausgeben sollte.

Vid-Spiele und Sims. Der Kulturtourismus der Erde lief Amok. Man konnte bei einem Rockaufstand mitmachen oder die Axt bei einem Wikingerüberfall schwingen, bei dem die gegnerischen Engländer allerdings peinlicherweise mit Renaissance-Rüstungen ausgestattet waren.

Da auf der *Finity's End* die Alten Regeln der Vorkriegszeit wieder in Kraft getreten waren, konnten sie zum ersten Mal seit drei Jahrzehnten ohne Einschränkungen an Land gehen, nachdem der Rest des Universums bereits seit nahezu zwanzig Jahren in Frieden gelebt hatte. Doch während JR zuhörte, wie sein kleines Kommando über Schlösser und Dinosaurier diskutierte, kamen ihm zunehmend Bedenken, was ihre unvermittelte Rückkehr ins so genannte zivilisierte Leben anging. Tatsache war, dass er selbst nie die Gelegenheit gehabt hatte, über die Stränge zu schlagen, und deshalb nicht recht wusste, was er erlauben und was er verbieten sollte, aber nach einer Ausbildung – sowohl vom Band als auch mit richtigen Büchern –, die ihn den Unterschied zwischen einem Dinosaurier, einem Wikinger und Henry Tudor gelehrt hatte, war ihm sein gegenwärtiger Auftrag ein wenig peinlich. Alberne Belanglosigkeiten waren sein Job geworden, sein Dienst, das Mandat, das ihm der Alte Mann übertragen hatte. Und nun waren sie drauf und dran, die kriegsgedrillten Jüngsten der *Finity* an Einrichtungen wie diese hier zu verlieren.

Allerdings sahen sowohl die Neuen wie die Alten Regeln vor, dass zu Kindervergnügungen, Kneipenbummeln oder sonstigen Freizeitbeschäftigungen keine Insignien der *Finity* getragen wurden. Diese Vorschrift war unumstößlich, und wer sie brach, tat dies auf eigene Gefahr. Selbst in einem Universum lascher werdender Maßstäbe und schlampiger Verfahrensweisen, in dem immer mehr das Mittelmaß vorherrschte, standen die Symbole der *Finity* noch immer für bestimmte Qualitäten. Niemand sah ein Besatzungsmitglied der *Finity* in einem Vergnügungsviertel auf den Hintern fallen – jedenfalls nicht in Uniform. Aber ausgerechnet jetzt tauchte ein Juniorcousin auf, der eklatant gegen eben diese Regel verstieß. Mit einem Kopfnicken machte JR Bucklin darauf aufmerksam.

»Da trägt doch tatsächlich einer Uniform«, stellte dieser erstaunt fest.

Der Jemand war Jeremy, ihr Jüngster, Jeremy, der seinen dünnen Knabenkörper zwischen den mit zuckerberauschten Jugendlichen besetzten Tischen durchschlängelte, in seiner silberfarbenen Uniform *samt* dem schwarzen Abzeichen auf dem Ärmel.

Er kam auf ihren Tisch zu geschossen wie eine kleine Rakete.

Aber es sah nach einer wichtigen Angelegenheit aus. JR revidierte sein Vorhaben und setzte nicht einmal zu einer tadelnden Bemerkung an. Jeremys Gesicht war ernst.

»Sie haben Fletcher«, stieß er hervor, noch ehe er richtig saß. »Wir *haben* ihn. Sie haben ein Papier unterzeichnet.«

»Ist der Fall endlich geklärt?« JR war perplex. Und im nächsten Augenblick höchst beunruhigt.

»Verdammt«, sagte Bucklin.

Das war mehr, als er einem Juniorjunior hätte sagen dürfen. Aber Jeremy verzog keine Miene.

»Unter welchen Bedingungen?« erkundigte sich JR. »Gibt es irgendwelche Erklärungen, wie und warum? Hat er sich an uns gewandt?« Der Fall Fletcher Neihart hatte ihn fast sein ganzes Leben begleitet und war nie gelöst worden. Nun, da sich so viele Dinge änderten, die Gesetze auf den Kopf gestellt wurden, das Universum einen Frieden schloss, der jeder Vernunft zuwider lief, änderte sich auch noch *dies*.

»Ich weiß nicht, was sie vereinbart haben«, sagte Jeremy. »Ich habe nur gehört, dass sie Papiere unterschrieben haben und dass er auf irgendeinem Planeten ist oder so, aber sie wollen ihn herholen und dann nehmen wir ihn mit.«

Aber wie? Diese Frage blendete alles andere aus.

Jetzt war die Juniorbesatzung also nicht nur plötzlich von einer Dinosaurierherde umringt, sondern sie hatten auch noch einen stationsgeborenen Fremdling am Hals.

»Ist das alles, was du weißt?« fragte JR.

»Ja, Sir, das ist alles. Ich bin gerade aus der Pension gekommen. Tut mir leid wegen des Abzeichens. Ich verschwinde.«

»Dieses Haus kommt auf die Liste«, sagte JR, womit er meinte, dass es für die Juniorjunioren in Ordnung war, und Jeremys Augen leuchteten mit einer Begeisterung, die sich wenig um größere Probleme kümmerte.

»Ja, Sir«, entgegnete er. »Echt krass!«

»Verschwinde«, sagte JR und hätte noch ein »Aber langsam« hinzufügen sollen, denn Jeremy flitzte so schnell davon, dass man seinen Abgang ganz bestimmt nicht als unauffällig bezeichnen konnte. Selbst die überzuckerten Teens im Lokal starrten ihm nach, und jetzt wussten alle, dass die Besatzung der *Finity* dumme Spiele machte und herumsaß und süßes Zeug trank wie der Rest der Menschheit in dieser laxen neuen Welt.

Auch Beobachter, die hier arbeiteten und nicht nur spielten, hätten vielleicht bemerkt, dass der älteste Junior der *Finity* gerade eine nicht besonders angenehme Neuigkeit erfahren hatte. Eine solche Lappalie konnte an der Börse bereits für Unruhe sorgen. Falls es dem Alten zu Ohren kam, würde der Juniorkapitän jedenfalls etwas zu hören kriegen.

Doch JRs Junioren begannen nicht etwa zu jammern und zu klagen, sondern sahen ihn nur mit ernsten Gesichtern an – sie warteten darauf, dass er ihnen die offizielle Position mitteilte, zu einer Situation, die plötzlich ein viel unsichereres Licht nicht nur auf ihren Freigang im Hafen, sondern auf ihre gesamte Zusammenarbeit warf.

»Nun«, begann JR zögernd. Er bemühte sich, ruhig und vernünftig zu klingen und gute Miene zum bösen Spiel zu machen. »Nun, das wird sicher interessant.«

»Er ist ein Stationsbewohner«, platzte Lyra heraus.

»Kann schon sein«, räumte JR ein, »aber ihr habt es ja gehört. Wenn es stimmt, dann haben wir ihn.« Er warf Bucklin eine Geldkarte zu. »Übernimm du die Rechnung. Ich muss mit dem Alten Mann reden.«

* * *

Der Regen rauschte vom Himmel. Die Schutzanzüge klebten ihnen am Körper, während sie den kaum noch sichtbaren Pfad hinunter liefen. Fletcher keuchte. Das Schwindelgefühl in seinem Kopf sagte ihm, dass er den Zylinder wechseln musste, aber er wollte nicht anhalten. Blitze zerrissen die Wolken, der Regen machte alles glitschig. Sie würden sowieso zu spät kommen, sie konnten nicht mehr verbergen, dass sie geschwänzt hatten.

Zuallererst musste er Bianca wohlbehalten zurückbringen. Er musste sich etwas einfallen lassen, womit er sich und ihren guten Ruf schützen konnte. Er bekam immer weniger Sauerstoff und wusste kaum mehr, wohin er die Füße setzte.

Sein Kopf dröhnte. Er rutschte aus, fing sich an einem niedrigen Ast und zwang sich ruhiger zu atmen, damit er wenigstens ein *bisschen* Sauerstoff durch den Zylinder bekam.

»Was ist los?« wollte Bianca wissen. »Kannst du nicht mehr?«

»Ja.« Er schaffte es zu antworten, aber sein Kopf schwirrte immer noch. Er musste den Zylinder wechseln. Die Vorschriften – die gut sichtbar überall herumhingen – besagten, dass man seinem Partner mitteilen sollte, wenn einem schwindlig wurde; war man in einem solchen Fall allein, musste man den Signalpieper abschießen, der nur bei akuter Lebensgefahr eingesetzt werden durfte. So weit war es noch nicht. Falls er nicht ein totaler Idiot war. Mit der Hand befühlte er seine Schenkeltasche und stellte fest, dass alles in Ordnung war, er hatte den letzten Zylinder ersetzt – wann? War es wirklich erst gestern gewesen?

»Brauchst du einen?« Biancas Stimme klang sehr besorgt.

»Ich hab die Ersatzzylinder. Machen wir, dass wir reinkommen. Ich will nicht noch später registriert werden als nötig.« Er blieb in Bewegung, um noch ein wenig mehr aus dem Zylinder herauszuholen: Das war möglich, wenn man die Atemfrequenz herabsetzte.

»Sie sind weg!« rief Bianca und sah sich um, aber es dauerte eine Sekunde, bis Fletcher mit seinem benebelten Hirn begriff, was sie meinte. »Ich hab sie gar nicht gehen sehen.«

Auch er hatte nicht bemerkt, dass Melody und Patch sich abgesetzt hatten. Es war nicht ihre Art, einfach so zu verschwinden. Aber im Frühling hatten Downer eben manchmal andere Dinge im Kopf. Sogar auf der Station ... war es das? War das der Zeitpunkt, an dem sie für gewöhnlich loszogen? Hatten sie ihn verlassen? Womöglich für immer. Oder hatten sie einfach Angst vor dem Unwetter?

Blitze zuckten über ihren Köpfen ... *Gefahr, Gefahr, Gefahr*, würde die Warnleuchte auf Station jetzt blinken und das Gleiche flüsterten hier Fletchers angespannte Nerven. Mit unsicheren Schritten ging er weiter und redete sich ein, dass er rascher vorankommen würde, wenn er nicht Halt machte, um den Zylinder zu wechseln – wenigstens noch an der Stelle vorbei, wo der Weg eine Biegung zum Fluss machte: Er hatte Angst, abgeschnitten zu werden oder durchs Wasser waten zu müssen. Bilder aus den Filmen über den Monsun, die sie sich hatten ansehen müssen, schwirrten ihm durch den Kopf, Auswaschungen, umstürzende Bäume, das Land vom Regen ausradiert.

Bestimmt hatten Melody und Patch irgendwo Unterschlupf gesucht. In den Hängen gab es immer alte Wohnhöhlen und die Hisa bekamen Angst, wenn das Licht erstarb. Wenn die Große Sonne erlosch, gab es für Ihre Kinder nur einen einzigen Platz: Unter der Erde, sicher, warm und trocken.

Ein guter Rat auch für die Menschen, aber sie wagten sich nirgendwo anders zu verkriechen als in der Basis. Fletcher hörte sein Herz hämmern, als er durch die letzten Bäume am Waldrand und den grauen Regenschleier die Felder und die Rahmen erspähte.

»Wir schaffen es«, japste er.

»Aber wir sind spät dran«, stöhnte Bianca. »O Gott, und *wie*!«

Sie waren Dummköpfe. Und Bianca hatte Recht, sie würden fürchterlich Ärger kriegen.

Jetzt hatten sie ungefähr die Stelle erreicht, wo sie gewöhnlich arbeiteten. Fletcher hatte eine Säge auf dem Hügel liegen lassen, und wenn er die beim Einchecken nicht hatte, würde der Ärger noch schlimmer ausfallen.

»Lauf weiter!« rief er. »Ich hole dich gleich ein!« Als Bianca protestieren wollte, schrie er: »Ich habe meine *Säge* da oben gelassen. Ich komme sofort nach!«

Sie glaubte ihm, aber sie dachte an den fast verbrauchten Zylinder, über den er sich beklagt hatte; er konnte unmöglich rennen. »Wechsle den Zylinder!« sagte sie und hielt ihn fest, bis er schließlich seinen Ersatz aus der Tasche holte.

Der Regen prasselte auf sie herab; die Zylinder durften nicht nass werden, obwohl sie in einer zusätzlichen Schutzhülle steckten. Man holte sie aus der Papierverpackung und musste sie dann nur in die Vorrichtung hineinschieben; trotzdem musste man einigermaßen den Verstand beisammen haben, den verbrauchten herausdrücken, durch den neuen ersetzen und den Vorgang auf der anderen Seite wiederholen. Eigentlich sollten nicht beide gleichzeitig schlapp machen, aber Fletcher merkte, dass es bei ihm inzwischen fast so weit gekommen war. Mit schwirrendem Kopf dachte er darüber nach, ob er sich in den letzten Minuten richtig entschieden hatte.

Seine Bewegungen waren fahrig, und Bianca versuchte ihm zu helfen; sie öffnete die Verpackung des einen Zylinders so rasch sie konnte und wollte ihn Fletcher geben, der bereits einen der verbrauchten herausdrückte.

Aber beim Auspacken rutschte der Zylinder aus ihren nassen Händen und sie stieß einen Schrei des Entsetzens aus. Der Zylinder landete mit dem offenen Ende im Wasser und war nicht mehr zu retten. In der Maske hätte er ein kurzes Untertauchen überlebt, aber nicht draußen.

Jetzt hatte Fletcher nur noch einen fast leeren Zylinder und das Schwindelgefühl wurde heftiger.

»Schon gut, schon gut«, versuchte er Bianca zu beruhigen.

»Ich hab noch meine«, sagte sie, holte einen ihrer Ersatzzylinder heraus, während er den verbliebenen Sauerstoff kräftig einsog und möglichst ruhig atmete, bis sie den neuen Zylinder ausgepackt hatte.

Tatsächlich schaffte sie es, den Zylinder auszupacken und ihn Fletcher zu geben. Er legte die Hand schützend über das Ende, damit es nicht hineinregnete, schob ihn in die Maske und atmete tief und rasch, damit der chemische Prozess in Gang kam.

Dann merkte er an dem langsamen Einsickern vernünftiger Gedanken, dass sein Gehirn noch funktionierte, und außerdem, dass es höchste Zeit gewesen war.

Nun ließ er sich von Bianca den zweiten Zylinder geben; einen von ihr hatten sie noch als Reserve. Man konnte einen Zylinder immer wieder hin und her ausborgen, wenn es ganz schlimm kam, Hauptsache, man achtete darauf, dass niemals beide gleichzeitig verbraucht waren.

Fletcher war wieder fit, sie hatten die Katastrophe um Haaresbreite abgewendet.

»Ich gehe mit dir, Fletcher«, sagte Bianca. »Wir haben noch drei Zylinder. Also diskutier nicht mit mir!«

»In Ordnung.« Er steckte die Verpackung ein; man musste sie einreichen, um neue Zylinder zu bekommen, sonst war man gezwungen, endlose Formulare auszufüllen und man bekam auch noch eine Strafe, weil man Müll produziert hatte. Das Gleiche galt für den kaputten Zylinder. Auch dazu würde er etwas zu hören bekommen und es würde sicher auch einen Aktenvermerk geben.

»Lass die Säge liegen«, bettelte sie. »Du kannst doch sagen, wir hatten Angst vor den Blitzen.«

Das war eine halbwegs gute Idee.

»Wir sind wegen der Zylinder spät dran«, meinte er, was eine noch bessere Idee war. »Dann können wir die Säge auch holen. Komm.«

Sie willigte ein und ging mit ihm an einem riesigen Rahmen entlang zu der Stelle, wo er die Büsche geschnitten hatte. Inzwischen waren sie beide vollkommen durchnässt. Immerhin war das Gewitter nicht schlimmer geworden.

In etwa zehn Minuten Entfernung am Hügel entlang hatte Fletcher die Säge in einer Astgabel gelassen, sicher, vor Nässe geschützt.

Aber sie war nicht mehr da. Einen Augenblick lang zweifelte Fletcher, ob es der richtige Baum war. Verwirrt stand er da. Irgendjemand musste die Säge mitgenommen haben, womöglich – Gott steh mir bei, sagte er sich – ein neugieriger Downer. Ein schrecklicher Gedanke! Aber höchstwahrscheinlich war es Sandy Galbraith gewesen, die zwar nicht in Sichtweite gearbeitet, aber immerhin gewusst hatte, wo er war.

Falls Sandy ihn gesucht, aber nur die Säge gefunden hatte, war sie in die unangenehme Lage gekommen, ihn entweder zu verpetzen oder erklären zu müssen, warum sie seine Ausrüstung bei sich hatte.

Wenn sie nicht gänzlich blöd gewesen wäre, hätte sie die Säge gelassen, wo sie war, und so getan, als wüsste sie von nichts!

Verdammt!

»Wahrscheinlich hat Sandy die Säge«, sagte er, und das bedeutete, sie waren noch später dran, und er musste jetzt auch noch eine Geschichte wegen der fehlenden Säge erfinden.

Er würde sagen, er sei losgezogen, um nach Bianca zu sehen, als der Regen einsetzte – das war die Lösung!

»Hör mal«, sagte er, während ein Blitz das Dickicht in bleiches Licht tauchte und sie den gleichen Weg wieder zurückgingen. »Ich kriege fürchterlichen Ärger, wenn jemand die Säge mitgenommen hat. Folgendes ist passiert: Ich wusste, dass du beim Fluss bist, und ich habe mir wegen des Regens Sorgen gemacht, bin runtergerannt, um dich zu warnen, und deshalb habe ich die Säge liegen lassen.«

Sie hielt mit ihm Schritt, antwortete aber nicht. Vielleicht wollte sie die Autoritäten nicht anlügen. Vielleicht war sie sauer auf ihn. Das wäre mehr als verständlich gewesen.

»Ich weiß, ich weiß«, sagte er. »Ich will auch nicht lügen, aber ich habe nicht mit dem Gewitter gerechnet, verstehst du?« Dass sie nicht sofort die Chance, ihn zu verteidigen, beim Schopf ergriff, machte ihn … nein, nicht wütend. Er war durcheinander, wegen dieser ganzen Kaskade von dummen Zufällen.

Vielleicht hatte er zuviel Zeit seines Lebens mit Psychodocs verbracht – ihm fiel sofort der Fachausdruck ›Affektverlagerung‹ ein.

Darüber hatte er mit den jeweiligen Therapeuten oft gesprochen. Momentan hatte er sehr darunter zu leiden, und wenn ihm jemand über den Weg gelaufen wäre, den er so richtig hätte verprügeln können, dann hätte er das getan. Er war durcheinander und immer noch außer Atem. Während sie durch den Schlamm wateten, der an den Seiten des Rahmens herunterlief, überlegte er, ob Bianca wütend auf ihn war. Sie mussten sich den Atem zum Laufen sparen, sie konnten sich nicht unterhalten. Sie liefen weiter, bis sie die Kuppeln dicht vor sich sahen.

»Denk daran, was du sagen musst«, stieß Fletcher keuchend hervor. »Wenn wir dieselbe Geschichte erzählen, dann glauben sie uns. Ich habe die Säge im Baum gelassen, um nach dir zu suchen, dann hat mein Zylinder schlapp gemacht, und wir sind langsam nach Hause gegangen, damit nicht noch einer den Geist aufgibt, wo wir nicht mehr für jeden einen Ersatz haben.« Niemand bekam mehr als ein Ersatzpaar und man musste sofort zur Basis zurückkehren, wenn man keinen Zylinder mehr in Reserve hatte. Partner mussten zusammen bleiben, damit sie sich zur Not ein Ersatzpaar teilen konnte. Und keinesfalls rennen. Dieser Teil war ganz wichtig. Das war das Herzstück ihrer Ausrede. »Hast du's?«

»Ja«, antwortete sie, ebenfalls außer Atem.

Inzwischen waren sie fast da, die Kuppeln lagen vor ihnen, verschwommen hinter dem Regenschleier. In diesem Moment öffneten sich die Türen des Verwaltungstrakts und eine Gestalt kam ihnen entgegen.

Das bedeutet schlimmen Ärger, dachte Fletcher. Die Verwaltung wusste Bescheid. Es war seine Schuld.

* * *

Vor Dock Blau Nummer 5 stieg JR aus dem langsamen Ped-Taxi. Ein Kran mit einem Gewirr von Tauen und ein Leuchtschild mit dem Schiffsstatus waren die einzigen Anzeichen dafür, dass die *Finity* auf der anderen Seite der Stationsmauer vor Anker lag. In einem einsamen Zollkiosk saß ein gelangweilter Mann, der Dienst hatte und aufblickte, als JR durchs Tor kam. Bei jedem Schiff im Dock stand ein solcher Kiosk vor einer Absperrung mit locker gespannten Seilen, doch die Zollbehörde war, zumindest auf Pell, sehr locker, was die Aktivitäten der Besatzung abging.

JR zeigte Beamten seinen Pass, seine Fingerabdrücke wurden verglichen, dann ging er die Rampe entlang, durch die Luftschleuse auf Stationsseite und in den gelb gerippten Schlund der Eingangsröhre. Die Luftschleuse nahm eine kurze Einschätzung des Druckgefälles zwischen Schiff und Station vor, während sie sich drehte, und ihn mit allerlei Ziffern und dem neuesten Tratsch anblinkte ... *Ich ziehe um ins DarkStar – Cynthia D.* Offenbar hatte diese Frau jemand Interessantes kennen gelernt und informierte die Diensthabenden, dass sie nicht mehr in der ursprünglichen Unterbringung zu finden war.

Das kam bei der *Finity*-Besatzung nicht oft vor.

Das war bisher nicht oft vorgekommen, musste man wohl korrigieren.

Mit einem schleichenden Gefühl der Unsicherheit trat er aus der Schleuse und in den unteren Korridor seines Schiffs am Dock. Die Tür der Operationszentrale – kurz »Ops« – stand offen, Licht fiel auf den gefliesten Boden: Eine Handvoll Senioren wartete die Systeme, die auch während der Zeit im Dock weiter liefen. JR steckte den Kopf ins Zimmer und erkundigte sich, wo der Alte Mann war.

Der Seniorkapitän war an Bord, in seinem Büro und bereit, JR zu empfangen.

JR ging durch den kurzen Korridor am Frachtraum

vorbei und nahm den Lift hinauf zur Verwaltung. Ins Territorium des Seniorkapitäns. Büros, die Wohnungen der vier Kapitäne auf dem B-Deck, alle so angelegt, dass man sie auch in der Dockzeit benutzen konnte, solange der Passagierring arretiert war.

Jetzt war der Augenblick für ernsthafte Bedenken, obwohl JR ja echte Verwaltungsfragen auf dem Herzen hatte. Aber es waren Dinge, die er nur gerüchteweise gehört hatte, nicht über die offiziellen Informationskanäle.

Er war verdammt wütend, das wurde ihm ungefähr in dem Moment klar, als er den Punkt erreichte, an dem es kein Zurück mehr gab. Er war einfach verdammt wütend, obwohl er wusste, dass James Robert senior sowohl politische als auch persönliche Gründe für seine Vorgehensweise hatte. Ihm waren die politischen Entscheidungen zum größten Teil bekannt.

Aber die Auswirkungen dieser Entscheidungen bekam *JR* in seinem Aufgabenbereich zu spüren.

Er signalisierte seine Ankunft, ging hinein, nachdem die Aufforderung dazu ergangen war, stand in entspannter Grundhaltung da, bis der Alte Mann eine Reihe von Bildschirmen in seinem halbdunklen Büro abgestellt hatte und JRs Gegenwart zur Kenntnis nahm, indem er seinen Stuhl zu ihm umdrehte.

»Sir«, begann JR. »Ich habe gehört, dass Fletcher zu uns kommt. Ist das offiziell?«

Das Licht des noch leuchtenden Bildschirms fiel von der Seite auf das Gesicht des Alten Mannes, das keine Regung verriet. Die Augen waren die zuverlässigste Informationsquelle, und in ihnen sah JR, dass dem Kapitän einiges durch den Kopf ging, ehe seine schmalen Lippen sich bewegten.

»Kam es in den Stationsnachrichten, oder wie sind wir zu dieser Meinung gelangt?« fragte James Robert.

»Sir, die Nachricht hat mich auf zwei Beinen erreicht, und ich wollte mir so rasch wie möglich Gewissheit verschaffen.«

»Setz dich.«

Behutsam ließ sich JR auf einem leeren Konsolenstuhl nieder.

Einen weiteren Augenblick herrschte Stille.

»Nun«, sagte James Robert. »Ich gehe wohl recht in der Annahme, dass die Sache manchen Leuten Kopfzerbrechen bereitet. Oder *was* macht dir daran zu schaffen?«

»Er untersteht meinem Kommando.« JR wählte seine Worte mit Bedacht. »Ich glaube, das ist Grund genug, mir den Kopf zu zerbrechen.«

»In welcher Weise?«

»Dass wir womöglich Schwierigkeiten haben werden, ihn einzugliedern.«

»Und das ist *deine* Aufgabe?«

»Die Integrität meines Kommandos ist meine Aufgabe. Deshalb bin ich gekommen, um Einzelheiten der Lage zu erfahren, ehe man mir Fragen stellt.«

Wieder trat ein langes Schweigen ein, in dem JR Zeit hatte, seine eigenen Sorgen mit denen von James Robert zu vergleichen und sich zu überlegen, welche Ansprüche James Robert an ihn und seine kleine Gruppe von Junioren stellte.

Fletcher war James Roberts Großneffe. JR ebenfalls.

Für James Robert war Fletcher eine unerledigte Geschichte. James Robert sagte, dass es neue Regeln gab, das neue Alte Handbuch, das man an die Besatzungsmitglieder ausgegeben hatte und dessentwegen die Junioren bereits die Köpfe zusammensteckten und sich wunderten.

»Die Einzelheiten der Geschichte lauten folgendermaßen: Ein Mitglied unserer Besatzung wird sich beim Einschiffen uns anschließen«, antwortete James Robert schließlich. »Der junge Mann wird die gleichen Pflichten zu erfüllen haben wie jeder neue Junior, sofern du für ihn ein passendes Training finden kannst. Und du *bist* verantwortlich für ihn, jawohl. Auf dieser Reise muss ich mich um eine Unzahl dringender Dinge kümmern, deshalb habe ich keine Zeit, als Mentor oder Berater für jemanden zu fungieren. In gewisser Hinsicht wäre das auch gar nicht gut, denn er ist nichts Besonderes, er ist nicht anders als du und der Rest. Und du hast die Verantwortung.«

»Jawohl, Sir.« Die gleichen Pflichten wie ein neuer Junior – aber als Stationsbewohner hatte dieser Neue nichts gelernt! Seine Mannschaft, die aufgrund der Regelveränderungen schon jetzt ziemlich durcheinander war, sollte durch diese Neuigkeit nun noch mehr in Unruhe versetzt werden. »Ich werde tun, was ich kann, Sir.«

»Er ist kein Stationsbewohner«, erwiderte James Robert geradeheraus, und JR war sicher, dass er genau wusste, worüber man sich beschweren würde. »Das Schiff hat eine Generation verloren, Jamie. Wir haben nichts von der ganzen Zeit. Zu viele sind nicht mehr da. Ich habe mir überlegt, ob wir es wagen sollen, Fletcher zurückzulassen – aber nein, ich werde *keinen* von uns in den Klauen eines stationären Rechtssystems lassen. Wir hatten die Chance, vielleicht unsere einzige, weil man uns einen Gefallen schuldig ist. Ich habe die Schuld eingefordert. Außerdem sind wir die Forderung von 14,5 Millionen Krediten für eine Stationsbeteiligung auf Pell endlich los.«

»Jawohl, Sir.« Offensichtlich hatten sich Dinge ereignet, von denen er nichts verstand. Er hatte keine Ahnung, welche Art von Übereinkunft seinen Cousin aus den Fängen der Pellschen Gerichtsbarkeit gerissen hatte. Aber ihm war klar, dass sich das Verhältnis zu Pell wahrscheinlich genau wie alle anderen Regeln und Gesetze veränderte.

»Wie weit hat sich das Gerücht schon verbreitet?« erkundigte sich James Robert.

Auf Jeremys Beinen? In seiner auffälligen Kleidung? »Ich nehme an, die Besatzung weiß mindestens Bescheid, Sir. Ich habe es erfahren und bin hergekommen. Inzwischen wissen es vermutlich auch andere. Das Gegenteil würde mich jedenfalls überraschen.«

»Jeremy.«

»Ja, Sir.«

»Man braucht eine Crew nur ohne einen fünfstündigen Check-in auf Freigang zu schicken, und schon glauben alle, das Universum hat sich verändert. Sicher wart ihr betrunken in den Docks, als die Nachricht euch erreichte.«

»Nein, Sir. Wir tranken Fruchtsaft in einer Spielhalle.«

Der Alte konnte lachen. Es begann als Zucken in den Falten um seine Augen und wanderte von dort gemächlich zu seinen Mundwinkeln hinunter. Aber nur zu den Winkeln. Dann verblasste es wieder.

»Es geht um Leben und Tod, Juniorkapitän. Letztlich geht es bei allen Entscheidungen um Leben und Tod. Er kommt während deiner Wache. Hast du irgendwelche Einwände? Dann bringe sie jetzt vor.«

»Nein, Sir, ich habe verstanden«, erwiderte JR finster.

»Die Generationen sind getrennt worden«, sagte James Robert. »Zwischen der meinen und der deinen gab es Geburt und Tod. Es herrschte Kontinuität – und sie ist zerstört. *Ich möchte sie wiederherstellen*, Jamie.«

»Ja, Sir«, sagte er.

»Du hast noch immer keine Karte, nicht wahr?«

»Sir?«

»Du bist im tiefen Raum ohne Karte. Wir haben dich nicht wirklich nach Hause gebracht.«

JR begriff, dass der Alte Mann in Metaphern sprach, die ganze Sache mit den Karten, mit dem tiefen Weltraum, das waren Ausdrücke, die man vielleicht benutzt hatte, als der Alte Mann noch jung gewesen war, vor einem Jahrhundert oder so.

»Zu viel Krieg«, fuhr James Robert fort. Dieser Mann, der den Krieg selbst begonnen hatte, sprach jetzt von Karten und davon, nach Hause zu gehen. Vermutlich meinte er damit Erklärungen, wie man mit den neuen Bedingungen umging. Aber nach Hause? Wo war das außer auf dem Schiff?

Der Alte Mann stand auf, und JR folgte seinem Beispiel. James Robert, der immer noch größer war als die meisten Männer, legte die Hand auf JRs Schulter, eine Berührung, die dieser seit – ja, seit wann eigentlich? – nicht mehr erlebt hatte.

Er war zehn Jahre alt gewesen, als seine Mutter starb – zusammen mit der Hälfte der Besatzung der *Finity's End*.

»Zu viele Tote«, fuhr der Alte fort. »Du wirst das Schiff nicht mit Söldnern besetzen, wenn du es einst kommandierst. Entweder fährst du mit Personalmangel oder du lässt Spacer einheiraten, aber du lässt niemals Söldner auf diesem Schiff arbeiten, hast du gehört, Jamie?«

Die Hand des Alten konnte immer noch ordentlich zupacken, er hatte immer noch Feuer in sich. Und er konnte einen Menschen mitreißen, das spürte JR in allen Nervenbahnen. »Ja, Sir«, antwortete er mit leiser Stimme, als ginge es um eine intime Angelegenheit zwischen dem Alten Mann und ihm.

»Ich habe dir einen deiner Cousins zurückgegeben. Ich habe Quens verdammtem Schiffsbau zugestimmt. Es war *Zeit* sich zu einigen. Es ist Zeit, Dinge anders zu regeln. Für dich auch. Du bist noch jung. Du – und dein verlorener Cousin – werden Dinge sehen und Entscheidungen treffen, die weit über meine anderthalb Jahrhunderte hinausgehen.«

»Ja, Sir.« JR wusste nicht, worauf der Alte hinaus wollte mit seinen Hinweisen auf die Bemannung des Schiffs und mit dem Schiff, das Quen von Pell bauen wollte. Aber es war nichts Neues, dass er James Robert nicht verstand. Sogar Madison irrte sich manchmal, was die Pläne des Alten anging, und natürlich hatten sich seine Feinde oft genug verschätzt, wenn sie erraten zu haben glaubten, was er im Schilde führte und welche Mittel ihm zu Gebote standen.

»Frieden bedeutet, dass man Verträge unterzeichnet«, sprach der Alte Mann weiter. »Man muss dafür sorgen, dass es funktioniert, man darf nicht nach Ausreden suchen, wie man in der Vergangenheit leben könnte. Es ist Zeit, mit dem Leben neue Impulse zu geben, Jamie.«

Der Alte Mann forderte, die Crew tat, was er sagte. Es ging nicht um Liebe. Aber um die Familie. Und diese Familie umfasste immer auch die klaffende, schmerzliche Lücke, in der eine Generation nicht geboren worden und die Hälfte der Lebenden getötet worden war. Aus der Zeit der Konflikte, als über Jahre hinweg nichts anderes galt, als sich für diese Konflikte stark zu machen, streckte der Alte nun die Hand aus und forderte JRs Generation auf, Frieden zu schließen.

Schließt Frieden.

Aber mit wem denn eigentlich? Etwa mit einer Station, die an nichts anderes dachte als an Spiele und Dinosaurier? Mit der Union, die als Verbündete mindestens so unberechenbar sein würde wie als Feindin?

Diese Aussicht mit all ihren Unwägbarkeiten schien JR plötzlich erschreckend, um so mehr, als der Krieg so vertraut geworden war wie ein alter Anzug. Das Universum lag in Trümmern, genau wie JRs Generation.

Ohne es so konkret auszusprechen, sagte der Alte doch: *Tu das Neue, Jamie. Lass dich auf diesen Frieden ein und tu etwas anderes, als du je gedacht hast, wenn du das Kommando übernimmst.*

Da stand er wieder auf der Klippe. Spring runter, lautete James Roberts Rat, klar und unmissverständlich. Versuch etwas Neues, etwas nie Dagewesenes.

Und um die Sache ins Rollen zu bringen, überreichte ihm der Alte ausgerechnet die neuen Alten Gesetze und einen befreiten Cousin, der für das Schiff keinerlei Nutzen brachte außer der nackten Tatsache, dass mit Fletchers Rückkehr seine Akte geschlossen war, der Name gerettet, ein weiteres Debakel vor Pells Gerichten verhindert. Ein ziemlich riskantes Geschenk.

Möglicherweise war auch ein Versprechen eingelöst worden, vielleicht hatte der Alte Mann auch etwas aus der Welt geschafft, was längst hätte erledigt sein müssen. Francesca war zerbrochen, hatte sich in einem phantastischen Drogengespinst verloren. Aber sie hatte ihr Kind am Leben erhalten, es beschützt und damit ihren Glauben bewiesen, dass die *Finity* zurückkommen würde.

Nun war es soweit. Vielleicht wollte der Alte das sagen, vielleicht war das seine Botschaft an Pell, an alle rundum.

Sie waren zurückgekehrt. Sie hatten das Schiff am Leben erhalten. Sie hatten den Krieg überstanden. Dabei hatte niemand geglaubt, dass sie das schaffen würden.

KAPITEL 5

Sie hatten keine Chance, unbemerkt in den Kuppeln zu verschwinden. Die Verwaltung war bereits auf der Suche nach ihnen, in Gestalt eines irritierten Seniors, der im Schutzanzug und vom Regen durchnässt vor den Toren wartete, während sie atemlos den Weg entlang keuchten.

»Mein Zylinder war am Ende«, begann Fletcher seine Geschichte, ehe Bianca den Mund aufmachen konnte. »Es war meine Schuld. Ich hab meine Säge draußen vergessen.« Natürlich durfte man keine potentiell gefährlichen Werkzeuge liegenlassen, wo sie den Hisa in die Hände fallen konnten – verantwortungsbewusstes Handeln war ein wichtiger Punkt des Programms. »Wir wollten sie holen, aber die Zeit war knapp. Jemand muss die Säge mitgenommen haben. Es tut mir leid.«

Das Prasseln des Regens war ohrenbetäubend. Unter der Atemmaske konnte man keinen Gesichtsausdruck erkennen. Der Verwaltungsmann winkte Bianca zur Frauenunterkunft. »Komm aus dem Regen«, sagte er zu ihr und setzte hinzu: »Neihart, du gehst mit mir.«

Das war nun gar nicht die oberflächliche Art, die er sich erhofft hatte, kein beiläufiges Abtun seines Falls. Es hörte sich nicht einmal an, als sollte er ein paar Formulare und Berichte ausfüllen und sich einen kleinen Rüffel abholen. Der Mann führte ihn zum Verwaltungstrakt.

Also schnappte man sich ihn als den einzig Verantwortlichen und ließ das Familienmädchen laufen. Einerseits war Fletcher froh, dass sie ihm die Schuld gaben – schließlich hatte er Bianca ja zu diesem Ausflug überredet –, andererseits war er wütend, dass sich das System wieder einmal mit gewohnter Härte auf ihn einschoss. Vermutlich würde er wieder einmal ganz allein dastehen, mit noch mehr Ärger am Hals, als er sowieso schon erwartet hatte. Während er neben dem Verwaltungsangestellten her ging, dachte er sich aus, wie seine Geschichte lauten musste, damit alles logisch und einleuchtend klang. Er hatte nichts Böses getan. Das konnte er ohne jede Einschränkung behaupten. Vielleicht gelang es ihm, die Sache herunterzuspielen, wenn er nur kühlen Kopf bewahrte.

Sie schritten durch die Türen, aus dem Regen heraus. Der Angestellte – er hieß Richards, an den Rest erinnerte sich Fletcher nicht mehr – begleitete ihn zum Interviewraum, wo man in einfachen Fällen Verwaltungsangelegenheiten regelte, ohne durch die Entseuchung zu müssen. Durch eine Schutzscheibe konnte man sich mit jemandem unterhalten und beispielsweise neue Atemzylinder beantragen oder Formulare ausfüllen.

Hier ließ der Mann ihn allein; Fletcher setzte sich auf einen der beiden harten Plastikstühle. Er wollte lieber nicht hin und her wandern und einen nervösen Eindruck machen – er war Psychologen mit Lochkameras gewohnt. Er kannte die miesen Tricks. Also saß er ruhig da, und malte sich in allen Einzelheiten aus, wie er, als der Regen begann, am Fluss ein Mitglied seines Teams gesehen hatte, bei ein paar Bäumen ganz nahe am Wasser, wo man leicht vom anschwellenden Wasser abgeschnitten werden konnte.

Ja, es war dumm und unüberlegt gewesen, die Säge liegen zu lassen: Wenn man es mit der Verwaltung zu tun hatten, war es immer am besten, irgendeine Kleinigkeit zuzugeben und Besserung zu versprechen. So erweckte man bei den Leuten das schöne Gefühl, sie hätten sich durchgesetzt. Dann konnten sie behaupten, er hätte eine Lektion gelernt – das hatte er ja auch –, und ließen ihn vom Haken. Schon vor langer Zeit hatte Fletcher gelernt, wie er es anstellen musste, dass die für ihn verantwortlichen Menschen mit strahlendem Gesicht abzogen, weil sie glaubten, ihn wieder einmal gerettet und mit ihrem Problemkind Fortschritte erzielt zu haben. Als nun der Direktor auf der anderen Seite der durchsichtigen Trennwand den Raum betrat, hatte Fletcher sein mentales Drehbuch fix und fertig. Der Mann nahm mit säuerlichem Gesicht am Schreibtisch Platz.

Zu Fletchers Pech war es Nunn; ihm wäre der Wechseltags-Direktor Goldman lieber gewesen, denn der hatte wenigstens ein bisschen Humor.

»Post für Sie, Mr. Neihart.«

Post? Was sollte das denn jetzt?

Ein *anderes* Problem. Zu dumm, darauf war er überhaupt nicht eingestellt. Worum ging es wohl?

Ärger auf der Station? Wenn wirklich eine Nachricht für ihn vorlag, dann war sie entweder von seinen letzten Pflegeeltern oder von einem Anwalt. Mit einem kurzen Blick auf den Briefkopf des zusammengefalteten Fax erkannte er den Schriftzug *Delacorte & McIntire*.

Also die Rechtsanwälte.

Sein sechstes Paar. Vier hatten seinen Fall niedergelegt. Zwei waren in Ruhestand getreten, waren über seinen ständigen Rechtsproblemen alt geworden. Fletcher wechselte die Anwälte beinahe noch schneller als die Pflegefamilien.

Offensichtlich wartete Nunn darauf, dass Fletcher den Brief in seiner Anwesenheit lesen würde, und wollte irgendeine Reaktion. Die Verwaltung wollte über alles informiert werden, egal, ob man hier unten nieste oder mit jemandem ein unfreundliches Wort wechselte. Die Vorschriften zum Schutz der Downer untersagten, dass jemand mit persönlichen oder beruflichen Problemen Kontakt zu ihnen hatte, und falls dieser Brief schlechte Nachrichten enthielt, würde Fletcher suspendiert, bis er eine Sitzung mit den Psychodocs absolviert hatte.

Was angesichts seiner sonstigen Probleme alles andere als wünschenswert war. Also nahm er sich vor, ganz ruhig zu bleiben, komme, was da wolle, und den Mann zu überzeugen, dass es in seinem Verhältnis zu Menschen oder der Situation auf der Station nichts gab, was ihn auch nur ansatzweise aus der Fassung bringen konnte.

Abgesehen von dem *einen*.

Die *Finity* lag im Hafen von Pell. Das alte Lied. Sieben Jahre waren seit dem letzten Prozess vergangen.

Nichts davon hatte ihm je etwas bedeutet.

Nach den einleitenden Floskeln wie: *Wir möchten Sie davon in Kenntnis setzen …* fuhr der Brief fort: *Die Petition an das Oberste Gericht von Pell wird erneut eingereicht …* und gipfelte in: *Die offizielle Wiederaufnahme Ihres Prozesses …*

Er las bis zum Ende. McIntire wollte ihn nur darauf hinweisen, dass der Rechtsstreit von neuem begann. Sie würden eidesstattliche Erklärungen benötigen. Vielleicht schon wieder ein psychologisches Gutachten. Verdammt, dabei dauerte es nur noch ein Jahr, bis er den ganzen Spuk hinter sich lassen konnte, nur noch ein Jahr, dann war er volljährig. Aber jetzt konnten sie eine psychologische Untersuchung anordnen, konnten überprüfen, ob in seinem Interesse gehandelt wurde … so nannten sie das immer. Sein Interesse.

Nur war er diesmal nicht in der Nähe einer Anwaltskanzlei.

»Sie wollen, dass Sie mit dem nächsten Shuttle hochfahren«, erklärte Nunn. »Morgen.«

Fletcher faltete das Fax wieder zusammen und gab es dem Direktor zurück, als hätte der es nicht schon längst gelesen. Er versuchte, eine Lockerheit auszustrahlen, die überhaupt nicht seinen Gefühlen entsprach, denn sein Herz raste und seine Gedanken wirbelten wild im

Kopf herum. »Das ist doch lächerlich. Bei allem Respekt, Sir. Wie viel Geld will man denn noch dafür verschwenden?«

»Sie wollen, dass Sie den Flug nehmen.«

»Für eine Woche in der Station? Höchstens zwei? Das ist doch *dumm*. Diese Leute ziehen jedesmal das gleiche Spielchen ab, wenn die *Finity* im Hafen liegt. Das ist doch bekannt. Das Gericht ist nicht gerade um die Ecke.«

»Ist Ihnen das unangenehm? Halten Sie es für unfair?«

Oh, das war eindeutig eine Psychofrage. Aber Nunn setzte sie nicht sonderlich schlau ein.

»Ich bin nicht gerade begeistert«, antwortete Fletcher ruhig. »Sie sagen kein Wort darüber, wie lange ich da oben bleibe.«

»Nun, diese Leute stellen sich natürlich vor, dass Sie an Bord ihres Schiffes kommen, oder nicht?«

Nie und nimmer, dachte er. Nunns betont gelassene Stimme verursachte ihm eine Gänsehaut. »Jedesmal, wenn sie hier andocken, reichen sie Klage ein. Sie verlieren immer. Es ist reine Geld- und Zeitverschwendung. Sie machen sich Sorgen, weil die Station möchte, dass sie mir eine Stationsbeteiligung kaufen. Aber sie sind nicht bereit, vierzehneinhalb Millionen dafür hinzublättern. Deshalb ziehen alle vor Gericht. Darum geht es hier.«

Unbehagliches Schweigen trat ein. Fletcher hatte keine Ahnung, warum – Nunn starrte ihn an und aus irgendeinem Grund hatte Fletcher das sichere Gefühl, dass Nunn etwas wusste, das er ihm verschwieg.

Der Direktor wollte also, dass Fletcher am folgenden Tag abreiste. Es war für Fletcher nichts Neues, dass er verschwinden sollte. Und wenn Biancas Familie auf der Station inzwischen von ihm gehört hatte und seine Geschichte kannte – Gott allein wusste, welche Strippen *sie* ziehen konnte. Der Ärger, den er sich mit dem Zuspätkommen einhandelte, war nichts verglichen mit dem Ärger, der ihm dann bevorstand. Aber er wollte Nunn nicht merken lassen, wie nervös er war. Wenn man emotional unausgeglichen war, durfte man nicht bei den Downern bleiben. Man wurde rausgeschmissen, und zwar ruckzuck.

Ein Siebzehnjähriger ohne Referenzen im Programm, ein Halbwüchsiger, dem man fortdauernde emotionale Instabilität prognostizierte? Sie würden ihn nach Upabove verfrachten, ohne Rückfahrkarte. Rechtsanwälte konnten ihm da nicht helfen. Nicht einmal das Gericht konnte die Wissenschaftler umstimmen, die für das Wohlbefinden der Downer verantwortlich waren.

»Dann gehe ich mal lieber packen.« Um ein Haar hätte seine Stimme gezittert. Schnell verwandelte er einen zu tiefen Atemzug in einen theatralischen Seufzer und warf Nunn einen leicht entnervten, matten Blick zu, den er für Polizisten, Anwälte, Richter und Autoritätspersonen im Allgemeinen einstudiert hatte. Kein Schweißausbruch, kein Wutanfall. »Wo finde ich den Fahrplan?« Es war zu befürchten, dass wie immer um die Wochenmitte demnächst eine Fähre ging. »Wann startet das Shuttle?«

»Morgen früh. Sie sollten am besten trotzdem Ihre ganzen Habseligkeiten einpacken. Null-Siebenhundert holt der Wagen Sie am Wohnheim ab, sofern das Wetter es erlaubt.«

»Ja, Sir«, antwortete Fletcher. Dann hatte er also überhaupt keine Zeit mehr, um sich vorzubereiten. Sie sollten alle Ihre Habseligkeiten einpacken. Dann glaubte Nunn also, er würde auf Upabove bleiben.

Er musste sich etwas ausdenken. Die sollten eine Überraschung erleben.

Irgendwie würde er sie schon dazu bringen, ihn zurückzufliegen.

Sie dazu bringen. Bisher hatte er nicht allzu viel Glück damit gehabt, wenn er versucht hatte, andere zu etwas zu bringen. Er war nur hier, weil er seit seiner Reformierung ein zuverlässiger, ordentlicher Student gewesen war, weil er gebüffelt hatte wie ein Wilder, um in den Prüfungen gut abzuschneiden. Aber da war es darum gegangen, in das Programm aufgenommen zu werden. Jetzt, bei einem Prozess, würde man nicht seine Zukunft unter die Lupe nehmen, sondern seine Vergangenheit, und da gab es nichts als Ärger. Alle seine Akten würden im Gericht landen und der Öffentlichkeit preisgegeben werden. Man würde fragen, wie jemand nach einer solchen Kindheit in das Programm gekommen war. Alles, was er erlebt hatte, würde ans Tageslicht gezerrt werden. Sämtliche Akten. Seine drogensüchtige Mutter. Seine Begegnungen mit der Stationspolizei. Seine Therapeuten hatten sich für ihn eingesetzt – wenn er seine Arbeit hier unten tadellos machte, hatte er vielleicht eine Chance.

Stattdessen hatte er ein wichtiges Werkzeug verloren und war zu spät gekommen. Ein wirklich guter Zeitpunkt, um die Regeln zu übertreten ... jetzt, da der Prozess wieder aufgerollt wurde und er wieder unter das psychologische Mikroskop kam, um wieder mal zu beweisen, dass er nicht ins All konnte – nein, dazu war er wirklich nicht fähig. Er war viel zu instabil für eine Abschiebung.

Aber wie sollte er glaubhaft machen, dass er ausreichend rehabilitiert war, um hier auf Downbelow bleiben zu dürfen, aber gleichzeitig nicht stabil genug, um auf dem Schiff seiner Mutter durchs All zu reisen und sich womöglich mitsamt seiner Verwandtschaft erschießen zu lassen?

Und was sollte er sagen, wenn sie ihn fragten, was er getrieben hatte, warum er sich zu spät gemeldet hatte? Ich habe den Kopf verloren? Ich habe mich in ein Mädchen verknallt? Und damit auch noch Bianca mit hineinziehen und ihrer Familie alles zu verraten?

Er hasste seine Familie mit einer Inbrunst, die mit

Vernunft nicht zu erklären war. Im Moment hasste er die gesamte Menschheit.

Er ging hinaus, durch eine Tür nach der anderen, und mit einer kalten Panik, die er seit dem Aufnahmetest für das Programm nicht mehr gespürt hatte, wurde ihm klar, dass sie – die gleichen Leute in der Stationsverwaltung, die ihn sein Leben lang herumkommandiert hatten – dass diese Menschen ihn zu ihrem Prozess auf die Station beordern konnten, wie es ihnen gerade passte, womöglich dann aber nicht die Zeit fanden, ihn umgehend wieder zurückzubringen – selbst wenn alles glatt gelaufen wäre und er Bianca Velasquez nicht in Schwierigkeiten gebracht hätte. Für die Hinfahrt bezahlten sie, das Rückticket konnte er sich nicht leisten. Das bedeutete, selbst wenn es keine weiteren Probleme gab, würden seine Anwälte ein Verfahren anstrengen müssen, damit man ihn wieder nach Downbelow ließe, und das würde Zeit brauchen – eine Menge Zeit.

Genaugenommen konnten sie sein Leben ruinieren, wenn sie nur lange genug trödelten, bis sie sich zu einem Entschluss durchrangen. Sie waren ja schon dabei, sein Leben zu ruinieren, mit ihren ganzen verdammten Formularen und ihrem Prozess, zu dem er erscheinen musste, weil das *Gesetz* wollte, dass er vor Gericht aussagte.

Siebenhundert Stunden. Dann legte das Shuttle ab, flog los, tat, was es tun musste. Früh am Morgen, wenn die Angestellten frühstückten, hörte man die Fähre oft über die Basis wegfliegen. Ein Mordslärm, man hörte sein eigenes Wort nicht mehr.

Wo ist Fletch? würden sie morgen früh sagen.

Bianca würde ihn ein paar Wochen lang vermissen. Vielleicht auch länger.

Aber was nützte das?

Er würde Melody und Patch nie wiedersehen, und sie würden garantiert nicht verstehen, warum er so plötzlich verschwunden war. Der Monsun war im Anmarsch. Womöglich starben sie auf ihrer langen Wanderung, und er war nicht da, er bekam nichts davon mit.

Regen peitschte auf ihn herab und der Blitz tauchte die Tür zur Männerunterkunft in ein gespenstisch weißes Licht, als er sie öffnete und sich hineindrängte. Wie durch einen weißen Nebel sah er den üblichen Stapel mit Schutzanzügen, der für die Leute von der Reinigung bereit lag, die Masken, die an den Haken hingen. Jetzt sollte er also seine dazu hängen. Seinen Anzug ausziehen und seine Siebensachen packen, wie man es ihm gesagt hatte.

Aber er wollte sich nicht ausziehen. Noch nicht. Er war noch nicht bereit, hineinzugehen und sich den Fragen des Aufsehers und der anderen Programmteilnehmer zu stellen, wenn er anfing zu packen. Er war noch viel zu aufgewühlt, und wenn er emotional reagierte, würde das ihm und seiner Zukunft nur schaden. Jetzt musste er erst einmal eine Weile allein sein, eine Stunde im Regen spazieren gehen – nur um wieder zu sich zu kommen und zu vermeiden, dass auch noch eine Schlägerei mit Marshall Willett auf seinem Konto verbucht wurde.

Er hatte sich in der Basis gemeldet. Er hatte bei der Verwaltung eingecheckt. Er stand auf keiner Vermisstenliste. Es gab keine Sperrstunde. Wenn er nass werden wollte, war das allein seine Entscheidung, oder?

Aber seine Maske hatte nur noch einen Zylinder.

Herrgott, dachte er, nahm eine andere Maske vom Haken, öffnete sie und borgte sich einen Zylinder. Womöglich ärgerte er damit jemanden, aber momentan war es ihm wichtiger, sich möglichst schnell abzukühlen, ehe er sich mit anderen Menschen auseinander setzen konnte.

Zur Sicherheit lieh er sich aus einer anderen Maske einen zweiten Zylinder – er setzte das Leben des Betreffenden aufs Spiel, wenn er zwei Zylinder aus der gleichen Maske nahm, falls derjenige nicht merkte, wie leicht seine Maske war …

Aber er wollte sich nicht vorkommen wie ein Gefangener. In plötzlicher Wut plünderte er eine dritte und eine vierte Maske. Dann eine fünfte und sechste. Er würde sich nicht einsperren lassen. Er würde das Shuttle verpassen. Vielleicht kamen seine Anwälte vor Gericht damit durch, sie würden sich auf seine Seite stellen, und es wurde ja auch Zeit, dass sie sich ihr Honorar verdienten, das die Station ihnen auszahlte. Wenn er sich in ihre Reichweite begab und ein Gerichtserlass ihn dazu verdonnerte, an Bord des Schiffs seiner Verwandten zu gehen, konnte kein Gerichtserlass ihn wieder herunterbekommen. Das war der eine Gedanke. Der andere war, dass er Marshalls selbstzufriedenes Gesicht im Moment einfach nicht sehen konnte und dass er sich unbedingt bei Bianca entschuldigen wollte. Er war nicht wie andere Menschen, er gehörte den Rechtsanwälten, sie konnten ihn abschieben, falls das Gericht nicht zu dem Urteil gelangte, dass er psychisch labil war.

Aber in diesem Fall würde man ihn sowieso aus dem Programm werfen und die Station würde ihm irgendeinen Hilfsarbeiterjob geben, weil seine psychische Verfassung es nicht zuließ, dass man ihm Arbeit gab, für die er ausgebildet war.

Er setzte die Maske wieder auf. Seine Taschen waren bis zum Platzen mit Ersatzzylindern gefüllt. So trat er aus der Tür hinaus in das Gewitter, in die verregnete Welt, in der er bis vor einer Viertelstunde glücklich gewesen war und die ihm alles verheißen hatte, was er sich wünschte.

Auf dem mit Pfützen übersäten Kiesweg wanderte er hinunter zum Fluss. Niemand hielt ihn auf.

Wenn sie ihn erwischten, konnte er immer noch sagen, es sei ihm erst jetzt eingefallen, dass er die Säge liegen gelassen hatte und dass er nicht mit einem Makel in seiner Akte von der Basis weg wollte. Er hatte immer noch einen Ausweg. Er ließ sich immer etwas Spielraum.

Aber diesmal hatte er Angst, mehr als all die anderen Male, wenn das System ihn geschnappt hatte. Gewöhnlich hatte er sowieso genug gehabt von der jeweiligen Pflegefamilie, und wenn er hörte, wie sie auseinandergenommen und analysiert und mit allen Pros und Contras vor Gericht ausdiskutiert wurde, dann war er auch bereit, sich anderswo unterbringen zu lassen. Die Illusion von Normalität ließ sich schlecht aufrechterhalten, wenn seine Pflegefamilie sich vor einen Richter stellte und Fragen über ihr und sein Privatleben beantwortete und dabei, obwohl er danebenstand, das Blaue vom Himmel herunterlog, um besser wegzukommen – und er entsprechend schlechter.

Und wenn er dann mit hoher Kinderstimme rief: Das ist gelogen! glaubte ihm das Gericht manchmal, aber inzwischen wusste er längst, dass das die Sache nicht unbedingt besser machte und auch nie besser machen würde, denn die Dinge, die noch einigermaßen intakt gewesen waren, bevor die Richter dazu kamen, waren auch noch kaputt, wenn man schließlich alles in der Öffentlichkeit durchgekaut hatte. Und wenn doch noch ein Rest von Bindung zu der Familie übrig war, zerriss Fletcher es mit irgendeiner Dummheit – er brachte sich blitzschnell in irgendeinen Schlamassel, vielleicht nur, um zurückzuschlagen, weil es so weh tat. Das konnte er jetzt im Rückblick erkennen, nachdem Melody ihm gesagt hatte, was in Wahrheit mit ihm los war. Nach einer Vernehmung war immer alles nur noch schlimmer und die Familie ein Scherbenhaufen … und diesmal …

Diesmal würde er nicht nur so etwas so leicht Ersetzbares wie eine Menschenfamilie verlieren. Diesmal ging es um alles, für das Fletcher je gearbeitet hatte. Um Melody und Patch.

Nur Melody, nur Patch. Bloß ein Downerpärchen. Keine richtigen Menschen. Aber die einzigen Lebewesen, die ihn je geliebt hatten. Und Bianca, in deren Gegenwart er sich dumm vorkam, bei der er vor Aufregung anfing zu stottern und die ihn aus irgendwelchen Gründen trotzdem mochte. Bianca war die erste aus der Kategorie von Leuten, mit denen er nach Auffassung der Psychodocs so dringend Beziehungen aufbauen sollte. Nichts hielt hundertprozentig stand, wenn das Gericht einen zwang, es unter dem Mikroskop anzusehen und einen fragte, ob es stichhaltig war.

Bianca, würde seine Antwort lauten, wenn die Psychodocs anfingen darüber zu diskutieren, warum er sich in Schwierigkeiten gebracht hatte. *Ich habe mich bemüht, Beziehungen zu knüpfen,* würde er sagen. Das war eine ihrer eigenen Phrasen. Das würde ihnen gefallen. Worte wie *Übertragung* und *Affektverschiebung* konnte man nicht einsetzen, weil sie dann gleich wussten, dass man sie mit ihren eigenen Waffen schlagen wollte, aber *Beziehungen knüpfen* war perfekt. Er würde sagen, dass er doch nur lernen wollte, Beziehungen einzugehen …

In dieser Hinsicht hatte der Zerfallsprozess also schon begonnen – als wüsste Fletcher, in welche Richtung sich die Dinge entwickeln würden und könnte nichts dagegen tun. Er ertrug es nicht, wenn die Gerichtspsychologen ihn in die Finger bekamen, also zerfleischte er sich lieber selbst und überreichte den Fachleuten dann die Einzelteile in einer Reihenfolge, die *er* bestimmte. Aber es bedeutete trotzdem, dass nichts heil blieb. Wenn sie die Geschichte mit Melody und Patch herausfanden, würden sie auch die analysieren, bis auch da kein einziges sauberes Gefühl mehr übrig war.

Und er hatte Bianca alles erzählt. *Sie* wusste Bescheid. Sie würde reden. Das taten die Leute immer, wenn die Psychodocs etwas wissen wollten. Dann verrieten einen die Leute, unter dem Vorwand, sie wollten einem helfen.

»He du!« rief eine Stimme, dünn und weit entfernt. Eine wütende Männerstimme. Jemand hatte ihn entdeckt. Fletcher rannte los und in dem Augenblick, als er loslief, wusste er, dass er eine Entscheidung getroffen hatte. Sie gab ihm ein Gefühl von Freiheit und er hielt nicht an.

»Komm zurück!« schrie der Mann.

Fletcher rannte zum Flussufer, wo der Weg einigermaßen geschützt zwischen Felsen und Bäumen verlief, er rannte und rannte, bis die Atemmaske seinem Sauerstoffbedarf nicht mehr nachkam und ihm statt dessen CO_2 einflößte.

Rote und graue Flecken tanzten vor seinen Augen; notgedrungen verlangsamte er sein Tempo. Blind und keuchend eilte er weiter, denn er wusste, dass jemand ihm folgte, auch wenn er vielleicht nicht so schnell vorwärts kam.

Neben ihm brauste der Fluss, angeschwollen von den wolkenbruchartigen Regenfällen. Wenn der Mann, der ihn jagte, merkte, dass er ihn im Dickicht nicht finden konnte, und zurückging, um Verstärkung zu holen und die anderen zu informieren, dass da ein Irrer im Wald herumlief, hatte er gleich eine ganze Horde auf den Fersen, natürlich alle ausgestattet mit Ersatzzylindern, damit sie ausführlich und systematisch nach ihm suchen konnten.

Die Fluten des Alten Flusses schnitten den Verfolgern vielleicht den Weg ab, verwischten Fletchers Spuren, schützten ihn.

Alter Fluss, er stark, sagte Melody immer, Alter Fluss, er alles trinken, alles ziehen runter.

Der Alte Fluss war Freund und Feind zugleich, Gott und Teufel für die Hisa, stärker als menschliche Gerichte oder Erlasse oder alle Macht der Basis. Womöglich brachte der Fluss Fletcher um, aber das war ihm gleich. Er wusste, dass es dumm gewesen war zu rennen, aber auch das war ihm gleich. In der Basis würde sich sein Verschwinden innerhalb der nächsten Minuten herumsprechen. Wo ist Fletch? Wo ist Fletch? Erst leise, dann immer lauter.

Er wollte nicht da sein und es hören. Ja, man würde Suchtrupps losschicken. Aber es würde länger dauern als gewöhnlich. In den Masken fehlten Zylinder. Sie mussten den ganzen Papierkram ausfüllen, die Berichte schreiben. Fletcher spürte eine seltsam schwindlige Befriedigung. Sterben würde bestimmt keiner daran. Aber es würde Verzögerungen geben. Unannehmlichkeiten. Nicht aus Sauerstoffmangel war ihm schwindlig, sondern von einem kurzen Moment des Triumphs, den er teuer bezahlen musste, das war klar.

Sein ganzes Leben hatte er dafür gearbeitet, hierher zu kommen, und nun holten ihn nicht die Anwälte weg, sondern er selbst sorgte dafür, indem er alles vermasselte – aus freiem Willen, wenigstens das. Die Zylinder zu stehlen und dann davonzulaufen, das war mehr als ein kleiner Regelverstoß. Aber er hatte sich dafür entschieden, verdammt. Es war *seine* Entscheidung. Wenn alles vor die Hunde ging, das konnte ihm keiner mehr nehmen.

Blitze zuckten und der Donner krachte direkt über ihm, über den Wipfeln der Bäume. Sein Herz machte einen Satz, und seine Knie zitterten unter dem plötzlichen Adrenalinstoß. Auf einem Planeten mit einer stark elektrisch aufgeladenen Atmosphäre war das gefährlich: Neben dem Weg war Wasser, nicht mehr der zahme Alte Fluss, sondern ein reißender Strom, der Alte Fluss in einem seiner mordlustigen Momente.

Alter Fluss, er verrückt, würden die Downer sagen.

Alter Fluss, er fangen dein Fuß, ziehen dich runter. Bei Fletchers Ankunft auf dem Planeten hatte Melody ihn als erstes vor dem trügerischen Uferstreifen gewarnt. Der Alte Fluss war der Teufel, der stets auf die Unvorsichtigen lauerte, und Große Sonne war der Gott – falls die Downer eine Religion hatten. Worüber sich menschliche Experten mit albernen technischen Argumenten stritten.

Die Downer konnte man nicht danach fragen. Wenn man es tat, so behaupteten die Forscher, setzte man ihnen nur Flausen in den Kopf, und das konnte die gesamte Entwicklung der Downer-Kultur durcheinanderbringen und in menschliche Richtung manipulieren.

Also, was sind die Kuppeln nun, ihr Dummköpfe? Pufferbälle? Vom Himmel gefallene Natur? Die Wissenschaftler hatten keine Ahnung. Sie notierten Downer-Geschichten vom Alten Fluss, sie kannten die Worte, aber der Alte Fluss schützte sie nicht, sorgte nicht für sie, war nicht Vater und Teufel zugleich.

Fletcher hatte Bianca gesagt – er hatte Bianca gesagt – seine Gedanken rauschten wild wie das Wasser neben seinen Füßen – er hatte ihr gesagt, sie solle erzählen, dass sie zu spät gekommen waren, weil er nach der Säge gesucht hatte. Darauf hatten sie sich doch geeinigt, oder? Das würde sie also sagen, falls jemand sie fragte. Und man würde sie fragen, ganz bestimmt. Aber inzwischen hatte sich Fletcher so viele Abwandlungen der Lügengeschichte ausgedacht, dass er selbst ganz verwirrt war.

So war es ausgemacht, richtig? Aber wenn sie das behauptete, konnte er die Ausrede mit der Säge nicht benutzen.

Er konnte sagen, dass er nicht sicher war, wo er die Säge gelassen hatte. Später war ihm dann eingefallen, dass er sie an einer anderen Stelle abgelegt hatte und sie suchen wollte …

Ach, zum Teufel – was sollte das, nach seinem Gespräch mit Nunn? Nachdem man ihm gesagt hatte, er solle packen?

Er konnte noch immer argumentieren, er wäre so durcheinander gewesen und wollte sich keinen Vermerk einhandeln, falls er und Bianca die Säge da draußen fanden, aber verdammt, das würde ihm doch eh keiner abnehmen, und so würde man ihn nie auf die Basis zurück lassen, nie mehr. Er hatte das ganze Vertrauen verspielt, jedes bisschen Achtung für seinen gesunden Menschenverstand …

Sein Fuß rutschte ins Wasser. Kalt presste sich das Synthetikmaterial seiner Hose an sein Bein, Wasser rann in seinen Stiefel, ehe es ihm gelang, sich wieder hochzuhieven, eine Hand an einen Ast geklammert, die andere ins Moos gedrückt. Schließlich kauerte er am Ufer.

Das war noch einmal gut gegangen. Aber um ein Haar wäre es anders gekommen. Ein ernüchternder Gedanke. Der Adrenalinpegel sank, er begann zu zittern, seine Seite tat weh, seine Lungen brannten vor Anstrengung.

Er wusste, dass es klüger gewesen wäre, zurückzugehen und zu sagen … einfach zu sagen, er hätte vor lauter Angst Blödsinn gebaut – aber er war immerhin freiwillig zurückgekommen, oder?

Wäre er Marshall Willett, würde man ihm problemlos eine zweite Chance zubilligen. Mama und Papa würden sie ihm erkaufen, würden in paar Beziehungen spielen lassen, ein paar Gefälligkeiten einfordern und schon war Marshall rehabilitiert.

Aber er war Fletcher Neihart, ein Spacerbengel, Sohn eines Niemand, und er hatte bereits alle zweiten Chancen aufgebraucht, während er sich einfach nur bemühte, die Erbschaft seiner Mutter zu überleben.

* * *

Desaster! Der Junge war weggelaufen. Hatte durchgedreht. Elene Quen hatte den Bericht auf dem Tisch liegen, ein persönliches Fax von Nunn, das sie jetzt anstarrte und immer wieder durchlas, in der Hoffnung, irgendwelche klugen Ideen daraus ableiten zu können.

Damon hatte sich ziemlich darüber aufgeregt, dass sie den Gerichtsbeschluss veranlasst hatte.

Mehr als über ihren Tauschhandel: ihr Einfluss in Pell gegen die Unterstützung der *Finity*. Das war ein Geschäft, wie es unter Kauffahrern üblich war, und es ging schließlich um Kauffahrerangelegenheiten. Diplomatie, bei der die Diplomaten jede Karte ausspielten, die ihnen dienlich war, auch im Verborgenen.

Aber seine Reaktion auf ihre konkrete Vorgehensweise, darauf, dass sie sich in die Angelegenheiten des Jugendgerichts einmischte, war unerwartet heftig gewesen – eine Komplikation, mit der sie nicht gerechnet hatte und die sie nach den ganzen Jahren Stationsleben, noch immer nicht verstand. Damon war vor allem anderen Jurist und glaubte an das Gesetz um seiner selbst willen, eine Perspektive, für die Elene in ihrem Innersten rein gar nichts übrig hatte – im allgemeinen befolgte sie nur seinen Rat, wenn sie es einmal nicht mit dem Hafengesetz zu tun hatte, das sie verstand, sondern mit dem Stationsgesetz, das sie schon aus Prinzip verachtete. Vielleicht war das der Kern des Problems.

Die Tatsache, dass die *Finity* ein Anrecht auf den Jungen hatte? In Damons Augen ließ sich darüber streiten. In ihren Augen dagegen stand es absolut fest. Dass das Stationsgericht immer wieder gegen dieses Recht entschieden hatte? Empörend, fand Elene. Es war keine persönliche Empörung, denn es ging ja nicht um ihr Schiff – *nicht mein Schiff, nicht meine Sache* lautete die Regel am Dock –, aber nun hatte eine Absprache sie unverrückbar an die Seite der *Finity* gestellt.

Ein Verfahren um des Verfahrens willen? Was genau war die Bedeutung des Verfahrens? Mochte das Gesetz Damons Leben sein, es war doch nur eine Ausschmückung, ein Schnörkel des Stationslebens. Im All konnte es einen das Leben kosten.

Nach den vorliegenden Informationen hatte sie jetzt womöglich einen Jungen verloren, weil sie den verdammten Prozessregeln der Station gefolgt war. Ein Brief von den unabhängigen Anwälten des Jungen, die in *seinem Interesse* handelten, hatte Nunn vor ihrem Schreiben erreicht. Und Nunn hatte den Brief dem Jungen gezeigt und ihn dann aus der Tür gehen lassen, verdammt, er hatte blind darauf *vertraut*, dass er es mit Stationsmentalität zu tun hatte, mit jemandem, der treu und brav in sein Zimmer marschierte, seine Sachen zusammenpackte und sich dem Gesetz fügte, weil sich das so gehörte.

Schön wär's. Gut, Fletcher Neihart hatte auf einer Station gelebt, aber er war nicht mit Nunns Regeln oder Damons Gesetz aufgewachsen, nicht die ersten fünf Jahre seines Lebens, solange Francesca Neihart ihr Kind noch in ihrer Obhut hatte. Er war auf der Station geboren, dort geblieben, dort ausgebildet worden, aber eine Stationsfamilie nach der anderen war vors Jugendgericht gezogen, mit der Klage, Fletcher ließe sich nicht bändigen.

Nun hatte der unternehmungslustige junge Mann eine Anzahl Zylinder gestohlen, jeder mit einer Sauerstoffversorgung für etwa acht Stunden, wenn man ihn nicht überforderte. Drei Stunden, wenn man ihm Höchstleistungen abverlangte. Und für einen verängstigten, wütenden Jugendlichen war Mäßigung ein Fremdwort. Außerdem waren die Zylinder nicht mehr frisch. Nach den Unterlagen der Bestohlenen ergab sich ein Sauerstoffvorrat von etwa drei Tagen, wenn er erwartungsgemäß rücksichtslos damit umging.

Er wollte warten, bis die *Finity* den Hafen wieder verlassen hatte, das steckte dahinter: Was er tat, ergab vielleicht für einen Erwachsenen keinen Sinn, aber für einen Jungen in seinem Alter war es absolut logisch. Elene hatte selbst zwei Kinder großgezogen, sie kannte sechzehn-, siebzehnjährige Stationskinder aus persönlicher Erfahrung, die sogar relativ frisch war, und im Moment mischte sich der Wunsch, den Ausreißer zu schütteln, bis ihm die Zähne klapperten, mit der Angst, dass die Kombination aus der Direktheit der Spacer und der Gesetzestreue der Stationsbewohner Francescas Sohn in schlimmere Gefahr brachte, als seine begrenzte Erfahrung es verkraften konnte.

Tatsache war, dass Fletcher Neihart versuchte, sich aus dem Rechtssystem der gesamten Allianz und gleichzeitig aus Elenes Autoritätsbereich auszuklinken, und das machte er ziemlich gut – ein Raumschiff konnte nicht einfach ein paar Tage zusätzlich am Dock verplempern. Die *Finity* konnte nicht warten, sie hatte Termine, Verpflichtungen, Aufträge, weiß Gott, wichtige Aufträge, bei denen viel auf dem Spiel stand. Fletcher war ein Neihart. Und er hielt sie alle in Schach, genau wie seine Mutter und wie der sagenumwobene Mann, dessen Namen er trug.

Wenn Nunn den Jungen verloren hatte, wenn Elene der *Finity* durch die Fehleinschätzung eines Mannes, dem sie kritische Aktionen anvertraut hatte, vor dem Abdocken keinen lebendigen Fletcher Neihart lieferte, steckte sie verdammt tief in Schwierigkeiten. Die Übereinkunft zwischen ihr und James Robert hielt vielleicht stand, weil sie aus soliden politischen Gründen geschlossen worden war, aber die jahrzehntelange Freundschaft, die sie mit den politisch höchst einflussreichen Neiharts gepflegt hatte, überlebte ein solches Debakel womöglich nicht.

Ein verteufeltes Schicksal für diesen Jungen, der in diesem Augenblick mit Sauerstoff für drei Tage durch die Wälder von Downbelow irrte, in einer seelischen Verfassung, die sich Elene besser ausmalen konnte als jedes Gericht. Sie kannte das Gefühl, jeden Halt verloren zu haben und in einer Welt zu treiben, die niemals einen verlässlichen Sinn ergeben würde.

Aber sie hatte nichts Falsches getan, als sie die Anordnung unterschrieb, und auch nicht mit den anderen Absprachen, die sie mit den Neiharts der *Finity's End* getroffen hatte. Sie war im Recht – ethisch, moralisch, historisch. Wenn sie die Angelegenheit Damons geliebten Gesetzen überließ, würde die ganze Menschheit vor die Hunde gehen. In der letzten Phase des Krieges war es schon beinahe soweit gewesen: Zwar hatte niemand einen Planetenzerstörer geworfen, aber sie hatten eine Station verloren. Um ein Haar wären es zwei gewesen. Das nächste Mal, wenn die Menschheit in den Krieg zog, verloren sie womöglich einen Planeten. Um das zu verhindern, gab sich Elene keinen Illusionen hin. Ihre Feinde behaupteten, sie wolle die Union zerschlagen. Sicher, das stimmte, aber gleichzeitig wusste Elene, dass sie das in der Praxis nicht konnte. In der knallharten diplomatischen Realität musste die Kauffahrerallianz das heikle Gleichgewicht der Kräfte – von Allianz und Union aufrechterhalten, ganz gleich, was Mazian sich ausdachte, um die Allianz zu destabilisieren und seine Machtgrundlage von neuem auszubauen, ganz gleich auch, welche kurzfristigen Entscheidungen hinsichtlich Elenes eigener politischer Zukunft anlagen. Nicht einmal ihre Entschlossenheit, den Namen Quen zu retten, spielte eine ausschlaggebende Rolle – ganz zu schweigen von den persönlichen Vorlieben eines Jugendlichen hinsichtlich seines Aufenthaltsorts.

Es hieß, entweder die Kleinkriege zu führen, auf dem Papier, am Konferenztisch, manchmal in öffentlichen Posen, damit sie nie wieder einen realen Krieg führen mussten, oder sie würden – so lautete die gnadenlose Alternative – das, was menschlich war, verlieren, wenn sie die rapide Expansion der Union stillschweigend hinnahmen.

Instantpopulationen. Von den ReseuneLabs auf Cyteen geplante und programmierte Kulturen. Ariane Emory. *Dagegen* kämpfte Elene, ohne ihren Feind von innen zu kennen, jedenfalls nicht gut genug, um effektiv verhandeln zu können. Emory war ein vertrauter Name, aber die Union hielt die Schiffe in der Nähe von Cyteen so strikt unter Kontrolle, dass man nicht an sie herankam. Elene plante also ohne fundierte Geheimdienstinformationen.

Sie mussten Zeit gewinnen. In Azov und in Emory hatten sie einem gesichtlosen Feind gegenüber gestanden. Eine Menschheit, seit Jahrhunderten von der Erde entfremdet. Eine Menschheit, die nicht nach einheitlichen Regeln funktionierte. Die von Damon so tief verehrte Geschichte, die Verfahrensschritte – das alles griff nicht im Draußen.

Die Fletcher Neiharts des Universums waren samt ihrem Problemkind kostbare Wesen, jeder einzelne von ihnen. Ihr Abkömmling konnte nicht unter dem Gesetz von Pell leben … und jetzt hatte sie eine halbe Stunde ununterbrochen darüber gegrübelt, was aus dem Jungen geworden war. Sie wusste, warum er sein Leben lang überall angeeckt war – er konnte nicht in einer versiegelten Kapsel gedeihen, in der sich nichts jemals änderte, nichts sich entwickelte und jede Entscheidung zugunsten des Status Quo ausfiel. Er konnte hier nicht leben, solange das System ihn nicht zerbrach – und das hatte Elene nie zugelassen. Die Mentalität, mit der es auf die Probleme zu reagieren galt, die Cyteen dem Rest der Menschheit bereitete, konnte nicht aus Pell kommen. Auch nicht von der Erde, soweit Elene es beurteilen konnte, denn deren distanz- und kulturgeblendetes Verhalten hatte Cyteen ja überhaupt erst zu dem gemacht, was es heute war.

So stand Elene nur ein schmaler Ausweg offen, durch den sie dem Uhrwerk des Systems den Anstoß zur Rettung der Menschheit geben konnte – in Bereichen, in denen seit den frühesten Zeiten der Expansion der Erde zwischen ihr und ihren Kolonien einiges katastrophal schief gelaufen war. Der Zeitpunkt, zu dem die *Finity's End* in ihrer Mission zur Versöhnung der Kauffahrer und der Union erschien, war günstig, denn die Allianz musste endlich die Augen aufmachen und sehen, was für eine ökonomische Herausforderung von der Union ausging. Es war das Umschwingen des Pendels der Companykriege: Sie hatten den letzten Krieg beendet, sich zusammengeschlossen und das System unter Druck gesetzt, damit es einheitlich reagierte. Nun traf sie die Gegenbewegung: Leute, die mit Patentlösungen aufwarteten, gegen die man Rückgrat zeigen musste, um zu verhindern, dass das Pendel in Richtung eines aggressiven Extremismus auf der einen oder Isolationismus auf der anderen Seite ausschlug.

Elene Quen konnte die Macht über Pell nicht ewig halten: Eine neue Wahl konnte sie binnen eines Monats absetzen. Junge Leute, die den Krieg nicht miterlebt hatten, versuchten mit allerlei demagogischen Kniffen die Wählerschaft zur Opposition gegen Elene und ihre Interessen aufzuwiegeln; alles Mögliche kochte dabei an die Oberfläche.

Möglicherweise konnte es Elene ihre ohnehin nicht ganz ordnungsgemäße Macht kosten, falls der Junge starb. Auch James Robert Neihart würde nicht mehr allzu lange als Kommandeur der *Finity's End* fungieren können. Er steuerte unaufhaltsam auf ein Alter von anderthalb Jahrhunderten zu, einschließlich Zeitdehnung und Verjüngung. Mallorys Existenz stand sowieso jedesmal auf dem Spiel, wenn sie sich an einen Feind heranmachte – und damit hörte sie nie auf.

Mindestens ein Händepaar am Staatsruder würde innerhalb der nächsten zwanzig Jahre abgelöst werden. So viel stand fest. Und Gott stehe den Nachfolgern bei! Madison, James Roberts Nachfolger, war ein fähiger Mann. Aber er war eben nicht James Robert, und sein Wort hatte bei den anderen nicht das gleiche Gewicht wie das des Alten.

Die ganze empfindliche Struktur geriet ins Wanken. Die Zeit wurde langsamer. Die *Finity's End* würde warten müssen, bis der Junge zur Vernunft kam … oder ihn endgültig verlieren – eine öffentliche Blamage und nach Lage der Dinge womöglich das Ende von Elenes Macht.

Ach verdammt, der Teufel sollte den Jungen holen!

* * *

Sie haben ihn verloren! Wie ein Lauffeuer verbreitete sich die Nachricht, wenn sich die Besatzung der *Finity* am Dock traf; es gab heimliche Treffen in Cafés und Bars, an Orten, an denen sich die Senioren trafen und welche die Juniorsenioren ebenfalls frequentieren konnten, wenn sie sich angemessen benahmen. JR hörte es von Bucklin in einem jener leicht anrüchigen Etablissements, die man mit Juniorjunioren nicht aufsuchen durfte. Ehrlicherweise war es ihm Recht, dass nur Bucklin zugegen war, denn er war sich seiner Gefühle nicht sicher, er konnte nicht einschätzen, was Fletchers Verschwinden für ihn eigentlich bedeutete.

Was der Alte Mann sich alles erhofft hatte – und nun mussten sie ausgerechnet in dem Augenblick aufbrechen, in dem sie Fletcher endgültig verloren hatten …

Wenn man sich etwas wünscht, lautete der Spruch … wenn man sich wünscht, dass etwas passiert, liegt das auch in der eigenen Verantwortung. Das hatte JR an vielen entscheidenden Punkten seines Lebens gehört und jetzt wusste er einfach nicht genau, was er fühlte.

Vielleicht ein schlechtes Gewissen, weil er sich vorkam, als wäre ihm etwas erspart geblieben. Als wäre der ganzen nächsten Generation der Neiharts die Last genommen worden, sich mit einem Problem auseinander zu setzen, das sie sich nicht leisten konnten.

Ich werde nicht lügen. Ich werde nicht betrügen. Ich werde meinem Namen und meinem Schiff stets Ehre erweisen …

Das deckte so ziemlich alles ab, was einem Junior passieren konnte. Und als Junior, der fast keiner mehr war und die Verantwortung für die ganze übrige jüngere Besatzung trug, war er nicht nur für ihre körperliche Unversehrtheit, sondern auch für ihre geistige Verfassung verantwortlich. Wenn es in seinem Kommando moralische Verfehlungen gab, war das *sein* Fehler. Wenn das Schiff etwas nicht getan hatte, was die Schiffsehre betraf, dann lastete die Schande auf allen – aber vor allem auf JR persönlich.

Das Schiff als Ganzes hatte Fletcher im Stich gelassen, sein Leben lang. Fletchers Mutter hatte individuell und kategorisch versagt.

Worin bestand aber die Sünde dieser Frau? Zufälligerweise hatte sie zu einer Zeit, als die *Finity* keine andere Wahl hatte, als sie an Land zu bringen, ein neues Neihart-Leben in sich getragen. Damals kam es für das Schiff moralisch nicht infrage, seine Verpflichtungen zu vernachlässigen. Schon seit jeher gehörte es zu den Aufgaben der *Finity*, die anderen Kauffahrer anzuführen, vor allem dann, wenn diese nicht wussten, wohin es ging. Die *Finity* hatte sowohl die Feuerkraft als auch die Maschinen, um die Kauffahrerrechte zu sichern – in diesem kritischen Augenblick, in dem unter allen Umständen ein Schiff der *Norway* zur Erde folgen musste.

Es war ein Ding der Unmöglichkeit, die Abfolge überstürzter Entscheidungen zu rekonstruieren, die Francesca Neihart in ihr Dilemma gestürzt hatten. Sicher war jedoch, dass sie der *Norway* zu Hilfe eilen musste, und wie JR die Geschichte kannte, hatte man Francesca geschworen, sie nach einem Jahr von Pell wieder abzuholen.

Aber es hatte länger gedauert, nicht ein Jahr, sondern fünf Jahre, und in dieser Zeit hatte Francesca versagt. Oder die Umstände hatten ihre geistige Gesundheit zerstört. JR selbst konnte nicht beurteilen, ob die Schwangerschaft Schuld war oder die Überdosis Sprungdrogen, die Francesca auf der Station genommen hatte, oder ob Fletchers Mutter irgendwann bewusst die Entscheidung getroffen hatte, Selbstmord zu begehen.

Schlimmer noch, sie hatte es getan, obwohl ihr Kind darunter leiden musste, ein *Finity*-Kind, das die Station ihnen trotz wiederholter Versuche, vernünftiger Appelle und Gerichtsverfahren nicht wiedergeben wollte.

Angesichts der Tatsache, dass JR mit diesem Jungen

verwandt war, und angesichts der Tatsache, dass er sich eingeredet hatte, er wäre für ihn verantwortlich, spürte JR einen Stich im Herzen: Fletcher Neihart, sein jüngster Cousin, war dort unten auf Downbelow verloren gegangen. Im Krieg hatte die *Finity* dreihundertsechs Leben verloren – dreihundertundsieben, wenn man Francesca dazu zählte, und inzwischen fand JR, dass das nur recht und billig war. Das war schwer zu verkraften, aber diesen Schmerz teilte das ganze Schiff. Die meisten waren bei der großen Explosion getötet worden, als der Passagierring des Schiffs einen Volltreffer abbekommen hatte. Achtundneunzig Leben hatte dieser eine Augenblick gekostet. Neunundvierzig die Flucht aus Thule. Sechzehn letztes Jahr. Seit sie Francesca allein gelassen hatten, war die Hälfte der Seniorbesatzung gestorben, Parton war blind und sechsundvierzig weitere hatten irgendeinen geflickten, vernarbten oder verstümmelten Körperteil. Auch Junioren hatten ihr Leben gelassen, denn natürlich waren auch sie nicht immun gegen die Kräfte der Physik und feindliche Angriffe. Seine Mutter, seine Großmutter, drei Tanten, vier Onkel und sechs Cousins, die JR sehr nahe gestanden hatten, waren tot.

So hatten alles in allem vielleicht diejenigen, die seit siebzehn Jahren praktisch im Kriegszustand lebten, etwas weniger Sympathie für Francesca, die sich nach fünf Jahren auf Station selbst das Leben genommen hatte. Aber während alle stets vor Augen hatten, welche Hölle das Schiff in diesen Jahren durchlebte, hatte niemand richtig darüber nachgedacht, wie es in Pell damals ausgesehen hatte. Vielleicht war Francesca eines langsameren Todes gestorben, an einer Art Dekompressionskrankheit auf einer Station, die immer fremder und verrückter wurde.

Und das mit einem Sohn, den sie mitten in diesem moralischen Ausverkauf groß ziehen sollte?

War sie vielleicht daran gescheitert? Hatte sie deshalb immer größere Mengen der Sprungdroge genommen, die sie Gott weiß wo und Gott weiß wie am Dock gekauft hatte?

In den Sphären, in denen sie schwebte, wenn sie die Droge intus hatte, hatte sie bestimmt kein Kind gehabt. Oder es war ihr egal gewesen.

Darüber hatte JR mit Bucklin gesprochen, als sie sich in der Bar der Pension trafen, im schützenden Lärm der lauten Musik und der Cousins um sie herum.

»Der Junge steckt ernsthaft in Schwierigkeiten. Soweit ich weiß, sollte man da unten lieber nicht allein rumlaufen«, meinte Bucklin. »Es regnet wie verrückt. Einer vom Suchtrupp ist beinahe ertrunken. Ich glaube nicht, dass sie ihn jemals finden.«

»Morgen geht's an Bord«, sagte er, über einem Bier, das gar nicht übel schmeckte. »Sie sind gerade mit Laden fertig. Alles startbereit.«

»Das Shuttle wird auf Downbelow festgehalten«, sagte Bucklin. »Eigentlich sollte es heute morgen ablegen. Ist das zu glauben? So viel Theater wegen einem von uns.«

In den Stationen wurde einem toten Spacer selten eine Träne nachgeweint. Man behandelte sie nicht schlecht, aber niemand machte sich viele Gedanken um ihre Rechte, genauso, wie an Bord eines Kauffahrerschiffs die Stationsgesetze nicht galten. Es war ausländisches Territorium. Diesen Punkt hatte *Finity's End* vor Jahrzehnten durchgesetzt, sowohl bei Pell als auch bei der Union.

Aber jetzt wurde in der Besatzung auch gemunkelt – einige hatten es im Hafen aufgeschnappt –, dass die Union möglicherweise einen neuen Vorstoß plante, um die Kauffahrer auszuschließen. Die Union hatte ein weiteres von den militärisch ausgerüsteten Handelsschiffen, die sie bauten, vom Stapel gelassen – Kriegsschiffe, die jedoch auch zum Transport von Frachtgütern geeignet waren. Das Gerücht, das durch das Treffen mit Quen und Konstantin aufgekommen war, lautete, dass noch eine Menge solcher Schiffe gebaut werden sollten.

Unterdessen baute auch die Erde neue Schiffe, für wissenschaftliche Zwecke, wie behauptet wurde, im Dienste der Forschung. Sie hatten die Sol-Werften wieder aktiviert, in denen auch die Flotte gebaut worden war, die den Krieg begonnen hatte. Das ganze verdammte Universum platzte aus den Nähten, die Verträge, die geschlossen worden waren, um den Krieg zu beenden, wirkten inzwischen wie Tünche, die gerade lange genug hielt, bis die Kontrahenten ihre Kräfte wieder gesammelt hatten. Die Union versuchte eindeutig, die Kauffahrer aus dem Geschäft zu drängen. Aber man hörte auch, dass auf Pell Schiffe gebaut wurden, die der Union und vielleicht auch der Erde die Stirn bieten sollten.

Und jetzt war Cousin Fletcher weggelaufen, der letzte irrwitzige Zug in einem bizarren Manöver, während das beste Schiff der Allianz mit Whiskey, Kaffee und Schokolade beladen war – alles, was sie nicht in Pell verkauft hatten – und nun auch noch Downer-Wein an Bord genommen hatte.

»Auf den Jungen«, sagte JR impulsiv und hob seinen Bierkrug. Bucklin folgte ernst seinem Beispiel und nahm einen großen Schluck.

So nahmen sie die Nachricht zur Kenntnis, als sie erfuhren, dass sie ihren verlorenen Cousin doch nicht mitnehmen würden.

Aber als die Aufforderung erging, an Bord zu gehen, und die Besatzung der *Finity* aus der Pension ausgecheckt hatte und sich mit fertigem Gepäck an der Schiffsrampe meldete, erfuhr sie, dass der Start sich verzögern würde.

»Wie lange?« erkundigte sich JR bei den Sicherheitsleuten am Zoll und wuchtete seinen schweren Seesack wieder auf die Schulter. »Sollen wir noch einen Tag in der Pension buchen?«

»Lieber gleich zwei«, meinte der Cousin. »Fletcher kommt jetzt doch mit.«

»*Haben sie ihn gefunden?*« fragte JR und der Seniorcousin wiederholte: »Er kommt hierher. Sie haben ihn gefunden, kurz bevor sein letzter Atemzylinder verbraucht war. Mehr weiß ich auch nicht.«

An der Rezeption gab es verwundert hochgezogene Augenbrauen, als die gesamte Besatzung der *Finity*, die gerade erst ausgecheckt hatte, mit Sack und Pack zurückkehrte. Das *Starduster* war eine Pension der A-Klasse, nicht etwa eine billige Unterkunft mit Roboterservice. »Mechanisches Problem?« erkundigte sich der Angestellte.

»Unspezifisch«, antwortete JR als Erster der Junioren, die er vom Dock zurückgeführt hatte. Die Regel lautete: Sprich nie über die Geschäfte deines Schiffs. Diese Zurückhaltung war zwar in den Alten Regeln nicht ausdrücklich niedergelegt, aber JR hatte die Gewohnheit unter den Neuen Regeln angenommen und seinem kleinen Kommando die strikte Order gegeben, den Mund zu halten, denn Schweigen war leichter zu korrigieren als voreilige Worte.

»Was ist los?« fragte Jeremy, der ihm auf dem Flur der Pension begegnete, als er ins obere Stockwerk kam. Die Juniorjunioren wurden erst später an Bord gerufen, sie gehörten zur B-Gruppe. »Ist der Countdown unterbrochen worden, Sir?«

Außer Angehörigen der Besatzung war auf dem Korridor niemand zu sehen. »Wir kriegen einen neuen Cousin«, antwortete JR. »Man hat Fletcher gefunden.«

»Dann wartet das Schiff jetzt auf ihn?«

Die Junioren hatten gelernt, dass das Schiff nie wartete. Niemals. Nicht mal, wenn man glaubte, es im letzten Moment geschafft zu haben, und die Rampe zur planmäßigen Abfahrtszeit schon vor sich sah.

»Ja«, sagte JR und fügte der Disziplin zuliebe hinzu: »Das sind aber außergewöhnliche Bedingungen. Du solltest dich nie darauf verlassen, Jeremy.«

Jeremy machte ein verwundertes Gesicht. Das war

nicht die Gerechtigkeit, die er kannte. Hier wurde eine Regel gebrochen, für die Menschen der *Finity* gestorben waren. Es gab physikalische Gesetze und die Regeln der *Finity* – und beide waren gleichermaßen unumstößlich. Jedenfalls hatte in Jeremys Leben noch nie jemand einen Unterschied zwischen ihnen gemacht. Bis jetzt. Sie waren genauso unbeugsam wie der Alte Mann.

»Wie lange warten wir?« fragte Jeremy.

»Die Planeten drehen sich. Shuttles starten, wenn es am ökonomischsten ist.«

»Was bedeutet das?«

»Das kannst du mithilfe von Downbelows Rotationsgeschwindigkeit und Durchmesser selbst ausrechnen. Schlag die Breite nach. Mach keinen Ärger. Ich werde dich nach dem Ergebnis fragen, wenn wir an Bord gehen, Juniorjunior. Und halte dich verfügbar!« Es würde eine Menge Fragen geben, auf die es keine Antworten gab, und Jeremy hatte das Pech, JR in einem gestressten und missgestimmten Moment nachgelaufen zu sein. Die Juniorjunioren mussten sich auf Abruf bereit halten, mussten jederzeit auf die Abfahrt gefasst sein, wenn der Countdown unterbrochen wurde. Das bedeutete natürlich, dass sie nirgendwohin gehen konnten, in kein Theater, keinen Club, ohne Funkverbindung zu einem in der Gruppe. Das wiederum bedeutete, dass sie nichts Langfristigeres planen konnten, nichts zu trinken und keine geregelten Mahlzeiten bekamen, es sei denn, der Countdown wurde offiziell abgebrochen.

Francescas schon beinahe totgesagter Sohn hatte nicht nur den Autoritäten sondern auch den widrigen Bedingungen des Planeten getrotzt.

Gegen alle Wahrscheinlichkeit hatte er sich durchgesetzt.

Hatte durchgehalten, solange die Atemzylinder mitmachten.

Genau bis zu dem Punkt, als die Zylinder verbraucht waren. Jedenfalls erzählte man sich das. Den Berechnungen zufolge hätte Fletcher inzwischen tot sein müssen.

JR kannte Fletcher nicht. Niemand kannte ihn. Aber was jetzt passiert war, sagte sicher etwas über den Cousin, der nun bei ihnen leben sollte – unter JRs Kommando.

Pell und die neuen Alten Regeln waren ihm schon die ganze Zeit ziemlich unsicher erschienen. Als der Bordaufruf erging, war er erleichtert gewesen, denn er hatte geglaubt, dass die Angelegenheit Fletcher nun ein für allemal erledigt wäre. Zwar hatte er ein schlechtes Gewissen gehabt, aber die Endgültigkeit war eine Erleichterung gewesen.

Aber jetzt war auf einmal alles ganz anders.

Nichts war mehr endgültig oder erledigt.

KAPITEL 6

An der Rampe wartete kein Zoll, sondern die Polizei. Fletcher kannte den Unterschied. Er packte sein Gepäck unwillkürlich fester, nervös, denn ehe er erfuhr, dass sich die Spielregeln – mal wieder – geändert hatten, war er sicher gewesen, er würde – mal wieder – um seine Habseligkeiten kämpfen müssen.

Aber er ging weiter, von der gelben Verbindungsröhre der Fähre hinunter aufs Stationsdock, in den Gewahrsam der Stationspolizei.

Lauter fremde Gesichter. Fletcher kannte eine ganze Menge Polizisten und viele kannten zumindest Fletchers Namen, aber jetzt war er ganz froh, dass er keine Konversation machen musste. Er gab ihnen seine Papiere, einen einfachen Zettel von Nunn und sein Ticket für das Shuttle. Halb erwartete er, dass sie ihm ein Armband anlegten, von der Art, die einen erwachsenen Straftäter in die Knie zwang, wenn er abzuhauen versuchte. Aber sie unternahmen nichts dergleichen.

»Die Stationsleiterin möchte dich sprechen«, informierte ihn einer der Männer. »Ihr Schiff wartet schon seit fünf Tagen.«

Vielleicht sollte ihn das beeindrucken. Aber Fletcher hatte Stationsleiterin Quen schon viel zu oft gesehen, und es war ihm vollkommen gleichgültig, welche Dockgebühren für die *Finity's End* inzwischen aufgelaufen waren. Da hatten seine penetranten Verwandten ihr Raumschiff für ihn warten lassen. Seinetwegen konnten sie auch in der Hölle schmoren.

»Ja, Sir«, antwortete er in dem unbeteiligten Ton, der nach seiner Erfahrung neutral genug war, und ging mit den Männern, leicht schwankend. Nach der stickigen, immer leicht aspetischen Atmosphäre in den Kuppeln und dem stets überheizten, sterilen Passagierraum des Shuttle war die Stationsluft, die er sein Leben lang für normal gehalten hatte, eiskalt und beißend, seltsam metallisch, was er nie zuvor wahrgenommen hatte. In der Nähe der Shuttlerampe hatte sich eine große Wasserpfütze gebildet, nichts Ungewöhnliches auf den Docks. Die höheren Regionen hatten ein eigenes Klima und oft kondensierte das Wasser zu Eis, das schmolz, wenn in einem Dockabschnitt die Scheinwerfer angingen und die Rohre warm wurden.

Platsch. Ein fetter kalter Tropfen landete vor Fletchers Füßen. Die metallenen schwarzen Deckplatten glänzten. Auf Pell hatte es auch geregnet, sauber und hellgrau, vor ein paar Stunden. Auf Downbelow hatte es ununterbrochen geschüttet, als Fletcher vom Wagen in die Passagierlounge des Shuttle gelaufen war. Er hatte einen Platz am Fenster und sah Downbelow durch die Sicherheitsfenster genau so, wie er es vor einem halben Jahr zum ersten Mal erblickt hatte.

Am liebsten hätte er die Augen zu gemacht und an diese Erinnerung gedacht. Die Docks interessierten ihn nicht, er erwartete nichts von ihnen, nichts, nur die Notwendigkeit, einen Fuß vor den anderen zu setzen, mit weichen Knien und einem Gefühl wie Watte in den Ohren. Oben in der Luftschleuse hatten sie angehalten; das rechte Ohr war noch nicht aufgegangen, was ziemlich lästig war. Beim Landeplatz des Shuttle hatte man ihm mit dem Frühstück ein Beruhigungsmittel verabreicht. Er hatte keine Wahl gehabt. Aber auch keinen Widerstand geleistet. In den letzten Tagen war ihm nichts mehr wirklich wichtig gewesen.

Er ging mit den Cops zum Lift, der sie in den Weißen Sektor bringen sollte, wo der Verkehr von innerhalb des

Systems andockte – unter anderem das Shuttle. Als er die einzige andere Reise seines Lebens unternommen hatte, hinunter zu Pells Welt, war er auf genau demselben Dock gewesen. Nun kam er auf demselben Weg auf die Station zurück. Wenn nichts passierte, um seine Abschiebung zu verhindern, würde er Dock Weiß nie wieder benutzen. Er würde Grün benutzen oder Blau, wo die ach so heilige *Finity* anlegte. Für Orange oder Rot war sie zu vornehm. Schicke Gegenden. Geld. Jede Menge Geld. Geld, mit dem man alles kaufen konnte.

Und jeden.

Sie nahmen den Lift. Er lief auf Schienen und die Kabine fuhr seitwärts, nach oben oder nach unten, je nachdem, wohin man wollte. Diesmal ging es mitten durchs Zentrum, über die komische kleine Kurve und hinaus auf eine andere Speiche des Stationsrades.

Festhalten, sagten die Cops an einer Stelle, und Fletcher gehorchte pflichtschuldig, widerspruchslos, schweigend, ohne sie anzusehen.

In den letzten Tagen, als er flach auf dem Rücken im Krankenhaus gelegen hatte, während sie ihm irgendwelche Flüssigkeiten in die Venen tropfen ließen und seine Lungen auf eventuelle Schäden untersuchten, die er sich halb herbeiwünschte, hatte er genug Zeit gehabt zu begreifen, in welcher Zwickmühle er gesteckt hatte, bevor er davongelaufen war, und zu erkennen, dass seine Anwälte diesmal ganz sicher nicht eingreifen würden. Auf dem Weg zur Station hatte er am Fenster gesessen, durch die man hauptsächlich die weißen Wolken von Downbelow sah, bis die Fensterschirme ausgefahren wurden und den Blick endgültig versperrten. Eine notwendige Vorsichtsmaßnahme gegen kleine Felsbrocken, die einen manchmal beim Austritt aus Pells Atmosphäre erwischten. Aber Fletcher hatte hinausgestarrt, solange er konnte.

Mit kalten, gefühllosen Fingern hielt er sich jetzt am Geländer der Liftkabine fest, während diese ihr Gewirbel durchs Zentrum der Station beendete und mehrere Etagen nach unten schoss.

Holpernd und klappernd kam sie endlich zum Stillstand und ließ die Passagiere aufs Dock hinaus; die Cops sprachen mit jemandem auf ihrem Funkgerät. Sie brachten Fletcher auf das Metalldeck, die dunkle Dockmauer mit den grellen Scheinwerfern und Anzeigetafeln mit den Namen und Registraturen der Schiffe auf einer Seite. Eine Gruppe Menschen stand an einer riesigen Montagewand direkt vor ihm. Die Gestalt in der Mitte war die Stationsmeisterin.

Dunkelblauer Anzug, Assistenten mit der üblichen elektronischen Ausstattung diskret in den Taschen verstaut; Sicherheitsleute, wahrscheinlich mit dem einen oder anderen besonders beeindruckenden Gerät – die Augenkontaktschirme waren schwer einzuschätzen, man wusste auch nie recht, wo die Männer hinschauten, aber sie waren keine Stationspolizei, ganz sicher nicht. Fletcher war Elene Quen noch nie in ihrer offiziellen Eigenschaft begegnet. Er vermutete, dass es jetzt so war.

»Fletcher«, begann Quen mit ruhiger, angenehmer Stimme und streckte ihm die Hand entgegen, die Fletcher ergriff, obwohl er es nicht wollte. Aber er hatte es gelernt, die Anwälte hatten es ihm beigebracht. Wenn man bis zum Hals in Schwierigkeiten steckte, spielte man mit, lächelte man, wenn Autoritätspersonen lächelten. Manchmal nutzte es einem mehr, wenn man vernünftig gewesen war; zwar wurde man eher wahrgenommen, wenn man wegen einer Kleinigkeit Theater gemacht hatte, aber man durfte die Autoritäten natürlich auch nicht verschrecken.

Aber das war jetzt nicht sein Motiv. Momentan wollte er lediglich seine Würde bewahren. Und die konnte man ihm jeden Moment wegnehmen.

»Hast du dein Visum?« fragte Quen.

Er hatte damit gerechnet, dass der Zoll es sehen wollte, fischte es aus seiner Jackentasche, und sie streckte die Hand danach aus.

Ohne das Dokument auch nur eines Blickes zu würdigen, steckte sie es in ihre Anzugtasche und gab ihm ein anderes.

Fletcher erriet, was es war, bevor er sich die schmale Karte genauer ansah, die er jetzt in der Hand hielt. Das Emblem war nicht Pells Sternenmuster, sondern das Weltraumschwarz der *Finity*, ohne Farbe, ohne Wappen, nicht einmal ein Name. Die Nummer Eins unter den modernen Kauffahrern war zu heilig und zu alt für ein Phantasiesymbol, für sie reichte die Finsternis des Alls.

Nun hielt Fletcher sozusagen eine Tatsache in der Hand. Einen abgeschlossenen Handel. Dies hier war sein neuer Ausweis.

»Alles in Ordnung mit dir?« fragte Quen.

»Aber sicher. Kein Problem.«

»Fletcher …« Quen war nicht dumm, sie hatte seinen Sarkasmus bemerkt. Sie wollte etwas sagen, verkniff es sich aber und nickte stattdessen zum Dock hinüber. »Die anderen gehen an Bord.«

»Ja.«

»Du bist durchgebrannt«, stellte Quen fest, als hätte irgendetwas, was er getan hatte oder tun *könnte*, ihre Absichten geändert.

»Man hat mich eingeladen.« Jetzt wäre ein *Ma'am* angebracht gewesen, aber er sagte es nicht. »Ich bin freiwillig zurückgekommen, als sie mich gefunden haben.«

»Du hast das Leben deiner Kameraden aufs Spiel gesetzt.«

»Es war ihre Entscheidung hinauszugehen. Und es ist keiner gestorben.«

Sie schwiegen beide, und Fletcher dachte plötzlich, dass er vielleicht doch noch den Hauch einer Chance hatte zu erreichen, dass sein Fall an die Psychodocs zurückverwiesen wurde.

»Ich habe versucht mich umzubringen«, sagte er. »Alles klar?« Er wusste, dass eine Station einen potentiellen Selbstmörder nur ungern frei herumlaufen ließ – so groß ihre Kapazität, Sachen unter den Teppich zu fegen, auch sein mochte. Ein Schiff, das in den Weltraum unterwegs war, war mit einer solchen Belastung bestimmt erst recht nicht glücklich. Einen Augenblick dachte Fletcher, Quen würde ihn tatsächlich zu den Psychologen schicken und sich mit dem Schiff besprechen. Wenn der Kelch dieses Mal an ihm vorüberging, war er achtzehn, wenn die *Finity* das nächste Mal auftauchte. Kein Minderjähriger mehr.

»Fletcher«, sagte Quen, »du bist clever. Das muss ich dir lassen. Aber es hilft nichts.«

Sie kannte sein Spiel, ganz genau. Und Fletcher war zu müde, zu erledigt, zu benommen von der Pille, die sie ihm verabreicht hatten, um noch eine bessere Karte aus dem Ärmel zu ziehen.

»Ja«, meinte er. »Aber ich hab's versucht.«

»Fletcher, ich habe versucht dir zu helfen, ich habe dich bei Menschen untergebracht, die mir einen Gefallen schuldeten. Aber du hast es vergeigt. Jedes einzelne Mal, man konnte sich darauf verlassen.«

»Na ja, Die Leute von der *Finity* haben es vergeigt. Wie wäre es damit?«

»Schon möglich, dass sie es auch vermasselt haben. Aber du hast nie einem eine Chance gegeben.«

»Von wegen!« entgegnete er. Nun durchdrang seine Wut den Nebel des Beruhigungsmittels, aber er schluckte sie schnell hinunter. Die Stationsleiterin würde keine Reaktion aus ihm herauskitzeln, er würde ihr das schlechte Gewissen nicht ersparen. »Die Neiharts werden mit mir nicht glücklich. Das wissen Sie.«

»Hier kannst du es nicht vermasseln, Fletcher. Du kannst nicht abhauen. Sieh mich an! Nein, nicht auf deine Füße, sieh mir direkt in die Augen und sperr die Ohren auf. Wenn du es *ehrlich* versuchst und zurückkommst, ohne dass sich jemand vom Schiff über dich beklagt, dann kannst du in einem Jahr, wenn die *Finity* von dieser Reise zurück ist, als erwachsener Mann in mein Büro marschieren und mir sagen, dass du nicht auf dem Schiff bleiben willst. *Ich werde mich für dich einsetzen.* In einem Jahr. Aber nicht jetzt.«

Fletchers Herz schlug schneller und immer schneller. Eine Weile schwieg er. Sie wartete. Dann schleuderte er ihr die nächste Herausforderung entgegen: »Ich hab es auch da unten vermasselt. Können Sie *das* auch in Ordnung bringen?«

»Ich kann es hier oben so einrichten, dass du zunächst einen Posten in den Tunneln bekommst. Dann würdest du mit Downern arbeiten und hättest die Chance, später wieder nach Downbelow geschickt zu werden.«

Das war gut. Alles, was er wollte, wurde ihm zurückgegeben. Auf dem Silbertablett. Alles außer den Downern, die ihm wirklich am Herzen lagen. Jahre. Menschenjahre. Das war für sie eine lange Zeit. Vielleicht zu lang für Melody und Patch.

»Aber wenn du zurückkommst und etwas auf dem Kerbholz hast«, fuhr Quen mit fester Stimme fort, »dann lasse ich die *Finity* entscheiden, ob sie dich wollen, und wenn nicht, dann werden wir mithilfe einer ausführlichen psychologischen Untersuchung feststellen lassen, was nötig ist, um dich zurechtzubiegen. Hast du das verstanden, Mr. Neihart? Habe ich mich klar ausgedrückt?«

»Ja, Ma'am.« Jetzt lagen alle Karten auf dem Tisch. Zurechtbiegen. Das bedeutete psychologische *Anpassung,* nicht einfach nur irgendwelche Tests. Angeblich war das keine große Sache, sie vermittelten einem nur eine tiefe Furcht vor Sabotage, einen Horror davor, die Station kaputt zu machen. Aber sie würden auch herausfinden, was er von der menschlichen Rasse hielt. Und diesen Spleen würden sie ordentlich ausbügeln.

Sie würden ihm das Herz ausreißen. Ihn normal machen, sodass er nie, nie mehr nach Downbelow würde zurückgehen wollen.

»Es geht hier um eine ernste Sache, Mr. Neihart. Eine sehr ernste Sache, eine Frage von Leben und Tod. Hast du wirklich versucht dich umzubringen?«

»Nein, Ma'am. Hab ich nicht.«

»Dann war es also eine logische Entscheidung, ins Hinterland abzuhauen?«

»Nein. Aber ich wollte untertauchen, bis das Schiff weg ist. Mich dann zu den Psychodocs schicken lassen.«

»Dann hättest du trotzdem deine Lizenz verloren.«

»Ja, Ma'am, aber die haben Sie ja sowieso weggenommen. Zumindest hätte ich dann nicht auf dieses Schiff gemusst.«

Elene ließ sich das für einen Moment durch den Kopf gehen. Der Lärm und das Geklapper der Dockmaschinerie umgab sie, das unerbittliche Getöse eines Laders.

»So schlimm ist das, was wir dir antun?«

»Ich *will* diese Leute nicht um mich haben. Ich wollte sie noch nie. Egal, ob sie mich wollen.«

»Wollen hat nichts damit zu tun, Fletcher. Als sie deine Mutter hier gelassen haben, gaben sie dir und ihr eine Überlebenschance.«

»Tja, aber sie ist gestorben und keiner von denen hat sich um mich gekümmert.«

»Sie waren damit beschäftigt, diese Station hier zu retten. Und die Erde. Die Menschheit. Wodurch sie auch dich gerettet haben, wenn ich das sagen darf. Und die Downer, falls dich das milder stimmt. Wenn die Allianz untergegangen wäre, hätte Mazians Flotte Downbelow als Versorgungsposten genutzt. Sie wären anders mit den Downern umgesprungen. Oder habt ihr das vielleicht schon im Geschichtsunterricht gelernt?«

Natürlich hatten sie das gelernt. Und Fletcher war froh, dass Mazian nicht in Downbelow war und dass jemand die Flotte fernhielt. Aber die Tatsache, dass die

Neiharts Kriegshelden waren, bedeutete auf persönlicher Ebene nichts für ihn. Es brachte ihm seine Mutter nicht zurück. Sie war nie so verrückt gewesen, dass die Gerichte ihr das Sorgerecht für ihren Sohn wegnahmen. Und nie gesund genug, die Papiere zu unterschreiben, die ihn zur Adoption freigegeben hätten – und ihm ermöglicht hätten, die Staatsangehörigkeit von Pell zu erwerben. Das würde er ihr nie verzeihen.

»Sieh mich an«, sagte Quen. Widerwillig tat er es, denn er wusste, dass sie die zweite Frau war, die Verantwortung für sein Leben trug – jede verkorkste Unterbringung, alles Gute, alles Schlechte – Quen hatte persönlich versucht, ihn aus den Schwierigkeiten herauszuboxen, die er sich so oft selbst eingebrockt hatte. Die gute Fee. Auf ihr Konto ging auch seine wunderbare Rettung, die ihn zwar nicht befähigt hatte, mit Leuten wie Marshall Willett zu konkurrieren, aber immerhin vor der totalen Katastrophe bewahrt hatte.

Und womöglich war Elene Quen auch der Hauptgrund, dass seine Mutter nicht gänzlich durchgedreht hatte, bevor sie Selbstmord beging. Fletcher wusste nicht, was er für Quen empfand. Er hatte es nie richtig durchschaut.

»Ich sag dir was«, meinte Quen. »du hast die beste Chance deines Lebens vor dir. Aber es wird nicht leicht sein. Du bist bisher von jeder Familie abgehauen, bei der du untergebracht warst. An Bord des Schiffs kannst du nicht weglaufen, und ganz gleich, was du denkst, du bist trotzdem mit diesen Leuten verwandt. Das ist Realität, Fletcher. Die Leute auf diesem Schiff haben jeden Fehler, den du im Spiegel siehst und jede gute Eigenschaft, die du besitzt. Gib ihnen eine Chance.«

»Die können mir den Buckel runterrutschen!«

»Fletcher, warum kriegst du das denn nicht in deinen Kopf – *ich beneide dich*! Du *hast* eine Familie! Und sie will dich. Stell dich nicht an wie ein Esel und lass uns jetzt da rübergehen.«

Elenes Schiff war im Krieg zerstört worden. Mit Mann und Maus verloren gegangen. Fletcher überlegte sich, wie er ihr bei diesem Thema irgendwie noch eins auswischen könnte. Aber sie hatte ihm Hoffnung gemacht, verdammt, und sie war seine einzige Hoffnung. Jetzt sammelte sie ihre Assistenten, ihre Sicherheitsleute und die Cops um sich und alle marschierten hinüber zu dem Bereich des Docks, wo auf der Anzeigetafel in Leuchtbuchstaben stand: *Finity's End*. Elene führte Fletcher durch den Zoll. Alles ging sehr schnell. Am Tor drehte er sich noch einmal um und blickte zurück auf die Docks von Pell.

Fletcher sah sich um und stellte sich vor, die Wilsons würden auftauchen, seine letzte Pflegefamilie, bei der er offiziell noch wohnte. Und die er sogar mochte.

Aber das Dock war leer bis auf ein paar Hafenarbeiter und Besatzungsmitglieder der *Finity*. Nicht einmal Fletchers Anwälte und Therapeuten ließen sich sehen. Nur Quen. Und die Cops. Alles winzige Gestalten, klein wie Spielzeugfiguren im überdimensionalen Maßstab der Docks. Alles Fremde.

Bei genauerer Überlegung erkannte Fletcher, dass er verletzt war – tief verletzt sogar, obwohl es ihn nicht wirklich überraschte, dass ihm niemand Glück wünschte, niemand verabschiedete. Vielleicht hatte Quen den Wilsons nicht Bescheid gesagt. Oder die Wilsons hatten gehört, dass er in Downbelow abgehauen war und beschlossen, dass er einfach zu verrückt war, zu durchgeknallt, zu verkorkst.

Er hätte sowieso nicht gewusst, was er ihnen hätte sagen sollen. *Danke*? Danke, dass ihr es mit mir versucht habt? Mit dem leichten Schwindelgefühl, an dem das riesige Dock ebenso Schuld hatte wie die nachlassende Wirkung des Beruhigungsmittels, hasste er seine Anwälte und seine Pflegefamilien. Alle miteinander, selbst die letzte.

»Auf Wiedersehn«, sagte Quen. »Viel Glück. Bis dann.«

Diesmal streckte sie ihm nicht die Hand hin, sodass er auch keine Möglichkeit hatte, sie zurückzuweisen. »Geh jetzt rauf und gib dem diensthabenden Offizier deinen Ausweis. Befolge die Anweisungen. Sobald du diese Linie überschritten hast, befindest du dich nicht mehr auf unserem Territorium. Übrigens war es dieses Schiff, dem wir zu verdanken haben, dass dieser Punkt in der Verfassung verankert ist. Darum ging der ganze Krieg. Willkommen in der Zukunft.«

Du kannst mir mitsamt eurem blöden Krieg den Buckel runter rutschen, dachte Fletcher, während die hydraulischen Vorrichtungen des Tors ächzten und stöhnten und der riesenhafte Kran sich über ihm bewegte wie ein bedrohlicher Drache, für den alles in Menschengröße ein Nichts war. Fletcher wusste keine schlagfertige Antwort, er hatte keine Würde mehr außer seinem Schweigen, er konnte nur das tun, was sie ihm gesagt hatte – an Bord gehen. Also ließ er Elene Quen wortlos stehen und machte sich auf den langen gespenstischen Weg, die Rampe hinauf und in den kalten Tunnel, dessen Luft in den Lungen brannte und dessen Wände viel dünner waren als die Mauern der Station.

Ihm war bewusst, dass da draußen, jenseits der gelben Rippen das schwarze All lauerte, ein raues, strenges Vakuum. Wenn man den Tunnel hinabschritt, sah es aus, als würde man verschluckt, bei lebendigem Leib aufgefressen. Und so war es doch auch. Unten an der Rampe warteten die Cops noch immer, um sicherzustellen, dass Fletcher unwiderruflich in diesem Rachen verschwand. Schließlich gelangte er zur Schleuse und stand etwas ratlos vor der Schalttafel. Was sollte er mit den ganzen Knöpfen machen? Alle behaupteten doch, er wäre als Spacer geboren. Und dieses Ding hier hatte nicht mal Bezeichnungen auf den Knöpfen.

Aber er würde den Teufel tun und noch einmal zurückgehen und die Stationsmeisterin fragen, wie er die Schalttafel bedienen musste. Diese verdammten

Schiffe beschrifteten nie etwas ordentlich. Auch die Station hatte nie etwas gekennzeichnet, mit der offiziellen Begründung, dass es eine Invasion gegeben hatte und man dem Feind nicht den Weg erleichtern wollte. Erst in den letzten Jahren waren Adressenschilder aufgetaucht.

Fletcher hasste den Krieg und hier wurde er nun vereinnahmt von einem Ort, der aussah wie ein Schritt zurück in graue Vorzeit, wieder hinein in die graue, bittere Armut der Kriegsjahre. Auch deshalb verabscheute er es.

Da niemand die Höflichkeit besaß, ihn anzumelden, durfte er in der bitteren Kälte stehen und halb erfrieren, oder er konnte einen Knopf drücken und hoffen, dass der oberste der richtige war und nicht derjenige, der den gelben Verbindungsweg von der Luftschleuse abtrennte.

Doch die Schleuse öffnete sich, ohne dass er die Tafel berührt hatte.

Also hatte doch jemand Bescheid gesagt.

Aber niemand war in der Schleuse, um ihn abzuholen.

Er hatte noch nie eine Luftschleuse an einem Raumschiff aus der Nähe gesehen, außer in den Vids. Sie war unerwartet groß, eine kahle Kammer mit Schließfächern und Computermeldungen, die er nicht verstand. Er trat ein und die Tür schloss sich zischend hinter ihm. Endgültig. Er war in einem Raumschiff. Lebendig verschluckt.

Er war kein Bürger von Pell mehr, genaugenommen war er das auch nie gewesen. Man hatte ihm immer nur die Aufenthaltsgenehmigung und ein Touristenvisum bewilligt. Er kannte das Gesetz in diesem Bereich in- und auswendig. Er hatte ein Recht auf Ausbildung, aber kein Wahlrecht. Er durfte eingezogen werden, aber kein Kommando übernehmen. Er durfte arbeiten, aber nicht in einer Regierungsposition.

Jetzt hatte er nach allen Bemühungen, genau das zu vermeiden, eine Staatsbürgerschaft. Ihm wurde klar, dass er mit seinem Seesack auch einen Pass in der Hand hielt. Er war geboren, um auf diesem Schiff zu leben.

Aber Quen hatte angedeutet, dass auch das sich ändern konnte.

Höchstwahrscheinlich eine Lüge. Sie logen doch alle.

Nun öffnete sich die Innentür und Fletcher trat aus dem hellen Licht der Schleuse ins Halbdunkel eines Korridors. Weit und breit keine Menschenseele. Ein kurzes Stück vor ihm gingen vier hellere Korridore ab. Der Ring des Schiffs war für die Zeit am Dock fest verankert und die vier Seitengänge strebten aufwärts. Wenn das Schiff ablegte, wurde aus dem Aufwärts ein Abwärts und der Ring begann zu rotieren. Fletcher stand in einer nüchternen Eingangshalle, größtenteils aus Metall, isolierte Böden, von der Art, die man benutzte, um der Gefahr einer Dekompression vorzubeugen.

Rechts entdeckte Fletcher eine offene Tür und ging auf sie zu; mit seinen Stiefeln veranstaltete er auf dem Metall einen Höllenlärm. Er hatte die Tür noch nicht ganz erreicht, als eine Frau aus dem Raum trat, um ihn zu begrüßen. Ihr folgten eine weitere Frau und ein Mann.

»Fletcher, richtig?« sagte die Frau und streckte ihm die Hand entgegen.

Zum Teufel, was sollte er jetzt tun? Er verstand die Geste absichtlich falsch und überreichte ihr seinen Ausweis.

»Willkommen an Bord«, fuhr die Frau unvermindert freundlich fort und steckte den Pass ein, ohne einen Blick darauf zu werfen. »Wir haben nicht viel Zeit. Ich bin Frieda N. Das hier ist Mary B. und Wes. Wir haben nur einen Wes. Es gibt auch sonst keinen Fletcher. Du bist also einfach nur Fletcher.«

Er war nie etwas anderes gewesen. Frieda N. hielt ihm noch einmal die Hand entgegen und Fletcher nahm sie, verwirrt von ihrer Erklärung. Ob diese Frau auch mit ihm verwandt war? Und wenn ja, wie? Wie viele Leute waren wohl mit seiner Mutter verwandt? *Seine* Mutter hatte ihm von *ihrer* Mutter erzählt. Er hatte also eine Großmutter. Er wusste nicht, ob sie noch lebte, aber Spacer lebten bekanntlich lange und Stationsbewohner alterten schneller. Womöglich war seine Großmutter hier auf dem Schiff.

Zum ersten Mal spürte er es ... diese Leute, die meinten, ihn zu besitzen, hatten etwas sehr Persönliches an sich. Diese Leute, denen seine Mutter gehört hatte. Die sie im Stich gelassen hatten.

Jetzt kamen noch weitere Leute in die Halle. »Das ist deine Cousine June, Kom Drei. Und Jake. Jake ist Chefbionier von Schicht Drei, Ops Unterdeck.«

June war eine ältere Frau mit einem trockenen, festen Händedruck; mit Kommunikation würde Fletcher wahrscheinlich nicht viel zu tun haben. Jake hatte ein schmales, nüchternes Gesicht und sah einem Cop ähnlich, den Fletcher kannte. Nicht unbedingt unangenehm, aber kein sehr humorvoller Mensch.

Nun tauchte noch ein Mann auf, in einer der taillenkurzen Jacken mit den gerippten Manschetten, die Spacer oft über ihrem Coverall trugen, wenn sie an der kalten Seite des Docks arbeiteten. Er hatte silbergraues Haar und eine Menge Streifen an den Ärmeln.

»Fletcher«, stellte Jake vor, »das ist Madison, Zweiter Kapitän.«

Fletcher hatte den Mann bereits als Autoritätsperson eingestuft und nahm die Hand, die ihm angeboten wurde, mit einem Gefühl der Überwältigung, mit wackligen Knien, einem Gefühl der Unsicherheit. Er wollte herausbekommen, wie man mit diesen Leuten zurechtkam. All seine trotzigen Pläne hatten sich in Luft aufgelöst durch Quens kleinen Tipp – dadurch, dass sie ihn regelrecht bestochen hatte. Jetzt blieb ihm nicht viel anderes übrig, als sich gut zu betragen.

Es wäre ohnehin nicht klug gewesen, die Sache gleich zu Anfang zu vermurksen. Sei freundlich, sei vernünftig, versuch noch einmal, bei einer neuen Familie einen guten Eindruck zu machen – bei deiner eigenen Familie.

»Willkommen an Bord.«

»Danke, Sir«, sagte Fletcher und der Zweite Kapitän der *Finity* hielt seine Hand einen Moment lang in seinem kalten, trockenen Griff. Jetzt fühlte sich Fletcher endgültig gefangen. Ich kenne euch nicht, hätte er am liebsten laut geschrien. Ihr seid mir alle scheißegal. Aber er nahm sich zusammen und schon tauchte der nächste Verwandte auf, um ihm die Hand zu schütteln. Es war ein Cousin namens Pete, ein Frachtoffizier, der Fletcher nicht auch nur annähernd interessierte. Er legte keinen Wert darauf, neue Bekanntschaften zu schließen, er wollte nur so schnell wie möglich irgendwohin, wo er allein sein und die Tür hinter sich zumachen konnte.

»Willkommen bei uns, Fletcher.« Pete war ein dunkelhaariger Mann mit einem grau gesprenkelten, höchst ungewöhnlichen Bart – solche Bärte trugen nur Spacer. Fletcher starrte Pete an, aber plötzlich verschwamm ihm alles vor den Augen, während noch mehr Fremde ihm auf die Schulter klopften und ihn mit einem Chaos von Namen und Herzlichkeit willkommen hießen.

»Pete«, sagte Jake, »möchtest du Fletcher vielleicht den Saferaum zeigen?«

»Aber sicher doch«, antwortete Pete und zeigte auf Fletchers Tasche. »Ist das dein ganzes Gepäck? Ich kann es für dich verstauen.«

»Nein, Sir«, entgegnete Fletcher und hielt seine Tasche fest. Verzweifelt.

Pete beharrte nicht auf seinem Angebot. »Sag Warren, er soll ihm einen Platz zurechtmachen, sobald wir ablegen«, sagte Jake. »Wie groß bist du, Sohn? Größe und Gewicht, nach Pell-Standard. Einsachtzig?«

»Ungefähr. Fünfundachtzig Kilo.«

»Und das Gepäck?«

Er wusste, was er dabei hatte. Was erlaubt war. »Zweiundzwanzig.«

»Alles klar.« Ohne weitere Fragen wegen der Tasche führte Pete ihn den Korridor entlang und zu einem Raum am nächsten Quergang, kein einfaches Zimmer, sondern ein weitläufiger, halbrunder Raum, wie ein Theater, dachte Fletcher, mit Balustraden und Geländern. Alte Leute, jüngere, ein Theater voller Verwandter, Hunderte, und alle hielten im Gespräch inne, um ihn anzustarren. »Das ist Fletcher«, verkündete Pete und jemand rief »Bravo!«. »Spät kommt er, aber er ist hier!« fuhr Pete fort. Andere riefen »Hallo!« und »Willkommen an Bord!« und absurderweise klatschte sogar jemand Beifall.

»Zehn Minuten«, rief Jake und Pete zeigte Fletcher einen Stehplatz in der dritten Reihe, wo sich sofort wieder Leute zu ihm beugten und ihm die Hände entgegenstreckten, ihm auf die Schulter klopften und mit weiteren Namen überschütteten, dass ihm die Ohren schwirrten. Überall wurde über ihn geredet, es gab anscheinend kein anderes Thema. Von denen in Hörweite, die sich gegenseitig vorstellten, gab es einen Tom R., einen Tom T., eine Margaret, einen Willy und einen Will, einen Roger Y. und einen Ned; es gab einen Niles senior, einen Mann mit silbernen Schläfen, und Jakes Bruder Louis von unten bei der Fracht, nicht zu verwechseln mit Lou auf der Brücke, Scan Zwei der dritten Schicht.

Brückenränge. Postenbezeichnungen. Alte Leute. Seniorbesatzung, mit Falten am Haaransatz, die auf Verjüngungsprozeduren hindeuteten.

Dann erschien eine Gruppe in Steppjacken so voller Reif, dass es knisterte, wenn sie sich bewegten. Es gab eine Wendy, die kaum zwanzig sein konnte, einen William und einen Charles, der nicht Charlie hieß, denn

Charlie war sein Onkel, der Chefmedtechniker, der momentan auf seinem Posten war, und seine Mutter Angie. Es gab ein halbes Dutzend Roberts, Rob, Bob, Bobby und einen jungen Mann, den sie einfach JR nannten, nicht zu verwechseln mit seinem Onkel, *Kapitän* James Robert, Seniorkapitän, der nicht nur in der ganzen Allianz bekannt und berühmt war, sondern auch immer beide Namen benutzte.

Eingebildeter Schnösel, dachte Fletcher.

Jim, James und Jamie gehörten zu unterschiedlichen Technikabteilungen, ziemlich alt und schon leicht angegraut; es gab einen McKenzie, einen Mac, Madden und Madison, den Fletcher bereits kennen gelernt hatte.

Er konnte sich ein ungefähres Bild machen, aber er konnte sich unmöglich alle Namen merken. Innerhalb der Verwandtschaft gab es da nicht viel Kreativität: Diejenigen, die dieselben Namen trugen, waren meist näher miteinander verwandt, soweit Fletcher den Erklärungen folgen konnte.

Eng verwandte Cousins im Gegensatz zu nicht ganz so eng verwandten Cousins, denn verwandt waren ja alle auf irgendeine Art.

Hi, erwiderte Fletcher auf jede neue Begrüßung, wenn räumliche Entfernung ihm das Händeschütteln ersparte, und hasste den freundlichen Empfang, hasste sie alle mit der ganzen Inbrunst, derer er fähig war. Er hatte nicht viel von seiner Mutter gehabt: Er hatte die Hälfte der Zeit die Hälfte ihrer Aufmerksamkeit bekommen, aber sie war die einzige echte Verwandte, die er je anerkannt hatte. Und hier war nun plötzlich ein ganzes Schiff voller Leute, die allesamt behaupteten, dass er auf irgendeine wundersame Weise mit ihnen verbunden war, die ihm aber rein gar nichts bedeutete.

Vermutlich waren sie freundliche Leute. Schon früher waren Leute freundlich zu Fletcher gewesen, in der Schule, wo es auch »Herzlich willkommen« hieß, bis man ihn näher kennen lernte und entdeckte, dass er in der einen oder anderen Hinsicht ihren Maßstäben nicht entsprach. Nicht zu den richtigen Clubs gehörte. Keine richtige Familie hatte. Keine richtige Mutter. Nicht einmal die richtige Einstellung.

Jahrelang hatte er gegen seine widerspenstigen Neigungen angekämpft, um in das Programm zu kommen, aber er hatte sich im Innern nicht verändert, nur in seinen Zielen. *Gott*, was war er freundlich gewesen! Er hatte die Akzeptierten beobachtet, er hatte die Lektionen gelernt und gutes Benehmen imitiert – *gefälscht*. Und hier machte er wieder einmal das Gleiche, ein neuer Anfang, ein neues Spiel, ein neuer Versuch. Betäubt, unter Schock, noch immer gegen die Wirkung des Tranquilizers kämpfend, handelte er inzwischen per Autopilot, spielte den Schüchternen, zurückhaltenden, netten Dummkopf für jeden, während sein Gehirn, hinter einem chemischen Schutzschild, das die Shuttle-Autoritäten ihm verpasst hatten, von Benommenheit zu Wut und Empörung überwechselte.

Ich hasse euch, ging es ihm immer wieder durch den Kopf, während er lächelte und Hände schüttelte. Aber das würde ihn nicht nach Hause bringen. Würde ihn nie nach Downbelow zurückführen.

Der Monsun hatte begonnen. Das Shuttle hätte den Start um ein Haar wegen des Wetters noch länger hinausgeschoben und ihn mit einer letzten, schmerzlichen Hoffnung genarrt, dass es vielleicht nicht loskam und er sein Schiff doch noch verpasste.

Hatte nicht funktioniert, richtig?

Der Monsun begann und Melody und Patch waren inzwischen auf Wanderschaft. Er hatte sie nicht mehr gesehen.

Unterdessen gab es keine Hände mehr zu schütteln und auch keine Leute mehr, die nahe genug bei Fletcher standen, um ihm Namen zuzurufen. »Eine Minute«, sagte jemand, und er wusste, das war es – der Countdown lief. Pete zeigte ihm einen Zehenhalt – einen langen Schlitz im Teppich – und ermunterte ihn, sich dort hinzustellen. Fletcher tat wie ihm geheißen, ergriff mit beiden Händen das Sicherheitsgeländer und sah zu, wie die Sehnen und Knöchel weiß in seiner Hand hervortraten.

In diesem Augenblick fing jemand an zu singen ... um Himmels willen! Eins der wilden alten Spacerlieder. Und schon stimmte die ganze Gesellschaft ein, die Männer mit tiefen Stimmen in der Überzahl. Cousin Pete – oder war er sein Onkel? – versetzte Fletcher einen Rippenstoß und grinste ihn an; wahrscheinlich wollte er, dass Fletcher mitsang. Es war ein gespenstisches Erlebnis: Noch nie hatte er jemanden ohne Tontechnik singen hören, aber dieser Gesang durchschnitt die Luft und hallte von den Wänden wider, kräftige Männerstimmen, die vom All sangen, davon, dass sie in den Weltraum flogen – das Letzte, was Fletcher wollte.

Als nächstes kam ein sehr rhythmisches Stück, das Fletcher durch Mark und Bein ging und etwas in ihm berührte, was ihm gar nicht recht war, denn es tat weh, ein Abschied, gegen den er sich mit aller Macht zur Wehr setzte.

Ein dumpfer Schlag, ein Klappern, und über ihren Köpfen blinkte ein Licht. Aber der Gesang übertönte alles andere, während sich das Raumschiff in Bewegung setzte; Körper schwankten, einen Moment lang gab es weder Oben noch Unten, und Fletcher klammerte sich an die Balustrade. Pete, der neben ihm stand, packte ihn und hielt ihn fest – doch niemand verpasste einen Ton der Melodie, außer, um zu lachen. Fletchers Fußspitze steckte in dem Schlitz, aber er war nicht sicher, ob das ausreichte.

Panik erstickte alle anderen Gefühle, Panik, weil sich alles so furchtbar schnell bewegte, weil es wirklich passierte und all sein Widerstand nichts genutzt hatte. Sie hatten Pell verlassen. Sie entfernten sich immer weiter ins All.

Dann wurde der Boden ganz allmählich wieder normal. Trotzdem hatte Fletcher noch eine Weile Angst loszulassen, denn er konnte die Lage überhaupt nicht einschätzen. Außerdem ließ Pete seinen Arm nicht los, also ging es womöglich in ähnlichem Stil weiter. Die Leute lachten, und das Lied war laut und wild, während etwas in Fletchers Körper anfing zu zittern. Er fürchtete, dass Pete wusste, wie viel Angst er hatte, und dass sich alle insgeheim über ihn lustig machten. Aber nun wurde sein Körper nach unten gedrückt, seine Füße auf den Boden gepresst, während ein verängstigter Teil seines Gehirns ihm sagte, dass der Passagierring sich jetzt drehte und das Schiff noch immer im Gleitflug vom Stationsdock wegtrieb.

Wieder verlor er das Gefühl für oben und unten. Menschliche Körper schwankten neben ihm, dicht an dicht. Einige jubelten aufgeregt, froh, dass es endlich losging.

Das Singen hatte aufgehört. Fletcher klammerte sich weiter ans Geländer, ohne die geringste Ahnung, wie lange das noch so weitergehen sollte. Aber dann war Schluss und eine dröhnende Stille trat ein, als wäre er taub geworden.

»Guter Junge«, sagte Pete. »Wir sind unterwegs. Jetzt heißt es alle auf die Posten. Warte an der Tür, bis jemand dir Bescheid sagt. Wenn es einen Takehold gibt, halte dich lieber wieder fest.«

Damit schnallte Pete sich los, während es überall um sie herum ebenfalls klickte und schnappte. Schwankend richtete Fletcher sich auf. Pete eilte davon, und die übrige Versammlung bewegte sich zur Tür, Stimmengewirr summte durch den Saal und außer Fletcher schienen alle ein Ziel zu haben und zu wissen, wo sie gebraucht wurden. Und zwar dringend.

Fletcher fürchtete sich vor den so genannten Takeholds, dem Alarm, wenn starke Beschleunigungen oder Bremsmanöver bevorstanden. In Vids hatte er genug

Katastrophen gesehen, um ihn nervös zu machen. In der ganzen Hektik verlor er Pete, stellte sich aber anweisungsgemäß neben die Tür, blieb und wartete mit seinem Seesack, während die Leute an ihm vorüber hasteten. Er konnte den gekrümmten Korridor hinauf sehen, der jetzt begehbar war und in beide Richtungen beleuchtet; seine Kurven waren schärfer als die weiten Biegungen der Pell-Station. Wenn der Maßstab kleiner war, musste die Rotation schneller sein. Um ein Haar hätte sich ihm der Magen umgedreht.

Es war kalt. Fletcher war durchgefroren. Überall um ihn herum bräunliches Metall. Und ohrenbetäubender Lärm. Leute, die es eilig hatten, Stimmen, die Befehle oder kurze Informationen brüllten, die er nicht einmal ansatzweise begriff.

»Fletcher!«

Er zuckte zusammen. Der Junge namens JR trat auf ihn zu. Der Neffe des Kapitäns. Fa-mi-li-e. Die *Crème de la Crème* des Schiffs.

»Verstau das lieber schnell«, sagte JR und deutete auf Fletchers Seesack. »Nur zur Information – du darfst kein Gepäck an Bord tragen. Es muss alles an der Frachtluke abgegeben werden. Du gehst jetzt als Erstes zu deinem Quartier, räumst deine Sachen weg, lass nichts offen stehen …«

»Ich bin nicht blöd«, unterbrach ihn Fletcher.

»Ich habe nicht gefragt, ob du blöd bist. Ich habe gesagt, sorg dafür, dass alles fest verschlossen ist und nichts in der Gegend rumfährt.«

»Hör mal …«

»Ich bin Offizier«, fiel JR ihm ins Wort. »Juniorkapitän. Ich nehme es nicht krumm, dass du das nicht weißt. Keine Dummheiten, rasche Orientierung, aufpassen. Hier sind wir auf dem A-Deck. Über uns ist B. Halte dich fern von B. Alles, was du brauchst, befindet sich auf A, auf B gehst du nur, wenn es dir jemand ausdrücklich befiehlt. Deine Quartiernummer ist A26. Verstanden?«

»Ja.«

»Ja, *Sir,* heißt das, Fletcher, behalte das freundlicherweise im Kopf.«

»Ja, Sir«, brummte Fletcher, zu müde, um Streit anzufangen. Dieser JR sah nicht aus, als wäre er auch nur einen Tag älter als er. Aber er war der Neffe des Kapitäns. Fletcher hatte begriffen.

»Bring deine Sachen weg und komm dann runter zu A14 – das ist der Wäscheraum, gleicher Korridor, zehn Türen weiter – und hol dir Arbeitskleidung, ehe wir zum Sicherheitsperimeter kommen und die nächste Zündung ansteht. Lass dir Zeit. Das ist erst ungefähr in einer Stunde. Du kannst dir drei Coveralls holen, dazu Unterwäsche, was du eben brauchst. Wenn wir unterwegs sind, meldest du dich dort zum Dienst. In A14.«

»Im Wäscheraum?«

»Wäscheraum und Ausgabestelle. Hier fängst du an und arbeitest dich zur Kombüse empor. Später sehen wir dann, was du kannst.«

»Biochemie. Naturwissenschaft.« Er wollte keinen dämlichen Job. Er stand kurz vor dem Studienabschluss. Er hatte dafür hart gearbeitet. Er wollte nicht in eine *Wäscherei.*

»Du wirst die Chance bekommen, eine Arbeit zu machen, die deinen Qualifikationen entspricht«, erwiderte JR verkniffen, etwa so groß wie Fletcher, vielleicht zehn Kilo leichter. Und aufgeblasen wie sonst was. »Wo wir schon mal dabei sind, möchte ich dir gleich noch was erklären, so höflich wie möglich. Dieses Schiff ist deinetwegen fünf Tage zu spät dran. Das wird nicht wieder vorkommen. Wenn du Freigang hast und beim Bordaufruf nicht da bist, dann bist du allein. Wir werden dich nicht zweimal zurückkaufen. Hast du eine Ahnung, was zweihundertvierundzwanzig Stunden Verspätung ein Schiff *kosten*?«

»Ihr könnt mich alle zusammen im Arsch lecken, Sir. Ich wäre froh, wenn ihr mich hier lassen würdet. Kapiert, Sir? Gib mir einen Anzug. Ich gehe das Risiko ein, dass die Station mich aufnimmt. Das ist der einzige Gefallen, den du mir tun kannst, Sir!«

JR warf ihm einen Blick zu, als hätte Fletcher vielleicht nicht ganz verstanden, worum es ging. »Dann hast du Pech«, sagte er schließlich. »Wenn es nach mir gegangen wäre, wärst du auf dem Dock geblieben. Aber jetzt bist du hier. Du gehörst zu *meiner* Crew, und was ich von dir verlange, ist ganz einfach: Sei pünktlich, erledige deinen Job, warte, bis du an der Reihe bist und frage, wenn du etwas nicht verstehst. Das Schiff hat einen Terminplan, es bewegt sich und die physikalischen Gesetze kümmern sich nicht darum, was für eine Ausrede du hast. Siehst du diesen Griff hier?« JR packte eine in die Wand eingelassene Haltevorrichtung. »Wenn es einen Notfall gibt, dann halte dich an so einem Ding fest. Notfälle kommen gelegentlich vor. Wenn du dich nicht festhältst, kann dich das dein Leben kosten. Letztes Jahr sind vierzehn so gestorben. Ende der Warnung. Geh jetzt und hol dir deine Sachen an der Wäscheausgabe. A14, rechts runter.«

Fletcher nahm seinen Seesack und ging los.

»Jawohl, Sir«, knurrte er. »Jawohl, Sir. *Jawohl, Sir!*«

Wenn er sich mit diesem Offizier anlegte, der aussah, als wäre er in Fletchers Alter, und sich benahm, als gehörte ihm das Schiff, riskierte er einiges. Fletcher lernte schnell. Er hatte eine rasche Auffassungsgabe. Er wusste jetzt, dass dieser Knabe ein pingeliges Arschloch war. Früher oder später würden sie garantiert noch einmal aneinander geraten.

Er ging in den angegebenen Raum; ihm war übel, und er sagte sich, dass Quen ihn wahrscheinlich für dumm verkauft hatte und überhaupt nicht beabsichtigte, ihn auf die Station zurückzuholen. Er war nicht *wichtig* genug, er spielte für Leute ihrer Stellung keine Rolle. Das war schon immer so gewesen.

Die Neiharts waren viel wichtiger für Quen. Auch

dieser Gernegroß von Kapitänsneffe. Und wenn sie bis dahin etwas gegen ihn hatten, würde JR seinen Einfluss geltend machen, damit Fletcher abgesetzt wurde. Tief in seinem Innern zweifelte Fletcher daran keine Sekunde.

Lügen. Lügen, mit denen man ihn herumschob, hier wie dort. Wenn die Welt um ihn herum etwas ruhiger geworden war und er ein bisschen Zeit für sich hatte, würde er nachdenken, und wenn er die neuen Regeln gut genug gelernt hatte, um sich in dieser neuen Familie zurechtzufinden, würde er etwas unternehmen. Aber jetzt nicht. Noch nicht.

Nicht früh genug, um zu verhindern, dass man ihn aus dem Sonnensystem transportierte. Er hatte keine Hoffnung, er musste dieses Jahr überleben, zurückkehren und sehen, ob das Gericht oder Quen noch eine Runde mit ihm spielen wollten.

* * *

Nicht gerade ein hoffnungsvoller Anfang, dachte JR, während er Fletcher nachblickte ... und die bittere Wahrheit war, dass es auch an ihm gelegen hatte.

Fletcher war siebzehn, nicht Mitte Zwanzig. Das vergaß man leicht, wenn man vor ihm stand. Da reagierte man leicht, als wäre er viel älter.

Als klar war, dass das Shuttle sich auf dem Weg zu ihnen befand, hatte der Alte zu JR gesagt: »Ich überlasse ihn dir.« Und hinzugefügt: »All die Jahre. All die langen Jahre, Jamie. Das einzige der verlorenen Kinder, das wir je zurückbekommen werden.«

Fünf Tage. Fünf *Tage* hatten sie ihm Hafen gewartet; die gesamte Fracht war verladen, die beheizten Container verbrauchten Energie, die Systeme waren hochgefahren, denn bis zum dritten Tag hatten sie noch keine endgültige medizinische Bestätigung, ob Fletcher im Shuttle transportfähig war, und keiner wusste, ob das Shuttle wegen der ständig schlechter werdenden atmosphärischen Bedingungen überhaupt starten konnte. *Danach* wäre es teurer gewesen, die Systeme wieder herunterzufahren und auf *Stationsenergie* umzusteigen, als bei den eigenen Systemen zu bleiben. Das bedeutete, die Besatzung musste an Bord kommen und sich um die Maschinen kümmern, und so gingen sie in dem startbereiten Schiff aus und ein, sehr zum Leidwesen der Zollbeamten. Dazu kam noch, dass die Besatzungsmitglieder, die den Job zu erledigen hatten, Schutzanzüge tragen und quer durch die Frachträume kraxeln mussten.

Grundsätzlich war Fletcher allen willkommen und wurde höflich, teilweise sogar herzlich an Bord begrüßt, aber ein gewisses Maß an Verärgerung über die von ihrem schnellfüßigen Cousin verursachte Verzögerung ließ sich nicht leugnen.

Außerdem hatte Fletcher auf Downbelow eine Unmenge von Regeln übertreten und war ins Hinterland geflüchtet – falls das Aufhalten eines Raumschiffs noch nicht genügte.

An der Schwelle des Todes hatte man ihn aufgelesen und ins Hospital von Downbelow gebracht, während Heerscharen planetarischer Wissenschaftler herauszufinden versuchten, was er angestellt hatte und ob die einzige außerirdische intelligente Spezies in Reichweite der Menschheit möglicherweise darunter gelitten hatte.

Das alles hatte ein Besatzungsmitglied der *Finity* auf dem Kerbholz. So würde die Außenwelt den Vorfall in Erinnerung behalten, und Fletcher, ein ehrbarer Name, würde für immer berüchtigt bleiben, falls er tatsächlich einen irreparablen Schaden angerichtet hatte.

Quen hatte Fletcher in Höchstgeschwindigkeit zum Schiff expediert und ihn aus dem Gewahrsam der Station herausgehalten, indem sie ihn direkt zu den Docks gebracht hatte. Er musste keine einzige bürokratische Prozedur über sich ergehen lassen und vor keiner Behörde antreten, wo Pells Administration ihre Experten zu einer weiteren Fragenkanonade auf ihn hätten hetzen können. Rasche Arbeit einer klugen Politikerin.

Und Gott sei Dank konnte die *Finity* nach dem schließlich aufgestellten neuen Zeitplan starten, während sich auf der Station die Spekulationen überschlugen, warum die *Finity* im Hafen aufgehalten wurde. Spekulationen, die genaugenommen keine mehr waren, als die Nachrichten durch die Rechtsabteilung und die Gerüchteküche nach draußen drangen: Ein lange verlorenes Besatzungsmitglied kehrte auf die *Finity* zurück.

Nun gehörte Fletcher ihnen. Seit dem Tag seiner Geburt war er ein Stein des Anstoßes und eine Tragödie für die *Finity* seit der Stunde, als seine Mutter in die Drogensucht abgerutscht war.

Unterdessen meldeten die Medics vom Planeten, dass Fletchers Lungen frei waren.

JR hatte also richtig geraten: Trotz aller Hinweise aufs Gegenteil hatte Fletcher nicht versucht sich umzubringen. Wenn er Selbstmord hätte begehen wollen, wäre er *ohne* Zylinder aus den Kuppeln gegangen, er kannte ja die klimatischen Bedingungen auf Downbelow.

Nein, es war kein Selbstmordversuch gewesen, ganz gleich, was in den Stationsnachrichten spekuliert wurde. Fletcher hatte sich lediglich zu verstecken versucht, um die *Finity* mit ihrem strikten Zeitplan zu zwingen, ihn einmal mehr im Stich zu lassen – um so besser, wenn der Alte ihn dann endgültig aufgab. Nun lief alles auf eine Geduldsprobe hinaus und inzwischen genoss der Vorfall eine Publicity, die Quen empfindlich schaden konnte.

JR fand es bemerkenswert, dass der Alte seinen Neffen bis jetzt nicht hatte sehen wollen, nachdem er sich doch so viel Mühe gemacht hatte, ihn herzuholen. Wahrscheinlich war die Vermutung nicht ganz falsch, dass er wartete, bis seine Wut sich einigermaßen gelegt hatte.

Das offizielle Schweigen des Alten in der Angelegenheit Fletcher bedeutete jedenfalls, dass es ganz eindeutig JRs Aufgabe war, Fletcher einzugewöhnen.

Sein Problem, seine Einheit, sein Kommando, sein Job.

»Was hältst du davon?« Bucklin blieb neben ihm stehen.

Wenn es um ein Fehlverhalten der Junioren ging, war Bucklin leicht reizbar, deshalb wusste JR auch, dass Bucklin sich momentan ärgerte. Aber Bucklin war auch derjenige, der JR den Rücken stärken würde, der Nächste der Rangfolge, genau wie Madison dem Alten in den letzten hundert Jahren zur Seite gestanden hatte, komme, was da wolle. Sie waren wie die rechte und die linke Hand, die Nachfolger von Alan und Francie, wenn diese einmal die Posten von Madison und dem Alten Mann antraten. Sie waren schon immer Partner gewesen – und waren sich im Lauf der Jahre, in denen sie ihre Mütter verloren hatten und die Hälfte der Junioren bei der Explosion gestorben waren, noch näher gekommen. In den siebzehn Jahren, seit Fletchers Geburt, waren keine Junioren geboren worden.

Der letzte Junge. Der allerletzte, bis eine der Frauen der *Finity* ein neues Kind schenkte, bis die Begegnungen auf der Station die seit langem abgedunkelten Kinderquartiere wieder zu füllen begannen: Auch das gehörte zu den Neuen Regeln. Echte Freiheiten. Rendezvous ohne Vorkehrungen. Die Frauen der *Finity* ergriffen keine Vorsichtsmaßnahmen mehr, und manche sprachen aufgeregt, ja sogar mit Tränen in den Augen von Babies – die erschreckendste und unwiderruflichste Regeländerung, die dafür sprach, dass es eine Veränderung für immer war.

Aber der Nachwuchsbedarf ließ sich nicht wegdiskutieren. Das Schiff musste neu bevölkert werden, ganz gleich unter welchem Risiko.

Was hältst du davon? fragte Bucklin. JRs Gedanken waren verwoben mit der Vergangenheit, mit schmerzlichen Verlusten.

»Ich denke nur darüber nach«, antwortete er. »Übrigens – orientiere dich nicht nach seinem Gesicht. Der Junge ist erst siebzehn. Schärf dir immer wieder ein, das sind Stationsjahre. Der Alte Mann hat es gesagt. Er ist der einzige Ersatz, den wir in den letzten siebzehn Jahren bekommen haben. So ist das.«

KAPITEL 7

Nummer A26. Wenigstens *im* Schiff gab es Kennzeichnungen. Fletcher fand die Tür seines Quartiers und stieß mit dem Ellbogen gegen das Schnappschloss. Die Tür war nicht verriegelt, sondern glitt widerstandslos auf und gab den Blick frei auf ein winziges Kabuff mit zwei Kojen, dazwischen kaum Platz genug, dass man normal stehen konnte. Himmel, das war ja eine Besenkammer! Und warum *zwei* Betten? Musste er dieses Loch auch noch mit jemandem teilen? Mit einem von *denen*?

Er war nicht glücklich, aber immerhin hatte er ein Zimmer, was bisher nicht der Fall gewesen war. Er ging hinein, und die Tür fiel augenblicklich hinter ihm ins Schloss. Da stand er nun, entsetzt und diesmal – ja, diesmal war er wütend. Am liebsten hätte er etwas an die Wand geschmissen. Aber es gab nichts außer seinem Seesack, nichts irgendwie Besonderes in diesem Raum, gar nichts. Cremefarben und grün gestrichene Wände, Spinde, die den Raum über den Matratzen und Bettgestellen ausfüllten. Cremefarbene Decken mit Sicherheitsgurten. Das versprach wirklich Sicherheit, oder nicht?

Hinter einer Art Falttür fand er eine Kabine mit Toilette und Dusche, einen Spiegel, ein Waschbecken, einen kleinen Schrank. Alles bedrückend eng. Er untersuchte die Spinde: Der erste rechts war vollgestopft mit irgendwelchen Habseligkeiten – eine äußerst unangenehme Entdeckung! Er knallte den Schrank zu, versuchte den linker Hand und fand ihn leer, vermutlich für die Sachen, die er mitgebracht hatte.

Unter dem Bett gab es zusätzlichen Stauraum mit verschließbaren Schubladen, die man herausziehen konnte. Fletcher packte seine Tasche aus und verstaute seine Kleider, seine Wäsche und seinen persönlichen Kram in den Fächern, die ihm zuzustehen schienen.

Besonders behutsam wickelte er die Kostbarkeit aus, deren Sicherheit ihm am meisten am Herzen lag – den Hisa-Stock, den er mehrfach in Kleidungsstücke eingeschlagen hatte.

Der Stock, der dem Zoll entgangen war. Den die Behörden in Downbelow nicht konfisziert hatten. Bis jetzt hatte alles so geklappt, dass er ihn hatte behalten können. Es war Hisa-Arbeit. Es war ein Hisa-Geschenk.

Es war bereits illegal, ihn nur anzufassen, ihn vom Planeten mitzunehmen, eigentlich ein Verbrechen. Aber Hisa verschenkten solche Stöcke zu besonderen Anlässen: zu Todesfällen, Geburten, Begrüßungen – und zum Abschied.

Fletcher strich die Kordeln glatt, von denen die Federn herabbaumelten. Das Holz – echtes Holz – war an sich schon wertvoll. Aber noch viel wertvoller waren die Schnitzerei, die Kordelbindungen, die Federn – auf Downbelow gab es nur noch sehr, sehr wenige solcher Stücke, und die Regierung hütete sie eifersüchtig, um die drohende Ausbeutung der Hisa, ihrer Kunst, ihres Glaubens zu verhindern.

Aber dieser Stock hier gehörte Fletcher. Er hatte seinen Rettern erzählt, woher und wie er ihn bekommen hatte, und dass er ihn um keinen Preis hergeben würde. Die Wissenschaftler hatten ihn deswegen stundenlang mit Fragen bestürmt, und er hatte schon gedacht, *sie* würden ihm den Stock wegnehmen, aber sie baten nur, ihn fotografieren zu dürfen, und gaben ihn danach in die Entseuchung. Dann bekam Fletcher ihn zurück und konnte ihn unbehelligt mitnehmen. Eigentlich hatte er erwartet, dass der Zoll den Stock konfiszieren und ihn womöglich festnehmen würde, weil er versuchte, so etwas außer Landes zu schmuggeln. Fletcher hatte sich tatsächlich Hoffnungen gemacht, dass er vielleicht an dieser Hürde scheiterte, ins Räderwerk der Justiz geriet und doch nicht aufs Schiff musste – aber durch Quens Eingreifen war ihm ja jeder Kontakt mit dem Zoll erspart geblieben.

So war ein Hindernis nach dem anderen aus dem Weg geräumt worden, vielleicht alles durch Quens Einfluss, und nun konnte Fletcher wohl davon ausgehen, dass der Stock wirklich ihm gehörte. Und es war sein einziger Besitz, der ihm wirklich etwas bedeutete.

Er symbolisierte die ganzen schwierigen Dinge. Lektionen, die Melody ihm beizubringen versucht hatte – und gescheitert war.

Er stand für den Abschied von dort, wo Fletcher gelebt hatte. Er bedeutete eine Reise. Augen, die einen wolkenverhangenen Himmel betrachteten. Glauben, Vertrauen, Treue.

Vielleicht konnte ein Mensch, der im Weltraum geboren war, nicht das gleiche Vertrauen in die Große Sonne empfinden wie ein Hisa. Vielleicht konnte er nicht glauben, dass die Große Sonne etwas anderes war als das, was sie ihm in der Schule beigebracht hatten – ein nuklearer Feuerball. Vielleicht war die Große Sonne für ihn kein Gott, vielleicht gab es gar keinen Gott – oder was die Hisa auch immer erwarten mochten, wenn sie zum Himmel emporblickten. Aber Melody war so sicher, dass die Große Sonne für ihre Kinder sorgen würde, dass die Große Sonne immer zurückkommen würde, dass die Dunkelheit nie für immer blieb …

Dass die Dunkelheit nie für immer blieb.

Für Fletcher würde sie bleiben. Mächte, die er nicht kontrollieren konnte, hatten ihn hier hinausgestoßen, wo die Dunkelheit nicht mehr aufhörte, wo nicht einmal Melodys Große Sonne hingelangte oder hell genug schien. Und hier war Fletcher jetzt.

Aber der Stock, denn er nun anfasste, hatte einmal gelebt. Diese Federn waren einmal im brausenden Wind geflogen. Der Alte Fluss hatte die Steine glatt geschliffen. Alle diese Dinge hatte die Große Sonne erschaffen. Und sie waren real; wenn er sie berührte, konnte er sich erinnern, wie diese wolkenverhangene Welt sich anfühlte. Es war sein Abschiedsgeschenk.

Hisa legten solche Stöcke auf die Gräber der Toten, von Menschen und von Hisa. Sie postierten sie in die Nähe der Wächterstatuen. Aber wenn ein Forscher sie direkt danach fragte, hatten die Hisa keine Antwort bereit.

Aber Fletcher wusste es. Er wusste, dass sie dafür da waren, wenn man wegging. Sie dienten der Erinnerung. Sie waren wie ein Gedächtnis. Der Fluss und die Große Sonne, Wetter und Wind. All die Dinge, die Fletcher fast berührt hatte, die Dinge, die direkt zu berühren er sich wegen des Schutzanzugs nur ausmalen konnte. Es war Aufwachen beim Sonnenaufgang, Zusehen, wie die Welt erwachte. Es war Schlafen in der Dunkelheit, ohne elektrisches Licht, darauf warten, dass die Große Sonne ihr Kind wieder fand – Wissen, dass die Große Sonne zu ihm kommen würde, wie Melody in der finstersten Stunde seiner Kindheit zu ihm gekommen war, als er sich vor den Behörden versteckt hatte.

Das war es, woran die Hisa glaubten. Und das alles hatte er mitgenommen.

Bianca hatte geschworen, sie würde auf ihn warten. Aber er wusste, dass Menschen solche Versprechungen nicht hielten. Niemals. Und Hisa konnten es nicht. Ihr Leben war zu kurz, zu kostbar, um zu warten. Deshalb hatten sie die Wächter gemacht.

Und jetzt hatte Quen versucht, ihn mit ihrem Angebot in letzter Minute psychisch unter Druck zu setzen – darum ging es doch nur. Ein Trick, ihn dazu zu bringen, dass er sich benahm, wieder einmal.

Er wickelte die Kordeln um den Stock und legte ihn ganz hinten in die Unterbettschublade, hinter seine Stationssachen, damit kein naseweiser Zimmergenosse ihn finden sollte.

Leise schloss er die Schublade und sagte sich, dass es dumm war, auch nur einen Moment auf Quens Geschwätz hereinzufallen. Er kannte solche Tricks massenweise. Fast empfand er so etwas wie Zynismus, nur der Kloß in seinem Hals war hinderlich, denn er beschwor all die schlimmen Zeiten seines Leben wieder herauf. Nimm dir ein Fruchteis, Junge. Ruhig noch eins, wenn du magst. Es wird dir hier gefallen. Sieh mal, wir haben dir einen Teddy besorgt.

Zehn Wochen später war diese nette neue Familie bei den Psychodocs und erzählte ihnen, dass Fletcher unverbesserlich sei.

Und das hier war von Anfang an ein Desaster.

In der Wäscherei arbeiten, also wirklich! Er hatte sich von einem *Nichts* in den Polizeiakten zu einem qualifizierten Programm in Planetarischer Wissenschaft emporgearbeitet, und seine strahlende neue Familie hatte nichts Besseres für ihn zu tun, als Wäsche zu waschen und Socken paarweise zusammenzulegen. Das war schon beinahe komisch, so komisch, dass der Kloß im Hals brannte wie Feuer.

Er ließ die Schublade einschnappen. Ein Riegel war auch hier nicht vorhanden. Genauso wenig am Bad. Als Fletcher sich die Zimmertür ansah, fand er auch dort kein Schloss. Folglich hatte er also keinen privaten Bereich.

Na gut, sagte er sich zum zehnten Mal in fünf Minuten, in Ordnung, beruhige dich. Ein Jahr. Ein Jahr, dann war er wieder in Pell, er würde überleben, und wenn Quen ihr Wort nicht hielt, würde er vor Gericht gehen. Er würde tun, was man ihm sagte, würde brav sein, aber in einem Jahr, wenn sie nach Pell zurückkehrten, würde er abhauen und Quen zwingen, Farbe zu bekennen.

Geh runter in den Wäscheraum und hol dir Sachen zum Anziehen, hatte der Kapitänsneffe gesagt. Das konnte er tun, auch wenn sein Herz vor Wut hämmerte und er ein ekliges Summen in den Ohren hatte und er sich ziemlich wacklig auf den Beinen fühlte. Er redete sich gut zu, dass er jetzt gleich ein Stück herumspazieren würde, dass ihm nicht schlecht werden und dass er nicht einmal daran denken würde, dass das Schiff sich bewegte. So trat er hinaus auf den Korridor und ging hinunter zu A14, zur Wäscherei.

Er war nicht der Einzige auf der Suche nach frischen Sachen. In einer Schlange standen sechs Leute, die sich wieder einmal übertrieben freundlich mit Fletcher bekannt machten: eine Margot, ein Ray, ein Nick, eine Pauline, ein Johnny T. und ein John Madison, der aber, wie er sofort erklärte, nicht mit dem Kapitän verwandt war. Jedenfalls nicht direkt.

Fletcher hatte nicht die Absicht, sich diese Leute zu merken. Er hatte nicht das geringste Interesse an ihnen. Er war höflich, ausschließlich höflich. Er lächelte und schüttelte Hände. Dem allgemeinen Geplauder entnahm er, dass man hier nicht nur Kleidung bekam; an der Theke konnte man auch einige persönliche Dinge erwerben und auf seinem Konto anschreiben lassen – wenn man ein Konto hatte, was bei Fletcher, so viel er wusste, nicht der Fall war. Als er an die Theke trat, sah er hinter dem Jungen, der die Sachen aushändigte, eine Reihe von Regalen mit irgendwie geordneten, zusammengefalteten Kleidungsstücken. Er sah, wie Netzbeutel mit schmutziger Wäsche abgegeben und Stapel mit sauberer Kleidung mitgenommen wurden. Und das sollte sein Job werden!? Tolle Sache!

»Ich bin Fletcher«, erklärte er dem Jungen an der Theke.

»Wayne«, antwortete der Junge. Er sah nicht älter als sechzehn aus. »Freut mich, dass du es geschafft hast. Nach der nächsten Zündung kannst du dann hier übernehmen.«

»Sieht so aus.« Fletcher ließ sich nicht zu falscher Begeisterung hinreißen. Chad, der zweite Junge, der hier arbeitete, holte Sachen in Fletchers Größe. »Das Abzeichen der *Finity* ist drauf«, bemerkte Chad, als er Fletcher die blaue Arbeitskleidung überreichte. »Den Aufnäher mit deinem Namen besorgt Sam für dich, sobald er kann. Er macht die Dinger, bestimmt ist er fertig, bevor wir nach oben gehen.«

»Nach oben gehen« bedeutete, dass sie den normalen Weltraum verließen, so viel wusste Fletcher. Für gewöhnlich brauchte ein Schiff etwa fünf Tage nach dem Ablegen, um aus dem System zu kommen. »Ja«, sagte Fletcher. »Danke.«

Eine kleine Plastiktüte landete auf dem blauen Klamottenstapel – Toilettenartikel und dergleichen. »Bitte schön.«

»Danke«, wiederholte Fletcher und trug seine neuen Sachen mit der glitschigen Tüte obendrauf den steilen Korridor zurück, auf dem er hergekommen war.

Das war es nun also. Er hatte eine Aufgabe, war registriert, uniformiert und einsatzbereit.

Seine Eingeweide rebellierten. Am liebsten hätte er auf irgendetwas eingeschlagen. Nichts hier ergab einen Sinn. Sein Magen sandte Signale aus, dass Oben und Unten durcheinander geraten waren, dass die Kurven des Horizonts steiler waren, als er es je erlebt hatte, und dass er verrückt werden würde, ehe er von diesem Schiff wieder herunterkam, verrückt genug, um sich JR, James Robert, John, Johnny, Jake, Jum, Jimmy, Jamie und alle seine verfluchten Verwandten zu merken.

Fletcher öffnete die Tür zu seinem Zimmer. Ein Junge hatte sich inzwischen auf der anderen Koje niedergelassen. Ein Junge von etwa zwölf Jahren, dunkelhaarig, dunkeläugig, der Fletcher neugierig musterte.

»Hi«, sagte der Junge nach kurzer Pause. »Ich bin Jeremy.

»Ja?« entgegnete Fletcher in defensiv bärbeißigem Ton.

Ebenso defensiv und bärbeißig kam die Antwort: »Da hab ich ja echt Glück. Wir sind Zimmergenossen!«

Einen Augenblick war Fletcher wie erstarrt. Sein Herz schlug schneller. Der Rest des Zimmers wurde unsichtbar.

»Nein, sind wir nicht«, entgegnete er und warf seinen Kleiderstapel aufs Bett.

»Ich wohne hier«, kam empörter Protest mit vorpubertärer Stimme. «Ich war zuerst da.«

»Kommt nicht infrage. Das ist ja das Letzte! Es reicht!«

»Na, ich will dich hier auch nicht haben!« kreischte der Junge zurück.

»Gut«, sagte Fletcher. Seine Stimme begann unweigerlich zu zittern, wenn er seinen Gefühlen nicht angemessen Luft machen konnte, und der Kampf zwischen dem Versuch, diesen unglücklichen Knaben einigermaßen fair zu behandeln, und dem Bedürfnis, etwas kaputt zu schlagen, stiftete erneut Aufruhr in seinen Eingeweiden. Dieser ganze Quatsch, jede einzelne, beschissene Anordnung, die ihm die Behörden sein ganzes Leben über aufgezwungen hatten, gipfelten hier, fanden ihren Höhepunkt darin, dass man ihn zusammen mit einem verdammten *Kind* in ein Zimmer sperrte.

Fletcher ließ die Klamotten auf dem Bett liegen. Die Tür hatte sich hinter ihm geschlossen, aber er schlug auf den Türgriff.

»Gleich ist Takehold«, rief der Junge ihm nach. »Draußen findest du jetzt niemand! Du wirst dir den Hals brechen!«

Das war Fletcher absolut gleichgültig. Aber als er den Korridor hinuntergehen wollte, hörte er wieder jemanden rufen, Schritte kamen auf ihn zu.

»Sei doch nicht blöd!« sagte Jeremy und packte ihn am Ärmel. »Gleich kommt der Alarm, du hast keine Zeit mehr, woanders hinzugehen. Komm schnell rein!«

Der Junge meinte es ernst, daran bestand kein Zweifel. Fletcher wollte erst nicht nachgeben, aber er bemerkte die Angst des anderen, der sich womöglich selbst in Gefahr brachte, während er versuchte, Fletcher zu retten. Also gab er dem Zerren nach und ging mit Jeremy zurück in ihr Zimmer und fragte sich dabei, ob er an der Nase herumgeführt worden war oder ob der Junge wusste, wovon er sprach. Auf alle Fälle klang es ziemlich überzeugend.

Kaum waren sie zurück im Zimmer und die Tür war geschlossen, als auch schon das Warnsignal ertönte. Jeremy sprang aufs Bett.

»Schnall dich an«, rief er, und Fletcher folgte seinem Beispiel, während die Sirene penetrant weiter heulte.

»Höchste Zeit«, sagte Jeremy, der inzwischen flach auf dem Rücken lag und den Sicherheitsgurt festzurrte. »Himmel, so was solltest du echt nicht machen!«

Fletcher ignorierte den Jungen und schnallte sich ebenfalls an. Falls herauskam, dass die Vorsichtsmaßnahme übertrieben war, würde ihn das natürlich besonders wütend machen.

Doch dann begann sich ein Druck aufzubauen, nicht nach unten, sondern seitwärts, die Matratzen verrutschten, sodass Fletcher das Nachbarbett plötzlich von unten sah. Seine Arme waren dreimal so schwer wie sonst, sein Körper wurde plattgedrückt. Die Betten drehten sich auf derselben Achse und schwangen senkrecht zur stetig wachsenden Beschleunigung.

Fletcher konnte nichts dagegen tun: Er zitterte und war froh, dass Jeremy ihn nicht sehen konnte. Er hatte Angst. Jetzt konnte er es sich eingestehen. Er war hilflos gefangen von einer Kraft, die ihn zerbrechen würde, wenn er auf den Korridor rannte und sich ihr entgegenstellte. Und es hörte nicht auf.

Es ging weiter.

Und weiter.

Seltsamerweise hielt sich der Lärm in Grenzen, es gab

kaum Vibration. Fletcher schauderte und bebte vor Angst, aber irgendwann hatte er auch dazu keine Energie mehr. Er konnte Jeremy nicht sehen. Was machte der Junge wohl? Schließlich hielt er es nicht mehr aus. »Wie lange geht das noch?« fragte er.

»Drei Stunden sechsundvierzig Minuten.«

»Du nimmst mich auf den Arm!«

»Jetzt sind es noch drei Stunden fünfzehn«, beharrte Jeremys hohe Stimme. »Wir verlassen Pell immer gern schnell. Jede Menge Verkehr. Bist du jetzt froh, dass du nicht auf dem Korridor bist?«

Wie sollte man das aushalten, drei Stunden in seiner Koje zerquetscht zu werden, ohne etwas zu tun, ohne etwas zu sehen, ohne an etwas denken zu können als an den Abschied von Pell? Oder daran, dass das Schiff mit etwas zusammenstieß und sie alle sterben mussten? »Was tust du denn für gewöhnlich, wenn du so festsitzt?«

»Du kannst dir ein Tape reinziehen. Lesen. Oder Musik hören. Hast du Lust auf ein bisschen Musik?«

»Ja.«

Sofort erscholl Musik, laut und wild, durchaus erträglich. Wie Jeremy sie angestellt hatte, wusste Fletcher nicht, aber jetzt konnte er wenigstens seine Gedanken übertönen lassen und sich dem drängenden Rhythmus hingeben. Unerbittlich, wie das Schiff. Wie die ganze Situation.

Auf einmal fragte sich Fletcher, wohin sie eigentlich fuhren. Er hatte sich nie danach erkundigt und weder Quen noch seine Anwälte hatten ihn darüber in Kenntnis gesetzt. Quen hatte ihm lediglich mitgeteilt, dass sie ein Jahr weg sein würden.

Als die Musik verstummte, fragte er Jeremy danach. Aus der Koje über Fletchers Kopf kam die Antwort:

»Von Tripoint nach Mariner, von Mariner nach Voyager, von da nach Esperance und wieder zurück, wie wir gekommen sind. Auf Mariner soll es ganz toll sein, noch besser als auf Pell.«

Einerseits wurde Fletcher bei dieser Aufzählung schon wieder übel, andererseits war er froh, dass sich die Route wenigstens innerhalb des zivilisierten Raums befand und sie nicht zur Erde oder sonst einen abgelegenen Ort führte.

Aber er spürte, wie sein Herz zu pochen begann. Warum hob sich seine Stimmung ein klein wenig, als der Junge Mariner erwähnte? Der Aufenthalt dort lohnte sich anscheinend tatsächlich, das hatte auch Fletcher schon gehört. Aber er reagierte ja, als würde er sich darauf *freuen*, Orte kennenzulernen, die er nur vom Hörensagen kannte und an denen er doch überhaupt kein Interesse hatte.

Es waren Orte, auf die man in Pell angewiesen war, nicht mehr das Große Schwarze Nichts. Fletcher wusste, welche Orte sich da draußen befanden. Und Mariner gehörte eindeutig zur Zivilisation.

»Wie geht's?« erkundigte sich Jeremy in das lange Schweigen hinein.

»Gut.« Eine automatische Antwort. Eine höfliche Antwort. Doch Fletcher hatte das Gefühl, dass Jeremy sich zumindest teilweise für ihn verantwortlich fühlte. Und für einen schmuddeligen, mageren Zwölfjährigen war Jeremy ziemlich vernünftig. Vermutlich hätte es ihn schlimmer treffen können, was Zimmergenossen anbelangte.

Jedenfalls, wenn man bedachte, dass er erst zwölf war. Plötzlich dämmerte es Fletcher. Er wusste doch, das Spacer nicht so schnell alterten wie Stationsbewohner. Manchmal waren sie zehn, fünfzehn Jahre älter, als man sie schätzte! Fletcher hatte sich nie um diese Altersunterschiede zwischen Stationsbewohnern und Spacern gekümmert; er hatte ja auch kaum etwas mit Spacern zu tun gehabt – außer mit seiner Mutter. Aber bei einem Jungen konnte schon ein Bruchteil von zehn oder fünfzehn Jahren einen enormen Unterschied ausmachen.

Gegen seinen Willen war Fletcher neugierig. »Stört es dich, wenn ich dich frage, wie alt du bist?«

»Siebzehn«, antwortete Jeremy wie aus der Pistole geschossen.

Guter Gott, dachte Fletcher. Dann fiel ihm ein, dass Jeremy wahrscheinlich wusste, dass er, Fletcher, siebzehn war, und ihn vielleicht verulken wollte.

»Genauso alt wie du«, fuhr Jeremys Stimme von der Koje über ihm fort. »Wir waren Altersgenossen. Aber deine Mama ist weggegangen.«

»Du machst Witze, oder?«

»Nein, überhaupt nicht. Ich bin sogar ein paar Monate älter als du. Ich war schon geboren, als deine Mama uns verlassen hat, damit du auf Pell geboren wurdest, und man hat damals in Erwägung gezogen, mich auch bei ihr zu lassen. Aber dann haben sie sich doch anders entschieden. Wir sind also irgendwie beinahe Brüder. Jedenfalls wären wir zusammen aufgewachsen.«

Fletcher wusste nicht, was er fühlte. Hauptsächlich war er durcheinander. Viermal war er unter dem Motto »*das ist dein Bruder*« in eine neue Pflegefamilie eingeführt worden. Einen dieser so genannten Brüder hatte er windelweich geprügelt. Aber das hier war nicht nur ein echter Verwandter, es war der Junge, mit dem er aufgewachsen wäre, mit dem er zusammengewesen wäre, mit dem er Jungensachen angestellt hätte – vorausgesetzt, seine Mutter hätte nicht schlapp gemacht und ihn in einem Riesenschlamassel sitzen lassen.

Was Jeremy hier andeutete, war ihm unwiderruflich entgangen.

»Ich wollte, du wärst an Bord geboren«, fuhr Jeremy fort. »Nach uns gab es keine Kinder mehr, das weißt du ja vermutlich. Im Krieg ging das nicht. Jetzt soll es aber bald wieder welche geben. Unsere Jahrgänge waren schon eher spärlich. Und dann haben wir auch noch eine Menge Leute verloren.«

Noch immer spürte Fletcher dem seltsamen Gefühl in

seinem Magen nach, das sich teilweise wie Wut anfühlte und teilweise wie – wie etwas, das er einfach nicht definieren konnte. Er sah vor sich, was aus ihm hätte werden können, ein knochiger Zwölfjähriger, der ihm jetzt so fremd war, dass er sich nicht einmal *vorstellen* konnte, was in seinem Kopf vorging – mit siebzehn Jahren, im Körper eines Zwölfjährigen.

Das war doch nicht normal.

Aber es war auch nicht normal, dass man sie getrennt hatte. Fletcher war ratlos. Woher sollte er wissen, was für ein Leben ihm entgangen war? Er kannte nur das, was er nun hinter sich gelassen hatte, mit allem, was es für ihn bedeutete.

Nebenbei bemerkt hatten ihn alle Geschwister, die man ihm präsentierte, irgendwann gehasst … alle außer Tony Wilson, der um die Dreißig war und sein letzter Pflegebruder. Tony war zurückhaltend, angenehm. Die Wilsons hatten anerkannt, dass Fletcher schon halb erwachsen war, und nur seinen Papierkram unterschrieben; sie hatten ihn in den Ferien aus dem Schulwohnheim nach Hause geholt und dafür gesorgt, dass er zumindest die legale Fiktion einer Familie hatte, damit er die schulischen Formulare angemessen ausfüllen konnte. Tony hatte ihn niemals auch nur ansatzweise als Rivalen angesehen. Vermutlich hatte er Tony von allen seinen Brüdern am liebsten gehabt, einfach weil er ihn die meiste Zeit in Ruhe gelassen hatte und in den Ferien nett zu ihm gewesen war.

Dass die Wilsons nicht erschienen waren, um ihm Lebewohl zu sagen … das tat weh. Das tat sogar sehr weh.

Wer, zum Teufel, war dieser Jeremy Neihart denn? Warum sollte er sich noch einmal mit so etwas abgeben?

»Hat es dir auf der Station eigentlich *gefallen*?« fragte Jeremy nach einem weiteren langen Schweigen.

Die Frage traf mitten ins Schwarze. »Ja«, antwortete Fletcher. »Ja, es war schön.«

»Hast du viele Freunde dort?«

»Na klar«, sagte er. Alles war wundervoll. Alles war in Butter. Antworte auf die Frage »Wie geht's?« nie mit etwas anderem als mit »Gut«, dann lässt man dich in Ruhe.

»Und was habt ihr in eurer Freizeit so angestellt?«

Freizeit? Das hatte es für Fletcher nicht gegeben. Er musste lernen, ununterbrochen, um dahin zu kommen, wo er gewesen war. Und jetzt hatten sie ihn herausgerissen aus dem, was er mit so viel Mühe erreicht hatte.

Das konnte man nicht mit einem »Ach gut« abtun.

»Ich hab 'ne Menge Tapes«, fuhr Jeremy fort, als Fletcher nicht antwortete. »Wir tauschen sie immer gegenseitig aus. Ich hab ein paar von Sol. Auf Mariner können wir noch ein paar besorgen und Neue gegen die Blöden eintauschen. Ich gebe mein Geld hauptsächlich für Tapes aus.«

»Ich habe gar keine«, antwortete Fletcher mürrisch. Was zwar nicht stimmte, aber für die Begriffe eines Zwölfjährigen waren sie sicher nicht erstrebenswert.

»Du kannst dir meine ausleihen«, meinte Jeremy.

»Danke«, antwortete Fletcher. Er war zu kaputt, um einen Streit mit dem Jungen vom Zaun zu brechen. Dem *Jungen*. Seinem Möchtegern-Bruder. Seinem Cousin. Was auch immer sie füreinander gewesen wären ohne den Krieg und Fletchers drogenabhängiger Mutter.

Auf praktischer Ebene wusste Fletcher, dass er Jeremys Angebot mit den Tapes zu schätzen wissen würde, noch bevor sie Mariner erreichten. Er brauchte etwas, um sich zu beschäftigen, wenn sie stundenlang so herumliegen mussten wie jetzt, sonst wurde er verrückt, noch bevor sie das Sonnensystem verlassen hatten. Wenn er sich Tapes anhören konnte, musste er sich nicht Jeremys Geplapper anhören oder über Dinge reden, die hätten sein können, oder sich mit irgendetwas in dieser Richtung auseinandersetzen. Anstellen und abfahren. Es war ihm ziemlich gleich, als was sich Jeremys Musikgeschmack entpuppte, es war bestimmt besser, als sich mit dieser öden Umgebung zu befassen.

Er würde das Universum sehen. Flach auf dem Rücken, voller Angst und Übelkeit.

Er wusste einiges über Schiffe. Auf Pell konnte man kaum umhin, etwas über Schiffe, Routen und Fracht zu erfahren.

Vage wusste er, dass sie etwa fünf Tage beschleunigen und dann springen würden, dann weiterfahren und erneut springen. Er wusste auch, dass sie Fracht abladen und aufnehmen würden, dass die Kapitäne ein wenig den Markt beschnuppern würden, während die Besatzung auf den Docks herumhing, trank und vögelte. Eine einzige ausgedehnte Party, weshalb er ja auch keine Ahnung hatte, wer sein Vater war. Seine Mutter hatte am Dock herumgevögelt, denn kein Spacer interessierte sich dafür, wer sein Vater war. Mama war das Ein und Alles.

Wie nicht anders zu erwarten, gehörte Jeremys Mutter aufs Schiff, aber Fletcher wusste nicht, warum der Junge nicht bei ihr wohnte, und er hatte auch keine Ahnung, in welchem Verhältnis er zur Mutter seines Zimmergenossen stand. Alle an Bord waren miteinander verwandt, alle mit dem Anfangsbuchstaben J: Jeremy, James, Jamie und Johnny, Jane Janette, Judy, Jill und Janice. Wer, zum Teufel, scherte sich darum?

Wie war es für eine Mutter, einen siebzehnjährigen Sohn in Jeremys Größe zu haben?

Wie war es, wenn der Geist älter wurde, aber der Körper jünger blieb, als er war?

Oder *war* Jeremy geistig älter als zwölf? Seine Stimme klang nicht danach. Jeremy konnte nicht siebzehn Jahre gelebt haben, ohne die entsprechenden Ereignisse an sich vorüberziehen zu sehen, sei es in den Nachrichten oder auf dem Schiff. Er …

Auf einmal war der Druck weg – einfach so. Die Kojen kehrten in ihre ursprüngliche Lage zurück und

Fletcher packte den Matratzenrand, weil er das Gefühl hatte zu fallen.

»Takehold beendet«, kam eine Stimme aus dem Lautsprecher. »Postierte Besatzung, zweite Schicht, ihr Glückspilze. Alle Systeme optimal.«

Jeremy öffnete seinen Gurt und setzte sich auf. Fletcher wagte es ebenfalls. Sein Kopf fühlte sich noch immer, als schwebte er im All.

»Spielst du Karten?« fragte Jeremy.

»Jedenfalls kann ich es.« Er hatte keine große Lust zu spielen, aber auch zu nichts anderem. »Können wir auf die Halle rausgehen?«

»Auf den Korridor. Stationen haben Hallen. Wir haben Korridore. Nur damit du Bescheid weißt. Sonst fängt Vince gleich an zu kichern. Und wir haben jetzt keinen Dienst. Wenn du nicht arbeiten willst, bleibst du am besten im Quartier. Wenn du rumwanderst, kann es gut sein, dass ein Senior dich abfängt und dir eine Arbeit aufbrummt. Poker?«

»Wie lange müssen wir hier herumliegen?«

»Oh, noch zwei Stunden oder so. Bis wir aus den aktiven Routen raus sind«, antwortete Jeremy.

»Ich dachte, das sind wir längst.«

»Jetzt sammeln wir nur Geschwindigkeit. Dann bleiben wir eine Weile auf dem Tempo, dann geht's wieder ein Stück höher. Vier- oder fünfmal, bevor wir unsere Reisegeschwindigkeit erreicht haben. Wir könnten es auch auf einmal machen. Aber das wäre echt ungemütlich.«

»Dann hol lieber die Karten«, meinte Fletcher bedrückt, und Jeremy sprang auf, kramte in seiner Kojenschublade und holte ein echtes Kartenspiel heraus.

Ein zwölfjähriger, dachte Fletcher und beobachtete die unbewusste Energie, mit der Jeremy sich bewegte. Gewisse Vorteile, die man mit zwölf noch besaß, hatte man mit siebzehn bereits verloren.

»Gefälligkeitspunkte oder Geld?« fragte Jeremy

Fletcher kannte das System mit den Gefälligkeitspunkten – wenn man verlor, musste man für den anderen eine Arbeit erledigen. Aber er hatte kein Geld und wusste auch nicht, wo und wann er welches bekommen würde. Eigentlich hätte er lieber um gar nichts gespielt, denn Jeremy handhabte die Karten so professionell, dass jeder Dockspieler vor Neid erblasst wäre.

»Punkte«, sagte er schließlich.

»Du hast doch nicht gar keine Aufgabe gekriegt.«

»Doch. In der Wäscherei.«

»Ach, das machen wir alle.« Die Karten bildeten Kaskaden in Jeremys Händen und Fletcher hätte gewettet, dass er das Kunststück auch in der Beschleunigungsphase bewältigt hätte. »Zukunftspunkte. Wie wär's damit?«

»In Ordnung«, stimmte Fletcher zu.

Er verlor Punkte im Wert einer Arbeitsstunde. Und war gerade dabei, sie zurück zu gewinnen, als ein Summer losging und ihm einen Höllenschrecken einjagte.

»Abendessen«, erklärte Jeremy, rappelte sich auf und ging zur Tür.

Ein Junge, dessen Namen Fletcher sich nicht merkte, kam mit einem Sack und gab ihnen daraus zwei kleine Schachteln, in denen sich kalte Sandwiches mit Synthetikkäse befanden – Fletchers Hoffnungen auf ein leckeres Essen schmolzen im Nu dahin.

»Ist das alles, was wir kriegen?« fragte er.

»Die Kombüse ist noch geschlossen«, antwortete Jeremy. »Erst in der nächsten Wache macht sie wieder auf.«

»Wie ist das Essen denn so?«

»Echt gut«, sagte Jeremy. »Wir haben ein paar prima Köche. Sonst werfen wir sie raus.«

Ein lahmer Witz, aber beruhigend. Fletcher aß das Sandwich, trank den halb getauten Fruchtsaft und versuchte ruhiger zu werden. Auf einmal nahm er sich banale Dinge schrecklich zu Herzen: Als er entdeckt hatte, dass das Abendessen nur aus einem Sandwich bestand, hätte er beinahe die Fassung verloren. Ziemlich wackelige Anpassung bisher. Echt wackelig.

Dabei hatte er das doch schon öfter erlebt. Alles war neu. Andererseits war es das Gleiche wie immer. Schlimmer denn je. Die Hälfte seiner siebzehn Jahre hatte er damit verbracht, sich aus dem Morast zu befreien, in dem seine Mama ihn allein hatte sitzen lassen. Und jetzt war er wieder einmal ganz am Anfang.

Diesmal allerdings der wirkliche Anfang.

Der Kloß in seinem Hals löste sich. Zucker und Protein halfen. Vielleicht wurde er auf dieser Fahrt zumindest ein guter Pokerspieler, falls er nichts anderes lernte. Jeremy war gar nicht so übel für einen ungefähr Zwölfjährigen. Aber was war mit den anderen?

Wenn sie einen von zu Hause wegrissen und woanders hin verpflanzten, versuchte man nicht mehr daran zu denken, wo man gewesen war. Man baute eine möglichst undurchdringliche Mauer dagegen auf. Dann war nur noch sie da und dahinter Leere. Wenigstens tat es dann nicht mehr weh.

* * *

Nach zwei Stunden Hauptnacht erkundigte sich der Alte Mann endlich: »Wie geht es Fletcher?«

Und JR, der auf Abruf für das oberste Büro des Alten Mannes war, gab die Antwort, die er sich schon vorher zurechtgelegt hatte: »Autopilot. Er funktioniert. Ist aber nicht glücklich bei uns.«

»Das habe ich auch nicht erwartet«, sagte James Robert. Er saß nicht an seinem Schreibtisch, sondern in dem weichen Polstersessel, in dem er häufig arbeitete. Frachtlisten auf den Wandbildschirmen hatten den Berichten über den Systemstatus und die Navigationsdaten Platz gemacht. »Hat Jeremy sich darüber beschwert?«

Jeremy hatte einen Pieper, mit der Auflage, ihn bei Bedarf unbedingt zu benutzen. »Nein, Sir, das hat er nicht.« Jeremy war unter den Juniorjunioren die beste Alternative gewesen. Vince war von der Wiege an ein Unruhegeist und Linda, mit ihren etwa dreizehn Jahren, kam als weibliches Wesen sowieso nicht infrage.

Jede Menge Kabinen standen leer, und man hätte leicht ein Einzelzimmer für Fletcher finden können. Auch Jeremy, Vince und Linda waren stets allein gewesen. Aber das konnte für einen ahnungslosen, unerfahrenen Passagier gefährlich werden. Jeremy konnte Fletcher warnen, sich ein bisschen um ihn kümmern.

»Du hast seine Bekanntschaft schon gemacht«, sagte der Alte Mann.

Keine große Überraschung, dass die Neuigkeit bereits nach ganz oben durchgedrungen war. »Ich warte ab. Man kann ihm keinen Vorwurf daraus machen, dass er nervös ist.«

Der Alte Mann nickte nur, ob zustimmend oder bereits in andere Gedanken versunken, war nicht zu erkennen. Jedenfalls schnitt er andere Themen an und sie unterhielten sich über den allgemeinen Zeitplan, die Wartungsfenster, wie viele vom Juniorkommando die anderen Sektionsleiter einsetzen wollten, wenn sie Verstärkung brauchten. Der Sprung würde in der Hauptschicht stattfinden. Manchmal kam es so hin, manchmal erwischte es den Wechseltag. Diesmal hatte JR den Wechseltag erwartet, aber nein, offenbar hatte er sich geirrt.

Dass Fletcher auf seinem ersten Sprung womöglich Probleme bekommen würde, die eventuell lebensgefährlich sein konnten, erwähnte er nicht, es gab keine besonderen Vorsichtsmaßnahmen. JR akzeptierte, dass alles in seiner Wache stattfand, was die Kapitäne nicht eigens einem anderen zur Aufgabe machten. Die Junioren waren alle in der Haupttagsschicht eingeteilt. Es gab nicht genügend Leute für zwei Kommandos und sie würden bis kurz vor dem Sprung arbeiten. JR überlegte, ob der Stundenplan nicht möglicherweise extra auf seinen neuen Cousin zugeschnitten war.

Er hatte keinerlei Erfahrung mit Nicht-Spacern.

»Was Fletcher angeht«, brach JR das Schweigen des Alten Mannes, »bekommt er beim Sprung ein Tape? Soll *ich* ihn in mein Quartier nehmen und mich um ihn kümmern?«

Sie alle hatten den Hyperspace schon im Mutterleib erlebt. Und immer wieder, bis sich ihr Leben darauf einrichtete.

Fletcher aber war nicht einzuschätzen.

»Lass das Tape lieber weg«, antwortete der Alte Mann. »Ich würde sagen, bei ihm und bei Jeremy. Und bei dir auch, ich möchte, dass du gegebenenfalls reagieren kannst.«

»Ja, Sir«, antwortete JR.

»Wo er es durchsteht, ist deine Sache«, sagte der Alte Mann. »Du bist besser mit der Situation vertraut als ich. Sag ihm …«

Es war äußerst selten, dass der Alte Mann nicht gleich die richtigen Worte fand.

Aber die Wechselbäder der letzten Tage, in denen die Nachricht »Fletcher verloren« blitzschnell ersetzt worden war von »Fletcher wieder gefunden« und dann von »Fletcher kommt noch einen Tag später«, hatten auch ihn einige Nerven gekostet und aufgrund vergangener Ereignisse hatte sich in JR der Verdacht geregt, dass dem Alten Mann die unbehagliche Stimmung in der Juniorbesatzung bekannt war, und er auch JRs Vorbehalte weit besser durchschaute, als es ihm recht war.

Die Entscheidungen, die der Alte Mann getroffen hatte, gingen andererseits bis in die Zeit zurück, als er beschlossen hatte, sich der *Norway* anzuschließen und Francesca zurückzulassen.

Der große Held, der alte Krieger – nun warb er für

den Frieden, und sie hatten normales Frachtgut und einen Außenseiter aufnehmen müssen, beides zum ersten Mal in fast zwei Jahrzehnten.

Aber Mallorys Krieg war noch nicht vorüber. Mallory und der Alte Mann hatten bei ihrem letzten Treffen Gespräche geführt, draußen in den abgelegenen Bereichen des Erdraums. Und was auch immer bei diesem Treffen gesagt worden sein mochte, es hatte einen ernsten, ernüchternden Effekt auf den Alten Mann gehabt; ernst und traurig war er zurückgekehrt und nicht ein Wort war auf JRs Ebene herabgedrungen.

Sag ihm ... so hatte der Alte Mann begonnen, und dann fehlten ihm die Worte, die er Francescas Erben sagen wollte.

Es gab also keine weiteren Informationen für ihn, nur ein Drängen, die Situation in die Hand zu nehmen ... irgendwie ... innerhalb der Juniorbesatzung, wo sich der Alte Mann aus uraltem Prinzip nicht einmischte. Sie formten die zukünftigen Beziehungen der Besatzungsmitglieder zueinander in ihrer Handhabung von Pflichten und Verantwortlichkeiten, die ihnen ganz allein oblagen, so, wie es bei der *Finity* seit über einem Jahrhundert Brauch war. In gewisser Hinsicht *konnte* der Alte sich gar nicht einmischen bei der Lösung der Frage, wie sie diesen Spezialfall eingewöhnen und beschützen sollten, ohne das Netzwerk, das Vertrauen, das zugrunde liegende Konzept menschlicher Würde und die ganze Befehlskette der Juniorbesatzung aus dem Gleichgewicht zu bringen.

Fletcher musste sich einen eigenen Platz in der Besatzung schaffen. Daran führte kein Weg vorbei. Aber mehr war andererseits nicht vonnöten. Diese Aufgabe war nicht Sache des Alten Mannes, das merkte JR an seinem Schweigen, und er erkannte, dass der Alte Mann schon viel über Fletcher nachgedacht hatte, *bevor* dieser an Bord gekommen war.

»Ich kümmere mich um ihn«, versprach JR, was der

Alte Mann nur mit einem kurzen Seitenblick quittierte. Als JR sich beim Weggehen umblickte, war der Alte Mann schon wieder in seine Arbeit versunken und hatte eindeutig nicht vor, noch ein weiteres Wort über die Angelegenheit zu verlieren.

KAPITEL 8

Am Morgen in der Messe bestand die Versammlung von Cousins größtenteils aus Senioren. Um die fünfzig Personen aßen zu einem bestimmten Zeitpunkt gemeinsam nach Stundenplan – entweder man war dann hungrig, oder man bekam nichts. Es sei denn, man hatte beim Koch einen Gefallen gut, erklärte Jeremy.

Fletcher aß am selben Tisch wie Jeremy und zwei weiteren erst ansatzweise pubertären Junioren namens Vincent und Linda, beide zweifellos nach Stationsjahren älter, als sie schienen, aber geistig eher so, wie sie aussahen; sie plapperten über die Spiele, die sie auf den Docks von Pell kennengelernt hatten, und ihre Sprache strotzte von Worten wie *krass, abgefahren* und *voll genial,* Teenie-Slang, wie er auf dem Schiff üblich zu sein schien. Nachdem sich alle vorgestellt hatten, kümmerten sie sich nicht mehr um Fletcher, beachteten ihn kaum in der Hitze des Gesprächs. Auch Jeremy bekam leuchtende Augen beim Thema Spiele.

Fletcher störte es nicht, ignoriert zu werden. Er hatte in seiner Koje wach gelegen und sich unbehaglich hin und her gewälzt. Jeremy hatte ihm Musiktapes geliehen, mit denen er sich irgendwie durch die dunklen Stunden laviert hatte.

Aber heute musste er mit diesen Kids arbeiten, die natürlich über alles Bescheid wussten, wovon Fletcher keine Ahnung hatte. Als sie mit dem Frühstück fertig waren – ein anständiges Frühstück, wenn man Appetit hatte, was Fletcher jedoch nicht von sich behaupten konnte – stand er mit ihnen auf.

Noch immer aufgeregt über Dinosaurier und Höllen-Level debattierend, gingen sie hinunter zu A14, und in den nächsten Stunden erfuhr Fletcher von Jeremy und den beiden anderen Junioren, mit denen sie in der Messe gewesen waren, alles über die Aufgaben der Wäscherei: Wie man sortierte, faltete, stapelte und dabei stets ein freundliches Gesicht machte.

Dies war für die nächsten fünf Tage ihre Arbeit, aber zum Glück nicht für die ganze Reise. Als Junior wechselte man die Jobs recht häufig, was Fletcher mit einiger Erleichterung zur Kenntnis nahm.

Die Juniorjunioren, die Jüngsten auf dem Schiff – also die Siebzehn- und Achtzehnjährigen, zu denen man Fletcher notgedrungen zählte – bekamen relativ oft solche Jobs, die ansonsten auch gelegentlich von der technischen Mittelschicht erledigt wurden. Junioren, so erklärte Jeremy, wechselten normalerweise zwischen der Wäscherei, kleineren Wartungsarbeiten, der Putzkolonne und dem Küchendienst, aber es gab überall auf dem Schiff Jobs, die nach dem Rotationsprinzip eingeteilt wurden, Teilzeitjobs oder solche, die nach Bedarf anfielen.

Fletcher vermutete stark, dass Juniorjunioren naturgemäß die unangenehmsten Aufgaben aufgebrummt bekamen. In der Wäscherei wurde die Wäsche der gesamten Besatzung versorgt; Wäsche für mehrere hundert Leute, die zwei Wochen Freigang gehabt hatten, das war eine *Menge*! Manches Gewebe musste sonisch, anderes chemisch gereinigt werden; für das grobe Zeug war Waschen angesagt, dann musste alles noch getrocknet, gefaltet, sortiert und ordentlich gestapelt werden.

Aber die Arbeit füllte die Zeit aus, in der Fletcher sonst zu viel hätte nachdenken müssen, und in der Wäscherei traf man fast die gesamte Crew, da jeder irgendwann an der Theke erschien, um die Sachen abzuholen, die er oder sie beim Abdocken gebracht hatte, oder um irgendwelche Kleinigkeiten zu kaufen, beispielsweise Nachfüllpackungen Seife für die Dusche, Nähzeug und alles mögliche andere.

Fletcher konnte sich bisher nicht einmal die Hälfte der Namen merken. Zu den Ausnahmen gehörte Parton, der blind war: Wie Jeremy erklärte, hatte Parton ein mechanisches Auge für die Alltagserledigungen, während das andere als Cumputerbildschirm für Frachtdaten und Ähnliches fungierte. Parton war nicht leicht zu vergessen; als er Fletcher zum ersten Mal begegnet war, hatte er ihn gebeten, einen Moment ganz still zu stehen, damit sich in seiner mechanischen Optik eine Schablone für sein Gesicht bilden konnte. Fletcher hatte noch nie einen Blinden gesehen. Aber Jeremy behauptete, Partons linkes Auge könnte in Situationen, in denen normale Menschen nichts mehr wahrnahmen, Dinge klar erkennen, und Parton wüsste manchmal nicht, ob das Licht angeschaltet war oder nicht, weil sein mechanisches Auge davon kaum beeinflusst wurde.

Die Wäscherei war der ideale Ort für Klatsch und Tratsch – vermutlich den Klatsch des ganzen Schiffs, wenn man die Ohren richtig aufsperrte. So erfuhr Fletcher einiges über bestimmte Personen, die ihm völlig unbekannt waren, und schnappte ganz nebenbei auf, dass es auf Pell einige Etablissements gab, die nicht die Zustimmung des Seniorkapitäns fanden.

Vincent und Linda unterhielten sich über die verschiedenen Orte, die man in *Zivvi* aufsuchte, und über Restaurants, in denen man *Abzeichen trug* – vermutlich das des Schiffes. Später erschien ein Mann an der Theke und brachte Fletcher die vorschriftsmäßigen Embleme: zehn schwarze runde Aufnäher als Symbol der *Finity,* dazu einige kleinere Aufnäher, auf denen *Finity's End* und *Fletcher Neihart* stand. So sah es wohl aus, wenn man irgendwo *hingehörte*. Ein seltsames Gefühl.

Jeremy gab ihm Nähzeug vom Zubehörregal. »Damit kannst du sie annähen«, erklärte er. »Die glänzenden sind für die Ausgehuniform, die normalen für die Arbeitsklamotten. Wenn sie irgendwann schäbig aussehen, musst du dir neue besorgen, sonst kriegt der Wachoffizier einen Anfall. In der nächsten Schicht zeige ich dir, wie man es macht.«

Die Etiketten gewährleisteten, dass man die eigene Wäsche zurückbekam – ein Nutzen, der Fletcher unmittelbar einleuchtete. Außerdem hatte man noch eine Seriennummer. Fletcher war F48, das stand direkt neben seinem Namen; die Etiketten befanden sich ebenfalls in dem Päckchen, das der Mann ihm gegeben hatte. Sie waren nur für die Wäscherei. Eine Menge Näharbeit.

Sogar Unterwäsche und Socken mussten gekennzeichnet werden!

Etikettiert. Abgestempelt. Vom Scheitel bis zur Sohle.

Fletcher schwieg. Aber es missfiel ihm. In der Basis hatte er seine Wäsche selbst gewaschen. Das hatte jeder getan. So behielt auch jeder seine Sachen, denn keiner kam auf die Idee, sie zu denen von jemand anderem in den Waschkorb zu werfen. Nähen hatte Fletcher nie gelernt, aber offenbar blieb ihm nichts anderes übrig, wenn er seine Socken und seine Unterwäsche aus der Wäscherei zurückhaben wollte.

Dass er sich bis zu den Socken als Besatzungsmitglied der *Finity* ausweisen musste, war ihm gar nicht recht. Aber wenn die Alternative darin bestand, dass seine Unterwäsche verloren ging, schien es ihm wenig sinnvoll, ausgerechnet an diesem Punkt eine Unabhängigkeitskampagne zu starten. Außerdem war die Situation heute durchaus erträglich, und er wollte sie nicht verderben. Niemand hatte ihn bisher schlecht behandelt oder hatte ihn allzu aufdringlich begrüßt. Vincent versuchte, Fletcher in ein Gespräch darüber zu verwickeln, was eigentlich passiert war, während das Schiff am Dock festlag, aber Jeremy verbot ihm schlicht den

Mund und meinte, Vince sollte Fletcher gefälligst in Ruhe lassen. Das brachte Fletcher von Vince, der ihm gerade mal bis zur Mitte des Brustkorbs reichte, einen durchdringenden Blick ein, aber der Junge schwieg.

Als sie nach dem Essen von der Messe ins Quartier zurückkehrten und anfingen, die Etiketten aufzunähen, wollte Jeremy jedoch etwas über Downbelow hören – wie sah es da eigentlich aus?

»Wunderschön«, antwortete Fletcher.

»Auf Pell gibt es Bäume«, bemerkte Jeremy.

»Ja, das nennt man den Garten. Aber die Bäume auf Downbelow sind viel schöner.« Fletcher stach sich mit der Nadel in den Finger, was sehr weh tat, und saugte eine Weile das Blut ab. Sie saßen auf ihrer jeweiligen Koje, neben sich den Stapel mit Fletchers ganzen neuen Sachen samt der Kleidung, die er mitgebracht hatte, und ein paar bereits schmutzigen Kleidungsstücken. Fletcher wusste Jeremys Hilfe durchaus zu schätzen.

Einen Augenblick lang versank er in einem Tagtraum voller Pufferbälle und Pollen, der auf dem Alten Fluss trieb, unter den Bäumen, deren Äste sich unter dem dichtem Frühlingslaub sanft neigten. Regentropfen auf der Wasseroberfläche.

Jeremy plauderte über Dinge, die er in Pells Garten gesehen hatte. Und ging unvermittelt zu der Frage über, wie sie sich die Zeit vertreiben wollten, wenn sie mit der Näherei fertig waren. Jeremy wollte, dass Fletcher mit in die Rec-Halle kam, den Freizeitraum, wo es Spiele und eine Kantine gab.

»Ich habe aber keine Lust.«

»Ach, komm schon. Was sollen wir denn sonst machen?«

Die Frage war nicht von der Hand zu weisen. Die Alternative war, allein in diesem Kabuff zu bleiben. Zwar war Fletcher ziemlich müde, aber wenn er hier blieb, würde er nur über Dinge nachdenken, über die er nicht nachdenken wollte.

Also ging er mit. Die Rec-Halle war der gleiche riesige Saal, in dem sich alle beim Ablegen versammelt hatten, nur waren die Balustraden inzwischen abgebaut, und es gab jetzt stattdessen jede Menge Spielautomaten, einen Vid-Bereich, Tische und Stühle. Senioren und Junioren spielten Karten, vergnügten sich mit Computer- und Videospielen, sahen sich Vids an. Einen Augenblick war Fletcher völlig desorientiert, wegen der plötzlichen Verwandlung des Raums, und hätte am liebsten gleich wieder kehrt gemacht.

Aber die angebotenen Vergnügungen waren denen in der Basis sehr ähnlich. Eine vertraute Situation. Senioren, Techniker, alles bunt gemischt. Nur unterhielten sich die Älteren kaum mit den Junioren.

»Was willst du machen?« fragte Jeremy.

Gefährliche Frage. Schon beim Kartenspielen hatte er zehn Stunden an Jeremy verloren, aber als er sich niedergeschlagen für die Vids entschied und sich die Beschreibungen in den Behältern neben den Maschinen durchsah, fand er ein Angriffsspiel, das er nicht mehr gesehen hatte, seit er ganz klein gewesen war. Sogar die Beschreibung war schon ganz zerfleddert und offensichtlich oft benutzt. Aber das Spiel hatte Fletcher immer Spaß gemacht und er war auch ziemlich gut darin gewesen – jedenfalls für einen Siebenjährigen. Möglicherweise kam er ja auch jetzt damit zurecht.

Er stellte sich an eine der Maschinen. Unterdessen waren auch Vince und Linda aufgetaucht und schlossen sich Fletcher und Jeremy an.

Fletcher war nicht gerade begeistert darüber, ließ sich aber nichts anmerken. Also begannen sie das Spiel zu viert, allerdings hatte Fletcher den Verdacht, dass er in einen Hinterhalt geraten war. Er hatte in den letzten vier Jahren kein einziges Mal Vid gespielt, weil er weder Gelegenheit noch Zeit dafür gehabt hatte, und deshalb ließ er sich jetzt auch nur mit einer gewissen Vorsicht auf die virtuelle Welt der technisch hoch entwickelten Interaktion ein.

Innerhalb von zwei Sekunden war er auch schon in die Luft geflogen. Er versuchte es viermal, reagierte aber im Vergleich zu den anderen einfach nicht schnell genug, um ihren Angriffen auszuweichen.

»Das reicht«, resignierte er schließlich. Aber Jeremy überredete ihn, es doch noch einmal mit ihm als Partner zu versuchen. Nun überlebte Fletcher ungefähr so lange, wie man brauchte, von einem Korridor zum nächsten zu gelangen.

Entweder war er noch wesentlich schlechter, als er gedacht hatte, oder es lag daran, dass diese drei Kids über unglaublich schnelle Reflexe verfügten. Als Fletcher aus dem Spiel ging und den Augenschirm abnahm, war er von der Intensität des Spiels, zu dem sie ihn praktisch gezwungen hatten, erst einmal ziemlich verwirrt. Doch seine Kameraden hatten inzwischen eine seltsame Veränderung durchgemacht, aufgeputscht, nervös, und als Fletcher mit Jeremy an der Bar Limonade holen ging, hatte er das Gefühl, den Jungen gar nicht mehr wieder zu erkennen. Jeremys Finger zuckten, sein schmächtiger Körper war angespannt wie eine Sprungfeder. Während Jeremy mit Linda die nächste Runde des Spiels begann, saß Fletcher mit Vince, der sich auch nicht in einem viel entspannteren Zustand befand, an der Bar und nippte Limonade. Das Spiel dauerte ewig. An der Bar konnte man das Geschehen auf einem Bildschirm verfolgen, den Vince keine Sekunde aus den Augen ließ, obwohl er behauptete, schrecklich müde zu sein. Unterdessen saßen sich Jeremy und Linda an der Konsole gegenüber, fast regungslos, abgesehen von den Fingern auf dem Touchpad, und auf dem Bildschirm spielte sich ein erbitterter Zweikampf ab.

»Die sind echt gut«, sagte Fletcher zu Vince. Immer wieder musste er sich ins Gedächtnis rufen, dass das Gesicht eines zwölf- oder dreizehnjährigen Knaben, das er vor sich sah, chronologisch gesehen einem jungen Mann gehörte, der ein Jahr älter war als er selbst.

Aber Vince war viel zu aufgedreht für ein vernünftiges Gespräch; seine Arme und Schultern zuckten mit den Bewegungen auf dem Bildschirm, ständig rief er Linda Ratschläge zu. Inzwischen hatte Fletcher erfahren, dass sie sehr eng mit Vince verwandt und gleich alt war wie dieser.

Diese Kids reagierten nicht wie gewöhnliche Zwölfjährige – Fletcher hatte noch nie jemanden gesehen, der so reagierte wie seine hiesigen Altersgenossen, nicht einmal die begeistertsten Spielefans, die in den Vid-Hallen auf Pell ein und aus gingen. Ihm kam das Attribut *gefährlich* in den Sinn, und dann *fremd*. Etwas sagte ihm, dass diese Halbwüchsigen ihn in allem schlagen würden, außer im Kartenspielen, und dass an diesen siebzehn- oder achtzehnjährigen Zwölfjährigen irgendetwas absolut nicht zusammenpasste.

Babygesichter. Hänflinge. Hohe Stimmchen vor dem Stimmbruch. Fletcher hätte einen von ihnen jederzeit mit einer Hand hochheben können. Aber ihre Reaktionen in den Spielen waren die von Tigern. Er hatte das schon irgendwo gehört. *Tiger*. Raubkatzen, mit reduzierter Hirnaktivität und abartig schnellen Instinkten.

Noch etwa anderthalb Stunden saßen Vince und er an der Bar, tranken ihre Limonade und aßen Chips, während Jeremy und Linda spielten. Dann war Wachwechsel, und sie kehrten notgedrungen in ihre Quartiere zurück – und den ganzen Rückweg dachte Fletcher über diese sonderbaren Zwölfjährigen nach, die absichtlich ein Vid-Spiel aufschoben, um Etiketten in Klamotten zu nähen, die ihr Bett akkurat und ohne ein Fältchen machten, die sich nicht vor den Vorschriften drückten – und ein einziges Angriffsspiel anderthalb Stunden ohne Entscheidung durchhielten, weil keiner dem anderen einen Punkt abnahm.

Neben Jeremy ging er den steil ansteigenden Ring entlang; sein Zimmergenosse bewegte sich immer noch nicht wieder wie ein normales menschliches Wesen, er war vor lauter angestauter Energie wie aufgeladen. Als sie in ihr Quartier kamen, musste er sich zur Entspannung erst einmal ausführlich unter die Dusche stellen.

»Alles in Ordnung?« erkundigte sich Fletcher, als der Junge splitterfasernackt aus der Dusche trat, um sich bettfertig zu machen.

»Ja.« Jeremy lachte und zog sich rasch ein T-Shirt und eine Unterhose an. Aber er war noch immer etwas atemlos und ein bisschen seltsam.

Fletcher duschte ebenfalls und schrubbte sich, als könnte er dadurch die Erinnerung an den Abend loswerden. Dabei überlegte er, was er davon halten sollte, dass er das Zimmer mit einem Spielsüchtigen teilte. Genau daran erinnerte ihn Jeremys Zustand, er kannte diese Art von Unruhe. Wenn Leute auf Drogen waren.

Soweit er sich erinnerte, hatte seine Mutter nie mit ihm gespielt. Er erinnerte sich an seine Mutter unter Drogen, aber die meiste Zeit über war sie träge und faul gewesen. Oft saß sie einfach am Tisch und starrte in die Luft – sie brauchte keinen Augenschirm, um den Weltraum zu sehen. Aber ihre Arme waren angespannt, als wartete sie auf etwas, und ihr Gesicht …

Er konnte sich ihr Gesicht nicht mehr vor Augen rufen. Nicht klar jedenfalls. Durch die Frauen der Seniorbesatzung, die er heute gesehen hatte, war er so nahe dran gewesen wie seit Jahren nicht mehr. Sie sahen ihr ähnlich. Alle Menschen auf dem Schiff sahen ihr auf subtile Weise irgendwie ähnlich, bis ihre Gesichter die Erinnerung an seine Mutter endgültig auslöschten.

Am schlimmsten war es gewesen, wenn sie so high war wie Jeremy heute beim Spiel. Zuletzt lief sie durch die Wohnung und knallte gegen Wände, die für sie nicht existierten. Damals hatte sie ihn im Arm gehalten, was sonst nie vorkam, und sie sagte, sie könne die Sterne sehen, alle Farben des Alls, und sie fragte ihn, ob er das auch sähe.

Natürlich nicht. Mit seinen fünf Jahren dachte er, es würde etwas nicht mit ihm stimmen. Wahrscheinlich war er einfach zu dumm, um die Sterne so zu sehen wie seine Mutter. Gott sei Dank hatte sie ihm nichts von dem Zeug verabreicht, das sie schluckte. So tief war sie nie gesunken.

Er ließ sich Haut und Haare vor dem Duschventilator trocknen. Dann ging er hinaus. Bisher hatte er sich immer in der engen Kabine angezogen, aber jetzt gab er die Schamhaftigkeit auf, die er sich in der Basis angewöhnt hatte. Jeremy würdigte ihn kaum eines Blicks, also konnte man wohl davon ausgehen, dass Nacktheit in der Enge des Schiffs nichts Außergewöhnliches war. Er saß auf seiner Koje und machte wieder seine Kartenkaskade zwischen den Händen – Karten flogen hin und her, stapelten sich und flogen wieder, die reine Nervosität.

Jeremy hatte bereits gezeigt, dass er von Karten etwas verstand.

Diesmal verlor Fletcher drei Stunden. Dann gewann er eine zurück. Wenn er gewann, schmollte Jeremy nicht etwa wie ein typischer Zwölfjähriger, sondern lobte Fletcher.

Noch immer glaubte Fletcher, dass er Jeremy und seine Juniorcousins im direkten Kampf schlagen konnte. Inzwischen war er allerdings nicht mehr sicher, ob er selbst dabei unbeschadet davonkommen würde. Er hatte ja nicht für möglich gehalten, dass sein Zimmergenosse ein Irrer war, hatte nicht damit gerechnet, dass die anderen auch irre waren, dass es vielleicht an der Umgebung lag, dass man hier einfach so war, hier draußen im Weltraum.

Außer seiner Mutter und Quen hatte Fletcher nie einen Spacer näher gekannt. Sein ganzes Leben hatte er gehört, Spacer wären irgendwie *anders*, irgendwie *selt-*

sam – was für gewöhnlich nur bedeutete, dass dieser Umstand Fletchers schlechtes Benehmen und seine Eigenarten erklärte, denn es war ja angeboren.

Vielleicht war ja doch etwas dran. Fletcher bestritt nicht mehr, dass es neben der Erziehung noch andere Gründe dafür gab, dass Spacer weniger zahm waren und die Stationspolizei nervös wurde, wenn sie sich in Wohngebieten herumtrieben. Sie belästigten die Leute. Sie zogen in Gruppen umher und waren laut und unbotmäßig. Sie betranken sich, veranstalteten Messerstechereien in den Bars. Aber die Polizei verständigte stets die Verantwortlichen auf dem Schiff, niemals wurde ein Spacer verhaftet, ohne dass ein Schiffsoffizier anwesend war … denn es hatte schon Aufstände gegeben, wenn eine Station versuchte, bei Spacerproblemen durchzugreifen. Und wie so ein Aufstand aussah, mit ein-, zwei- oder zehntausend Jeremys, allesamt high und völlig durchgeknallt – das wollte Fletcher lieber nie erfahren.

Am Ende betrug die Ausbeute an Gefallenspunkten für Jeremy dreizehn Stunden. Noch ein letztes Mal verlor Fletcher, dann ging er ins Bett, mit der Aussicht, dass der nächste Tag genauso ablaufen würde wie der vergangene.

Er hatte keine Ahnung, wo sich das Schiff inzwischen befand. Es gab keine Geräusche, die er nicht hätte identifizieren können, höchstens gelegentlich mal Hydraulik. Sie waren im Gleitflug, wie Jeremy und der Physikunterricht es nannten. Fletcher lag in seiner Koje und dachte darüber nach, bis ihm ganz flau wurde, weil er sich vorzustellen begann, dass sie mit etwas zusammenstießen. Dann rief er sich ins Gedächtnis, dass sie nicht durch die Ekliptik flogen, sondern zum Nadir des Systems, dass sie Planeten und Stationen und Sterne hinter sich ließen und hinausstrebten in Regionen, die *nur* für Raumschiffe erreichbar waren.

Am nächsten Tag merkte er beim Frühstück, dass er

wesentlich mehr Appetit hatte. Sein Magen hatte sich nach und nach an das Gefühl gewöhnt, auf dem Schiff zu sein. Sein Körper wehrte sich nicht mehr gegen den Wechsel im Luftdruck. Bei der Arbeit hatte sich die Hektik des ersten Tages etwas gelegt, und das bedeutete, dass sie freie Zeit hatten. Die anderen unterhielten sich. Fletcher nicht. Alle falteten Laken und stapelten sie und redeten dabei über das Vid-Spiel vom Abend zuvor, was zumindest ein gemeinsamer Gesprächsstoff war. Aber Fletcher fehlte die nötige Begeisterung, um eigene Beobachtungen beizusteuern und sich in das aufgeregte Geplapper der anderen einzumischen.

Also unterhielten sich die anderen, und Fletcher reichte einer Cousine namens Susan Duschseife über die Theke. Sie war hübsch, dunkeläugig, etwa zwanzig und schien sich für Fletcher zu interessieren. Vermutlich war sie einfach neugierig und Fletcher rief sich ins Gedächtnis, dass sie für ihn kein hübsches Mädchen war, sondern eine Verwandte, an Bord waren andere Gedanken fehl am Platz. Aber Fletcher dachte sie trotzdem und fand Susan wesentlich anziehender als das Gespräch hinter ihm. Sie erzählte, dass sie beim Frachtgut arbeitete. Er erwiderte, dass er Planetarwissenschaften studierte.

Darauf wollte sie wissen, was es denn an einem Planeten zu studieren gab. Anscheinend war es kein Scherz und sofort kühlte sich Fletchers Sympathie ab und das Gespräch starb eines schnellen Todes. Plötzlich waren die Spiele doch interessanter als dieses Mädchen. Vielleicht schaffte er es, sie vor den Kopf zu stoßen, jedenfalls war er deprimiert, als sie ging.

Ehrlich deprimiert. Der Reiz des Neuen war dahin. Körper und Geist mussten sich nicht mehr so anstrengen. Die Erkenntnis setzte ein, dass er sich unter Wildfremden befand.

»Was ist los?« fragte Jeremy nach einer Weile.

»Ich bin müde«, antwortete Fletcher. Was Vince sofort

zum Anlass nahm, ihn zu necken: »So ein bisschen Arbeit und du bist gleich erledigt?«

Fletcher antwortete nicht. »Lass ihn in Ruhe«, sagte Jeremy und ging dann mit Vince und Linda im Nebenzimmer Karten spielen – einer der tausend Hinweise darauf, dass Jeremy vermutlich doch klüger war als ein normaler Zwölfjähriger, oder zumindest reifer als Vince. Als er allein war, holte Fletcher den kleinen tragbaren Computer hervor, der zu seinen spärlichen persönlichen Besitztümern gehörte, ein billiges, abgenutztes Gerät mit ein paar Spielen und seinen ganzen Aufzeichnungen aus dem Unterricht und den Feldstudien. Aber mit ihnen konnte er sich noch nicht beschäftigen. Also baute er Blöcke auf dem Skizzenpad und versuchte, seine Cousins vorerst zu vergessen.

Kurze Zeit später kam JR vorbei und blieb an der Theke stehen. Seit Fletcher an Bord gegangen war, hatte er JR nicht mehr zu Gesicht bekommen. »Na, wie geht es dir denn so?« erkundigte er sich.

JR sah aus, als wäre er genauso alt wie Fletcher. Einerseits war er es bestimmt auch und andererseits wieder nicht.

»Gut.« Fletcher schaltete den Minicomputer aus und steckte ihn so unauffällig wie möglich in die Tasche. Womöglich hatte man hier etwas dagegen, wenn er einen nicht autorisierten Computer besaß und benutzte. Wie sollte er das wissen?

JR ignorierte den Computer, holte etwas aus seiner Brusttasche und legte drei kleine versiegelte Plastiksäckchen auf die Theke. »Sprungdrogen. Es ist Vorschrift, dass du sie immer bei dir hast. Du hast dich nicht in der Krankenstation gemeldet, als du an Bord kamst.«

Fletcher hatte gewusst, dass er nicht darum herumkommen würde. Um das, was er am meisten fürchtete. »Mir hat niemand was davon gesagt.«

»Schon gut. Deshalb sage ich es dir jetzt, damit du es

für die Zukunft weißt. Hast du Angst, dich zu spritzen?«

»Nein.« Fletcher hatte es noch nie versucht, aber er hatte oft genug zugesehen.

»Du legst sie an dein Handgelenk und drückst oben auf den Knopf. Kieks. Wenn eine nicht funktioniert ... normalerweise funktionieren sie natürlich, aber sollte es doch einmal passieren, musst du dir eine zweite geben. Wenn du die Spritze benutzt, musst du dich bei den Medics melden, in A10. Am Tag vor dem Sprung steht immer eine Schachtel für dich bereit, damit du dir nehmen kannst, was du brauchst. Ein Päckchen davon solltest du immer bei dir tragen, wenn das Schiff nicht am Dock liegt, und eines extra, wenn der Sprung bevorsteht.«

»Da sind aber drei.«

»Für diesmal, ja. Tripoint ist angeblich so sicher wie ein Dockspaziergang, aber niemand auf diesem Schiff würde seinen Kopf dafür verwetten. In der Dunkelheit beim Sprungpunkt kann man leicht jemandem begegnen, mit dem man nicht gerechnet hat, und falls das passieren *sollte*, hörst du die Sirene, wenn du aus dem Sprung rauskommst, und dann hast du gerade genug Zeit, dir die zweite Spritze zu setzen. Du musst klaren Kopf bewahren und genau das tun, sonst kriegst du ernsthafte Schwierigkeiten. Ich will dir keine Angst einjagen, aber unser Schiff hat Feinde. Zwar sind Leute schon ohne Drogen in den Hyperspace gegangen, aber die meisten waren danach nicht mehr wie früher.«

In den letzten Tagen hatte Fletcher vor vielen Dingen Angst gehabt. Von Piraten beschossen zu werden, hatte ziemlich weit oben auf der Liste gestanden. Im Hyperspace aufzuwachen, hatte nicht dazu gehört. Aber das war jetzt schlagartig anders geworden.

»Nur zur Information: Wenn du an Bord gehst, holst du die Päckchen von der Ausgabe, sobald du dein Gepäck am Dock abgeliefert hast.«

»Na ja, ich hatte Cops im Schlepptau.«

»Aber das nächste Mal hast du keine Entschuldigung mehr. Wenn du an Bord gehst, nimmst du deine Tasche, holst die Drogen und setzt deinen Namen auf die Liste.

»Ihr lasst mich also runter vom Schiff?«

»Nur Senioren bleiben an Bord. Beim Docken gibt es nicht genug Platz auf Deck. Es sei denn, man ist krank. Aber das solltest du lieber nicht planen. Und – das sage ich nur einmal –, nimm das Zeug nur, wenn ein Offizier es dir sagt. Die Schachtel ist für dich, und du nimmst nur das, was dir zusteht. Absolute Ehrensache.«

Bis zu diesem Punkt war Fletcher ganz gut mit dem zurechtgekommen, was Cousin JR sagte. »Meine Mutter war drogensüchtig«, sagte er. »Willst du darauf anspielen?«

»Nimm das Zeug nur auf Befehl eines Offiziers. So lautet die Standardanweisung. Die Regel. Nichts Persönliches.«

»Von wegen.«

Zwischen ihnen war die Wäschetheke, was wahrscheinlich ganz gut war. Im Nebenzimmer wurde gespielt. Sonst trennte sie nichts voneinander.

Einen Augenblick lang herrschte angespanntes Schweigen. JRs Kiefermuskeln traten hervor, aber er bestand nicht darauf, dass es *Von wegen, Sir* hieß.

»Folge den Anweisungen«, sagte er nur. »Jetzt kannst du wieder an die Arbeit gehen.«

Damit marschierte er davon.

Fletcher wusste nicht, wer bei dieser Begegnung im Recht gewesen war. Da stand er nun mit drei Päckchen von dem Zeug, das seine Mutter umgebracht hatte. Das Schiff würde den Sprung mit ihm machen, und wenn er die Droge nicht nahm, würde er sich dem aussetzen, was immer die Menschen im Hyperspace verrückt machte. Die Drogen gehörten hier zum Alltag, man musste sie nehmen, um den Sprung wohlbehalten zu überstehen. Fletchers Mutter war an einer Überdosis gestorben, die ihr Nervensystem abgetötet hatte. Das alles wusste Fletcher.

Und er wusste auch, dass der Sprung unaufhaltsam näher rückte und dass er die Droge wegen eines Versehens um ein Haar nicht verfügbar gehabt hätte. Auch das war eine Tatsache. Wenn ein Notfall eingetreten wäre, hätte er womöglich massive Probleme bekommen. JR hatte sich vergewissert, dass Fletcher die Droge bei sich hatte und wusste, wie er mit ihr umgehen sollte, also konnte Fletcher ihm in diesem Fall keine Gemeinheit ankreiden. Nur die eine Bemerkung war überflüssig gewesen.

Fletcher hatte Angst. Angst vor dem Sprung, noch mehr Angst vor der Droge – er war einmal getestet worden: Das Gericht hatte wissen wollen, ob seine Mutter ihm mit seinen fünf Jahren etwas gegeben hatte. Aber sie hatte ihren Selbstmord solo verübt. Vielleicht hatte sie nicht beabsichtigt es zu tun, während er zu Hause war. Sie hatte ihn geliebt. Immer wieder hatte sie ihn aus dem Sozialsystem zurückgeholt, so oft sie ihn auch im Stich ließ. War das etwa keine Liebe?

»Was wollte JR denn?«

Das Kartenspiel war vorbei. Fletcher hatte Jeremy wieder am Hals. Wahrscheinlich hatte er den Auftrag, sich um ihn zu kümmern. Jeremy kümmerte sich um ihn, weil man es ihm befohlen hatte, nicht weil Fletcher ihm wichtig war.

Er klappte die Theke hoch und ging hinaus, mit schnellen Schritten, ohne Ziel, dann in Richtung ihres Quartiers. Bis ihm klar wurde, dass das ja keine Zuflucht war.

»Du kannst nicht einfach mitten in der Schicht deinen Posten verlassen«, sagte Jeremy. »Was ist denn los?«

»Nichts«, antwortete Fletcher und holte ein paarmal tief Lust. Er wollte es nicht erklären. Er wollte sich nicht damit auseinandersetzen. Und er wollte auch nicht mit der Panik kämpfen, während ein Zwölfjähriger an seinem Arm hing. »Wann werden wir springen?«

»In etwa vier Stunden.«

»*Heute*?«

»Hast du Probleme?«

Hast du Probleme? Am liebsten hätte Fletcher laut gelacht. Oder geheult. »Nein«, stieß er hervor. »Aber halt mir Vince vom Leib. Ich bin schlecht gelaunt.«

»Klar doch«, sagte Jeremy und ging mit ihm zurück.

Er kam nicht ungeschoren in die Wäscherei, Vince musste natürlich eine blöde Bemerkung machen.

»Na, will Cousin Fletcher einen Spaziergang machen?«

Fletcher packte ihn unsanft an seinem Coverall.

»Fletcher, hör auf!« rief Jeremy und versuchte die beiden auseinander zu bringen, allerdings erfolglos. »Keine Schlägerei. Vince, hör gefälligst auf, Fletcher zu nerven. Verstanden?«

»Komm, Vince«, mischte sich auch Linda ein, und ihre Stimme klang ängstlich. Sie schubste Vince, als müsste sie ihn daran hindern, auf Fletcher loszugehen. Wenigstens gab sie Vince eine Ausrede, etwa fünf Schritte zurückzuweichen.

Jeremy und Linda spielten die uralte Rolle guter Freunde, beruhigten Vince, als wäre er duchgeknallt und kaum zu bändigen, als drohte er jemanden anzugreifen, der zwei Köpfe größer war als er mit seinen dreizehn Jahren.

Dabei hatte er sich doch vor lauter Angst fast ins Hemd gepisst. Das wurde Fletcher jetzt klar, aber gleichzeitig auch, dass er vor Wut um ein Haar die Beherrschung verloren hätte. Sie *waren* ja fast noch Kinder und konnten nichts dafür, dass der Kapitän – oder wer auch immer – Fletcher zu ihnen gesteckt hatte. Einerseits wünschte Fletcher, er hätte Vince einen Schlag verpasst und sich damit Respekt verschafft. Aber dann sagte er sich, dass die Warnung vielleicht schon genügt hatte, und machte sich wieder daran, Laken zu falten. Es war doch nur eine Bande kleiner Rotznasen, und was sie überstanden, würde er mit Leichtigkeit bewältigen. Die Sache mit seiner Mutter war nicht seine Angelegenheit, er würde nicht panisch werden oder diese Kinder merken lassen, wie viel Angst er hatte.

Das war ja das Problem. Er hatte Angst. Angst vor der Droge, Angst vor dem Sprung, obwohl er sich vernünftig einzureden versuchte, dass es keinen Grund dafür gab. Traurig und verwirrt, das schon, aber nicht ängstlich.

Jedenfalls nicht vor Jeremy.

* * *

»Wie macht er sich?« fragte Bucklin vor dem Sprung und JR hatte nicht sofort eine Antwort parat.

»Einigermaßen ruhig«, sagte er schließlich. »Meistens.« Sie befanden sich auf dem letzten Wachgang durch die Korridore. Gleich würde eine weitere, aber diesmal kurze Zündung vorgenommen, um die Geschwindigkeit so weit zu steigern, dass sie auf dem Vektor blieben, und sicherzustellen, dass sie in der lokalen Sonne keine momentane Anomalie hervorriefen. Das Alarmsignal war bereits ertönt, der Befehl an alle außer der Sprungbesatzung, in die Kabinen zu gehen und dort zu bleiben. Der endlose, nach oben gekrümmte Korridor war verlassen, alle Türen geschlossen. Gerade waren sie an dem Zimmer vorbeigekommen, das Fletcher mit Jeremy teilte, auf dem Weg zu ihren eigenen Quartieren, Senior und zweiter Senior, die letzten beiden, die sich auf dem A-Korridor bewegten, während oben auf B ziemlich genau die gleiche Prozedur ablief. Sie hatten ihre Energierationen und ihre Drogenration abgeholt und würden sich gleich auf den Weg nach Tripoint machen, einer Konstellation von drei Massenpunkten, die ihrem Sprung in Richtung Mariner als Anker dienen sollte.

Für einen Sprungpunkt herrschte um Tripoint relativ

viel Verkehr. Man befolgte die gleiche Prozedur wie bei einem Stern, aber die dreifache Masse machte eine präzise Navigation hier schwierig. Wenn man angekommen war, konnte man sich rasch zurechtfinden, nur die präzise Ankunft war ein wenig schwierig zu koordinieren. Kurz bevor das Schiff den Hafen verließ, bekam es mit dem letzten Informationspaket auch die neuesten Navigationsdaten. In jüngerer Zeit war die *Finity* nicht durch Tripoint gereist, aber einige andere Schiffe, die mit ihr im Dock gelegen hatten, waren hier gewesen, und ihre Information bezüglich Tripoint waren mit den Börsendaten und sonstigen Nachrichten aus Viking und Mariner und überall sonst im Netzwerk an die Pell-Zentrale gegangen.

Tripoint barg seine ganz eigenen Gefahren, und auch heute noch musste ein Schiff vorsichtig sein, weil man nie wissen konnte, auf wen man traf oder wer auf der Lauer lag. Seit dem Krieg war die *Finity* immer wachsam und hatte stets jemanden gefechtsbereit an den Geschützen sitzen.

Aber JR war der Ansicht, dass sein neuer Cousin diese Einzelheiten vor seinem ersten Sprung nicht unbedingt wissen musste.

Füße erschienen am Horizont. Zwei Paare. Beine folgten. Chad und Lyra gingen in entgegengesetzter Richtung den Ring entlang und kamen auf JR und Bucklin zu. Der Kreis hatte sich geschlossen.

»Kein Feuerball in A28?« fragte Lyra.

»Nichts Aufregendes«, berichtete Bucklin. »Wir müssen ihm nicht Händchen halten.«

»Verdammt«, brummte Lyra. »Wieder eine Chance verpasst.«

Ein Scherz. An Bord wurde nicht geflirtet, egal ob Neue oder Alte Regeln galten. Aber Fletchers glückliche Kombination von Familiengenen – und sein Status als Fremdling – hatten unter der weiblichen Besatzung die eine oder andere Bemerkung provoziert.

Er war zwar erst siebzehn, aber gut gebaut und für sein Alter recht reif, was, da er neu war, unter den Spacern ein Interesse hervorrief, das sie einem Schiffsgenossen normalerweise nicht entgegenbrachten. JR wusste, dass er wahrscheinlich einmal mit Fletcher darüber reden musste, denn er konnte schlecht Jeremy darum bitten, dessen Körper ihn noch nicht über das in Kenntnis setzte, das in ein paar Jahren keiner Erklärung mehr bedurfte.

Aber in Anbetracht dessen, dass Fletcher ohnehin extrem unter Druck stand, schien jetzt nicht der geeignete Augenblick dafür zu sein.

Wenn sich der neue, gutaussehende Cousin in etwa zehn Tagen subjektiver Zeit tatsächlich an einem fremden Dock unter die Spacer mischte, würde er garantiert eindeutige Angebote bekommen ... Angebote, die davon ausgingen, dass seine Erfahrung seinem Gesicht und seinem Körper entsprach. Das wurde bestimmt interessant.

Sie trennten sich, gingen in ihr jeweiliges Einzelquartier, dem Privileg aller Seniorjunioren auf einem Schiff mit zu vielen leerstehenden Kabinen. Ein Teil des ungenutzten Raums wurde mit Fracht beladen, zusätzlich zu den riesigen Transportkanistern im Frachtraum und in den Außenbereichen. In den inneren Laderäumen lagerten Waren von der Erde, Downer-Wein, hochwertige Transportgüter, die nicht nur Schwerkraft brauchten – was auch in den am Rand liegenden Räumen gewährleistet war –, sondern auch eine bestimmte Temperatur.

Auf dieser Fahrt bewegten sie sich langsam, denn sie hatten nicht nur Luxusgüter, sondern auch Massenware an Bord, in diesem Fall Mehl. Ökonomisch und verteidigungsmäßig waren sie labil ... nicht so schwer, wie sie schon gewesen waren, aber schwer genug, dass man die Last spürte.

Die letzten Berichte aus Pell, von einem Schiff, das vor acht Stunden eingeflogen war, meldeten, dass Tripoint sicher war, frei von lauernden Gefahren. Natürlich konnte sich das von einer Minute zur nächsten ändern. Ein Raumschiff konnte sich Tripoint aus verschiedenen Richtungen nähern, unter anderem auf einer tiefen Route, die nur für Schiffe ohne Fracht mit sehr hohem Triebwerk/Masse-Verhältnis befahrbar war. Diese Route war im Krieg sehr wertvoll gewesen, denn sie kreuzte sich mit einem wichtigen Handelsweg. Nach dem Krieg hatte sie für den Schwarzmarkt eine bedeutende Rolle gespielt, und für alle diejenigen, die einfach nur aus den unterschiedlichsten Gründen die Augen offen hielten.

JR machte sich Sorgen wegen Tripoint und dieser Sprung machte ihm mehr zu schaffen als sonst einer, abgesehen von ihrem Wendepunkt bei Esperance. Die Brücke konnte jedenfalls keine Ablenkung gebrauchen, etwa durch einen medizinischen Notfall auf dem A-Deck.

Chad und Lyra verschwanden in ihren Quartieren. JRs und Bucklins Kabinen lagen direkt nebeneinander, A20 und A21. Sie wohnten schon zusammen, seit sie ganz klein waren. Inzwischen hatten sie zwar eigene Zimmer, aber ganz in der Nähe voneinander.

»Na, da sind wir jetzt also auf dem besten Weg, ehrbare Kaufleute zu werden«, sagte Bucklin, während sie auf ihre Kabinen zu schritten.

»Hoch soll er leben, der gute Vorsatz«, meinte JR und öffnete seine Tür. Drinnen ließ er sich aufs Bett sinken, das er seit … seit wie vielen Stunden nicht mehr gesehen hatte?

Er hatte an mehreren Personalversammlungen teilgenommen. Immer wieder hatte der Alte Mann ihnen dabei eingehämmert, dass die *Finity* unter den momentanen Gegebenheiten weniger leicht zu manövrieren war und jeder das auf seinem Posten zu berücksichtigen hatte. Es galten neue Regeln, sowohl in der Navigation als auch in der Verteidigung. Da der Kapitän JR offiziell als Bereitschaft eingeteilt hatte und nicht auf Tape, war er bei einem Notfall Schichtverstärkung für Madison, sodass Alan und Francie besser schlafen konnten und Gelegenheit hatten, auf Tape zu gehen.

Jeder Sprung war eine zusätzliche Strapaze, und der Alte Mann ging ein immer größeres Risiko ein. Madison war nicht sehr viel jünger, und eine harte Landung, bei der Alan und Francie auf Tape waren, konnte JR blitzschnell auf den Kapitänsstuhl des Alten befördern, so unterbesetzt war die *Finity* inzwischen. Dann musste *er* den Befehl über das Steuer übernehmen, einfach weil es keine Alternative gab.

Deshalb musste er die Zahlen im Gedächtnis behalten, die Anweisungen, die Navigationsdaten, aber auch die Lademasse und den Schub beim Austritt aus dem Sprung, und aufgrund der Anforderungen, die eine solche Aufgabe mit sich brachte, musste er sich alles auf die altmodische Art einprägen, wie es Sitte gewesen war, bevor der Alte Mann eingelenkt und zugegeben hatte, dass Tapestudien die Besatzung und vor allem die Junioren nicht in unionshörige Roboter verwandeln würden.

Gott, sie hatten es sogar geschafft, Hypermathematik in Vinces Kopf zu kriegen, dank dieser Regeländerung.

Sie konnten Jeremy auch nicht den ganzen Flug über auf diese Studienform verzichten lassen. Noch ein paar Sprünge, dann würde Jeremy sein Lernprogramm wieder aufnehmen oder er musste später im Jahr ein paar Rec-Abende mit Fletcher in einem Zimmer Tiefenausbildung machen. Davon wussten die beiden allerdings bisher noch nichts. Jeremy war immer noch begeistert von seinem Zimmergenossen, mit einem Beinahe-Bruder, der groß war, keine Ahnung von der Alltagsroutine hatte und geistig …

… geistig anders war. So viel konnte man über einen Stationsbewohner wohl sagen.

Auch wenn es JR nicht gefiel.

Er verstaute seine Stiefel im Spind und zog die leichten Sprungstiefel an, die seine Füße schützen würden, falls er aufstehen musste, und in dem Quasi-Schlaf, der nach seiner Körperzeit etwa zwei Wochen dauern würde, trotzdem nicht einengten.

In dieser Zeit war enge Kleidung unerwünscht, weil der Körper kaum etwas tat, solange er sich unter dem Einfluss der Droge befand – man bewegte sich nicht, obwohl man ansatzweise bei Bewusstsein war. Der Verstand konnte Dinge bearbeiten, wie in einem Traumzustand, man war fähig, Fakten aufzunehmen und zu lernen. Wenn man sehr durcheinander war, vor allem in der Schlussphase, war es möglich, Dinge zu erledigen, die ein Minimum von Kontrolle durch das Bewusstsein benötigten.

Das war der unheimliche Teil. Alle Leute, die JR kannte, hatten die erste Erfahrung eines Hyperspace-Sprungs schon lange vor der Geburt durchgemacht – die Schwangeren bekamen dann nicht mehr das milde Thymedine, sondern wurden auf Hyprazine gesetzt, das auch ins Blut des Fötus überging –, und plötzlich bekam JR schwerwiegende Bedenken, dass er Fletcher der Obhut von Jeremy überlassen hatte. Sicher, Jeremy übte einen allgemein beruhigenden Einfluss auf den jungen Mann aus – es sei denn, Fletcher reagierte aufgeputscht statt gedämpft und glaubte, den Teufel im Hyperspace zu entdecken.

Vielleicht sollte er Fletcher doch zu sich holen. Der Rest der Besatzung würde es nicht als Bevorzugung sehen, aber für Jeremy wäre es ein Schlag ins Gesicht.

Jeremy hatte einen Pieper. Der Sprung an sich beeindruckte ihn wenig; jeder wusste, dass er gelegentlich schon *während* des Runterkommens auf den Beinen gewesen war, was er garantiert immer noch praktizierte, der kleine Klugscheißer, obwohl es ausdrücklich verboten war. Keiner der Junioren, einschließlich JR selbst und Bucklin, hätten ihre sieben Sinne schneller beisammen, falls Fletcher tatsächlich ausflippen sollte, so viel war sicher. Außerdem hatte Jeremy zwei Extradosen der Sprungdroge und wusste, was im Notfall damit zu tun war.

Man teilte einen Jungen nicht als potentiellen zukünftigen Piloten ein, wenn er den Killerinstinkt nicht besaß. Und der war bei Jeremy ausgeprägter, als sie es seit Jahren bei jemandem erlebt hatten.

Blieb also nur abzuwarten, wie Fletcher damit zurechtkam.

KAPITEL 9

Fletcher saß auf seinem Bett, schlüpfte in die leichten Stiefel und zog den leichten Pullover über, zu dem Jeremy ihm geraten hatte, wesentlich gelassener, als er erwartet hatte – jetzt, da das Ereignis so kurz bevorstand. Jeremys kindlich gute Laune war beruhigend. »Es wird ziemlich kalt«, erklärte er gerade nüchtern. »Und du kannst nicht aufstehen und dir irgendwas holen. Vielleicht möchtest du es gern, aber dann verlierst du das Gleichgewicht, selbst wenn du so weit denken kannst. Es ist jedenfalls nicht ratsam.«

Fletcher war davon ausgegangen, dass die Leute den Sprung einfach verschliefen, blind und taub für alles, was um sie her vorging. Andererseits war seine Mutter schon in der Lage gewesen herumzulaufen. Sie hatte mit ihm gesprochen, wenn sie das Zeug genommen hatte. Aber er wusste natürlich nicht, wie viel sie intus gehabt hatte.

Beim letzten Mal war es zu viel … daran bestand kein Zweifel. Aber es war kein Gift, sondern ein Medikament. Eine Droge, die Tausende regelmäßig nahmen, ohne schlimme Nebeneffekte.

Takehold ertönte. Fletcher beeilte sich, schnallte sich fest, stopfte sich ein Kissen unter den Kopf und holte das Buch, das Jeremy ihm geliehen hatte. Es wurde in einen Spielevisor eingespeist und war dann nach Bedarf abrufbar: eine Abenteuergeschichte mit dem Titel *Der Krieg der Welten*. Ganz bestimmt würde er nicht stundenlang nur herumliegen und über seine Situation grübeln.

»Normalerweise nehmen wir ein Tape«, erklärte Jeremy, »meistens Mathe – oder Biologie.« Er rümpfte die Nase. »Aber sie wollen, na ja, sie wollen sicher sein, dass du mit der Sache hier zurechtkommst, bevor sie dich ein Tape machen lassen. Solange soll ich auch keines machen, damit ich dir im Notfall helfen kann, wenn du was brauchst oder so.«

»Was ist daran denn so gefährlich?« Blöde Frage. Er kannte die Antworten.

»Na, bloß wenn du irgendwie nicht klarkommst und was brauchst.«

»Ich dachte, man kann sich nicht bewegen.«

»Man *soll* sich nicht bewegen. Ich meine, du kannst dich an der Nase kratzen. So was schon. Wenn man noch so sehr versucht, nicht daran zu denken, die Nase juckt trotzdem. Wenn du sie findest und dir nicht ins Auge patschst. Am besten entspannt man sich einfach. Sieht sich die hübschen Lichter an. Meistens gibt es welche.«

»Meistens?«

»Wenn du nicht am Tape bist. Oder über irgendwas nachdenkst. Über nette Dinge. Denk an die nettesten Dinge, die du dir vorstellen kannst. Das ist am besten.«

Fletcher hatte absolut keine Lust auf Albträume. Ein ganzer Monat voller Albträume. Er wollte nicht daran denken. »Wie oft hast du den Sprung schon mitgemacht?«

»Ach, ich weiß nicht. Vielleicht … fünfzig-, sechzigmal. Und Tripoint. Jetzt ist Tripoint ein Kinderspiel. Aber früher – man kommt raus, und es wird geschossen, der Alarm geht los – dann liegt man da und fragt sich …«

»Wo war das?«

»Oh, einmal auf Tripoint. Auf dem Weg zur Erde.«

Fletcher glaubte ihm. Auf diesem Schiff war das sicher nicht gelogen. »*Auf* Tripoint?«

»Nicht *drauf*, nein. Sie haben geschossen, man hat es auf den Scopes gesehen. Geschossen haben die wie der

Teufel.« Jetzt war Jeremy fast so angespannt wie bei den Vids. Mit geballten Fäusten trommelte er einen kurzen, schnellen Rhythmus, als hörte er Musik. »Wenn der Rumpf getroffen wird – das hatten wir einmal –, dann gibt es ein *Geräusch*, das geht einem durch Mark und Bein. Man hört es nicht. Und das Licht geht aus. Alles ist rot, wenn du aufwachst, die Notfallbeleuchtung …«

»Das ist schon mal passiert?« Bestimmt war auch das keine Lüge. Er hatte irgendeinen Nerv getroffen, hatte etwas ausgelöst, das Jeremy offensichtlich Angst machte – wovor, das wusste Fletcher nicht – und er sah Dinge, die in der Gegenwart nicht existierten.

»Ja, das ist passiert.« Jeremy atmete stoßweise, jeder Muskel an seinem Körper war angespannt. »Aber denen haben wir's heimgezahlt. Bei Bryants haben wir es ihnen gezeigt.« Seine Fäuste trommelten weiter gegen seine angezogenen Beine. Und dann setzten die Motoren ein. »Es geht los. Es geht los. Wir sind unterwegs.«

Der Junge flippte aus! Fletcher hatte erwartet, dass *er* vor Angst die Wände hochgehen würde, aber jetzt war Jeremy wie elektrisiert, gefangen in einer Erinnerung der Art, vor der er Fletcher vorhin selbst gewarnt hatte. Denk an nette Dinge. Aber Jeremys Erinnerungen waren alles andere als nett.

»Nehmen wir die Droge noch nicht?« fragte er Jeremy. Die erste Frage, die ihm einfiel, um irgendwie in das private Gruselkabinett des Jungen vorzudringen. Inzwischen neigten sich die Betten und ihre ganze Kabine bestand wieder aus einer Doppeldeckerkoje, wie immer, wenn das Schiff stark beschleunigte. Fletcher konnte an nichts anderes denken, als in seiner Angst die ganze Prozedur noch einmal durchzugehen. »Wir warten die Durchsage ab, richtig?«

»Ja«, hörte er Jeremys Stimme. »Ja, wir warten. Sie informieren uns, wenn es so weit ist.«

Unwillkürlich stellte Fletcher sich vor, wie Jeremy da oben lag, immer noch ganz aus dem Häuschen, immer noch angespannt wie eine Sprungfeder. Er hatte ja keine Ahnung, ob der Junge vor dem Sprung immer so reagierte, ob seine eigene Angst begründet war oder ob diese letzte Erinnerung Jeremy noch immer heimsuchte. Die *Finity* hatte also irgendwann einmal einen Schuss in den Bug bekommen …

Eigentlich überlebte ein Schiff so etwas nicht. Aber die *Finity* war groß, sie gehörte zu den größten Schiffen überhaupt. Jahrelang hatte sie gegen die Flotte gekämpft, hatte die Jäger gejagt, die den Handel bedrohten, hatte geschossen und selbst einiges einstecken müssen …

»Meinst du, wir kriegen Ärger?« fragte er laut und versuchte auf dieses Weise herauszubekommen, ob alles in Ordnung war, da er den Jungen ja nicht sehen konnte. »Fahren wir wirklich nach Mariner? Ist das unser Ziel?«

»Ja«, antwortete Jeremy. »Auf diesem Vektor, Mariner über Tripoint. Wir haben Fracht an Bord. Diesmal richtige Fracht. Für uns, nicht für Mallory. Tonnenweise schottischen Whiskey und Kaffee und Schokolade. Früher haben wir Raketen und Hartrationen befördert.«

Mallory. Mallory von der *Norway*. Die Rebellenkapitänin, die Pell verteidigt hatte. Fracht für Mallory, deren Schiff zu Fletchers Lebzeiten nur höchst selten in Pell angelegt hatte.

Belieferten sie etwa Mallory mit Versorgungsgütern? Unternahmen sie Transporte an die Kriegsschiffe draußen im Tiefenraum?

Das war etwas für die Geschichtsbücher. Vom Krieg hörte man in Dokumentationen und Vid-Spielen.

Aber der zwölfjährige Jeremy hatte siebzehn Jahre in den Randgebieten verbracht. Die *Finity* war im Krieg beschossen und getroffen worden. Oder danach. Während der Piratenjagd, über die immer wieder in den Nachrichten berichtet wurde. Ein Hintergrundaspekt seines Lebens, seit Fletcher denken konnte.

Aber das da draußen war real.

Richtiger gesagt: *Hier* draußen. Auf dem Schiff, in dem er sich befand. Für Jeremy war es real. War nie irreal gewesen.

Auf einmal fiel Fletcher auf, wie ruhig Jeremy war. Er wollte seine Stimme hören. Wollte die Wahrheit wissen. Wollte eine Einschätzung dessen, was ihn hier draußen erwartete. »Hast du schon mal Piraten gesehen?«

»Wie meinst du das?« fragte Jeremy zurück.

»Ich meine, bist du jemals in die Nähe von welchen gekommen? In letzter Zeit?«

Der Druck presste sie unbarmherzig auf ihre Matratzen. Es war nicht leicht, sich zu bewegen, aber Jeremy hatte sich zur Seite gerollt und spähte über den Rand seiner Koje.

»Was glaubst du denn, wo wir siebzehn Jahre lang waren? Haben sie dir auf der Station überhaupt irgendwas beigebracht?«

Anscheinend war Fletchers Frage dumm gewesen. »Anscheinend nicht genug.«

»Die Hälfte der Besatzung ist ums Leben gekommen«, sagte Jeremy heftig; seine Haare hingen herab, sein Gesicht lief allmählich rot an. »Meine Mama und die Hälfte der Menschen an Bord, manche davon Junioren, die nicht wussten, wie ihnen geschah. Im halben Ring gab es Dekompression und wir mussten zusehen, wie wir zu einem Hafen kamen, der uns wieder zusammenflicken konnte. Ich wollte, wir würden sie immer noch jagen und nicht diesen blöden Frachtflug machen, beladen bis oben hin, sodass wir schon bei einem Schlingern im System so gut wie überhaupt nicht manövrierfähig sind. Der Kapitän möchte uns wieder zu einem Handelsschiff machen, Kapitän Mallory sagt, der Krieg ist vorbei, aber sie sind immer noch da draußen, wir haben längst nicht alle Piraten gefangen, und Mallory jagt sie immer noch. *Hol's der Teufel* – wenn ich erst mal Senior bin und wir bis dahin nicht wieder

Jagd auf diese Mistkerle machen, dann wechsle ich das Schiff und schließe mich Mallorys Leuten an.«

»Glaubst du, sie könnten uns auf dieser Fahrt überfallen?«

»Ich weiß es nicht.« Jeremys Gesicht hatte inzwischen eine bedenkliche Färbung angenommen, weil er immer noch über der Brüstung hing. »Überall wird behauptet, jetzt ist Ruhe eingekehrt, und die Stationen wollen uns kein Geld mehr für die Jagd geben. Madison meint, die sind eben nicht getroffen worden, daher kommt das. Seit siebzehn Jahren sind sie in Sicherheit, und sie wollen nicht zahlen, aber wir sind ja der *Grund* dafür, dass sie seit siebzehn Jahren nichts abgekriegt haben. In dem Jahr, als wir geboren wurden und wir Pell verlassen haben, war die Station ein Trümmerhaufen.«

Die ersten Jahre auf Pell waren mager gewesen, das stimmte schon. In Fletchers Kindheitserinnerungen gab es wenig zu essen, und es wurde viel gebaut.

»Wenn ein Schiff getroffen wird«, erscholl Jeremys Stimme aus der Luft über Fletcher, denn der Junge hatte sich endlich wieder richtig ins Bett gelegt, »dann kannst du drauf wetten, dass die Kauffahrer Zeter und Mordio schreien. Wo ist die *Finity*? Warum ist die *Finity* nicht zur Stelle? Vielleicht zahlen sie die Dockgebühren für uns oder alle Schiffe gehen in Streik, bis die Stationen uns andocken lassen und wir auf Stationskosten aufgetankt werden. Das hat der Alte Mann schon einmal durchgesetzt. Er hat den gesamten Handelsverkehr lahm gelegt, niemand hat mehr Transporte übernommen. Das war, als die Union uns unionisieren wollte, und noch einmal, als die Erdcompany verlangte, dass wir mit der Union keinen Handel treiben, und da hat er es getan, um die Flotte vom Versorgungsnachschub abzuschneiden. Wir könnten so etwas jederzeit noch mal machen.«

Die Kauffahrerstreiks waren berühmt. Über sie hatte Fletcher sogar in der Schule gelernt. »Warum tut ihr es dann nicht?«

»Ich weiß nicht«, antwortete Jeremy, fügte dann aber mit gedämpfter Stimme hinzu: »Ich glaube, der Kapitän wird alt.«

Kapitän James Robert Neihart. Der *Kapitän*. Der Mann, der Fletcher an Bord geholt und sein Leben zerstört hatte. Eigentlich schien es Fletcher, als wäre dieser Mensch durchaus fähig, seinen Willen durchzusetzen. Und Quen ebenfalls.

Jeremy schwieg. Die Beschleunigung ging weiter und weiter; Fletcher setzte den Visor auf, stellte das Buch ein und bewegte nur noch den Daumen zum Umblättern.

Natürlich hatte er immer noch Angst. Vielleicht noch mehr als vorhin, aber weniger vor dem Sprung an sich. Wie es sich anhörte, waren die Piraten wesentlich aktiver, als die Stationsnachrichten es verbreiten wollten. Er hatte Jeremy nicht zu nahe treten wollen. Auch Fletcher hatte seine Mutter verloren, im Krieg oder im so genannten Frieden – das hatten sie gemeinsam, ebenso wie ihre Geburt.

Geschichte war nicht Fletchers Stärke. Er hatte sich irgendwie durch die Kurse gemogelt, ohne wirklich etwas zu lernen. Bei den Regierungen der Erde kannte er sich aus, bei entlegenen, exotischen Dingen, die keine reale Betroffenheit hervorriefen. Die Baustellen waren ihm in seiner Kindheit hauptsächlich hinderlich gewesen; immer waren Straßen gesperrt, weil dort gerade gebaut wurde. Aber Informationen über den Krieg hatte Fletcher ebenso aktiv vermieden wie alles, was damit zusammenhing, wie seine Mutter krank geworden war. Ihm war klar, dass der Q-Sektor ein ziemlich übles Pflaster gewesen sein musste; einige der Leute, die dort gewesen waren, brauchten immer noch regelmäßige psychologische Betreuung. Einige hatten sogar einen Eingriff beantragt, um die Zeit aus ihrem Gedächtnis zu entfernen. Was ja alles darauf hin deutete, dass es schlimm gewesen sein musste, denn die Psychodocs hatten viele solcher Eingriffe genehmigt – obwohl sie bei seiner Mutter eine derartige Maßnahme nicht einmal in Erwägung zogen. Obwohl sie sich später umgebracht hatte.

»Hier spricht James Robert. Sprung in fünf Minuten. Erste Warnung. Nehmt euer Mittel. Fletcher, willkommen an Bord und angenehmen Schlaf.«

Ich? Fletcher konnte es nicht fassen – der große, mächtige Senior, der allseits berühmte Kapitän sprach mit *ihm*, vor der ganzen verdammten Besatzung?

»Nimm das Mittel«, sagte Jeremy von oben. »Jetzt gleich. Alles klar bei dir?«

»Ja, ja.« Vorhin war Fletcher im Geist noch einmal jede Bewegung durchgegangen. Aber seine Hände zitterten, als er den Visor abnahm und so verstaute, wie man es mit allen losen Gegenständen tun musste, und stopfte ihn in die enge elastische Tasche am Bettrand. »Wo klappt es denn am besten?« JR hatte gesagt, man sollte sich das Zeug ins Handgelenk verabreichen, aber Jeremy hatte bestimmt wie immer gute Tipps auf Lager.

»Irgendwo unterhalb vom Hals. Der Arm ist gut. Schieb den Ärmel hoch und dann nichts wie rein.«

Fletcher holte das Päckchen heraus. Was für ein Albtraum, wenn er es fallen ließ! Er kämpfte mit dem Aufreißstreifen, schob den Ärmel hoch und erstarrte … regungslos saß er da und seine Hand zitterte so, dass ihm die Spritze tatsächlich fast aus den Fingern gerutscht wäre.

»Erledigt?« fragte Jeremy.

Fletcher drückte das Päckchen gegen seinen freien Unterarm. Die Feder rastete ein. Er hatte erwartet, dass der Einstich weh tun würde. Aber es piekte nicht mal. Er hielt sich das leere Päckchen vor die Augen. Der Plastikbeutel lag platt auf der Schutzschicht, die Flüssigkeit war weg. Also musste sie wohl in seinem Arm sein. Vielleicht sollte er vorsichtshalber trotzdem das andere auch noch nehmen. Vielleicht hatte er den Inhalt auf die Bettwäsche gespritzt statt in seinen Arm …

»Fletcher? Hat es geklappt? Alles klar?«

»Ja!« Er fröstelte. Aber die Dinge um ihn her rückten auf einmal in die Ferne. Er spürte, wie sich die Droge in seinen Adern ausbreitete. Sie *war* drin, er hatte den Stich nur vor lauter Angst nicht richtig gespürt. Alles wurde immer langsamer …

Langsamer und leichter zugleich. Vielleicht hatte das Schiff die Bremsen betätigt. So fühlte es sich an …

»Fletcher …«, hörte er jemanden sagen …

Sie suchten ihn …

* * *

Der Regen fegte in Güssen über die Bäume, prasselte auf die Maske, machte das Siegel vor dem Gesicht glitschig, als Fletcher die Zylinder auswechselte – zum ersten Mal musste er sie austauschen, früher als er erwartet hatte. Dass seine Lebensquelle so schnell versiegte, machte ihm Angst; statt zwei Zylinder zu verschwenden, ersetzte er nur einen, nur den, dessen Ende sich dunkelrot verfärbt hatte, was bedeutete, dass er gänzlich funktionsunfähig war.

Mit zitternden Händen schob er den frischen Zylinder hinein, aber das regennasse Gesichtssiegel wollte nicht vorschriftsmäßig einrasten. Also presste er es so fest wie möglich ans Gesicht, während er weiter ging. Jetzt war er richtig wütend, wütend auf die ganze Welt über ihm und die halbe Welt von Downbelow. Dabei war ihm klar, dass er sich beruhigen und kühlen Kopf bewahren musste, damit es nicht zu einem Unfall kam, den Downbelow ihm nie verzeihen würde.

Allmählich wurde es dunkel: Eine einfache Tatsache in den Kuppeln oder auf der Station, wo die Dämmerung technisch herbeigeführt wurde und von Menschenhand rückgängig gemacht werden konnte.

Nicht so hier draußen. Immer wieder sagte er sich, er brauchte nur umzukehren und zurückzugehen, dem

Fluss nach Hause folgen. Aber er hatte schon lange die Hoffnung aufgegeben, eine andere Entschuldigung vorzubringen als die eine: Er hatte sich verirrt.

Das war die Wahrheit. Er steckte so tief in der Bredouille, dass er nicht mehr wusste, wie er wieder herauskommen sollte.

Er konnte niemandem einen Vorwurf daraus machen – nicht für den Teil mit dem Verirren jedenfalls. Das war einfach dumm gewesen. Wenn er deshalb sterben musste, konnte er die Schuld keinem anderen in die Schuhe schieben. Er hatte einen Locator. Und ging weiter, ohne ihn zu verlieren, denn er hatte nicht vor aufzugeben, verdammt noch mal. Noch lange nicht. Da mussten die Zylinder noch wesentlich knapper werden.

Und vielleicht – ganz vielleicht, es war nur so eine Idee, eine verlorene, hoffnungslose Idee – vielleicht würde jemand ihn finden und vielleicht würde er durchhalten, bis das Schiff endlich ablegte oder bis – das war die schwächste Hoffnung von allen – bis sie nur noch froh waren, ihn am Leben zu finden, und endlich einsahen, dass sie ihn schlecht behandelten, und vielleicht konnte er sich dann etwas ausdenken, wenn man ihn mit den Psychodocs reden ließ.

Er hatte die Psychologen sein Leben lang gehasst. Aber im Moment sah er sie als eine Chance: Er *wusste*, wie man mit ihnen redete. Er würde sagen, er wäre ausgeflippt, weil man ihm gefolgt war, und ursprünglich hätte er nur die Säge holen wollen, damit der Vorfall nicht in seine Akte kam. Danach konnte er einen Zusammenbruch mimen und sagen, dass er ja alles einsah, dass er gelogen hatte, dass er einfach unreif war. Er war ja *gerade* erst siebzehn geworden. Da hatte man doch das Recht, unreif zu sein, oder nicht? Bei Marshall Willett war es jedenfalls kein Problem. Oder auch bei Jim Frantelli. Jim hatte schon ein ganzes Buch voller Ermahnungen wegen irgendwelcher Dummheiten, und Fletcher noch keine einzige! Nichts. Zählte das nicht auch irgendwann? Irgendwo?

Wenn sie sich auf ihn stürzten und sagten, er dürfte nicht wieder ins Programm, konnte er auch mit den Downern sprechen. Er würde Melody und Patch überzeugen, einen Sitzstreik zu veranstalten, falls er nicht da war, wenn sie von ihrer Wanderung zurückkehrten. Die beiden würden alle Downer um sich scharen und kein einziger Downer würde arbeiten, solange Fletcher nicht wieder in Downbelow war …

Aber das waren Luftschlösser. Niemals würde das passieren. Melody und Patch waren nicht in der Lage, eine solche Aktion auf die Beine zu bringen, selbst wenn Fletcher ihnen den Nutzen verständlich machen könnte. Sie würden versuchen, ihm zu helfen, aber sie waren keine Organisatoren. Er wusste ja nicht mal, ob er sie da draußen irgendwo finden würde oder ob der Regen den Frühling eingeläutet hatte und sie erst mal für eine Weile verschwunden waren. Sie hatten ja keine Ahnung, dass Fletcher in Schwierigkeiten steckte.

Was er brauchte, war genaugenommen nur ein wenig Spielraum. Ein, zwei Tage bevor man anfing, Gerichte und Anwälte herbeizuzitieren und ihn von neuem durch die Mühlen der Bürokratie zu schicken …

Er hatte hart gearbeitet. Er war mehr als bereit, sein Leben lang hart zu arbeiten und den Stationsanteil zu verdienen, für den das Schiff die Station vor Gericht ziehen wollte, er brauchte kein Geld außer für sein Essen. Er würde ganz brav sein.

Es war einfach unfair. Fletcher hasste das verdammte Schiff, er hasste die Familie, die seine Mutter auf der Station abgesetzt und im Stich gelassen hatte. Wenn er vernünftig darüber nachdachte, war ihm klar, dass sie keine andere Wahl gehabt hatten, weil sie krank war, aber ein kindischer Teil seines Innern war trotzdem wütend darüber. Ein wesentlich vernünftigerer Teil hasste die Schiffsleute wegen ihrer verdammten *Hartnäckigkeit*, weil sie immer und immer wieder mit ihren Prozessen anfingen, und er hasste die Station wegen ihrer blöden automatisierten Buchhaltung, die jedesmal von neuem ihre Schuldforderung ausspuckte. Dabei wollte die *Finity* nur keine vierzehneinhalb Millionen Kredite bezahlen, und die Station beharrte nur auf der Tilgung einer Schuld, um Fletcher entweder endgültig in die Stationsregister aufnehmen oder endgültig daraus streichen zu können. Zwei Behörden spielten ihre Spielchen miteinander, alles Formalitäten, wegen eines blöden Schiffs, das sich weigerte, die Rechnungen seiner Mutter zu begleichen, und einer Station, die sich weigerte zuzugeben, dass Fletcher Anrecht auf eine Stationsbeteiligung hatte, und der *Finity* Fletchers Existenz permanent in Rechnung stellte.

Alberne Spielchen. Die ganzen Jahre, in denen er versucht hatte, ein eigenes Leben zu führen. Was wollten sie denn von ihm, um Himmels willen? Ihnen ging es doch nur um die nächste Prozessrunde und darum, gegen die anderen zu punkten. Er hasste …

Plötzlich rutschte er im Schlamm aus und geriet ins Schlittern, hinunter und immer weiter, in die Dämmerung hinein. Tief unten brauste der Fluss. Voller Schrecken packte Fletcher wahllos nach allem, was ihm in den Weg kam, bis er schließlich einen Ast erwischte und sich mit aller Kraft daran festhielt, so sehr ihn seine Muskeln auch schmerzten. So hing er eine Weile da und begann dann vorsichtig, die Füße wieder auf den Boden zu setzen, bis er schließlich auf allen vieren den Abhang wieder emporkroch. Unterwegs überlegte er sich, ob es nicht besser gewesen wäre, wenn er ins Wasser gefallen wäre und allen Beteiligten viel Mühe erspart hätte.

Es dauerte lange, bis er wieder auf die Beine kam. Als er weiter wanderte, saß ihm ein schmerzhafter Kloß im Hals, und ein Stein lastete auf seinem Herzen. Er hatte keine Ahnung, wohin er ging.

Um möglichst viel von dieser Welt zu sehen, ehe er den Knopf an seinem Locator drückte und zugab, dass der Traum ausgeträumt war. Aber es hatte keinen Sinn, im Dunkeln herumzuirren und Zylinder zu verbrauchen. Er würde sich einfach hinsetzen und sich warm halten und nicht den Kopf verlieren.

Als er endlich einen Platz zum Sitzen fand, merkte er, dass er fröstelte. Sein Anzug hatte ein Flash-Futter; man konnte ein Stück abreißen, dann heizte er sich auf, aber nur einmal, dann konnte man den Anzug wegwerfen. Doch bis zum Morgen hatte er ohnehin die Hälfte seiner Zylinder verbraucht und würde umkehren müssen – oder nie mehr zurück können.

Man starb nicht sofort an Downbelows Luft. Man wurde erst einmal krank.

Wenn er log und sagte, er hätte die Luft eingeatmet, würden sie ihn vielleicht wenigstens auf der Station behalten. Sie würden ihn ins Krankenhaus stecken, und er würde eine Menge Schwierigkeiten kriegen, aber das Schiff würde ohne ihn ablegen.

Sollte er es wirklich versuchen, die Maske abnehmen und richtig krank nach Hause kommen? Dann brauchte er sich vorerst jedenfalls keine Gedanken mehr um die *Finity* zu machen. Dann war er womöglich für den Rest seines Lebens ein medizinischer Fall, genau wie seine Mutter.

Aber er hatte mitbekommen, wie das war. Alles andere als erstrebenswert.

Morgen würde er eine Lösung finden. Er würde nachdenken, wenn er nachdenken musste. Jetzt zog er erst mal das Stück Stoff ab, um seinen Anzug zu heizen, spürte, wie sich die Wärme zuerst in den Falten ausbreitete und dann nach und nach den Rest seines Körpers erfasste.

Jetzt gab es nichts mehr zu tun als da zu sitzen, während der Regen in den Bäumen rauschte und der Fluss zwischen den Ufern brauste.

Nunn hatte bestimmt Schwierigkeiten bekommen, weil er davon ausgegangen war, Fletcher würde treu und brav in die Unterkunftskuppel zurückgehen. Das tat ihm irgendwie leid. Nunn hatte ihm jedoch nichts getan.

Es war ganz schön schwierig, den Schlamassel zu vergessen, in dem er steckte. Er wünschte, er hätte die Kraft, um weiter zu gehen, dann könnte er sich von seinen Gedanken ablenken und brauchte nicht zu hören, wie sein gesunder Menschenverstand ihm mitteilte, dass er die Sache übel vermasselt hatte.

Wenn ein Zylinder ausfiel, solange man schlief, wurden die Körperfunktionen immer langsamer und man wachte vielleicht nicht mehr auf. Er hätte die Zylinder vor Einbruch der Dunkelheit noch einmal überprüfen sollen, aber er war es einfach nicht gewohnt, keinen Schalter bedienen zu können, wenn er Licht haben wollte. Inzwischen war es stockfinster, und er konnte nicht mehr genug sehen. Genau das bekam man beigebracht. Wenn du dich verläufst, sieh zu, dass du nicht einschläfst. Natürlich konnte er es nach Gefühl probieren und neue Zylinder einsetzen, aber wenn er mit einer Sammlung ausgepackter Zylinder in der Tasche herumlief, konnten leicht ein paar kaputtgehen oder im Regen nass werden.

Zum Teufel damit, dachte er. Eigentlich mussten die Zylinder, die er jetzt benutzte, noch eine Weile halten, da war er ziemlich sicher.

Aber der Schreck, als er vorhin beinahe in den Alten Fluss gestürzt wäre, begann seinen Selbsterhaltungstrieb zu untergraben. Es war eine abrupte, eindeutige Gefahrensituation gewesen, nicht die schleichende Angst, die er so hasste – wenn man in einem Anwaltsbüro saß und zuhörte, wie sich andere Leute bemühten, einen loszuwerden beispielsweise. Um ein Haar wäre er in den Fluss gefallen! Allmählich begriff Fletcher, dass er keine Angst hatte. Wirf das Los, vielleicht komm ich zurück, vielleicht auch nicht.

Wenn er die sicheren Entscheidungsgrenzen überschritt, würde er es vielleicht schaffen – oder auch nicht. Auf jeden Fall aber hatte er im Moment mehr Kontrolle über sein Leben, als ihm die Machthaber je zugestehen würden.

Er machte ihnen ganz schön zu schaffen, das war es doch. Er mischte sie ordentlich auf und konnte nicht behaupten, dass es ihm sonderlich Leid tat.

Wahrscheinlich wäre auch Bianca ziemlich betroffen, aber andererseits kannte sie ja seine Vergangenheit nicht so genau. Wenn die Leute es nämlich erfuhren, dann war es ihnen plötzlich egal, was mit Fletcher passierte, und die meisten machten sich so schnell wie möglich aus dem Staub.

Auch Melody und Patch wären sicher entsetzt. Vor allem Melody. Aber sie hoffte auf ein neues Baby, hoffte, dass Fletcher jetzt erwachsen war und ein nettes Menschenmädchen gefunden hatte, damit sie sich um ihr eigenes Kind kümmern konnte und nicht mehr um einen verkorksten Menschenjungen.

Bei diesem Gedanken tat Fletcher plötzlich das Herz weh. Mit seinen siebzehn Jahren saß er hier in der Dunkelheit und war traurig, traurig über all die Dinge, die in seinem Leben schief gegangen waren …

Da riefen sie wieder nach ihm …

Ließen ihn einfach nicht in Ruhe, dabei wünsche er sich doch nur das …

… »Fletcher« …

* * *

»Fletcher«, sagte jemand. Er blinzelte. Ihm war speiübel, und er zitterte am ganzen Leib. Jemand – er erkannte nicht, wer es war, weil er die Umgebung nur verschwommen wahrnahm – hob seinen Kopf an, was ihm nach einigen Versuchen auch gelang. Jemand drückte etwas an Fletchers Mund und sagte: »Trink«, und er schloss die Lippen um den Strohhalm und trank. Genau das braucht dein Körper jetzt, sagte ihm der Geschmack.

Der Jemand war sein Cousin Jeremy. Er war auf dem Schiff.

Der Arm, mit dem er sich aufstützte, begann zu zittern. Es roch durchdringend nach Schweiß und alten Klamotten. »Stimmt was nicht mit dem Schiff?« fragte er und fand tatsächlich die Kraft, panisch zu werden. Hektisch setzte er sich auf.

»Nein«, antwortete Jeremy, zog seinen Arm unter Fletchers Rücken hervor und ließ ihn mit den Gurten kämpfen, die ihn festhielten. »Trink deinen Saft. Ich bin einen Monat älter. Ich darf zuerst in die Dusche.«

»Ist was passiert?« rief Fletcher Jeremy nach, denn er dachte, der Sprung sei womöglich abgebrochen worden, weil er nur so kurz gedauert hatte …

Aber es hatte sich einiges verändert. Er befühlte sein Gesicht – jede Menge Bartstoppeln, Hautschuppen. Seine Kleider waren in einem ekelhaften Zustand. Als wären sie monatelang nicht gewechselt worden. Der Geruch kam von *ihm!*

»Wir sind in Tripoint«, rief Jeremy aus der Dusche. »Trink deinen Saft! Sonst wirst du es noch bereuen. Wir werden gleich wieder Tempo zulegen. Krieg nicht die Panik, wenn das Schiff auf einmal losprescht. Das gehört dazu, eine ziemlich wilde Angelegenheit. Ungefähr zwei- oder dreimal.«

Fletcher hatte drei Päckchen Saft. Er leerte das erste. Einen Augenblick lang fühlte er sich entsetzlich schwindelig, das Deck schien sich unter ihm aufzulösen, die Wände verschwanden. Er war völlig desorientiert und ließ sich aufs Bett fallen, bis das Gefühl verging.

»Das war der erste!« rief Jeremy. »Verdammt, der war hart!«

»Der erste was?« wollte Fletcher wissen. Ihm war wieder übel.

»Der erste Tempoabfall«, antwortete Jeremy. Die Dusche rauschte. »So ist das Bremsen im Hyperspace. Wir gehen nicht ganz rauf, wir streifen sozusagen nur den Rand. Das drosselt unser Tempo.«

Fletcher wusste ein bisschen etwas über den Hyperspace. Aber nie hätte er gedacht, dass er ihn je fühlen würde. Gerade hatten sie also seine Grenze berührt. Mit zittrigen Fingern riss Fletcher das nächste Saftpäckchen auf; er war so durstig, dass sich sein Mund richtig staubig anfühlte.

Es schmeckte zu süß und gleichzeitig zu sauer. Die grünen Wände hatten einen Geschmack. Der Geruch hatte eine Farbe, und zwar keine besonders angenehme.

Vor allem aber war das Grässliche passiert, er war nicht mehr in Pell, er war weit, weit weg von zu Hause, und das Einzige, woran er denken konnte, war sein verzweifeltes Bedürfnis nach Flüssigkeit und nach dem, was sich in dieser Flüssigkeit befand, soweit es ihm seine Geschmacksnerven signalisierten. Er nahm sich das dritte Päckchen vor. So saß er da und nippte mineralisierten Saft, bis Jeremy aus der Dusche kam und nach frischen Sachen Ausschau hielt.

Der Interkom erwachte zum Leben. Eine Stimme, die sich anhörte wie aus dem Computer, nannte die Namen Fletcher, Jeremy, Vince und Linda: »Küchendienst!«

»Die Dusche gehört dir«, sagte Jeremy. »In dieser Runde haben wir die Kombüse erwischt. Töpfe und Pfannen. Wir Glückspilze. Aber es ist nicht schlimm. Raus aus den Federn!«

Fletcher fühlte sich entsetzlich. Und jetzt sollte er auch noch arbeiten. Der rebellische Teil in ihm riet ihm liegen zu bleiben und die Anweisung einfach zu ignorieren. Sollten sie doch kommen und ihn holen. Andererseits war Küchendienst immer noch besser als in der Koje liegen und grübeln. Also zog er sich aus und ging in die Dusche. Als er sich mitten in der dampfenden, lungenbefeuchtenden Sintflut befand, ging die Sirene los.

»*Takehold*!« schrie Jeremy aus dem Zimmer. »Bleib, wo du bist! Verdammt, was *macht* der denn da oben?«

Fletcher hatte keine Ahnung, was er tun oder gegen welche Wand er sich stemmen sollte. Die Welt löste sich auf und formte sich neu. Das Wasser klatschte brühend heiß auf ihn herunter. Vielleicht war die Welt gerade zurückgekommen. Er lehnte sich an die Wand und hoffte zu ertrinken. Lieber ertrinken, als in Atome zerrissen zu werden. Er bebte von Kopf bis Fuß.

»Alles klar bei dir?« rief Jeremy von drinnen.

»Der Notfall ist beendet«, erscholl eine ruhige Stimme über den Interkom. *»Das Schiff ist stabil. Dies war der zweite vorbeugende Positionswechsel aufgrund des Empfangs eines nicht identifizierten, inzwischen als der Militärkreuzer* Amity *der Union identifizierten Flugobjekts. Alles klar. Bitten um Anwesenheitsappell und Sicherheitscheck.«*

»Also, was wollen *die* denn hier, verdammt?« erklang Jeremys Stimme aus dem Nebenraum. »Die Brücke will, dass sich alle melden. Alles in Ordnung bei dir, Fletcher?«

»Ja, mir geht's gut«, antwortete er. Zitternd und fröstelnd stand er in der warmen Luft der Ventilatoren. Vorsichtig fragte er dann: »Stimmt was nicht?«

»Nein, es müsste alles in Ordnung sein«, entgegnete Jeremy. »Dem Steuer hat anscheinend die Aussicht nicht gefallen. Aber wir haben das Okay, wir können rumlaufen.«

Rumlaufen? Er stand in der vertrackten Duschkabine! »Passiert so was häufiger?«

»Nein, wir sehen nur selten jemanden«, erwiderte Jeremy. »Ziemlich leer da draußen. Wir sind nicht beinahe mit ihr zusammen gestoßen, verstehst du. Wir ändern nur die Geschwindigkeit, wenn wir jemanden sehen. Falls die Betreffenden nichts Gutes im Schilde führen. Falls sie anfangen zu schießen beispielsweise. Das da draußen ist ein Träger der Union.«

»Und?«

»Hier ist eigentlich Territorium der Allianz. Natürlich können sie herkommen und ein bisschen rumschnüffeln, aber das da draußen ist ein ziemlich riesiges Schiff. Gewöhnlich schicken sie nur einen Kreuzer, wenn sie sich irgendwo umsehen wollen. Aber das hier ist eine ganze Kommandozentrale.«

»Freundlich gesinnt?«

»Ja, irgendwie schon. Das war jedenfalls ziemlich krass. Der Steuermann hat wohl vergessen, dass wir Fracht haben.«

Fletcher trat aus der Duschkabine und spürte die kühle Luft an der Haut. Schnell zog er sich einen sauberen Coverall über und versuchte dabei sein Zittern zu überspielen, so gut es eben ging. In der Dusche war ihm aufgefallen, dass er abgenommen hatte. Jetzt spürte er ein regelrechtes Loch im Bauch und hätte sich gern noch einen Fruchtsaft einverleibt. Aber es war keiner mehr da.

»Besteht die Wahrscheinlichkeit, dass noch ein Takehold kommt?« fragte er. »Können wir zur Kombüse gehen oder sitzen wir erst mal hier fest?«

»Angeblich haben wir jetzt ja die neuen Alten Regeln«, antwortete Jeremy. »Was auch immer das im Detail bedeuten mag. Unter anderem jedenfalls, dass alles ein bisschen lockerer gehandhabt wird, und wenn wir einen Takehold kriegen, dann ist es kein Takehold, als würden wir beschossen. Es sei denn, wir kriegen ›Rot‹. Dann ist es eine ernste Sache, und wir haben wieder die alten Neuen Regeln. Aber ich vermute, die alten Neuen Regeln gelten auf der Brücke immer noch. Verdammt, das war aber auch ein Bremsmanöver! Ich wette, die müssen die ganze Kombüse neu einräumen. Der Koch flucht bestimmt wie ein Pferdeknecht.«

Sie waren verrückt. Das Schiff samt seiner Besatzung. Fletcher zitterte noch immer.

»Aber ich vermute, es ist in Ordnung, wenn wir gehen«, meinte Jeremy abschließend. »Bist du fertig? Ich glaube nicht, dass sie schießen werden.«

KAPITEL 10

Reine Nervensache, dachte JR, als sie sich alle auf der Brücke einfanden. Niemand gab dem Steuer die Schuld. Der Pilot hatte sicherheitshalber abgedreht, als die lokale Boje ihn über die Gegenwart eines großen Trägers informierte, dabei aber die Geschwindigkeit beibehalten.

Ehe jemand anderes überhaupt mitbekam, dass etwas los war, und bevor die modernen Systeme des Trägers ihre ID lesen und anhand gespeicherter Unterlagen bestätigen konnten, erfolgte ein rapides Bremsmanöver auf zivile Geschwindigkeit, denn die ungeheure Wucht des Sprungs, verstärkt noch durch die zurzeit überdurchschnittliche Masse konnte der *Finity* leicht ein kriegerisches, trägerartiges Aussehen verleihen – eine paradoxe Präsenz, die sich schneller als Licht im Zeit-Raum-Gefüge ausbreitete; etwa so, wie man in einem absolut stillen Raum eine Stecknadel fallen hört.

Aber selbst in diesem Moment waren sie nicht hilflos den hochempfindlichen Verteidigungssystemen des Trägers ausgeliefert. Zum einen hatte ein eintretendes Schiff im Spiel der guten alten Massenträgheit immer das As im Ärmel, sofern der Steuermann wusste, wie er damit umzugehen hatte. Das eintretende Schiff konnte von oben nach unten feuern, wenn es wollte, oder aber eine neue Position einnehmen. Hätte die *Finity* dem Träger ausweichen wollen, wäre sie still und heimlich auf einen Kurs gegangen, der lediglich von der Physik und der lokalen Masse diktiert wurde – eine Route, die der

Träger zwar berechnen konnte, aber nicht schnell und präzise genug bei einem Schiff, das noch schnell genug war, um sofort in den Sprungkurs nach Viking zu steuern. Und dabei zu feuern.

Jedoch das rasche Präsenzgestotter hatte den Systemen genügend Zeit gegeben, um die Präsenz am Sprungpunkt zu identifizieren: Sie gehörte zur Union, nicht zu Mazian. Als die *Finity* sodann ihr Bremsmanöver einlegte, konnte der Träger auch die *Finity* erkennen, denn sie hatten, wie es dem Gesetz entsprach, ihre ID benutzt, als sie hereinkamen.

Trotzdem war es ein unbehagliches Gefühl: Ein ehemaliger Feind saß mitten im Tripoint-System und hatte sie im Fadenkreuz. Nach allem, was JR auf den Bildschirmen ausmachen konnte, sah der Träger überhaupt nicht aus, als wäre er dabei, den Sprungpunkt zu durchqueren. Er war mit geringer Energie auf einem Vektor, der anzeigte, dass die *Amity* von Viking kam, aber sie rührte sich nicht von der Stelle. Saß nur da und sah sich um. Kontrollierte sozusagen den Verkehr.

Trieb sich an den Grenzen des Hoheitsgebiets der Allianz herum, wo er eigentlich nichts verloren hatte … höchstens auf ausdrückliche Einladung aus Pell, was JR aber eher für unwahrscheinlich hielt.

In den Wirren dieser Nachkriegsperiode musste man allerdings in Erwägung ziehen, dass die Einladung auch von Mallory stammen könnte. Möglicherweise bewegte sich der Träger aus seinem Territorium heraus, um Mallory im Erdraum zu unterstützen, der jetzt nicht mehr von der *Finity* geschützt wurde. Das wiederum würde bedeuten, dass die Entscheidung der *Finity* schon viel früher gefallen war, als JR gedacht hatte – allerdings wäre es nicht das erste Mal, dass er über eine Operation auf höherer Ebene nicht informiert war.

Junioroffiziere sollten Dinge erraten, sollten ihre strategischen Fähigkeiten an realen Situationen üben und versuchen, noch schlauer zu sein als die Senioroffiziere und dahinter zu kommen, was diese vorhatten. Aber das war ein zusätzlicher Nervenstress für die Junioroffiziere. JR war wie der Blitz aufs B-Deck gesaust, unrasiert, noch in seinen leichten Flugslippern, und hatte sich auf der Brücke gemeldet. Ebenso Madison, der eigentlich die nächste Schicht übernehmen sollte und überhaupt nicht hätte hier sein müssen – aber trotzdem blieb.

Im Bemühen, die Absichten der Befehlshaber zu durchschauen, ohne die Operation zu behindern, ging JR hinauf zum Posten von Scan Fünf und beobachtete einen Moment einfach nur schweigend, um nicht zu stören.

»Riderstatus?« fragte er Scan Fünf, als der Bildschirm für einen Augenblick ruhig war.

»Ungewiss«, antwortete Fünf, ohne sich im Stuhl umzudrehen. »Träger-ID als *Amity* bestätigt. Output normal, Bereich fünf Minuten.«

Der Träger, der fünf Lichtminuten von ihnen entfernt war, hatte den ID-Output wieder aufgenommen, eindeutig ein Vertrauensbeweis. Scanner und passive Aufnahme allein konnten jedoch nicht hundertprozentig bestätigen, was die *Amity* machte, ob die Riderschiffe noch an Ort und Stelle saßen und demzufolge harmlos waren, oder ob sie bereits Gefechtsformation annahmen, transmissionsfrei und kampfbereit an verschiedenen Punkten lauernd. Selbstverständlich waren die Optiken der *Finity* aktiv, im Verbund mit anderen Suchmethoden.

Bis jetzt hatte sich der Träger noch nicht dazu bequemt, sich seitwärts zu drehen, sodass die Optiken seinen Status klar empfangen konnten. JR sah ein verschwommenes Bild und die Vergrößerung und vermutete, dass die Situation und die jeweiligen Positionen zueinander nicht zufällig waren. Fünf Lichtminuten war keine große Entfernung bei der Berechnung einer Eintrittsposition. Für das Anpeilen eines Ziels andererseits war es nicht sehr nah.

Das Arrangement mit dem Militär der Union war eher unentspannt, hielt aber seit fast zwei Jahrzehnten. Sogar mit diesem Träger hier hatten sie schon zusammengearbeitet, allerdings nicht in letzter Zeit. Sowohl die Allianz als auch die Union schützte ihre Geheimnisse, und die Union war noch immer sehr wachsam, vor allem, wenn es um die Absichten Mallorys ging – auch nach zwei Jahrzehnten trauten sie ihnen nicht ganz.

Auch Bucklin und Lyra nahmen ihre Plätze ein: Lehrlingsposten, ungekennzeichnete Plätze – wie der von JR – von denen aus sie das Treiben zwar beobachten konnten, aber in kritischen Augenblicken wie diesem nicht unbedingt eingespannt waren. Leise ging JR an seinen regulären Platz, in der Nähe des Alten Mannes und Madisons, und ihm fiel auf, dass nach der normalen Prozedur ihre Schicht eigentlich gewechselt haben sollte. Madisons Team stand bereit, war aber noch nicht zum Dienst gerufen worden, und dieser Wechsel konnte theoretisch auch endlos hinausgezögert werden.

Dann nahm der Alte Mann den Kom in Betrieb. Sprechkontakt bedeutete, dass auf dem Träger jetzt Senioroffiziere Posten bezogen hatten, die vielleicht bei Erscheinen der *Finity* noch nicht da gewesen waren. JR saß neben Bucklin und Lyra und nahm den Ohrhörer, um die Botschaft mitzubekommen, erleichtert, dass die Stimme des Alten ganz locker klang und nichts Feindseliges an sich hatte, als er den Unions-Kapitän ansprach.

Allgemeine Beruhigung. Bestimmt wurden jetzt auch Codes ausgetauscht, Wörter, die nicht ganz in die Konversation hineinpassten. Jetzt merkte JR, dass der Alte Mann nicht nur entspannt wirkte, sondern sogar gelegentlich Humor aufblitzen ließ.

Madison nahm sich die Zeit, JR einen Blick zuzuwerfen, ein Nicken, eine Geste, die normalerweise »Unser« bedeutete, jetzt aber, so glaubte JR, eher als »Freundliche Annäherung« zu verstehen war.

Dann kam die zeitverschobene Antwort von der *Amity*:

»Der Admiral schickt seine Grüße und drückt seinen Respekt für Ihre Leistung bei Wyatt's aus, Kapitän Neihart. Sie können das auch an Ihre Kollegin von der Norway *weiterleiten. Ich muss sagen, Ihr Erscheinen hier überrascht mich. Ich gehe davon aus, dass es keine schlechten Neuigkeiten von der Erde bedeutet, sondern Erfolg. Wohin sind Sie unterwegs?«*

»Nach Esperance. Wir haben uns von der Jagd zurückgezogen, Sir. Wir befördern ganz gewöhnliche Fracht und werden uns wieder gänzlich dem Handel widmen, wenn alles so klappt, wie wir es planen. Die Piratenjagd ist kärglich geworden, was ja durchaus als Erfolg zu verbuchen ist. Jetzt müssen wir unsere jungen Leute den Kauffahrerberuf lehren, ihnen eine neue Sicht des Universums vermitteln. Wir begrüßen den Admiral und hoffen auf gute Zusammenarbeit auch in der Zukunft. Wir werden rasch reagieren, wenn wir auf Schwierigkeiten stoßen – Entschuldigen Sie unsere Positionsänderung vorhin –, aber jetzt befördern wir Fracht und gelegentlich sogar Post. Die Erde ist so stabil wie schon lange nicht mehr, und wir hoffen, dass wir einige Versorgungskanäle, die uns Sorgen bereitet haben, lahm legen konnten. Grüße von unserem Kollegen; wir warten auf gute Nachrichten von Ihrer Seite.«

Zeitverzögerte Gespräche liefen oft simultan ab und wechselten im selben Abschnitt teilweise mehrmals das Thema, je nach der Information, die gerade im Lautsprecher ankam.

»Ich wollte, es wäre mir möglich gewesen, in Sol eine volle Ladung aufzunehmen«, sagte der Alte Mann. *»Aber immerhin haben wir beim letzten Mal Whiskey, Schokolade und Holz mitgenommen. Ich kann Ihnen eine Flasche von Mallorys Lieblings-Whiskey schicken. Mit besten Empfehlungen von ihr. Und mir.«*

Das war kühn. Und von Mallory? Ein Träger der Union wollte vielleicht gar keine Pille schlucken, die ihm von der *Finity* angeboten wurde, aus Furcht vor Bomben oder biologischen Waffen. Aber es war ein hübsches Geschenk, wenn man den Preis bedachte, den man jenseits von Pell dafür bezahlte.

Die Anspielung auf Verbindungen und Informationskanäle war verblüffend. Die Behauptung, dass sie von einer möglichen Präsenz der Union in diesen Gefilden nichts gewusst hatten, konnte man wohl abhaken. Trotzdem war der Pilot allem Anschein nach erschrocken. Korrektur der bisherigen Vermutung: Sie hatten zwar ein Schiff erwartet, aber ein deutlich kleineres.

Nun konnte der Junioroffizier, den man absichtlich im Dunkeln tappen ließ und der alle ihm zu Verfügung stehenden Daten gewissenhaft verarbeitete, immerhin die Hypothese wagen, dass man jemanden erwartet, aber nicht damit gerechnet hatte, dass dieser Jemand so groß war. Möglicherweise hatte das Steuer das Schiff gar nicht anhand der Bojeninformation entdeckt. Vielleicht hatte er es auf dem Interface selbst erkannt und auf das Unerwartete so blitzschnell reagiert.

»*Wir freuen uns, Feuer zu kriegen*«, lautete die Erwiderung von einem der mächtigsten Kriegsschiffe im All auf dieses Angebot. »*Gute Reise für euch,* Finity.«

Ein Träger der Union würde also den leeren Raum nach einem Kanister mit einer Flasche Scotch absuchen?

Befehle wurden gegeben. Die Ops-Crew auf dem A-Deck beschaffte einen Kanister – ein Behältnis für Schmuggelware und ganz bestimmt nichts, was man in einem Ausrüstungsladen der Station kaufen konnte –, den sie glücklicherweise gerade zur Hand hatte.

Lyra wurde als jüngste der anwesenden Junioren auf die ungewöhnliche Mission zur Privatbar des Kapitäns geschickt.

»Geht es nur um Scotch?« erkundigte sich JR bei Madison, nachdem das Kapitänsgespräch beendet war.

»Kluger Junge«, entgegnete Madison nur.

Also gab es noch etwas anderes von Mallory, nicht nur Whiskey, etwas, das sie für den Fall einer Begegnung wie dieser bei sich hatten und was ein Träger der Union nun an Bord nehmen würde.

Seltsame Geschäfte. Nein, sie würden einem Träger der Union keine Giftpille verabreichen. Dafür war ihnen ihr Leben zu kostbar. Auf dieser Fahrt ging etwas vor, das mit normalem Handel nichts zu tun hatte, dafür hätte JR seine Hand ins Feuer gelegt. Ganz sicher steckte Mallory dahinter, und Mallory war schon immer ein Unsicherheitsfaktor in den Angelegenheiten von Pell gewesen – sie neigte dazu, sich auf die Seite zu schlagen, die ihr gerade am meisten nutzte. Sie war ehemalige Kauffahrerin, ehemalige Flottenoffizierin und erbitterte Gegnerin der Union. Andererseits hatte sie mit der Union gegen die Flotte gearbeitet. Genaugenommen hatte sie schon alle möglichen Seiten unterstützt, sogar die Erde.

Wenn Mallory da draußen war, um nach etwas Ausschau zu halten, und diesen oder zumindest *irgendeinen* Träger hier an der Grenze erwartete, dann war etwas im Busch. JR *glaubte*, dass Mallory sich wieder in der Nähe von Sol aufhielt.

Aber auf bestimmte Dinge gaben die Seniorkapitäne einfach keine Antwort; die Besatzungsmitglieder brauchten nicht alles zu wissen, schon allein deshalb, weil sie auf Freigang angreifbar und oft allzu redselig waren. Sogar Familienangehörige.

Je mehr Leute Bescheid wussten, desto größer die Chance, dass es unerwünschte Zwischenfälle gab. Wenn Madison JR hätte informieren wollen, was neben dem extravagant teuren Scotch noch in dem Päckchen war, hätte er es ihm direkt gesagt, soviel war klar. Aber wie es aussah, lag es immer noch an JR, das zu erraten.

Eine dumme Frage, die er Madison da gestellt hatte. Auf der Suche nach Bestätigungen überprüfte er seine Daten von der Navigation, stand dann auf und ging hinüber, um die exakte Ankunftszeit in der dunklen Masse zu überprüfen. Er hätte fragen sollen …

»Wie hat der Junge den Sprung überstanden?« erkundigte sich Steuermann Eins, Hans Andrew, als JR an seinem Platz vorbeiging, und riss ihn aus seinen Gedanken. Fletcher! Wenn es mit ihm Probleme gegeben hätte, wäre das Angelegenheit der Junioren gewesen, und keiner der Senioren hatte Zeit gefunden, sich danach zu erkundigen – bis jetzt. Aber der Pilot, der doch mehr als alle anderen auf dem Schiff mit dem Schatten des Trägers da draußen und dem All im Ganzen beschäftigt war, stellte oft sehr seltsame Fragen.

»Gut. Jeremy sagt, es ist alles in Ordnung.« Jeremy hatte sich über Funk bei ihm gemeldet, solange Fletcher unter der Dusche war, und berichtet, dass er und Fletcher wohlauf waren. Im Eifer des Gefechts hatte JR sich nicht nach den Einzelheiten erkundigt. Fletcher war am Leben und hoffentlich geistig einigermaßen gesund.

Auf der Brücke schien alles immer noch irgendwie zweifelhaft.

»Tut mir leid«, brummte der Steuermann. Hans Andrew hatte graue Strähnen in den Haaren und seine Augen huschten immer noch hektisch hin und her, während er sich auf seine Konsole konzentrierte – die letzten Überreste des üblichen Steuer-Highs. JR hatte den Verdacht, dass Hans immer noch wenig oder nichts von der Kommunikation zwischen den Schiffen mitbekam – und dass es ihm letztlich auch egal war. Wenn der Steuermann als Reaktion auf eine bestimmte Entwicklung eine Schiffsbewegung einleitete, geschah das situationsbezogen, nicht nach einem vorgefassten Plan, ja, gelegentlich nicht mal auf Befehl des Kapitäns. Das war auch gut so, wenn man bedachte, mit welchen Geschwindigkeiten sich Hans' Kopf beschäftigte. Der aktive Steuermann war in einer Hinsicht der *aufmerksamste* Passagier des Schiffs; direkt hinter ihm war der Erste Geschützoffizier und der Scanner-Chef, denn die Waffen wurden in der Nanosekunde aktiviert, wenn die Systeme der *Finity* anliefen.

Also fragte der Pilot nach dem neuen Jungen auf dem A-Deck, aber nicht nach dem Träger, und seine Augen – eines trug einen VR-Kontakt – verfolgten die kleinsten Details der Schiffsumgebung auf seinen Instrumenten, wobei er die Mikro-Aktionen der Ops-Mannschaft konsequent ignorierte. Höchstens der Kapitän sprach mit dem Piloten, wenn er nicht direkt von diesem angesprochen wurde. Und wenn er high war, kam man ihm besser nicht in die Quere.

JR beantwortete die Bemerkung des Piloten auch nur, um eine Sorge zu zerstreuen, die dieser offenbar mit sich in den Hyperspace genommen hatte, ein verirrter Gedanke vor etwa einem Monat. Die Antwort hakte einen Punkt auf Hans' Tagesordnung ab. Bei der Geschwindigkeit, mit der sein Gehirn arbeitete, dauerten einfache menschliche Transaktionen, die Verhandlungen von Kapitänen und Admirälen, eine Ewigkeit.

JR ging weiter zu den leeren Plätzen bei der Nav. Nach etwa zehn Minuten, in denen nichts passierte außer einem Austausch von Banalitäten über einer Eruption der EpEri, Vikings Sonne, gesellte sich Bucklin zu ihm. »Wir haben den Signalkanister gerade abgeworfen«, sagte Bucklin mit gedämpfter Stimme und setzte sich auf einen leeren Stuhl neben JR. »Was hältst du von dem ganzen Irrsinn?«

»Höchst interessante Reise«, antwortete JR.

»Ich dachte, wir haben uns zurückgezogen.«

»Der Alte Mann steckt voller Überraschungen.«

»Glaubst du, Mallory ist irgendwo da draußen?«

JR ließ sich die Frage durch den Kopf gehen, all die tiefen dunklen Randgebiete des riesigen Massepunkts, wo sich eine ganze Flotte verstecken konnte, wo hundert Schiffe weiter nichts darstellten als eine Pore in der Haut des Universums. Da draußen etwas zu verlieren war nicht schwer – man wusste ja auch oft nicht, welchen winzigen Bereich man mit dem Scanner in einem Universum voller Sterne abdeckte, geblendet von lokaler Masse.

Aber er schüttelte den Kopf.

»Nein, ich persönlich glaube das nicht. Ich denke, sie ist irgendwo am anderen Ende des Erdraums. Während wir wie ein Erzschlepper auf den Handelsstraßen entlangzuckeln. Das Schiff da drüben benutzt die bestimmt nicht.« Damit meinte JR den Träger und die kommerziellen kurzen Sprünge. Es gab andere Routen, die Schiffe wie der Träger mit seinen mächtigen Triebwerken befahren konnten. Und mit seiner ganzen kriegsgeschulten Seele beneidete er das Unions-Schiff um diese Fähigkeit, um seine empfindlichen Systeme. Auf dem höchsten technischen Entwicklungsstand, von der ersten bis zu letzten Schraube. Wunderschön. Ein Leben, das nichts mit einer Zukunft gemein hatte, in der man sich von einem Handelsposten zum anderen schleppte und Frachten verlud.

»Es gibt eine tiefe Route hier raus«, sagte er zu Bucklin. »Abgesehen von den Ridern hat der Träger auch noch einen Admiral. Womöglich arbeitet er mit Mallory zusammen.«

»Sie gibt ihm Anweisungen, wo er Ärger suchen soll. Das ist meine Meinung. Ich denke, wir sind ein Vermittler. Ich denke, die Union bringt ihre Schiffe möglichst selten in Mallorys Nähe.«

Theoretisch stimmte das wahrscheinlich. Es gab eine Menge Groll zwischen der Union und der Allianz, sogar zwischen bestimmten Schiffen der Union und der Allianz – Ressentiments aus Kriegszeiten. Es war sehr gut möglich, dass Mallory am einen Ende des Allianzgebiets stand und der Union Anweisungen erteilte, wo eine Operation der Flotte auf ihrer Seite aus dem Hyperspace treten könnte. Sie tat nichts, was sie in die Schusslinie der Union brachte … in dieser Zeit, in der die Piratenaktivität allmählich nachließ und die Union demzufolge vielleicht auf die Idee kam, dass sie Mallory nicht mehr brauchte – ein ziemlich dummer Gedanke.

JR holte tief und nachdenklich Luft und dachte an die Hinteren Sterne, bei denen ihre Patrouillen die Sicherheit nicht garantieren konnten. Dieses Sternenband, dieselben Himmelskörper, die es dem ersten Raumschiff ermöglicht hatten, von der Erde nach Pell zu gelangen, war eine Brücke, die keine von Menschen erfundene Feuerkraft zerstören konnte. Stellare Masse war verdammt hartnäckig, sie ließ sich nicht so leicht vertreiben.

Wenn man sich wie ein Träger mit riesigen Motoren fortbewegte und die Routen mit den langen Sprüngen benutzte, die nur ein leicht beladenes Schiff einschlagen konnte, war diese Brücke jedoch nicht mehr unbedingt nötig. Man konnte die direkte Strecke von Tripoint zur Erde nehmen – oder umgekehrt. Also bestand die Möglichkeit, dass etwas Großes zu ihnen unterwegs war.

Vielleicht stand ihnen eine Schlacht bevor.

Und dass die *Finity* an solchen Entscheidungen nicht mehr teilhaben sollte, die das Schicksal des Universums bestimmten! Sollte man sie den großen Trägern überlassen und die Kauffahrer vergessen, die so viele Menschenleben für ferne Sonnen geopfert hatten?

Ein Kloß bildete sich in JRs Hals, denn ihm fiel nichts ein, was die *Finity* im Augenblick für das Universum tun konnte, nicht einmal, wenn in dieser Sekunde eine Horde von Mazianni-Trägern direkt vor ihnen aufgetaucht wäre.

Die *Finity* konnte nicht manövrieren. Ein Schlepper mit verschlossenen Ladeluken konnte seine Fracht nicht einfach von einer Minute zur nächsten fallen lassen, anders als ein Containerschiff, das einfach die Klampen löste und alles, was es hatte, in die Gegend verteilte.

Und selbst wenn es möglich gewesen wäre, Fracht loszuwerden – sie konnten es sich nicht leisten: Der Alte Mann hatte dafür gesorgt, als er ihr Ersatzteillager auf Sol gegen die jetzige Fracht mit den ganzen Whiskeyflaschen, den Kaffeekisten und anderen teuren Luxusartikeln eingetauscht und dann gesetzestreu in Pell verzollt hatte – eine Form der Rechtschaffenheit, die JR einen leichten Stich versetzt hatte, als er davon erfuhr. Kein anderer Kauffahrer zahlte freiwillig die ganzen Steuern, jeder drückte sich davor, mit der Erklärung, dass sie ja Durchgangsgüter beförderten.

Was hatte der Alte Mann vor? Wollte er nach längst überholten Regeln spielen? Ehrenhaft handeln, als würde sie das in einem Nachkriegsuniversum über Wasser halten, jetzt, da jedes Schiff mehr oder weniger auf sich selbst gestellt war? JR brannte darauf, sich mit dem Kapitän zu unterhalten, der behauptete, sie müssten Handel treiben, um zu überleben, müssten nach Regeln spielen, die das Universum nicht mehr als bindend erachtete. Wenn das der Fall war, konnten sie der Konkurrenz unmöglich standhalten.

JR hatte gehofft, es wäre nur eine Übergangslösung, eine Fahrt, auf der sie die Luxusgüter mit durchschnittlichem Profit in Pell verkauften.

Aber auf Pell hatten sie ihre andere Hauptreserve abgeladen und schwergewichtige Stapelware sowie pellsche Luxusgüter gekauft, zum Transport nach Mariner. Ausdrücklich mit dem Ziel Esperance, der Hintertür zu Cyteen. JR hätte immer noch gehofft, sie wären ein Kurier, wenn nicht einige Frauen der *Finity* dem Kapitän Glauben geschenkt und ihre empfängnisverhütenden Mittel abgesetzt hätten. Das war nun wirklich eine schockierende Entscheidung. Er konnte sich nicht vorstellen, wie man sich dazu durchringen konnte, mit seinem eigenen Körper Francescas Schicksal zu riskieren.

Demzufolge schien ihre Reise nach Mariner und darüber hinaus bedauerlich real. Sie hatten Pell so kaufmännisch und engagiert verlassen, wie der Kapitän es vorschrieb, und JR hatte sich noch nie so hilflos gefühlt – als säßen sie fett und impotent direkt dem potentiellen Feind vor der Nase. Nie hätte er geglaubt, als zukünftiger befehlshabender Offizier mit ansehen zu müssen, dass die *Finity* nicht manövrierfähig war.

Inzwischen hatte die *Finity* die Übertragung beendet und dem Träger signalisiert, dass sie den routinemäßigen Kurswechsel in Richtung Mariner vornehmen würde. Falls man dort Einwände gegen die Aktion hatte, würde man es gleich merken. Sie hatten ein lächerliches Geschoss abgefeuert. Nun mussten sie an dem Raubtier vorbeispazieren und abwarten, ob es sie ansprang.

Takehold erklang. Die stehenden Besatzungsmitglieder suchten sich Sitzplätze, wo sie sich anschnallen konnten. JR und Bucklin saßen nebeneinander auf den Sprungsitzen beim Steuer.

Nach weiteren fünf Minuten wurde eine Realraumzündung eingeleitet, die sie aus der Bezugssynchronisation und in die Bugorientierung zu dem Träger bringen würde und außerdem den Prozess zur Bestimmung der benötigten Inertialkraft einleitete.

Im Gegensatz zu Pell hatte Mariner einen anderen Flugvektor als Tripoint. Sie würden sich mit einer Zündung herausbewegen, dann folgte eine Weile intensiver, aber automatischer Computerarbeit, möglicherweise noch ein paar Takeholds, dann ein steiler Aufstieg zum Sprung, kürzer als der Kampf mit einem ziemlich großen Stern, wie er bei Pell für gewöhnlich unvermeidlich war. Die Masse von Tripoint war komplex und trügerisch und konnte die Sensoren gänzlich durcheinander bringen, wenn man sie nicht ganz auf Null justierte und so tat, als hätte man mit dem sich gegenläufig bewegenden Mariner ein gewisses Maß an Raumzeit gemeinsam. Das war die Aufgabe des Navigators.

Madison stellte den Output ihrer Konsole auf die Bildschirme des Alten Manns und ließ JR und Bucklin zusehen, während Madison und der Alte Mann angeregt diskutierten. Die Datenübermittlung an den Kapitän änderte sich ständig, je nachdem, was seine Nummer Zwei für wichtig erachtete und was ein Crewchef direkt durchgab.

Alles blieb ruhig. Die Bildschirme wechselten in

regelmäßiger Rotation, dann erfolgte ein rascher Wirbel, als die Navigationsdaten einliefen.

Es kam nicht oft vor, dass JR auf diesem Stuhl saß – eigentlich nur, wenn die Kapitäne ihm die Kommandobildschirme überließen. Zwischen den Takeholds waren nun auch der dritte und vierte Kapitän, Alan und Francie, auf die Brücke gekommen; JR erkannte das an den Nummern, die auf der Aktivenliste auftauchten, sobald ein Offizier oder Techniker im Dienst eintraf. Alle vier Kapitäne konferierten jetzt über die Begegnung, während JR mit Bucklin die Situation im Auge behielt. Da sie momentan besser auf dem Laufenden waren, konnte es passieren, dass sie dem Piloten den Befehl zu einer bestimmten Bewegung geben mussten.

JR war inzwischen fast hundertprozentig sicher, dass die Begegnung geplant gewesen war. Vielleicht hatte Mallory die *Finity* über Mariner nach Esperance, ihren Wendepunkt, geschickt und ließ die *Amity* die Kreuzung hier bewachen, um eventuell jemanden in die Falle zu locken. Noch gab es Hoffnung, dass die *Finity* den Handel nur als Tarnung nutzte und bei einer solchen Begegnung nicht nur tatenlos zusehen würde.

Das stetige Ticken von Informationen verfolgte den Signalcontainer auf seinem gemächlichen Kurs, der sich am Ende mit dem Träger treffen würde. Dem gleichen Bildschirm war zu entnehmen, dass der Träger seinerseits etwas beträchtlich Größeres gestartet hatte, das langsam auf den Container zuhielt. Ein leichtes Boot, weitaus kleiner als ein Rider, das den Scotch abfangen sollte.

Nichts Bedrohliches. Kein weiteres Schiff tauchte auf. Möglicherweise würden Tage, vielleicht sogar Wochen vergehen, ehe wieder ein Schiff durch Tripoint kam. Im Vertrag war festgeschrieben, dass die Systemboje keine Auskünfte darüber gab, wie viele Schiffe in letzter Zeit hier gewesen waren, obgleich im Gas und Staub des Sprungpunkts Spuren von Durchreisenden blieben, die mithilfe bestimmter Instrumente ausgewertet werden konnten. Hier draußen in der Finsternis gehörte das zu den Sicherheitsvorkehrungen. Den Kauffahrern lag daran, kommen und gehen zu können, ohne dies bei den anderen oder auch bei den Kriegsschiffen an die große Glocke zu hängen, vor allem da das Militär der Allianz auch potentielle Kauffahrerkonkurrenten umfasste. Keiner wollte die Boje politisieren. Es war das Zeitalter des Misstrauens, das Zeitalter des Eigennutzes, das dem Zeitalter der Aufopferung gefolgt war. Schiffe und Stationen kämpften in einer veränderten Ökonomie gleichermaßen ums Überleben.

Trotz der Angst vor Piratenüberfällen ging der Schmuggel in dieser isolierten Gegend munter weiter; Waren wurden direkt ausgetauscht, ohne Stationszölle, illegale oder rationierte Produkte, Arzneimittel aus Cyteen, seltene Hölzer aus den Wäldern der Erde. Nichts von dem, was die hier gewohnheitsmäßig lauernden Schiffe taten, hätte einer eingehenden Untersuchung durch die Stationsbehörden standgehalten.

Der Träger da draußen war auf seine Art ebenfalls eine Behörde, die einem solchen freien Unternehmergeist mit einem Stirnrunzeln begegnen würde: Schiffe, die sich unter seinen grimmigen Blicken trafen, wären sicher eingeschüchtert und würden nicht wagen, den bei solchen Begegnungen ansonsten üblichen Schattenhandel zu betreiben.

Aber den heimlichen Handel stoppen? Er würde sich irgendwo anders verstecken, bis der Träger verschwunden war. Und irgendwann würde er weg sein, das war klar.

Statt das Treiben der Kauffahrer zu überwachen, würde die *Amity* sich in Regionen begeben, in die keine Sonnenstrahlen vordrangen. Und die *Finity's End* setzte ihren Weg fort und machte sich bereit zum nächsten Sprung.

* * *

Ein Monat und vier Tage waren verstrichen. Die Wanduhr in der Kombüse war unbestechlich.

Als Fletcher das Datum sah, wurde ihm schlagartig bewusst, dass er wirklich nicht auf Pell war; einen Augenblick stand er da und starrte: Die dünnen Stoppeln, die er in der Dusche abrasiert hatte, stammten nicht vom Wachstum eines Monats … sondern von der Hälfte. So alterten Spacer.

Beides waren Tatsachen, die ihm theoretisch bekannt gewesen waren, bevor er sich zum Dienst gemeldet hatte. Aber dass dieser andere Alterungsprozess auch ihm widerfuhr, genau wie Jeremy und allen anderen – um ihm das klar zu machen, brauchte es diese harmlose Wanduhr. Plötzlich waren Spacer nicht mehr *die anderen*, nein, er selbst war einen Monat aus dem Universum herausgetreten und nur zwei Wochen älter geworden.

Aber Pell war einen Monat älter. Und Bianca. Sie würden den Zeitunterschied nie mehr ausgleichen können.

Inzwischen waren die Regenfälle größtenteils vorüber. Die Überschwemmungen würden zurückgehen.

Das Getreide hatte sicher zu wachsen begonnen. Melody und Patch hatten ihre Paarungswanderung hinter sich, hatten sich geliebt und begannen ein neues Leben – mit ein wenig Glück.

Aber Fletcher würde nicht da sein, wenn sie zurückkamen. Falls sie zurückkamen. Falls Melody ihr ersehntes Baby je bekommen würde. Fletcher würde es nicht erfahren.

»Ja, das ist eine Uhr«, sagte Vince, pubertär gemein wie immer. »Hast du so was noch nie gesehen?«

»Sei still«, entgegnete Fletcher.

Es war verrückt. Sie hatten ihn anders gemacht. Er war nicht mehr Fletcher Neihart, nahtlos eingepasst in Pells Stundenplan. Jetzt war er Fletcher Neihart, der im gleichen Rhythmus alterte wie Jeremy. Ein seltsames, zeitgedehntes Leben.

Mit einem flauen, hilflosen Gefühl ging er auf Anweisung des Küchenstabs an die Arbeit; eine Weile sagte er kein Wort und die anwesenden Senioren stellten ihn nicht deswegen zur Rede.

Jeff, Jim T. und Faye, die Küchenleute, waren sehr nett. Als Fletcher an Bord kam, hatten sie sich alle um ihn bemüht, ihn nach seinen Vorlieben befragt und dafür gesorgt, dass er genug zu essen bekam – ein sehr fundamentales Anliegen, das unter anderem auch Jeffs Stolz auf seine Kochkünste zum Ausdruck brachte. Nicht einmal Fletcher hatte es fertig gebracht, ihm das krumm zu nehmen.

Jetzt war Fletcher also gemeinsam mit Vince, Linda und Jeremy als Küchenhilfe eingeteilt; er wuchtete schwere Behälter mit gefrorenen Lebensmitteln aus den Schränken, schob kalte Bleche in Blitzherde, holte Tabletts mit Geschirr und Essen und reichte sie Linda an. Vince nahm sie ihr ab und gab sie an Jeremy weiter.

In dem ganzen Trubel hatte man wenigstens keine Zeit zum Nachdenken. Über zweihundert Mahlzeiten mussten in die Messe auf dem B-Deck geliefert werden, genauso viele hier auf A, in die Messe direkt neben der Kombüse. Zu all dem wurden noch Wägelchen mit warmen Sandwichs nach B transportiert, für die diensthabende Besatzung auf ihren jeweiligen Stationen, einschließlich der Brücke.

Dafür war Fletcher nicht eingeteilt; man ließ ihn noch nicht hinauf in den Operationsbereich. Nicht, dass jemand etwas dergleichen sagte, aber Vince brachte das Zeug ganz selbstverständlich zum Lift und dann nach oben. Die Leute von der Fracht- und Wartungsabteilung schneiten zwischendurch herein – wann ihre Arbeitsbelastung dies eben zuließ – und bekamen spezielle Mahlzeiten ja nach Geschmack vorgesetzt. In der Küche ging es ziemlich hektisch zu und man musste hart arbeiten. Aber wenn die hungrigen Menschen etwas zu essen bekamen, waren sie glücklich – eine ganz andere Erfahrung als unten in der Wäscherei.

Fletcher schnappte sich auch selbst etwas zu beißen, genau wie die anderen. Bei Bedarf mussten sie ihre Pause unterbrechen, um weitere Essenstabletts fertig zu machen, beispielsweise weil gerade die ganze technische Abteilung von einer Sitzung kam und Hunger hatte.

In der Technikergruppe unterhielt man sich über ein Schiff, dem man begegnet war. Ein Schiff der Union.

Befinden wir uns nicht auf Allianzterritorium? überlegte Fletcher. Ihm wurde ganz flau im Magen, als ihm wieder einfiel, dass das All da draußen mit dem, was er in der Schule über das Pell-System gelernt hatte, überhaupt keine Ähnlichkeit hatte. Keine Planeten. Keine Sonne. Die Große Sonne lag in weiter Ferne.

Sie waren in der Nähe einer so genannten dunklen Masse, einem Beinahe-Stern und einer Anzahl massiver Objekte, die keine Fusion eingingen, selbst wenn man sie zusammenschob.

In der Schule lernte man einiges über Tripoint, denn auf diese Handelsroute war Pell angewiesen. Außerdem wurde natürlich die Tatsache hervorgehoben, dass das Territorium im Krieg hart umkämpft gewesen war. Fletcher war mit Gedenktafeln aufgewachsen. *An dieser Stelle …*

Doch jetzt war er mittendrin, samt einem Schiff der Union, und der Junge ihm gegenüber, sein gar nicht mehr kindlicher Zimmergenosse mit dem Körper eines Zwölfjährigen, samt Vince und der flachbrüstigen Linda – sie alle stellten ehrfürchtig Spekulationen darüber an, was der Unionsträger hier zu suchen hatte und warum der Kapitän – so lautete das Gerücht – mit ihm gesprochen und eine Kapsel zu ihm abgeschossen hatte.

»Vielleicht kriegen wir doch noch ein bisschen Action zu sehen«, meinte Jeremy fröhlich. Fletcher fand die Aussicht nicht sonderlich erheiternd. Aber die Techniker erzählten, dass nichts Besorgniserregendes geschehen war: Das Schiff war ruhig liegen geblieben.

Wieder kam eine Takeholdwarnung. Die *Finity* hatte sich zweimal bewegt, und nun wurden erneut die Motoren hochgefahren. Sie verbrachten eine Stunde in der Sicherheitsnische der Küche und spielten Vid-Games, während die Techniker sich in ihre Quartiere zurückzogen; sie hatten jetzt frei und konnten sich ausruhen. Es gab keinerlei Anzeichen für Probleme.

Später wurden die nächsten Mahlzeiten vorbereitet; sie rührten in Töpfen und Pfannen, schütteten ab, schichteten Pasta und Sauce, während das Essen für die Endschicht gar wurde.

Große Schalen mit Obstkuchen wurden aus dem Lager geholt, aufgetaut und zum Nachtisch erhitzt; so etwas hatte Fletcher nie zuvor geschmeckt. Als Jeff, der Koch, ihm erklärte, das Gebäck komme von der Erde, hielt Fletcher unwillkürlich inne. Er wurde korrumpiert! Diese leckeren Gewürze waren Luxusgüter der Föderation! So etwas hätte er auf Pell nie bekommen, er konnte es sich nicht leisten, und er fragte sich, ob es ihm überhaupt Recht war, wenn er sich je an den Geschmack gewöhnte.

Aber er aß sein Dessert trotzdem und nahm sich sogar einen Nachschlag. Schließlich konnte er es jetzt erst einmal genießen und sich später Zeit für moralische Entrüstung nehmen. Der Aufenthalt an Bord hatte durchaus Vorteile, und es war seine Entscheidung, ihn zu genießen, solange das so einfach war: die Gewürze, den Geschmack, all die neuen Erfahrungen. Ja, er war vielleicht verrückt und manchmal voller Hass, er war gegen seinen Willen hier gefangen, aber er sagte sich, dass er keine sittlichen, sondern nur legale Punkte sammeln musste, und das auch erst, wenn er nach Pell zurückkehrte. Alles, was er im Augenblick genoss – den Obstkuchen, die zweifellos beste Dusche, die er je gehabt hatte, eine unglaublich angenehme Matratze – auf all das konnte er auch wieder verzichten, wenn die Zeit kam. Wenn er sich jetzt daran freute, minderte das weder seinen Stolz noch seine Integrität.

Und obendrein schmeckte es einfach herrlich.

Der Küchendienst war jedenfalls um Längen besser als die Wäscherei. Bei der Wäsche musste man nur arbeiten. Hier dagegen gab es nebenbei Essen, so viel man wollte. Außerdem hatte der Küchendienst etwas von der Freiheit von Downbelow an sich – man arbeitete mehr oder weniger für sich, und die Leute, die einen beaufsichtigten, waren ausgesprochen freundlich. Vor allem Jeff, des Haupttagskoch, ein großer grauhaariger Mann, der in der relativ kleinen Küche besonders wuchtig wirkte, sich jedoch auf dem beengten Raum so präzise bewegte, dass man mit ihm weit seltener zusammenstieß als mit den drei schmächtigen Junioren. Für Jeff galt anscheinend die Regel, dass er einen Menschen um so lieber mochte, je besser diesem sein Essen schmeckte; außerdem verlangte er nichts Kompliziertes von Fletcher – wie etwa Zurschaustellung irgendwelcher Verwandtschaftsbeziehungen.

Das Saubermachen nach dem Kochen war zwar kein reines Vergnügen, aber auch nicht besonders schlimm. Über Interkom erhielt Jeff die Nachricht, dass der Träger seine Position gehalten hatte und sie in etwa einer Stunde noch einmal die Geschwindigkeit hochfahren würden. Demzufolge musste bis dahin die Kombüse geputzt, aufgeräumt, alles verstaut und sämtliche Schranktüren gesichert sein. Dann konnten sie früh Schluss machen, gleich bei Hauptdunkel, wenn die Lichter gedämpft wurden, um die Dämmerung für die Haupttagsschicht und das Morgengrauen für die Wechseltagsschicht anzuzeigen. Davor hätten sie noch zwei Stunden Freizeit gehabt, doch für heute hatten die Kapitäne nichts dergleichen in Aussicht gestellt. Also hieß es früh zu Bett, und in ihren Kojen blieb ihnen nicht viel anderes übrig als zu warten, während das Schiff das tat, was die Verantwortlichen für nötig hielten, um an seinen Bestimmungsort zu gelangen.

* * *

Als die Motoren auf Fahrt gebracht wurden, fühlte sich Fletcher ziemlich unbehaglich. Er und Jeremy waren im Bett, als die nächste, relativ kurze Zündung erfolgte, eine lange, erzwungene Wartezeit. Danach wurde ein fünfzigminütiger Gleitflug angesagt; Jeremy spielte Vid-Games, so high von seinem Phantasiekrieg, dass man ihn unmöglich ignorieren konnte. Mit nervös zuckenden Gliedmaßen lag er da und gab sonderbare Geräusche von sich.

Inzwischen wusste Fletcher, dass sich der Junge zwar benahm, als wäre er auf Drogen, dass das aber nicht der Fall war. Manchmal war er überzeugt, dass Jeremy sich so in seine Spiele vertiefte, weil er Angst hatte, sich aber nicht mit ihr auseinander setzen wollte. Falls dem so war, musste Fletcher annehmen, dass ein Junge, der das Leben auf diesem Schiff gewohnt war, wusste, wovor er Angst hatte. Dann wieder fragte er sich, ob für Jeremy die Grenze zwischen Spiel und Wirklichkeit vielleicht doch gelegentlich verschwamm.

Jeremy wollte sich also Mallorys Crew anschließen, wenn er erwachsen war. Handel war nicht nach seinem Geschmack. Viel zu zahm. Er wollte gegen Mazians Rider kämpfen.

In den siebzehn Jahren von Jeremys Leben hatten sich die Dinge rasant entwickelt, und die zwölf Jahre, in denen er wach gewesen war, hatte er vermutlich in einem Wirbel von Gewalt und Brutalität verbracht – eine Situation, die für Pells Gerichte Grund genug gewesen war, Fletcher nicht herauszurücken.

Auch Jeremys Mutter war tot. Auf dem Schiff war genug Grausiges vorgefallen, das Jeremy heimsuchen konnte. Nicht nur ihn, auch Vince und Linda. Kein Wunder, dass sie seltsam waren, ganz anders, als zwölf-, dreizehnjährige Kinder sein sollten.

So sollte auch kein Zwölfjähriger sein, auch kein schwacher unerfahrener Siebzehnjähriger. Jeremy, Vince, Linda hatten diese Jahre erlebt. Jeremy hatte angedeutet, dass sie in den Wochen während eines Sprungs für gewöhnlich Tapes bekamen – Tapes über die Funktionen des Schiffs, Lehrtapes mit Körperübungen und Fakten, Informationstapes mit geschichtlichen Daten oder Nachrichten aus verschiedenen Häfen. Ein Tape war eine sehr anschauliche Lernmethode, die offenbar in Kombination mit den Sprungdrogen noch effektiver wirkte als mit den Tranquilizern, die auf Station für Tapestudien verabreicht wurden. Tapes fühlten sich manchmal an wie die Wirklichkeit, und wenn Fletcher sich die Tapes vorstellte, die Jeremy im Lauf der ganzen Monate bekommen hatte, die er vollgepumpt mit Drogen auf seinem Bett verbracht hatte, lief das auf eine ziemlich intensive virtuelle Collegebildung hinaus, die sicher zwei oder drei wache Lebensjahre zusätzlich zu Jeremys körperlichen zwölf umfasste.

Aber obwohl Jeremy in diesen verlorenen Wochen Wissen und technisches Verständnis angehäuft hatte, war das, was man in der zeitgedehnten Frequenz von zwei Wochen pro Monat universeller Zeit erlebte, während das Schiff im Sprung war, dennoch keine wirkliche Lebenserfahrung. Es führte nicht zu emotionaler Reife, nicht zu körperlicher Entwicklung. Die jungen Leute hier waren mental sonderbar, allesamt unter dem Durchschnitt eines Siebzehnjährigen. Manchmal bewältigten sie Erwachsenenaufgaben mit solcher Leichtigkeit, dass man ganz vergaß, welche Kluft allein durch Fletchers natürliches Wachstum zwischen ihnen lag, dann wieder benahmen sie sich wie Kinder im Alter ihres Körpers. Ihr Humor beschränkte sich auf Ellbogengerangel und fiese Streiche. Beim Thema Sex wurde gekichert. Krieg und Tod waren Vid-Games, selbst bei denen, die ihre Mütter und Geschwister hatten sterben sehen – und genau das war das Erschreckende daran. Jeremy hatte grässliche Dinge erlebt – und zog sich einfach in seine Spiele zurück, er war geradezu besessen von blutrünstigen Bildern, und wenn er seine imaginären Feinde abschoss, erschien ein zufriedenes Grinsen auf seinem Gesicht. Auch wenn es um wirkliche Feinde ging. Denk doch mal darüber nach, was du da tust, hätte Fletcher ihn gern angeschrien, aber nach dem Wenigen, was er verstand, war Jeremys ganzes Leben nicht *anders* als seine Gewaltspiele – und das war Jeremys Art, damit fertig zu werden. Das war genau das, was Fletcher am meisten an den Vid-Kriegen in der Koje nervte. *Linda* wollte später am Geschützcomputer arbeiten. Wovon Vince träumte, wusste Fletcher nicht.

Fletcher schloss die Augen, während das Schiff seine gewaltigen Manöver vollführte, und hörte die Musik, die Jeremy ihm geliehen hatte. Er überlegte, ob er es unter den gegebenen Umständen riskieren sollte, seine eigenen Studientapes ins Abspielgerät zu legen. Aber er wollte sie auf keinen Fall beschädigen.

Schon ein ganzer Monat war inzwischen vergangen. Er war zwei Wochen älter und erinnerte sich an nichts davon; auf dem Planeten war ein Monat ins Land gegangen, und nach ein paar bedrückten Tagen hatte Bianca ihn und seine Probleme sicher erst einmal beiseite geschoben und ihr Leben weiter gelebt. Die allgegenwärtigen Wolken waren sicher nicht mehr grau, sondern wieder weiß. Melody und Patch waren zur Basis zurückgekehrt.

Bestimmt wussten sie inzwischen, dass Fletcher weg war. Daran dachte er, als das Schiff ruhiger wurde und stattdessen nun eine lange Brennphase von zwei Stunden angekündigt wurde.

Fletcher holte tief Luft, als der Druck sich aufbaute, und ließ sich von der Musik tragen. Es war, als triebe er auf dem Alten Fluss, sanft geschaukelt von der Strömung.

Jeremy schlug weiterhin vergangene Schlachten und übte lang ersehnte Rache. Fletcher ließ sich auf einer Flut von Musik und Erinnerungen treiben, redete sich ein, er wäre auf dem Alten Fluss, der zwar trügerisch sein konnte, aber ganz bestimmt seine guten Seiten hatte.

Leben. Und Frühling.

Pufferbälle und Spiele am Hang, Pollenstränge auf dem Wasser, Pollenkörner und Sternenstränge. Noch stand der nächste Sprung nicht unmittelbar bevor. Gerade verließen sie den Massepunkt. Von Jeremy lernte Fletcher allmählich einiges über die Fortbewegungsweise des Schiffs.

Aber es war ungefährlicher, an zu Hause zu denken … Feierabend auf den Feldern, das weiche Seidengrau der Wolken, das verblasste, bis die Kuppeln seltsam weiß erglühten und an den Wegen durch die Basis mit hereinbrechender Dämmerung die Nachtlichter eingeschaltet wurden, winzige, schwach leuchtende Anhaltspunkte in der Dunkelheit.

* * *

Vor dem Morgengrauen des Haupttags hieß es schon wieder zurück in die Kombüse: Das Schiff steuerte mit hohem Tempo auf Mariner zu und nun standen ihnen zwei Tage ruhiger Fahrt bevor, ehe der Sprung zum Hafen anstand.

Die Köche behaupteten, sie würden nie lange schlafen, und für die Junioren, die in der Kombüse halfen, galt das Gleiche. Ihr Frühstück aus Synthe-Eiern und Obst bereiteten sie selbst zu, aber erst, nachdem sie riesige Frühstückstabletts zu den Servicestationen auf Deck A und B transportiert hatten. Unterdessen war die Arbeit schon beinahe Routine, und als Fletcher loslegte, hatte er das angenehme Gefühl einer gewissen Kontinuität und einer größeren Vertrautheit mit dem Schiff, das mit der in der letzten Schicht gewonnenen Geschwindigkeit aufs angepeilte Ziel zu eilte.

Ein glatter alltäglicher Ablauf, selbst der Ruck, den es in Tripoint gegeben hatte. Fletcher versuchte dem nächsten Sprung ruhig entgegenzublicken. Weshalb sollte er Angst haben, sagte er sich, wenn ein Schiff, das den Krieg und den Beschuss erbitterter Feinde überlebt hatte, das tat, was für jedes andere Kauffahrerschiff jedes Jahr fast alle zwei Monate zur Routine gehörte?

Eigentlich konnte er sich doch ein wenig entspannen. Unter den Küchenleuten wurde noch immer gemunkelt, dass der Träger, der sie beim Eintritt nach Tripoint so erschreckt hatte, sie jetzt von hinten beobachtete wie ein Cop am Dock, aber Fletcher hatte nicht den Eindruck, als wäre das Grund zur Besorgnis. Niemand behinderte die *Finity*, und wenn Mazianni unterwegs gewesen wären, hätte die Präsenz der Union sie sicher vertrieben. Also konnte man auch diese Furcht zunächst einmal abhaken.

Plötzlich merkte Fletcher, dass er wieder an die Zukunft dachte, nachdem ihm doch alle Hoffnungen und Pläne geraubt worden waren. Vince und Linda waren zwar Nervensägen, aber irgendwie doch ganz erträglich. Jeremy war ein zuverlässiger Ratgeber und wies Fletcher auf alles hin, was er zu lernen hatte. Außerdem war er ein fröhlicher, anständiger Kerl – wenn er nicht gerade imaginäre Piraten abschoss. Jeff, der Koch, hatte nichts dagegen, wenn man gelegentlich ein Brötchen extra mitgehen ließ. Fletcher hatte sich endgültig dazu durchgerungen, sich den Obstkuchen schmecken zu lassen, und fand das Leben eigentlich nicht unangenehm, solange er sich in die Arbeit stürzte und nicht zu oft und zu intensiv darüber nachdachte, wo er sich befand.

Er interessierte sich sogar für seinen Job und versuchte, Jeffs Wünsche zu erahnen und sich allgemein gut mit ihm zu stellen. So fest entschlossen er sich früher in Pell geweigert hatte, in seiner Familie seine Pflichten mehr als oberflächlich zu erfüllen, sah er jetzt keinen Sinn darin, eine Arbeit zu sabotieren – immerhin sprangen leckere Nachspeisen dabei heraus! Mit einem freundlichen Grinsen nahm Jeff Neihart zur Kenntnis, dass Fletcher nicht nur gerne aß, sondern das Geschirr ordentlich in die Schränke stapelte und zweimal kontrollierte, ob die Türen richtig schlossen – er benahm sich, als wäre er hier geboren. So sehr Fletcher sich anfangs dagegen gewehrt hatte, sich für irgendetwas auf diesem Schiff zu engagieren, erledigte er seine Aufgaben nun sorgfältig und gewissenhaft.

Noch immer konnte es passieren, dass er sich plötzlich desorientiert fühlte, aber der Zustand wurde deutlich seltener. Ja, er befand sich im All, wovor ihm immer gegraut hatte, aber andererseits war diese gemütliche, wundervoll duftende Küche voller fleißiger Leute viel realer.

Als Fletcher gegen Ende der Schicht eine Pause einlegte, setzte er sich mit einer Tasse echten Kaffees an einen Tisch in der Messe. Man hatte ihm gesagt, dass es echter Kaffee war, und er ließ ihn sich förmlich auf der Zunge zergehen … hmmm … ein viel kräftigerer Geschmack als der synthetische. Anders. Schon wieder etwas, an das er sich nicht zu gewöhnen wagte.

Offensichtlich schöpfte man auf einem Schiff ein bisschen von den edlen Dingen für den Eigenbedarf ab und berechnete die Kosten etwas anders als in den Stationsgeschäften. Jeff meinte, was man auf diesem Schiff zur Verfügung hatte, sollte man genießen, solange es da war.

Bestimmte Einzelheiten des Schiffslebens waren nicht zu verachten. Ein Jahr war lang, aber nicht unendlich. Fletcher hatte schon wesentlich schlimmere Zeiten erlebt. Ein Jahr, um sein Gleichgewicht zu finden, ein Jahr, in dem er achtzehn wurde, volljährig …

Jeremy trat an seinen Tisch. »Madelaine möchte dich sehen.«

»Wer ist Madelaine?« fragte Fletcher über seine Kaffeetasse hinweg.

»Rechtsabteilung.

Fletchers Herz sank ihm in die Hosen, obwohl es doch nichts gab, was irgendeine Rechtsabteilung ihm jetzt anhaben konnte. Er schluckte den heißen Kaffee zu schnell und verbrannte sich den Gaumen.

»Warum?«

»Keine Ahnung. Irgendwelcher Papierkram vermutlich. Sie ist oben auf dem B-Deck. Soll ich dich begleiten?«

Aber Fletcher wollte lieber allein gehen. Da oben waren lauter Erwachsene, und er wollte nicht, dass jemand seine Schwierigkeiten mitbekam, vor allem nicht einer der Junioren. Vor allem nicht sein Zimmergenosse. In seinen Eingeweiden klingelten die üblichen Alarmglocken. »Welche Nummer?«

»Ich glaube B8. Falls sie da nicht ist, versuch's bei B10.«

»Ich werd's schon finden.« Fletcher trank den Kaffee aus, aber mit verbranntem Mund schmeckte er nicht mehr so gut, und der Schmerz im Hals trieb ihm fast Tränen in die Augen. Wieder einmal war eine an sich schöne Erfahrung verdorben. Er stand auf, ging den Korridor hinunter und suchte den nächsten Lift zum B-Deck.

Der Lift war schnell. Direkt nach oben, ohne seitliche Bewegungen, hinauf auf das Deck, das Fletcher nur auf ausdrückliche Anweisung betreten sollte. Er trat auf einen mit blauem Teppich ausgelegten Korridor – auf dem A-Deck war der Boden schlicht gefliest. Die Wandverkleidung war elfenbeinfarben, blau und mauve.

Eine echte Chefetage. Hier zeigte sich der Reichtum der *Finity* überdeutlich. So lebte man also, wenn man zur führenden Seniorbesatzung aufstieg … und Anwälte gehörten natürlich zum festen Bestand. Die *Finity* brauchte sie nicht mal einzustellen. Irgendein verdammter Cousin übernahm einfach die Aufgabe, und da Anwälte bis jetzt untrennbar zu Fletchers Leben gehört hatten, war es ja nur recht und billig, wenn er diesen hier endlich kennen lernte.

Dieser hier, der ihn seit siebzehn Jahren verfolgte und der – da Spacer ja so lange lebten – wahrscheinlich an allem Schuld hatte, was Fletcher je Unangenehmes widerfahren war.

Madelaine? So ein unschuldiger Name. Jetzt wusste Fletcher endlich, wen er hasste.

Es war B9, an der Tür hing ein Schild. Fletcher trat in ein Büro, in dem ein junger Mann saß, wie man ihn in jedem vergleichbaren Büro auf einer Station hätte finden können, leger gekleidet, nicht im Arbeitsoverall, den man dort trug, wo die weniger profitablen Aufgaben des Schiffs erledigt wurden.

»Sie sind nicht Madelaine«, bemerkte Fletcher barsch.

»Hallo, Fletcher.« Der junge Mann stand auf und streckte Fletcher die Hand entgegen. Fletcher nahm sie. »Freut mich, dich kennen zu lernen. Ich bin Blue. Genaugenommen Henry B. Aber Blue hat sich eingebürgert, frag mich nicht, wieso. Madelaine erwartet dich schon.«

»Danke«, sagte Fletcher, und der junge Mann namens Blue führte ihn in ein unglaublich feudales Chefbüro. Massives Holz. Ausgeklügelte Elektronik. Dazu ein grauer Drache von einer Frau, mit kurz geschnittenem Haar und eisblauen Augen.

»Hallo«, begrüßte sie ihn, stand auf und kam um den Schreibtisch herum. Ihr Händedruck war kühl und schlaff, was Fletcher verabscheute.

Sie war schätzungsweise sechzig, also mit Sicherheit alt genug, um hinter Fletchers Problemen mit der *Finity* zu stecken. Außerdem bedeuteten äußerliche Sechzig ja ungefähr hundert Jahre. Sie war gut gelaunt. Fletcher nicht.

»Worum geht es?« fragte er gleich. »Hat jemand irgendwo eine Unterschrift vergessen?« Mit gespieltem Entzücken fügte er hinzu: »Oh, man hat sich umentschieden und ich darf doch wieder zurück!«

Unbeirrt nahm die Frau einen blauen Pass vom Schreibtisch und reichte ihn Fletcher. »Der gehört dir. Heb ihn gut auf, verlier ihn nicht. Ich kann dir zwar einen neuen ausstellen, aber ich tue es nicht gern.«

»Danke.« Er steckte den Ausweis in die Tasche und wollte gehen.

»Setz dich. Wie kommst du denn zurecht?«

Sie wusste doch, dass er nicht hier sein wollte. Aber das war ihr natürlich scheißegal.

Na gut, dachte Fletcher und nahm Platz. Um sich zu beruhigen, nahm er eine rasche Begutachtung dieser Person vor und hatte sich blitzschnell wieder unter Kontrolle. Diese Frau war nur ein weiterer Anwalt. Eine langjährige Feindin, der er bisher noch nicht begegnet war, die aber schon immer sein Leben dirigiert hatte. Und sie war kühl wie Eis.

Aber auch Fletcher hatte gelernt, unkommunikativ zu sein. Das hatten seine Anwälte ihm beigebracht: Hampel nicht rum, sieh dem Richter in die Augen, zeig deine Wut um keinen Preis. Daran hielt er sich. Hundertprozentig. »Sieht es vielleicht so aus, als hätte ich hier Spaß?« konterte er, während sie sich wieder hinter ihren Schreibtisch setzte. Garantiert gab es auf ihrem Computer eine Menge Dinge zu erledigen, die ihr wesentlich mehr am Herzen lagen als Fletchers Wohlergehen. »Nein. Werde ich hier jemals Spaß haben? Nein. Ich bin nicht gern auf diesem Schiff und werde es auch nie sein. Aber so ist es nun mal, und so wird es bleiben, bis wir wieder zurück sind.«

»Ich weiß, der Anpassungsprozess ist schwierig.«

»Und *Sie* mussten sich unbedingt in mein Leben einmischen.« Er hatte an Bord bisher niemanden gefunden, dem er die Schuld in die Schuhe schieben konnte.

Er hätte irgendeine offizielle Verlautbarung vom Seniorkapitän erwartet, wenigstens eine Begegnung von Angesicht zu Angesicht, aber nichts dergleichen. Als hätten sie ihn mitgenommen und nachdem das erledigt war, einfach vergessen. Er hatte nicht darum gebeten, seine Probleme bei ihr abladen zu dürfen, er hatte nichts Derartiges beabsichtigt, aber sie hatte danach gefragt. Sie wollte, dass er sich setzte und ihr sein Herz ausschüttete, weil die wirkliche Autorität des Schiffs keine Lust dazu hatte – dabei war sie die Person, die direkt dafür verantwortlich war, dass man ihm über zehn Jahre lang mit Prozessen und anderen Schwierigkeiten das Leben zur Hölle gemacht hatte, ganz zu schweigen von dem, was momentan ablief. Fletcher holte tief Luft und feuerte alles auf diese Frau ab, was ihm zu Gebote stand. »Meine Mutter war eine nichtsnutzige Drogenabhängige, die mich im Stich gelassen hat. *Sie* haben mich unbarmherzig verfolgt und jetzt bin ich hier – natürlich bin ich überglücklich, das können Sie sich doch vorstellen!«

»Deine Mutter hatte keine andere Wahl, sie musste auf der Station bleiben. Allerdings war es ihre Entscheidung, sich zu weigern, deine Bürgerrechte auf der *Finity* aufzugeben.«

»Sie ist gestorben! Und entschuldigen Sie, aber was haben Sie sich dabei gedacht, dass Sie alles kaputtgemacht haben, was ich aus eigener Kraft für mich aufgebaut habe?«

Ein ziemlich langes Schweigen entstand. Das Gesicht, das ihn anstarrte, war weniger freundlich als das der Hisa-Wächter und genauso unbewegt.

»Es tut mir leid, dass du die Station vorgezogen hättest, aber du bist nicht für die Station geboren, Fletcher, und für diese Tatsache ist keiner von uns verantwortlich. In diesem Universum kann keiner einfach frei umhertreiben, weißt du. Es gibt die Staatsbürgerschaft, dein Geburtsrecht, dich an einem bestimmten Ort aufzuhalten und deine Geburt macht dich nicht zu einem Bürger von Pell. Finanziell, rechtlich, national gesehen hast du immer uns gehört. Francesca wollte nicht, dass du einer von denen wirst. Sie wollte, dass du hier unter deinen Leuten bist. Nur wollten sie dich einfach nicht gehen lassen.«

»Die verdammten Gerichte, meinen Sie.« In der schlechten Meinung von den Gerichten gab es vielleicht die erste Übereinstimmung. Und diese Madelaine hatte ihm nicht mit der gleichen Feindseligkeit geantwortet, sondern die Balance gehalten, wie es sich für eine Anwältin gehörte. Fletcher begann sogar zu überlegen, ob sie vielleicht gar nicht so übel war. Genaugenommen hatte sich bisher niemand auf diesem Schiff wirklich als Feind entpuppt. Mit Jeremy hatten sie ihn entwaffnet. Gegen ihn gab es keine Einwände. Indem sie ihn hierher geschickt hatten, zu dieser Frau, hatten sie ihm erneut die Möglichkeit genommen, seinen Ärger an jemandem auszulassen. Erst jetzt wurde ihm klar, dass sie ihn lahm gelegt und dass er dieser Frau wirklich nicht weh tun wollte.

»Die verdammten Gerichte«, wiederholte sie leise, »ja, genau die.«

»Haben Sie vierzehn Millionen bezahlt?«

»Du hast also davon gehört.«

»Verdammt – Entschuldigung – allerdings, das stimmt.«

»Sie haben gegen uns prozessiert, dass wir dir eine Stationsbeteiligung kaufen sollten und den Fall in der Schwebe gelassen; in der Zwischenzeit wollte ihr eigenes Jugendgericht dich nicht herausgeben, solange Krieg herrschte, solange wir mit der *Norway* zusammenarbeiteten. Und wir geben unsere Leute nicht auf, junger Mann. Das kannst du dir gleich hinter die Ohren schreiben. Im Guten oder Schlechten – das Deck dieses Schiffs ist Hoheitsgebiet. Wir geben unsere Leute nicht auf und zahlen dafür auch noch vierzehn Millionen. Wenn du wissen möchtest, wer dir all die Hindernisse in den Weg gestellt hat: Ja, es waren die Gerichte von Pell, die keinen Grund dafür gesehen haben, diesem Schiff dafür zu danken, dass es in Pell überhaupt ein Rechtssystem gibt und nicht nur einen Außenposten der Unionsjustiz. Deine Mutter hat mit Klauen und Zähnen darum gekämpft, das Sorgerecht für dich zu behalten. Wir hätten dich auf jede Reise durch dieses System mitgenommen. Die Gerichte von Pell waren anderer Meinung, aber sie haben dir unter den Gesetzen von Pell keine Rechte eingeräumt.«

Der Tag war eigentlich ganz gut gelaufen, ehe Madelaine ihn hatte rufen lassen, um ihm zu erklären, was sie alles für ihn getan hatte. Endlich hatte sie ihm etwas gegeben, gegen das er kämpfen konnte. Vierzehn Millionen Kredite und sein Leben. Für heute war Schluss mit der Höflichkeit. Er würde ihr ehrlich die Meinung sagen. »Ich will nicht hier sein. *Zählt das etwa nicht*?«

»Tatsache ist, dass du auch kein Recht hattest, auf Pell zu bleiben.«

»Ich hatte jedes Recht!«

»Nicht das Recht, das zählt, nicht das legale. Und sie konnten es dir nicht geben, solange wir es nicht bezahlten, denn deine Rechte liegen hier auf dem Schiff, wo du durch deine Mutter sowohl Bürgerrechte als auch finanzielle Rechte besitzt.«

»Nun, das ist nicht meine Schuld. Ich bin diesem Schiff zu nichts verpflichtet. Und meiner Mutter schon gar nicht. Sie hat nie etwas anderes getan, als mein Leben zu vermurksen.«

»Sie hatte selbst wenig genug. Deine Mutter war das Kind meiner Tochter. Deine Großmutter ist bei Olympus gestorben. Ich bin deine Urgroßmutter – für uns beide offenbar eher unglücklicherweise. Deine engste noch lebende Verwandte.«

Da hatte sich Fletcher also wieder einmal auf jemanden eingeschossen, ohne zu wissen, wer das Ziel war. Er hatte seine Mutter beleidigt, wie er es sich gegenüber

Fremden angewöhnt hatte, damit nicht die anderen über sie herfielen und er sie dann verteidigen musste. Eine lebenslange Gewohnheit. Nur hatte er diesmal die falsche Gesprächspartnerin erwischt. Als er noch ganz klein war und Kinderverse las, hatte er sich oft gefragt, wie es sein mochte, wenn man eine Großmutter hatte. Oder eine Patin. So etwas gab es bei den Stationsbewohnern. Wenn er eine Großmutter gehabt hätte, wäre er nicht in einer Pflegefamilie gewesen. Oder?

Aber die Frau vor ihm war keine gute Fee, keine sanfte rundliche Dame mit einem Zauberstab und einem Kürbis voller Mäuse. Sie war eine Spacerjuristin, deren Augen einen durchbohrten. Und es war auch nicht seine Patin, nicht mal seine Großmutter. Die *Mutter* seiner Großmutter, zwei Generationen zurück.

»Francesca ist gestorben, als du fünf warst«, fuhr Madelaine fort. »Du warst zu klein, um sie wirklich zu kennen. Oder dir wirklich ein Urteil über sie zu bilden.«

Fletcher war bereit einzuräumen, dass er vorschnell gewesen war. Aber was Madelaine da sagte, konnte nicht unwidersprochen bleiben. »Nein. Ich kannte sie, ich war dabei. Ich *erinnere* mich.« Er erinnerte sich an Polizei, an seine Mutter, die regungslos auf dem Bett lag. Er erinnerte sich, wie ihm klar wurde, dass etwas mit ihr nicht stimmte. Ihre Hand war kalt, schrecklich kalt, als er sie berührte. Er hatte gewusst, dass das nicht richtig war. Er hatte den Notarzt gerufen. Er erinnerte sich an Zusammenhänge, an Gefühle. Alles war in seinem Bewusstsein gespeichert, bis ins kleinste Detail.

»Sie war eine gute Frau«, sagte Madelaine. »Sie hat ihre Sache gut gemacht. Ihr ganzes Leben lang hat sie Sprungdrogen genommen, ohne jedes Problem. Aber sie war schwanger, zu weit für eine Abtreibung, nicht weit genug für eine Entbindung außer in einem Geburtslabor, und das wollte sie nicht – so einfach war das. Wir wussten, was uns bevorstand – inzwischen ist die Geheimhaltung ja aufgehoben, also können wir darüber sprechen. Aber damals nicht. Und wir hatten nicht Zeit genug, dass sie in ein Geburtslabor gehen und sich anschließend ausreichend hätte erholen können. Wir konnten nicht auf sie warten, und wenn sie ihr Kind ohne uns bekam, hing sie auf der Station fest. Ein Riesenschlamassel. Wir alle hatten nur die Wahl, uns für das geringste Übel zu entscheiden. Wir versprachen, sie in einem Jahr abzuholen. Das hat nicht geklappt. Wir haben unsere Verabredung mit ihr nicht eingehalten, und da ist sie zusammengebrochen. Körperlich und seelisch. Nach der Entbindung bekommen viele Frauen Depressionen. Sie begann sich selbst mit Medikamenten zu behandeln. Vor allem Hyprazine gibt einem das Gefühl, im All zu sein, wenn man es beim Sprung nimmt, und das hatte sie während der Schwangerschaft bekommen. Nach dieser Illusion sehnte sie sich, Fletcher. Nur damit dir das klar ist.«

»Sie haben sich mit JR unterhalten, stimmt's?«

Madelaine schüttelte den Kopf. »Nein. Worüber hätten wir uns unterhalten sollen?«

»Die Wahrheit …« Fletcher konnte kaum atmen, versuchte aber, einigermaßen ruhig zu sprechen. »Meine Mutter hat mich der Wohlfahrt überlassen und dann wieder zu sich geholt, mehrmals, bis sie schließlich von einem ihrer Trips nicht mehr zurückkam. Und *mich* dem verdammten Rechtssystem überließ. Und sie konnten mich nirgendwo permanent unterbringen, sodass jemand eine Beziehung zu mir aufbaute, weil *Sie* die Station ständig verklagt haben. Ich will Ihnen mal was sagen – oder muss ich Sie jetzt duzen? Ich habe sechs Pflegefamilien verschlissen, fünf davon, bevor ich fünfzehn wurde. Ich habe die Schule geschafft. Ich habe mich bis zum Abschluss durch die Schule gekämpft. Ich habe die Zulassung, in Planetarwissenschaft auf Downbelow zu arbeiten, und genau das möchte ich auch. Da habt ihr mich weggeholt, und ich musste alles verlassen, woran mir etwas liegt. Ihr kommt einfach daher und schleppt mich an Bord, damit ich eure blöde Wäsche waschen und die Tische in der Messe schrubben kann, aus dem einzigen Grund, weil ihr die Macht dazu habt und weil ich euer Eigentum bin! Ihr könnt mich alle mal! Ich versuche mich zusammenzureißen, weil ich weiß, dass das Schiff nicht wenden kann, und ich habe auch kein Geld, um mit einem anderen Schiff zurückzufahren, ich muss dieses Jahr irgendwie überstehen, aber das ist *alles*! Ende der Fahnenstange! Denn wenn wir wieder in Pell sind, werde ich euch verklagen, um von diesem Schiff runterzukommen.«

»Dadurch hättest du immer noch keine Bürgerrechte in Pell.«

Ihm blieb nicht die Spucke weg, wie sie es vielleicht beabsichtigt hatte. Er wollte ihr nichts von Quens Versprechen erzählen. Sie war die Anwältin, die gegen ihn gekämpft hatte. Er hatte sowieso schon viel zu viel gesagt, dumm wie er war. Das hätten ihm seine Anwälte bestimmt vorgeworfen.

»Ich hatte eine Freundin da unten«, sagte er.

»Ach, geht es *darum*?«

»Nein! Darum geht es nicht. Jedenfalls nicht nur.« Selbstverständlich wollten sie seine Probleme gern auf so etwas reduzieren. Aber Leute, die nicht wussten, wie man auf einem Planeten lebte, konnten seine Gefühle natürlich nicht verstehen. Er hatte eine Großmutter gehabt. Sie war tot. Viele Leute auf diesem Schiff waren ums Leben gekommen … auch Jeremys Verwandte. Und Madelaine – seine Großmutter … seine *Ur*großmutter – starrte ihn nur an, vielleicht amüsiert, vielleicht beleidigt, weil er ihr eine unangenehme Wahrheit ins Gesicht sagte. Vielleicht jedoch war ihr auch einfach alles egal außer den vierzehn Millionen. Seit seine Mutter gestorben war, hatte er sich gefühlsmäßig nie mehr so auf jemanden einlassen müssen wie mit ihr, und damals war er fünf gewesen. Ganz langsam zeigte der emotionale Schock seine Wirkung, den das Treffen mit dieser Frau hervorgerufen hatte, der Schmerz irgendwo in seinem Innern, nicht greifbar, aber spürbar bis ins Mark, kurz davor auszubrechen. Und irgendwie eng mit dem Tod seiner Mutter verbunden.

»Ich habe Planetarwissenschaft studiert«, wiederholte er. »Das interessiert hier niemanden. Aber für mich war es wichtig. Wichtiger als alles andere.«

»Die Stationsleiterin hat uns erzählt, was du gemacht hast. Sie hat sowohl deine außerordentliche Beharrlichkeit erwähnt, mit der du dich in das Programm gebracht hast, als auch die ruinöse Aktion, die du am Schluss veranstaltet hast.« Madelaines Gesicht blieb absolut sachlich. Ihr Hände lagen locker gefaltet auf dem Tisch vor ihr, die Finger ineinander verwoben, eine Haltung, die Fletcher an irgendjemanden erinnerte – seine Mutter? Er war nicht sicher. »Tatsache ist, dass du in deiner Liebe zu dem Planeten Gesetze gebrochen und gegen Regeln verstoßen hast, die den Planeten und die Downer vor wohlmeinenden *und* böswilligen Besuchern schützen sollen. Es würde mich interessieren, warum du so etwas getan hast.«

Die Anwältin. Die etwas über Gesetze wissen wollte. Und ihre Nase in Angelegenheiten steckte, die sie einen Dreck angingen, außer dass es in ihrer Frage natürlich auch um das Befolgen von Vorschriften ging, um sein Verhalten auf einem Schiff, bei dem es darauf ankam, dass man Regeln einhielt. Fletcher war versucht zu lügen, die Dinge noch schlimmer zu machen als sie waren.

Aber er wollte sich nicht auch noch die Freiheit nehmen lassen, die er hier hatte.

»*Hattest* du Gründe, von der Basis wegzulaufen?« fuhr sie fort, während er noch nach einer Antwort suchte, die Madelaine glauben konnte und die sie gleichzeitig beruhigte.

»Man hat mich in die Enge getrieben«, sagte er schließlich. »So was würde ich heute nicht mehr mit mir machen lassen. Das ist alles. Es gibt Grenzen, auch für das, was man verlieren kann.«

»Hast du an Selbstmord gedacht?«

»Vielleicht.«

»Waren dir die Downer wichtig? Die Stationsleiterin meinte, du hättest mit zweien recht engen Umgang gehabt.«

Bianca hat geredet. Die Erkenntnis traf ihn wie ein Schlag in die Magengrube.

Und dann ging ihm mit dem nächsten zittrigen Atemzug auf: *Natürlich hat Bianca geredet. Ich war ja weg. Sie hatte das Recht dazu.* Das war zu erwarten gewesen – nur ging dabei mal wieder etwas Wichtiges vor die Hunde. Noch etwas, das sein Leben aufrecht erhalten hatte, wurde einfach unter ihm weggestoßen.

Sie hatte Angst. Ich habe sie da reingezogen. Ein Mädchen aus gutem Hause, mit einer Familie im Rücken. Selbstverständlich musste sie das erzählen. Mir die Schuld in die Schuhe schieben. Ich war ja weg, da musste sie pragmatisch denken.

Trotzdem – er hatte sich etwas mehr Charakterstärke von ihr erhofft. Ein kleines bisschen Heldentum. Aber sie hatte ihre eigene Haut gerettet. Das tat doch jeder, wenn es hart auf hart ging.

»Trotz deiner Herkunft hast du gelernt, mit den Downern zu arbeiten«, fragte Madelaine scharf. »Warum?«

»Weil …« Um ein Haar wäre es ihm rausgerutscht, beinahe hätte er gesagt, weil ich sie liebe, aber *diese* Information würde er nicht freiwillig zum Besten geben. Weil ich nicht gedacht hätte, dass ihr mich tatsächlich von Pell wegholt. Aber man durfte einem Psychodoc oder einem Anwalt nie den kleinen Finger geben. Keinen echten jedenfalls. »Weil sie anders sind. *Weil ich menschliche Wesen nicht besonders mag*. Wie klingt das?«

»Traurig, falls es stimmt.«

»Downer entführen niemanden.«

»Und sie verstehen menschliche Beziehungen nicht,

wie ich aus meiner eher kurzen Erfahrung mit ihnen weiß. Es ist ziemlich das Gegenteil von dem, was du mit ihnen tun sollst. Aber du hattest deine eigenen Beweggründe.«

»Beispielsweise, dass sie mich eingeladen haben, bei ihnen zu bleiben. Jahrelang. Ich *kenne* die Downer. Vor allem die beiden, mit denen ich zu tun hatte.«

»Du kennst sie besser als die Forscher und Wissenschaftler. Du kennst sie gut genug, um den Regeln zu trotzen und eine Rettungsmannschaft von fast fünfzig Menschen in Gefahr zu bringen.«

»Es hat sie keiner gezwungen, Jagd auf mich zu machen.«

»Ach ja?« Die Anwältin schüttelte den Kopf. »Fletcher, ich glaube, das ist deiner nicht würdig. Du bist schwierig, wie meine Enkelin. Deshalb bist du überhaupt auf der Welt. Sie war verliebt, in einem Jahr, als Kinder zu einer Geisel des Schicksals wurde. Das wusste sie. Sie ging das Risiko ein.«

Verliebt.

Deshalb bist du überhaupt auf der Welt.

Er hatte eine Kauffahrerin zur Mutter, und das bedeutete, dass er keinen Vater hatte. Das war eine der Tatsachen seine Lebens: Er hatte keinen Vater. Wie konnte diese Frau es wagen, ihn damit zu ködern? Seine Mutter *wusste*, wer sein Vater war, und er war keine Zufallsbekanntschaft in einem Schlafheim?

Er würde nicht anbeißen. Um keinen Preis.

»Ich muss arbeiten«, verkündete er und stand auf.

Madelaine sah ihn an, als wäre er ein Punkt auf ihrer Tagesordnung. Aber nicht mehr kühl, nicht mehr distanziert. »Gott, du bist wie Francesca.«

Noch ein Schlag unter die Gürtellinie. Wie heftig, wurde ihm erst klar, als er gegangen war, vorbei an seinem Cousin Blue, hinaus auf den schicken teppichbelegten Korridor.

Wie Francesca. Sie sah ihn aus ihren altersrunzligen

Augen an und platzierte ihren besten Treffer mit einem *Gott, du bist wie Francesca …*

Aber er war nicht wie seine Mutter. Er war keine Kopie, von niemandem! Seine Mutter war nicht wie er gewesen.

Sie war verliebt …

Er hatte seine Mutter nicht mit siebzehn gekannt. Womöglich hatte sie auf demselben Stuhl gesessen. Hatte denselben Lift benutzt, dieselben Korridore …

Sie war verliebt …

Irgendwo hatte er einen Vater. Seine Urgroßmutter *wusste*, wer er war. Sie kannte alle Namen, sie hielt sie ihm als Köder vor die Nase, um Stücke von ihm zu fassen zu kriegen, und sie stellte es noch raffinierter an als jeder Psychodoc.

Dass seine Mutter auf der Station gelebt hatte, daran war er gewöhnt. Aber sie stammte von der *Finity's End*.

Dieser Korridor, all diese Räume – hier war sie gewesen, als wäre es ein abgelegenes Zimmer ihres Lebens, ihre Jugend, so jung wie Fletcher jetzt war, hier erinnerten sich die Menschen an sie, wie sie war in dieser Zeit der Unbeholfenheit, des Ausprobierens und Fehlermachens, aus denen er sich so sehr herauszuwachsen bemühte.

Die Erkenntnis erschütterte ihn bis ins Mark.

Seine Identität wankte, alles war infrage gestellt: Wer er war und woher er kam, wer dieser siebzehnjährige Zwölfjährige, mit dem er das Zimmer teilte, für ihn hätte sein können. Hier wanderte er blind herum, in *ihren* Jugendjahren, und begegnete Menschen, die wollten, dass er hier blieb, weil sie seine Mutter verloren hatten, und für die das Leben auf der Station ein Buch mit sieben Siegeln war, zu dem sie keinen Zugang hatten. Jeremy war die Brücke. Jeremy war das, wie es hätte sein können, derjenige, mit dem er immer zusammen gewesen wäre. Vielleicht wäre seine Mutter zusammen mit Jeremys Mutter und der Hälfte der Schiffsbesatzung gestorben … und vieles wäre gleich, aber anders, vollkommen anders.

Fletcher nahm den Lift hinunter zum A-Deck und wanderte dorthin zurück, wo er hergekommen war. Seine Nerven verkrafteten die Konfrontation mit den Tatsachen nicht, auch nicht die Konfrontation mit Madelaine Neihart. Er wollte nur in die Messehalle und zu Jeremy, weiter nichts, er wollte sogar zu Vince und Linda. Er spürte die Bewegung des Schiffes nicht, das mit unvorstellbarer Geschwindigkeit dem Nadir des Massepunkts von Tripoint zueilte, wo wieder etwas geschehen würde, das er nicht verstand, wo sie nicht nur beschleunigen, sondern sich ein zweites Mal aus dem bekannten Universum herausstürzen würden, in einen Zustand, den seine Mutter als Lebensform gewählt hatte – und in letzter Konsequenz als Todesform.

Als es im Physikunterricht darum ging, wie das Universum, dem dieser Zustand nicht passte, einen zuverlässig irgendwo anders wieder ausspuckte, hatte er nicht zugehört. Er war sich einig mit dem Universum: Er mochte den Zustand auch nicht und wollte ihn sich gar nicht erst vorstellen. Er wusste nicht, ob er es wirklich nicht verstehen *konnte*, aber als das Thema an der Reihe war, hatte er seinen Physiklehrer angefleht, ihm das Tape nicht noch einmal zu geben, bitte, lieber Gott, er wollte es nicht … bis sich schließlich die Psychologen eingeschaltet hatten. Am Ende hatte die Schule ihn von der Unterrichtseinheit befreit und ihn das Ganze in Realzeit studieren und gerade so durchkommen lassen, mit Stift und Papier, weil die Psychodocs meinten, es gäbe besondere psychische Gründe, mit denen der Lehrer und die Schule nicht umgehen konnten. Sie boten Fletcher an, ihm zu helfen, damit zurechtzukommen. Aber er hatte abgelehnt. Und irgendwie war das Thema nie wieder aufgetaucht.

Jetzt befreite ihn niemand. Keine Psychodocs eilten herbei und verlangten, dass man ihn in Ruhe ließ – damit kann Fletcher nicht umgehen! Diese Angst hatte das Gericht offensichtlich ganz vergessen, als es ihn aufgab und ihm seine Pell-ID abnahm. Vermutlich spielte so etwas für die meisten Leute keine Rolle mehr, wenn es um vierzehn Millionen Kredite ging. Eine bittere Erkenntnis. Quen hatte irgendeinem Richter auf die Schulter geklopft und gesagt: Diesmal können sie ihn haben.

Ironischerweise und gänzlich unerwartet war die einzige Person in der ganzen Angelegenheit, der Fletcher wirklich am Herzen lag – persönlich, wie sich herausstellte – ausgerechnet die Anwältin, Madelaine. Die Besatzung im Allgemeinen konnte ja nicht wissen, was aus ihm geworden war, sondern glaubte womöglich, die Gerichte wollten ihnen irgendein armes dummes Kind nicht herausgeben, auf das sie ein Anrecht hatten, ein Kind, dessen Spacerherkunft sich auf Knopfdruck an die Oberfläche drängte und es dazu brachte, alle seine Verwandten zu lieben.

Leider konnte das Schiff nicht wenden und den Fehler wiedergutmachen. Es flog weiter und machte für nichts Halt, das hatte ihm dieses Physiktape schon vor langer Zeit klargemacht … das Universum verabscheute die Situation, wenn sich etwas halb im Hyperspace und halb hier befand, und schubste ihre kleine Kapsel so lange am Interface entlang, bis ein Massepunkt sie mit seiner Schwerkraft einfing und die Kapsel mit einem Ruck zu sich heranholte. Während Fletcher so den Korridor des Schiffs entlangging, dem dieses Ereignis in Kürze bevorstand, hatte er das Gefühl, dass der Raum, der ihn mit Pell verband, immer mehr gedehnt wurde, dünner und dünner, als könnte das ganze Universum irgendwann reißen und verschwinden.

So war seine Mutter gestorben, oder nicht? Ihr Verstand war einfach – einfach immer mehr gedehnt und ausgedünnt worden, bis nicht mehr genug übrig war, um sie wohlbehalten nach Hause zu bringen.

Madelaine war klug, scharfsinnig und schnell – so stellte er sich seine Mutter vor, wenn sie nicht auf Drogen und er kein ahnungsloser Fünfjähriger gewesen wäre. Er würde sie nie in einem vernünftigen Zustand kennenlernen, würde nie mit ihr in einem Zimmer sitzen, wie er es gerade mit Madelaine getan hatte, um Erinnerungen auszutauschen, um Vor- und Nachteile gegeneinander abzuwägen. Er hatte Erinnerungen an seine Mutter, in denen sie glücklich war und lächelte, aber als Teenager hatte er sich ein reiferes, brutaleres Urteil gebildet: Wahrscheinlich waren das die Tage gewesen, an denen die Droge sie zwar high gemacht hatten, sie aber noch funktionierte – wenn ihr Körper auf Pell blieb, aber *sie* nicht.

Liebe? Sie hatte ihm gerade so viel gegeben, dass es ihm das Herz aus der Brust riss. Sie hatte jemanden geliebt, dessen Namen Madelaine nun ihrem Sohn verführerisch vor der Nase baumeln ließ? Hatte ein Kind von ihrem Geliebten bekommen?

Warum, zum Teufel, hatte sie sich dann im drogenumnebelten All verloren? Postnatale Depression? Wenn es doch so einfach wäre …

Fletcher ging in die Messe zurück. Da es dort momentan nichts zu tun gab, holte er sich eine Limonade. Sie hatten frei. Wenigstens ein Vorteil dieser Situation, die sich wieder wie eine Falle anfühlte, in die er ohne sein Zutun geraten war.

»Was wollte die Rechtsabteilung denn von dir?« wollte Jeremy wissen.

»Ach, bloß irgendwelcher Kram wegen dem Pass«, antwortete Fletcher. In diesem Punkt wollte er sich Jeremy nicht anvertrauen. Und schon gar nicht Vince oder Linda, die immer auf irgendwelchen Tratsch aus waren. Wenn Vince jetzt auch nur den Mund aufgemacht hätte, hätte Fletcher zugeschlagen.

Er versuchte sich zu beruhigen und auf Distanz zu gehen, sich zu sagen, dass dieses Jahr, genau wie alles andere, vorbeigehen würde. Er hatte gelernt zu warten, in den Wartezimmern von Ärzten und Psychodocs, im Gericht. »Hampel nicht rum«, sagte der Erwachsene des Monats dann, und Fletcher hielt still. Wenn er sich nicht rührte, bemerkte ihn auch niemand. Ein Jahr war eine lange Zeit, aber sein Kampf, nach Downbelow zu kommen, hatte noch länger gedauert. Er wusste, wie man etwas aussitzen konnte. Nichts fühlen. Nicht viel sagen. Sich nicht auf Leute einlassen, wie er sich vorhin auf die Anwältin eingelassen hatte. Er hatte einen Riesenfehler gemacht, da oben in Madelaines Büro ... die Art von Fehlern, die manipulativen Menschen etwas in die Hand gaben, was sie für sich ausnutzen konnten.

Nein. Sie hatte ihn bereits gekannt, bevor er durch die Tür gekommen war. Fletcher war ihr *Urenkel*, sie hatte ihre Tochter und ihre Enkelin verloren, und jetzt wollte sie es mit ihm versuchen, denn sie sah seine Mutter in ihm. Das war ihm noch nie passiert. Sie war seine Urgroßmutter, wirklich und wahrhaftig, und seine Mutter hatte auf diesem Schiff *gelebt*.

Auf Pell war sie nur *gestorben*.

KAPITEL 11

Die Schicht ging zu Bett, eine erschöpfte Hauptnacht, in der Visionen des regenverhangenen Flusses durch Fletchers Phantasie tanzten und Spielkarten wie Regentropfen herabfielen, untrennbar verwobene Bilder, in denen er seinen Kameraden nicht Stunden, sondern Tage schuldete, in denen er Jeremy durch Tunnels jagte, zuerst durch die Erde und dann durch gespenstisch beleuchtete Stahlrohre, die den Tunneln auf Pell seltsam ähnelten.

Am nächsten Morgen hieß es wieder vor der Hauptdämmerung in der Kombüse sein, Jeff mit den Frühstückstabletts helfen und die Wägelchen aufs B-Deck befördern. Immer noch wurden riesige Aufläufe als Vorrat für den nächsten Sprung vorbereitet, Mahlzeiten, die im Nu aufgewärmt werden konnten, mit einer Menge Pepperoni. Nach dem Sprung waren die Geschmacksnerven ziemlich taub, erklärte Jeff, was Fletcher aus eigener Erfahrung bestätigen konnte; würzige Speisen regten den Appetit an. Während der Arbeit gab es keinen Alarm, keinen Tempowechsel. Jeff meinte, durch den gleichmäßigen Gleitflug hätten sie endlich einmal Gelegenheit zum Backen. Kuchen, der während einer Hochgeschwindigkeitsphase im Ofen war, konnte man vergessen.

Also wurde in den ruhigen Phasen gekocht, was das Zeug hielt: Komplizierte Torten, Aufläufe, Kuchen, Pasten und individuelle Verpflegungspakete für die Zeit, wenn die Hungrigen sporadisch eintrudelten. Es gab

Zwiebeln und Fisch aus Pell, Käse und synthetischen Schinken, Kohl und Couscous und etwas, was sie tierisches Protein nannten, ein Küchengeheimnis, das keiner ansehen sollte, bevor es gekocht war. Es bestand aus kleinen Klumpen und wurde von den Küchenbediensteten meistens gemahlen. Es gab Reis von der Erde, gelbes Getreide aus Pell, es gab Saucen, Fruchtgelee aus Downbelow, Weinpulver und Gewürze und Hefe von der Erde. Es gab Käsesandwiches, Fischsandwiches, Propastensandwiches, die Fletcher nie wieder essen wollte, das schwor er sich. Es gab Pickles und Sirup und gefüllte Nudelröllchen, Bandnudeln, Blätterteiggebäck und Fladenbrot und Mehl und Brötchen mit Propaste und Pfeffer und scharfer Sauce, es gab Würstchenrollen zum Lunch und Käse- und Schinkenrollen zum Abendessen. Die Kombüse hallte wider vom Geklapper der Töpfe und Pfannen, aus Tiegeln wurde dampfende Sauce in Formen gefüllt und auf Transportwagen zum Kombüsen-Aufzug gefahren und unter der Außenverkleidung des Schiffs, der so genannten Haut, tiefgefroren. Hier draußen zwischen den Strukturelementen des Passagierrings, war Kälte die natürliche, billige Umgebung, sodass die Lebensmittel ohne weiteren Mechanismus als ein Licht einfach nur auf Regale gepackt zu werden brauchten; man musste allerdings eine dicke Jacke anziehen und spürte die Kälte durch die Stiefelsohlen, wenn man über den Gitterboden ging. Fletcher begleitete Jeff einmal aus Neugier – so nahe war er der kompromisslosen Nacht jenseits der Außenhaut noch nie gekommen –, aber er war froh, als er wieder in die Wärme und das Licht des Rings zurückkehrte.

Den ganzen Tag arbeiteten sie an den Sandwiches und kosteten natürlich auch reichlich davon. Niemand von der regulären Küchenbesatzung schien je eine komplette Mahlzeit zu sich zu nehmen – sie probierten zwischendurch von allem. Als letztes bauten sie kurz vor dem Abendessen eine riesige Pyramide aus leckeren kleinen Sandwiches und eine zweite aus Süßigkeiten, die zu Fletchers Leidwesen allerdings nicht auf *ihrem* Speiseplan auftauchten, sondern für das B-Deck bestimmt waren.

»Wir kriegen schon was davon«, beruhigte ihn Jeremy, während sie dem Wagen nachsahen. »Oben in der Seniorenmesse. Es gibt da eine Zusammenkunft, für alle.«

»Ach ja?« Fletcher war nicht sehr begeistert, der Bordaufruf war ihm noch allzu deutlich im Gedächtnis. Da hatte er sich ganz besonders unbehaglich gefühlt. Aber er fand, dass er ein Anrecht auf die leckeren Sachen hatte, schließlich hatte er hart gearbeitet. »Ich lese lieber oder so was. Danke.«

»Es wird erwartet, dass man auftaucht. Die gesamte zweite und dritte Schicht wird da sein und auch von der ersten werden einige kommen. Deshalb haben wir heute nur Fastfood gekriegt, leichtes Essen.«

»Ist es eine Versammlung oder was?«

»Keine *Versammlung*«, erklärte Jeremy, als wäre Fletcher schwer von Begriff. »Ein Essen. Leckeres Essen. Eine Party. Du weißt schon. Leute. Musik. Eine Party eben.«

»Warum?«

»Weil die Kerle von der Union irgendwo da hinten sitzen und uns nicht ärgern, weil wir auf einen großen langweiligen Sprungpunkt zusteuern und nicht viel zu tun haben. Warum *nicht*? Komm schon, Fletcher, es wird dir gefallen. Entspann dich. Vor der Hauptdämmerung steht der nächste Sprung an, aber heute abend amüsieren wir uns. Entspann dich, lass es dir gut gehen, heute hat bestimmt irgendjemand Geburtstag. Das sagen wir immer: Irgendwo hat bestimmt irgendjemand Geburtstag. Wir feiern für George.«

»Wer ist George?« Es gab eine Art Schiffsjargon, Witze, die glatt an Fletcher vorbeigingen.

»King George V.«

Obwohl Fletcher persönlich englische Geschichte faszinierend fand, hatte er nicht gedacht, dass ein Zwölfjähriger von der *Finity* wissen würde, wer King George war. Nicht mal England, trotz Jeremys Tapeunterricht. Er war erstaunt. Und interessiert. »Warum George?«

»Na, weil er alt ist und tot und niemand mehr für ihn eine Party gibt, deshalb machen wir es auf der *Finity*. Wenn sonst niemand Geburtstag hat, feiern wir eben den alten King George!«

Das leuchtete ein. »Warum nicht?« meinte Fletcher. »Klingt ganz logisch.«

* * *

Zwar hatte er immer noch keine rechte Lust auf die Party, aber dann dachte er an das Essen, an dem sie den ganzen Tag gearbeitet hatten. Außerdem wusste er, wenn er allein blieb, während die anderen feierten, würde er sich nur noch einsamer fühlen. *Ich möchte lieber in meinem Zimmer bleiben und euch alle hassen* wäre wahrscheinlich die ehrlichste Antwort gewesen, aber Jeremy ließ keinen Zweifel daran aufkommen, dass das keine akzeptable Ausrede war.

Jeremy hatte es sogar geschafft, Fletcher trotz aller Vorbehalte für die Party zu interessieren.

Also duschten sie, zogen saubere Sachen an – ohne Mehl-, Pfeffer- und Fettflecken – und gingen hinauf aufs B-Deck. Fletchers schlimmste Befürchtung war, dass er womöglich offiziell vorgestellt werden sollte und dann gezwungen war, zu Leuten höflich zu sein, mit denen er nichts zu tun haben wollte. »Sie werden mich nicht noch mal begrüßen, oder?« hatte er sich bei Jeremy erkundigt. »Ich will das nämlich nicht.«

»Wenn du nicht magst, werden sie es lassen«, antwortete Jeremy. »Ich sage Bescheid, dann hast du deine Ruhe.«

Trotzdem dachte Fletcher im Lift unruhig daran, dass

er vermutlich nicht um eine weitere Runde von Namen mit dem Anfangsbuchstaben J herumkommen würde: *John, James, Jerry* und *Jim*. Er war bereit, sich damit abzufinden, solange er nur nicht selbst in den Mittelpunkt gestellt wurde oder irgendwelche sentimentalen Phrasen über sich ergehen lassen musste, wie *»Das ist Francescas Baby«* oder dergleichen. Solange es Georges Party bleibt, komme ich mit, hatte er Jeremy erklärt. Aber keine unliebsamen Überraschungen.

Und als sie dann den Ring zur Seniormesse hinaufgingen, sah er die aufgebauten Speisen, Tische mit Leinendecken, Menschen, die Familie; alle schlenderten umher und plauderten, ihm schien keine spezielle Aufmerksamkeit zu drohen, keine Zeremonie, keine Peinlichkeiten, keine Formalitäten. Die Rec-Halle des B-Decks bildete gemeinsam mit der Messe einen durchgehenden, mit Teppichboden ausgelegten Abschnitt des Gesamtrings; im Rec-Bereich standen die Vid-Maschinen, die momentan allerdings nicht benutzt wurden. Außerdem gab es eine Bar und um die fünfzig Tische mit Leinentischtüchern, wie in einem erstklassigen Restaurant. Das Ganze nahm zwei Ringsegmente des B-Decks ein, wobei der Rec-Bereich nur durch eine schmale Trennwand und eine Schiebetür, die jetzt geöffnet war, von der Messe getrennt wurde. In lockerer Vertrautheit wimmelten hier hundert, vielleicht auch zweihundert Menschen herum – alles Verwandte! – und aus beiden Richtungen trafen ständig neue Gäste ein.

Im Rec-Bereich stand auch ein großer Billardtisch, um den sich eine ganze Schar Schaulustiger versammelt hatte. Ein paar Frauen spielten im Hintergrund dezent und gar nicht schlecht Gitarre, und die Süßigkeiten und Snacks aus der Messehalle fanden reichlich Zuspruch. An der Bar warteten schon eine Reihe von Gläsern mit Drinks und Wein und die Kellner und Kellnerinnen – fünfzig bis hundert junge Leute – mussten sich sputen, mit dem Servieren nachzukommen.

Den ganzen Tag schon hatte sich Fletcher mit Sandwiches begnügen müssen, aber jetzt machte er sich über die Dessertplatte her und stopfte sich den Mund mit Sahnetörtchen voll.

»Fletcher!«

Er kannte die Stimme, und als er sich umdrehte, sah er Madelaine, die ihn mit gerunzelter Stirn betrachtete. Sie hatte ein Glas Wein in der Hand und war eindeutig nicht in offizieller Laune.

»Freut mich, dass du gekommen bist, Fletcher«, sagte sie.

»Danke«, erwiderte er und wischte sich vorsichtig über die Lippen, falls sie mit Sahne verschmiert waren. Wenn er gewusst hätte, dass er seiner Urgroßmutter als Erster begegnen würde, wäre er lieber doch nicht gekommen.

»Amüsier dich«, sagte sie. Erleichtert und dankbar nahm er zur Kenntnis, dass sie ihn nicht in eine aufdringliche, persönliche Konversation verwickelte, sondern nur lächelte, an ihm vorbeischlenderte und ihn stehen ließ, sodass er weiter ungezwungen mit Jeremy durch den Saal wandern konnte.

Jeremy war ganz scharf darauf, ihm die Namen der Anwesenden mitzuteilen.

»Ich kann sie mir unmöglich alle merken«, meinte Fletcher nach sechs oder sieben Vorstellungen. »Es gibt zu viele, die mit J anfangen, die kann ich nicht auseinander halten. Es sei denn, du zeigst mir King George. Der mit G anfängt, oder?«

Jeremy fand das sehr amüsant. »Tatsächlich, hier ist jeder ein J«, sagte er, als hätte er noch nie daran gedacht. »Die meisten jedenfalls. Außer dir, du bist Fletcher. Wahrscheinlich der erste Fletcher seit fünfzig Jahren.«

»Warum? Warum ist Fletcher eine Ausnahme?«

»Er wurde erschossen, vor langer Zeit«, antwortete Jeremy. »Er war derjenige, der die Männer der Company daran hinderte, das Schiff zu entern, und er hat es geschafft und ist drinnen auf Deck gestorben. Ohne ihn gäbe es keinen von uns. Keine Allianz. Keine Union.«

Fletcher kannte den Vorfall, man lernte ihn in der Schule. Aber er hatte nicht gewusst, dass es ein Fletcher Neihart war, der todesmutig die Tür geschlossen hatte, als der Feind versuchte, die *Finity* in die Falle zu locken und Kapitän James Robert gefangen zu nehmen. Er wusste, dass die *Finity's End* den Vertretern der Erdcompany den Zutritt verweigert hatte, er wusste, dass der Kapitän und die Besatzung weder die Abgeordneten der Station *noch* der Behörden an Bord gelassen hatten, weil sie diesen keine Autorität über das Schiff zugestanden und kein Stationsgesetz an Bord duldeten. So hatte der erste Kauffahrerstreik begonnen, als die Kauffahrer vom einen Ende des Weltraums bis zum anderen demonstrierten, dass ohne die Kauffahrerschiffe nichts lief, dass der gesamte Transport von Handelswaren ohne sie zusammenbrach.

So hatte die Heldentat von Fletcher Neihart die Ereignisse ins Rollen gebracht, die letztlich zum Companykrieg führten.

Geschichte. Jüngere Geschichte, die Fletcher hasste. Er hatte den obligatorischen Test bestanden, um in das Programm aufgenommen zu werden. Der Companykrieg. Der Vertrag von Pell aus dem Jahr 2353, der den Status quo untermauerte, in dem die Zivilisation sich befand, als Fletcher geboren wurde, mit der Union auf der einen und der Allianz auf der anderen Seite. Die Erde war mit keinem von beiden so recht glücklich. Fletcher saß auf Pell fest und seine Mutter war tot. Diese Art von Geschichte.

Der Mann, nach dem Fletcher benannt worden war, hatte im ursprünglichen Konflikt zwischen den Schiffen der Company und den Familienschiffen im letzten Moment die hart umkämpfte Luke der *Finity* geschlossen; ohne seine Tat hätte das Schiff nicht starten können oder die Polizisten, die den legendären Fletcher erschossen, wären in der bei offener Luke unvermeidbaren Dekompression gestorben.

In Pell wusste man Bescheid über dieses Ereignis. Auch Fletcher kannte den Beginn des Companykrieges.

Der Kerl hatte also Fletcher geheißen. Fletcher wusste nicht, warum er auf einen Spacer stolz sein sollte, der seit hundert Jahren tot war – aber er selbst hatte siebzehn Jahre unter den eingebildeten Velasquez' und Willetts und Dees und Konstantins verbracht, die sich wegen ihres Namens alle so furchtbar wichtig nahmen, und das hauptsächlich wegen der Heldentaten, die irgendwelche Männer und Frauen ihrer Familie vollbracht hatten, die längst tot waren. Fletcher dagegen hatte noch nie ein Gefühl für Kontinuität gehabt, kein Zugehörigkeitsgefühl außer zu einer drogensüchtigen Mutter und einem Prozess.

Jemand war beim Schließen der Luftschleuse unter den Schüssen seiner Feinde gestorben, weil er wusste, wenn er das nicht tat, würde das Vakuum mehr Menschen töten als nur die, die auf ihn feuerten – das war für Fletcher eine vernünftige Art Tapferkeit. Die Willetts hatten ein Warenlager voller Zeug für die Kriegsanstrengungen gespendet. Was für eine Leistung! Auf sie hatte niemand geschossen.

Wenn man auf diesem Schiff den Namen Fletcher Neihart hörte, dachte man an diesen Mann. Er war nicht nur ein Name, er führte einem jedesmal vor Augen, wer er war – einen Moment lang.

Er, der Fletcher von heute, hatte nie viel bedeutet. Als Teenager, auf dem Tiefpunkt seines Lebens, war er fast verrückt geworden, weil er sich so vor den Aufnahmetests für das Programm fürchtete, aber er hatte sich eingeredet, dass genau dies seine Stärke sei, dieses *»ich habe nie viel bedeutet«*: Also konnten ihm doch alle den Buckel runterrutschen. Wie ein Stehaufmännchen, das man anschubste und das sich immer wieder gerade hinstellte. Dieser Gedanke hatte ihn vor dem Durchdrehen bewahrt. Ihm seinen Wert bewusst gemacht, der nur ihn allein etwas anging.

Vielleicht hatte es ihn deshalb so durcheinander gebracht, Madelaine kennen zu lernen. Und er fühlte sich immer noch ganz zittrig. Instinktiv war er vor der Gefahr zurückgewichen, als Madelaine in ihrem Gespräch versucht hatte, ihn mit den Beweggründen seiner Mutter und dem Namen seines Vaters zu ködern.

Vor einer Sekunde war er wieder in der gleichen Gefahr gewesen, als er an berühmte Verwandte dachte.

Er war in Gefahr, sobald er in bestimmte Gedankengänge abdriftete ... wenn er anfing zu glauben, es wäre gar nicht so übel, Fletcher Neihart zu sein.

Ja, und Jeremy war kein übler Kerl, sie kamen miteinander aus und vielleicht sorgte Jeremy dafür, dass dieses Jahr Zwangsarbeit gar nicht so schlimm wurde. Aber Fletcher hatte auch geglaubt, er könnte sich auf Bianca verlassen. Gestern hatte er nicht nur erfahren, dass er eine Urgroßmutter hatte und dass die Anwälte, die er hasste, ihn eigentlich liebten, sondern im selben Gespräch hatte sich auch noch herausgestellt, dass Bianca mit den Behörden über ihn gesprochen und alles ausgeplaudert haben musste, was er ihr über Melody und Patch anvertraut hatte.

Darüber durfte man ja eigentlich nicht wütend werden. Bianca hatte sich doch ganz normal verhalten. Ihm waren schon wesentlich üblere Menschen über den Weg gelaufen. Erst als er ohnehin nichts mehr zu verlieren hatte, als er schon mit dem Rücken zur Wand stand, gefangen und vom Planeten geschickt worden war, erst da hatte Bianca geredet.

Also hütete er sich besser davor, in die Falle potentieller Verwandter zu gehen. Vielleicht konnte Jeremy tatsächlich das eine Geheimnis für sich behalten, vielleicht wusste er in manchen schwierigen Situationen Rat, aber das war kein Grund, sentimental zu werden oder ihn für etwas Besonderes zu halten. Jeremy hatte seine Anweisungen, und die kamen von oben, von jemandem wie Madelaine, wenn nicht sogar von ihr persönlich. Sie wollte, dass Fletcher sie fragte, wer sein Vater war. Aber das war ihm gleichgültig. Wer immer sein Vater sein mochte, er war jedenfalls nicht nach Pell gekommen. Hatte sich nicht um seinen Sohn gekümmert. Und auch nicht um seine Frau.

Typisch Spacer.

Es war sicherer, sich von ihnen allen zu distanzieren, auch von Jeremy. Er war ja ein recht angenehmer Zimmergenosse, aber das bedeutete noch nicht, dass Fetcher sich ihm verpflichtet fühlen oder ihm vertrauen musste. Mit ein wenig Distanz brauchte man sich wenigstens nicht zu ärgern, wenn diese Verwandten hier nicht besser und nicht schlechter waren als alle anderen. Das hatte Fletcher in einem halben Dutzend Familien gelernt – ein halbes Dutzend Versuche mit einem hübsch vorbereiteten Zimmer, einem hübsch vorbereiteten Bruder, einer Familie, die Fletcher vor seinem Erbe retten wollte und vor seiner Mutter, die auch nicht gerade viel wert gewesen war.

In diesem Bewusstsein schlenderte Fletcher nun vollkommen unangreifbar durch das Stimmengewirr; nichts konnte ihm etwas anhaben, auch nicht die Hände, die sich auf seine Schulter legten und ihn zwangen, diesen oder jenen Cousin kennen zu lernen … ihr könnt mich alle mal, dachte Fletcher, ich werde mich sowieso nicht an euch erinnern. Erst wenn er notgedrungen mit dem einen oder anderen umgehen musste, würden die Namen vielleicht in seinem Gedächtnis haften bleiben. Wenn er wirklich und wahrhaftig irgendwann in die Verlegenheit kommen würde, Jack von Jamie B. unterscheiden zu müssen, konnte er immer noch um eine alphabetische Namensliste bitten. Heute abend trugen zum Glück alle Namensschilder.

Doch sein Tag war anstrengend gewesen, und was er eigentlich wollte – sich beruhigen und die Sorgen hinter sich lassen –, lag nicht auf dem Dessert-Tablett. Er schlenderte zur Bar hinüber, nahm ein Glas Wein vom Tresen und ging schnell wieder weg, bevor ein Barkeeper ihn ansprechen konnte. Er nippte an dem köstlichen Getränk, das er in der Basis nie bekommen hatte, das in seiner letzten Familie jedoch eine Selbstverständlichkeit geworden war. Die Wilsons hatten den Betrag genommen, den sie von der Station dafür bekamen, dass sie sich um Fletcher kümmerten, Fletcher hatte keine Schwierigkeiten gemacht, war ein vorbildlicher Student gewesen, der seine Mahlzeiten außer Haus einnahm und seine Wäsche selbst wusch ... genaugenommen hatte er nur bei den Wilsons *übernachtet*, und sie waren nette, anständige Leute, die ihn in den Ferien zum Essen bei sich zu Hause oder in einem schönen Restaurant einluden und denen es egal war, wenn Fletcher sich gelegentlich an ihrer Bar bediente – solange er danach aufräumte und die Gläser abwusch.

Der Wein schmeckte ihm. Seine Nerven entspannten sich. Amüsier dich, lächle und lerne so viele von deiner Verwandtschaft kenne, wie es dir passt. Beispielsweise Jeff. Er war in Ordnung. Auch Urgroßmutter Madelaine war eigentlich gar nicht so übel, ihr Verhalten hatte nichts mit Fletcher als Person zu tun, außer vielleicht als Tochterersatz. Sie hoffte anscheinend, dass er sich dafür eignete, aber Fletcher war sicher, sie zu enttäuschen.

Aber wenn sie es sich verkniff, ihm autoritär zu kommen, wenn sie ihn einfach so nahm, wie er war – wie beispielsweise vorhin, als sie keinerlei Wind um ihn gemacht hatte –, dann konnte er sich auch seine Renitenz verkneifen. Er konnte nämlich auch nett sein. Er war schon zu einer Menge Leute nett gewesen, wenn er wusste, dass es in seinem Interesse war, und das schien auf diesem Schiff im Allgemeinen der Fall zu sein.

Fletcher hätte gern ein paar Cousins kennengelernt, die ein bisschen älter als zwölf waren. Er hätte nichts dagegen gehabt, gelegentlich mit jemandem zu reden, dessen Leidenschaft nicht ausschließlich Vid-Spielen galt.

»Himmel, so was solltest du lieber nicht trinken«, sagte Jeremy, der sich wieder zu ihm gesellte.

»Auf der Station hab ich auch manchmal Wein getrunken.«

Jeremy machte ein besorgtes Gesicht. Aber jetzt hielt Fletcher den Wein schon in der Hand und war nicht gewillt, ihn wieder abzugeben. In kleinen Schlucken trank er weiter – er hatte ja nicht vor, sich mehrere Gläser hinter die Binde zu kippen und sich zum Narren zu machen.

»Was ist denn das?« Auch diese hohe durchdringende Stimme war ihm bekannt. Vince war aufgetaucht, wie üblich mit Linda im Schlepptau. »Das darfst du nicht trinken.«

Vince mit seiner Scheinheiligkeit, mit seiner Klugscheißer-Einstellung. Was er alles tun wollte, wenn er größer und älter war. Fletcher gestikulierte mit seinem Dreiviertel vollen Glas. »Ich hab das Zeug schon oft getrunken. Wenn du größer bist, kannst du es auch mal versuchen. Aber jetzt entspann dich erst mal.«

»Du kriegst einen Eintrag«, beharrte Vince. »Ich wette, du kriegst einen Eintrag.«

»Gut. Dann sollen sie mich zurückschicken. Ich werde furchtbar traurig sein.«

»Ich wollte, das würden sie machen«, erwiderte Vince, vermutlich von Herzen, aber in diesem Augenblick erschien eine wichtigere Persönlichkeit.

JR.

»Er trinkt«, verkündete Vince, als hätte JR keine Augen im Kopf. Fletcher blickte JR direkt ins Gesicht.

»Hat dir das jemand gegeben?« erkundigte sich JR, ohne die drei Junioren wegzuschicken. Allmählich hatte Fletcher genug vom Familienleben. In drei raschen Schlucken leerte er sein Glas.

»Hier«, sagte er und drückte JR das Glas in die Hand.

Um ein Haar hätte JR es fallen lassen, aber er fing es in der Luft, ohne den letzten Tropfen auf den teuren Teppich zu verschütten.

Fletcher drehte sich um und ging. Sein Bedarf an Party und Feiern war für heute gedeckt und außerdem war er nicht in der Laune, sich herunterputzen zu lassen, weder vor seinem Zimmergenossen, einem zwölfjährigen Irren, noch vor ein paar Hundert seiner schlimmsten Feinde. Da der Raum überall offen war, konnte man ohne weiteres verschwinden. Fletcher ging einfach immer weiter bis zum Lift, wo es weniger hell und weniger laut war.

* * *

Das leere Glas war JR höchst unwillkommen, deshalb gab er es schnell an Vince weiter, verkniff sich aber vorerst jeden Kommentar. Er wusste nicht, ob es einen Wortwechsel gegeben hatte, ehe Vince Fletcher verpetzt hatte. Jedenfalls war Cousin Fletcher offensichtlich etwas überdreht, sei es vom Wein oder einer Überdosis Familie.

Da er sich nicht von den beteiligten Juniorjunioren in ein Gespräch endloser gegenseitiger Schuldzuweisungen verwickeln lassen wollte, ging er zur Bar hinüber, um Tatsachen zu erfragen. »Nate, hast du Fletcher Wein gegeben?«

Nate gehörte erst seit neuestem zur Seniorbesatzung und machte ein entsprechend betretenes Gesicht. »Nein, er hat das Glas einfach genommen. Ich wusste nicht, was ich tun sollte. Hat er denn die Erlaubnis?«

»Offiziell nicht, nein. Aber es war richtig, dass du keine Szene gemacht hast. Vince und die Juniorjunioren haben ihn zur Rede gestellt, da ist er gleich wütend davongestürmt.«

»Mir kam es vor, als ob der Junge auch nicht geradeheraus um Erlaubnis bitten wollte. Ich glaube, er wusste, dass er was Verbotenes tat.«

»Ja. Das schätze ich genauso ein. Wenn er es noch mal versucht, lass ihn einfach. Ich spreche mit der Rechtsabteilung und sehe, ob es irgendwelche Absprachen mit ihm gab, ehe er an Bord kam.«

»Ärger?« Bucklin trat neben JR. Eigentlich konnte ihm Fletchers Abgang nicht entgangen sein.

»Vince hat wegen einem Glas Wein gepetzt. Fletcher ist sauer.«

»Cousin Fletcher war schon sauer, als er an Bord kam. Wenn man bedenkt, dass er von den Cops *und* der Stationsleiterin persönlich hierher geschleppt wurde, überrascht es mich persönlich nicht, dass er und Vince aneinander geraten.«

»Aber wir sind für ihn zuständig«, seufzte JR. »Wir haben ihn, er gehört uns.«

»Vielleicht könnten wir in Tripoint Luftschleusentraining machen.« Bucklins Ton war nachdenklich, sein Vorschlag unerhört.

»Ich fürchte, so werden wir das Problem nicht lösen.« JR brachte es nicht fertig, die Sache auf die leichte Schulter zu nehmen, auch wenn es sich wahrscheinlich um einen Sturm im Wasserglas handelte. »Der Kapitän will ihn. Madelaine will ihn. Ich fürchte, irgendwann müssen wir ihn einarbeiten.«

»Unter uns gesagt – mir schmeckt das gar nicht.« Diesmal meinte Bucklin es überhaupt nicht witzig. »Der Junge will nicht hier sein. Ich meine, es ist schwer genug, ihn einzuarbeiten, wenn wir ihn wollen. Wir haben eine Menge zu tun. An ihm haben wir weiter nichts als einen Hilfsarbeiter. Bevor wir den Prozess gewonnen haben, lief alles prima, und ich weiß auch, dass wir ein Rechtsproblem hatten, aber – wo sollen wir ihn denn hinstecken?«

Die Frage blieb unbeantwortet, und da JR beharrlich weiter schwieg, ging Bucklin einen Augenblick später weg. Seinem Rang nach konnte er nicht aussprechen, was da in der Luft lag. »*Wir* wollen ihn nicht« traf nicht ganz die Stimmung unter den Seniorjunioren. Sie waren ein eingeschworenes Team, das dabei war, die jüngsten Junioren – mit Jeremy als Kleinstem – zu einer ebenso eng verwobenen Gruppe zusammenzuschweißen. In ein paar Jahren würden die Seniorjunioren Besatzungsposten übernehmen, für die Jeremy, Vince und Linda dann als Reservisten dienten. Mit ein wenig Glück würde dann vielleicht auch der erhoffte Kindersegen eintreffen. Die Seniorjunioren hatten im wahrsten Sinn des Wortes die Feuerprobe hinter sich. So gering ihre Zahl auch war, sah JR doch die Grundlagen für ein verdammt gutes Kommando, beruhend auf dem, was die Senioren aufgebaut hatten und was er sich in den letzten sieben Jahren selbst erarbeitet hatte. Vorausgesetzt, die Frauen wurden nun tatsächlich schwanger und in der Kinderstube wuchs neues Leben heran, sollten Jeremy, Vince und Linda mit der Volljährigkeit außerdem die Verantwortung für diejenigen übernehmen, die zu diesem Zeitpunkt der Kinderstube entwachsen waren. Bisher schien sich alles gut einzuspielen. Aber nun erschien Cousin Fletcher auf der Bildfläche, mit einer Körpergröße, die zu den Seniorjunioren passte, einem Wissensstand, der noch unter dem der Juniorjunioren lag, und obendrein auch noch einer durch und durch negativen Einstellung. Dazu kam der verspätete Abflug, etwas, das es in der gesamten Geschichte des Schiffs noch nie gegeben hatte, von Fletcher aber bestenfalls trotzig zur Kenntnis genommen wurde.

Hier lief etwas grundsätzlich falsch. Dieser ganze hochgespielte Vorfall mit dem Weinglas gerade eben war verdammt *falsch* gelaufen, sowohl dass Fletcher abgehauen war, als auch dass Vince ihn verpetzt hatte, als auch dass Jeremy verwirrt dazwischen gestanden und tatenlos zugesehen hatte. Es ging nicht um den Alkohol. Es ging um Fletchers Einstellung, die keinem ein Nachgeben ermöglichte. Und wieder einmal lag alles in JRs Verantwortung.

Einerseits wollte der Alte Mann die Einzelheiten nicht wissen, die Ausreden, die mildernden Umstände für eventuelle Fehler seiner Juniorkapitäne; andererseits würde dem Alten Mann blitzschnell jedes Detail zu Ohren kommen, sobald er zur Party auftauchte. Er würde wissen wollen, wo Fletcher war, und es gab in Gottes Universum nichts Schlimmeres als ein Interview mit Kapitän James Robert Neihart, wenn man gerade eine katastrophale Anzahl von Fehlern zu verbuchen hatte – wozu Fletcher mit seiner kleinen Aktion natürlich seinen Teil beigetragen hatte.

JR hatte geglaubt, wenn er Fletcher zu den Juniorjunioren steckte, würde er dem Jungen einen Platz geben, an dem seine Ignoranz nicht weiter auffiel, sodass er weniger unter Druck geriet und JRs eigenes oft sehr beschäftigtes Team nicht auch noch ständig Fletchers Babysitter spielen musste.

Ja, die Seniorbesatzung hatte ein schlechtes Gewissen wegen Francesca, weil sie nicht rechtzeitig zurückgekehrt waren, um das zu verhindern, was aller Wahrscheinlichkeit nach ein Selbstmord gewesen war.

Ja, Francesca hatte ihrem Kind einen der Signalnamen aus der Geschichte der *Finity* gegeben, einen von denen, die man, wie auch *James Robert*, einem Kind nicht einfach verpasste, ohne zu fragen und ohne die Billigung der Verwandtschaft einzuholen.

Ja, Francesca hatte ihm diesen Namen gegeben, bevor sie wusste, dass man sie auf der Station sitzen lassen würde – vermutlich nicht aus Bitterkeit, nicht, um ihnen allen ein schlechtes Gewissen zu machen, sondern um der Station, die Spacer normalerweise verachtete, klar zu machen, dass dies kein gewöhnliches Kind war.

Unglücklicherweise hatte der Name auch nach Francescas Selbstmord das Kommando der *Finity* weiterhin zu schaffen gemacht. Er gehörte einem Jungen aus der direkten Linie des ursprünglichen Fletcher, einem Kind, das in den Mühlen der Gerichtsbarkeit und der Machtspiele feststeckte, einem Kind, das durch diesen Namen und den Ruf der *Finity* in Spacerkreisen unvermeidlich Aufmerksamkeit auf sich zog.

Ja, natürlich hatte James Robert den Wunsch gehabt, ein Kind mit Namen Fletcher, seinen Großneffen, den Fängen der Station zu entreißen. Es sollte kein schmähliches Anhängsel an das Leben des ersten Fletchers entstehen, weil sein Name einem kleinen Jungen gehörte, der auf dem besten Weg war, sich zu einem öffentlichen Desaster zu entwickeln – JR kannte die Polizeiberichte über Fletcher –, bis hin zu seiner Flucht ins Hinterland von Downbelow.

Ja, Francescas Situation war eine Tragödie gewesen. Aber nach JRs Meinung hatte es eine Menge Leute auf der *Finity* wesentlich schlimmer erwischt als Francesca.

Seine Mutter gehörte dazu, bei der Dekompression gestorben. Jeremys Mutter ebenfalls. Und Vinces Halbbruder. Oder man konnte Bucklin fragen – er hatte alle nahen Verwandten verloren außer Madison, und Madison alle außer Bucklin.

Nur allzu verständlich, dass die Übriggebliebenen der alten Juniorgruppe eng verbunden waren, wie er und Bucklin. Eng aneinander geschmiegt hatten sie in der Kinderstube Situationen überstanden, die manch Schwächeren das Leben kostete. Sie hatten mit angesehen, wie manche von ihnen so entkräftet waren, dass sie irgendwann nach einem Sprung nicht mehr aus dem Drogennebel erwachten.

Sie hatten allen Grund, stolz zu sein, hatten allen Grund, sich zu wehren, wenn einem Fremden das, was sie sich hart erkämpft hatten, auf dem Silbertablett angeboten werden sollte – vor allem, wenn dieser Fremde verbittert und oft genug beleidigend reagierte, sobald jemand auf ihn zuging.

In JRs Kommando braute sich etwas zusammen, ungute Gefühle, und nun musste er möglichst schnell herausfinden, wie man mit Fletcher zurechtkommen konnte.

»Wie geht es ihm?« fragte Madison und JR spürte, wie ihm das Blut ins Gesicht stieg, während er verzweifelt nach einer passenden Antwort suchte.

»Er ist nicht glücklich«. Zu seiner Linken spielte eine Gitarre gerade eine leise Passage, eine Melodie, die er seit Kindesbeinen kannte: »Steh auf und geh.« Der Abschied zweier Liebender. Abschied im Allgemeinen, ein Klischee. Aber jedesmal, wenn er das Lied hörte, bekam JR eine Gänsehaut und ihm traten die Tränen in die Augen. Das störte das logische Denken und brachte einen dazu, frei von der Leber weg zu sprechen. »Und wir sind auch nicht glücklich mit ihm, Sir, wenn ich das so sagen darf.«

»Wir mussten ihn mitnehmen«, sagte Madison. »Das war unsere Chance. Wir konnten ihn nicht zurücklassen.«

»Ich bin mir unserer Verpflichtung bewusst, Sir. Und meiner. Ich bitte nicht darum, von diesem Problem befreit zu werden, ich möchte dem Seniorkommando nur mitteilen, dass ich noch keine durchschlagenden Erfolge mit Fletcher erzielt habe.«

»Es ist nicht nur *deine* Verpflichtung«, entgegnete Madison. »Elene Quen hat hier ordentlich mitgemischt.«

Die kleine Zusatzinformation, so direkt und absichtlich eingesetzt, brachte JR ganz aus der Fassung. In diesem Augenblick schlenderte Madelaine mit einem Drink in der Hand zu ihnen herüber.

»Jake hat Ops Bescheid gesagt«, erzählte sie, »nur um sicherzustellen, dass Fletcher ohne Zwischenfall in seinem Quartier ankommt.«

»Ich denke, das hat er geschafft«, meinte JR. Der Junge war wütend, nicht dumm. Und wenn Madisons Information etwas anderes zu bedeuten hatte als die Entschlossenheit der Familie, eines ihrer Mitglieder zurückzuholen, war diese Wut womöglich gerechtfertigt. Quen. Politik. Absprachen.

»Er hat sich ein Glas Wein unter den Nagel gerissen«,

sagte Madelaine zu Madison. »Pells Station hat so was zugelassen, da wette ich. Stationsregeln. Er wusste nicht, dass er um Erlaubnis fragen muss.«

Madison runzelte die Stirn. »Körperlich ist der Junge im Alter von JR. Aber der Geist ist minderjährig. Dein Fall, Juniorkapitän. Was *hast* du denn jetzt mit ihm vor?«

»Mein Fall«, wiederholte JR. »Aber das ist neu für mich. Wie stufen Sie ihn ein, Sir? Juniorjunior, oder nicht? Er ist so alt wie Jeremy und hat weit weniger Erfahrung.«

»Und körperlich so alt wie du. Das kannst du nachschlagen.« In diesem Moment entdeckte Madison jemanden am Eingang und ließ die anderen mit diesem Dilemma, dieser Halbinformation allein.

Frustriert blickte JR ihm nach. *Er* trank Alkohol, wenn auch behutsam und sehr selten, und *er* war immerhin schon sechsundzwanzig. Außerdem trug er die Verantwortung, dieses Privileg den Junioren zu gewähren oder abzuschlagen. Wollte Madison sagen, er sollte Fletcher die Privilege der Seniorjunioren sofort geben? Doch wohl eher nicht.

Und diese Anspielung auf Vereinbarungen mit Quen, die womöglich alles noch komplizierter gemacht hatten ... davon hatte JR nichts gewusst.

»Warum ist gerade der Name Quen gefallen?« fragte er Madelaine. »Ich weiß prinzipiell, warum wir Fletcher mitgenommen haben. Weil er *Fletcher* ist. Aber warum ausgerechnet jetzt? Warum warten wir nicht, bis er auf der Station achtzehn geworden ist und das Gericht seinen Fall sowieso fallen lässt? Habe ich da irgendetwas Wichtiges nicht mitgekriegt?«

»Oh, bei dem bewussten Abendessen hast du einiges verpasst.«

»Bei dem Essen mit Quen? Was hab ich verpasst?«

»Die Tatsache, dass Quen die Gerichte auf einmal, als ihr selbst etwas daran lag, so leicht dazu gebracht hat,

Fletcher herauszurücken, nachdem sie zwölf Jahre lang behauptet hatte, sie wäre nicht dazu imstande. Nun, das könnte auch ein ungerechter Verdacht sein. Möglicherweise hat sich ihre Situation verändert: Vielleicht hat sie inzwischen mehr Macht, vielleicht konnte sie einen ganzen Packen Gefallen einfordern.« Madelaine hielt inne – JR kannte dieses Schweigen bei ihr: Sie überlegte, wie viel sie dem Juniorkapitän anvertrauen konnte, und wenn er jetzt mit einer Frage herausplatzte, würde sie das als sicheres Zeichen werten, dass es besser war, die Information für sich zu behalten. Deshalb schwieg er, während Madelaine an ihrem Wein nippte und nachdachte,.

»Elene Quen will ein Schiff. Sie will ein Quen-Schiff. Und sie möchte, dass *James …*« – Madelaine gehörte zu den wenigen, die den Seniorkapitän James nannten und nicht James Robert – »dass James sie unterstützt und ihrer Forderung zustimmt.«

»Das weiß ich schon.«

»Aber es geht um mehr. Wie Mallory macht sich Quen Sorgen, was die Union als nächstes unternehmen wird. Sie glaubt, der nächste Krieg wird ein Handelskrieg. Die Union baut Schiffe und meint, damit nicht gegen den Vertrag zu verstoßen, solange es um Handelsschiffe geht. Wir sind natürlich anderer Meinung. Fletcher ist ein Thema für sich und war es schon immer, aber er ist zu einer Vertrauenssache zwischen uns und Quen geworden. Quen beweist uns, dass sie Macht auf Pell hat, indem sie uns Fletcher ausliefert und ihn an Pells Bürokratie vorbei schleust – und wir stehen im Rat der Kapitäne auf ihrer Seite und nutzen unsere Gummipunkte bei anderen Schiffen, um Stimmen für ihren Standpunkt zu bekommen – wenn sie uns unterstützt. Wir wollen niedrigere Gebühren. Eine *separate* Abmachung, wohlgemerkt.«

JR nahm es zur Kenntnis. Es gab keine Verbindung zwischen den beiden Ereignissen, weil beide Parteien sich darauf geeinigt hatten, dass es sie nicht gab. Klar, die *Finity* könnte ihren Teil der Abmachung nicht erfüllen, Quens Geschenk – Fletcher – annehmen und im Rat trotzdem gegen Quen stimmen, weil es ja keine Verbindung gab. Aber wenn die *Finity* Quen betrog, war Quen keine Verbündete mehr in einer anderen Sache, in der die *Finity* Quens Unterstützung brauchte.

Worum ging dieser Handel? Quen wollte ein Quen-Schiff, das war verständlich. Aber was wollte die *Finity* von Quen? Niedrigere Gebühren – das klang nicht nach einem Zusammenhang mit dem Kampf gegen Mazian. Es beeinflusste Kauffahrerprofite und Warenpreise. Sonst fiel JR nichts ein.

Die Gebühren beeinflussten den Handel, der Handel beeinflusste die internationalen Beziehungen. Hatte die Frage etwas mit dem Unions-Schiff da draußen zu tun, dem ungewöhnlichsten Ereignis dieser Reise, abgesehen von der Ankündigung, dass sie zum Handel zurückkehrten? Quen verabscheute die Union, das war allgemein bekannt. Und Quen hatte ihnen im Austausch den Jungen gegeben, den die Station seit siebzehn Jahren als Geisel hielt, weil Quen jetzt Schiffe bauen wollte.

Schiffe bauen, um die Union daran zu hindern, Schiffe zu bauen, die hauptsächlich auf Handelswegen innerhalb der Union operierten. Das war ein heikler Punkt: Sowohl vor wie nach dem Krieg waren alle existierenden kommerziellen Routen unabhängige Handelsrouten gewesen – außer den beiden zwischen Cyteen und seinen abgelegensten Sternstationen. Auf diesen beiden Routen hatte die Union immer ihren eigenen Militärtransport benutzt, um, wie man den Kauffahrern zu verstehen gab, eher spartanische Stationen zu versorgen, bewohnt wahrscheinlich von der maßgeschneiderten Menschheit der Union. Damals hatte sich kein Kauffahrer dafür interessiert, und dieser Fehler hatte der Union die Chance gegeben, in Kauffahrerangelegenheiten Fuß zu fassen.

»Was geht denn nun vor?« fragte JR Madelaine. »Wie ist Fletcher da hineingeraten, außer als Verhandlungsgegenstand? Und warum treffen wir Vereinbarungen mit Quen? Oder ist es das, was wir *wirklich* auf dieser Reise machen? Wen bekämpfen wir? Mazian? Oder die Union?«

»Das ist Information für ganz oben«, sagte Madelaine, womit sie ausdrücken wollte, dass das Folgende nur JR etwas anging und nicht bei den Juniorjunioren und nicht einmal bei Bucklin landen sollte. »Wir wollten Fletcher immer zurückholen. Wir haben nicht erwartet, dass es ausgerechnet diesmal klappt. Wir haben ihn mitgenommen, weil wir die Möglichkeit dazu hatten. Aufgrund ihrer eigenen Einschätzung der Situation mit der Union müsste Quen eingreifen und das wäre uns auch Recht, aber das sagen wir ihr nicht. Wir müssen *uns* von ihr überreden lassen, sonst arrangiert sie andere Absprachen mit anderen Parteien, weil sie glaubt, wir haben zu leicht nachgegeben und führen etwas im Schilde. Deshalb ging es eigentlich nicht um Fletcher ... wir haben ihn mitgenommen, weil es sich so ergab; aber wir haben nicht geplant, dass er sich auf dieser Reise zu einem Problem entwickeln würde.«

Abgesehen von dem Schaden für sein Kommando gefiel JR auch die ethische Schattierung der Transaktion nicht. Und es ging um Madelaines Urenkel! Sie waren Kauffahrer, sie kauften und verkauften, aber Menschen gehörten nicht in eine Kategorie mit Waren. In dieser Hinsicht hatte JR Mitleid für jeden, der in die Turbulenzen der Geschäfte von Mallory und Quen geriet. Und falls Fletcher die Natur dieser Geschäfte durchschaute, war das eine gute Erklärung für seine Verfassung.

»Behalte diese Information für dich«, sagte Madelaine. Vielleicht war sie wegen des Weins offener gewesen, als ihr recht war. »Vor allem kein Wort davon zu Fletcher.«

»Sie mögen Quen nicht«, bemerkte JR. Ihm kam es immer so vor, als wäre Quen eine unbeantwortete Frage, als wüsste man nie, woran man bei ihr war.

»Nein, ich mag sie nicht«, gab Madelaine unumwunden zu. »Nicht persönlich jedenfalls. Ich bewundere sie, aber ich mag sie nicht. Sie hat sich mit einem Stationsbewohner eingelassen, ist von der *Estelle* abgehauen, weil sie über beide Ohren in einen klugen jungen Stationsanwalt verliebt war, und keiner konnte Elene je an irgendetwas hindern, das sie wollte. Es ist nicht nett, das zu sagen, aber so ist es nun mal. Elene war auf der Station, weil Elene ihre romantischen Phantasien ausleben musste, als ihr Schiff zerstört wurde. Meine Francesca war auf der Station, weil sie keine andere Wahl hatte, medizinisch gesehen, und wir mussten sie innerhalb von fünfzehn Minuten absetzen und weiterfahren.« Noch ein Schluck Wein. »Jetzt ist Elene die Heldin der Allianz und meine Enkelin ist an einer Überdosis gestorben. Quen hat keinen Finger gerührt, um ihr das Leben zu erleichtern, als Francesca allein auf der Station war. Nichts dergleichen.«

JR war schockiert, versuchte aber, es sich nicht anmerken zu lassen. Noch nie hatte Madelaine ihm ihr Herz ausgeschüttet. Aber das letzte Mal, als sie Pell besuchten, hatte er auch noch nicht zum Kommandostab gehört und es hatte noch keinen schmutzigen Handel um Madelaines Urenkel gegeben.

»Meiner Meinung nach hat Elene sich falsch verhalten«, fuhr sie fort. »Sie hat ihr Schiff im Stich gelassen. Sie hat Francesca nicht unter ihre Fittiche genommen und ihr ein bisschen Freundschaft geschenkt. Sicher, Elene war beschäftigt und sie war ebenfalls schwanger, aber soweit ich weiß, hat sie nie einen Versuch gemacht, meiner Enkelin unter die Arme zu greifen. Wenn meine Elizabeth nicht gestorben und nach Pell zurückgekehrt wäre, hätte sie Quen die Meinung gesagt. Ich halte mich zurück, ich bin nur die Großmutter.«

Elizabeth war Francescas Mutter. Bei Olympus ums Leben gekommen. Wie so viele andere.

Madelaine stupste JR mit dem Weinglas an den Arm. »Kümmere dich ein bisschen um meinen Urenkel. Lass ihn nicht bei den Juniorjunioren versauern. Ich weiß, er ist ein Esel, aber er hat Potenzial. Tu mir den Gefallen.«

JR holte langsam und tief Luft. Da hatte er sich ja mal wieder sauber über den Tisch ziehen lassen. Nun, Madelaine war nicht umsonst die Chefanwältin des Schiffs.

»Ich werde es versuchen«, versprach er.

»So gut du kannst«, stimmte Madelaine zu.

»Irgendeinen speziellen Rat?« fragte er.

»Wie du mit ihm umgehen sollst? Fass ihn mit Samthandschuhen an. Der Junge hatte nie echte menschliche Beziehungen. Dank dieser verdammten Gerichte von Pell.« Der nächste Schluck Wein. Nur eine kleine hellgelbe Pfütze blieb übrig. »Hol mir noch ein Glas Wein, das ist nett. Ah, James ist gekommen. Ich werde ihm nicht erzählen, was Fletcher angestellt hat. Keiner von uns wird es ihm auf die Nase binden. Es ist unwichtig.«

Vielleicht hatte James Robert im Stillen gehofft, auf ein dankbares, glückliches neues Familienmitglied zu treffen. Madelaine ging zu ihm, um Schadensbegrenzung zum Schutz ihres Urenkels zu betreiben, und überließ es JR, ihr Glas an der Bar nachfüllen zu lassen.

Als JR mit einem Glas für Madelaine und einem für sich zurückkehrte, waren James Robert und Madelaine bereits in ein Gespräch vertieft. JR drückte das Weinglas in Madelaines ausgestreckte Hand, bot das andere spontan dem Alten Mann an, der dank Madelaines Intervention noch nicht bis zur Bar vorgedrungen war. Der Alte bedankte sich geistesabwesend und nahm das Glas.

Ein Gespräch unter Senioren: Ein Schiff der Union hielt sich einfach da draußen auf und hatte Rettungsaktion für eine Flasche Scotch gemacht; Quen und ihre Übereinkunft, die durchaus im Interesse der *Finity* war.

Madelaine meinte, es gehe um die Gebühren, was auf eine politische Vereinbarung innerhalb der Allianz hindeutete. Aber die ganze Geheimnistuerei roch entschieden nach einer Operation von Mallory, während die *Finity* – der dritte Punkt – demonstrativ den Handel wieder aufnahm, ein Schachzug, der an jedem Dock zu Gerüchten und Spekulationen führen musste … und der Fall Fletcher würde nicht nur in Pell, sondern auch überall sonst zum Gesprächsthema Nummer Eins avancieren.

JR hatte erraten, dass ihre Rückkehr zum Handel als Demonstration der Stärke der Allianz beabsichtigt war, als Demonstration, wie sicher die Handelswege durch ihren Einsatz geworden waren … in dem kritischen Moment, als die Sternstationsräte nicht mehr ohne weiteres gewillt waren, die Piratenjagd weiterhin zu unterstützen.

Und gerade da gewährte die Union den Kauffahrern spezielle Privilegien, wenn sie sich der reichen Union anschlossen statt der ökonomisch eher schlecht gestellten Allianz. JR wollte seine Karriere nicht darauf konzentrieren, gegen die Aktivitäten der Union zu kämpfen: Sein Leben lang waren die Mazianni der Feind gewesen, in diesem Kampf wollte er sich einsetzen. Doch er sah ein, dass die Aktionen der Union, die Quen sicher interessant finden würde, einen schlauen Schachzug darstellten. Wenn genügend Kauffahrer freiwillig bei der Union unterschrieben, würde die Union all das gewinnen, was sie im Krieg mit Waffengewalt nicht erreicht hatte – ohne dass ein Schuss fiel. Wenn die Kauffahrer anfingen, sich der Union in größerer Zahl anzuschließen, konnte es passieren, dass sich die Menschheit wieder einmal in zwei große Lager polarisierte. Mit ziemlicher Sicherheit konnte man davon ausgehen, dass die Kauffahrer zunächst mit allen möglichen Regeln geknebelt würden, bis sie schließlich ganz von unionseigenen Schiffen ersetzt waren: Ein Kauffahrer, der sich an einen Strohhalm klammerte und sich von der Union finanziell unterstützen ließ, war so verzweifelt, dass er seine Zukunft nicht weiter als bis zur nächsten Rechnung analysierte.

Genau diese Situation hatte den Krieg ausgelöst, nur kam diesmal das Bestreben, die Kauffahrer zu übernehmen, nicht vonseiten der Erde, sondern von der Union. Eigentlich hätte man denken sollen, die Union hätte aus den Erfahrungen der Erde gelernt, aber ganz offensichtlich war das nicht der Fall. Die Kauffahrer hatten in Pell ihren eigenen Staat geschaffen; eine Handvoll von Stationen schwankte zwischen der Kauffahrer-Allianz und der Union, die jetzt Druck zu machen begann und die Hand nach den Kauffahrern ausstreckte. Als nächstes würde die Unabhängigkeit der Sternstationen infrage gestellt, dann würden sie nach der Erde greifen.

Falls Mazian sich nicht einmischte.

Oder falls Mallory und Quen und der Alte Mann der *Finity's End* nicht die Grenze zogen und sagten: Bis hierher und nicht weiter.

War das vielleicht die Flaschenpost, die mit dem Scotch durch die schwarze Sternennacht gesegelt war? Eine Warnung – von Mallory *und* von der *Finity*: ›Bleibt unsere Verbündeten? Provoziert uns nicht mit eurer Rekrutierung und eurem Flottenbau? Wisst ihr, dass ihr im Glashaus sitzt?‹

Für die Mannschaft der *Finity* stand fest, dass Mazian eine Geheimbasis hatte, irgendwo in einem Umkreis von zwanzig Lichtjahren um Pell; das war ein enorm großes Gebiet, wenn man jemanden suchte, der sich nicht finden lassen wollte. Der Rest menschlicher Besiedlung konzentrierte sich auf eine vergleichsweise kleine Sphäre im Zentrum, wo Mazian ohne Warnung zuschlagen und sich blitzschnell wieder auf seine Basis zurückziehen konnte.

Ein Netzwerk von Informanten war nötig, um auch nur ansatzweise für Sicherheit zu sorgen. Die Union verfügte nicht über ein solches Netzwerk. Aber Mallory. Mallory – die früher einmal zur Flotte gehört hatte. Und die Kauffahrer waren ein solches Netzwerk ... sie sprachen mit den Vertretern der Union oder der Allianz auf den Stationen längst nicht mit der gleichen Offenheit wie untereinander.

Für Mazian ging es nicht darum, eine Sphäre von vierzig Lichtjahren zu durchforschen, um das Herz der menschlichen Zivilisation zu finden. Es war ein konzentriertes Gebiet, das er leicht angreifen konnte, ohne Vorwarnung und mit einer ganzen Auswahl an möglichen Zielen – eine äußerst unangenehme Vorstellung. JR vermutete, dass es sogar noch schlimmer war: Womöglich hatte Mazian das Ziel, mehrere Basen einzurichten, verschiedene Punkte sozusagen, von denen aus er das Zentrum bedrohen konnte. Vielleicht war seine wichtigste Strategie auch gar kein militärischer Vernichtungsschlag, vielleicht wollte er Mallory entwischen, darauf warten, dass die Union übermütig wurde, um dann die Allianz oder die Erde in eine so tiefe diplomatische Krise mit der Union zu stürzen, dass der Allianz keine andere Wahl mehr blieb, als Mazian zu vergeben und ihn zurückzurufen, damit er die Regierung übernahm. Dann konnte Mazian seine Basen benutzen, um die Union zu schlagen. Aber dabei würden die Kauffahrer bluten.

Vor diesem Hintergrund hatten die Kapitäne ihr Treffen mit Quen abgehalten und mit ihr einige Absprachen erzielt, die sie sich gewünscht hatten. Unterdessen stiegen sie wieder in den Handel ein, aber die Union verweigerte den Kauffahrern der Allianz noch immer die Nutzung ihrer internen Routen, solange sie sich nicht der Union anschlossen, und der Alte Mann hatte *gewollt*, dass Quen ihn bestach, um sie in irgendeinem ihrer Pläne zu unterstützen.

Was für ein Spiel war das, zum Teufel?

JR ging zurück zur Bar und nahm sich ein Glas Wein.

Dann schnitten ihm Bucklin und Chad den Weg ab, denn sie wollten wissen, was eigentlich los war.

»Ging das alles um Fletcher?« fragte Bucklin.

»Einiges. Da Madelaine seine Großmutter ist.« Genaugenommen natürlich seine Urgroßmutter, aber im komplexen Familiennetz der Urahnen, der Cousins, Nichten und Neffen zweiten und dritten Grades, mit einem durch Zeitdehnung und Verjüngung verlängerten Leben, fasste man die Generationen gern zusammen, wenn man nicht gerade ganz genau definieren wollte, wie man miteinander verwandt war. »Sie hat ein persönliches Interesse an ihm und möchte ihn furchtbar gern hier behalten.«

Die Enthüllung wurde schweigend zur Kenntnis genommen.

»Und was den Alkohol angeht«, fuhr JR fort, »könnt ihr die Sache einfach vergessen. Fletcher kannte die Vorschriften nicht. Ich werde darüber nachdenken, wo er reinpasst. Er hat nicht Jeremys Größe, körperlich entspricht er eher einem von uns. Nur sein Wissensstand ist jämmerlich.«

»Ja, stimmt schon.« Bucklin seufzte. Sie nahmen ihre Gläser und gingen hinüber zu den anderen Juniorsenioren, die einen Tisch für acht gefunden und okkupiert hatten. Sie schoben noch ein paar Stühle dazu und bald war es eine dichte Gruppe: Lyra, Toby, Ashley, Sue und Connor, Nike, Wayne und Chad, so unterschiedlich im Aussehen wir ihre im Sternenreich verteilten Väter. Lyra, die ein Jahr jünger war als Bucklin und die Dritte in der Rangfolge, hatte als einzige der Familie rote Haare und trug heute eine Sammlung von Ohrringen und Armbändern, die sie bei den Ops normalerweise nicht anhatte. Neben ihr saß Toby, mit brauner Gesichtshaut und schulterlangen Kräusellocken. Zwischen ihnen lag wahrscheinlich die ganze Bandbreite der neihartschen Familiengene.

Lyra und Toby hatten eine Flasche Wein von der Bar

mitgebracht und auch JR und Bucklin tranken Wein. Der Rest bevorzugte Limonade und Fruchtsaft – genau diese Grenze hatte Fletcher vorhin ohne Erlaubnis überschritten: Er hatte angenommen, dass er sich einfach bedienen konnte, vielleicht weil er auf der Station Alkohol getrunken hatte.

»Fletcher hatte einen Zusammenstoß mit Vince, wie ihr vielleicht bemerkt habt«, erklärte JR. »Er hat sich in sein Quartier zurückgezogen. Anscheinend ist er auch dort angekommen, Jake hat nachgesehen.«

»Hast du ihm die Regeln erläutert?« fragte Connor. Traditionsgemäß wurden weder in der Rec-Halle noch in der Messe die förmlichen Höflichkeitsregeln eingehalten. Beschwerden waren erlaubt, und JR hätte seine Hand ins Feuer gelegt, dass entweder Connor oder Sue die Regeln ansprechen würden.

»Fletcher kriegt mildernde Umstände.« Man sah Stirnrunzeln nicht nur bei Connor und Sue, sondern überall am Tisch. »Er ist ein Juniorjunior, aber Madison will es so. Physiologisch gesehen ist er älter.«

»Körper und Geist sind nicht dasselbe«, wandte Nike ein. Mit einer Handbewegung umfasste sie Wayne und Connor zu ihrer Rechten und Chad, Sue und Ashley links. »Wann kriegen *wir* vollen Freigang auf den Docks? Wann können wir schlafen, wo wir wollen? Oder uns vor den Augen der Senioren ein Glas Wein von der Bar holen?«

»Du weißt genau, wann.« JR wollte keine Diskussion über dieses Thema, und ihre Fragen waren genaugenommen auch die Antwort. Nein, Erwachsensein war auf dem Schiff und auf der Station nicht identisch, weder auf biologischem noch auf mentalem Niveau, es gab einfach keine hieb- und stichfeste Äquivalenz. Der schwankende Hormonhaushalt zeitgedehnter pubertierender Körper, der den Hauptgrund für die Beschränkung des Barprivilegs bildete, führte ja auch zu der emotionalen Labilität, zu den teilweise heftigen Gefühlsausbrüchen der Junioren. Fünfzehn, sechzehn – das waren wirklich schwierige Altersstufen; JR selbst befreite sich gerade erst aus diesem psychischen Cocktail, und obwohl er physisch und mental siebzehn bis achtzehn und chronologisch und wissensmäßig sechsundzwanzig Jahre alt war, kamen seine Nerven doch erst langsam auf ein einigermaßen ruhiges, vernünftiges Level. Ja, er brauste immer noch auf, ein hartnäckiges Laster. Aber der unergründliche Gang der Dinge hatte ihn zum ältesten Junioren gemacht, verantwortlich für die gesamte Juniorbesatzung, die sich noch in dieser Phase befand.

Beschäftige sie lieber mit Kinkerlitzchen als dass sie faul rumsitzen, hatte sein Vorgänger ihm geraten, lass dich nicht mit ihnen auf einen Kampf wegen der echten Regeln ein. Gib ihnen Kinkerlitzchen, damit sie sich an etwas die Zähne ausbeißen können, dann gehorchen sie bei den wichtigen Sachen. Blasiert hatte Paul noch hinzugefügt: Bei *dir* hat es jedenfalls geklappt.

Kinkerlitzchen, ein guter Rat. Sein Vorgänger hatte die Junioren durch die Auseinandersetzungen bei Bryants geführt, wo es viele Tote gegeben hatte – auch unter den Junioren. Das war kein Sonntagsspaziergang gewesen.

Und *er* bekam Fletcher auf dieser gottverdammten Milchfahrt. Oberflächlich betrachtet schien das eine harmlose, kleine Aufgabe, bei der seine Hormone nicht in Aufruhr geraten und sein Adrenalinspiegel nicht in ungeahnte Höhen schießen musste. Paul hatte JRs letzten persönlichen Ausraster perfekt analysiert und seziert, bis zu dem Punkt, dass Wut einfach persönliches Versagen war.

Aber diesmal nicht.

»Gebt ihm ein bisschen Ellbogenfreiheit«, sagte JR zu den anderen. »Gebt ihm einfach ein bisschen Ellbogenfreiheit. Er ist nicht hier aufgewachsen, er ist anders als alle, die wir persönlich kennen.«

»Ich hab gehört, er hat *dir* auch Schwierigkeiten gemacht«, sagte Ashley.

»In letzter Zeit nicht.«

»Nicht in den letzten fünfzehn Minuten«, meinte Sue. »Er hat dir vor aller Augen ein Glas in die Hand gedrückt.«

»Na gut. Ich hab es Vince weitergegeben. Der übrigens die Situation provoziert hat, wenn wir davon sprechen, wessen Schuld das Ganze war.« Jetzt war JR tatsächlich gereizt; Sue hatte ein Talent für wunde Punkte. Also schaltete er erst mal einen Gang zurück. »Ich hab den Wein gesehen, alles war unter Kontrolle. Ich brauche keinen rotznäsigen Juniorjunior, der mir mitteilt, dass das ein Weinglas war. Vince hat sich eingemischt, die beiden sind aneinander geraten. Das war's. Wir haben Fletcher, er ist körperlich siebzehn, wahrscheinlich hat er auf der Station getrunken, und wir müssen ihn irgendwo und irgendwie ganz unten bei den Seniorjunioren unterbringen, obwohl er von Tuten und Blasen keine Ahnung hat …«

»Nein!« Das war Nike.

»… sonst haben wir ihn eines Tages als Chef der Juniorjunioren. Chronologisch ist Vince älter als er, aber Fletchers siebzehn Lebensjahre waren nicht zeitgedehnt. Wollt ihr also meine Anweisungen hören oder gibt es andere Vorschläge?«

»Er ist das Baby«, sagte Connor. »Ich glaube, wir sollten eine Begrüßung für ihn machen.«

Der Initiationsritus. Dem neuen Junior ein bisschen Angst einjagen. Das war nicht das, was JR im Sinn gehabt hatte, obwohl es natürlich ein diskussionswürdiger, fairer Vorschlag war: Fletcher wollte Besatzungsprivilegien, aber bisher hatte man ihm nicht die Prozedur angedeihen lassen, die jedem Junioren die Grundregeln des Schiffes einbläute und ihn zum Akzeptieren von Autorität bringen sollte.

»Dafür ist er ein bisschen zu alt«, wandte JR ein.

»Wir haben auch eine Begrüßung für Jeremy gemacht«, wandte Sue ein. »Jeremy war der letzte. Er hat es überstanden. Warum sollte Fletcher eine Ausnahme sein?«

»Er ist durcheinander, er ist nicht hier geboren, er ist nicht einer von uns …«

»Darum geht es doch bei der Begrüßung, das soll er doch lernen, oder?« fragte Chad mit vernichtender Logik.

Trotzdem war JR nicht wohl bei der Sache. »Noch nicht. Er kommt nicht aus unserer Kinderstube. Er ist kein Grünschnabel mehr.«

»Mir kommt er ziemlich grün vor«, entgegnete Chad.

»Er kann überhaupt nichts«, sagte Lyra. »Man hat ihm nichts beigebracht. Er ist ein Stationsbewohner, mit der entsprechenden Lebenseinstellung. Und er muss kapieren, mit wem er es auf diesem Schiff zu tun hat.«

JR warf einen Blick zur Seite, wo die Kapitäne und Madelaine sich mit Kom Eins von der ersten Schicht unterhielten. Und sah wieder zurück in grimmige Gesichter. Wenn ein Jugendlicher auf dem Schiff der Kinderstube entwachsen war, wurde er immer mit der Begrüßungszeremonie in den Rang eines Junior aufgenommen. Dabei ging es hoch her; es war eine Art Prüfung. Unter anderem sollten die Seniorjunioren auf diese Weise eine Chance bekommen, den Jüngeren Respekt beizubringen, aber vor allem sollte der neue Junior ins Zentrum einer Gruppe gestellt werden, die ihn beschützte, ihn wohlbehalten durch die Gefahren am Dock führte und sich im Notfall zuverlässig um ihn kümmerte.

»Also, wann machen wir die Begrüßung?« fragte Chad und JR hörte an seinem Ton, dass die Sache sich nicht mehr vom Tisch wischen ließ, genausowenig wie die Geschichte mit Fletcher und dem Weinglas.

»Noch nicht«, antwortete er. »Irgendwann müssen wir es machen, aber wenn wir ihn zu sehr unter Druck setzen, braust er nur auf und verschließt sich danach noch mehr – und das bringt keinem etwas.«

»Jeder braust doch mal auf«, gab Connor zu bedenken.

»Aber die anderen kommen aus unseren Kinderstuben und haben nicht Fletchers Körpergröße«, sagte Bucklin und brachte die Diskussion endlich wieder auf einen vernünftigen Punkt. »Es ist zu riskant, jemand könnte verletzt werden. Fletcher. Oder du.«

Es gab einige lange Gesichter. Seit Jeremy hatten sie keine Begrüßung mehr gemacht, und das war schon drei Schiffsjahre her – ein ausgelassenes Zwischenspiel in einer ansonsten ernsten und gefährlichen Zeit. Niemand hatte gewusst, ob die *Finity* ihre nächste Fahrt überstehen würde, deshalb hatten sie Jeremy ein halbes Jahr zu früh begrüßt. Man konnte ihn doch nicht allein im Kinderquartier sterben lassen, das letzte Kind des Schiffs, in einer Zeit, als keine anderen Kinder geboren worden waren.

Jeremy und Fletcher. Dasselbe Geburtsjahr. Der erste gehörte aufs Schiff, den zweiten hatten sie an die Stationszeit verloren.

Zwei sehr unterschiedliche Charaktere.

»Ich sage, wir gehen vorsichtig mit ihm um«, sagte JR in die vernünftige Stimmung hinein, die durch Bucklins klare Tatsachenfeststellung eingetreten war. »Und wir geben ihm eine Chance, uns besser kennen zu lernen. Dann reden wir weiter.«

Unwille war zu spüren, einige waren gar nicht mit dieser Regelung einverstanden.

»Reißt euch zusammen«, sagte JR. »Schmollt nicht wie ein Kindergarten. Hier geht es um *Senioren*angelegenheiten.«

Köpfe hoben sich, Rücken wurden gestrafft.

»Ich bin JRs Meinung«, verkündete Lyra, stets eine Quelle des gesunden Menschenverstands. »Wir geben Fletcher ein bisschen Zeit. Wenn er die Kurve kriegt, um so besser. Wenn nicht, sprechen wir in Mariner noch mal darüber.«

»Aber lasst euch nicht auf einen Kampf mit ihm ein«, fügte JR hinzu. »Wenn ihr ein Problem mit ihm habt, wendet euch an mich.«

Er überlegte kurz, ob er zu Fletcher hinuntergehen und sich mit ihm aussprechen sollte, aber er befürchtete, dass das Dreiviertelglas Wein, das er so schnell hinuntergeschüttet hatte, Fletchers Fähigkeit zu logischem Denken nicht unbedingt verbessert hatte. Und auch seiner Stimmung nicht unbedingt zuträglich war. Es gab konstruktive Diskussionen, aber es gab auch solche, die ganz schnell auf eine schiefe Bahn gerieten.

Vermutlich hatte er versucht, die Dinge zu schnell zu kitten. Und vielleicht war es doch kein genialer Schachzug gewesen, Fletcher mit Jeremy in eine Kabine zu stecken.

Aber wenn er ihn zu sich genommen oder Bucklins Obhut anvertraut hätte, wären Eifersüchteleien entstanden. Oder mit Chad? Genauso gut hätte er zwei Zeitbomben in eine Papiertüte stopfen können. Für Connor galt dasselbe. Ashley oder Toby würden sich schweigend und beleidigt zurückziehen. Ihm fiel einfach nichts Besseres ein als Jeremy, der sogar den Teufel hätte entwaffnen können.

Der Alte Mann und Paul hatten ihn beide gewarnt, dass es für persönliche Schwierigkeiten keine schnellen Patentlösungen gab. Man konnte nicht einfach zu einem Jungen wie Fletcher gehen, ihm sagen, was er anders machen sollte, und dann erwarten, dass er kooperierte, vor allem nach einer solchen Szene wie gerade. Fletcher musste seine eigenen Erfahrungen machen, aber JR und die Besatzung mussten versuchen, einen Menschen zu verstehen, der bereit war, in einem Gravitationsschacht zu versinken und nie wieder die Sterne zu sehen.

In JRs Augen war ein solcher Mensch noch schwerer

zu begreifen als ein Downer. Denn die Downer waren immerhin in ihrem undurchdringlichen Wolkenschleier und endlosen Dunst geboren.

* * *

Holz, ein schlanker Holzstab hier im All, wo Holz eine Rarität war, Federn, wo nie ein Vogel flog … Spiralen und Punkte und Bänder, geschnitzt von Hisa-Händen – Hände, die sich nicht mehr damit zufrieden gaben, das Holz mit Steinen zu bearbeiten, wie die Wissenschaftler betonten. Heutzutage benutzten die Hisa gern scharfe Metallklingen. Sie akzeptierten sie als Handelsware und nannten das Metall Kaltkalt. Das war inzwischen ein gängiges Hisa-Wort.

Ganz gleich, wie sehr man versuchte, den Einfluss von Upabove auf Downbelow einzudämmen, hielten die Menschen an bestimmten, für sie besonders wichtigen Techniken fest, und so wurden auch die Hisa mit ihnen vertraut. Aber Menschen fanden es schwierig, wieder auf eine Welt zu kommen.

Fletcher lag auf seiner Koje; der Kopf schwirrte ihm ein wenig vom Wein. Die Berührung der Federn, die vom Regen auf Downbelow ganz zerzaust waren, beruhigte ihn. Das Holz erweckte Erinnerungen an glücklichere Zeiten.

Er gab seinen Groll nicht auf. Und auch seine Träume nicht. Vielleicht hatten die Experten sich geirrt und er hatte gar keinen Schaden angerichtet, als er ins Hinterland geflohen war. Schließlich hatte die Expertenmeinung auch schon andere Dinge behauptet, beispielsweise zu der Zeit um Fletchers Geburt. Damals wollten die Menschen unbedingt Hisa in den Weltraum schicken, ihnen alle möglichen Techniken beibringen, sie an den Segnungen der Welt aus Stahl und Plastik über ihrer wolkigen Heimat teilhaben lassen. Die Hisa waren sehr gelehrig mit Maschinen, hatten rasch kleinere Aufgaben gelernt, wie man Ventile prüfte, Filter wechselte, Skalen ablas.

Da Pells Station in der Anfangszeit nicht genug Personal hatte und von den Ereignissen fast überrollt wurde, hatten die Hisa einfach dazu gehört; die Station war in der Annahme entstanden, dass es immer Hisa auf Pell geben würde.

Aber die Gier der Menschen hatte die Entwicklung auf Downbelow allzu sehr forciert. Die Menschen vermehrten sich zu schnell, forderten von den Hisa immer mehr Getreide, mehr organisierte Arbeitskraft, mehr Kontrolle über den Alten Fluss, der ständig über die Ufer trat, mehr Pünktlichkeit und Terminplanung.

Doch die Hisa freundeten sich nicht mit Terminplänen und menschlichen Forderungen an. Eine Hisa-Frau namens Satin hatte einen Aufstand organisiert – sofern man bei den geduldigen, sanftmütigen Hisa überhaupt von einem Aufstand sprechen konnte – damals, im Krieg.

Dann waren neue Experten eingetroffen, hatten erklärt, dass die Menschen bisher alles falsch gemacht hatten. Sie legten viele Projekte der Basis still, beschränkten das Hisa-Rotationssystem für die Station und zerschlugen zunächst einmal alle Erwartungen, dass Hisa und Menschen zusammenarbeiten würden.

War es falsch, dass Melody und Patch ein Menschenkind gerettet hatten?

War es falsch, dass Fletcher sie gesucht und wiedergefunden hatte?

War es falsch, dass er davon geträumt hatte, mit ihnen zu arbeiten – vielleicht ein wenig vertrauter, als gut gewesen wäre?

(Aber er kannte sie, und sie kannten ihn, protestierte es in seinem Innern. Er hatte ihnen nicht weh getan. Er hätte ihnen niemals weh getan.)

Seine Finger fuhren über Symbole, die kein Mensch verstand. Er wusste, was die Wissenschaftler darin sahen: Tag und Nacht im Muster der schwarzen Punkte, Große Sonne in den Kreisen, den Alten Fluss in den langen Schlangenlinien und Verzweigungen.

Vielleicht bedeuteten die Schlangenlinien aber auch Reben und Samen. Vielleicht waren es Felder oder Hisa-Pfade. In den Hisa-Schnitzereien konnte man sehen, was man wollte, das war es. Und wenn er Melody und Patch jemals darum bitten konnte, ihm die Zeichen auf dem Stock zu erklären, würden sie ihm bestimmt immer wieder etwas anderes erzählen, darauf hätte er gewettet.

Wer war also klüger? Die Hisa mit ihren Mustern, die alles bedeuten konnten, was einem an einem bestimmten Tag dazu einfiel? Oder Menschen, die mit ihrer Schrift und ihren Bildern einen Augenblick präzise festhielten, wie eine Probe auf einem Objektträger?

Was war besser, was war klüger? Sollte man einem Hisa verbieten, so viel auf der Station zu arbeiten, auch wenn er es aufgrund persönlicher Vorlieben gerne wollte?

Fletcher hielt das Natürliche nicht unbedingt für besser. Er fand nicht, dass die Hisa in jungen Jahren an Infektionen sterben oder ihre Babies bei Überschwemmungen oder Fieberepidemien verlieren oder sich das Bein brechen sollten. Aber die Behörden bestanden darauf, dass es Hisa gab, mit denen man Kontakt haben durfte, aber dass man zu denen, die nicht in der Basis arbeiteten, Distanz wahren musste. Und so starben diese Hisa weiterhin an Krankheiten und Unfällen, die man mit der Stationsmedizin leicht hätte heilen können.

Die Experten hielten es für besser, wenn ein paar starben, als wenn es wieder Kontakte gab wie damals, als das Flottenmilitär in Downbelow einmarschiert war. Menschen hätten niemals auf Downbelow landen dürfen, behauptete die eine Seite. Alles, was die Menschen je dort getan hatten, war schädlich und falsch. So hatten sie eine intelligente Spezies bereits ihrer einzigartigen

Zukunft beraubt, und weiterer Kontakt machte alles nur noch schlimmer.

Aber war eine gemeinsame Zukunft für Menschen und Hisa nicht ebenfalls einzigartig im Universum? War das nicht eine bessere Überlebenschance für die Hisa, wo es doch nur so wenige belebte Welten gab? Und war es in den unendlichen Weiten des Kosmos nicht wichtig, dass zwei Rassen sich zusammengeschlossen und gemeinsam gearbeitet hatten?

Fletcher konnte und wollte nicht glauben, dass er den Hisa geschadet hatte.

Sie hatten ihm ein Geschenk gegeben, das bedeutete, dass er ihnen nichts Böses getan hatte. Garantiert.

Aber als ihm wieder einfiel, dass er auf einem Bett lag, auf einem Schiff, das mit irrsinniger Geschwindigkeit ins Nirgendwo raste, sich immer weiter von den Regionen entfernte, in denen der Stock für jemanden etwas bedeutete, spürte er einen dicken Kloß im Hals, und seine Augen brannten.

Es war alles so dumm.

Noch mehr Experten. Diesmal Quen. Nunn.

Er und Bianca waren Freunde gewesen. Waren zusammen herumgewandert. Hatten sich zusammen Dinge ausgedacht. Ungefähr fünfzehn Tage lang, fünfzehn Tage, in denen sie alles andere vergaßen, auch wenn überall um sie herum bereits das Desaster lauerte.

Es hätte ihn nicht überraschen dürfen, dass alles zusammengebrochen war. So war es doch immer. Er wickelte die Kordeln mit den Federn wieder um den Stock und legte ihn ganz hinten in die Schublade.

Dann ließ er sich wieder aufs Bett fallen und starrte an die Decke. Mühsam vertrieb er die Erinnerung an Sonnenstrahlen, die durch grüne Blätter funkelten, und versuchte den Schmerz in seiner Brust zu vergessen. Jeremy kehrte ziemlich spät von der Party zurück und Fletcher tat, als schliefe er, während Jeremy herumwerkelte und noch eine späte Dusche nahm.

Als Jeremy das Licht gelöscht hatte und ebenfalls ins Bett gekrochen war, stand Fletcher auf und zog sich für die Nacht aus.

»Du hast heute eine ganze Menge Leute geärgert«, ertönte Jeremys Stimme aus der Dunkelheit.

»Das schert mich nicht«, antwortete Fletcher.

»Du hättest dir den Wein nicht einfach so nehmen sollen«, fuhr Jeremy fort.

»Ich will nicht darüber sprechen«, entgegnete Fletcher kühl. »Wenn sie Gläser hinstellen, trink ich eins. Niemand hat ein Schild aufgehängt oder mir gesagt, ich soll das nicht tun.«

»Vince hat sich benommen wie ein Esel«, meinte Jeremy schließlich.

»Ja«, bestätigte Fletcher und fühlte sich durch diese kleine Rechtfertigung schon etwas besser. »Er ist überhaupt ein Esel. Wie war es denn sonst so?«

»Oh, sehr nett.« Jeremy kuschelte sich im Bett zurecht, seine Laken raschelten, seine Matratze ächzte. Eine Weile herrschte Schweigen, dann fügte er noch aus dem Dunkel hinzu: »JR hat gesagt, alle sollen dich in Ruhe lassen und nett sein.«

»Ach ja?« Fletcher glaubte kein Wort, andererseits konnte er Jeremys Gesicht nicht sehen und hatte keinen Anhaltspunkt für den Wahrheitsgehalt seiner Bemerkung.

Für die Hauptdämmerung war der nächste Sprung angekündigt. Fletcher machte sich Sorgen, dass er ihn verschlafen würde, dass er die Droge vergaß und verrückt wurde.

Von hier flogen sie nach Mariner. Sie würden tatsächlich einen anderen Stern besuchen.

»Werden wir morgen rechtzeitig gewarnt?« fragte er Jeremy.

»Vor dem Sprung? Na klar, ich garantiere dir, den kannst du nicht verschlafen. Sie geben eine Warnung über Interkom. Fünfzehn Minuten vorher. Hast du dein Mittel?«

»Ja.« Als Fletcher sich auszog, hatte er das Zeug in die elastische Seitentasche am Bett gestopft, wie Jeremy es ihm geraten hatte, um es stets greifbar zu haben. »Alles ist hier drin.« Er fühlte sich immer noch unbehaglich. Manche Schichten erlebten den Sprung mitten in ihrer Nacht, das musste besonders unheimlich sein.

»Wenn jemand von der Party einen Kater hat, geht's ihm bestimmt schlecht«, meinte er.

»Aber da kennt der Alte Mann kein Mitleid«, erwiderte Jeremy. »Wie geht's dir denn, du hast doch auch Wein getrunken? Du kriegst doch hoffentlich keine Kopfschmerzen, oder?«

»Gewöhnlich nicht.« Das war dumm, dachte er. Er hatte den Sprung ganz vergessen, als er sich den Wein geschnappt hatte. Hoffentlich gab es wirklich keine Nebenwirkungen.

Vermutlich würde auch mit ihm niemand Mitleid haben, wie Jeremy gesagt hatte.

Er schloss die Augen, konnte aber lange nicht einschlafen.

Der Alarm war so laut, dass er sofort wach wurde.

»*Noch fünfzehn Minuten*«, verkündete die Stimme aus dem Lautsprecher. »*Aus den Federn mit euch! Wir sind unterwegs. Trefft die üblichen Vorkehrungen, seht zu, dass alles ordentlich verstaut ist, legt euch hin, schnallt euch an, ihr Party-Eulen. Kein Mitgefühl von der vierten Schicht … ihr kriegt den nächsten Sprung und wir das nächste Fest … auf geht's …!*«

KAPITEL 12

Das Licht kehrte zurück. Melody hätte gesagt: »Große Sonne wandert wieder über den Wolken.« Sobald Fletcher im Morgenlicht die Baumstämme erkennen konnte, wanderte er weiter, immer den Fluss entlang; der Fluss führte ihn, weit, weit durch die Wälder. Es nieselte leicht, aber noch immer erschienen keine Downer. An so einem Tag blieben sie in ihren Wohnhöhlen, sie hatten keine Lust, nass zu werden und zu frieren.

Oder aber sie waren auf Wanderschaft gegangen, aus Liebe. Sie wanderten so weit, wie es Downerfrauen konnten, weiter als manche der Männer, weiter jedenfalls als die, die weniger flink, weniger stark waren.

Das hatte Fletcher gesucht. Das war die Prüfung, vor die er sich selbst gestellt hatte, die Herausforderung: das zu finden, was er liebte, wonach er sich sehnte, mit einem fernen, verwirrten Schmerz. Er war ein junger Mann. Er war durcheinander gewesen. Aber jetzt wusste er, was er in diesen Wäldern suchte, mit den riesigen Bäumen und den Pufferbällchen, die im Nebel schimmerten, wusste es besser als die Psychodocs mit ihren schlagfertigen Antworten. Wie die Downer, die wanderten, bis ihnen ein Liebhaber folgte, so suchte auch er jemanden, dem er etwas bedeutete. Ein einfaches Unterfangen. Jemand, dem er am Herzen lag.

Natürlich würde er diesen Jemand nicht finden. Und da er nur ein Mensch war, musste er irgendwann den Notfallknopf drücken und sich von denen suchen lassen, denen er gleichgültig war, die sich nur auf den Weg machten, weil die Station sie dafür bezahlte. Seine Gedanken waren benebelt, das wusste er, aber es war ein tröstlicher Gedanke, dass die ganze Welt diesen Schmerz kannte.

Die Sonne wurde heller. Der Regen ließ nach.

Er hörte seltsame pfeifende Rufe, immer wieder, irgendwo aus dem dichten Gebüsch. Niemand war sicher, von wem diese Laute stammten. Manchmal hatte Fletcher gehört, wie ein Downer sie nachmachte.

Klicken, Pochen, Pfeifen.

Am Hang entdeckte er eine Kreatur, die ihn unverwandt anblickte. Fletcher hatte schon oft von den großen, grauen Diggern gehört, aber sie kamen nicht in die Nähe der Basis, denn sie waren scheuer als Downer, taten den Menschen aber nichts, vorausgesetzt diese ließen sie in Ruhe. Ein wundervoller Anblick. Anders als ein Downer bewegte sich der Digger auf allen vieren, kaute auf einem Büschel Gras herum und starrte Fletcher mit unverhohlener Neugier an. Das Wesen hatte keine Angst vor Fletcher. Fletcher eigentlich auch nicht vor ihm, aber er hatte gelernt, dass man den Diggern lieber nicht zu nahe kommen sollte. Deshalb bog er vom Weg ab und umrundete den Digger in einem großen Bogen.

Plötzlich ging ein Schauer von Blättern auf ihn nieder. Fletcher blickte auf. Im Baum über ihm saß ein Downer.

Fletchers Herz schlug schneller.

»Hallo«, rief er und hoffte inständig, dass es ein freundlich gesinnter Downer war, obwohl er ihn nicht zu kennen glaubte. »Guten Morgen. Suche Melody und Patch. Name ist Fetcher.« Er wagte sich sogar an ihre Hisa-Namen, was er noch nie einem Downer gegenüber versucht hatte. »Tara-wi-sa und Lanu-nan-o, meine Freunde. Ich möchte finden.«

»Du komm!« sagte der Downer entschlossen.

Er hatte Fletcher verstanden, also hatte er schon mit

Menschen gearbeitet. Vielleicht konnte er tatsächlich helfen. Vielleicht hatten die Downer gehört, dass ein Mensch vermisst wurde. Andererseits hatte Fletcher eine Bitte ausgesprochen, und darauf reagierten die Downer fast immer. Dieser hier kletterte den dicken weiß-braunen Stamm herunter und hüpfte durch die Blätter auf dem Weg vor Fletcher her.

Jetzt war er gerettet, nach all der Angst, die er ausgestanden hatte. Die Downer wussten, wo er war. Genau das hatte er sich ausgemalt, das hatte er sich in seinen kühnen Phantasien erhofft, denen er in der Finsternis gefrönt hatte, um sich Mut zu machen. Seine Tagträume wurden selten Wirklichkeit, und er hatte schon geglaubt, auch der jetzige würde schlecht enden, womöglich mit einer totalen Katastrophe.

Aber jetzt nahm stattdessen seine ausgefallenste Hoffnung Gestalt an: Ja, Melody und Patch wussten, dass er sich verirrt hatte. Sie hatten die Nachricht durch die Bäume gepfiffen oder einfach jüngere, schnellere Downer losgeschickt, um ihn zu suchen. Sie hatten ihn nicht vergessen. Er lag ihnen noch immer am Herzen.

Immer weiter führte ihn der Downer, bis Fletcher keuchte, weil er zu wenig Sauerstoff bekam, und ins Stolpern geriet.

Aber sie gingen nicht den Weg zurück, den Fletcher gekommen war. Vielleicht hatte er sich vom Fluss auch irreführen lassen: Er war dem Wasser gefolgt, aber auf den gewundenen Hügelpfaden hatte er womöglich die Strömung nicht richtig gesehen und war in die verkehrte Richtung geirrt. Was für eine Enttäuschung wäre es gewesen, wenn er plötzlich wieder vor der Basis gestanden hätte, zwischen den von Menschen bewirtschafteten Feldern. Dann wäre alles umsonst gewesen.

Aber sie wanderten stundenlang weiter, viel weiter, als Fletcher es sich je zugetraut hätte. Er wechselte die Zylinder an seiner Maske. Inzwischen hatte er überhaupt keine Ahnung mehr, wo er sich befand. Aber der

Downer ließ ihn nicht aus den Augen. Ein paarmal dachte Fletcher zwar, er wäre hoffnungslos zurückgefallen, aber dann lockte ihn das Pfeifen weiter, lauter als der Pulsschlag in seinen Ohren. Manchmal stürzte er, weil er durch die Maske nicht richtig sehen konnte, und dann regnete es Blätter um ihn her, als wollte ihn jemand ganz sanft dazu auffordern, wieder aufzustehen.

Ich habe bald alle meine Zylinder verbraucht, wollte Fletcher dem Downer sagen, aber der kam nie lange genug in seine Nähe. Allmählich begann Fletcher zu fürchten, dass die Gefahr vielleicht doch noch nicht überwunden war, dass der Downer ihn trotz allen guten Willens umbringen würde, einfach durch die viel zu lange Wanderung.

Nach einer Ewigkeit (und einem weiteren Zylinderwechsel) sah Fletcher, dass die riesigen Waldbäume spärlicher wurden. Bin ich jetzt doch zurückgekommen? Habe ich mich so weit verlaufen? Bin ich bei der Basis?

Er war erschöpft und alles tat ihm weh, er rang nach Atem, weil er den Zylinder bis zum Letzten ausnutzen wollte. Er sehnte sich nur noch nach Sicherheit.

Aber da erblickte er zwischen den Bäumen ein golden schimmerndes baumloses Land.

Es waren nicht die abgeholzten Hänge, welche die Basis umgaben. Nirgends das Weiß der Kuppeln, das Dunkelgrün der Bäume; der Alte Fluss war weit weg. Vielleicht waren es die äußeren Felder, auf denen die Menschen großflächig Getreide anbauten, beim Beta Site in der Nähe der Anlegestelle des Shuttles.

Aber die wären nicht golden, sondern braun, gepflügte Erde.

Ganz bestimmt war es der Waldrand. Und als Fletcher seinem Führer zu den letzten Ausläufern folgte, sah er unter sich einen Abhang, der sich bis in weite Ferne erstreckte, hinunter zu einer Ebene mit dem goldenen Gras des Vorjahres. In einiger Entfernung entdeckte Fletcher durch den Pollendunst eine Gruppe von Gestalten, dick und seltsam, bestimmt nichts Lebendiges.

Doch die Perspektive war trügerisch. Zwischen den großen Figuren bewegten sich kleine: Hisa, durch die in den Himmel blickenden Statuen zu Zwergen geschrumpft.

Da wurde ihm klar, was es war – er hatte Berichte darüber gehört und Fotos gesehen.

Dies war der Geisterplatz, die Heilige Stätte. Die Steinfiguren beobachteten den Himmel, die großen Wächter, von denen die Figuren auf dem Hügel nur ein Abklatsch waren.

Hierher kamen keine Menschen.

»Komm-komm«, sagte der Downer und winkte ihm wie ein Mensch. »Komm-komm, du komm, Melody Kind.«

Langsam schritt Fletcher den goldenen Hügel hinunter, der sich unter seinen Füßen auftat. Die Vision löste sich auf. Er hatte das Gefühl zu fallen …

… hinunter, immer weiter.

Und dann die Ankunft. Jetzt wusste er es. Der Traum floh aus seinen Gedanken. Sein Atem wurde schneller. Kein Zylinder behinderte ihn. Kein Schutzanzug. Keine Welt …

* * *

Er hatte den schönsten Moment seines Lebens noch einmal erlebt. Aber er war nicht mehr dort. Würde nie mehr dort sein. Tränen quollen unter Fletchers geschlossenen Augenlidern hervor, er atmete schlechte Luft. Jetzt verstand er, warum seine Mutter den Traum bewahrt, warum sie ihn sich am Dock gekauft hatte. Jetzt verstand er, warum sie diesen Traum mehr geliebt hatte als ihren Sohn.

Im Traum gab es keine Zukunft. Er hatte nicht gewusst, dass er dunkler werden konnte.

Dieser Augenblick, genau dieser Augenblick, den er

hatte festhalten wollen, dieser Augenblick des Glücks war zerstört, nach all den Schmerzen.

Jetzt war nur Jeremy da, Jeremy, der in seiner Schublade nach Klamotten wühlte, Jeremy, der sagte: »Trink das Zeug, du brauchst es.«

Fletcher hätte Jeremy ignoriert, aber seinen Magen konnte er nicht ignorieren. Er brauchte den Saft, der den Elektrolythaushalt wieder ins Gleichgewicht brachte, nachdem der Hyperspace den Körper bis zum Äußersten beansprucht hatte. Benommen griff er nach den Päckchen.

Danach war der Traum weg.

»Wer soll zuerst in die Dusche, du oder ich?« fragte Jeremy.

»Du.« Fletcher wollte sich noch nicht bewegen. Für ihn wäre es kein Gefallen gewesen, zuerst unter die Dusche zu dürfen. Er wollte nur die Augen schließen und versuchen, diesen Anblick noch einmal heraufzubeschwören, diesen Moment, der alle seine Hoffnungen erfüllt hatte.

Er konnte sie zurückhaben. Sie hätten ihm für immer gehören können. Wenn nicht etwas das Schiff aus dem All zu sich gezogen hätte.

Ein Monat war vergangen. Wenn sie nicht dazu verurteilt waren, im leeren Raum zu sterben, musste der Stern sie angezogen haben, den sie angepeilt hatten.

Mariner.

Fletcher schüttete die restlichen Trinkpäckchen hinunter, döste noch ein wenig, während Jeremy duschte. Allmählich beruhigte sich sein Magen. Noch zweimal berührten sie das Interface und beide Male dachte Fletcher, er müsste sich doch übergeben, aber dann schlief er wieder ein. Er wachte auf, als der Interkom einsetzte.

»*Jeremy, Vincent, Linda, Fletcher*.« Es war die synthetische Stimme, die er auch beim letzten Mal gehört hatte. Jeremy hatte ihm erklärt, dass es eine Einstellung im Computer gab, bei der ein Zufallsgenerator die elektronischen Würfel rollen ließ und die Junioren entsprechend einteilte. Das aktivierte den Interkom, sodass bei den jeweiligen Kabinen eine Durchsage erfolgte, und schickte sogar Mails in die Mailbox.

»Wäscherei«, lautete das Urteil.

»Verdammt!« schrie Jeremy aus dem Bad. Dann kam er heraus, feucht und splitternackt. »Das ist nicht fair!«

Wenigstens weiß ich, was mich da erwartet, dachte Fletcher.

»Blöde Maschine!« rief Jeremy zur Decke empor und schimpfte weiter.

Fletcher rollte vom Bett. Seine Kleider klebten am Körper und rubbelten tote Hautfetzen ab; er hatte das Gefühl, sie keinen Augenblick länger auf sich dulden zu können. Die Auswirkungen dieses fast einmonatigen Winterschlafs waren weder für das Äußere noch für das Innere des Körpers zuträglich. Diesmal protestierten Fletchers Eingeweide, und er beeilte sich, ins Bad zu kommen.

* * *

Offiziersversammlung. Zahlen, die sich auf das Sichten anderer Schiffe, Börsenberichte, Termingeschäfte und Handelsartikel bezogen ... die gleiche Art von Information, die sie fast zwei Jahrzehnte lang für militärische Zwecke gesammelt hatten, und auch schon zu Zeiten, als JR noch nicht zum Stab gehört hatte. Versorgungslage, Aktivitäten und Herkunft suspekter Schiffe – all das hatte die Diskussionen der Senioren bestimmt, während JR aufmerksam gelauscht und sich eine Meinung zu bilden versucht hatte.

Stattdessen tauschten die Senioren nun Erinnerungen an frühere Hafenaufenthalte aus, vor dem Krieg, zu Anfang des Kriegs. Sie unterhielten sich über die frühen Tage der Mariner-Station, als noch fast alles aus nacktem Metall gewesen war, und die Details schwirrten JR durch den Kopf, ohne dass er richtig unterscheiden konnte, was wichtig war und was lediglich angenehme Konversation der älteren Besatzungsmitglieder, Anekdoten aus harten Zeiten, an die sich die Jüngeren nicht erinnerten.

Soweit JR sich entsann, hatten sie früher auf Mariner keine Geschäfte gemacht. Der Alte Mann hatte sich mit den Behördenvertretern und hohen Militärs getroffen, es gab Sitzungen mit anderen Kapitänen und Seniorbesatzung anderer Schiffe und man tauschte die zwischen Schiffen üblichen Informationen aus, manchmal freizügiger, als ratsam gewesen wäre … falls die Beteiligten Konkurrenten waren. Damals hatte die *Finity* mit keinem konkurriert.

Aber jetzt mischten sie mit und wollten für ihre Fracht demzufolge möglichst hohe Preise erzielen.

Jetzt war Diskretion nicht deshalb wünschenswert, weil sie verhindern wollten, dass Mazian und die Flotte erfuhren, was sie geladen hatten und wohin sie es transportierten, sondern weil sie die Preise von Waren mit Seltenheitswert halten wollten, bis die Fracht verkauft war. Wenn jemand spekulierte, dass sie nur Downer-Wein an Bord hatten (was nicht stimmte), fiel der Preis und nahm ihnen den Profit. Wenn jemand spekulierte, dass sie Schokolade und Kaffee von der Erde brachten (was stimmte), sackte der Preis in drei Sekunden auf den Bildschirmen ab.

Da sie ihre Güter erst in einer bestimmten Entfernung von Mariner auf den Markt bringen durften, führte das Steuer das Schiff möglichst nahe an diese Linie heran, bevor er dann auf das Tempo abbremste, in dem sie sich der Mariner-Station ganz langsam annäherten.

Um 0837 Uhr standen ihre Güter an der Börse von Mariner zum Verkauf und sie empfingen eine Unmenge Computerausdrucke von Mariner, die gerade alt genug waren (zwei Stunden Lichtgeschwindigkeit), dass Einkäufe riskant sein konnten. Das neue Ratespiel ging nicht darum, was die *Finity* geladen hatte, sondern was die *Finity* wollte oder brauchte. Die Preise würden darauf reagieren. Jedes Schiff, das in das Mariner-System eintrat, beeinflusste die Preise, wenn es einzukaufen begann und die Händler die Waren, die sich »im System« befanden, neu taxierten. Und es näherte sich bereits ein anderes Schiff dem Dock, die *Boreale*.

Die *Boreale* kam aus Cyteen. Das war in technischer wie in politischer Hinsicht interessant: Sie war eine der neuen Quasi-Kauffahrer aus Cyteen, mit einer Militärbesatzung, keiner Familie, und kam aus einem Hafen, der auf Biostoffe (Verjüngung, Pflanzen- und Tierprodukte, Arzneimittel) und auf hochentwickelte Technik spezialisiert war. Ein weiterer Faktor, den man bei der Frage nach der Fracht dieses Schiffs und die Termingeschäfte in Betracht ziehen musste: Tief im Unionsgebiet liegende Häfen produzierten Metalle und andere Gegenstände, welche die Preise von Gütern aus anderen Industriesystemen, beispielsweise aus Viking, nach unten drückten.

Kurz gesagt war es also ein Ratespiel, bei dem die Händler mit Terminwaren und Rohstoffen Qualen finanzieller Unsicherheit ausstanden, ein Spiel, bei dem die Profitspanne der *Finity* wuchs oder abnahm, jedesmal, wenn jemand sich entschied, zu kaufen oder zu verkaufen und damit das Warenangebot veränderte.

Außerdem reagierte der Markt stark auf jedes anlegende Schiff, denn die Black Box, die jedes Schiff mit sich führte, brachte den Stationssystemen Neuigkeiten und technische Statistiken, Nachrichten von allen Sternstationen im Informationssystem. Die Black Boxes schufen das Kommunikationsnetz, das die Zivilisation zusammenhielt. Die Black Box eines einzigen Schiffes enthielt alle Daten von der letzten Station, an der das Schiff angelegt hatte, und somit auch sämtliche Daten, die andere Schiffe aus allen Regionen des Weltraums zu dieser Station gebracht hatten. Diese Informationen bildeten Einzelstücke eines Hologramms, welches das gleiche Bild zu unterschiedlichen Zeitpunkten widerspiegelte, und die Stationscomputer fügten all diese Teile zusammen: Geburten und Todesfälle, Wahlen, Zivildaten, Schenkungen, Rechtstitel, Gerüchte, populäre Songs, Bücher in Datenformat zur Reproduktion durch lokale Packager, Post, Produktionsstatistiken, Nachrichten, Sport, Wetter – falls anwendbar –, Sterndaten, Navigationsdaten, Vorfälle im Weltraum, eben das ganze Bild dessen, was überall dort vor sich ging, wo Menschen existierten, sofern dieses bestimmte Schiff damit in Kontakt gekommen war. Beim Ablegen kam noch eine letzte Ladung Information herein und wurde wieder ausgespuckt, sobald das Schiff anderswo anlegte. Die Daten, die von der Station stammten, wo das Schiff gerade gewesen war, wurden vom Computer als die aktuellsten und damit genauesten gewichtet. Diejenigen, die vom am weitesten entfernten Dock stammten, wurden als am wenigsten genau – auch in zeitlicher Hinsicht – eingestuft. Die Stationscomputer hörten alles, verdauten alles, verglichen die Black-Box-Daten des einen Schiffs mit denen eines anderen und spuckten einen Überblick aus, der die Warenpreise auch in den fernsten Häfen des menschlichen Universums umfasste. Zwar gab es wesentlich weniger Informationsdetails aus Cyteen oder seinen Ablegern – und auch von der inneren Erde –, aber sie reichten für einen klugen Händler immer noch aus, um kluge Entscheidungen zu treffen.

Das Black-Box-System beeinflusste kontinuierlich den Markt auf einer Station, da beispielsweise eine Verknappung von Getreideprodukten in Fargone sich auf den Preis von Getreideprodukten überall im bekannten All auswirkte. In Viking flog ein Tank in die Luft und eine große Farm auf Viking reduzierte daraufhin ihre Produktion um ein Viertel: Der Preis von Fischmehl, diesem Fluch jeder finanziell kleinkalibrigen Spacerexistenz, stieg tatsächlich um 10/100stel eines Kredits überall im Universum, obwohl jede Station sie herstellte und es keine billigere Massenware gab. Es konnte passieren, dass jemand Fischmehl nach Viking transportieren musste.

JR sagte sich, dass das wirklich eine aufregende Nachricht war und dass er zufrieden und stolz sein sollte, dass die *Finity* endlich solche Detailinformationen besaß, statt sich überlegen zu müssen, wie sie die Unterstützungskredite ausgeben sollte, die sie bekamen, um Schiffe wie die *Norway* mit Massenware und Metall zu versorgen, draußen in der tiefen, geheimnisvollen Dunkelheit der Sprungpunkte, die ein Schiff, das so beladen war wie sie jetzt, gar nicht erreichen konnte. Sie würden immer noch Mallory beliefern – ein Transport war bereits geplant, sobald diese Fahrt hinter ihnen lag, soweit JR wusste –, aber es waren auch andere Schiffe mit dieser Aufgabe betraut, von denen mindestens ein paar regelmäßig die Versorgungslager frequentierten, die auch Mallory benutzte.

Der Unterschied zu den letzten annähernd zwanzig Jahren bestand also darin, dass ihr Plan für ein Zusammentreffen mit Mallory an einem noch abzusprechenden Punkt *keine* Feuerkraft von ihnen verlangte.

In Pell hatten sie offiziell die militärischen Subventionen aufgegeben, die sie mit Treibstoff versorgten und zur Instandhaltung des Schiffs dienten. Das war die große Chance, die sie aus den öffentlichen Unterstützungskanälen herausholte und an die Börse und ins Termingeschäft brachte, nicht mit einem rein informativen, sondern mit einem handfesten kommerziellen Interesse.

Es war sicherer, so hatte Madelaine argumentiert, mit Transportverträgen zu arbeiten. Das bedeutete, dass man für einen Auftraggeber zu einem festgesetzten Preis Waren transportierte, dieser den ganzen Profit dann zwar selbst einstrich, aber einen Bonus auszahlte, wenn man die Ware unbeschadet an Ort und Stelle brachte, den Zeitplan einhielt oder der Profit das angepeilte Maß überstieg. Dazu kam noch die Haftung für die Ladung. Das war kontinuierliche, relativ sichere Arbeit mit garantierter Bezahlung, vorausgesetzt, die Ware erreichte unversehrt den Bestimmungshafen.

Aber es zahlte sich nicht in dem Rahmen aus, wie wenn ein cleverer Kaufmann sowohl Transporte übernahm als auch mit eigenen Waren Handel trieb. Sie konnten sich für die sicherere Methode entscheiden; aber die *Finity* hatte den vertraglichen Transport nie als ihre Hauptaufgabe gesehen. Vielleicht war der Alte Mann einfach zu stolz dafür. James Robert und Madison hatten schon viele Jahre vor dem Krieg Handel mit schiffseigenen Waren betrieben, sie hatten zugesehen, wie der Markt den Krieg überlebte, sich veränderte und immer vitaler wurde. Und nach dem, was JR jetzt beobachtete, konnten sie ihm einfach nicht widerstehen.

Tatsächlich wirkten der Alte Mann und Madison glücklich und aufgekratzt wie zwei Junioren mit einem Dockpass, während sie die Marktberichte studierten. JR dagegen spürte, wie sein Hirn träge wurde und seine kriegsgeschulten Instinkte einrosteten. Alles, was er in seinem Leben gelernt hatte, war zumindest ansatzweise nützlich für das, was die beiden Seniorkapitäne hier machten. Aber nicht einmal die strategischen Überlegungen konnten JR packen, beispielsweise, ob das Schiff in ihrer Nähe vielleicht dem Unionskommando Bericht erstattete. Sie wussten, dass die *Boreale* genau das tun würde, also konnte JR nicht einmal versuchen, einen diesbezüglichen Zweifel auszuräumen.

Handel. Echter Handel. Noch immer hing JR der Vorstellung nach, dass sie eigentlich Informationen sammelten und Intrigen spannen, über die aber der Alte Mann und Madison ihm nichts gesagt hatten. Mit geübtem Blick überflog er die politischen und versandtechnischen Nachrichten und sammelte spekulative Leckerbissen, die in militärischer Hinsicht leider keinen

Nutzen mehr hatten, da sie veraltet sein würden, bis sie jemanden erreichten, der Mallory darüber Bericht erstattete.

Das Schiff, das ihnen bei Tripoint begegnet war, ging ihm nicht aus dem Kopf und nach dem Treffen fing er Madison ab und fragte ihn, ohne lange um den heißen Brei herum zu reden, ob die Begegnung geplant gewesen war. Er wusste, dass er damit in ihrem seltsamen Ratespiel Punkte verlieren würde, aber immer noch weniger, als wenn er sich geradeheraus nach einer aktuellen Situation erkundigte.

»Nein«, lautete Madisons Antwort. »Sie beobachten die Lage, das ist alles.«

»Sie beobachten uns.«

»Sie beobachten jede Bewegung der Allianz. Sie wollen sehen, was wir als nächstes tun. Um sicherzugehen – so sonderbar das auch sein mag –, dass wir nicht mit der Flotte über einen Waffenstillstand verhandeln und uns unabhängig von ihnen mit Mazian befassen. Die Erde hat ein paar provokante Schachzüge gemacht.«

JR nahm sich vor, darüber gründlich nachzudenken. Es reichte nicht, die eigenen ehrlichen Absichten dem Feind gegenüber zu kennen: Ein Verbündeter musste zu seiner Sicherheit im Geheimen planen, ohne einem anderen hundertprozentig zu trauen. Ein Verbündeter konnte wegen irgendeiner Kleinigkeit Betrug wittern und unerwünschte Maßnahmen ergreifen, wenn man ihn nicht rechtzeitig beschwichtigte.

Es stimmte, dass die Erde mehr Schiffe baute und neue Expeditionen startete, und zwar in entgegengesetzter Richtung zur Allianzbasis in Pell.

Eines Tages schloss die Erde womöglich Frieden mit der Flotte und amnestierte sie und nahm sie wieder in ihre Dienste … nach JRs Meinung eine sehr begründete Angst sowohl für die Union als auch für Pell; aber dass *die Finity und die Norway* eines Tages mit der Flotte Frieden machten? Höchst unwahrscheinlich. Nicht wenn

Edger zum Berater Mazians aufstieg. Mallory würde so etwas garantiert nicht tun. Die Union kannte weder Mallory *noch* Edger, wenn sie eine solche Entwicklung für möglich hielt.

Andererseits ... bei Kriegsausbruch hatte die Union keine erfahrenen Militärführer gehabt. Sie hatten Taktik und Strategie von den Studientapes gelernt, auf die sich die Ausbildung der Union so stark verließ. Aber am meisten hatten sie von der Flotte gelernt, gegen die sie kämpften, während die ganze menschliche Rasse die Taktik und Strategie eines Kriegs über Lichtgeschwindigkeit, mit relativistischen Auswirkungen und ohne jede Realzeit-Kommunikation erst ausformte. JR selbst hatte die Flottentaktik als Lehrling des Alten Mannes gelernt und Strategie von Mallory. Die Flotte hatte ein geradezu unheimliches Talent in manchen Dingen entwickelt, bei denen die Piloten der Union bis heute nicht mitkamen. Allerdings sorgte die Union manchmal für Überraschungen, allein durch ihre oft unkonventionellen Manöver ... als hätte tatsächlich jemand antike Kriegskunst studiert oder die Flotte durchschaut.

Überhaupt blieb die Union unberechenbar. Manchmal machte sie nach traditionellen Maßstäben schlicht und einfach Fehler. Jetzt war die Union mit ihnen verbündet.

»Was glauben Sie, wo sich Mazian jetzt aufhält?« fragte JR Madison. Die Einschätzung konnte sich von einer Stunde zur anderen ändern. Genau wie der Markt, nur mit noch verheerenderen Konsequenzen.

»Ich habe nicht die leiseste Ahnung«, antwortete Madison. »Genauso wenig wie ich weiß, wo Mallory sich rumtreibt.«

Auf der feinen Skala des Universums war das keine ungewöhnliche Situation. »Glauben Sie, *Mallory* weiß, wo Mazian ist?«

Das folgende Schweigen dauerte länger, als JR erwartet hatte. Madison ließ sich die Frage durch den Kopf gehen, vielleicht dachte er aber auch darüber nach, ob es sich um eine nützliche Basisinformation handelte oder ob ein Seniorjunior die Antwort lieber selbst herausfinden sollte. »Ich glaube, Mallory weiß Bescheid über Pläne, die sie niemals anderen offenbaren würde. Ich glaube, sie weiß eine ganze Menge, worüber sie mit niemandem je spricht. Vermutlich sorgt sie auf diese Weise für ihre Sicherheit, sogar vor uns. Unvorsichtiges Gerede könnte zur Union durchsickern. Ich glaube nicht, dass eine Amnestie der Union in Mallorys Fall einen Pfifferling wert wäre.«

»Meinen Sie damit, die Union würde Jagd auf Mallory machen?«

»Wenn sie es *jetzt im Moment* täte, wäre sie dumm, und ich glaube, dumm ist die Union nicht. Ich glaube, man wüsste in der Union gern mehr über Mallorys Vorhaben. Ich glaube, manchmal verursacht die Sorge, ob wir eines Tages den Spieß umdrehen, mit der Erde eine Vereinbarung treffen und uns gegen sie wenden, der Union schlaflose Nächte. Die Erde versucht, im Weltraum wieder Fuß zu fassen, neue Sternstationen einzurichten … in anderen, noch nicht erschlossenen Gebieten … und das sieht die Union mit großem Argwohn.«

»Halten Sie es für möglich, dass die Erde ein Problem wird?«

»Im Augenblick glauben wir das nicht. Aber nach dem Krieg, als wir einfach keinen dauerhaften Frieden erreichen konnten … du bist zu jung, um dich daran zu erinnern. Aber wir Spacer waren so lange eine homogene Gruppe, dass wir vergessen hatten, wie man sich mit konträren Ansichten auseinander setzt, mit widersprüchlichen Interessen, denn letztlich sind wir Kaufleute. In diesem Bereich ist die Erde wirklich gut: in der Diplomatie.«

»Das nennen Sie gut!« JR konnte sich nicht bremsen. »Die Diplomatie der Erde hat den Krieg doch letztlich verursacht!«

»Aber nicht auf *ihrem* Territorium«, erwiderte Madison mit einem sarkastischen Lächeln. »Der Krieg hat sie nie erreicht, stimmt's? Als wir und die Union Mazian in den Sol-Raum gejagt und ihn dort verloren haben, sah es aus, als würden wir mit dem Unions-Träger aneinandergeraten … und die Erde schlichtete in dieser Angelegenheit. Wir wussten offen gestanden gar nicht recht, wie uns geschah. Auf einmal stimmten wir zu, der Kommandant der Union stimmte zu, beide einigten wir uns mit der Erde. Dann mussten wir uns noch miteinander einigen, sonst hätte die Erde uns aufeinander losgelassen und aus sicherer Entfernung zugesehen, wie wir uns zerfleischten. Daraus kannst du einiges lernen. All die Regierungen, all die Kulturen auf einer Welt – sie sind clever, wenn es darum geht, Differenzen beizulegen. Aber wir hatten vergessen, wie das geht. Vier-, fünftausend Jahre planetarischer Streitereien sollten uns vermutlich etwas Nützliches lehren.« Madison klappte seinen Taschencomputer zusammen und steckte ihn in seine Einsatzjacke. »Ich weiß nicht, ob wir ohne die Erde hätten Frieden schließen können.«

»Aber hätte es auch *Krieg* gegeben ohne sie? Was meinen Sie?«

»Auch das wäre weniger wahrscheinlich gewesen. Wir hätten zu dem gehört, was jetzt die Union ist. Aber James Robert hätte ihnen trotzdem ins Gesicht gespuckt, als sie versuchten, sich die Kauffahrer einzuverleiben. Wir hätten gegen sie gekämpft. Wir hätten jeden Kauffahrer im Weltraum auf unsere Seite gebracht. Das haben wir ja auch. Und wir hätten trotzdem die Souveränität auf unseren Schiffen errungen. Das haben wir ja auch. Denk mal darüber nach. Das ist das einzige, was die Kauffahrer in all den Kämpfen wirklich gewonnen haben. Ich glaube aber nicht, dass wir dabei Mariner in die Luft gejagt hätten.«

Ein Spion der Union hatte damals Mariner sabotiert – die Station, die sie soeben anfuhren. Pell hatte im Krieg ein Dock verloren. Aber auf Mariner hatte es im ganzen Ring einen Druckabfall gegeben und Zehntausende Menschen, die es nicht zum versiegelten Schutzbereich schafften, waren ums Leben gekommen. Es war die schlimmste Katastrophe außerhalb der Erde gewesen. Seit Menschengedenken.

Und *wir Kauffahrer*. Es war das erste Mal, dass JR jemanden auf der *Finity* dieses besondere *Wir* benutzen hörte. Oder von einer Bilanz sprechen hörte, einer Gewinn-und-Verlust-Rechnung des Krieges. Eine ernüchternde Erkenntnis, dass der Krieg nicht nur der Krieg war, unveränderlich. Es hatte eine Zeit vor dem Krieg gegeben. War es möglich, dass es auch ein Danach gab – und dass sie tatsächlich etwas gewonnen hatten durch ihre Bemühungen, durch all das Blutvergießen?

Stimmte es denn, dass man zwar versuchte, den Lauf der Geschichte zu bekämpfen und zu ändern, das Universum jedoch unbeeindruckt das tat, was es sowieso getan hätte?

Verdammt, wenn es so war.

Das war für JR nicht akzeptabel.

Madison wurde auf der Brücke gebraucht und sie trennten sich; JR ging seiner Wege.

Er hatte es nicht geschafft, Madisons Widerstand zu überwinden und zu fragen, was ihm immer noch niemand verraten hatte … den Grund, warum sich die *Finity* von Mallory getrennt hatte. Immer mehr gelangte JR zu der Überzeugung, dass hier die Antwort auf alle anderen Fragen lag. Aber jetzt war er im Grunde nicht klüger als zuvor. Er befestigte seinen eigenen Taschencomputer am Gürtel – wie die Pistole, die er einst getragen hatte, damals in der alten Zeit, als das für einen Fünfzehnjährigen ganz normal gewesen war.

Als sie die Geschichte mit der Erde überstanden hatten und als feststand, dass sie Mazians Rider von den Handelsstraßen vertrieben hatten, gaben sie diesen Brauch auf. Was Schiffe wie die *Africa* und die *Europe* getan hatten, wenn sie einen Kauffahrer enterten, wurde der jüngeren Besatzung wohlweislich nicht erzählt, aber er war groß geworden mit den Pistole am Gürtel und der Anweisung, wie sie in Korridoren, wo man mit einem Druckausfall rechnen musste, zu benutzen war.

Mit fünfzehn hatte man ihn angewiesen, im Notfall lieber den Korridor zu sprengen, als sich von der Flotte gefangen nehmen zu lassen.

Eine ziemlich harte Jugend. Aber er kannte nichts anderes. Und als sie das Gebiet einigermaßen von Feinden befreit hatten, als sie einen Sprungpunkt durchqueren konnten, ohne auf Alarmstufe Eins zu gehen – da hatte der Alte Mann die Waffen einsammeln lassen, hatte sie zwar an bestimmten Stellen auf dem Schiff unterbringen lassen, für alle zugänglich (auf der *Finity* war nichts abgeschlossen), aber sie sollten nicht wieder getragen werden. JR hatte Angst gehabt, als die Waffen abgegeben wurden, und es hatte lange gedauert, bis er diese Angst ablegen konnte.

Sie hatten die Waffen auch nie wieder gebraucht. Der Zustand hatte sich bewährt, der Alte Mann hatte Recht behalten.

Vielleicht würde die Waffenabstinenz auch jetzt bestehen bleiben, vielleicht musste sich JR doch etwas intensiver mit den Fischfarmen auf Viking beschäftigen.

* * *

Die Arbeit in der Wäscherei gefiel niemandem. Nach dem Sprung sammelte sich eine Unmenge verschwitzter Kleidung an. Aber Jeremy meinte, es wäre immerhin noch besser als nach dem Freigang, weil es da keine Begrenzung gab, wie viele Kleidungsstücke schmutzig werden durften, während beim Sprung von einer Person unter Tranquilizern immer nur eine bestimmte Menge Kleidung verbraucht wurde. So hatten sie noch den leichteren Teil erwischt und innerhalb von vier

Stunden alles gewaschen, was in den Behältern gewesen war. Die Vor- und Nachteile solcher Aufgaben waren Details des Spacerlebens, die Fletcher sich nie interessant vorgestellt hatte, aber er hatte nicht im Traum daran gedacht, dass er sich je um etwas dergleichen kümmern müsste.

Aber er hatte gelernt, wie er in diesem Bereich mit seinen persönlichen Sachen umzugehen hatte. Beispielsweise, dass man die letzten Arbeitsklamotten auf dem Weg hinaus zum Freigang – wie in Pell – in der Wäscherei ließ, und wer den nächsten Wäschereidienst bekam (sie konnte es nicht treffen, denn der Computer wählte nie zweimal hintereinander dieselben Leute), erledigte dann alles, wie Fletcher und die anderen Juniorjunioren es beim ersten Dienst seiner Reise getan hatten.

Es gab also einen bestimmten Rhythmus. Die Wäscherei arbeitete nicht immer in dem forcierten Tempo wie beim letzten Mal. In dieser bestimmten Periode, in der oft auch Spezialreinigung für Offiziersuniformen in letzter Minute anfiel, gab es besonders viel zu tun.

Beispielsweise lernte Fletcher auch, dass ein Besatzungsmitglied der *Finity* von den ausgegebenen Kleidungsstücken immer mindestens eine Ausgehuniform und einen Satz Arbeitskleider im Spind hängen haben musste, für den Bordaufruf und das Abdocken, sonst bekam man von einem Senioroffizier ein paar ernste Worte zu hören. Ein reguläres Besatzungsmitglied nahm auf Freigang nur gute Sachen und Zivilkleidung mit und *durfte* nicht mal Arbeitskleidung tragen, es sei denn, er arbeitete, was die Juniorjunioren aber für gewöhnlich nicht mussten.

»Und wenn man Arbeitskleidung trägt?« erkundigte sich Fletcher bei Jeremy, der neben ihm arbeitete. »Noch ein paar ernste Worte?«

»Warum probierst du es nicht einfach aus?« fragte Vince hinter ihnen.

Das war mindestens seine dritte schnippische Bemerkung. Vince war anscheinend immer noch verärgert wegen des Weins an der Bar.

»Schließlich brauchst du die Regeln ja nicht zu befolgen«, fuhr er fort. »Du bist doch eine Ausnahme.«

»Hör auf damit«, sagte Jeremy.

»Vince«, mahnte auch Linda.

»Aber es stimmt doch, oder?«

»Hör auf, Vince«, wiederholte Jeremy.

»Ich möchte unter vier Augen mit dir reden«, sagte Vince zu Jeremy und sie gingen hinaus auf den Korridor.

»Kommt Jeremy mit ihm zurecht?« fragte Fletcher, aber Linda vermied seinen Blick. »Ja, klar«, antwortete sie.

Aber Fletcher machte sich Sorgen. Vince und Linda waren beide ein bisschen älter als Jeremy, und Fletcher hatte das Gefühl, dass sie ihn unter Druck setzten. Seinen Altersgenossen. Ihn.

Er hatte die Nase voll von Vinces Anspielungen. Sein Adrenalinspiegel stieg, und er hätte Vince am liebsten bei der nächsten falschen Bemerkung über die Geschichte ordentlich vermöbelt. Aber Vince war zu klein. Bestenfalls konnte er ihn ein bisschen schubsen, was gar nicht befriedigend war, oder ihn am Kragen hochheben, was etwas mehr Aggressionsabfuhr erlaubte. Doch beides würde dazu führen, dass Fletcher eine lange, langweilige Zeit auf dem Schiff würde verbringen müssen, und er freute sich auf den Freigang. Von ganzem Herzen. Er hatte vor, nach Hause zu schreiben, wie er es Bianca versprochen hatte. Gut, sie hatte nicht viel Rückgrat gezeigt, hatte ihren Hals gerettet, ihre berufliche Laufbahn. Aber genaugenommen konnte er es ihr nicht verdenken. Und er hatte ihr viel zu erzählen.

Auch an seine Pflegefamilie wollte er schreiben. An die Wilsons. Ihnen sagen, dass es ihm gut ging. Das war er ihnen schuldig. Er hatte gehört, dass die Juniorbesatzung ein Taschengeld bekam, und sich bei Jeremy erkundigt, wie viel ein Brief kostete. Die Antwort lautete einfach, dass Briefe in der Black Box kaum Platz wegnahmen, und wenn man nicht extra eine Kopie auf Papier verlangte, kostete es zehn Kredite für ein Link.

Das war zwar mehr, als Fletcher gehofft, aber weniger, als er befürchtet hatte. Mariner lag in der Portoberechnung nur eine Station von Pell entfernt, denn laut Jeremy zählten Sprungpunkte nicht, nur Stationsverbindungen, und für die zehn Kredite bekam man eine ganze Menge Speicherplatz.

Er würde Mariner sehen und Bianca wie in einem Tagebuch darüber berichten. Bei den Wilsons hatte er Zweifel, er war sogar ein bisschen schüchtern, weil er dachte, sie wollten vielleicht keinen Brief von ihm, nachdem er am Schluss noch so viel Ärger am Hals gehabt hatte. Aber er war so oft zum Essen bei ihnen eingeladen gewesen, er wollte ihnen wenigstens mitteilen, dass es ihm gut ging, auch wenn keiner von ihnen ans Dock gekommen war, um sich von ihm zu verabschieden. Schließlich war es ja auch höchst fragwürdig, ob Quen ihnen überhaupt Bescheid gesagt hatte. Sie musste die Wilsons kennen – sie hatte die Sache ja eingefädelt. Aber wahrscheinlich wusste sie nicht dass die Wilsons die Einzigen gewesen waren, die Fletcher gemocht hatte und bei denen er sich tatsächlich irgendwie zu Hause fühlte, denn das hatte er nicht einmal seinen Therapeuten gegenüber erwähnt.

Er konnte natürlich auch an Quen schreiben. Eine von diesen Bilder-Botschaften, Neon, richtig grell, wie sie von Spacern gern gekauft wurden. Wenn die Dinger nicht so teuer gewesen wären, hätte er es sich wirklich überlegt, nur so zum Spaß. Aber für die beiden, die ihm wichtig waren, wollte er etwas wirklich Hübsches und Gefühlvolles, vielleicht ein Bild, das man holografisch ausdrucken konnte. Er wusste nicht, ob Bianca oder die Wilsons je eine Nachricht von außerhalb der Station bekommen hatten, und stellte sich vor, dass sie seine vielleicht aufbewahrten und das Bild immer wieder anschauten.

Jeremy und Vince kamen zurück. Fletcher beäugte Jeremy prüfend nach blauen Flecken oder sonstigen Anzeichen körperlicher Gewalt, konnte aber nichts dergleichen entdecken. Allerdings machte der Junge einen ziemlich aufgeregten Eindruck und wollte keinem ins Gesicht sehen.

Natürlich konnte Fletcher Jeremy nicht sofort fragen, was Vince gewollt hatte oder ob er ihm irgendwie zu nahe getreten war. Vince und Jeremy setzten sich zum Karten spielen. Es gab so wenig zu tun, dass keine Wechseltagschicht in der Wäscherei war, als sie ihren Dienst beendeten: Stattdessen bekamen sie Anweisung, sie sollten die Tür offen und das Licht brennen lassen und die Checkliste und einen Stift auf die Theke legen, falls jemand Seife oder etwas anderes brauchte. So blieben sie mit den Nachbestellungen auf dem Laufenden und wussten, wer seine Wäsche abgeholt hatte.

Stiehlt hier nie jemand? fragte sich Fletcher, kam dann aber schnell zu dem Schluss, dass es albern gewesen wäre, Duschseife zu klauen. Man bekam sie sowieso gratis. Der Job als Wächter der Wäscherei war größtenteils überflüssig, wenn das Waschen und Falten erledigt war – sie mussten nur noch sauber machen, alles absperren, dafür sorgen, das die Türen ordentlich gesichert waren. Aber hauptsächlich spielten sie Karten. Vermutlich war der Zweck der Übung momentan hauptsächlich der, dass sie niemandem im Weg herumstanden und niemanden störten, der für das Schiff wichtig war. Vielleicht machten ja auch alle um diese Zeit kurz vor dem Andocken eine Pause. Auf den Korridoren war so wenig los wie nie.

Am Ende der Schicht gingen sie diesmal nicht direkt zur Messe. Jeremy und Fletcher sollten noch einmal bei den Medics vorbeischauen. Das hieß ein paar Minuten Schlange stehen, dann wurde man in den Finger gepiekt, gewogen und Dinge gefragt wie beispielsweise: Schläfst du gut? Wie fühlst du dich? Und bei Fletcher: Freut mich, dich zu sehen, Fletcher. Gibt's irgendwelche Probleme? Wie sind die Lungen?

Falls er in Downbelow doch etwas eingeatmet hatte. Aber er konnte auch beim zweiten Mal versichern, dass alles in Ordnung war. Sie stachen ihn in den Finger, sahen sich seine Lunge an, hörten ihn ab …

»Die ganzen vierzehn Millionen Kredite sind in Sicherheit«, sagte er zu den Familien-Medics, und die sahen ihn an, als hätte er einen geschmacklosen Witz gemacht. Wahrscheinlich war sein Humor ja auch eher bitter.

»Kriege ich Freigang?« fragte er.

»Spricht nichts dagegen«, sagte der diensthabende Medic.

»Danke.« Fletcher wollte niemanden vor den Kopf stoßen und auch keinen Bericht an JR provozieren. Eine weiße Weste war im Augenblick sein größter Ehrgeiz. Das Jahr möglichst reibungslos überstehen, Konfrontationen mit JR vermeiden, der als einziger Offizier für Fletcher verantwortlich zu sein schien. Dann schnell zurück nach Pell. Für die Medics musste er einen ruhigen Puls fabrizieren: Vince war vergessen und Fletcher dachte an grüne Blätter und Sonne zwischen den Wolken. Soweit Fletcher verstand, hielten sie ihn für gesund, als sie ihn wegschickten.

Jeremys Lunge wurde nicht untersucht; er sah nur zu, inzwischen wieder so gut gelaunt wie üblich.

»Was war denn mit Vince?« fragte Fletcher, als sie nebeneinander zu Messehalle schlenderten. Augenblicklich war Jeremys gute Laune verflogen.

»Ach, Vince ist Vince«, antwortete er eher widerwillig.

»Wenn er dich meinetwegen piesackt, dann sag mir Bescheid, ja?«

Jeremy blickte zu ihm empor, dunkle Augen unter

einem dunklen Haarschopf, der ihm für gewöhnlich in die Stirn fiel. »Ja«, sagte er, als hätte er dieses Angebot nicht erwartet. »Ja, danke.«

Für Fletcher war dieser Punkt sehr wichtig gewesen. Er vermutete, dass Jeremy nicht viel von ihm erwartete, und er hatte inzwischen auch erfahren, dass Jeremy sein Einzelzimmer nur ungern aufgegeben hatte, um als einziger Juniorjunior einen Zimmergenossen zu bekommen. Aber er war trotzdem nett zu Fletcher gewesen, hatte sich für ihn eingesetzt und versucht, aus der Situation das Beste zu machen. Und das war Fletcher von den Menschen, deren Bekanntschaft er bisher gemacht hatte, nicht unbedingt gewohnt. In diesem Jungen, in diesem Zwölfjährigen mit dem gefechtsbereiten Geist, fand er ironischerweise etwas, was er früher in seinen Freunden gefunden hatte, damals, als er noch etwas jünger gewesen war als Jeremy jetzt, Freunde, die den nüchternen Erwachsenen in seinem Leben gar nicht zugesagt hatten. Er hatte sich auch einigen Ärger eingehandelt, ehe er schlau geworden und sich aus solchen Geschichten herausgehalten hatte.

Aber zusammen mit dem Ärger, den er sich ersparte, war auch die Kameradschaft aus seinem Leben verschwunden, und in dem konkurrenzbetonten Honors-Programm war nichts dergleichen mehr zu finden gewesen. Seit Fletcher sich so für seine Ziele engagierte, hatte er nichts mehr in Freundschaften investiert – außer bei Bianca, aber das hatte als eine Art Rausch begonnen. Aber keine Jungen, niemand, mit dem man eine Runde Karten spielen oder in der Rec-Halle herumhängen konnte. Den Frauen der Besatzung war er bewusst aus dem Weg gegangen. Er hatte sich in eine frühere Zeit zurück versetzt, als alle Jungen die Mädchen nur aus sicherer Entfernung betrachteten, noch nicht von der Hoffnung besessen, ihre Unzulänglichkeiten könnten verborgen bleiben ... er hatte das alles hinter sich und konnte aus der Distanz von vollen zwei Jahren auf diese paranoide Phase seines Lebens zurückblicken.

Vielleicht war der Umgang mit dem kleinen Jeremy in dieser Hinsicht wie eine Rückkehr in Unschuld und Allmacht.

Es war wie ein kleiner Ausflug zurück in seine eigene Phase als Tunichtgut, in der er von Vid-Games besessen war und am liebsten in den Tunneln herumhing. Ungestraft davonkommen. Den Freunden erzählen, wie toll man war. Ja, es wurde langweilig, wenn Jeremy in allen Einzelheiten von Labyrinthmonstern und fliegenden Teufeln erzählte, während er Fletcher beim Kartenspielen besiegte, und die Worte *krass* und *abgefahren* und *voll genial* gingen ihm hochgradig auf die Nerven; trotzdem hatte Jeremy etwas Ehrliches und Reales an sich, das einen die rauen Kanten vergessen ließ. Fletcher dachte sogar mit einem gewissen Bedauern daran, dass er ihn verlieren würde, wenn sein Sklavenjahr vorüber war. Noch vor ein paar Jahren hätte er sich geweigert, sich um so etwas zu kümmern oder sich gar für die Beziehung mit einem Quasi-Bruder zu engagieren, den er doch nur wieder verlieren würde – so verbittert war er gewesen. Aber er war darüber weggekommen, er hatte die Erfahrung mit den Wilsons gemacht und war schließlich in das Programm aufgenommen worden; irgendwo mittendrin hatte er gelernt, dass man von den Leuten, die einem das Schicksal oder die Gerichte über den Weg schickten, auch etwas gewinnen konnte. Zwar nichts Großartiges, aber immerhin.

Aus all diesen Gründen kam er auf dem Weg zurück zu Messe zu dem Schluss, dass er seinen Fast-Bruder mochte, als einzigen unter all den Pflegebrüdern, die man ihm aufgehalst hatte. Und wenn Vince Jeremy morgen wieder schikanieren wollte, würde Fletcher ihm die Hölle heiß machen und nicht an die Konsequenzen denken.

An diesem ersten Abend im Mariner-System spielten

sie nach dem Essen Karten in der Rec-Halle und Fletcher gewann seine Zeit von Jeremy zurück und machte sogar noch sechs Stunden gut. Jeremy setzte eine ganze Runde völlig in den Sand. Vielleicht wurde Fletcher auch plötzlich besser.

»Lust auf Partnerwechsel?« fragte eine Stimme, als Fletcher die Karten zusammenschob. Es war einer der Seniorjunioren; den Namen hatte er vergessen. Zum Glück stand er auf dem Schildchen an seinem Overall. *Chad*.

Jeremy stand sofort auf, als Chad erschien, todernst und mit besorgtem Gesicht. Heute Abend war die Gesellschaft bunt gemischt: Senioren von der Technik sahen sich ein Vid an, ein paar andere spielten Karten, die Seniorjunioren in der Ecke spielten Vid-Games und nun wollte dieser Knabe aus ihrer Gruppe also mit Fletcher Karten spielen.

Das war nicht normal. Aus Jeremys Reaktion war deutlich zu entnehmen, dass es nicht normal war.

Aber Chad ließ sich auf dem Stuhl nieder, offensichtlich fest entschlossen, seinen Plan durchzusetzen. Er sah ein bisschen jünger aus als JR, wenn auch nicht viel, und er war groß für sein Körper-Alter. Er nahm die Karten und gab. Die Bedingungen waren bereits festgelegt: Fletcher konnte aufstehen und dem Kerl den Rücken kehren oder die Karten aufheben. Jeremys Verhalten warnte ihn, vorsichtig zu sein. In der Hoffnung, das Richtige zu tun, nahm er die Karten auf.

Chad gewann, weil Fletcher sich nicht richtig konzentrieren konnte. Der Seniorjunior sprach kein Wort, stellte keine Frage, spielte nur seine Hand und gewann. Sie hatten um eine Stunde gespielt.

»Meine Stunde«, stellte Chad fest. »Du machst morgen mein Zimmer sauber, Juniorjunior.«

»Sieht ganz danach aus«, erwiderte Fletcher. Er hatte verloren, die Sache war klar. Zwar gefiel es ihm nicht, aber er hatte sich darauf eingelassen. Er hatte Chad mit seinem kleinen Machtspielchen zufriedengestellt, aber jetzt hatte er genug. Er bildete sich nicht ein, er könnte etwas gegen einen guten, sogar sehr guten Kartenspieler ausrichten. Also stand er auf und ging; auf dem Korridor gesellte sich Jeremy wieder zu ihm, schweigend.

Fletcher spürte, dass man ihn zum Narren gemacht hatte. Obwohl er für Jeremys Hinweise dankbar war, wollte er nicht über die Einzelheiten der Begegnung sprechen. Er genierte sich nicht nur, er war wütend. Chad gehörte zu JRs Jüngern, zu seiner Besatzung, seinen Busenfreunden, wie auch immer man sie nennen mochte. Worum es eigentlich gegangen war, ließ sich leicht durchschauen und Fletcher wusste, dass es auch kein Friedensangebot gewesen wäre, wenn er gegen Chad gewonnen hätte.

»Hat er gemogelt?« fragte er Jeremy, denn er war nicht sicher, ob er es gemerkt hätte.

»Nein«, antwortete Jeremy. »Aber er ist sehr gut.«

Zwar war Fletcher das lieber, als betrogen worden zu sein, aber es verbesserte Fletchers Laune nicht. »Warum gehst du nicht zurück, Jeremy?« fragte er. »Du brauchst mich nicht zu begleiten, ich gehe ins Bett.«

»Ich auch«, entgegnete Jeremy aus welchem Grund auch immer. Vielleicht war die Rec-Halle für Fletchers Zimmergenossen momentan nicht der gemütlichste Aufenthaltsort. Die Situation war angespannt gewesen, ein Machtkampf lag in der Luft. Warum aber war Chad zu ihrem Tisch gekommen, um auf Fletcher herumzuhacken? Keine sehr angenehme Frage.

In ihrer Kabine zogen sich Jeremy und Fletcher gleich aus.

»Auf Mariner gibt es so eine Art Aquarium«, sagte Jeremy, unbeholfen enthusiastisch. »Das ist echt abgefahren, hab ich gehört. Echt sehenswert.«

»Ja?«

»Na ja, das könnten wir uns mal ansehen, weißt du.«

Fletcher machte kein Hehl aus seiner schlechten

Laune, aber Jeremy versuchte wie immer, das Beste daraus zu machen. Und er war von allen auf dem Schiff wahrscheinlich am wenigsten für Chads unprovozierten Angriff auf Fletcher verantwortlich.

Fletcher setzte sich aufs Bett und dachte an Aquarien, an den Alten Fluss und wie die Fische in den Untiefen nach oben geschwommen kamen, seltsame flache Kreaturen mit langen Nasen. Melody hatte ihm ihre Namen gesagt, aber wie so viele Hisa-Worte war es hauptsächlich ein Zischen und Spucken. Auf Pell gab es ebenfalls ein Aquarium.

Aber es war ein Angebot. Etwas zu tun. Fletcher wollte vor allem seine Briefe schreiben, und er hatte keine Lust, sich von Chad zu etwas provozieren zu lassen. In der bevorstehenden freien Zeit standen sie meist nicht unter der Beobachtung eines Offiziers.

»Tut mir leid«, sagte er. »Ich bin irgendwie schlecht drauf.«

»Ja«, sagte Jeremy.

»Du weißt, dass ich nicht auf dieses Schiff wollte. Es ist nicht meine Schuld.«

»Ja«, sagte Jeremy. »Aber du bist in Ordnung, weißt du. Ich wollte, du wärst die ganze Zeit hier gewesen.«

Fletcher wünschte sich das nicht. Speziell heute Abend. Aber er konnte es Jeremy unmöglich ins Gesicht sagen. Dieser Junge, dieser zwölfjährige Mann – was immer er nun war –, wünschte sich, mit Mallory in den Kampf gegen die Flotte zu ziehen, wurde bei einem Vid-Game so aufgeregt, dass er zitterte und zuckte, und wollte mit Fletcher das Aquarium auf Mariner besichtigen, das vermutlich für Jeremy wesentlich exotischer war als für ihn. Jeremy hatte ihm ein bisschen von sich offenbart.

Jeremy legte Wert auf seine Gesellschaft. Das wollte schon etwas heißen.

Weil ein solcher Augenblick so schwer zu ertragen und mit verpassten Chancen überfrachtet war, floh Fletcher vor Jeremys ernstem Blick, bückte sich und zog seine Unterbettkommode hervor.

Wo nicht nur seine Socken für den nächsten Morgen verstaut waren, sondern etwas, was für ihn äußerst wichtig war.

Auf einmal ließ er sich doch von der emotionalen Situation hinreißen, griff nach hinten und holte den Gegenstand hervor, einen Gegenstand, wie ihn Jeremy wahrscheinlich noch nie gesehen hatte, nicht von Menschenhänden gemacht.

»Was ist das?« fragte Jeremy überrascht, als Fletcher sich aufsetzte und ihm den Geisterstock zeigte. Vorsichtig wickelte er die Kordeln ab, Federn baumelten sanft in der Luft, die Schnitzereien wurden sichtbar.

»Das hat mir jemand geschenkt«, erklärte Fletcher. Er hatte immer das Gefühl, den Stock samt allem, was er für ihn bedeutete, verteidigen zu müssen. Auf einmal fürchtete er, dass es dumm gewesen war, ihn hervorzuholen. Aber Jeremy reagierte anders, als Fletcher erwartet hatte. Er war nicht nur verblüfft. Ehrfurcht und Erstaunen waren in seinem Gesicht zu erkennen, alles, was Fletcher sich von jemandem wünschte, der zu schätzen wusste, was er hier vor sich hatte.

»Das ist Hisa-Arbeit«, sagte Jeremy. »Woher hast du es?«

»Ich habe den Stock geschenkt bekommen. Dort, wo ich gewohnt und gearbeitet habe. Mein ganzes Leben habe ich mich darum bemüht.« Er reichte Jeremy den Stock, und dieser nahm ihn behutsam in die Hand.

Ganz vorsichtig drehte und wendete er ihn, betrachtete die Schnitzereien, die Kordeln, befühlte das Holz, nahm dann eine Feder näher in Augenschein und streichelte mit dem Finger darüber. »Wie man die Kordeln macht, kann ich mir ja noch vorstellen, aber was ist mit dem hier?«

Es dauerte einen Augenblick, bis Fletcher ihn verstand. »Das ist eine Feder«, erklärte er dann und versuchte, sich ein Lachen zu verkneifen. Sofort wurden Jeremys Hände auf der Feder noch behutsamer.

»Du meinst, das stammt von einem Vogel?«

»Nicht von so einem, wie es auf der Erde gibt. Diese Vögel fliegen nicht viel. Sie gleiten eher. Viele bleiben meistens auf dem Boden. Vögel von Downbelow.«

»Ich hab noch nie eine Feder aus der Nähe gesehen«, sagte Jeremy. »Sie ist so weich.«

»Es sind Federn von zwei Vogelarten. Das Holz kommt von einem kleinen Busch, der am Flussufer wächst. Die Kordeln sind aus Gras. Man weicht es ein und wickelt es dann um den Stock, dreht ganz fest, solange es noch nass ist, und dann wird es eine Kordel. Es gibt einen Trick, wie man das nächste Stück reinsteckt, wenn das letzte fertig ist, damit ein doppelter Übergang entsteht. Ich hab ihnen dabei zugesehen. Sie flechten nicht, das haben sie nicht erfunden. Aber sie haben diese Drehtechnik. Wenn man viel davon macht, hat man ein Seil.«

»Voll genial«, sagte Jeremy, berührte die Kordel und wieder die Federn. »Das ist echt abgefahren. Ich hab Vögel auf Vids gesehen. Aber noch nie eine Feder, allein. Nur von fern.«

»Sie fallen den Vögeln dauernd aus. Die Hisa sammeln sie. Aber die Menschen sollen die Finger davon lassen.«

»Ein Vogel, dem die Federn ausfallen.« Jeremy fand das komisch.

Fletcher ebenfalls. »Sie fallen nicht alle gleichzeitig aus. Eher so wie deine Haare, wenn du duschst. Eins wird müde und fällt aus, dafür wächst ein neues. Federn sind irgendwie mit Haaren verwandt. Biologisch gesehen.«

»Das ist wirklich sonderbar«, meinte Jeremy. »Hast du viel davon?«

Fletcher schüttelte den Kopf. »Ich sollte den hier auch nicht haben, aber es war ein Geschenk und die Behörden haben nicht darüber diskutiert. Die Cops haben mich irgendwie durch den Zoll geschleust.«

»Was bedeutet das hier? Das ist keine Schrift.«

»Hisa schreiben nicht, aber sie machen Symbole. Ich weiß selbst nicht genau, wo der Unterschied liegt, aber die Experten sagen, es ist keine Schrift.«

»Das ist so seltsam«, sagte Jeremy. »Was bedeutet es?«

»Tag und Nacht. Regen und Sonne. Getreide, das wächst.« Auf einmal fiel Fletcher ein, dass Regen und Sonne, Tag und Nacht für Jeremy genauso fremd waren wie Feder. Spacer sprachen nicht von Morgen und Abend. Es war Erste Schicht, Zweite Schicht. Sie sagten auch nicht Tag und Nacht. Es war Haupttag, Hauptnacht, Wechseltag, Wechselnacht. Dämmerung war die Zeit, wenn das Licht gedämpft und wieder heller wurde, die Dämmerung des Haupttags, das Morgengrauen des Wechseltags. Bei den Stationsbewohnern war es genauso. Aber auf Downbelow entdeckte man die verlorenen Worte wieder, die Worte, die von den Menschen benutzt worden waren, Worte, die sich der Seele schnell und angenehm einprägten.

Vielleicht musste man deshalb die Menschen von Downbelow fernhalten und nur ein paar Privilegierte dort lassen, die sich bereit erklärten, keine Federn und keine Steine aufzuheben.

»Die kleinen Steine sind vom Wasser so glatt gerieben worden«, erklärte Fletcher. »Sie rollen auf dem Grund des Alten Flusses herum und scheuern in der Strömung gegeneinander.« Er dachte an Jeremys wörtliche Interpretation der herausfallenden Federn und eine Frage, die er selbst einmal einem seiner Vorgesetzten gestellt hatte. »Man sieht nicht, wie sie sich bewegen. Aber wenn der Alte Fluss Hochwasser führt, wirbelt er sie durcheinander.«

Jeremy sah ihn an, als wollte er wissen, ob das ein Witz war, und strich dabei über die glatten Steine. »Ich wollte dich schon fragen, wie die so geworden sind«, sagte er. »Das ist wirklich genial. Ich hab schon alte Felsen gesehen ... aber diese hier müssen ja ganz schön lange herumgeworfen worden sein.«

»Die Felsen im Weltraum sind älter«, entgegnete Fletcher. »Wasser ist ziemlich kraftvoll. Es schneidet Klippen heraus, ändert seinen Lauf, überflutet Felder. Durch die Schwerkraft fällt es von oben nach unten, und wenn ihm etwas im Weg ist, fließt es drum herum oder drüber weg.«

»Wie kommt es denn überhaupt nach oben?«

»Regen. Quellen.« Noch mehr Wunderworte für Jeremy. Vermutlich wusste er nicht, was eine Quelle war.

Aber Jeremy war äußerst lernbegierig. Solche Dinge interessierten ihn brennend. Einige Dinge konnte Fletcher mit etwas vergleichen, was Jeremy kannte: Kondensierung an den hohen Dockrohren. Die dicken Tropfen, die einem auf den Kopf fielen, wenn man in der Nähe der Kräne war.

»Jetzt ist der Monsun gerade vorbei«, sagte er, und noch immer machte ihn die nicht gefühlte Zeit ganz benommen, während das für Jeremy eine Selbstverständlichkeit war. »Die weiblichen Hisa werden schwanger, das Korn wächst auf den Feldern und in den Rahmen. Es gibt eine Sorte, die nur gedeiht, wenn ihre Wurzeln im Schlamm stecken. Eine andere braucht trockenen Boden, auf offenem Feld. Wir haben eingegriffen, um die Ernten zu verbessern, aber inzwischen glaubt man, dass wir es lieber nicht hätten tun sollen, dass wir die Hisa in Ruhe lassen und sie nicht zur Arbeit auf Station hätten holen sollen.«

Behutsam reichte Jeremy ihm den Stock zurück. »Meinst du?« Vielleicht hörte Jeremy in Fletchers Stimme, dass er nicht daran glaubte. Meinst du? Die Frage traf ins Mark von Fletchers privater, geheimer Ketzerei. Keiner der Angestellten auf dem Planeten hatte es bemerkt. Aber Jeremy. Und er verdiente eine Antwort, die Fletcher in Hörweite von Pell-Behörden nie gegeben hätte, denn man hätte ihn womöglich für immer vom Planeten verbannt.

»Ich denke, vielleicht ist es besser, wenn sie sich in ihrem eigenen Tempo entwickeln.« Eine vorsichtige Verbeugung vor der offiziellen Einstellung. Aber dann fuhr er fort: »Vielleicht würden sie aber auch von uns profitieren, wie wir uns das jetzt gar nicht vorstellen können. Vielleicht würden sie ohne uns auch sterben. Du weißt ja, es gibt nicht viele Orte in der Welt, wo Hisa leben. Die Weltpopulation liegt bei vielleicht zwanzig Millionen.«

»Das ist doch eine Menge.«

»Nicht für einen ganzen Planeten. Überhaupt nicht.«

Jeremy schwieg einen Moment. »Aber die Erde hat bestimmt 'ne ganze Menge.« Jeremy war da gewesen, das hatte er gesagt. Die legendäre Mutterwelt. Quelle all dessen, was sie über Planeten wussten. Alle Vorurteile, die richtigen und die falschen Wahrnehmungen.

»Ja«, erwiderte Fletcher. »Das ist unser Modell. Das ist es, was wir im Universum kennen. Das ist *alles*, was wir kennen, eine ziemlich kleine Stichprobe. Zwanzig Millionen Hisa auf Downbelow. Viel weniger Platytheren auf Cyteen.«

»Die sind nicht intelligent.«

»Dem Anschein nach nicht.« Nach Fletchers Information waren die Platytheren von Cyteen zu erfolgreich für ihre Umgebung geworden und hatten große Waldgebiete gerodet, die daraufhin sintflutartigen Regenfällen zum Opfer fielen. Die Menschen auf Cyteen waren zu dem Schluss gekommen, dass der Planet nützlicher und lebensfähiger war, wenn die Platytheren tot waren. Umweltwissenschafter auf Pell hatten entsetzt reagiert.

Aber gelegentlich brachte die Natur sich selbst um. Nicht alle Lebensformen setzten sich durch. Konnte das Leben intervenieren, um Leben zu retten, wenn es im Endeffekt ausgelöscht wurde, oder wusste die Natur es immer selbst am besten?

Fletcher war nicht sicher. Es waren *Menschen*, die ein Urteil darüber fällten. Die Hisa hatten den Himmel beobachtet, solange sie zurückdenken konnten, lange Zeit bevor die Menschen die Erde verließen. Die Hisa hatten darauf gewartet, dass etwas aus ihrem bewölkten, sternlosen Himmel zu ihnen herabkam. Waren sie in einer kulturellen Sackgasse stecken geblieben?

»Du weißt eine Menge«, stellte Jeremy fest.

»In zwei Jahren könnte ich meinen Abschluss in Planetarwissenschaft machen. Das ist mein *Leben*. Das ist wichtig für mich. Und jemand an Bord hat mich gefragt, wozu man Planeten studieren soll.«

»Weil man etwas über sie wissen möchte!« rief Jeremy und Fletcher fühlte sich einigermaßen über die abschätzige Bemerkung der jungen Frau getröstet. »Weil man Sachen wissen will. Ich jedenfalls.«

»Ich glaube nicht, dass ich hier mit meinem Wissen sonderlich viel anfangen kann.«

»Du kennst dich aus in Naturwissenschaft, oder?«

»Jede Menge Biowissenschaft.«

»Na, dann erzähl das mal JR. Ich wette, das interessiert ihn. Biowissenschaft sorgt dafür, dass wir atmen, und das ist ziemlich wichtig in der Umgebung hier. Wahrscheinlich solltest du auch mal mit Parton reden. Der ist der Bionier.«

»Wahrscheinlich hast du Recht«, meinte Fletcher. »Dass ich mit Parton reden sollte, meine ich.« Den Kontakt zu JR wollte er lieber auf ein Minimum beschränken. »Vielleicht könnte ich mich tatsächlich noch an anderen Stellen nützlich machen als in der Wäscherei.«

»Oh, alle machen die Wäscherei irgendwann«, sagte Jeremy. »Nur der Cheftechniker schickt alle Juniortechniker in die Wäscherei und zum Wartungsdienst, während er selbst bloß dann auftaucht, wenn er eine Wette verloren hat. Aber wenn du Partons Lehrling bist, machst du Sachen für ihn. Ich bin noch ein paar Sprünge vom Lernen befreit, weil ich auf dich aufpasse, damit du nicht plötzlich grün anläufst und stirbst. Gewöhnlich hab ich sonst ein Lerntape laufen. Das macht Vince nach der Schicht, und Linda auch. Man kriegt Simulationen, bis es mal Hochbetrieb gibt, dann muss man ran. Ich mache Flugsimulation für Piloten und am Scanner, denn wenn ich es nicht schaffe, wenn ich groß bin, du weißt schon, die ganzen Tests, dann muss ich ja was zu tun haben. Gott, ich hasse den Scanner. Echt.« Jeremy schlug sich mit der Faust gegen das Bein, wieder die Nervosität der Vid-Games; jetzt wusste Fletcher, woher sie rührte. »Aber selbst wenn ich es zum Piloten schaffe, muss ich im Notfall trotzdem am Scanner sitzen. Genau wie Linda. Aber der gefällt es, sie findet es toll.«

»Und Vince, was macht der?« Fletcher musste es wissen. Die Reihe war noch nicht vollständig.

»Vince arbeitet in der Rechtsabteilung. Das macht er gern, ist es zu glauben? Das und im Archiv, bei den Akten und in der Bibliothek. Alles ungefähr das Gleiche. Dokumente.«

Vince an einem Tisch, versunken in mühsame Kleinarbeit. Ein Anwalt. Ein Bibliothekar. Der Hitzkopf wollte Bücher führen? Das war schwer vorstellbar. Vor Gericht Plädoyers halten? Der Richter würde doch eher Vince selbst ins Gefängnis stecken.

»Ich glaube, du solltest aber auch mit Jake sprechen«, meinte Jeremy.

»Die haben doch bestimmt meine Unterlagen.« Und kümmern sich einen feuchten Kehricht darum, ging es ihm durch den Kopf. Andererseits hatte er ja vielleicht selbst etwas davon. Vielleicht nicht genau das, was er wollte, aber zumindest würde er etwas machen, was er konnte und hätte Kontakt mit den Systemen eines Schiffs, die ihn tatsächlich interessierten. Ein Schaum-Stahl Planet, der seine Atmosphäre recycelte, das hätte er schon lange gern einmal gesehen.

»Soll ich mal mit Jake sprechen?« bot Jeremy an.

»Nicht nötig, ich mache es irgendwann mal.« Vorsichtig legte Fletcher den Stock wieder in die Schublade und schob sie zu. »Momentan reicht es, wenn ich nicht grün anlaufe und sterbe.«

»Die Medizinabteilung meint, du musst noch vier, fünf Sprünge überstehen, bevor sie dich ein Tape machen lassen. Früher haben die Kapitäne keinen von uns ans Tape gelassen. Wir mussten aus Büchern lernen. Aber die Information kommt einfach zu schnell, meint Paul. Und der Pilot findet, wenn Piloten Tapesimulationen machen können, um auf Trab zu bleiben, dann würden wir bei einem Analysistape auch nicht durchdrehen. Darüber bin ich ganz schön froh. Garantiert würde ich durchdrehen, wenn ich Analysis aus einem Buch lernen müsste! Da würdest du bloß die Leere hinter den Augen sehen …« Jeremy imitierte einen Roboter. »Habt ihr auf Pell aus Büchern gelernt?«

»Nein, hauptsächlich von Tapes. Jede Menge. Genau wie hier. Irgendwann mal haben sie sich entschlossen, dass es in Ordnung ist. Ich hab ein paar Tapes mitgebracht … schon gut, ich hab damals gelogen. Ich habe Tapes. Ein paar mit Umweltinformationen. Meine Biochemie.« Nur die schönen Tapes, die ihm am wichtigsten waren. Die mit Bildern von zu Hause. Seinem Zuhause. Die würde er jetzt bestimmt nicht aushalten, es tat noch zu weh. »Du kannst sie probieren, wenn du möchtest.« Irgendwann in Jeremy einen Menschen zu haben, mit dem er sich über Downbelow unterhalten konnte – das hatte Fletcher nicht zu hoffen gewagt, als er die Tapes einpackte. Aber jetzt schien es durchaus möglich, und seine Stimmung war so gut wie nie, seit er an Bord gekommen war.

»Ja«, antwortete Jeremy. »Klar! Das ist ja vielleicht abgefahren! Kann ich mir heute Abend gleich eins leihen?«

Fletcher zog die Schublade auf, holte die Kiste heraus und nahm ein Tape in die Hand.

Aber dann zögerte er. »Womöglich macht es dir

Angst. Ich weiß nicht. Es ist von einem Planeten. Du fühlst das Wetter. Mit Donner und allem Drum und Dran. Die Effekte sind ziemlich gut.«

»Ach was«, meinte Jeremy. »So schlimm kann's ja nicht sein.« Er nahm das Tape und öffnete das Wandfach neben seinem Bett auf der Suche nach Pillen.

»Nimm bloß eine Vierteldosis, mehr nicht. Das ist ein Stationstape. Ein planetarisches Tape. Blitze und S-Kurven-Horizonte. Wenn du heute Abend die Wände hochgehst, ist es nicht meine Schuld.«

Jeremy grinste ihn an, ließ eine Pille in seine Hand rutschen, halbierte sie und bot Fletcher die andere Hälfte an.

Dieser entschied sich für ein Biochemietape in seinem eigenen Abspielgerät. Sie hatten keinen Sprung vor sich, nur den normalen Nachtschlaf, und eine Nacht ohne Träume außer denen, die das Tape lieferte – eine Tour von Downbelow für Jeremy und eine Nacht Lebensprozess-Chemie für Fletcher.

Es war ihm egal, dass er Chad einmal Zimmerputzen schuldete. Die Droge in seinen Adern vertrieb den Widerstand gegen jede andere Informationsaufnahme, und so machte er es sich mit Kopfhörern und seinem Abspielgerät gemütlich.

Es war das erste Mal, dass er sich auf dem Schiff an ein Tape wagte, das erste Mal, dass er den Menschen seiner Umgebung so weit traute, dass er die Droge nahm, die einen so hilflos, so gehorsam machte, bereit, alles zu glauben, was man hörte. In Anwesenheit von Fremden lernte man nicht. Seiner eigenen Erfahrung nach lernte man am besten eingeschlossen im eigenen Zimmer, sicher vor Suggestionen von außen. Aber hier, mit Jeremy, fühlte er sich sicher genug, um es anders auszuprobieren.

Es bedeutete, dass er gut schlafen würde, eine Nacht, in der er zurückging zu den Dingen, die er kannte, zu Begriffen, die ihm vertraut waren. Man vergaß die Details, wenn man nicht regelmäßig lernte; das Tape frischte auf, was im Kopf unklar geworden war, und wenn er mit Jake von der Technik über anspruchsvollere Aufgaben sprechen wollte, wie Jeremy es vorgeschlagen hatte, wollte er Jake möglichst mit seinem Wissen beeindrucken und nicht wie ein Idiot dastehen, wenn Jake ihm Fragen stellte. Er stellte sein Unterbewusstsein darauf ein, sich auf Dinge zu konzentrieren, die für ein geschlossenes System wie das Schiff problematisch werden konnten, und überlegte, was wohl in der technischen Bibliothek der *Finity* zu finden war, womit er sein Wissen über Systeme spezifisch aufpäppeln konnte. Das Schiff *besaß* eine Bibliothek. Vielleicht bekam er die Erlaubnis, sich Tapes auszuleihen. Falls sie ihm vertrauten – was zu einer unerwarteten Hürde geworden war.

Sollte er mit JR reden? Nicht unbedingt.

KAPITEL 13

»Wir haben ein Problem«, sagte Bucklin, und JR spitzte unwillkürlich die Ohren. Danach sprach er der Reihe nach den gesamten Juniorstab an, eine Art stilles Meeting, überall dort, wo JR seine Leute auftrieb. Vince und Linda waren unter den ersten; JR fand sie auf dem Hauptkorridor des A-Decks, und sie kamen seinetwegen zu spät zum Frühstück.

»Was ist nun mit der Begrüßung?« fragte JR die beiden. »Ich habe doch gesagt, lasst ihn in Ruhe, oder?«

Stirnrunzeln war die Antwort, aber nichts Verbindliches.

Oben auf dem B-Deck begegnete JR Connor und sagte: »Die Sache ist abgeblasen. Keine Schikanen. Das ist ein Befehl.«

Beim Life-Support auf dem A-Deck lief er Sue und Nike über den Weg und fragte: »Wer ist eigentlich auf die Idee gekommen?«

Doch er bekam auch hier keine zufriedenstellende Antwort. »Er ist ein Problem. Ein Problem in allem, oder?« war das einzige, was aus ihnen herauszukriegen war.

Schließlich fand er Chad. »Wenn er dein Zimmer putzt, Chad, dann putzt er bloß dein *Zimmer*«, sagte er. »Du lässt die Finger von ihm, sonst haben wir zwei ein Wörtchen miteinander zu reden.«

Chad machte keinen glücklichen Eindruck.

So klapperte JR alle ab: Lyra und Wayne, Toby und Ashley. Überall mürrische Gesichter.

Nachdem er nun glaubte, seinen Standpunkt unmissverständlich klargemacht zu haben, erschien mitten in der zweiten Schicht eine Abordnung bei ihm im Sim-Raum, neben dem Lastenaufzug, von dem stets der kalte Geruch der hinteren Laderäume ausging. Er war auf dem Weg zu einem der Piloten-Sims, die seine Karriere erforderten, aber geistig bereits entsprechend auf Hochtouren – diese Simulationen hatten rein gar nichts mit den Vid-Spielen auf Pell gemein. Es war vielmehr eine absolute Hochspannungsaktivität, welche die Fähigkeiten in Notfällen bei hoher Geschwindigkeit trainierte, wie beispielsweise die Reaktionen des Steuers in der Situation, als sie dem Unions-Träger begegnet waren. Im Augenblick war JRs Hirn ganz bestimmt nicht optimal auf komplizierte zwischenmenschliche Probleme eingestellt. Zumindest Bucklin hätte das wissen müssen.

Aber Wayne und Connor, Toby, Chad und Ashley hatten den Hinterhalt gelegt, in der beengten Hauptzugangsschleuse, einem kleinen abgeschlossenen Raum mit einer Drucktür zum Hauptkorridor des A-Decks. So konnten sie reden, ohne Störungen durch die Seniorbesatzung befürchten zu müssen, und Bucklin, hol ihn der Teufel, hatte sich ganz überraschend zum Sprecher der Gruppe aufgeworfen. JR wäre am liebsten sofort in die Luft gegangen.

»Die Sache ist die«, begann Bucklin, während JR mit der Hand auf dem Aufzugsknopf dastand und mit dem Gedanken spielte, einfach den Sim-Lift zu holen und zu entschweben. »Die Sache ist die, dass wir es schon immer so gemacht haben. Wenn wir die Begrüßung weglassen, setzen wir ein Signal.«

»Diesmal ist es eben eine Ausnahme«, antwortete JR. »Der Junge ist nicht einer von uns, er ist nicht in unserer Tradition aufgewachsen, er weiß nicht, was wir vorhaben, und wir kommunizieren nicht sonderlich gut mit seinem stationstrainierten Hirn.«

»Mir kommt es vor, als wäre genau das ein guter Grund für eine Begrüßung«, entgegnete Ashley.

»Nein«, widersprach JR und holte tief Luft. »Die Antwort ist nein. Das ist ein Befehl.«

»Wir haben es bei Jeremy gemacht«, gab Wayne zu bedenken. Neben Bucklin und Lyra war er der Vernünftigste. »Das war sehr wichtig. Es hat eine große Rolle für ihn gespielt.«

»Und ich sage euch, für Fletcher können wir es nicht machen. Zum einen würde der Alte Mann einen Koller kriegen. Zum anderen ist Fletcher ein *Stationsbewohner*.«

»Das ist das Problem, stimmt's? Wie man es auch dreht und wendet«, konstatierte Chad. »Er ist ein Stationsbewohner. Dieses Schiff ist ihm schnuppe. Er marschiert hier rein, übertritt vor aller Augen unsere Regeln und dreht dir und uns allen noch eine lange Nase – und keiner stellt ihn deswegen zur Rede.«

»Ich habe ihn zur Rede gestellt. Augenblicklich.«

»Ja, und er ist einfach abgehauen. Er gerät mit Vince aneinander, er bleibt nicht bei Versammlungen ... man sagt ihm Hallo, und er starrt einen bloß an.«

»Weißt du, was ein *Befehl* ist, Chad? Ich befehle euch, das Thema fallen zu lassen.«

»Ja, Sir, wir haben es gehört, aber ...«

»Glauben wir nicht mehr an die Wichtigkeit der Begrüßung, oder was?« meinte Toby ganz ernst. »Gehört das zu den Alten Regeln? Ich dachte, es *sind* die Alten Regeln. Ich dachte, daran halten wir uns fest, für immer. Ich dachte, unsere Traditionen sind wichtig. Bald wird es auf dem Schiff Babies geben. Werden wir die begrüßen, wenn sie ins entsprechende Alter kommen, oder was?«

»Ich habe gesagt ...«, begann JR. Da stand er einer Gruppe Junioren gegenüber, die den Krieg überlebt hatten. Die ihre Traditionen bewahrt hatten. Die ihre Prinzipien nicht aufgegeben hatten, die Geschichte, die *Ehre* des Schiffs. Wer wollte ihnen jetzt sagen, die jahrhundertealte Willkommensprozedur wäre dumm, albern, lächerlich?

Der Juniorkapitän, der verantwortliche Offizier der Junioren, sollte in die Sache gar nicht hineingezogen werden, war es in *traditioneller* Hinsicht auch nicht und hatte sich nicht darum bemüht. Tatsache war aber, dass er sich eingemischt hatte, indem er den Befehl ausgab, in diesem besonderen Fall von der Tradition abzuweichen oder zumindest abzuwarten. Und nun waren seine Leute zurückgekommen, um zu diskutieren, dass es jetzt besser wäre als später, weil sie sich nicht einfach so gegen seinen Befehl durchsetzen wollten. Nach jahrhundertealtem Brauch war die Begrüßung Angelegenheit der Besatzung, nicht des Kapitäns. Die Tradition war schon dadurch bedroht, dass sie überhaupt hier herumstanden, um JR mit dem Problem zu konfrontieren.

Doch die ernsthaftere Bedrohung war die für das Wohl des Schiffes, für ihre Einigkeit, ihr Selbstverständnis, für ihre Art, einen Neuen in die Tradition einzuführen. JRs Position war wie die von Bucklin dadurch definiert, dass sie das Kapitänsamt anstrebten, aber auch durch das Netzwerk von Beziehungen, die ihre lebenslange Zusammenarbeit bestimmte. Er überblickte das Ganze aus der Perspektive eines Offiziers und kam zu dem Schluss, dass momentan andere Dinge wichtiger waren, zu einem Zeitpunkt, an dem die Besatzung in ihrer Gesamtheit die größte und grundlegendste Veränderung ihrer Mission erlebte, seit diese – de facto – Mallorys Rückenstärkung geworden war.

Sie fühlten sich, als hätte man ihnen etwas genommen. Man hatte ihnen ihren Krieg, ihren Sieg geraubt. Für sie sah es aus, als hätte man sie erst in einer Auseinandersetzung teuer bezahlen lassen und dann einfach weggeschickt. Während JR in die Gesichter seiner Kameraden blickte, wurde ihm plötzlich klar, dass es außerdem noch um eine Sache zwischen den Geschlechtern ging. Lyra und Linda bildeten eine kleine, separate Gruppe. Die Kinder, die sie einmal bekommen würden – falls sie sich dazu entschlossen, und ganz gleich, wen sie sich als Väter aussuchten –, waren die Hoffnung für das Schiff, die Zukunft der *Finity's End*. Junge Männer – und vor allem die jungen Männer der Besatzung waren ja zu ihm gekommen – junge Männer waren die Bewahrer der Tradition, die Lehrer. Männer hatten in einer Kauffahrerfamilie ihre Bedeutung nicht durch die Fortpflanzung, sondern dadurch, dass sie Familie *waren*, dass sie die Kinder ihrer Cousinen und Schwestern aufzogen. Sie waren die Wächter der Tradition, und dies möglicherweise auf einem Schiff mit beschädigter Tradition, einer bruchstückhaften Besatzung, mit zu vielen toten Brüdern, an die sich die Außenwelt kaum noch erinnerte, weder an die Toten, noch an ihre Heldentaten, die sie weit weg von Stationsbewohnern und Welten vollbracht hatten. Es gab zu viele lustige oder rührende Anekdoten, die zusammen mit einem Onkel oder Cousin gestorben waren, Geschichten über die besten Stunden des Schiffs, die nie ihren Weg in die Archive der *Finity* und auch nicht in die nächste Generation finden würden.

Allein die Männer der *Finity* wussten, *was* sie waren. Das Schiff hätte Fletcher nicht in seiner banalen Existenz als Stationsbewohner belassen können, aber sie hatten ihn auch nicht integriert. Nur die Männer konnten das.

Sie hatten Recht. Nachdem JR ihnen ein halbherziges Ja gegeben hatte, hätte er nicht so lange warten dürfen. Er war schwach geworden, hatte einen Prozess in Gang gesetzt, als er der Begrüßung grundsätzlich zustimmte, und konnte ihn jetzt nicht mehr stoppen.

»Meine Anordnung lautet aber immer noch: *warten*«, sagte er, in dem Versuch, die durch sein Zögern verlorene Autorität zurückzugewinnen. Eine unangenehme Lektion, die er sich merken würde. »Und wenn ihr es tut, dann geht behutsam vor. Er ist weder ein Kind noch ein Senior. Er hat all die Jahre wacher Transaktionen hinter sich, die Jeremy fehlen, und soweit ich ihn durchschaue, hat sein Verstand in dieser Zeit außer Algebra noch andere Dinge verarbeitet, richtig? Er ist kein Schiffsjunge. Erkennt an, dass er so alt ist, wie er aussieht – das hab ich doch auch getan, als ich die Sache mit dem verdammten Glas Wein regeln musste. Ich denke, das hat er verdient.«

»Er sieht aus wie du und ich«, erinnerte Bucklin ihn sofort. »Wenn er auf Mariner aufs Dock kommt, weiß keiner, wie alt er wirklich ist. Aber wir sind verantwortlich für ihn.«

»Ich denke, er ist schon etwas reifer als Jeremy. Allerdings hast du Recht, körperlich sieht er eher wie ein Erwachsener aus, er ist so gut wie fertig. Er ist viel weiter entwickelt als Jeremy, und er hat auch seine Nerven wesentlich besser unter Kontrolle. Das macht ganz bestimmt einen Unterschied. Auf der Station hat er wie ein Erwachsener mit Erwachsenen zu tun gehabt.«

»Du solltest offiziell gar nicht wissen, was wir machen«, entgegnete Chad. »Du weißt von nichts.«

»Ich sage ja nur, ihr sollt euren gesunden Menschenverstand benutzen!«

»Das geht in Ordnung«, sagte Wayne, »und wir sind deiner Meinung, Sir. Trotzdem weißt du nichts darüber. Du hättest gar nicht so weit mit einbezogen werden sollen. Lass uns nur machen. Darum geht es ja. Er ist noch nicht einer von uns. Er kennt uns nicht. Wir kennen ihn nicht.«

»Ja«, räumte JR nun widerwillig ein. »Ich weiß von nichts.«

Sie gingen. JR stand da und versuchte sich einzureden, dass er nicht eingreifen durfte.

Andererseits war die Chance, dass jemand verletzt wurde, sehr groß.

Wahrscheinlich würden sie es irgendwann während der Abend-Rec machen. Ein Hinterhalt im Quartier war die übliche Vorgehensweise. Eine Bande tauchte auf, schleppte den Kandidaten in irgendeinen leeren Frachtraum und stellte dort die gleichen Albernheiten mit ihm an, die jeder irgendwann über sich ergehen lassen musste und in deren Verlauf man sich über die Hackordnung einigte.

Wenn JR sich noch weiter einmischte und die Besatzung das herausfand, konnte sich das zu einem großen Problem auswachsen, denn seine Leute würden sich von ihm hintergangen fühlen.

Aber ein Junge, der auf der *Finity* aufgewachsen war, wusste, was ihm bevorstand. Er wusste, dass sein Leben nicht auf dem Spiel stand. Er wusste, dass alles nur ein Spaß war.

JR nahm Verbindung mit der Rechtsabteilung auf, mit Madelaine. »Ruf Fletcher hoch«, sagte er zu Blue. »Ich möchte mit ihm reden. Aber ich möchte nicht, dass das ganze Schiff davon erfährt.«

»Gibt's Schwierigkeiten?« fragte Blue.

»Noch nicht«, war JRs Antwort.

* * *

In der Wäscherei ging es immer noch ruhig zu, so ruhig, dass sie wieder Karten spielten. Diesmal zeigte Jeremy Fletcher das Trickmischen und Fletcher musste zugeben, dass kleine Hände durchaus ihre Vorteile hatten. Linda sah zu – »Ich hab das nie geschafft«, sagte sie gerade, als Vince hereinschlenderte, einen der Senioren im Schlepptau.

»Ich dachte, du wolltest meine Kabine sauber machen«, meinte Chad.

»Na ja.« Das Mischen würde er sowieso nicht so schnell lernen, also beschloss Fletcher, dass er die Sache ebenso gut jetzt erledigen konnte. Er stand auf, gab Jeremy die Karten zurück und Chad sagte ihm die Kabinennummer, A39, ein gutes Stück entfernt.

»Und mach es bloß ordentlich«, mahnte Chad.

»Ja«, antwortete Fletcher und ging, wobei er sich

schwor, mit Chad nie wieder Karten zu spielen ohne eine gute Chance auf Revanche. Bei seiner eigenen Kabine machte er Halt und nahm ein paar Lappen mit, falls es bei Chad keine gab. Vermutlich hatte Chad seine Kabine besonders schmutzig hinterlassen, um Fletcher das Leben schwer zu machen.

A39. Er öffnete die Tür und sah sich zu seinem Entsetzen Chad und einer ganzen Gruppe von Cousins gegenüber. »Tut mir leid«, sagte er, denn auf den ersten Blick glaubte er, in eine Privatversammlung geraten zu sein.

»Nein, komm ruhig rein«, rief einer, an dessen Namen Fletcher sich nicht erinnerte. Die Familienähnlichkeit war ziemlich ausgeprägt. In der Hoffnung auf einen einigermaßen freundlichen Empfang betrat er das Zimmer. Ganz kurz schoss ihm der Gedanke durch den Kopf, dass etwas nicht stimmte, denn sie machten alle so erwartungsvolle Gesichter. Das Putzzeug in der Hand, so stand er da, als ein Cousin vom Fußende des Bettes aufsprang, sich zwischen Fletcher und die Tür drängte und den Knopf zum Schließen betätigte. Die Tür ging zu. Noch immer dachte Fletcher, es könnte ein Scherz sein.

Das Licht erlosch.

Fletcher duckte sich. Er war in seinem Leben schon des Öfteren in einen Hinterhalt gelockt worden. Er wusste also, was zu tun war, ließ das Putzzeug fallen und versuchte, in der Dunkelheit die Tür zu erreichen. Aber seine Cousins waren darauf gefasst, packten ihn und stürzten sich auf ihn, während sie sich untereinander verständigten, dass sie Fletcher erwischt hatten, und ihn auf den Boden zwischen der hinteren Koje und der Wand schleiften.

Er bekam einen Arm frei und traf jemanden mit der Faust. Doch sie nagelten ihn fest, und dann hörte man ein lautes Reißen, als würde ein Kleidungsstück zerfetzt. Ein paar versuchten, Fletchers Kopf festzuhalten, während ein anderer ihm ein Pflaster über den Mund kleben wollte, stattdessen aber in Fletchers Haare geriet. Er bäumte sich auf und wollte seine Peiniger abschütteln, aber obwohl er verzweifelt versuchte, seine Knie oder einen Fuß zu befreien, saß immer wieder ein neuer Cousin auf seinem Bein. So schafften seine Widersacher es schließlich, ihm das Klebeband um den Kopf zu wickeln.

»Pass auf, seine Nase«, sagte jemand, »schneid ihm nicht die Haare ab.«

Es war ein blödes Kinderspiel, und Fletcher war, wie so oft, das Opfer. Wie satt er das hatte! Er wehrte sich nach Kräften, aber in dem beengten Raum und gegen die Übermacht konnte er nicht verhindern, dass ihm schließlich doch jemand die Beine zusammenband.

Gleichzeitig verklebte ihm jemand die Augen und eine Wange, unerbittlich, und so viel er auch spuckte und fluchte, war schließlich auch sein Mund geknebelt. Allmählich verließen ihn die Kräfte, er bekam kaum Luft und so gelang es seinen Cousins, ihm die Arme auf den Rücken zu biegen, ihm die Hände zu fesseln und den Rest des Seils irgendwie um seinen Körper zu wickeln. Durch das Klebeband und einen Schlag auf die Nase konnte er inzwischen nur noch mit äußerster Mühe Atem holen. Sie hoben ihn hoch wie einen nassen Sack und warfen ihn aufs Bett. Sein Kopf knallte gegen jemandes Bein und Fletcher sah Sterne.

»Kämpft verflucht gut«, sagte einer. Überall keuchte, spuckte und schniefte es, und der Cousin mit dem Fletcher zusammengestoßen war, fluchte. Fletcher suchte unterdessen ein Ziel, gegen das er mit seinen zusammengebundenen Füßen treten konnte. »He, das reicht!«

Jetzt warfen sie irgendwelches Bettzeug über Fletcher und wickelten ihn in ein Laken. Jemand schwang ihn sich über die Schulter – zu welchem Zweck, konnte Fletcher nicht beurteilen. Kopfüber hing er da, eine harte Schulter bohrte sich in seine Eingeweide, was das

Atmen zusätzlich erschwerte. Das Blut schoss ihm in den Kopf und verstopfte zusätzlich seine Nase. Er versuchte zu treten und den verdammten Idioten um ihn herum irgendwie mitzuteilen, dass er keine Luft bekam, aber sie schleppten ihn aus dem engen Zimmer hinaus, den Korridor hinunter, blind und halb erstickt und zappelnd.

»Halt still«, sagte jemand und boxte ihn in den Rücken. Nach einer Weile veränderte sich der Klang ihrer Schritte – Metallboden. Aufzugtüren schlossen sich, der Aufzug setzte sich in Bewegung, nach oben.

Fletcher strampelte nach Leibeskräften, versuchte in dem engen Raum ein paar Treffer zu landen, aber als der Lift aufsetzte, verschlug es ihm den Atem. Sie trugen ihn hinaus. Es war eisig kalt. Ihre Schritte hallten auf dem Metallgitter.

Es war der Gefrierraum – sie hatten ihn in den verdammten Küchen-Gefrierraum gebracht! Wenn er nun ohnmächtig wurde? Oder wenn sie ihn hier einfach sterben ließen, aus Dummheit – oder Absicht. Er wusste es nicht und würde es möglicherweise nie erfahren. Dann war er tot, und seine verblödeten Cousins kriegten das Fell über die Ohren gezogen.

Der Kerl, der Fletcher getragen hatte, lud ihn ab, dass seine Füße unsanft auf dem Boden aufschlugen. Der Druck in seinem Kopf veränderte sich, als sie ihn gegen kaltes Metall schubsten und jemand ihm das Klebeband abriss.

Er machte einen tiefen Atemzug in der eiskalten Luft; offenbar lehnte er an einem Rohr und irgendwelchen Stufen, und das Metall war so kalt, dass es ihm die Haut an den Händen verbrannte.

Jemand berührte sein Gesicht, brennend heiß oder brennend kalt, das konnte er nicht mehr unterscheiden.

Dann ließen sie in allein. Jedenfalls glaubte er das.

»He!« schrie er, während er versuchte, nicht umzukippen, was ihm nicht gelang. Er fiel – und landete in jemandes Armen. Der schubste ihn, und er sackte gegen einen anderen, und immer so weiter. Fletcher kannte das Spiel. Irgendwann würde *niemand* ihn auffangen und dann würde er hilflos auf den Metallboden knallen, falls es ihm nicht irgendwie gelang, seine Balance wiederzufinden.

Sie lachten. Mindestens zehn oder zwölf Stimmen. Auch Mädchen.

Einer fing ihn und hielt ihn aufrecht. Fröstelnd hing er da, hörte Schritte und keuchenden Atem.

»Hier haben wir Fletcher«, sagte der, der ihn festhielt. »Wer bin ich, Fletcher. Weißt du das?«

»Chad.« Diese Stimme kannte er. In seinem ganzen Leben würde er sie nicht vergessen.

»Richtig.« Chad schubste ihn weiter, ein anderer fing ihn auf.

»Kennst du mich auch?« fragte eine andere Stimme.

»Geh zum Teufel«, sagte Fletcher. Zu gern hätte er mit dem Knie zugestoßen, aber weil seine Füße zusammengebunden waren, ging es nicht. Sie drehten ihn und schubsten ihn weiter von einem zum anderen, bis sie schließlich innehielten und jemand die Fesseln an seinen Füßen durchschnitt.

Jetzt trat er zu. Und erwischte nichts, da er ja immer noch blind war.

»Ganz schön gereizt«, sagte die Stimme.

»Such uns, Fletcher«, rief eine weibliche Stimme, die in der metallenen Dunkelheit hallte. »Such uns und rate unsere Namen, dann bist du frei.«

»Er kennt unsere Namen nicht.« Eine männliche Stimme, links. Schritte auf dem Metallboden.

»Fletcher!« Eine bekannte Stimme. Vince.

»Hol dich der Teufel, Bürschchen!« Wieder eine andere Richtung. Er war blind. Er hatte keine Ahnung von den Dimensionen des Raums, ob er irgendwo abstürzen, eine Treppe hinunter fallen konnte …

»Fletcher.« Eine andere Stimme. Älter.

»Fletcher.« Das war Jeremy! »Fletcher, komm zu *mir*!«

Also steckte Jeremy mit ihnen unter der Decke. Fletcher blieb stocksteif stehen und weigerte sich einfach, ihr Spiel zu spielen, mochten sie rufen, so viel sie wollten.

»Fletcher, komm hierher, komm!«

»Fletcher!«

»Ich hab gesagt, ihr sollt euch alle zum Teufel scheren!« schrie er.

Da traf ihn ein Schwall eisiger Flüssigkeit, direkt gegen die Brust. Er zuckte zusammen, krümmte sich, spuckte und fiel, hart und unbeholfen auf den Gitterboden.

»Verdammt!« rief eine männliche Stimme. »Sue!«

Bewegung um ihn herum. Er war durchnässt, bittere, brennende Kälte fuhr ihm durch Mark und Bein. Seine Beine gaben unter ihm nach, so zitterte er, seine Muskeln verkrampften sich, seine Knie stießen gegeneinander, seine Ellbogen verdrehten sich. Er war mit dem Arm auf dem Gitter aufgeschlagen. Er brannte anders als der übrige Körper.

»Wer bin ich?« fragte eine weibliche Stimme. »Versuch's noch mal.«

Er konnte nicht zusammenhängend sprechen. Er zitterte so heftig, dass seine Lippen ihm nicht gehorchten.

»He, Jungs«, sagte jemand in warnendem Ton. Jemand dicht neben Fletcher. Er versuchte, ihn sich mit einem Tritt vom Leib zu halten, aber der Jemand berührte sein Gesicht, zog die Ecke des Klebebands von seiner Wange und entfernte dann das ganze Klebeband von den Augen, wobei er Augenbrauen und Haarsträhnen mit abriss.

Er lag da, die Hände noch immer gefesselt, in der Dunkelheit, und sah ihre Gesichter im Licht einer Laterne, die auf dem Metallboden stand, ein Anblick wie aus einem Horrorkabinett, um ihn versammelt vor riesigen Kanistern, Trägern und Maschinenteilen. Sie waren doch nicht im Kühlraum, sondern irgendwo anders, wo er sich nicht auskannte. Chad war da, Fletcher kannte das breite Gesicht. Vince und Linda. Und Jeremy, der kein Wort sagte.

Fletcher starrte seinen Zimmergenossen an. Selbst als sich einer nach dem anderen vorstellte und ihm sagte, dass er ihre Namen lernen müsse, um frei zu kommen, starrte er unverwandt Jeremy an. »Mein Name ist Jeremy«, sagte Jeremy, als er an der Reihe war, »und ich war der Letzte, mit dem sie das gemacht haben. Es ist eine Willkommenszeremonie, Fletcher, du musst mitmachen, du musst machen, was sie dir sagen und lernen, was sie von dir verlangen, und dann bist du einer von uns, für immer. Willkommen bei uns.«

Fletcher wusste nicht, ob er jemals wieder mit Jeremy sprechen wollte. Er hatte nicht den geringsten Zweifel, dass er die Wahrheit sagte: Es war irgendein Ritus, um den Neuen weich zu machen. Er sollte sich der Gruppe beugen und ihnen den Arsch küssen, bis sie ihn hatten, wo sie ihn haben wollten.

Aber es war nicht nur eine Keilerei. Er war mit blauen Flecken bedeckt, halb erfroren, sie hatten ihn mit Wasser übergossen, ihn auf das eisigkalte Deck gelegt, und es war ihm gleichgültig, was sie noch anstellten oder womit sie ihm drohten, er spielte ihre blöden Spiele nicht mit, um einer von ihnen zu werden, da erfror er lieber.

Er merkte sich die Namen und Gesichter. Das wollten sie, und das konnten sie haben, denn er behielt im Gedächtnis, wem er was schuldete und für wie lange. Er kannte Chad, der die ganze Sache angefangen und ihn in die Falle gelockt hatte, er erfuhr, dass Wayne der Zweite war, der ihn geschubst hatte, er lernte Connor kennen und ein schmalgesichtiges Mädchen namens Lyra. Ashley war ebenfalls sehr dünn und sprach am leisesten, Sue hatte ein breites Gesicht und ein Grübchen im Kinn, und ihr Name hatte den Wasserguss begleitet; Wayne hatte dagegen protestiert. Es gab also durchaus Unterschiede. Da saßen sie alle in der Dunkelheit, die Gesichter wie in einem Horrorspiel beleuchtet, während Fletcher fröstelte und seine Haare zu tropfen aufhörten – wahrscheinlich waren sie gefroren. Sie erzählten ihm, dass er willkommen sei auf diesem Schiff, dass es ein großartiges Schiff sei, wie glücklich er sich schätzen könne, dass er ein Neihart war, und dass er hervorragend gekämpft hatte.

Gut, dachte Fletcher. Sie hatten ihn noch nicht richtig kämpfen sehen.

Er schwieg, auch als Jeremy ihn dazu bewegen wollte zu sagen, es sei alles in Ordnung.

Wenigstens fühlte er inzwischen fast nichts mehr, nicht mal seine Finger taten noch weh.

Wayne und Ashley standen auf, packten ihn und zogen ihn auf die Füße. »Wir sollten lieber dafür sorgen, dass er sich aufwärmt«, sagte Wayne.

»Er hat die Namen kein einziges Mal gesagt«, protestierte Sue.

»Er friert sich hier den Arsch ab!« sagte Wayne. »Gib mir das Messer, damit ich die Fesseln durchschneiden kann.«

Man hörte den Lift anspringen; gleich würde er nach unten kommen. Connor meinte, es reichte noch nicht. Fletcher versuchte stehen zu bleiben und redete sich ein, wenn die anderen auf Wayne hörten, wäre die Sache ausgestanden.

»Wartet mal«, sagte jemand. »Da kommt einer.«

Rettung? Ein Offizier?

Seine Knie zitterten so, dass es die Bänder kaum verkrafteten. Fletcher taumelte zur Seite, stieß gegen einen Pfosten und lehnte sich daran.

»Was, zum Teufel, machst du da?« Männlich. Jung wie die anderen. Gleich würde Fletcher nicht mehr stehen können. Er wollte umfallen, nur der Umstand, dass seine Knie nicht nachgaben, hinderte ihn daran. »Gott, er ist *gefroren*! Er hat überall Eis. Schnell! Bringt ihn nach oben, in die Wärme!«

»Wir können ihn nicht nach oben bringen!« widersprach Connor. »Macht ihn erst mal sauber, holt ihm was zum Anziehen, sonst kriegen wir Ärger.«

Sie diskutierten eine Weile darüber. Fletcher hörte nicht mehr zu. Schließlich kamen sie überein, ihn ins Frachtbüro zu bringen, das heizbar war; Fletcher konnte nicht allein gehen. Also schleppten sie ihn hinüber zur Wand, öffneten eine Tür und knipsten ein Licht an, das ihn nach dem matten Schein der Laterne blendete. Wayne stellte ihn mit der Stirn zur Wand, die Augen vor dem quälenden Licht geschützt, und schnitt die Fesseln von seinem Oberkörper und seinen Händen – das war gut. Dann riss ihm jemand seinen Overall von den Schultern; der Stoff war so vereist, dass er knisterte. Etwas Warmes landete auf seinem Rücken, jemand legte eine Jacke um ihn, die noch warm war, weil jemand sie getragen hatte. Nach einigem Aufwand gelang es ihnen, die Heizung anzumachen und ein Ventilator blies warme Luft herein. Nun zogen sie ihm den Overall ganz aus, wickelten noch mehr Jacken um ihn und setzten ihn auf einen eiskalten Stuhl. Als Fletcher protestierte, steuerte jemand eine weitere Jacke bei. Inzwischen zitterte er so, dass seine Zähne klapperten.

»Womöglich verliert er die Ohren«, sagte jemand, der neue, der Junioroffizier; daraufhin gab es einen ausführlichen Wortwechsel, wer das Wasser auf Fletcher gegossen hätte, wie er gefallen wäre und sich am Arm verletzt hätte, und ob seine Finger und Ohren in Ordnung seien. Chad war überzeugt, dass sie gar keine Zeit gehabt hätte zu erfrieren, aber Lyra hielt ihre warmen Hände an Fletchers Kopf und wärmte seine Ohren – was sinnvoller war als die ganze Diskussion, aber ziemlich weh tat.

Schließlich tauchte Jeremy auf, atemlos, mit trockenen Kleidern und einer Decke.

»Ich war schnell in unserem Zimmer«, berichtete er mit zittriger Kinderstimme, vom Laufen oder vor Angst. »Ich hab die dicken Sachen mitgebracht.«

Fletcher nahm die Klamotten. Dann hievte er sich aus dem Stuhl und dem Jackenberg und als er in seiner durchnässten und teils gefrorenen Unterwäsche dastand, war es ihm vollkommen gleichgültig, dass auch Frauen anwesend waren. Er zog sich an und merkte, wie allmählich das Gefühl und der Schmerz in seine Finger und Gelenke zurückkehrten. Die Fesseln hatten Spuren auf seiner Haut hinterlassen. Beim Fallen hatte er sich den Ellbogen aufgeschnitten. Vom Klebeband war sein Gesicht wund, seine Haare hatten wieder zu tropfen begonnen.

»Bist du in Ordnung?« wollte Jeremy wissen. »Fletcher, Gott – ist alles klar? Das war ein Spaß. Weiter nichts, nur ein Spaß.«

Jeremy war ganz durcheinander. Es tat ihm offensichtlich wirklich leid. Für ihn war es also ein Spaß gewesen. Wahrscheinlich für sonst keinen. Dummer Junge.

Wayne hatte begriffen, dass sie zu weit gegangen waren, und seinen Kopf benutzt. Der junge Offizier hatte herausgefunden, was los war und war ihnen nachgegangen. Der Rest …

Sie befanden sich irgendwo in den Tiefen des Schiffsbauchs am Rand des Passagierrings. Vor dem kleinen Büro war es bitterkalt. Keine schöne Vorstellung, wieder in die Dunkelheit hinaus zu müssen, um zu dem Lift zu gelangen, mit dem sie heruntergefahren waren; aber Fletcher wollte lebendig hier herauskommen und so schnell wie möglich aufs A-Deck zurück, wenn sie ihn nur ließen, wenn sie den Vorfall nicht vertuschen und ihn noch weiter bedrohen wollten, damit er dichthielt.

Unsicher machte er einen Schritt zur Tür. Zwei. Wenn sie ihn noch lange da gelassen hätten, wäre er gänzlich unterkühlt gewesen, und er hatte echt Angst gehabt. Er hatte immer noch Angst, denn er wusste nicht, was sie tun würden, und wenn er nicht schnell hier weg kam, wussten sie es vielleicht auch nicht mehr.

»Fletcher«, sprach ihn der Neuankömmling jetzt an. Bucklin. Das war sein Name. JRs Schatten. Bucklin hatte ihn am Arm gepackt. »Das ist zu weit gegangen. Viel zu weit.«

»Verdammt richtig«, stieß er hervor, riss sich los und wollte zur Tür.

»Einen Moment«, sagte Bucklin.

Ein Moment war zu lange für Fletcher, so viel Zeit wollte er ihnen nicht widmen. Aber als er gezwungenermaßen zurückblickte, fiel sein Blick auf Chad, direkt hinter Bucklins Schulter. Fletcher holte aus und verpasste Chad einen Kinnhaken. Chad stolperte über einen Stuhl, taumelte gegen die Wand und warf einen weiteren Stuhl um.

Mit pochenden Knöcheln drückte Fletcher auf den Türöffner; er wollte nur weg von hier, weg von ihren grotesken Begrüßungen und ihrer Hinterhältigkeit.

»Chad!« rief Lyra, und Fletcher fuhr herum, gerade rechtzeitig, um zu sehen, wie Chad sich an Bucklin vorbei drängte und sich ihm seine erschrockenen Cousins in den Weg stellten. Fletcher nutzte seine Chance, und während die Cousins sich noch balgten, schlug er Chad voll ins Gesicht.

Jetzt wurde auch er gepackt und festgehalten.

»Sachte, sachte!« Bucklin umklammerte seinen rechten Arm.

»Ich bring ihn um«, knurrt Fletcher, und Chad stürzte sich erneut auf ihn, mehrere Cousins hinter sich her zerrend. Fletcher erwischte Chad am Kragen, der abriss; Chad schlug ihm die Faust in die Eingeweide, Fletcher verpasste ihm einen linken Haken und eine Rechte an den Kopf, atemlos, außer sich, bis zwei Cousins ihn an den Armen packten und Chad seinen Vorteil auszunutzen versuchte. Fletcher trat zu, erwischte aber aus Versehen Lyra, die Chad zu Hilfe eilen wollte.

»Beruhige dich«, sagte Bucklin an seinem Ohr und zerrte ihn zurück. Fletcher tat es Leid, dass er Lyra getreten hatte, die ihn vorhin gewarnt hatte. Chad hatte ihn nicht richtig getroffen, aber sein eigenes Gesicht war blutig. Und jetzt stand Jeremy im Weg.

»Beruhige dich«, sagte auch er. »Fletcher, Fletcher, beruhige dich doch. Alles in Ordnung. Wir gehen hier weg, ja? Wir gehen jetzt hier raus … nach Hause.«

»Mein Name ist Bucklin«, sagte Bucklin und drückte Fletchers Arm. »Lieutenant der Junioren. Die Sache ist hiermit offiziell beendet. Sie ist ja total aus dem Ruder gelaufen. Das hat niemand beabsichtigt. Ich lasse dich jetzt los, Fletcher. Ich möchte, dass du einen Augenblick still stehen bleibst. Ich möchte Entschuldigungen hören, ich möchte, dass jeder, der damit etwas zu tun hatte, sich laut und deutlich entschuldigt. Hast du mich gehört, Fletcher?« Bucklin klopfte ihm auf die Schulter und Fletcher zitterte, halb wegen des Drucks auf seinem Arm, den er nicht gebrochen haben wollte, halb vor Aufregung. »Sie werden sich alle entschuldigen. Keine Schläge mehr. Ist das klar, Fletcher?«

»Ich will *überhaupt* nichts von denen«, zischte er atemlos. Bucklin ließ seinen Arm trotzdem los. »Lass ihn gehen«, sagte er und musste es wiederholen, bis der andere – es war Wayne – Fletchers anderen Arm freigab.

»Entschuldigung«, sagte Lyra, bevor Fletcher davonlaufen konnte. Sie humpelte. »Es tut mir wirklich sehr leid, Fletcher. Bucklin hat ganz recht. Wir sind zu weit gegangen.«

Er konnte einem Mädchen, das er im Kampf versehentlich getreten hatte, nicht einfach den Rücken kehren. Also stand er still, obwohl er innerlich kochte. Linda entschuldigte sich als Nächste, ein verlegenes Murmeln. Dann kam Sue. »Ich hab dich mit dem Wasser übergossen«, gestand sie. »Das war keine gute Idee.«

Verdammt gut berechnet, dachte Fletcher. Flüssiges Wasser? Da draußen in der Kälte? Sie hatte es mitgebracht, eindeutig in der Absicht, es auch zu benutzen.

Was der Rest von ihnen zu sagen hatte, der männliche Teil, interessierte ihn nicht. Er öffnete die Tür und ging davon, fast blind in der Dunkelheit. Nur der Knopf des Lifts leuchtete schwach und diente ihm als Orientierung über den Metallgitterboden. Er trat auf Eis, glitt aus und verrenkte sich das Knie, während er das Gleichgewicht wiederfand.

»Fletcher!« rief Jeremy hinter ihm, aber Fletcher ging weiter. Mit klappernden Schritten rannte Jeremy über das Gitter hinter ihm her, überholte ihn und versuchte, seine Hand vom Liftknopf weg zu halten. Fletcher war so mit Adrenalin vollgepumpt, dass er es kaum merkte, und er hätte Jeremy problemlos abschütteln können, dass dieser drei, vier Meter in die Dunkelheit geflogen wäre.

»Es tut mir Leid«, rief Jeremy. »Fletcher, es tut uns *allen* Leid!«

»Schön«, erwiderte Fletcher. Die Lifttür öffnete sich. Er sah die Knöpfe: RAND, A und B. Er drückte A und fuhr allein hinauf zu einem erstaunlich normalen Korridor. Zwei Senioren, die an ihm vorbei schlenderten, schienen nichts Ungewöhnliches an ihm zu bemerken.

Er ging zu seiner Kabine, zog die Sachen aus, die er gerade erst angezogen hatte, und duschte, bis er sowohl aufgewärmt als auch abgekühlt war.

Als er aus der Dusche kam, in Gedanken noch ganz bei den jüngsten Ereignissen, fand er Jeremy auf seinem Bett vor. Er mischte seine Karten.

Fletcher musterte ihn kühl, nahm seine Kleider und zog sich an.

»Es tut mir höllisch Leid«, sagte Jeremy. Solche Wörter hörten sich aus dem Mund eines Zwölfjährigen seltsam an. Aber Jeremy war zwölf. Er hatte seinen Cousin nicht gewarnt, aber was konnte man von einem Zwölfjährigen schon erwarten?

Trotzdem setzte Fletcher sein Schweigen fort, wenn auch zum Teil, um zu sehen, was passieren würde.

»Das machen sie immer«, sagte Jeremy schließlich kläglich. »Um dich willkommen zu heißen.«

»Darum geht es also?« Fletcher machte den Coverall zu und setzte sich, um die Stiefel anzuziehen. Das Adrenalin war noch längst nicht verbraucht. Er hätte gern etwas zertrümmert, aber Jeremy war sein einziges verfügbares Ziel.

»Sie hätten das mit dem Wasser nicht tun sollen«, fuhr Jeremy fort. »Das war ziemlich dumm.«

»Das ganze Theater war ziemlich dumm«, entgegnete Fletcher mit einem bitteren Geschmack im Mund. »Ich kenne das Spiel. Du hättest mir etwas sagen können. Weißt du das? Du hättest mich warnen können.«

»Man soll es vorher nicht wissen«, war Jeremys lahme Ausrede.

»Dann ist jetzt ja alles gut. Ihr habt mich verprügelt, mich mit dem Klebeband fast erstickt, meinen Arm aufgeschlitzt, dass meine ganzen frischen Klamotten mit Blut vollgeschmiert sind, habt mir einen fiesen Streich gespielt und ihn damit gekrönt, dass ihr mich mit Eiswasser übergossen habt. Jetzt bin ich euer lang vermisster Cousin und freue mich, endlich einer von euch zu sein … funktioniert das so? Du bist ganz schön schlau, weißt du das? Obwohl du erst zwölf bist.«

»Du hättest nicht so auf Chad losgehen müssen«, sagte Jeremy.

»Was hast du denn erwartet? Was, zum Teufel, hast du erwartet, wenn ihr euch auf mich stürzt?«

»Es tut mir Leid, Fletcher. Du solltest bloß unsere Namen sagen, dann hätten wir dich willkommen geheißen und niemand wäre verletzt worden. Du nicht und auch sonst niemand. Sie machen das mit allen Neuen.«

»Tja, dann hat es bei mir wohl nicht so recht funktioniert, was?«

»Nein, anscheinend nicht.«

Fletcher war wütend. Verdammt wütend. Außerdem taten ihm die Knochen weh, seine Hände waren wund, und er wollte Chad immer noch umbringen, der ihn mit seinem Zimmerputzen und dem Kartenspiel für dumm verkauft hatte.

Wahrscheinlich wusste Jeremy schon seit Tagen davon. Wahrscheinlich müsste er von Rechts wegen auf Jeremy wütend sein. Aber Jeremy war nicht in erster Linie verantwortlich und Jeremy hatte schreckliche Angst gehabt, als die Lage außer Kontrolle geriet. Wayne ebenfalls.

Außer Jeremy gehörte noch Bucklin zu denen, die er nicht hasste – Bucklin hatte der Sache ein Ende bereitet. Und Wayne, der sich für die Vernunft eingesetzt hatte. Vielleicht auch Lyra, die klaglos den Tritt von ihm eingesteckt und ihm keinen Vorwurf gemacht hatte. Aber sie nur vielleicht.

Sue mit ihrem Wassereimer stand auf der anderen Liste, direkt unter Chad.

Fletcher atmete tief durch. Und gleich noch einmal.

»Hast du was zum Verbinden?« fragte er Jeremy, das erste Mal, dass er das Schweigen von sich aus brach. »Ich hab eine Platzwunde am Arm.«

»Ja«, antwortete Jeremy, rappelte sich auf und holte ein Pflaster, das er Fletcher vorsichtig auf den Arm klebte. »Da.«

»Meine Knöchel hat's auch erwischt.« Fletcher wusste nicht, ob es im Fallen passiert war oder bei dem Schlagabtausch mit Chad. »Chad sollte mir lieber aus dem Weg gehen«, meinte Fletcher. »Zumindest für die nächste Zeit. Die Reise dauert ja lange. Aber momentan bin ich sauer. Stinksauer.«

»Ich glaube, du hast Chad einen Zahn ausgeschlagen.«

»Das hat er sich selbst zuzuschreiben.«

»Wenn die Kapitäne rauskriegen, dass ihr euch geprügelt habt, werden wir alle in sein Büro zitiert.«

»Das ist nicht mein Problem.« Fletcher starrte Jeremy ins Gesicht. »Und wenn er mich fragt, kann meinetwegen der Teufel das ganze Schiff holen.«

»Sag so was nicht.«

»Warum denn nicht? Ihr habt *mich* in die Falle gelockt. Ich wüsste nicht, dass es andersrum gewesen wäre.«

»Ich meine doch das mit dem Schiff.«

»Zum Teufel mit dem Schiff!«

»Nein«, widersprach Jeremy kopfschüttelnd. »Nein! So was sagt man nicht über ein Schiff. Sag so was nie, Fletcher! Wir sind deine Familie. Jetzt gehörst du zu uns. Vielleicht haben wir's vermasselt, aber es gilt trotzdem, du bist drin, du bist ein Teil von uns.«

»Habe ich vielleicht auch etwas zu sagen?«

»Ach komm schon, Fletcher. Niemand hat es böse gemeint. Niemals. Du solltest unsere Namen sagen und lernen, was man dir sagt ...«

»Nein.«

»Na ja, das solltest du.«

»Darauf waren die nicht aus, Jeremy. Mach die Augen auf. Ich sollte ihnen in den Arsch kriechen. Dass Chad einen Zahn verloren hat und nicht ich, damit hat er nicht gerechnet, was? Aber so ist es nun mal ausgegangen.«

»Niemand wollte dir weh tun.«

»Oh, dann lass uns doch mal Zwei und Zwei zusammenzählen. Vince würde bestimmt nicht drüber weinen. Chad auch nicht. Sue ...«

»Ach, Sue ist blöd. Vince auch. Die wissen auch, dass sie blöd sind. Sie versuchen es zu überwinden.«

Aus dem Mund eines Zwölfjährigen! Fletcher sperrte die Augen auf.

»Ich bin auch ein Esel«, gestand Jeremy. »Aber ich versuche, anders zu sein.«

»Dann verzeihe ich *dir*«, lenkte Fletcher ein. »Bucklin und Wayne haben wenigstens versucht, vernünftig zu sein, und Lyra hat mich vor Chad gewarnt. Aber die anderen können sich zum Teufel scheren.«

»Ashley ist in Ordnung.«

»Na gut, ich glaube dir.« Plötzlich fühlte er sich großmütig und dehnte seine Barmherzigkeit auch auf die Mädchen aus, mit Ausnahme von Sue. »Linda ist auch nicht so schlimm.«

Aber Jeremy schüttelte den Kopf. »Vertrau Linda lieber nicht. Vor allem nicht, wenn du mit Vince ein eher gespanntes Verhältnis hast.«

Jeremy meinte es ernst. Und bei Spacern stimmte es wahrscheinlich, die hatten zwielichtige Verbindungen und womöglich kriegte er plötzlich ein Messer zwischen die Rippen. Solche Geschichten hatte er am Dock von Pell durchaus schon gehört. Und Zeitungsmeldungen gelesen, bei denen er sich gratuliert hatte, dass er nicht dazu gehörte.

Aber jetzt gehörte er dazu.

»Eine glückliche, liebevolle Familie«, sagte er laut und spürte, wie seine Beine von neuem zu zittern begannen. Es war mehr als vage Angst. Es gab wirklichen Verrat. Der Kapitän wollte ihn an Bord haben, weil er keine vierzehn Millionen bezahlen wollte. Das war verständlich. Madelaine wollte ihn wegen ihrer toten Tochter. Auch das war verständlich. Aber die beiden hatten ihn mit ihren guten Gründen allen anderen aufgezwungen, und Fletcher hatte versucht, sich nützlich zu machen und zurechtzukommen – *klar*, dass sie ihn da willkommen hießen. Das war doch absurd.

»Ich glaube, du solltest mit Bucklin sprechen«, sagte Jeremy, »und die Sache klären. JR wollte nicht, dass sie das machen. Die anderen haben geglaubt, dass es, na ja, dass es vielleicht alle Probleme lösen würde.«

»Alle Probleme?«

»Dass du dich dann einreihst.«

»Du glaubst, dass so was funktioniert, ja?«

Aber Jeremys Grenzen waren erreicht und auch Fletcher konnte nicht mehr. Wenn JR versucht hatte, den Ritus zu verhindern, dann doch wohl deshalb, weil er wusste, was passieren würde und dass ein paar seiner Truppe es auf Fletcher abgesehen hatten, nicht wie Jeremy in seiner Naivität, sondern ernsthaft, um ihn in ihre Reihen zu zwingen. Das waren die Bedingungen. Er war schon öfter schikaniert worden. In der Schule. In jeder neuen Situation. Aber kopfüber abgeschleppt und mit Unterkühlung bedroht werden? Fletcher hatte Chad geschlagen, ohne darüber nachzudenken, ob er ihn töten könnte. Und Chad war genauso auf ihn losgegangen.

»Vielleicht bin ich schon ein bisschen zu alt, um mich anzupassen«, sagte er zu Jeremy, mit einer Bitterkeit, die ihn plötzlich überwältigte. »Vielleicht kann man die Situation nicht lösen. Ich gehöre einfach nicht hierher.«

»Es gäbe aber eine Lösung.«

»Nein. Warum geht das denn nicht in deinen Kopf? Das ist real. Kein Spiel. Ich spiele keine Spielchen. Wenn der nächste Trupp Cousins Hand an mich legt, wird er es bereuen. Das kannst du gern weitersagen. Aber ich denke, dass sie es sowieso wissen.«

»An Bord darfst du dich aber nicht prügeln«, wandte Jeremy ein.

»Es war nicht *meine* Entscheidung.«

»Na ja, niemand wird dich hier verprügeln.«

»Schön. Dann geh jetzt an die Arbeit. Los! Geh schon!«

Jeremy zögerte.

»Ich mache keine Witze, Jeremy! Setz deinen Arsch in Bewegung! Ich komme nach, wenn ich Lust habe.«

Jeremy duckte sich und verschwand. Fletcher hatte dem Jungen Angst eingejagt, hatte ihn erschreckt – und womöglich seinen Gerechtigkeitssinn durcheinander gebracht.

Wahrscheinlich war es das Beste, sich dem Job zu

stellen, den Cousins, der Situation; besser, als die Sache noch lange schwelen zu lassen. Deshalb meldete sich Fletcher nicht allzu lange nach Jeremy zum Dienst in der Wäscherei, begegnete Vince und Linda und sagte kein Wort über das, was vorgefallen war. Stattdessen legte er fröhlich Wäsche zusammen und ließ sie – Vince, Linda und Jeremy darüber grübeln, was er dachte oder vorhatte. Vermutlich hatten sie sich in den wenigen Minuten, bevor er gekommen war, fleißig unterhalten und vermutlich wurde auch an anderen Orten viel geredet. Fletcher rechnete damit, in die Rechtsabteilung oder zum Kapitän gerufen zu werden, entweder mit der ganzen Juniorbesatzung oder auch allein.

Was sie mit ihm gemacht hatten, tat weh. Es tat weh aus Gründen, die nichts mit dem verletzten Arm, dem aufgeplatzten Knöchel, den Fesselspuren und dem einen Schlag zu tun hatten, den Chad hatte landen können. Es tat auf eine Weise weh, die er nicht erwartet hatte, weil es ihm *wirklich* gleichgültig war, ob er auf diesem Schiff willkommen war oder nicht. Er konnte sich nicht erklären, warum er dann so aufgewühlt war.

Vielleicht lag es ja an der Ungerechtigkeit. Vielleicht daran, dass sie ihm alles genommen hatten, und sich, als er versucht hatte, das Beste aus der Situation zu machen, zusammengerottet hatten und ihm seinen Selbstrespekt nehmen wollten.

Denn das wollten sie doch. Ihm seine Würde nehmen. Seine Selbstbeherrschung. All das, was zwischen ihm und einem gänzlich dem Zufall überlassenen Universum stand. Sie hatten sich bewusst und absichtlich über das hergemacht, was ihn zusammenhielt. Das konnte er nicht dulden. Sie hatten von ihm gefordert, die letzten Verteidigungsmechanismen aufzugeben, die ihm noch zur Verfügung standen, sich ihnen auszuliefern, ihr Spiel zu spielen. Nie und nimmer würde er das tun. Er würde seinen Stolz nicht aufgeben, egal, wer es von ihm forderte.

KAPITEL 14

Wenn der Juniorkapitän auf dem A-Deck nichts von einer Willkommensprozedur erfahren sollte, durfte das Ereignis schon gar nicht zu den Seniorkapitänen auf dem B-Deck durchdringen; nur wenn ein Grund vorlag, der nahe legte, dass das Juniorkommando einen Fehler gemacht hatte, hakte man nach und stellte Fragen zur Führungsqualität des Juniorkapitäns.

In ein paar Jahren würde womöglich die gesamte Existenz des Schiffs von der Weisheit seiner Entscheidungen abhängen, das war JR nur allzu klar. Gerade in diesem Moment fand er, dass das Wohl der ganzen Besatzung auf seinen Schultern lastete, nicht nur das von Fletcher Neihart, nicht nur das der Juniorbesatzung, nicht nur das von Chad, dessen kaputter Zahn auf der Krankenstation repariert wurde.

Wenn etwas schief gegangen war, konnte man Junioren und Senioren nicht trennen, und diesmal war etwas gründlich schief gegangen.

»Sie waren voreilig, und ich habe es nicht mitgekriegt«, sagte Bucklin, der noch auf der Krankenstation war, als JR seinen Anruf erwiderte. »bis jemand mir den Tipp gegeben hat, dass kein Mensch in der Wäscherei war. Da habe ich dich angerufen. An zwei Stellen musste ich nachsehen, ehe ich sie gefunden habe, in der Außenschale. Chad wollte sich den Zahn nicht flicken lassen. O nein! Chad wollte, dass du einen Bericht bekommst, aber den Gefallen hab ich ihm nicht getan.«

So bekam JR die ganze Geschichte zu hören, die

Sache mit dem Wassereimer, die Sues Idee gewesen war, um einen widerspenstigen Junior weich zu kochen. Sie hatte nämlich Angst gehabt, er wäre zu groß und stark, jemand könnte bei einem Handgemenge verletzt werden, und deshalb war sie auf diese Version verfallen.

Keine schlechte Idee, wenn sie funktioniert hätte.

JRs Anruf bei der Rechtsabteilung hatte zur Folge, dass Madelaine Fletcher sehen wollte, aber Fletcher hatte sich nicht gemeldet. Die Unterredung unter vier Augen, die er sich erhofft hatte, war nicht erfolgt, denn Chad und die Gruppe hatte nicht abgewartet. Stattdessen hatten sie Fletcher in die Außenschale geschleppt, gleich nachdem Chad und die anderen bei ihm wegen einer Genehmigung vorstellig geworden waren; als Fletcher sich nicht bei ihr gemeldet hatte, war Madelaine klar, dass etwas im Busch war. Und von Madelaines Büro zu dem des Alten Mannes war es nur ein Katzensprung.

»Ich möchte Fletcher sehen.«

»Fletcher ist nichts passiert«, antwortete Bucklin hastig. »Er wird gleich hier sein.«

JR ging zur Krankenstation und stellte sich zu Chad, während Cousine Mary B. die zahnärztlichen Arbeiten beendete. Chad warf Richter und Geschworenen einen untröstlichen Blick zu.

»So«, sagte Mary und reichte Chad einen Spiegel. »Zwei Stiche und eine Klammer um den Zahn. Und heute bitte keine Süßigkeiten.«

»Hat er Schmerzen?« erkundigte sich JR bei Mary.

»Er ist betäubt«, antwortete Mary. »Gegen eine Wand geknallt, soweit ich gehört habe.«

»Die Wand hat zurückgeschlagen«, meinte JR. »Würdest du bitte Charlie runterrufen?« Charlie war der diensthabende Medic, wenn er nicht auf Kom war. »Ich möchte, dass er sich ihn und die Wand mal ansieht.«

Mary warf ihm einen schrägen Blick zu und erfüllte seine Bitte, ehe sie ihre Instrumente sauber machte.

»Du schuldest Mary ein bisschen Putzhilfe«, sagte JR, als Chad aus dem Stuhl kletterte. »Ungefähr zehn Stunden, einschließlich ihres Zimmers, würde ich sagen.«

»Ja, Sir.« Chads Mund war taub, aber er begegnete JRs Blick, ohne mit der Wimper zu zucken, das musste man ihm lassen. So standen sie sich einen Moment lang gegenüber.

»Und?« fragte JR. »Du bist ziemlich übers Ziel hinaus geschossen. Ihr habt Bucklin überrumpelt und Sue kam auch noch auf die gloriose Idee, einen Eimer Wasser über Fletcher zu schütten. Was ist da schief gegangen?«

»Ich hab die Sache arrangiert.« Chad war mit seiner geschwollenen und betäubten Lippe schwer zu verstehen. »Aber er wollte nicht mitmachen, sondern hat uns zum Teufel geschickt. Dann hat Bucklin ihn losgemacht, und er hat sich auf mich gestürzt.«

»Fletcher.«

»Ja, Sir.«

»Gab es einen besonderen Grund, dass er sich auf dich gestürzt hat, abgesehen davon, dass du die Sache eingefädelt hast? Hat ihm deine Augenfarbe nicht gepasst? Oder war es ein spontaner Einfall?«

»Ich weiß es nicht, Sir, aber ich entschuldige mich dafür, Sir.«

»Hast du dich auch bei ihm entschuldigt?«

»Er ist abgehauen, Sir.«

»Trifft das Wort vermasselt den Tatbestand eindeutig?«

»Ja, Sir. Die Sache war ziemlich vermasselt.«

»Danke.« Er sah zu Mary hinüber, die nickte. Sie hatte Charlie erreicht, und der Medic war auf dem Weg hierher, um sich Chad anzusehen.

Cousin Fletcher war kein schmächtiger junger Mann; Chad auch nicht, und beide überragten JR um gut einen halben Kopf – reichlich Potenzial für angeknackste Rippen, abgebrochene Zähne und vielleicht noch subtilere Schäden, beispielsweise am Vertrauen der Gruppe untereinander.

»Setz dich da drüben hin.« Er wies mit einem Nicken zum Sprechzimmer des Medics, dessen Schiebetüren offen standen, sodass man die Tische sah, auf denen bei Bedarf chirurgische Eingriffe vorgenommen wurden. »Wenn Fletcher auftaucht, möchte ich keine Wiederholung des Problems, hast du mich verstanden, Mr. Neihart?«

»Ja, Sir, wir haben verstanden.« Ein klägliches Gemurmel war alles, was er hervorbrachte. Die Stiche, zwei saubere elektronische Clips – es würde anfangen weh zu tun, wenn die Wirkung des Schmerzmittels nachließ.

Kurz darauf erschien Bucklin, zusammen mit Fletcher. Dem Aussehen nach war Fletcher unversehrt, aber nervös und wütend, jederzeit bereit, sie alle zum Teufel zu schicken.

Jeremy folgte in einigem Abstand und drückte sich im Türrahmen herum.

»Raus mit dir«, sagte JR.

Jeremy verschwand.

»Ich möchte mit dir reden, Fletcher. Entspann dich.«

»Geht es um die Schlägerei?«

Fletcher hatte ein Talent, auf Probleme direkt und aggressiv loszustürmen. Nicht unbedingt seine beste Eigenschaft. »Wenn du etwas an dir verbessern möchtest, Fletcher, dann wäre das deine Tendenz, Leuten sofort eine Herausforderung an den Kopf zu werfen. Nur eine Kleinigkeit, die du sicher ohne viel Mühe ändern kannst. Im Moment gehe ich davon aus, dass es einen triftigen Grund für das gibt, was ich hier vor mir sehe, obwohl ich es offiziell eigentlich nicht zur Kenntnis nehmen möchte. Wie kommst du im Allgemeinen zurecht?«

»Gut.«

»Wie läuft es mit Jeremy?«

»Gut. Wunderbar.«

»Also keine Schwierigkeiten mit Jeremy?«

»Nein.«

»Schön. Und wie steht es mit dem Rest der Besatzung?«

Ein direkter Blick aus Fletchers dunklen Augen. Das gleiche Erbgut.

»Du weißt doch, was passiert ist.«

»Bisher nur von Chad.« Mit einem Kopfnicken deutete er zum anderen Ende des Raums, wo Chad auf einem Operationstisch saß.

»Ich bin hier, um mich medizinisch untersuchen zu lassen. Soll das nur eine Ausrede sein? Oder kriege ich noch eine Runde mit ihm dort hinten?«

»Ich möchte einen medizinischen Bericht. Und ein bisschen gesunden Menschenverstand. Hör mir zu, Fletcher.« Ungefähr zwei Herzschläge lang schenkte Fletcher ihm seine Aufmerksamkeit. »Auf diesem Schiff haben wir die Tradition, einen Neuen willkommen zu heißen. Wie du weißt …« Fletcher spürte, wie die Wut wieder in ihm aufstieg, kämpfte sie aber nieder. »Gewöhnlich geht es um den Übergang von der Kinderstube in die Besatzung. Jeremy war als Letzter an der Reihe. Man entführt den Betreffenden, spielt ihm ein paar Streiche, eine kleine Zeremonie, das ist alles. Dass zwei verdammte Idioten mit deiner Körpergröße aufeinander losgehen, ist nicht der Sinn der Sache.« Momentan konnte er Fletchers Verfassung schwer abschätzen, sein Gesicht war vollkommen starr. »Es ist ein Test – unter anderem ein Test für deinen Humor.«

»Ich hab eine Kostprobe davon bekommen. Danke.«

»So viel ist mir inzwischen auch klar. Allerdings waren auch etliche wesentlich Kleinere in die Sache verwickelt. Du und Chad seid einander gewachsen. Ihr habt keine anderen einbezogen, das respektiere ich. Alle wissen, dass sie zu weit gegangen sind. Offen gesagt habe ich versucht, es ihnen überhaupt auszureden, aber sie wollten dich unbedingt willkommen heißen, im wahrsten Sinn des Wortes. Das ist unsere Tradition.«

»Willkommen heißen, so nennt man das also?«

»So haben sie es gemeint, ja. Kennen lernen. Dich eingliedern. Deinen Platz finden. *Mit* der Besatzung, in der Besatzung.«

»Eine dumme Tradition.«

»Das kann schon sein, aber ich fordere dich hiermit auf, es so zu sehen, wie es hätte laufen *sollen*. Keine nachtragenden Gefühle. Sie haben getan, was sie tun zu müssen glaubten. Es ist vorbei. Jetzt gehörst du dazu.«

»Ich möchte aber nicht dazu gehören.«

»Das steht auf einem anderen Blatt. Aber niemand hat mehr das Recht, dich als Außenseiter zu behandeln. Verstehst du das? Es hat sich etwas geändert. *Sie* haben dafür gesorgt, also müssen sie dich akzeptieren, samt allen Privilegien, die ich zugestehe.«

»Kümmert mich nicht, Sir.«

»Beruhige dich. Du hast ein Recht, wütend zu sein, aber wenn du deine Wut in die Tat umsetzt, schadest du dir selbst.«

»Mehr als die mir schaden wollen? Das glaube ich kaum. Willkommen – von wegen! Ich bin hier nicht willkommen. Das kannst du einem anderen weismachen!«

»Wir hatten einen schlechten Start. Leider habe ich es nicht besser geschafft. Ich wollte dich bei deinem ersten Sprung nicht allein lassen, aber wenn ich dich zu mir genommen hätte, wärst du zu den Seniorjunioren gekommen und zu denen hättest du nicht gepasst. Das habe ich zumindest gedacht. Jeremy ist ein guter Junge. Er reagiert schnell. Er sorgt dafür, dass du keinen Ärger kriegst. *Möchtest du umziehen*?«

»Jeremy ist in Ordnung.« Fletcher schien ruhiger und konzentrierte sich auf JR, ohne gleich wieder aufzubrausen. »Kein Problem.«

»Sicher? Auch nach dem, was passiert ist?«

»Er ist ein Kind.«

»Ja, aber du nicht. Und andererseits doch. Du kommst von einer Station, wo man nicht mit Schiffszeit zurechtkommen muss … du passt nicht ins Schiffsprofil, wie wir das nennen. Nicht in unser Profil. Es ist schwer zu entscheiden, wohin wir dich stecken sollen.«

»Euer Pech.«

Fletcher schaffte es immer wieder, JR auf die Nerven zu gehen. Vielleicht verstand er tatsächlich nicht, worum es ging. Inzwischen war Charlie aufgetaucht, der sich mit Spacerkörpern in allen Lebenslagen beschäftigte.

»Fletcher, ich möchte jetzt vor allem, dass du dich untersuchen lässt. Setz dich da drüben hin. Chads Zahn ist inzwischen repariert. Kein bleibender Schaden. Danach, Charlie, wäre dann Chad an der Reihe. Bei beiden geht es vor allem um Beulen.«

Das bedeutete nun, das Fletcher und Chad sich auf zwei Operationstische nebeneinander setzen mussten, ein heikleres Arrangement als zwei Rimrunner an einem Sprungpunkt, mit etwa dem gleichen Risiko eines Schusswechsels. »Ich werde euch nicht bitten, einander die Hand zu geben«, sagte JR. Chad saß regungslos auf seinem Platz, während Fletcher den Oberkörper frei machte und sich mit trotzigem Gesicht auf den Tisch daneben setzte.

»Tut das weh?« Unwillkürlich war Fletcher zusammengezuckt, als Charlie ihm die Hand auf die Rippen presste, dann den Arm beugte und den Unterarm mit dem Pflaster über dem tiefen Schnitt zum Vorschein brachte. »Wunderschön. Was war denn hier los?«

»Es gab da eine kleine Debatte«, antwortete JR für beide Kampfhähne. »Charlie, wir haben hier einen Stationsbewohner im Alter von sechzehn Jahren und einen zwanzigjährigen Spacer, Chad. Wie alt sind sie wirklich?«

»Welcher von beiden?« fragte Charlie zurück, während er gründlich Fletchers rechtes Auge inspizierte, ganz auf seine Bestandsaufnahme konzentriert. »Unser Spacer ist … hmm … nicht ganz siebzehn?«

»Sechzehn«, brummte Chad, »Sir.«

»Also, wie alt sind sie wirklich?« wiederholte JR seine Frage. »Unserem Stationsbewohner zuliebe – wie alt sind sie?«

Charlie unterbrach die Inspektion des anderen Auges und musterte erst Fletcher, dann Chad, langsam und durchdringend. »Der Stationsbewohner ist reife Siebzehn, wahrscheinlich fast ausgewachsen, aber noch etwa fünfzehn Kilo vom erwachsenen Idealgewicht entfernt. Der Spacer hat einen reifen und sehr großen Körperbau für einen Sechzehnjährigen und ist seit Bryants gewachsen – mindestens zwei Zentimeter?«

»Ja, Sir«, sagte Chad.

»Und hat dank Jeffs köstlichen Desserts ein paar Kilo zugelegt«, fügte Charlie hinzu, und Chad wurde rot. Er war tatsächlich um die Taille ein bisschen speckig. »Aber der Stationsbewohner«, fuhr Charlie fort, »unser Stationsjunge besitzt eine andere Reife, hat die Pubertät hinter sich, die langen Knochen hemmen bereits das Wachstum, sekundäre Geschlechtsmerkmale normal bei meiner letzten Untersuchung ...« Fletcher starrte mit verkniffenem Gesicht auf den Tischrand. Vermutlich war er auch rot geworden, aber Charlie ließ es vorerst bei diesen klinischen Details bewenden. »Emotional jedoch«, setzte er die Beurteilung fort, »ist der Unterschied ausgeprägter als er im späteren Leben sein wird. Fletcher hat jeden Tag seiner siebzehn Jahre durchlebt. Er ist nicht mit dem emotionalen Stress aufgewachsen, den Chad etwa einmal pro Monat im Hyperspace mitgemacht hat: Das kommt in seinem Erfahrungsschatz nicht vor. Bei ihm lief alles kontinuierlich ab, unterbrochen nur vom gewöhnlichen Traumzustand und den Psychotherapien, die er möglicherweise hinter sich hat.« Fletcher warf Charlie einen durchdringenden Blick zu, den dieser nicht einmal bemerkte. »Unser Spacer dagegen hat zwanzig Jahre hinter sich, historisch gesehen; er ist im Krieg geboren, sein ganzes Leben lang wurde gekämpft.

Unser Stationsbewohner hat drei Jahre weniger erlebt und auf der Station herrschte Frieden, ganz gleich, was auch immer er innerlich durchgemacht haben mag. Das neunzehnte und zwanzigste Lebensjahr hat unser Spacer in einem sechzehnjährigen Körper verbracht, der sich im Endstadium der Pubertät befand, und es ist nicht zu erwarten, dass er den Prozess beendet, bevor er mindestens einundzwanzig ist, je nach unserem Fahrplan. Erst mit sechs- oder siebenundzwanzig gehört er zur erwachsenen Besatzung und wird auch erst angelernt, wenn er mindestens noch ein Jahr gewachsen ist. Unser Stationsbewohner hat den Wachstumsschub schon hinter sich, die raschen Veränderungen bei Kiefer, Haar, der Entwicklung von primären und sekundären Geschlechtsmerkmalen. Körper und Hormone erreichen einen Waffenstillstand. Er hat sein Erwachsenenleben schon begonnen, wie das bei Stationsbewohnern in seinem Alter der Fall ist. Doch die Vorzüge neigen sich auf die andere Seite, wenn Chad nach Schiffszeit in die Zwanziger kommt. Unser Spacer erleidet nicht die Stresskrankheit der Stationsbewohner, denn er bekommt einmal pro Monat die erwähnte Reinigung – vorausgesetzt, er gehört nicht zu den seltenen armen Schluckern, die nach einem Sprung unter Depressionen leiden, und dafür gibt es bei Chad keine Anzeichen. Bevor er an Verjüngung denken muss, wird er gut und gerne sechzig Stationsjahre hinter sich haben und aussehen wie Vierzig, mit der historischen Erfahrung von Sechzig. Unser Stationsbewohner wird die Verjüngung ein wenig früher brauchen, da er ja die ersten siebzehn Jahre auf Stationszeit gelebt hat. Falls er nicht will, dass ihm morgens alles weh tut.« Charlie klopfte Fletcher auf die nackte Schulter. »Du hast überlebt. Herzlichen Glückwunsch. Aber ich mach dir lieber einen Verband um den Ellbogen.«

»Das geht schon.«

»Seit still, Fletcher«, schaltete sich JR ein. »Bleib einfach sitzen.«

Fletcher fixierte die Wand, während Charlie ihm Neoplasma aufsprühte und das Ganze verband.

»Damit kannst du auch duschen.«

»Danke.«

»Geh und freu dich des Lebens. Du bist frei. Fertig. Es sei denn, JR will noch was von dir.«

Fletcher rutschte vom Tisch und zog sich wieder an, wild entschlossen, keinem der Anwesenden ins Gesicht zu blicken, während Charlie sich Chad und vor allem dessen Mund vornahm.

Es war wirklich schwierig, Fletchers Grenzen und Fähigkeiten einzuschätzen. Man musste alles zusammenzählen, was Charlie gesagt hatte, und dazu berechnen, dass er weder von Sicherheitsprozeduren noch von irgendeinem nützlichen Beruf eine Ahnung hatte.

Versuch's noch mal, dachte JR. »Schwierige Entscheidung, Fletcher. Schwer einzustufen, wohin du gehörst.«

»Auf alle Fälle dort, wo ich nicht hingehören will.«

»Aber ganz zu Anfang wolltest du, oder?« JR wusste, dass Fletcher aus einem Studienprogramm herausgeholt worden war. Aber er konnte nur raten, ob das eine ernst zu nehmende Beschäftigung war und wirklich eine Karriere zu werden versprach. »Jetzt beginnst du eine neue Laufbahn.«

»Daran bin ich aber nicht im mindesten interessiert.«

Genaugenommen war es für Fletcher reichlich spät, überhaupt irgendetwas anzufangen. Möglicherweise erwachte der Seniorkapitän, der dritte Steuermann oder Scanner oder Kom Eins aus dem nächsten Sprung nicht mehr, dann rückten automatisch die Seniorjunioren in deren Posten auf. An einem solchen Punkt konnte es böses Blut geben, wenn JR Fletcher nicht richtig einstufte. Aber er hatte eine Entscheidung getroffen und sich für das Juniorpersonal entschieden, daran ließ sich nun nichts mehr ändern.

»Wir haben auf dem Schiff keine Leute in dem Alter zwischen meiner Einheit und Chads Gruppe«, erklärte er. »Keiner von ihnen hat überlebt. Das ist das Problem. Ich kann dir keinen unserer Leute zur Seite stellen. Für meine Gruppe bist du zu weit zurück, und mit Chad könnte man dich zwar zusammenstecken, aber ihr habt euch soeben fast die Köpfe eingeschlagen. Das macht es schwer für mich, einen einigermaßen konstruktiven Platz für dich zu finden.«

»Wie wäre es mit Pell?« fragte Fletcher aufsässig.

»Diese Option habe ich nicht. Du auch nicht. Ich habe gesagt, du gehörst zu uns. Meine Aufgabe ist es, eine Nische für dich zu finden. Du willst Seniorprivilegien ...« Die dumme Geschichte an der Bar hatte den Schlamassel ausgelöst – sie und JRs Versäumnis, klar für die eine oder andere Seite Stellung zu beziehen. JR war klar, dass Chad die Ohren spitzte und genau Bericht erstatten würde. Und auch JR würde dafür sorgen, dass sein Entschluss die Runde machte, und er würde schneller sein als Chad. Innerhalb einer Stunde würde eine Bekanntmachung in den einzelnen Mailboxes eintreffen. Diesmal verließ JR sich nicht auf ihre lebenslangen Beziehungen, um die Details auszubügeln, er hatte ja gesehen, wo das bei Fletcher hinführte. Es hatte nicht funktioniert und eine Entscheidung, *jede* Entscheidung war besser als keine. »Ich schaffe eine Klasse eigens für dich, Fletcher, für dich allein. Du möchtest deine Privilegien, und ich gebe dir das Recht, bei Familienfeiern zu trinken. Aber ich bestehe darauf, dass du in den genehmigten Schlafheimen bleibst und dich über Nacht auf Freigang nicht anderswo herumtreibst. Außerdem gebe ich dir eine Aufgabe: Du kümmerst dich um Jeremy, Vince und Linda. Damit habe ich eine Last weniger am Hals, und mein Team und ich können uns eine Pause von den Juniorjunioren gönnen.«

Fletcher sah ihm ins Gesicht, als wollte er herausfinden, wo der Haken war.

»Ich kenne die Vorschriften nicht.«

»Aber die drei kennen sie. Jeremy wird dich nicht an

der Nase rumführen, aber Vince wird es garantiert versuchen.« Er sah kurz zu Chad, der gerade vom Untersuchungstisch stieg. Und wieder zu Fletcher. »Ihr müsst euch nicht beieinander entschuldigen. Ich verlange keinen Beweis gegenseitiger Zuneigung. Aber ich erwarte, dass ihr euch einigermaßen zivilisiert benehmt. Und euch bemüht, eure Differenzen zu bereinigen.«

Fletcher schwieg und blickte zu Chad hinüber, dessen Untersuchung Charlie unterbrochen hatte.

»Chad«, sagte JR und Chad stellte sich aufrecht, den Coverall wenig graziös um die Füße gewickelt.

»Ja, Sir.«

»Chad, das hier ist dein Cousin Fletcher.«

»Ja, Sir.« Noch immer war sein Gemurmel schwer zu verstehen, aber er holte tief Luft und streckte die Hand aus.

Fletcher nahm sie, ohne zu lächeln.

»Ziemlich guter Schlag«, sagte Chad großherzig.

Fletcher sagte nichts, sondern zog nur seine Hand zurück.

»Du kannst gehen«, sagte JR und Fletcher eilte davon.

»Verdammter Stationsschnösel«, sagte Chad, als er verschwunden war, »aber er hat irgendwo ziemlich gut kämpfen gelernt.«

»Offensichtlich«, entgegnete JR trocken. Chad kletterte wieder auf den Tisch und die Untersuchung ging weiter.

»Autsch«, sagte Chad.

Es war keine perfekte Lösung, aber die Lage beruhigte sich. Charlie hatte eine wichtige Sache erwähnt: Nach dem Sprung kühlten sich die erhitzten Gemüter immer etwas ab, der Hyperspace rückte viele Dinge in ein anderes Licht, senkte emotionale Spannungen und ließ manches angesichts der Unendlichkeit des Universums trivial erscheinen. In den allermeisten Fällen hob sich nach dem Sprung die Stimmung. Manche Streitereien lösten sich einfach in Luft auf, weil sie zu unwichtig geworden waren, andere erloschen nach ein paar halbherzigen Versuchen, sie wieder aufzuwärmen.

Leider stand unmittelbar kein Sprung bevor, denn sie befanden sich auf der Einlaufstrecke nach Mariner, wo JR die Juniorjunioren auf einem Dock frei lassen musste, das bei Regelübertretungen bekanntermaßen keinen Spaß verstand – ein Dock, das noch zusätzlich risikobeladen war, weil es ein Grenzgebiet zwischen der Allianz und der Union war, ein Minenfeld politischer Empfindlichkeiten und sensibler Polizisten.

Dass die *Finity* als gewöhnlicher Kauffahrer anrückte, war an sich schon verdammt verdächtig. JR hatte Diskussionen in der Seniorbesatzung mitgehört: Das Schiff und die Besatzung würden von mehreren Seiten beobachtet werden, nach Anzeichen, dass sie doch nicht wirklich in den Handel eingestiegen waren. Wie diese Anzeichen aussahen, konnte JR sich denken: Keine Minderjährigen auf den Docks, während alle anderen ihre Jugendlichen in die Spielhallen und sonstigen Jugendtreffs ausschwärmen ließen.

Dass er Fletcher die Verantwortung für die Junioren übergeben hatte, nachdem diese bisher mehr oder weniger für *ihn* verantwortlich gewesen waren, schlichtete vielleicht manche Schwierigkeit, die sich in der Ordnung der Dinge ergeben hatte. Er würde sich von Fletcher einmal täglich über die Lage bei den Junioren berichten lassen, er würde Jeremy bedrohen, wenn die anderen Fletcher Schwierigkeiten machten, und er würde täglich ganz zufällig mit Fletcher telefonieren, um über sein Befinden und seinen Aufenthaltsort auf dem Laufenden zu bleiben und so das Lernen der Vorschriften praktisch erzwingen. Hätte er von Fletcher direkt gefordert, sich zu melden oder die Regeln zu büffeln, wäre das bei seiner unabhängigen Seele bestimmt nur auf Widerstand gestoßen.

Das war das Beste, was er unter den gegebenen Umständen tun konnte.

JR ging zum B-Deck und erstellte einen Bericht für das Büro des Alten Mannes, einen Bericht, der für ihn selbst nicht gerade schmeichelhaft ausfallen würde. »Ich habe Fletcher die Verantwortung für die Junioren übertragen«, begann er. Dann erklärte er den Vorfall. Er hatte gehofft, um ein direktes Gespräch mit dem Alten herumzukommen, aber leider nahm der Roboter keine Anrufe entgegen.

* * *

Vince und Linda musterten Fletcher mit fragenden Blicken, als er wieder in der Wäscherei erschien. Jeremy stand nur da und starrte ihn an, mit ernstem, besorgtem Gesicht.

Es gab nicht genug zu tun, deshalb blieb ihnen nichts anderes übrig, als Karten zu spielen. Fletcher suchte den ganzen Bereich nach Arbeit ab, alles, was ihn davor bewahrte, Fragen beantworten zu müssen. Aber in dieser konzentrierten Stille platzte nicht einmal Vince mit seinen Klugscheißerbemerkungen heraus, vielleicht auch, weil er gelernt hatte, dass er sich damit manchmal ins eigene Fleisch schnitt.

»Es gibt nicht genug Arbeit für vier«, verkündete Fletcher schließlich. »Ihr erledigt das, was anfällt. Ich geh auf mein Zimmer.«

»Lieber nicht«, warnte Jeremy. »Du kriegst Ärger.«

»Es ist mein Zimmer«, entgegnete Fletcher. »Ich gehe.«

Aber in diesem Augenblick erklang aus dem Interkom ein: »*Fletcher*.«

»Er ist hier!« rief Jeremy, als wäre das eine Hilfe.

»Fletcher R., melde dich im Büro des Seniorkapitäns.«

»Scheiße«, stieß Fletcher hervor, und Jeremy legte schnell die Hand übers Mikro.

»Er kommt«, antwortete Jeremy an seiner Stelle. »Er ist gleich da.«

»Und kriegt Ärger«, ergänzte Vince leise.

Fletcher überlegte, ob er nicht doch lieber in sein Zimmer gehen und warten sollte, dass der Kapitän zu ihm kam. Aber, sagte er sich dann, der Seniorkapitän war der Mensch, den er sehen wollte, der Mensch, der ihn hätte zu sich rufen sollen, als er an Bord gekommen war, und der sich nicht die Mühe gemacht hatte. Der allmächtige James Robert, der die Allianz aufgebaut und die Piratenflotte geschlagen hatte, fand endlich Zeit für ihn und war vielleicht so verärgert, dass er Fletchers Leben zur Hölle machen und seine Pläne durchkreuzen würde, wenn Fletcher sich nicht bei ihm meldete.

»Wo finde ich ihn denn?« erkundigte er sich bei Jeremy.

Vince, Linda und Jeremy antworteten gleichzeitig, als beschrieben sie ihm den Weg zu Gott.

»B7. Da sind die Büros von allen Kapitänen. Da ist er auch.«

Direkt neben der Rechtsabteilung, da kannte er sich ja aus. Er verließ die Wäscherei, ging zum Lift und fuhr hinauf aufs B-Deck. Er versuchte sich zusammenzunehmen, denn dieser Mann konnte ihn fertig machen, ohne sich dafür anstrengen zu müssen.

Vielleicht würde er aber auch endlich die einfache Tatsache einsehen, dass Fletcher nicht hier sein wollte, und ihn vielleicht … vielleicht gehen lassen.

* * *

Die Beschreibung der anderen stimmte genau; das Büro ähnelte dem der Rechtsabteilung, mit einem Vorzimmer, in dem mehrere Mitglieder der Seniorbesatzung an Schreibtischen saßen und arbeiteten, alle vom Stab. Daran angegliedert weitere Büroräume.

Und JR.

»Dir hab ich das also zu verdanken«, sagte Fletcher zu ihm und wollte sich schon umdrehen und gehen.

»Ich treffe keine Verabredungen für den Kapitän«, entgegnete JR. »Aber natürlich habe ich von dem Vorfall berichtet, das ist meine Pflicht.«

»Herzlichen Dank«, sagte Fletcher. Er sollte dem Kapitän also nicht allein gegenüber treten. Er hatte JR als Zeugen, der alles verdrehen konnte. Also würde es keine Unterredung geben, höchstens eine Moralpredigt.

Aber nun war er hier, und er nahm sich so gut es ging zusammen, während JR ihm die Tür aufhielt und ihn eintreten ließ.

Fletchers erster Eindruck, als der Kapitän zu ihm empor blickte, war, dass der Alte Mann, wie ihn alle nannten, gar nicht besonders alt aussah. Fletcher hatte mit einem Greis gerechnet, aber die Augen dieses Mannes waren dunkel und behende in einem schmalen Gesicht mit papierdünner Haut. Die Hand, die ihm der Alte Mann beim Aufstehen entgegenstreckte, wirkte ebenfalls jung, nur hatte auch hier die Haut die Papierstruktur häufiger Verjüngungsprozeduren. Sie fühlte sich weich an, glatt wie abgetragener Stoff, und auf einmal merkte Fletcher, dass er sich nicht bewusst dazu entschlossen hatte, die Hand des Alten zu nehmen. Er hatte es einfach getan und war plötzlich so vertieft in diese Erkenntnis, dass er nicht mitbekam, ob JR dageblieben war oder wie das Büro aussah, bis der Alte Mann wieder hinter seinem Schreibtisch Platz nahm und Fletcher vor sich stehen ließ. JR war tatsächlich noch da und stand etwas seitlich hinter Fletcher.

Das Büro war nicht groß. Zwischen zwei Regalen mit alten, teuren Büchern hing ein Rad, in dem Fletcher das Steuer eines Segelschiffs erkannte. Über einem Seitentisch hing eine Karte mit den Stationen und Sprungpunkten, verbunden von einer Unmenge Linien.

Doch hauptsächlich war da der Alte Mann, der sich in seinem Stuhl zurücklehnte und Fletcher ansah, ruhig und schweigend, ohne ihn zu irgendwelchen vorschnellen Äußerungen oder Entschuldigungen zu provozieren.

Wie ein Richter. Wie ein Richter, der schon sehr, sehr lange im Amt war.

»Fletcher«, sagte James Robert schließlich mit tiefer, leiser Stimme, und Fletcher fragte sich, was der Alte Mann in ihm sah. Dachte er an Fletchers Mutter? Würde er das erwähnen? »Eine neue Welt, nicht wahr?«

Auf Philosophie war Fletcher nicht vorbereitet. Vielleicht hätte er damit rechnen müssen, aber es fiel ihm absolut nichts dazu ein. So stand er schweigend da, und der Alte Mann fuhr fort.

»Wir freuen uns, dich an Bord zu haben. Du hattest inzwischen Gelegenheit, das Schiff ein wenig kennenzulernen. Was hältst du davon?«

Was er davon hielt?

Fletcher holte tief Luft, Zeit genug, dass sich die Vorsicht wieder einstellte und sein Verstand ihn ermahnte, sich nicht zu weit vorzuwagen. Und nur eine Bemerkung auf einmal zu machen.

»Ich denke, ich gehöre nicht hierher, Sir.«

»In welcher Hinsicht?« Ruhig. Ernst.

Sollte er jetzt die Gründe aufzählen? Herr des Himmels! »In der Hinsicht, dass ich mich darauf vorbereitet habe, auf einem Planeten zu arbeiten. In der Hinsicht, dass ich für Sie vollkommen wertlos bin. In der Hinsicht, dass ich nichts kann außer dem, was ich mein Leben lang gelernt und geübt habe.«

»Was hast du denn gelernt?«

»Mit den Downern zu arbeiten, Sir.« James Robert wusste doch Bescheid. Versuchte er nur, Fletcher aus der Reserve zu locken? Und das auch noch, während JR hinter ihm stand. »Das ist es, was ich tun möchte.«

»Wie sieht diese Arbeit aus?«

Er hatte auch nicht damit gerechnet, einen detaillierten Katalog seiner Aufgaben vorzulegen. »Landwirtschaft, archäologische Forschungen, Eingeborenenstudien, planetarische Dynamik.«

»All das.«

»Ich hatte noch kein Spezialgebiet gewählt.«
»Was hättest du dir ausgesucht?«
»Eingeborenenstudien.«
»Warum gerade das?«
»Weil ich die Downer verstehen möchte.«
»Warum möchtest du sie verstehen?«
»Weil ich ihnen helfen möchte.«
»Wie würdest du das anstellen?«

Eine Frage brachte gleich die nächste hervor und drängte Fletcher weiter in eine Ecke, in der die Wahrheit lauerte, eine Wahrheit, die er nicht verraten wollte.

»Indem ich ein gerechter Verwalter werde.«

»Ah, ein Verwalter. Ein gerechter Verwalter. Genau das brauchen die Downer auch.«

Der Ton war so ruhig, dass der Stachel schon in Fletchers Fleisch steckte, ehe er es richtig wahrnahm.

»Ja, Sir, ein gerechter Verwalter ist besser als ein schlechter. Und *das* haben die Downer auch schon erlebt.«

»Das ist mir klar. Du wolltest also Eingeborenenstudien betreiben. Dich um den Verwalterposten bemühen, wie es scheint. Du hattest ja enge Bekannte unter den Downern, wie ich höre.«

Bianca. Damit hatte auch Madelaine ihn gequält. Aber jetzt war der Schockeffekt verbraucht.

»Ja, Sir. Ich kannte sie schon, bevor ich nach Downbelow gezogen bin. Und es gibt auch kein Gesetz dagegen.«

»Ich nehme an, das hast du überprüft.«

»Sie sind meine Freunde! Ich würde nie etwas tun, was ihnen schadet.«

»Einschließlich deines Ausflugs ins Hinterland. Einschließlich dessen, dass du andere in Gefahr gebracht hast. Einschließlich Treffen mit Downer-Autoritäten.«

Das hatte Fletcher den Ermittlern erzählt. Er erinnerte sich, wie er im Bett gelegen hatte und sie aufnahmen, was er sagte. Er musste ihnen erklären, wie der Stock in seinen Besitz gekommen war. Dass er ihn nicht gestohlen hatte. Also konnte Bianca nicht die einzige Informationsquelle gewesen sein.

»Warum hast du die Vorschriften übertreten?« fragte der Kapitän.

»Weil ich von Ihnen unter Druck gesetzt wurde.«

»Wir waren nicht da. Ich glaube eher, dass du eine Entscheidung getroffen hast. Du bist in einen Bereich geflohen, in dem du dich nicht aufhalten durftest, du hast lebenswichtige Atemzylinder gestohlen ...«

»Nur einen von jedem. Wenn jemand mit nur einem Zylinder rausgegangen wäre, wäre er selber dumm gewesen. Man spürt es an der Maske. Sie ist dann viel zu leicht.«

Erschien da etwa ein Lächeln auf dem Gesicht des Kapitäns? Wohl eher nicht. Und JR bekam eindeutig zu viel mit.

»Außerdem bist du ins Hinterland gegangen, weil du dachtest, wir könnten nicht lang genug warten. Aber damit hast du deine Downer in Gefahr gebracht, an denen dir doch so viel liegt.«

»Ich wollte, dass die *Finity* ohne mich abfährt, ja. Aber die Downer habe ich nicht in Gefahr gebracht.«

»Woher willst du das wissen?«

»Weil ich keine Gefahr für sie war.«

»Da warst du ganz sicher.«

»Ich kenne die Downer. Ich habe die beiden gesucht, mit denen ich befreundet bin.«

Ein langes Schweigen trat ein. James Robert beugte sich vor, die Ellbogen auf den Schreibtisch gestützt, die Fingerspitzen vor dem Mund aneinandergelegt. »Dann dachtest du also, es könnte ihnen nicht schaden«, sagte James Robert schließlich. »Du hast dir Gedanken um sie gemacht.«

»Ja, Sir. Wenn ich gedacht hätte, ich würde ihnen schaden, wäre ich umgekehrt und hätte aufgegeben. Auf der Stelle.«

»Bist du sicher, dass du ihnen nicht geschadet hast?«

»Absolut.« Er hatte Angst, dass der Kapitän mehr wusste, als er sagte … darüber, was Fletcher an Bord gebracht hatte. Er wartete auf die Anklage.

»Du bist in ein Heiligtum der Downer eingedrungen, auf eigene Faust.«

»Es ist kein Heiligtum.« Hatte er es jemals so genannt? Himmel! Er wusste nicht einmal mehr, was er den Ermittlern erzählt hatte oder wie viel sie sich selbst zusammengereimt hatten. »Es ist eine rituelle Stätte. Das ist etwas anderes.«

»Das habe ich gehört.«

»Ja, Sir.« Sie wussten, was er an Bord gebracht hatte. Sie würden es ihm wegnehmen.

»Und warum bist du dorthin gegangen?«

»Ein Downer hat mich geführt.«

»Deine Freunde?«

»Nein, es war ein anderer Downer.«

»Und trotzdem behauptest du, dass du keinen Schaden angerichtet hast.«

»Ich weiß es. Sie haben mich dort akzeptiert. Sie haben mich hingebracht.« Es gab noch mehr, was er nicht gesagt hatte, und was er dem Alten Mann jetzt auch nicht sagen wollte, weil dieser dann die Möglichkeit gehabt hätte, die Unterhaltung in die Richtung zu lenken, die er wollte, und Fletcher in jede Ecke zu drängen, die ihm beliebte. »Ich habe mit *Satin* gesprochen.«

»Ich auch«, erwiderte James Robert.

Einen Moment lang konnte Fletcher nicht glauben, was er hörte. Aber dann fiel ihm ein, dass James Robert auf Pell gewesen war, als die ersten Downer zum Arbeiten auf die Station gekommen waren.

»Ich habe mich mit Satin getroffen«, fuhr James Robert fort. »Ein außergewöhnliches Wesen. Sie ist bis nach Mariner gereist und als sie zurückkehrte, hat sie von Krieg gesprochen.«

Fletcher war beeindruckt. Trotz allem.

»Weißt du«, sagte James Robert, »weißt du, dass die Downer kein Wort für Krieg hatten, ehe sie uns kennen lernten?«

»Sie war aber nicht auf *diesem* Schiff.«

»Nein, auf einem anderen Kauffahrerschiff. Auf einer viel normaleren Reise. Aber selbst so fand sie das Draußen zu bedrohlich. Sie sagte, der Himmel wäre zu aufregend für Hisa. Deshalb ist sie in ihre Welt zurückgekehrt und sitzt jetzt, soweit ich weiß, bei den Wächtern, um ihre Kraft mit der ihren zu vereinen. Um die Zukunft zu träumen.«

Fletcher bekam eine Gänsehaut. »Was wissen *Sie* denn davon?«

»Ich bin ihr begegnet. Ich habe mit ihr gesprochen.«

Fletcher war von dem Mann wesentlich mehr beeindruckt, als er gedacht hatte. Er wollte sich als rechtschaffen darstellen und plötzlich stellte sich heraus, dass dieser Mann Dinge wusste, durch die Fletcher als der regelbrechende Dummkopf dastand, der er wahrscheinlich im Grund seines Herzens war. Ein Dummkopf, der es verdiente, aus dem Programm geworfen zu werden – was sie ja auch getan hatten, so gründlich, dass Quen ihn nicht einmal mit dem Versprechen einer Wiederaufnahme hatte bestechen können.

Quen wusste Bescheid. Quen hatte James Robert alles erzählt. Und James Robert hatte ihn erst jetzt zu sich gebeten, obwohl man doch meinen sollte, dass der Kapitän, der um Fletcher Prozesse geführt hatte, ihn als Erster an Bord begrüßen würde.

»Ich weiß, dass die Alten bei den Wächtern sitzen und für die anderen glauben«, sagte der Kapitän. »Sie *erwarten*, dass etwas vom Himmel kommt. Teufel auch, und dann sind *wir* da aufgetaucht. Vielleicht passiert noch etwas anderes. Vielleicht gibt es sogar Frieden. Wenn du meine Meinung hören willst – ich glaube, danach hält sie Ausschau. Deshalb ist sie zurückgekehrt.«

»Man sagt, man soll ihre Handlungen nicht interpretieren. Dass wir nicht wissen können, wonach sie Ausschau halten.«

»Quatsch. Ich weiß, wonach sie Ausschau hält. Alle, die etwas mit ihr zu tun hatten, wissen das. Du siehst auch nicht aus, als wärst du blind.«

Fletchers Herz pochte wie wild.

»Und was ist es?« fragte er den Kapitän herausfordernd. »Was wissen *Sie*, was die Hisa nicht wissen?«

»Die Bedeutung von Nicht-Krieg. Wir haben ihr das Wort dafür beigebracht. Das kannten sie auch nicht. Denn auch für Frieden haben sie keinen Ausdruck. Und auf den Frieden wartet sie. Sie muss inzwischen für Downer-Maßstäbe uralt sein.«

Silbern, wie eine Vision. Durch die Worte des Kapitäns wurde Satin für Fletcher so real, dass es weh tat.

»Ja«, bestätigte er, »sie ist uralt.«

»Weißt du, was dieses Schiff ist, Fletcher, außer einer immer wieder auftauchenden Unannehmlichkeit in deinem Leben?«

»Nein.« Der Kapitän wechselte einfach das Thema und lenkte das Gespräch wieder auf das Schiff. Was Fletcher überhaupt nicht passte.

»Dieses Schiff, *dein* Schiff, Fletcher, das auch das Schiff deiner Mutter war, ist der älteste noch funktionsfähige Kauffahrer«, sagte der Kapitän. »Dieses Schiff hat die Rebellion gegen die Erdgesellschaft angeführt. Sie hatte schon früher begonnen, aber wir haben die Konfrontation unausweichlich gemacht. Dein Vorfahre hat dabei geholfen.«

»Das weiß ich.« Fletcher legte keinen Wert auf eine Geschichtsstunde. Er wusste, was es über dieses Schiff zu wissen gab, bei Gott. Er hatte von seinem Vorfahren gehört. Dieses Schiff war bewaffnet und reiste Gott weiß wohin, es war ein getarntes Kriegsschiff und hatte wahrscheinlich gelogen, als es behauptete, zum Kauffahrergewerbe zurückzukehren (mit dieser Befürchtung schlug sich Fletcher seit der Begegnung mit dem Träger der Union bei ihrem letzten Sprung herum).

»Dieses Schiff hat erreicht, dass das Deck eines Kauffahrers rechtmäßig als souveränes Territorium gilt«, fuhr der Kapitän hartnäckig fort. »Ohne das wären die Kauffahrer vom Krieg aufgesogen oder von der Union vereinnahmt worden.«

»Den Teil kenne ich auch.«

»Dieses Schiff hat die Kauffahrerstreiks angeführt, hat sich gegen die von der Erde eingeführten Visa gewehrt.«

»In Olympus.«

»Nein, in Thule. Du musst die Hinteren Sterne besser lernen. Manche von uns erinnern sich, Fletcher. Du musst es auch. Von Mitgliedern unserer Besatzung wird erwartet, dass sie sich an diese Dinge erinnern, also sei korrekt in diesem Punkt.«

»Ich war damals noch nicht geboren. Sie haben vielleicht schon gelebt, aber ich nicht.«

»Ich weiß auch andere Dinge, aus deiner Welt, Fletcher. Dies ist das Schiff, auf das Satin ihre Hoffnung setzt.«

»Nein, das tut sie nicht. Satin kümmert es nicht, was die Menschen tun.«

»O doch.«

»Das ist ein billiges Manöver. Die Downer haben keine Verbindung zu uns. Sie verstehen nicht, warum wir das tun, was wir tun, und wir sollten sie nicht verwirren.«

»Hat Satin dir das gesagt?«

Volltreffer.

»Was hat sie dir gesagt?« wiederholte der Kapitän. »Hat sie dir gesagt, dass ihre Kultur der urmenschlichen entspricht und dass sie ein Spiegel unserer menschlichen Kultur ist?«

»Nein.«

»Ich denke auch nicht, dass das ihre Aufgabe ist.

Nicht mehr, als es unsere Aufgabe ist, ihren Planeten zu regieren.«

»Das habe ich auch nie behauptet.«

»Aber diese Richtung musst du einschlagen, wenn du ein Verwalter werden möchtest. Du musst mit dem Komitee zusammenarbeiten, du musst im Team spielen und die Downer in Ruhe lassen. Wenn das Komitee herausgefunden hätte, was du gemacht hast, hätten sie dich abserviert, und wahrscheinlich wissen sie es inzwischen auch, und sie haben drei Studiengruppen und Regierungsmittel, um herauszukriegen, was passiert ist. Du standst auf der Abschussliste. In spätestens einem Jahr hätten sie dich gefeuert.«

»Es wäre nicht nach ihren Wünschen gelaufen.«

»O doch. Denn du hast die Grundlagen der offiziellen Vorschriften infrage gestellt … dass Satins Leute in Ruhe gelassen werden sollen und dass sie nichts lernen sollen, was sie sich nicht selbst ausgedacht haben. So lauten die Regeln, Fletcher. Biete ihnen die Stirn, aber auf eigene Gefahr.«

»Aber ich habe sie nie in Gefahr gebracht.« Das war das Einzige, was Fletcher vorbringen konnte, das Einzige, dessen er in seinem Herzen und seinem Verstand sicher war, das, was Nunn niemals glauben würde.

»Ich weiß das. *Ich* weiß das. Und Satin spricht nicht mit den Forschern. Nicht mit den Forschern und nicht mit den Verwaltern. Hältst du sie vielleicht für dumm? Sie hat diesen Menschen nichts zu sagen.«

»Was wissen Sie denn schon. Sie haben nur ein einziges Mal mit ihr gesprochen.«

»Genau wie du. Auch du hast einmal mit ihr gesprochen.«

»Ich habe die Downer mein ganzes Leben lang studiert. Ich weiß etwas über sie.«

»Etwas, das die Wissenschaft nicht weiß?«

Es klang irrsinnig. Er war ein Niemand. Er wusste nichts.

»Liebst du sie?« fragte der Kapitän. Dieses Wort! Das Wort, das Fletcher nicht in den Mund nahm.

»Liebe steht nicht auf der genehmigten Liste. Fragen Sie die Professoren.«

»Ich gebe dir noch ein radikales Wort, Fletcher. *Frieden*. Darauf wartet Satin. Sie kennt das Wort nicht, aber sie ist zu den Wächtern zurückgekehrt, um darauf zu warten. Deshalb ist sie dort. Deshalb hat sie die Downer-Kultur isoliert und nichts für die Wissenschaftler und Verwalter und den ganzen Rest des offiziellen Establishment rausgerückt. Es war ihr größter Wunsch, in den Weltraum zu fliegen. Aber *wir* waren nicht bereit für sie.«

»Satin ist lieber auf ihren Planeten zurückgegangen als sich mit unseren Geschäftspraktiken abzufinden!« sagte Fletcher. »Kriege und Menschen auf den Docks erschießen, das hat sie nicht überzeugt. Und auch nicht der Kauffahrerhandel. Die Downer verschenken Dinge, sie verkaufen sie nicht.«

»Als du sie getroffen hast, was hat sie dir da gesagt?«

Seine Stimme traf Fletcher wie ein kalter Hauch. Eine Gänsehaut lief über seine Arme. *Geh*, hatte sie gesagt. Einen Augenblick glaubte er ihre sanfte, eigenartige Stimme zu hören.

Geh mit Große Sonne.

»Wir haben über die Sonne gesprochen. Über Downer, die ich kannte. Das war alles.«

»Frieden, Fletcher. Das ist das Wort, das sie sich wünscht. Sie kennt das Wort, aber wir haben ihr noch nicht gezeigt, was es bedeutet. Sie weiß, dass böse Menschen die Downer in Ruhe lassen sollen. Aber das ist kein Frieden. Den Frieden konnten wir ihr noch nicht zeigen. Wir haben ihr den Krieg gezeigt, aber den Frieden haben wir selbst noch nicht gefunden. Genau danach suchen wir jetzt. Auf diesem Schiff. Auf dieser Reise.«

»Schöne Worte.«

»Frieden ist viel mehr als in Ruhe gelassen zu werden. Du konntest ihn ihr nicht geben dort unten«, fuhr der Alte Mann fort. »Du bist ein Kind des Krieges. Genau wie JR.« Sein Blick wanderte über Fletchers Schulter, hin zu dieser Präsenz, die Fletcher allzu deutlich im Nacken spürte. Er wünschte inbrünstig, JR hätte nichts von allem gehört. »Keiner von euch kann ihr Frieden geben. Und wo wirst du ihn finden, Fletcher? Dein Geburtsrecht liegt auf *diesem Schiff*. Dieses Schiff, das versucht, den Frieden in die Tat umzusetzen, ihn in der Realzeit zum Funktionieren zu bringen, in einem Universum, wo jeder immer noch um Vorteile feilscht, hauptsächlich, weil sie wie du, wie Jeremy und seine Generation, sogar wie Quen auf Pell, zu jung sind, um es besser zu wissen. Ihr seid genauso ratlos wie Satin. Ihr wisst nicht, wie Frieden aussieht.«

»Was wissen Sie denn schon über mich oder über Satin? Was wissen Sie überhaupt?«

»Die Stunde deiner Geburt und die Vorurteile einiger Richter. Die Furcht und den Zorn, die dich dazu gebracht haben wegzulaufen, in eine Region, wo du hättest sterben können … wir wollten dich nicht so verängstigen, Fletcher, und auch nicht so wütend machen.«

»Es geht doch gar nicht um mich! Es geht um die vierzehn Millionen! Und ich war *glücklich*, bis Sie mein Leben zerstört haben! Außerdem habe ich nicht versucht, mich umzubringen.«

»Aber wenn du nicht weggelaufen wärst, hätte Satin ihr Leben beenden müssen, ohne mit Fletcher Neihart gesprochen zu haben.«

»Was hat das denn damit zu tun?«

»Nichts, wenn du nichts tust. Eine Menge, wenn du dich aufmachst herauszufinden, was Frieden bedeutet, wenn du es *lernst*, wenn du den Frieden findest und ihn deiner Generation bringst. Satin starrt immer noch in den Himmel, nicht wahr? Wartet immer noch darauf, die Gestalt, die Farbe des Friedens zu entdecken, um zu begreifen, was der Frieden für die Hisa tun kann, Fletcher. In dieser Zeit erinnern sich nur wenige von uns daran, wie der Frieden aussah, wie er schmeckte, wie er sich anfühlte.«

Fletcher verschlug es die Sprache. Er hatte es noch nie mit jemandem zu tun gehabt, der so redete wie James Robert. Alles, was man sagte, kam zu einem zurück, aber aus einem völlig neuen Blickwinkel.

James Robert konnte sich noch an die Zeit vor dem Krieg erinnern, das konnte sonst niemand, den Fletcher kannte.

»Ich soll für dieses Schiff arbeiten«, sagte er in das lange Schweigen hinein. »Meinen Sie das? Die Wäsche waschen, die Pfannen schrubben …«

»Alles was wir tun, hält dieses Schiff am Laufen«, entgegnete James Robert. »Auch ich lege gelegentlich eine Schicht in der Kombüse ein. Ein großes Vergnügen für mich.«

»Ja, Sir.« Fletcher kam sich plötzlich schrecklich eingebildet vor.

»Wie hast du deine Arbeit in der Wäscherei überhaupt gemacht? Du denkst, der erste Streik hat bei Olympus stattgefunden.«

»Thule, Sir.«

»Gut. Einzelheiten sind wichtig. Wenn es nicht in Thule passiert wäre, hätten sich die Dinge anders entwickelt. Die Grenzen, die Machthaber, die Zukunft des Universums, alles hätte anders ausgesehen, Fletcher. Einzelheiten sind wichtig. Es wundert mich, dass dir das bisher entgangen ist, als Wissenschaftler.«

»Biochemiker.«

»Biochemie? Biochemie soll nichts mit dem Universum zu tun haben?«

»O doch, Sir.«

»Genau. Ich verachte Menschen, die nichts wissen wollen, was sie nicht unmittelbar wissen müssen. Die sich mit den Fakten abmühen, die sie zu kennen glauben. ›Grob geschätzt ist gut genug‹ führt zu einer miserablen Wissenschaft. Einer miserablen Navigation. Und sorgt dafür, dass die Menschen miserablen Politikern folgen. Bist du ein Mitläufer, Fletcher?«

Machte der Alte Mann etwa Scherze? Fletcher ging ein Risiko ein, er wollte gern Recht haben, aber er war sich bewusst, dass JR ihn taxierte, und fürchtete, der Alte Mann könnte ihn zermalmen, wenn er etwas Falsches sagte. »Ich glaube, sie kennen meine Akten, Sir.«

Ein leises Lachen. Ein offener Blick. »Sehr vielfältige Akten.«

»Ich bin für Vorschriften, Sir, wenn ich sie verstehe.«

»Ich kannte deinen Vorgänger«, sagte der Alte Mann. »Es besteht eine Ähnlichkeit zwischen euch. Ganz entschieden.«

Fletcher hoffte, dass das ein Kompliment war.

»Wie JR mir berichtet, hat er dir die Aufgabe übertragen, dafür zu sorgen, dass der kleine Jeremy nicht aus der Reihe tanzt.«

»Jeremy hat sich bisher hauptsächlich um mich gekümmert.«

Der Anflug eines Lächelns. Dann wieder nüchterne Aufmerksamkeit. »Biochemie, ja?«

Fletcher erkannte, dass das eine Einladung war. Aber er war nicht sicher, ob er sie annehmen wollte. James Robert hatte ein Talent dafür, Abwehr zu durchbrechen, mit einer Art Überzeugungskraft, über die er gern in Ruhe nachdenken wollte. Dieser Alte Mann hatte ihm in wenigen Worten die Wahrheit gesagt, genau wie es Melody einst getan hatte mit ihrem *Du traurig*.

James Robert drückte genau das aus, was Fletcher an seinem Studienprogramm schon immer gesehen hatte: Wenn man nicht glaubte, was sie sagten, wenn man ihren Regeln nicht folgte, war man draußen. Und er hatte sich immer darum gedrückt, weil er neu war und seinem Traum nachhing, in seiner Phantasie lebte … nicht sehen wollte …

Weil er nicht sehen wollte, was James Robert ihm sagte: Dass die Basis jemanden wie Nunn *wollte*, jemanden, der die Regeln befolgte, sie nicht infrage stellte – denn die Menschen auf Downbelow bekamen ihre Vorschriften nicht aus Downbelow, sondern aus Pell.

»Wenn wir noch ein paar Häfen hinter uns haben«, sagte der Alte Mann, »unterhalten wir uns weiter. Amüsier dich gut in diesem hier, so lautet meine Empfehlung an dich.«

Mit keinem Wort hatte der Alte Mann die Schlägerei erwähnt. Auch nicht die so genannte Begrüßung. Und er hatte die Aufgabe nicht infrage gestellt, die JR Fletcher anvertraut hatte.

»Ja, Sir«, antwortete Fletcher. »Ich werde es versuchen. Danke.«

Der Alte Mann nickte. JR öffnete die Tür, ließ Fletcher hinaus und folgte ihm.

»Fletcher«, sagte er, als sie im Vorraum standen.

Fletcher verzog das Gesicht und sah JR an – sollte er es nur wagen, einen Kommentar über Dinge abzugeben, die ihn nichts angingen!

»Ich habe dich nicht absichtlich in eine Situation gebracht, in der du versagen musstest«, sagte JR. »Wenn du Hilfe brauchst, egal wobei, bin ich für dich da.«

»Danke«, antwortete Fletcher. Er konnte JR schlecht darum bitten zu vergessen, was er soeben gehört hatte. Er musste es JRs Diskretion überlassen, wenn auch ohne viel Vertrauen. Auf dem Weg zurück zur Wäscherei dachte er darüber nach … sie hatten über den *Frieden* gesprochen und er hatte dem Alten Mann jedes Wort geglaubt. Noch immer wurde ihm ganz gruselig, wenn er sich überlegte, dass dieses Schiff siebzehn Jahre lang seinen Lebensunterhalt verdient hatte – und zwar nicht mit friedlichem Handel.

Der Alte hatte gemeint, sie suchten den Frieden, und keiner wüsste, wie dieser Frieden aussah.

Fletcher dachte an Jeremy, der davon redete, zu Mallory zu gehen und weiter zu kämpfen. Der vor dem Sprung auf seiner Koje saß und vor Angst zitterte.

Der Jüngste der Besatzung hatte am wenigsten von dem gesehen, was sie suchten. Sie hatten es *Frieden* genannt, als der Vertrag von Pell die Union daran hinderte, die ehemaligen Stationen der Erdgesellschaft zu bekämpfen, als die Stationen übereinkamen, die Kauffahrerallianz in ihren Häfen aufzunehmen, und die Erde der Flotte abschwor ... aber die Flotte hatte nicht kapituliert. Und es gab keinen Frieden.

Und die älteste Downer-Frau hatte sich in ihre Welt zurückgezogen, um den Himmel zu beobachten und zu glauben, für ihr Volk.

Zu glauben, dass es noch etwas anderes gab, obgleich sie den Krieg gesehen hatte. Zu glauben, dass es etwas anderes geben würde – obgleich die Wächterstatuen den Himmel seit Tausenden und Abertausenden von Jahren beobachtet und gewartet hatten ...

Worauf? Auf Besucher?

Welchen Frieden? Das hätte Fletcher den Alten Mann fragen sollen, als er die Gelegenheit hatte. *Was hat dieses Schiff mit dem Frieden zu tun, wenn es bisher doch immer nur gekämpft hat? Was tun wir, wenn wir sagen, wir suchen den Frieden? Keiner der Junioren würde ihn erkennen, das ist schon mal sicher.*

Wann habe ich ja gesagt? Wann habe ich überhaupt angefangen zuzuhören?

Erneut versuchte die Wut Fuß zu fassen. Groll, dass er hereingelegt worden war.

Aber dieses Schiff hatte in der jüngeren Vergangenheit tatsächlich etwas bedeutet.

Und wenn schon? Das was doch die Frage, für ihn, der er Satin getroffen, in ihre Augen geblickt hatte.

»Na, ordentlich eins drüber gekriegt?« fragte Vince, als Fletcher in die Wäscherei trat, und Fletcher lächelte nur.

»Nein«, antwortete er dann fröhlich. »Ich habe nur die Aufgabe bekommen, auf euch drei aufzupassen.«

Vince sperrte den Mund auf. Und klappte ihn wieder zu.

»Du nimmst uns auf den Arm«, meinte Linda.

»Nein«, entgegnete Fletcher. Jeremy grinste von einem Ohr zum anderen.

KAPITEL 15

Der Landurlaub stand kurz bevor. Überall auf dem Schiff herrschte erwartungsvolle Stimmung. Die Juniorjunioren konnten sich auf nichts mehr richtig konzentrieren: Freiheit und Vergnügen winkten nach all den langen Tagen der Pflichterfüllung.

Luft zum Atmen, dachte Fletcher, als sich das Schiff zum Anlegen bereit machte – weite Räume, nicht nur Korridore, nicht das permanente durchdringende Brummen, an das er sich inzwischen gewöhnt hatte und das, wie er wusste, von der ständigen Rotation des Rings stammte. In weniger als einer Stunde würden sie aussteigen. Zwar nicht auf Pell, aber es würde ein bisschen aussehen wie Pell, sich anfühlen wie Pell, *sein* wie Pell. Er konnte Dinge tun wie ein gewöhnlicher Stationsbewohner, konnte durch Kurven schlendern, die weniger steil waren als die auf dem Deck der *Finity*, Läden durchstöbern, Tapes ansehen. Vielleicht sogar eines kaufen. Ihm stand ein wenig Geld zu, ein bisschen Bares für Kleinigkeiten, hatte man ihm gesagt. Wenn er die eine oder andere Mahlzeit ausließ, konnte er sich ein Tape kaufen.

Ein Drittel des Personals, einschließlich der Brücke, sowie ältere Besatzungsmitglieder, deren persönliche Quartiere sich am Dock unten befinden würden, konnten während des An- und Ablegens einfach in ihrem Quartier bleiben, falls sie wollten. Für die Senioren, deren Kabinen keine so günstige Position hatten, während der Ring stillstand, gab es oben einen kleinen Theatersaal mit einem gefältelten Boden (Jeremy hatte Fletcher dieses Wunder moderner Technik genau erläutert), bequemen Sitzmöglichkeiten und Sicherheitsgurten. Der ganze Saal war in Stufen aufgebaut.

Aber die körperlich voll leistungsfähigen Besatzungsmitglieder wurden in die Rec-Halle gepackt wie Sardinen in die Dose und mussten sich genau wie beim Start mit Griffen und Geländern behelfen. Die Juniorjunioren verachteten den Theatersaal. Jeremy behauptete, Anlegen sei noch viel amüsanter als Ablegen.

Insgeheim wünschte Fletcher, sie hätten ihm einen Platz im Theatersaal angeboten, zusammen mit den Schiffsältesten. Aber da niemand etwas dergleichen angedeutet hatte, ging er mit Jeremy den Korridor hinunter, den Seesack in der Hand, und schloss sich der gesamten übrigen Crew an. Es gab einen Schacht, durch den man sein Gepäck in den Frachtraum rutschen ließ, um es dann auf dem Dock wieder einzusammeln. Deshalb war es Sitte, kleine persönliche Gegenstände an die Riemen zu binden und den Namen mit großen Buchstaben auf die Tasche zu malen. Fletchers Sack war noch genauso, wie er ihn an Bord gebracht hatte, und unterschied sich von den anderen nur dadurch, dass er noch nicht abgenutzt war und kein Name darauf stand. Auf Jeremys Empfehlung hatte Fletcher nun einen Anhänger mit dem Schiffssymbol daran befestigt und an die Schnur des Anhängers eine grelle Zivilsocke gebunden, das einzige seiner Besitztümer, das sich zur Identifikation eignete. In seinem Gepäck befanden sich ausschließlich Kleider und Toilettenartikel. Als er sah, wie die Taschen den Schacht hinunterrutschten, war er froh, nichts anderes eingepackt zu haben.

»Die gehen nicht gerade behutsam mit unseren Sachen um«, bemerkte er.

»Ich hab dich ja gewarnt«, entgegnete Jeremy fröhlich. »Wenn wir zurückkommen, geht es etwas vorsichtiger zu. Die wissen, dass dann manchmal was Zerbrechliches drin ist.«

Die Rec-Halle war schon wieder verwandelt worden: Spielautomaten und Tische waren verschwunden, dafür gab es wieder die Sicherheitsgeländer. Dann standen Fletcher und Jeremy inmitten der übrigen *Finity*-Besatzung, alle in ihren silbernen Uniformen, während das Schiff ins Dock glitt und gelegentlich von Bremskräften sanft gerüttelt und geschoben wurde.

»Entkopplung«, erklang die Stimme aus dem Interkom. »Stufe Gelb Takehold.«

Das bedeutete, man musste echt vorsichtig sein. Es war die Vorstufe zum: »Schnalle sich an, wer kann!« Eine Art: »Lass lieber nicht los, um dir die Nase zu kratzen.«

Die Schwerkraft nahm ab, Fletcher wurde flau im Magen. *Dass mir bloß nicht übel wird. Bitte nicht. Es sind nur die Nerven. Nichts Ungewöhnliches passiert.*

»Stufe Rot Takehold.«

»Halt dich gut fest«, mahnte Jeremy.

Ein mächtiger Ruck. Nicht so schlimm, dachte Fletcher.

Doch dann wurden sie von der Hand eines Riesen gepackt, die sie alle gegen die Geländer schleuderte, mit einem Krachen, das durch den ganzen Schiffsrahmen hallte.

Niemand ließ los. Niemand schrie. Fletcher hatte das Gefühl, dass seine Finger Dellen im Geländer hinterlassen hatten, sein Nacken fühlte sich an wie nach einem Schleudertrauma.

»Das war der Anker«, meinte Jeremy fröhlich in das allgemeine Aufatmen und leise Murren im Raum hinein und fügte hinzu: »Wir schleppen 'ne Menge Gewicht mit uns rum.«

»Ich könnte gern darauf verzichten.« Fletcher beglückwünschte sich im Stillen, dass auch er sich zusammengerissen hatte. Sein Magen hing sonstwo. Jeremy hatte das Geländer losgelassen, um sich zu strecken. »Wir haben noch keine Entwarnung gekriegt«, gab Fletcher zu bedenken.

»Wird gleich kommen«, erwiderte Jeremy großspurig. Und im nächsten Moment gab der Interkom ihm auch schon Recht.

»Schiff ist stabil. Wir sind in der Schleuse. Haupttag drei für Stationen.«

Schon eine ganze Weile fiel Fletcher auf, dass Jeremy ständig im Kleinen gegen die Vorschriften verstieß. Dauernd hatte der Junge die Nase vorn; er hatte sogar Fletcher ein paar seiner riskanten Gewohnheiten beigebracht, was dieser jetzt erst bemerkte, nachdem er die Regeln selbst gelesen hatte. Einerseits sagte sich Fletcher, ach, was soll's, Jeremy weiß ja, was er tut, aber andererseits fühlte er sich verpflichtet, seinen Zimmergenossen zur Räson zu rufen, vor allem da er jetzt offiziell die Verantwortung für ihn übernommen hatte …

In einem System, das diesem Jungen von Geburt an vertraut war.

Trotzdem hatte er seine Anweisungen von JR. Tags zuvor bei Schichtende war ein brandneuer gebundener Abdruck der Schiffsregeln in sein Quartier geliefert worden, ein Geschenk, das Fletcher sofort voller Verachtung in den nächstbesten Müllschlucker gestopft hätte. Aber weil er wusste, dass er auf Jeremy aufpassen sollte, hatte er das Buch im Schnelldurchgang studiert und sich vor allem die kurze Zusammenfassung am Anfang eingeprägt. Dann hatte er das Buch in seinen Seesack gestopft und sich vorgenommen, seinen Job ernst zu nehmen. Den Juniorjunioren hatte er mitgeteilt, dass er nicht beabsichtigte, sich ihretwegen womöglich vom Alten Mann tadeln zu lassen, sie sollten besser erst gar nicht versuchen, ihn auszutricksen.

»Sektionsleiter bitte bei der Passkontrolle melden.«

»Dann mal los«, sagte Jeremy.

Jeremy hatte keinerlei Einwände gegen Fletchers neue

Position, ja, er schien sogar stolz darauf zu sein – auch darauf, dass der Aufstieg seines Zimmergenossen unmittelbar nach der groben Begrüßungszeremonie erfolgt war, nachdem Fletcher, wie Jeremy es so delikat ausdrückte, Chad ein bisschen Verstand eingebläut hatte.

»Wir treffen uns draußen«, sagte Jeremy und scherte aus der Reihe der Cousins aus. Als Fletcher zur Tür ging, klopften ihm ein paar ältere Besatzungsmitglieder, die wussten, dass er eine Aufgabe bekommen hatte, ermutigend auf die Schulter. *Ihm*, den Außenseiter.

Mit flattrigem Magen und ziemlich verwirrt trat er durch die Tür. Doch, in seiner Tasche befand sich nicht nur sein eigener Pass, sondern auch die Pässe von Jeremy, Vince und Linda, für die er ja verantwortlich war.

So gesellte er sich zu den anderen Sektionsleitern, die allesamt weit älter waren als Fletcher und für wesentlich wichtigere Bereiche die Verantwortung trugen. Fletchers Aufgabe bestand momentan lediglich darin, für die Juniorjunioren durch den Zoll zu gehen. Wenn es keine besonderen Vorkommnisse gab, verwalteten die Sektionschefs die Pässe ihrer Sektion, wiesen ihre Leute für den Zoll als Gruppe aus und schleusten sie durch, um lange Warteschlangen zu vermeiden. Die minderjährigen Junioren bekamen ihren Pass gar nicht erst in die Finger. Auch im Schlafheim durften sie sich nicht selbst einschreiben.

Das musste Fletcher für sie erledigen. Er musste die Ausgaben der Juniorjunioren genehmigen, er musste vernünftige Summen Kredit als Taschengeld verteilen, und sämtliche Rechnungen für Mahlzeiten und sonstige autorisierte Einkäufe gingen auf sein Zimmer. Erst hatte er gedacht, JR hätte ihm eine Art Babysitter-Job anvertraut. Aber wie sich herausstellte, trug er durchaus ernst zu nehmende finanzielle und rechtliche Verantwortung. Für eine ganze Menge Geld. Mehrere Tausend Kredite, die er verteilen und über die er später Rechenschaft ablegen musste.

An den Einband des Regelhandbuchs war eine Visicard geklemmt gewesen: eine schnelle und leicht verständliche Zusammenfassung der Vorschriften, spezifische Anweisungen für den Hafenaufenthalt, sogar nützliche Tipps für die Zimmerreservierung im Schlafheim – eine dieser Lasterhöhlen, die für Stationsbewohner immer exotisch und gefährlich blieben und über die unter den Stationsteenagern lüsterne Spekulationen kursierten. Nun besuchte er, Fletcher, einen solchen Ort mit einem Trupp Zwölfjähriger, die nicht trinken und sich nicht mit Fremden einlassen durften. Er holte die Karte aus seiner Brusttasche, knipste das Display an und überprüfte alles noch einmal, während sich die Schlange zügig vorwärts bewegte, immer weiter seiner Gruppe zu.

Gib dem Schiff den Code eurer Schlafheimadresse durch und speichere ihn in deinem Taschenkom, sobald ihr euch eingetragen habt und auf dem Zimmer seid. Trage nie mehr als 20 Kreditzettel bei dir. Merke dir Datum und Uhrzeit des Bordaufrufs und melde dich spätestens eine Stunde vor dem Ablegen. Wenn ihr in einem anderen Schlafheim übernachtet, benachrichtige das Schiff umgehend darüber. Melde auch Verletzungen und Krankheiten so schnell wie möglich. Das Gleiche gilt bei Festnahmen. Achtung: Die lokale Gesetzgebung verbietet Personal aus dem tiefen Raum den Aufenthalt auf Dock Weiß. Juniorpersonal ist beschränkt auf Blau oder Grün, Befehl des Seniorkapitäns. Der Seniorstab erinnert die Besatzung daran, dass im Hafen strikte Zonenaufteilung eingehalten werden muss. In den letzten Jahren hatten wir militärische Privilegien, die jetzt nicht mehr in Kraft sind. Achtet auf lokale Bestimmungen. Angenehmen Aufenthalt.

Auf dem nächsten Bild erschienen Anweisungen und Verbote der Schlafheime. Das dritte beschäftigte sich mit anderen spezifischen Verfahren im Katastrophenfall, wie ein Besatzungsmitglied beispielsweise vermeiden konnte, von seinem Schiff zurückgelassen zu werden.

Von seinem Schiff. Himmel. *Sein Schiff*. Schluss mit der Unabhängigkeit. Fletcher begann von *seinem Schiff* abhängig zu werden. Schon unterschied er sich nicht mehr von den anderen. Die Uniform machte keine Rangunterschiede: Er trug einen silbernen Coverall, mit dem schwarzen Abzeichen ohne Schiffsnamen. Im Handbuch wurden alle angewiesen, auf allen von der Station ausgegebenen Formularen in der Rubrik »Rang« einfach nur *Spacer* einzutragen. Selbst die Kapitäne handhabten es so, obwohl die Stationen natürlich gern mehr über die internen Geschäfte der Kauffahrer wissen wollten und sich schon immer gern einmischten. Manche Schiffe beugten sich diesen Wünschen. Aber für das Universum reichte *Spacer* und *Neihart* als Information vollkommen aus.

Ganz schön arrogant. Fanden die Stationsbewohner.

Zu Fletchers Beruhigung hatte das Personal der *Finity* einen Block von nahe beisammen liegenden Zimmern im gleichen Schlafheim gebucht. JR hatte ihm persönlich mitgeteilt, dass auf der Station kein Alkohol erlaubt war, und mit den Kids im Schlepptau – vor allem Vince, den er im Auge behalten musste – war das sicher eine gute Idee. Allerdings hatte JR ihm nicht ausdrücklich gesagt, er sollte nicht mit jeder Zufallsbekanntschaft schlafen, die es ihm anbot … aber er hatte ganz nüchtern beschlossen, dass die Praxis freizügiger Sexualität mit Stationsbewohnern in der momentanen Situation für ihn keine gute Idee wäre. Nicht ausgerechnet bei diesem Freigang, bei dem er die Regeln noch nicht hundertprozentig beherrschte, nicht mit der Verantwortung für drei Kids, die er wohlbehalten zurück aufs Schiff bringen musste, nicht mit Fremden, deren Beweggründe für ihn noch schwerer zu durchschauen waren als die seiner Schiffskameraden.

Die Luftschleuse spuckte sie in die kalte gelbe Röhre, die zur Luftschleuse der Station und schließlich hinaus auf die erhöhte Rampe führte.

Aus dieser Perspektive lagen alle Docks ausgebreitet vor ihm, und die Neonlichter fremder Geschäfte und Lokale strahlten hell über den Köpfen der *Finity*-Spacer, die zu dem abgesperrten Areal mit der kleinen Zollstation hinunterschritten.

Diese Prozedur kannte Fletcher sein Leben lang ... aber von der anderen Seite, beispielsweise wenn er neben einem der riesigen Strukturpfeiler gestanden und von dort aus die Ankunft eines Schiffs beobachtet hatte. Dieses Mal jedoch war er ein Besucher, ein Gast, für manche in erster Linie eine leichte Beute, für andere ein gefürchteter Fremdling.

Inzwischen war ihm auch die Szenerie in der Luftschleuse nicht mehr rätselhaft. Die Routine war ihm vertraut, er kannte die Leute um sich herum beim Namen – doch auf dieser Station kannte niemand seinen Namen, und er war auch nirgends polizeilich registriert. Niemand hier wusste, wer er war, für die Menschen hier war er lediglich ein Besatzungsmitglied der *Finity*, wenn er vertraute Telefonnummern wählte, würden fremde Stimmen antworten. Dabei sah alles genau gleich aus, einmal davon abgesehen, dass zu Hause gegenüber von Liegeplatz Blau Sechs ein Neonschild für Kittridge's Bar leuchtete. Hier dagegen befand sich an dieser Stelle die Mariner Bank.

Der ständige Perspektivenwechsel machte ihm richtig zu schaffen, als seine Füße den Boden des Docks berührten. Doch er verbot sich, die Schilder anzustarren, auch nur daran zu denken, den Schmetterlingen zuliebe, die sich zuhauf in seinem Magen tummelten. Stattdessen wartete er konzentriert, bis er an der Reihe war und meldete dann sein kleines Team beim Zoll an, Jugendliche der *Finity* auf Freigang, vier Personen, einschließlich seiner selbst.

Mit nur leicht zittrigen Händen – er hatte Schlimmeres erwartet – zog er die Pässe durch den Scanner, eine bescheidene Anzahl im Vergleich zu dem, was Sektionsleiter etwa im Bereich Technik präsentierten. Jake von Bio hatte einen dicken Packen, und der Zollbeamte las James Thomas Neihart, James Robert Hampton-Neihart, Jamie Marie Neihart, Jamie Lynn Neihart und fuhr fort über June zu Juliana, mit geduldiger, monoton dröhnender Stimme. Mit jedem Pass händigte der Beamte einen Zettel aus, auf dem stand – Fletcher überprüfte es, als er fertig war, sich aber noch innerhalb des Zollbereichs der *Finity* befand –: *Import oder Export von radioaktivem Material, Biostoffen oder Biostoffderivaten einschließlich genetischer Nachahmungen nur mit ausdrücklicher Genehmigung gestattet.*

Fletcher gehörte zu den letzten Sektionsleitern. Hinter ihm kam JR und legte vermutlich die Pässe der Seniorjunioren in der Zollstation vor. Als JRs Gruppe aus der Luftschleuse kam, trotteten Fletchers Junioren bereits die Rampe hinunter. Der Pulk der Techniker mittlerer Dienstgrade war inzwischen verschwunden, an der Gepäckausgabe herrschte Gedränge.

Bucklin blieb neben ihm stehen und drückte ihm zwei Zettel in die Hand. Überrascht warf Fletcher einen Blick darauf. Wahrscheinlich Nachrichten von JR. Aber als er genauer hinsah, bemerkte er die schwarze Scheibe der *Finity* auf dem Briefkopf, weiter nichts. Als Bucklin wegging, las er die erste Botschaft.

Sie kam vom Seniorkapitän. *An Juniorsektionsleiter Fletcher R. Neihart*, stand darauf. *Die Senioroffiziere wünschen dir alles Gute bei der Erfüllung deiner neuen Aufgabe und bieten dir jederzeit ihre Unterstützung an. Sollltest du Hilfe brauchen, wende dich ohne Zögern an den Seniorstab. – James Robert Neihart.*

Fletcher las den Brief zweimal. Zuerst war er davon ausgegangen, dass so etwas eine Routineangelegenheit war, doch dann drängte sich ihm der Verdacht auf, es könnte auch anders sein, und er versuchte, zwischen den Zeilen zu lesen. Beim zweiten Mal verstand er den Text so: *Sieh zu, dass du zurechtkommst – wenn du uns zu früh um Unterstützung bittest, bist du inkompetent, gibst du uns zu spät Bescheid, wirst du in mein Büro zitiert.*

Vielleicht war er ja auch nur nervös. Vielleicht war es ja wirklich ein Formbrief, vom Computer entworfen, genau wie der Computer auch ihre Namen zur Diensteinteilung aufrief.

Der andere Umschlag war versiegelt, und als Fletcher ihn öffnete, fand er zwei Kreditabschnitte.

Zwei Kreditabschnitte, jeder über vierzig Kredite, auf seinen Namen ausgestellt, dazu eine schriftliche Notiz. *Ein junger Mensch sollte bei seinem ersten Urlaub ein bisschen Geld in der Tasche haben. Gib es nicht aus, ehe du etwas absolut Unsinniges gefunden hast. Es ist zu deiner freien Verfügung. Erlaube mir, mich nach vielen Jahren endlich einmal wieder wie eine Großmutter zu benehmen. – Alles Liebe, Madelaine.*

Fletcher wollte keine Almosen. Er wollte kein Geld von Madelaine, persönlich oder sonst wie, auch wenn achtzig Kredite sicher eine Lappalie für sie waren.

Großmutter.

Und *Liebe? Alles Liebe, Madelaine*? Ihre Tochter war tot. Ihre *Enkelin* war tot. Erlaube mir, mich wie eine Großmutter zu benehmen …

So viel Tod. Wie sollte er Nein danke sagen?

Wie konnte er verhindern, dass er sich ihr gegenüber zu Dank verpflichtet fühlte? Wie konnte sie es wagen, zu ihm von Liebe zu sprechen, seine Urgroßmutter, die längst nicht alles über ihn wusste?

Aber mehr als alle anderen an Bord.

Fletcher steckte das Geld mit den Briefen weg, nahm sich vor, es zu vergessen, sich darüber zu freuen, es einfach auszugeben. Schließlich traf er damit keine unwiderrufliche Entscheidung, er wurde nicht käuflich und war auch sicher, dass Madelaine das nicht beabsichtigte – nein, so hohl war sie bestimmt nicht, da konnte man sagen, was man wollte. Außerdem war es ja nur eine Geste.

»Fletcher!« hörte er Jeremys Stimme hinter sich, und kurz darauf waren auch Vince und Linda zur Stelle. »Wir müssen unsere Sachen holen«, sagte Jeremy.

Also gingen sie hinüber, wo neben der Frachtrampe das Gepäck vom Fließband kam. Die Frachthelfer, alles Familienmitglieder, warfen den wartenden Cousins ihre Seesäcke zu und Jeremy schnappte sich kurz hintereinander alle vier ihrer Gruppe.

»Wohin gehen wir?« wollte Linda wissen. »Wo haben sie uns untergebracht? Welche Nummer?«

»Wir sind alle im ›Pioneer‹«, antwortete Fletcher, »Nummer 28 Blau, hier lang das Dock runter.« Er deutete in die Richtung, da er wusste, dass sie am Ankerplatz 6 lagen.

»In Nummer 20 gibt es eine Spielhalle«, warf Vince ein, schon auf dem besten Weg, sich zur Nervensäge zu entwickeln. »Ich hab drüber gelesen. Da gibt's eine erstklassige Sim-Fahrt. Bloß acht Nummern weg. Wir können allein hingehen …«

»Und das Aquarium?« erinnerte ihn Jeremy.

»Wer will denn schon diese blöden Fische sehen?« fragte Linda. »Ich möchte mir nichts anschauen, was ich später essen muss!«

»Heute abend gehen wir in die Spielhalle«, bestimmte Fletcher. »Morgen früh gleich nach dem Frühstück ins Mariner Aquarium, alle drei, ob ihr wollt oder nicht. Nachmittags gibt es Vids und die Sim-Fahrt, falls ich gute Laune habe.«

»Du brauchst nicht *mit* uns zu gehen«, meinte Vince. »Du kannst doch in eine Bar oder so. Was trinken. Wir verraten kein Wort. Wayne hat dich damals verpfiffen.«

»Such JR und beschwer dich bei ihm«, sagte Fletcher. Keine Widerrede war zu hören, während er seine Herde am Zollhäuschen vorüber führte und durchgewinkt wurde, wie die meisten Schiffsbesatzungen, die hier eintrafen.

Als sie vom Zoll kamen, sahen sie JR ganz in ihrer

Nähe, zusammen mit Bucklin, Chad und Lyra, aber Fletcher sah weder Vincent noch Linda bei ihm Protest einlegen.

* * *

Du weißt ja, wie es auf Stationen zugeht, hatte JR in seiner kurzen Notiz geschrieben, die er zu dem Regelhandbuch gelegt hatte. In ihr erklärte er Fletcher noch einmal kurz die Details seiner Pflichten und teilte ihm Namen und Adresse des Schlafheims mit, in dem sie untergebracht waren. So hatte Fletcher eine Aufgabe und einen Zeitplan; sonst hätte er sich wahrscheinlich oft unausgefüllt gefühlt.

Von Anfang an war er sicher gewesen, dass er nicht einmal in Erwägung ziehen würde abzuhauen oder einen Appell an die Behörden zu richten oder sonst etwas zu unternehmen, um auf Mariner bleiben zu können und sich in die Mühlen *seines* Rechtssystems verstricken zu lassen. Auf einmal erschien ihm der Verbleib auf der *Finity* eindeutig die bessere Wahl. Außerdem war Mariner eine grimmig gesetzestreue Station, die dazu noch einen Sprung von seinem Wunschort entfernt lag, ganz sicher nicht das Richtige für ihn.

Ja, er würde das Babysitten für JR erledigen, es amüsierte ihn sogar ein bisschen, und er war gegen seinen Willen dankbar, dass er auf Jeremy aufpassen sollte und nicht umgekehrt. Und JRs Bemerkung, dass Fletcher wusste, wie es auf Stationen zuging, bedeutete mehr für ihn, als JR vielleicht klar war. Fletcher kannte die Docks von Pells Station wie seine Westentasche. Er wusste hundert Möglichkeiten, wie man sich als Jugendlicher in Schwierigkeiten bringen konnte – Dinge, auf die wahrscheinlich nicht einmal Jeremy verfallen würde, beispielsweise, wie man sich in die Servicekorridore einschlich oder in ein Theater, zu dem man eigentlich keinen Zutritt hatte, wie man einen Wechselautomaten betrog, wie man Tapes ohne zu zahlen an den Detektoren vorbei schmuggelte. Fletcher war kein Spacerkid gewesen, das gelegentlich ein paar Süßigkeiten und Limonade stibitzte, o nein. In seiner schlimmsten Gaunerzeit war er mit der Polizei auf Du gewesen, und als JR sagte *›Pass auf Jeremy auf‹*, hatte Fletchers Phantasie sofort nervöse Purzelbäume geschlagen und sein Verantwortungsgefühl war auf ein Niveau gestiegen, das JR nicht ahnen konnte. Deshalb würde es für Fletchers Schützlinge nicht annähernd so aufregend zugehen. Sie hatten ihm die Verantwortung übertragen? Hoch erhobenen Hauptes würde er aufs Schiff zurückkehren und niemand würde mehr fragen, ob Fletcher Neihart fähig war, drei Spacerkids in Schach zu halten. Das Gegenteil stand einfach nicht mehr zur Debatte.

Da sie sich nur in Blau und Grün aufhalten durften, war die Auswahl an Unternehmungen stark eingegrenzt. Blau und Grün war die gutbetuchte Gegend: hohe Mieten, Banken, große Geschäfte, Regierungsgebäude, Handelsbüros und Luxusschlafheime.

Hierher kamen Stationsbewohner, wenn sie sich tatsächlich einmal in die Docks wagten. Hier hielten aber auch jugendliche Taugenichtse Ausschau nach wohlhabenden Opfern. Ob die Besatzung dieses Schiffes, das so lange keinen Handel mehr betrieben hatte, in dieser Hinsicht naiv war? Die Junioren und auch die hohen Offiziere der *Finity* hatten ihre teuren Unterkünfte in Blau gebucht, wo sie höchstwahrscheinlich nicht ausgeraubt, sondern höchstens beim Wechselgeld betrogen wurden und die Rechnung vielleicht mal ein bisschen höher ausfiel als normal. Sie hätten auch Schilder umhängen können mit der Aufschrift *Reiche Spacer, jede Menge Bargeld*. Nach Fletchers Einschätzung war es etwa gleich wahrscheinlich, dass der Ruf der *Finity* die ganz üblen Subjekte abschreckte wie dass er die besonders Raffinierten anzog.

Die Seniorjunioren würden kein Geld in die Hand bekommen, nicht einmal die Bargeldpapiere im Wert von zwanzig Krediten. Bei Bedarf würde Fletcher Geld verteilen, und er war ganz sicher, dass die lokalen Langfinger bei ihm keine Chance hatten. Er hoffte beinahe, dass ein paar andere, vor allem Chad und Sue, unter ihnen zu leiden haben würden; garantiert würden zumindest die Artisten der Kleinkriminalität, die Taschendiebe und kleinen Betrüger sich um sie scharen, sogar die legitimen Kreditwechsler würden die Gelegenheit wittern. Bei Stationsbewohnern, die am nächsten Tag wiederkommen und sich über falsches Wechselgeld beschweren würden, trauten sich die Kreditverkäufer keine krummen Touren. Vielleicht gingen sie auch mit Spacern in Zivilklamotten ein wenig vorsichtiger um … für den Fall, dass sie sich doch als Stationsbewohner entpuppten. Doch in Ausgehuniform mit Abzeichen waren sie beliebte Zielscheiben für die Geldwechsler. Wenn ein Spacer angetrunken an irgendeinem Geldschalter auftauchte, und das womöglich kurz vor dem Bordaufruf – Gott steh ihm bei! Die kannten den Fahrplan genau so gut wie die Stationsadiministration, sie wussten genau, welche Schiffe wann ablegten. Stand der Start kurz bevor, scharten sie sich wie die Geier um das betreffende Dock, um noch in letzter Minute ihr Werk der Verheerung zu vollbringen.

Fletcher ließ sein Grüppchen an der Rezeption der luxuriösen Spacerunterkunft registrieren; sie wirkte wie das Urbild eines Etablissements, von dem alle jugendlichen Stationsbewohner träumten. In Blau und dunklem Purpur gehalten, gedämpfte Farben, mattes Neonlicht. Ein Segelschiffmotiv und eine antike Satellitenskulptur über einem Schiff aus Bronze in einem Meer aus Bronze – das Logo der Unterkunft – waren an der Wand und auf dem Empfangstresen zu bewundern. Auf einem Schild stand: *Verkauf von Souvenirs an der Theke.*

»Können wir vor dem Abendessen noch schnell ein paar Vid-Spiele machen?« fragte Jeremy.

»Vielleicht.« Fletcher verteilte die Zimmerschlüssel. Alle hatten Einzelzimmer, ein unerwarteter Luxus.

Außerdem hatte jeder einen Taschenkom. Das Hotel erstreckte sich über drei Stockwerke, alle innerhalb der 9. Ebene der Station. Alle Juniorjunioren waren wie Fletcher im dritten Stockwerk untergebracht; man konnte die Zimmer abschließen.

Mit dem Lift brachte Fletcher die drei lärmenden Jugendlichen nach oben, schickte sie mit dem jeweiligen Schlüssel auf ihre Zimmer, um auszupacken, sich ein bisschen einzugewöhnen und bei ihm zu klopfen, wenn sie fertig waren.

Fletcher war noch nie in einer so mondänen Umgebung gewesen. Er öffnete seine Zimmertür: Nach dem beengten Raum auf dem Schiff wirkte dieses Schlafheim wie ein Palast. Er hatte einen riesigen Wohnbereich, ein davon abgetrenntes Schlafzimmer, einen Schreibtisch, eine eingebaute Vid-Anlage und eine Badewanne, in der man hätte ertrinken können.

Fletcher wusste, dass Mariner nach dem Krieg neu aufgebaut worden war, aber was er hier sah, überstieg seine Träume. Zwei Wochen in einer solchen Unterkunft! Endlose Vid-Spiele, Ausflüge zu den Sehenswürdigkeiten.

Einen Augenblick überfiel ihn Panik, er dachte an das Geld, das Madelaine ihm gegeben hatte, dass alles Notwendige schon im Voraus bezahlt worden war …

Und dann dachte er an das Schiff, an zu Hause, an die harten kalten Stühle auf dem Polizeirevier, die kleine, beengte Wohnung, in der seine Mutter gestorben war, zwischen zerknitterten Laken, gleich neben der schäbigen kleinen Küche, in der sie an diesem letzten Morgen gefrühstückt hatten und wo er nach Sandwiches gesucht hatte … aber sie hatte nichts für ihn vorbereitet …

Er setzte sich auf die Armlehne eines Polstersessels und sah sich um, benommen und wie gelähmt von all der Pracht. Zu seinen Füßen, auf dem makellosen teuren Teppich, stand der Seesack mit der Socke als Erkennungszeichen. An einen solchen Luxus war seine Mutter also gewöhnt gewesen.

Er dachte an die Kasernenbetten des Männerschlafsaals in der Basis, hörte den Wind, sah die Bäume, die sich im Sturm wiegten und seufzten, in jener letzten Nacht, bevor er weggegangen war …

Doch dann erklang ein Donner ganz anderer Art. Die Kids klopften an seine Tür, alle drei brannten darauf, endlich Spiele zu machen.

»Herr des Himmels«, meinte Jeremy, während er seinen Blick durchs Zimmer schweifen ließ.

»Sind alle Zimmer so?« fragte Fletcher. »Sind eure auch so groß? So schick?«

»Ungefähr halb so groß«, antwortete Jeremy. »Irgendwie unheimlich, was? Als würde man sich nachts am liebsten anschnallen.«

Fletcher grinste. »Aber Stationen bremsen nicht.«

»Ja, du Dummkopf«, sagte Linda. »Wenn das Ding hier jemals bremsen würde, sähe es hier anders aus.«

»Auf Pell ist das mal passiert«, bemerkte Jeremy. »Und hier auch. Alles war kaputt.«

»Ja, aber das war im Krieg«, ergänzte Fletcher. »Sie haben nicht gebremst, sondern sind instabil geworden. Das ist ein Unterschied.«

»Seid still, seid still!« rief Linda und schubste Jeremy mit beiden Händen. »Spart euch den technischen Kram. Bald wird Fletcher noch wie JR, und wir müssen den ganzen Mist nachschlagen.«

Amüsiert konstatierte Fletcher, dass er tatsächlich die Möglichkeit hatte, den Bösewicht zu spielen und seinen drei Schützlingen irgendwelche Aufgaben aufzubrummen.

Aber ihm hätte es auch nicht gefallen, wenn jemand ihm so die Urlaubsfreude verdorben hätte. Zwar hatte er Chad noch lange nicht verziehen und auch bei Vince und Linda war er versucht, sie lieber an die Kandare zu nehmen, aber dann hätte er Jeremy das Gleiche zumuten müssen – und das wollte er nicht.

»Also, was machen wir jetzt?« fragte er die erwartungsvollen Drei und bekam die übliche Wunschliste zu hören: Vids, Spiele, Einkaufen. Und von Jeremy natürlich noch das Aquarium, soviel Linda auch dagegen protestierte.

Fletcher erstellte einen Zeitplan für die nächsten drei Tage – unter dem Vorbehalt, dass von höherer Stelle nicht plötzlich eine kurzfristige Änderung verlangt wurde – und sofort schlug die Stimmung in hektische Aufregung um. »Beruhigt euch wieder«, mahnte er, um das Mobiliar zu schonen.

* * *

Das Pioneer war eine angenehme Unterkunft – gutes Restaurant, gute Bar – mit einer Spielhalle, in der sich die Juniorjunioren rund um die Uhr beschäftigen konnten. Zum Glück brauchte sich JR darum nicht mehr zu kümmern.

Jedenfalls nicht offiziell.

Bei diesem Aufenthalt spiegelte er Francie: Das bedeutete, was immer Francie tat – *Kapitän* Frances Atchison Neihart –, tat er ebenfalls, erfüllte sie gleichen Pflichten, arbeitete Anordnungen aus, einfach alles. Er belästigte Francie nicht mit Fragen, ob er seine Sache auch gut machte. Auf seinem Handcomputer führte er Ops durch, als wären sie real, und gelegentlich ging er zum Schiff zurück, um das Ergebnis mit Francies echten Entscheidungen zu vergleichen. Jede Information über Besatzungsangelegenheiten, die Francie erreichte, bekam auch JR. Jeder Anruf auf dem Pieper, der Francie beim Essen störte, störte auch ihn, jedes geschäftliche Treffen, das Francie arrangierte, vollzog JR sozusagen im Schatten nach, wobei seine Einladungen natürlich nur seinen persönlichen Zeitplaner erreichten. Ständig verglich er seine Aktionen mit denen eines der diensthabenden Kapitäne, ohne allerdings je den Schiffskom von einem ungesicherten öffentlichen System anzurufen oder gar etwas von den Geschäften der *Finity* an Außenseiter durchsickern zu lassen, die ein kommerzielles Interesse daran haben könnten.

Manchmal war die Prozedur ziemlich demütigend. Die Tatsache, dass er in einer lauten Bar gewesen war und nicht mitbekommen hatte, wie Francie mit dem Taschenkom gerufen worden war, um am Wechseltag die Entscheidung über einen Kauf/Verkauf zu treffen, hätte das Schiff um fünfzigtausend Kredite ärmer gemacht, wäre JR verantwortlich gewesen ... so etwas war kolossal peinlich.

Aber es gab auch schöne Momente: Er konnte Francie handfeste Daten über ein unerwartet aus Viking eintreffendes Schiff zukommen lassen, was sich natürlich auf den Preis von Gebrauchsartikeln auswirkte. Auf diese Weise konnten sie einen Gewinn von immerhin vierundzwanzigtausend Krediten verzeichnen.

Oft genug jedoch konnte sich JR einfach nur wundern. Er hatte sich nie wirklich mit Handel befasst. Madison und Hayes, ihre Wirtschaftsspezialisten, schulten ihn seit Jahren in aktueller Markttheorie, aber JR hatte nie richtig aufgepasst, weil er sich so auf die Schiffsbewegungen konzentrierte, die man den Informationen ebenfalls entnehmen konnte. Jetzt aber wurde der Markt als solcher wichtig. Gewöhnlich verlor JR bei seinen imaginären Geschäften zwar kein Geld, aber er war längst nicht so gut wie Hayes und hatte auch nicht Madisons ökonomischen Scharfsinn. Vor allem aber hatte sowohl Madison als auch der Alte Mann an dem Ganzen Spaß. JR versuchte, sich davon zu überzeugen, dass auch er es irgendwann lernen würde.

Alles, was man kaufen wollte, kam von jemandem, der gleichermaßen bereit war, es zu verkaufen. Das hatte JR auf Sol gelernt – und hätte in der Praxis teuer dafür bezahlt. Gut, dass seine Käufe nur in der Theorie stattfanden.

Aber der Handel war nicht das Einzige, womit sich die Seniorbesatzung beschäftigte. Eine Reihe ungewöhnlicher Botschaften, die Francie vom Alten Mann bekam, ließen in JR den Verdacht aufkommen, dass noch etwas anderes vor sich ging. Ein Treffen um 0400 Uhr haupttags; ein Treffen um 0800 Uhr. Nicht etwa mit Frachtoffizieren, sondern mit Kapitänen verschiedener anderer Schiffe. Gleichzeitig wurden von Madison und Alan ähnliche Treffen anberaumt. Der Alte Mann hatte sich mit dem Stationsleiter getroffen, ganz ähnlich wie damals in Pell mit Quen ... nur dass es noch überraschender war. Mit Elene Quen verband ihn immerhin eine jahrelange Beziehung, da wäre es eher verwunderlich gewesen, wenn er sich *nicht* mit ihr getroffen hätte.

Oder war es ganz selbstverständlich, dass der Alte Mann mit den Autoritäten von Marine zusammenkommen wollte? Schließlich war die *Finity* ein neues und wichtiges Handelsschiff in diesem System.

Doch die Botschaften die hin und her gingen, konnten auch in diesem Sinne nicht normal sein, denn sie zeigten kein Interesse an Handelsstatistiken. Beispielsweise hatte die *Finity* mit einigen dieser Gesprächspartner keinerlei Handelsverbindungen; außerdem wurde extrem auf Sicherheit geachtet, die Vergangenheit jedes Schiffs auf der Kontaktliste wurde in allen Einzelheiten überprüft, und die Überprüfung war ganz diskret über einen immensen Download von Mariners Geheimakten gelaufen. Laut Vertrag waren diese Daten sowohl dem Militär der Allianz als auch der Union zugänglich, gehörten aber durchaus nicht in die übliche Abwicklung von Handelsvereinbarungen.

All diese Treffen, diese Geheimveranstaltungen. Was die Kapitäne einander zu sagen hatten, war bestimmt nicht für Diskussionen in den Konferenzräumen des Pioneer geeignet.

Wenn es um Geschäfte ging, konnte es durchaus passieren, dass JR etwas nicht mitbekam. Aber hier wurde weit mehr Wind um Diskretion gemacht, als seiner Meinung nach nötig gewesen wäre, und im Bereich der Sicherheit konnte man JR so leicht nichts vormachen. Ein Schiff handelte mit der Ware, mit der es eben handelte, es musste dafür keine Geheimgespräche mit Kapitänen anderer Schiffe führen. Ein Handelsschiff brauchte sich nicht zehn Stunden lang in mehreren Schichten mit Mariners Stationsleiter zu beraten.

Auch die äußerst dringliche Botschaft, überbracht von einem Spacer aus einem Unionsschiff, das zufällig im Hafen lag – dem Quasi-Kauffahrer *Boreale*, der bestimmt nur als Nebenverdienst Transporte übernahm –, passte nicht ins Bild. Die *Boreale* war ein Träger der Union, nicht im Familienbesitz, und JRs Nackenhaare sträubten sich, als er einem sehr nett aussehenden, sehr zuvorkommenden jungen Mann gegenüberstand, der ganz zufällig eine handgeschriebene und versiegelte Nachricht am Ankerplatz der *Finity* ablieferte.

Unionsmilitär. Darauf hätte JR seinen nächsten Freigang verwettet. Die körperliche Perfektion, die man bei Unionspersonal oft zu Gesicht bekam, verursachten JR immer eine Gänsehaut. Aber dieser junge Mann lächelte freundlich und erzählte unaufgefordert, dass sie gerade aus Cyteen kamen.

»Freut mich, Sie kennenzulernen«, sagte er und schüttelte JRs Hand mit einem Enthusiasmus, der JR daran zweifeln ließ, dass der Mann ein Klon war. »Ich bewundere Sie.«

»Danke«, war alles, was JR als Antwort für die Besatzung der *Finity* einfiel. Dann begann er etwas unbeholfen eine belanglose Plauderei mit einem ehemaligen Feind und gelegentlichen Verbündeten, der aber nicht an Bord kommen durfte. JR war sicher, dass der Kurier zumindest genverändert war, wie man eben auf Cyteen gern mit dem menschlichen Erbgut herumspielte, und er war ebenfalls sicher, dass die Höflichkeit und Freundlichkeit vom Tape erlernt worden war und darauf abzielte, ihm Informationen aus der Nase zu ziehen.

JR hatte den Abgesandten der Union hinter der Zolllinie am Eingangstor zur *Finity* abgefangen, ehe er in die Luftschleuse eingedrungen war, und hier unterhielten sie sich volle fünf Minuten lang über die Attraktionen von Mariner und die Chancen für einen stabilen Frieden.

JR erinnerte sich schon nicht mehr daran, was er gesagt hatte; es war irgendwie darum gegangen, dass man auf Mariner für bestimmte Dinge hohe Gebühren entrichten musste, die man auf Cyteen umsonst bekam. In gewisser Weise war es eine Werbeaktion für den Handel mit der Union – eine lächerliche Vorstellung, wenn man sich vor Augen hielt, wer sie waren. Wenn man allerdings bedachte, dass sie über Cyteens innerste Station sprachen, über die ansonsten strengstes Stillschweigen bewahrt wurde, war der Mann ungewöhnlich gesprächig, ja freimütig gewesen. Wusste er überhaupt, mit wem er es zu tun hatte? Hatte der Aufenthalt im entlegenen Sol die *Finity* so weit aus dem öffentlichen Bewusstsein vertrieben?

Nein, das war unmöglich. Man wusste über die *Finity* Bescheid. Und diese Begegnung war ganz eindeutig sonderbar gewesen. Als wäre jemand mit einem Sensor über sie hinweg gefahren, um Informationen auf vertraulichem Niveau zu erhalten.

Als JR den Umschlag dem Ops-Büro im Schiff überbrachte und das innere Siegel die Botschaft als Privatnotiz an den Alten Mann auswies, war JR einerseits im Lichte der übrigen Geheimnistuerei nicht überrascht, andererseits kam er aber zu der Überzeugung, dass die Whiskeyflasche in dieser ganzen Angelegenheit eine Art Startsignal gewesen war.

»Sir«, sagte er und reichte die Nachricht über den

Schreibtisch im unteren Büro des Alten Mannes, direkt neben Ops. »Von der *Boreale*.«

»Danke«, sagte der Alte Mann, nahm den Umschlag entgegen und öffnete ihn ohne ein weiteres Wort. Während des Lesens zog er leicht die Augenbrauen empor, und auf seinem Gesicht erschien ein andeutungsweise amüsierter Ausdruck.

Offenbar dachte er gar nicht daran, dem vor ihm stehenden Junioroffizier mitzuteilen, worum es ging. »Das war dann alles«, sagte der Alte Mann nur, und auf dem Weg zur Tür spürte JR Wut in sich aufsteigen.

Gleichzeitig hatte er das sichere Gefühl, dass er einen Test nicht bestanden hatte. Er hatte herausgefunden, dass irgendetwas vor sich ging: Da er Francies Dienst spiegelte, erfuhr er eine Menge Details, aber keine zentralen Fakten. Allmählich kam er sich vor wie ein Idiot. Anscheinend funktionierten die Sicherheitsmaßnahmen innerhalb der *Finity* so gut, dass nicht einmal JR sie überwinden konnte, aber er hatte das Gefühl, dass der Alte Mann eine Herausforderung von ihm erwartet hatte.

Sie engagierten sich also im Handel. Das schloss Treffen mit Quen ein, Treffen mit den Autoritäten von Mariner, Treffen mit anderen Kauffahrerkapitänen, zu denen JR aber nie zugelassen wurde, und der Alte Mann hatte ihn auch nie davon in Kenntnis gesetzt – ein sicheres Anzeichen dafür, dass es sich um eine ernste Sache handelte.

Ganz sicher war es ein Test. JR war unter der Obhut des Alten Mannes aufgewachsen, besonders eng, seit er direkt seinem Schutz unterstand. In gewisser Hinsicht war JR der Sohn, den kein männlicher Spacer je hatte – und der Alte Mann hatte auch keine Gelegenheit wahrgenommen, sich anderswo Ersatz zu schaffen. Da der Alte die Gewohnheit hatte, ihn Dinge *herausfinden* zu lassen – mit dem Hintergedanken, dass ein zukünftiger Offizier das können musste –, hatte JR den Spieß manchmal umgedreht und den Alten raten lassen, ob und wann er genügend Informationen gesammelt hatte. Und inzwischen fragte JR sich, was der Alte eigentlich dachte – ob er JR für außergewöhnlich clever oder außergewöhnlich begriffsstutzig hielt.

Versammlungen. Treffen aller Art. Und eine Flasche Whiskey von Mallory.

Was sie hier taten, war mit Mallory abgesprochen … und führte von der Erde nach Pell, zu einem Träger der Union, mit dem kein Mensch hätte ein Treffen arrangieren können – es sei denn, es war schon vor langer Zeit geschehen, mindestens vor einem Jahr.

JR konnte sich an nichts derartiges erinnern, außer dass Mallory vor einem Jahr einen Kurier nach Pell geschickt hatte.

Falls Pell nur eine Zwischenstation gewesen war, musste nicht unbedingt Quen diejenige gewesen sein, die den Auftrag weiterleitete. Vielleicht war er von einem Kauffahrerkapitän übernommen worden und so über Viking und Mariner nach Cyteen gelangt, um dort das Schiff auf den Weg zu bringen, das sie am Sprungpunkt erwartet hatte …

Hatte die durch Fletcher verursachte Verzögerung von fünf Tagen in Pell einen Träger der Union dazu veranlasst, fünf Tage lang tatenlos zu warten?

Ein bemerkenswerter Gedanke. Er könnte erklären, warum der Pilot beim Eintreffen in Tripoint so nervös gewesen war.

Eine Flasche Whiskey von Mallory und dann all die Zusammenkünfte in einem Hafen, der nur eine Handvoll Unionsschiffe akzeptierte, sorgfältig bewacht und nach strengen Vorschriften.

Aber wenn man dazu den Schattenmarkt in Erwägung zog …

Auf ihrer Route gab es eine Menge dunkler Geschäfte, und Mariner hatte eine Menge zwielichtiger Kontakte. Die nächste Station, Voyager, war bekanntermaßen ein Sieb: Voyager hatte ausschließlich Verbindungen mit Mariner, Voyager war eine Außenstation, deren Existenz an einem seidenen Faden hing, eingekeilt zwischen Mariner und Esperance. Die Stationen der Hinteren Sterne, die Trittsteine, welche die Erde in den Pioniertagen der Raumfahrt für einfache Flüge mit den alten Raumschiffen benutzte, erlebten nach dem Krieg eine Wiedergeburt und kaum ein Jahrzehnt später einen rapiden Verfall, als sich für die Erde nämlich eine neue Route auftat, eine Route, die schubstarke Militärschiffe und große Frachter benutzen konnten. Das hatte zur Folge, dass die kleineren Kauffahrer aus dem Wettbewerb gedrängt wurden und ums Überleben kämpfen mussten.

Unter den Kauffahrern, die im Krieg viel gelitten hatten, gab es eine Menge Unzufriedenheit; sie waren loyal geblieben und sahen jetzt ihre Interessen und oft sogar ihre Existenz bedroht von schnelleren und ausdauernderen Schiffen, die natürlich die besten Frachten transportierten, und von der Union, die Frachten auf Militärschiffen beförderte. Sie hatten den Krieg gewonnen, und nun fraß die Nachkriegswirtschaft sie bei lebendigem Leibe auf.

Und der Alte Mann machte Geschäfte mit einem dieser Unionskriegsschiffe, die auch Frachten beförderten, und führte Gespräche mit Kauffahrerkapitänen *und* Stationsbehörden?

Was ging die *Finity* das alles überhaupt an? Sache der *Finity* waren doch die Mazianni. Die Mazianni und die aktuelle Serie bewaffneter Aktionen, nicht mit Mazians Flotte, sondern mit Mazians Versorgungsnetzwerk. Das wusste JR, denn unter diesen Bedingungen hatten die jüngsten Operationen der *Finity* stattgefunden.

Sie hatten einen kleinen Kauffahrer namens *Flare* aufgebracht und beschädigt, allerdings nicht allzu ernst, und ihn Mallory überlassen ... kurz bevor sie die Piratenjagd aufgegeben und nach Sol und schließlich nach

Pell gekommen waren. Die *Flare* war, nun ja, ein ganz normaler Kauffahrer, der wie viele andere Kauffahrer auch im Schattenhandel involviert war. Aber die *Flare* hatte auf diesem Markt nicht nebenbei, nicht opportunistisch agiert: Sie hatte Fracht über die Grenzen des Sol-Systems transportiert, ein Manöver, das technisch so schwierig und gefährlich war, dass sich jedem Sternpiloten die Nackenhaare sträubten. Sie sprangen mit zu geringer Kraft hinaus und ließen sich absichtlich von Sol wieder zurückziehen. Dadurch gewann ein Raumschiff auf kurze Entfernung eine fast unglaubliche Geschwindigkeit, wie sie gewöhnlich nur für Frachter möglich war, die jahrelang unterwegs waren. Wenn das Manöver falsch berechnet wurde oder wenn man es wegen einer Fehlfunktion abbrechen musste, konnte man leicht in der Sonne landen. Es musste sich also lohnen, dieses Risiko einzugehen.

Allein in Sol Eins hatten sie sechs verschiedene Identitäten für die *Flare* festgestellt. Man *sah* ein Schiff nicht, wenn es hinter einer Stationsmauer ankerte, und die Mars-Station war ein weiteres Sicherheitssieb, ein von Korruption durchzogenes System, bis hinauf in die höchsten administrativen Ämter, seit die Station existierte.

Auf dem Korridor blieb JR stehen. Ja, Mazian wurde von Schiffen wie der *Flare* versorgt, das war seit kurzer Zeit eine bekannte Tatsache. Zweitens war es nach diesem Sperrflug gewesen, dass der Alte Mann sich so über alle Maßen darum bemüht hatte, die *Finity* in strikte Übereinstimmung mit den Tarifgesetzen der Stationen zu bringen, die alle Kauffahrer ansonsten ignorierten, unterliefen oder übertraten – ausgerechnet unter Berufung auf das Prinzip der Kauffahrer-Souveränität, das die *Finity* vor Jahren erkämpft hatte.

Da nun ein Schiff nicht ohne ausdrückliche Erlaubnis des Eigentümers betreten und inspiziert werden durfte, war die Richtigkeit des Ladungsmanifests praktisch eine Ehrensache. Natürlich konnte einem Schiff die Genehmigung zum Docken verwehrt werden, und es hatte schon die eine oder andere Patt-Situation gegeben: Eine Station weigerte sich beispielsweise, ein Schiff ohne vorherige Zolldurchsuchung aufzutanken. Doch meist vereinbarte das Schiff dann mit den Zollbeamten, welche Bereiche durchsucht werden durften, und in stillschweigender Übereinkunft blieben die Kabinen der Besatzung als Privatsphäre unberührt – auch wenn sie voller Whiskeykisten waren.

Drittens: Ihre Luxusgüter waren bisher nicht abgeladen worden, und sie bezahlten weiterhin Transitsteuern. In den Frachträumen befand sich Stapelware; in Pell hatten sie ein wenig Whiskey und Kaffee verkauft, das meiste jedoch behalten und dazu noch Wein aus Pell und Nahrungsmittel an Bord genommen, die bei gemäßigten Temperaturen gelagert werden mussten und den Platz des Whiskeys in den entsprechenden Kabinen einnahmen.

Auf Mariner sollte die Ladung noch immer nicht gelöscht werden. Inzwischen glaubte JR, dass der Plan darin bestand, sie nach Esperance zu bringen, wo es, wie auf Mariner, eine Pipeline zur Union gab.

Aber mussten sie so weit reisen, um Whiskey profitabel zu verkaufen?

Pell, Mariner, Voyager und Esperance. Das waren die Grenzstationen, die schmale ökonomische Front, welche die Allianz versorgte. Nahm man die Erde dazu, waren die beteiligten Stationen eine ökonomische Kapsel mit einer sehr dünnen Haut; zwei Wirtschaftsmächte – die Erde und Pell – produzierten die Güter zur Versorgung der Allianz. Mariner gehörte zu den Stationen, die einen Aufschwung erlebten. Ja, für das Wohl der Allianz mussten all diese Stationen lebensfähig bleiben, und doch …

Die Union würde keinen neuerlichen Krieg vom Zaun brechen, um sie sich einzuverleiben: Der Zusammenbruch eines Markts, von dem die künstlich aufgeblasene Population und Industrie der Union profitierte, war ein zu großes Risiko. Die Union stand stets auf der Kippe zu übertriebenem, überstürztem Wachstum und vergrößerte ihre Population durch Klonen der Arbeiter, die letztlich Verbraucher ihrer Produktion werden sollten; aber Instantpopulationen, die nach den Luxusgütern und ach so wichtigen Arzneimitteln der Union gierten, waren ein zu großer Anreiz. Jetzt beobachtete die Union sie mehr oder weniger unbeteiligt, wie die Grenzstationen sich dem Allianzsystem annäherten, denn sie wollte keine Märkte verlieren. Sie *hatte* ein Interesse an Viking und an den Grenzstationen, die sich fast problemlos ins System der Allianz eingegliedert hatten. Niemand, nicht einmal die Union, profitierte davon, wenn die Randstationen zusammenbrachen, und die kraftvolle Unterstützung der Allianzkauffahrer brachte auch Waren der Union auf Märkte, die für sie ansonsten unerreichbar gewesen wären.

Der Alte Mann führte auf dieser Fahrt Unterredungen mit der Union. Und die *Finity* hatte eine wichtige Militäraktion abgebrochen, um sich dem Handel zu widmen. Bei der Party hatte Madelaine von den Gebühren gesprochen, sich dann aber vom Thema abgewandt und war über Quen hergezogen.

Für Jake, der an ihm vorbeikam, sah JR wahrscheinlich wie ein Idiot aus, so gedankenversunken und regungslos stand er da im Korridor.

Aber JR brauchte eine Weile, um sich die Fakten durch den Kopf gehen zu lassen, bis er sich schließlich abwandte und sich erneut beim Alten Mann meldete und um ein Gespräch bat.

Er bekam grünes Licht und ging hinein. James Robert blickte ein wenig überrascht auf und durchaus auch eine Spur erwartungsvoll.

»Die Kauffahrer sprechen mit der Union«, sagte JR. »Über den Schattenmarkt. Vielleicht auch über den Status der Grenzstationen. Bin ich ein Idiot?«

Der Alte Mann grinste.

»Wie kommst du denn auf die Idee?«

»Esperance und Voyager sind im Hinblick auf den Schwarzmarkt durchlässiger als der Mars, und wenn wir wirklich auf Profit aus sind, würden wir noch eine Rundreise zur Erde machen und eine weitere Ladung Scotch abholen.«

»Ist das alles?«

»Es ist also keine Geldfrage. Außerdem sind wir plötzlich äußerst gewissenhaft bei der Gebührenzahlung. Ich weiß, wir haben Prinzipien, Sir, aber es scheint, wir machen ein Prinzip daraus. Wir stimmen Quens Schiffsbau zu und zahlen ihrer Station Gebühren nach Plan.«

Einen Augenblick herrschte Schweigen. »Natürlich gibt es da keinen Zusammenhang.«

»Nein, Sir, selbstverständlich nicht. Wir haben Fletcher bekommen. Wir haben Quen dazu gebracht, dass sie ihre Zustimmung zu etwas anderem gibt, und wir reden mit Kurieren der Union. Ich würde sagen, wir haben die Union bereits letztes Jahr davon in Kenntnis gesetzt, dass wir unsere Aktivitäten verlagern, und wir haben ihnen versprochen, dass Quen Esperance und Voyager zu einer Vereinbarung über was immer es sein mag überreden kann, ohne großes Aufhebens, es sei denn, die Union macht diesen beiden Stationen irgendein Hintertürangebot, ausschließlich Unionshäfen zu werden. Aber das wird die Union nicht tun, denn die Stationen sind die militärische Brücke zur Erde, und ein solcher Schachzug wäre praktisch eine Kriegserklärung. Mariner jedoch könnte beide Seiten gegen die Mitte ausspielen. Es sei denn, die Kauffahrer drohen mit einem Boykott. Dann müsste sich Mariner einreihen.«

Um die Mundwinkel des Alten Mannes zuckte es. »Mariner wird nicht gegen uns kämpfen. Aber Mariner wird tatsächlich auf beiden Seiten spielen. Sicherheitshalber verrät man Mariner aber nichts außer dem, was man von Mariner erwartet. Die hiesige Polizei ist reizbar, vor allem hier am Dock. Aber die Politiker haben keine Nerven für Aktionen, die zu einer weiteren Krise führen könnten, oder dazu, dass die Union erneut Anspruch auf die Station erhebt. Das Volk von Mariner engagiert sich beim Wiederaufbau, im Handel, im Profit. Der Gedanke an geringere Gebühren macht ihnen schreckliche Angst, aber sie interessieren sich für den Vorschlag, dass die Kauffahrer ihre gesamten Geschäfte am Dock abwickeln.«

»Ihre gesamten Geschäfte.«

»Wenn die Stationen ihre Gebühren senken, werden die wichtigsten Kauffahrer sich bereit erklären, die Steuer für Transitgüter zu bezahlen, und zustimmen, dass auf Stationsdocks Waren abgesetzt werden. *Ausschließlich* auf Stationsdocks. Auf diese Weise können wir Mazians Versorgungsrouten wesentlich akkurater herausfiltern. Dann ist Schluss damit, dass Güter da draußen bei den Sprungpunkten verschoben werden, wo sie zu Versorgungsgütern für Mazian werden. Und es ist Schluss damit, dass die Union Frachtschiffe baut … das ist die Gegenleistung, die wir von der Union bekommen: Wir stellen in Aussicht, Mazian zu stoppen und den Handel zu stabilisieren – was die Union unbedingt will.«

JR atmete hörbar aus. Dem Schmuggel Einhalt gebieten … Schmuggel hatte es unter den Kauffahrern gegeben, seit der erste auf die Idee gekommen war, privat ein paar Waren mitzunehmen und mit ihnen an seinem Bestimmungsort Handel zu treiben … alle Regeln dessen, was zu einem massiven System trotziger Selbstbestimmung geworden war, einfach umgekrempelt.

»Machen die Kapitäne mit, Sir?«

»Manche. Ein paar machen mit, weil ich sage, sie sollen es zumindest versuchen. Deshalb musste unser Schiff das erste sein, das den Wechsel vollzieht. Wir sind die Ältesten, wir sind die Wohlhabendsten, deshalb mussten wir auch diejenigen sein, die sich als Erste wieder dem Handel zuwenden, die ihre Profite riskieren. Wir mussten die Kauffahrer anführen, die Gebühren bezahlen und von Quen die Schulden einfordern. Der Schiffsbau, den sie starten möchte, ist ein einfaches Projekt im Vergleich zu dem, dass wir jeden Kauffahrer im Weltraum dazu bringen wollen mitzumachen. Dass Elene Quen ihr Schiff baut, wird für die Kauffahrer sogar ein Bonus, ein Beweis, dass wir gegenüber der Union die Rechte der Kauffahrer hochhalten und nicht nur Opfer bringen, um Mazian zu schlagen. Der Schwarzmarkt wird irgendwann aus der Mode kommen, und die Kauffahrer werden diese Entwicklung überwachen. Nicht die Stationen, nicht die Kriegsschiffe der Union. Esperance und Voyager sind schwache Punkte, die einen direkten Vorteil für sich erkennen müssen, da hast du ganz recht, und das Versprechen, dass ihre Klientel Gebühren für den ganzen Reichtum bezahlt, der auf dem Weg nach Cyteen hier durchkommt, wird ihr Universum neu definieren.«

»Erstaunlich«, war alles, was JR zu sagen einfiel.

»Natürlich wird es Mazian nicht schmecken. Und auch nicht den Kauffahrern, die mit ihm Handel treiben. Da gibt es einige, ihre Namen sind uns bekannt. Wir hatten bisher nur noch keine Beweise, die wir gegen sie ins Feld führen konnten. Demzufolge sind wir eine Zielscheibe, Jamie. Ich habe mich gefragt, wie viel du erraten würdest und wann du die Tarnung durchschauen würdest. Entschuldige, dass ich dich sozusagen als Versuchskaninchen benutzt habe, aber wenn du es herausgefunden hast, kann ich davon ausgehen, dass andere Leute mit Insiderwissen, Leute von der gegnerischen Seite, es sich auch ausrechnen können. Also denke ich, wir müssen von nun an noch mehr auf der Hut sein, denn wir müssen davon ausgehen, dass auch unsere Feinde Bescheid wissen. Wir sind eine Bedrohung für die Verdienstquelle der prinzipienlosesten Mistkerle unter unseren Kauffahrerkollegen. Ganz zu schweigen von ihren Lieferanten auf der Station.«

»Sabotage?«

»Sabotage. Direkter Angriff. Unter uns gesagt, Jamie, mein Junge, hoffe ich, dass wir die Sache durchstehen, ohne dass jemand auf die Idee kommt, etwas derartiges auszuprobieren. Aber wenn du irgendetwas hörst, egal wie unbedeutend, dann melde es bitte. Ich möchte nicht, dass einer von euch als Geisel genommen wird, ich möchte keine Giftpille, ich möchte nicht, dass ein Träger von Mazian sich uns zwischen hier und Esperance in den Weg stellt. Wenn wir unsere Übereinkunft gesichert haben, ist die Gefahr gebannt. Aber wenn unsere Feinde glauben, diese Übereinkunft verhindern zu können, indem sie dieses Schiff oder mich ausschalten, würden sie nicht davor zurückschrecken, da bin ich verdammt sicher.«

»Ich habe Fletcher mit drei Junioren aufs Dock geschickt.«

»Oh, er wird beschattet.« Der Alte Mann lachte leise in sich hinein. »Er hat seine Drei so weit, dass sie im Gleichschritt gehen und im Chor ›Jawohl, Sir‹ sagen.«

Das stimmte. Auch JR hatte Fletcher unbemerkt beobachtet.

»Aber wir überwachen auch die *Champlain*«, fuhr der Alte Mann fort. »Die *Champlain* soll nach Voyager fahren. Vor uns, in sechs Tagen.«

JR kannte diesen Zeitplan. Die *Champlain* und die *China Clipper* standen beide auf der Liste verdächtiger Schiffe. Ein verdächtiges Schiff, das vor ihnen die gleiche Route flog – keine sehr angenehme Vorstellung.

»Sobald sie aus dem System heraus ist«, fuhr der Alte Mann fort, »wird sich unsere Abflugzeit um sechs Stunden verschieben. Die *Boreale* kann die *Champlain* beim Sprung überbieten, und die *Boreale* hat sich angeboten, als unsere Eskorte zu fungieren. Ich denke, wir können uns auf sie verlassen. Soll sich zur Abwechslung einmal jemand anders Sorgen machen. Wir nehmen Post für Voyager und Esperance an Bord. Wir erfüllen die Sicherheitsbedingungen für den Postvertrag, und ich bin sicher, das ist bei der *Champlain* nicht der Fall.«

Post war eine Fracht mit Null Gewicht. Dadurch flogen sie leicht. Das Unionsschiff *Boreale* würde die *Champlain* in den Sprungpunkt verfolgen und dafür sorgen, dass die *Finity* sicher durchkam – vielleicht stand genau das in der Botschaft, die JR dem Alten Mann soeben überbracht hatte.

Die Zeiten hatten sich wirklich geändert.

»Ja, Sir«, antwortete JR. »Ich freue mich, das zu hören.«

Damit verabschiedete er sich und der Alte Mann kehrte zu seiner Korrespondenz mit der *Boreale* zurück.

Also würden sie Mariner frühzeitig wieder verlassen, um die gegnerischen Pläne zu durchkreuzen. Das erinnerte stark an frühere Zeiten, an die Anspannung, wenn man aus dem Sprung kam und nicht wusste, welche Schwierigkeiten dort auf einen warteten. In gewisser Hinsicht war es sogar noch riskanter. Mit Mallory wusste man immer, wo man stand. Der Feind feuerte, man selbst feuerte zurück. Ganz einfach.

Hier jedoch arbeitete ein Teil der Kauffahrer, die eigentlich auf ihrer Seite stehen sollten, für die Mazianni, und gleichzeitig bestand die Möglichkeit, dass Vertreter des ehemaligen Feindes – der Union – für Mallory arbeiteten.

Vermutlich war es besser, wenn JR mit den Junioren prophylaktisch über Sicherheitsvorkehrungen sprach. Vor allem die Juniorjunioren mit Fletcher an der Spitze waren auf einem bestimmten Niveau sakrosankt: Jeder Gauner auf dem Dock wusste, wenn er sich mit der Juniorcrew eines Schiffs einließ, musste er mit massiven Schwierigkeiten rechnen – nicht etwa, dass man ihn auf die Polizeiwache schleppte, nein, sondern dass man ihn ganz direkt vermöbelte. Das war eines der ältesten Gesetze unter den Kauffahrern. In diesem Punkt mischten sich nicht einmal die Stationscops ein.

Aber JR wollte dem Alten Mann gern unliebsame Überraschungen ersparen. Und Fletcher war es wert, dass man sich besonders Gedanken um ihn machte. Jeremy mit einer unsichtbaren Kette an ihn zu fesseln, schien JR inzwischen die schlauste Idee, die er in diesem Hafen gehabt hatte.

KAPITEL 16

Spiele, Vids, noch mehr Spiele, Restaurants mit einem ständigen Zuckerrausch. Alles, wovon ein Junior träumte … und da wurde Fletcher klar, dass er mit seinen siebzehn Stationsjahren allmählich alt wurde. Sein Körper rebellierte gegen die Zuckerattacken. Seine Ohren sträubten sich gegen den Lärm der Spiele. Sein Magen hatte entschieden etwas dagegen, nach einem guten Essen irgendwo mit dem Kopf nach unten zu hängen. Vince ging es da nicht anders, und auf der Toilette einer Spielhalle kamen denn auch drei schaumige Limonaden wieder hoch. Danach konnte Vince eine Weile nichts Limonengelbes mehr sehen; trotzdem war er schneller wieder auf dem Damm, als Fletcher es für möglich gehalten hätte.

Jedenfalls kehrten sie abends fix und fertig zum Schlafheim zurück, erschöpft, aber voller extravaganter Pläne für die nächste Runde.

Linda hatte sich ein Tape über exotische Fische gekauft.

Trotz allem hatte Fletcher seine Truppe wohlbehalten zurückgebracht, nach einem sehr guten Essen im Restaurant, vorbei an dem Gedränge im Vid-Saal des Schlafheims. Nun bugsierte er seine Schützlinge in den Lift.

»Hallo«, sagte eine weibliche Stimme, und Fletcher sah sich eingekeilt zwischen zwei ihm völlig unbekannten, aber äußerst attraktiven Frauen, die keinerlei Hemmungen hatten, sich handgreiflich mit ihm bekannt zu machen.

»Ich bin im Dienst«, sagte er. Das hatte er gelernt. Aus dem offenen Lift lachten und johlten Jeremy, Vince und Linda, aber schon tappte Fletcher in die nächste Falle, diesmal männlicher Natur, im gleichen Grünton gekleidet. Er drängte sich ziemlich unverschämt an ihm vorbei und grinste ihn dabei anzüglich an.

»Welche Zimmernummer hast du?«

»Ich bin im Dienst«, wiederholte Fletcher und versuchte an den Dreien vorbeizukommen, was natürlich nicht ohne erneuten Körperkontakt zu bewerkstelligen war. Fletcher spürte, wie er knallrot anlief.

Doch der Lift fuhr ohne ihn ab, seine Gefährten waren unterwegs nach oben. So schnell er konnte, rannte Fletcher zur Treppe.

»Fletcher!« rief eine Stimme, die eindeutig zur *Finity* gehörte, und er fing sich mit der Hand am Geländer.

Es war Wayne, mit einem breiten Grinsen im Gesicht.

»Was gibt's?«

»Nichts«, antwortete Wayne und vertrieb die aufdringlichen Fremden mit einer Armbewegung.

»Die Jungs sind gerade hochgefahren.«

»Die kommen schon zurecht«, meinte Wayne. »Komm doch zu uns an die Bar.«

»Das soll ich nicht.«

»JR ist auch bei uns.« Wayne klopfte ihm auf die Schulter. »Komm schon.«

Ein nettes Angebot – auf den ersten Blick jedenfalls.

Aber Fletcher nahm sich vor, äußerst vorsichtig zu sein. Womöglich war es wieder ein Hinterhalt.

Andererseits gehörte Wayne zu den Soliden, Zuverlässigen. Also beschloss Fletcher, wenigstens zur Tür mitzugehen, einen Blick zur Bar zu werfen und den Scherz zur Not über sich ergehen zu lassen, falls es einer sein sollte.

Doch alles war so, wie Wayne es ihm gesagt hatte: Die Seniorjunioren hatten sich um einen Tisch versammelt und feierten anscheinend irgendetwas. Wayne legte die

Hand auf Fletchers Schulter und schob ihn vorwärts, auf die Gruppe zu. Auch JR winkte ihm, näher zu kommen.

Fletcher fasste es als Befehl auf, sammelte sich und ging auf den Tisch zu … wo Lyra zur Seite rückte, Bucklin einen Stuhl heranschob und JR dem Kellner winkte. Chad war da, Nike, Wayne, Sue, Connor, Toby, Ashley … der ganze Haufen.

»Unser Neuling hier hat gerade drei Angebote ausgeschlagen«, verkündete Wayne. »Die sind ganz scharf auf diesen Knaben.«

»Überrascht mich nicht«, meinte Lyra. »Das wäre ich auch, wenn er nicht verboten wäre.«

»Wenn *du* nicht verboten wärst«, neckte sie Connor. »Komm, sei wenigstens ehrlich.«

Fletcher war sich nicht ganz sicher, ob der Spaß auf seine Kosten ging oder nicht, aber in diesem Augenblick tauchte der Kellner auf und fragte ihn, was er trinken wollte. Er nahm die Chance wahr und bestellte Wein.

Um ihn herum ging das Gespräch weiter, und er fühlte sich nicht mehr im Mittelpunkt, was ihm ganz recht war. Sie redeten über die Sehenswürdigkeiten der Station. Sie redeten über die Fortschritte beim Beladen, über die ungestümen Neuankömmlinge – sie gehörten zu einem Frachter namens *Belize*, einem kleinen, aber angesehenen Schiff, für niemanden eine Bedrohung – und Fletcher trank seinen Wein, der gut schmeckte und an den er nicht mehr gewohnt war. Chad wollte noch ein Bier, und die ganze Runde bestellte nach.

»Ich gehe dann mal wieder hoch zu den Jungs«, sagte Fletcher nach einer Weile, stand auf und wollte gehen.

»Du meisterst deine Aufgabe wirklich gut, Fletcher«, sagte JR ernst. »Wenn du noch bleiben möchtest, kannst du das gern tun.«

»Danke«, meinte Fletcher. Er fühlte sich unbehaglich und leicht beschwipst. »Aber ich denke, ich sollte schlafen gehen.«

»Fletcher«, sagte Lyra. »Willkommen bei uns.«

Vielleicht war es ein Test. Vielleicht hatte er irgendeine Prüfung bestanden. Er wusste es nicht. Als er seinen Anteil an der Runde bezahlen wollte, winkte JR ab und meinte, er sei eingeladen.

»Jawohl, Sir«, sagte Fletcher. »Danke schön.« Dann ergriff er die Flucht. Auf keinen Fall wollte er die Kontrolle verlieren, andererseits befürchtete er, dass sein Abgang zu abrupt wirkte.

Aber sie hatten ihn eingeladen! Seine Nerven vibrierten, nicht nur vom Alkohol. Wie auf Wolken schwebte er hinauf zu seinem Zimmer und bemerkte überhaupt nicht, ob ihm unterwegs noch jemand Avancen machte. Er nahm den Lift, und als er ausstieg, war alles still und friedlich, abgesehen von einem etwas abgetakelten Spacer von der *Belize*, der auf dem Korridor herumhing. Fletcher betrat seinen Palast von einem Zimmer, ausgestattet mit allem denkbaren Luxus.

Er hatte Bianca geschrieben: *Es ist nicht so schlimm, wie ich gedacht habe …*

Er zog sich aus, duschte und ließ sich auf das riesige Bett sinken, für das man sich, wie Jeremy gesagt hatte, beinahe Sicherheitsgurte gewünscht hätte … und dachte an Downbelow, allerdings dieses Mal nicht schmerzlich, sondern behaglich und entspannt. Er dachte an Downbelow als einen fernen, wunderschönen Ort, an dem das Leben nicht leicht war – auch daran erinnerte er sich. Und wenn er die Augen einen Spalt weit öffnete, sah er um sich herum wieder die ganze Pracht und den Luxus – nie hätte er geglaubt, sich jemals so etwas leisten zu können. So viele Bilder gingen ihm durch den Kopf, dass es ihm vorkam, als schwämmen riesige Fische in einem von Menschenhand gemachten Aquarium. So isoliert erschienen ihm die Welten, die er kannte.

Heute Abend befanden sich alle Schmerzen in der anderen Welt. Er fühlte sich blendend. Die ganze Zeit war er nervös gewesen, ob es sich nicht doch um einen Trick handelte, und erst als er unbeschadet aus der Bar gekommen war, konnte er glauben, dass tatsächlich alles nett gemeint gewesen war. Seine Cousins waren auf ihn zu gegangen und hatten ihn einbezogen, und er hatte gemerkt …

Er hatte gemerkt, dass er sich darüber freute.

Fletcher schloss die Augen und machte das Licht aus …

In diesem Moment klopfte es an die Tür. Das Eintrittslicht blinkte, um anzuzeigen, dass jemand herein wollte.

Leise fluchend stand er auf, griff sich ein Handtuch als Kleidungsersatz und schaute durch den Spion, ehe er öffnete.

Jeremy.

»Was ist denn los?« fragte er, machte sich aber nicht die Mühe, das Licht anzuknipsen, sondern blieb unter der Tür stehen, in sein Handtuch gewickelt, um keinen Zweifel daran zu lassen, dass er schlafen gehen wollte.

»Vince und Linda sind nach unten gegangen. Ich hab ihnen gesagt, sie sollen nicht, aber du warst nicht da, und sie haben gesagt, sie gehen bloß runter, um nachzusehen …«

»Ich bringe Vince um«, schimpfte Fletcher. »Vielleicht noch vor dem Frühstück.« Das angenehme Hochgefühl des Weins war verflogen. Allzu schnell. Fletcher lehnte sich an den Türrahmen und sah seine Pflicht deutlich vor sich. »Hör zu: Geh nach unten und sag ihnen, dass wir gerade eine Ladung Fremde von einem anderen Schiff gekriegt haben, ein paar davon ziemlich betrunken, und wenn sie ihren kostbaren Arsch nicht nach oben bewegen, bevor ich angezogen bin, wird es ihnen Leid tun.«

»Bin schon weg.« Im Handumdrehen war Jeremy verschwunden.

Fletcher zog sich an. Da niemand sich bei ihm zurückgemeldet hatte, ging er nach unten, stürzte sich in das Getümmel der *Belize*-Besatzung beiderlei Geschlechts, die auf den Lift warteten – laut, gerade vom Feiern der Ankunft im Hafen zurück –, zusammen mit einer Anzahl von Spacern verschiedener anderer Schiffe, die Fletcher nicht identifizieren konnte. Er entfloh einer weiteren betrunkenen Einladung und lief in den Spielsaal, wo sich anscheinend nur *Belize*-Leute aufhielten – abgesehen von seinen Junioren, die sich mitten in einem Vid-Spiel befanden. Auch Jeremy war kein Unschuldsengel, sondern ein äußerst aufmerksamer Zuschauer.

Immerhin entdeckte er Fletcher als Erster und zupfte Linda heftig am Ärmel, um sie auf die nahende Gefahr aufmerksam zu machen. Vince, der mit dem Kopf in der Sim-Kammer steckte, merkte nichts, bis Fletcher ihn auf die Schulter tippte.

Da allerdings riss er sich beinahe das Ohr ab, so schnell nahm er den Kopf aus der Vorrichtung.

»Ihr sollt euch doch hier nicht ohne mich rumtreiben.«

»Jetzt bist du ja hier.«

»Aber ich bin müde, meine Laune nähert sich dem Tiefpunkt und die Kundschaft hier hat sich verändert«, entgegnete Fletcher.

»Du brauchst nicht für uns die Verantwortung übernehmen«, sagte Vince. »Du bist jünger als ich!«

»Dann benimm dich deinem Alter entsprechend. Los, nach oben!«

»Bei Chad war alles viel lockerer.«

»Gut, dann hole ich ihn jetzt aus der Bar.«

»Nein«, mischte sich jetzt Linda ein. »Wir gehen ja schon.«

»Na bitte«, sagte Fletcher. »Raus hier und nach oben.« Vor ein paar Jahren war Fletcher selbst noch ein Typ wie Vince gewesen. Jetzt, da er auf der verantwortlichen Seite stand, wunderte er sich, dass er keinerlei Verständnis mit schlechtem Benehmen hatte. »Kommt schon. Ich meine es ernst.«

»Wir haben überhaupt nichts verbrochen!« schimpfte Vince.

»Los jetzt!« Er knuffte Vince in die Rippen. »Hast du deine Karte noch?«

Vince fühlte seine Tasche. Schnell. Erschrocken.

»Glück gehabt«, sagte Fletcher und gab Vince die Brieftasche zurück.

»Stimmt«, bestätigte Jeremy erbarmungslos. »Das ist ja krass. Wie hast du das gemacht?«

»Das werde ich dir bestimmt nicht verraten.« Fletcher legte Jeremy und Vince die Hand auf den Rücken und beförderte die beiden Jungen und Linda durch das Gedränge erwachsener, betrunkener *Belize*-Besatzung zur Tür. »Treppe rauf«, ordnete er an, denn die Aufzüge waren sicher voll mit unbekannten Spacern, die nichts als Unsinn im Sinn hatten. Einen Augenblick lang überlegte Fletcher, ob er bei JR um Unterstützung bitten sollte, kam dann aber zu dem Schluss, dass es besser war, die drei Junioren so schnell wie möglich auf ihre Zimmer zu bringen. Er eskortierte sie die drei Stockwerke nach oben, und sie gelangten ohne Belästigungen auf ihren Korridor. Doch in diesem Moment kam eine Gruppe Spacer aus dem Lift, beladen mit Gepäck, vermutlich auf der Suche nach ihren Zimmern. Irgendwie war Fletcher die Situation nicht geheuer.

»Ab in eure Zimmer und dort geblieben«, befahl Fletcher mit einem nervösen Blick auf den Korridor, wo ein Spacer mit seinem Zimmerschlüssel kämpfte. »Ist das denn immer so?«

Eigentlich war Mariner als Station mit strengen Regeln bekannt. Und Fletcher wusste, dass in Pell die Polizei spätestens jetzt auf dem Plan erschienen wäre. »Schließt eure Türen ab«, sagte er, begleitete seine Schützlinge zu ihren Zimmern, sah zu, dass sie abschlossen, und ging die Treppe wieder hinunter.

Ein Senior der *Finity* kam ihm entgegen, das Namensschild auf seiner Uniform gab ihn als James Arnold zu erkennen.

»Wir haben ziemliche Rabauken da oben«, sagte Fletcher.

»Ist mir auch schon aufgefallen«, entgegnete Arnold. »Wo gehst *du* denn hin?«

»Zu JR«, antwortete Fletcher, was auch sein ursprüngliches Vorhaben gewesen war, sauste die Treppe hinunter, schlängelte sich an ein paar weiteren Radaubrüdern vorbei und wollte gerade die Lobby zur Bar durchqueren.

Doch da entdeckte er JR, der an der Rezeption stand und eindringlich mit dem Manager sprach.

Fletcher blieb stehen und wartete, unsicher, ob er sich zum Narren gemacht hatte, aber JR beendete das Gespräch, in dem es allem Anschein nach um die *Belize*-Crew gegangen war.

»Wir haben sie auf unserem Stockwerk«, fiel Fletcher mit der Tür ins Haus. »James Arnold ist gerade hinaufgegangen.«

»Gut«, erwiderte JR. »Sind sie alle von der *Belize*?«

»Einige. Aber nicht alle.«

»Wir haben die Lage im Griff. Es hat eine Panne beim Management gegeben. Wir haben ein paar unserer Leute in andere Schlafheime verlegt und zehn von der *Belize* sind jetzt hier untergebracht, was eigentlich nicht geplant war. Die *Belize* ist ein kleines, ehrliches Schiff, nach unseren Unterlagen. Allerdings grässlich laut. Schließt einfach eure Türen ab. Über Langfinger brauchst du dir keine Sorgen zu machen.«

Fletcher brauchte ein paar Sekunden, bis er verstand, was JR meinte, und wurde rot.

»Nein, im Ernst«, fuhr JR fort und knuffte Fletcher in den Arm. »Zieh morgen deine Uniform an, die Junioren auch. Das wird sie abkühlen. Ihre Senioroffiziere sind jetzt informiert, dass im dritten Stock Junioren der *Finity* wohnen. Achtet darauf, wer bei euch auftaucht, welches Abzeichen er trägt. Besonders nach *China Clipper, Champlain, Filaree* und *Far Reach*, aus unterschiedlichen Gründen. Wenn du ein Abzeichen davon entdeckst, melde es mir bitte per Taschenkom.«

»Was ist mit denen, die gar kein Abzeichen tragen?«

»Wissen wir nicht. Das ist ja das Problem. Aber da können wir nichts machen. Sorg dafür, dass die Juniorjunioren immer in deiner Nähe sind. Die Schiffe, deren Namen ich genannt haben, sind in diesem Hafen ein ernstes Problem. Die meisten Besatzungen sind in Ordnung, aber manche eben nicht.«

Damit ging JR weg, um mit der Seniorcrew zu sprechen. Fletcher ging wieder hinauf, unsicher, was die letzte Bemerkung genau zu bedeuten hatte. Was er auf der Station gelernt hatte, legte den Gedanken an Piraterie nahe, aber es konnte sich natürlich auch um Rivalitäten zwischen den einzelnen Schiffen handeln, vielleicht um jemanden, mit dem die *Finity* eine alte Rechnung zu begleichen hatte. Vielleicht gab es keinen Grund dafür, dass er so panisch nach unten gelaufen war. Andererseits hatte JR nichts dergleichen anklingen lassen. Auf dem Weg bekam Fletcher wieder einige eindeutige Anträge. Eine Frau auf der Treppe lud ihn auf einen Drink in ihr Zimmer ein. Es begann mit einem »He, du« und endete, soweit er es mit seiner etwas verschwommenen Wahrnehmung mitbekam, mit »du hast die hübschesten Augen in einem Umkreis von hundert Lichtjahren. Ich hab eine Flasche im Gepäck.«

»Nein«, antwortete Fletcher. »Tut mir leid, ich bin im Dienst. Ich kann nicht.« Er sagte das ganz mechanisch, bis ihm plötzlich auffiel, dass die Frau große Ähnlichkeit mit Bianca hatte.

Auf einmal überfiel ihn Heimweh. Auf ihrem Stockwerk schob Arnold in der Silberuniform der *Finity* für jeden sichtbar Wache. Fletcher fühlte sich durch seine Anwesenheit wesentlich sicherer, und seine Gedanken schweiften wieder zu dem hübschen Gesicht und der soeben ausgeschlagenen Einladung ab.

Sie war toll. Und nicht betrunken. Aber Teil des Problems, um dessentwillen die Offiziere seines Schiffs hierher geeilt waren, um nach dem Rechten zu sehen. Ein Problem, vor dem die kleinen Junioren in ihre Zimmer geflohen waren.

Und sie hat sich für *mich* interessiert, dachte Fletcher benommen und verwirrt, während er seine Schlüsselkarte in den Türschlitz steckte. Nicht weil er von der *Finity* kam und die *Finity* so reich war. Er war ja in Zivil. Er hätte irgendwer sein können. Sie interessierte sich für *ihn*. Diese wunderschöne Frau hatte ihn gewollt!

Er trat in sein Zimmer, wohlbehalten, allein. In Sicherheit. Irgendwas konnte doch mit seiner Männlichkeit nicht stimmen, wenn er bei einem solchen Angebot seine drei Schützlinge nicht zum Teufel geschickt hatte und mit dieser sensationellen Frau auf ihr Zimmer gegangen war – es war die bisher *einzige* solche Einladung seines Lebens, einschließlich Bianca.

Intelligenz, sagte etwas in ihm. Obwohl die Avance einen warmen, erregenden Nachgeschmack hinterlassen hatte. Er hatte einen Spacertumult überstanden – na ja, zumindest einen Augenblick der Anspannung, der die Aufmerksamkeit der Offiziere auf sich gezogen hatte. Seine Begegnung auf der Treppe war wahrscheinlich eine wundervolle junge Frau. Womöglich würde er sie morgen früh wieder treffen … aber nein, er hatte ja Befehle. Und was sie von ihm wollte, war zu viel für einen Stationsburschen auf seiner ersten Reise und sie war …

Ja, wie alt war sie wohl? Ende Zwanzig?

Dreißig? Vierzig?

Noch immer fühlte Fletcher sich durcheinander. Nicht nur wegen der Frau. Er war mit Avancen regelrecht überschüttet worden. Er, Fletcher Neihart, der im letzten Jahr erst seine erste richtige Verabredung gehabt hatte. Er wusste nicht, warum diese Frau ihn so angesehen hatte. Vielleicht, weil er hier nicht im Ruf eines Störenfrieds stand?

Vielleicht weil er so neu und unerfahren wirkte. Vielleicht …

Vielleicht hatte diese Frau in ihm einen Mann gesehen, keinen Jungen. Vielleicht das, was er sein *könnte*.

Er rief seine drei Schützlinge an, um ganz sicherzugehen, dass sie sicher in ihren Zimmern waren. Außerdem teilte er ihnen mit, dass ein Senior der *Finity* draußen Wache stand. Danach duschte er noch einmal – nach dem ganzen Treppauf, Treppab – und ließ sich aufs Bett fallen, auf die weichen Kissen, und verschränkte die Arme unter dem Kopf.

Die Zimmerdecke veränderte ganz langsam die Farbe, eine der Besonderheiten dieses Zimmers, etwas, das einfach nur … einfach nur hübsch sein sollte. Etwas, wofür man natürlich bezahlen musste. Aber so lebten die Spacer. Jedenfalls die Reichen unter ihnen … eine andere Welt als die, in der Fletcher bisher gelebt hatte.

Aber es waren Luftschlösser. Die Wärme, die ihm in der Bar heute Abend entgegengeschlagen war, dass JRs Gruppe ihn akzeptiert, dass sie nicht verpflichtet gewesen wären, ihm etwas anzubieten – und dann die hübsche junge Frau, die versucht hatte, seine Aufmerksamkeit zu erregen. Das war das wirklich Bemerkenswerte dieses Aufenthalts. Und das Bewusstsein, dass er nicht allein war, wenn es gefährlich wurde – ein Schwindel erregender Gedanke! –, dass man ihn nicht für einen Dummkopf hielt, und dass er umgeben war von Menschen, deren Anwesenheit ihm so willkommen war wie die von Arnold und JR vorhin, Menschen, die ihm in Schwierigkeiten zur Seite standen und genau wussten, was zu tun war.

Das war verdammt verführerisch, so verführerisch, dass Fletcher einen Kloß im Hals bekam – auch wenn die friedliche Stille draußen immer wieder von lauten Stimmen durchbrochen wurde.

Vermisste er Downbelow immer noch? Er rief sich den Alten Fluss ins Gedächtnis, sah Patch, wie er von der hohen Uferböschung zu ihm herab lachte, und doch …

Er hörte das Geräusch nicht mehr, nicht Patchs Stimme, nicht die von Melody. Er sah Sonnenlicht, die schwebenden Pollenschwaden. Aber er konnte sich nicht mehr an die Geräusche erinnern.

Inzwischen glaubten Melody und Patch, dass er weg war … Bianca hatte ihre Studien wieder aufgenommen, den Biochemietest hoffentlich bestanden. Was wusste sie schon von der Welt, in der er sich jetzt aufhielt?

Er hatte den Wilsons geschrieben. *Mir geht es gut. Ich habe eine Menge Wäsche gewaschen. Jetzt haben sie mir die Verantwortung für die Jugendlichen übertragen. Die eigentlich älter sind als ich. Wahrscheinlich werdet ihr das komisch finden. Aber meine Stationsjahre zählen, und diese Jungs sind viel kleiner als ich. Ich mache wieder Vid-Spiele und verliere … Bestimmt würdet ihr euch amüsieren …*

An Bianca hatte er mit *Ich liebe dich* begonnen … und war dann stecken geblieben, weil ihm plötzlich klar wurde, dass sie nicht genug Zeit gehabt hatten, um in dieses Wort hineinzuwachsen. Er hatte sich den Kopf zermartert. Er hatte kein *Ich vermisse dich* zustande gebracht, das von Herzen kam … so weit weg war er, so weit entfernt von allem, was sie verstehen würde. Er dachte nur noch an sie, wenn er an Downbelow dachte.

Stattdessen hatte er geschrieben … *Ich denke an dich. Ich wünschte, du könntest sehen, wo ich bin. Erst schien es ganz weit weg von Pell, jetzt erscheint es mir ganz nah …*

In einer Aufwallung von Ehrlichkeit hatte er geschrieben … *Ich habe alles Mögliche gemacht, alle möglichen Leute kennen gelernt. Aber ich habe mich zu nichts zwingen lassen …*

Wenn er dem heute Abend noch etwas hinzufügte, würde er schreiben … *Ich glaube, keine Gruppe von Menschen hat mich je zu sich eingeladen, seit ich ein kleiner Jun-*

ge war … aber genau das haben sie heute gemacht. Es war ein Gefühl …

Aber das konnte er Bianca nicht schreiben, er konnte doch nicht eingestehen, dass sie nicht das Ein und Alles seines Lebens war … das war nicht das, was man einem Mädchen sagte. Ein Geständnis, dass er heute ein Dutzend Angebote bekommen hatte. Dass er furchtbar aufgeregt gewesen war …

Dass er höllisch Angst gehabt hatte, als er zu der Gruppe an der Bar gegangen war, dass er sicher gewesen war, dass sie ihn reinlegen wollten, dass er es trotzdem gemacht hatte, weil er … weil er das wollte, was sie ihm anzubieten schienen. Er wollte dazu gehören. Sein Leben lang hatte er sich nie vollständig gefühlt.

Er verabscheute Chad und Sue und Connor schon wesentlich weniger inbrünstig als in den Tagen vor der Landung auf Mariner. Jetzt waren sie vertraute Gesichter in einem Meer von Fremden. Er hatte sich mit ihnen allen unterhalten und seine Wut war irgendwie gar nicht mehr vorhanden gewesen. Er hatte einfach dazu gehört. Der Hinterhalt, der Schmerz, die blauen Flecken und alles andere hatten darin gegipfelt, dass man ihn einlud, eine von JRs Regeln zu brechen und als einer von ihnen zu gelten, nicht als kleiner Junge.

Dieses Ereignis war ihm erstaunlich wichtig, so wichtig, dass es ihn stärker berauschte als der Wein, stärker als die Frau, die ihn zu sich eingeladen hatte, stärker als alles, was passiert war.

Es ist eine abgekartete Sache, redete er sich immer wieder ein. Er hatte sich schon des öfteren irgendwelche Illusionen gemacht. Er hatte sogar geglaubt, dass einer seiner Pflegebrüder sein bester Freund wäre, bis es sich als Irrtum herausstellte – in einer Prügelei, die Fletcher gewann.

Und gleichzeitig verlor. Zusammen mit seinem kindlichen Vertrauen.

Heute Abend war er gefährlich nahe daran, wieder

etwas zu glauben. Nicht wie er an Melody und Patch geglaubt hatte, es war nichts so Dramatisches ... nur eine Einladung in eine Gruppe, wo er nichts Besonderes war, nur einer von vielen. Er gehörte zu ihnen, weil sie ihn irgendwie eingliedern mussten. Sie konnten ihm das Leben zur Hölle zu machen, aber sie hatten sich für eine andere Möglichkeit entschieden.

Alles in allem war das besser als seine Beziehungen zu den Leuten in der Basis. Er war fest entschlossen gewesen, erfolgreich zu sein, und George Willett, der geplant hatte, sich mit dem absoluten Minimum durchzumogeln, hatte ihn vom ersten Augenblick an gehasst – und deshalb mussten ihn auch alle übrigen hassen. Wütend und mürrisch war er auf die *Finity* gekommen und JR – das musste man ihm lassen – hatte sich als wesentlich vernünftiger und großzügiger erwiesen als es Fletcher von sich selbst behaupten konnte.

Er schloss nicht direkt Frieden mit seinem Schicksal, er akzeptierte seine Situation auf der *Finity* nicht. Aber einen beängstigenden Moment lang ... einen Moment lang war er nicht sicher, ob er sich zu Hause noch zurechtfinden würde. Seine erste Reise, und schon fühlte er sich ... distanziert von allem, was er bisher kannte, und verbunden mit Leuten wie JR und Jeremy und einer Großmutter, die ihm ein bisschen Bargeld für seinen ersten Freigang zusteckte.

Was war nur in ihn gefahren? Warum war plötzlich ein bisschen Geld und ein Glas Wein in einer Bar so wichtig für ihn ... wichtiger als zwei Downer, die er zu lieben gelernt hatte? Es war, als hätte er Downbelow in einer Hand und die *Finity* in der anderen, als würde er sie gegeneinander abwägen und versuchte herauszufinden, was schwerer wog, obwohl er sie doch nicht gleichzeitig ansehen und fühlen konnte.

Es war, als wären die Geräusche auf einmal zu ihm zurückgekehrt, und er hörte Melodys seltsame, singende Stimme: Du gehst wandern, Fetcher?

Du erwachsen, Fetcher?

Finde eine menschliche Antwort … Fletcher?

Vielleicht musste er sich auf die Wanderschaft machen. Vielleicht lag die Antwort irgendwo da draußen.

Vielleicht lag es aber auch an dem unerwarteten *Komm, setz dich zu uns*, das er zum ersten Mal seit einem Jahrzehnt von einem Menschen gehört hatte.

* * *

»Falls Pell eine Übereinkunft erreicht«, sagte der Stationsleiter von Mariner. Und James Robert verkündete: »Darauf können Sie wetten. Das ist sicherer als der Markt.«

Zahlreiche Seniorkapitäne von momentan im Hafen liegenden Schiffen hatten zufällig auf Mariners fünfter Ebene Blau zur gleichen Zeit Geschäfte zu erledigen und diesmal gab es auch keine Störung durch Versuche der *Champlain*, sich in den Informationskreislauf einzuklinken. Die *Champlain* lief heute morgen aus. Endlich sind wir sie los, dachte JR. Wenn sie nur nicht in die gleiche Richtung unterwegs gewesen wäre wie die *Finity*!

Aber da die *Finity* seit langem einen Sonderstatus besaß – aufgrund von Heldentaten einer Art, der sie nun abgeschworen hatten –, änderte der Kauffahrer *Boreale* der Union seinen Kurs und bereitete einen frühzeitigen Start vor.

In die gleiche Richtung.

»Wenn die Steuern *und* die Dockgebühren sinken, unterschreiben wir«, sagte der Kapitän der *Belize*.

Steuern und Gebühren waren Themen, die JR noch nie sonderlich interessant gefunden hatte, bis er die Gesichter um sich herum bemerkte – die Seniorkapitäne von weit größeren Schiffen als der *Belize* sahen aus, als hätten sie etwas Saures verschluckt.

Die *Belize*, ein kleines, altes Schiff, das keine viel größeren Strecken schaffte als von Mariner nach Pell, von Pell nach Viking und wieder zurück, sah seine Ökonomie beeinträchtigt, wenn die Vereinbarung zwischen Mariner und Pell auch Viking auf diese Linie brachte. Die Gebühren auf Viking waren, das erfuhr JR nun, Grund zur Klage bei vielen Kauffahrern der Allianz – während die Union die höheren Abgaben bereitwillig zahlte, aus Gründen, die Kauffahrer der Allianz schlicht als Druckmittel gegen sich ansahen, als Ermutigung für die Stationen, ihre Forderungen weiterhin zu übertreiben.

JR und Bucklin hatten als Junioren die Aufgabe bekommen, den Diskussionsteilnehmern Wasser nachzuschenken und als Kurier zu fungieren, und erfuhren so eine ganze Menge. Natürlich hatten sie gewusst, dass es Unstimmigkeiten gab, deren Ausmaße aber nie richtig eingeschätzt – die schmale Spanne zwischen dem, was eine Station für die Versorgung eines Hafens einforderte, und den Betriebskosten eines Schiffs, eine schmale Lücke, in der für die kleinen Transportschiffe Profitmöglichkeiten lagen.

Aber es gab auch Glücksfälle: Vor allem die Schiffe, die über die Voraussetzungen für Reisen zur Erde verfügten, hatten enorme Möglichkeiten... und zu JRs großem Erstaunen wollte der Alte Mann auch diese riesigen Profite wieder in den Handel stecken.

Ein Kartell, das diesen Profit abschöpfte, würde das Überleben der alten, nicht so funktionstüchtigen Schiffe sichern. Ein Handels*system*, das auch kleineren Schiffen ihre Nische sicherte.

»Das wird nicht funktionieren«, meinte Bucklin in der Pause, nachdem er diesen Plan zum ersten Mal gehört hatte. »Wir sollen weniger Geld für unsere Waren bekommen?«

»Wenn die kleinen Schiffe untergehen«, entgegnete JR mit einem Argument, das er vom Alten Mann persönlich übernommen hatte, »dann öffnen wir der Union Tor und Tür.«

Darüber dachte Bucklin lange schweigend nach.

Als die anderen Kapitäne dieses Argument hörten, zeigten sie in etwa die gleiche Reaktion – und kamen in etwa zu den gleichen Schlüssen.

Dann schien es, als wäre die Union das größte Hindernis.

Aber – so sagte sich JR und vernahm das Gleiche auch in vielen Diskussionsbeiträgen – aber die Union, die zwischen teilweise fast unbekannten Sternen wuchs, hatte eine absolut unzutreffende Vorstellung von der Größe der Mazianni-Flotte und reagierte deshalb überzogen ängstlich.

Wahrscheinlich hatte es damit zu tun, dass die Union es ständig mit überlegenen Piloten, besseren Schützen und besseren Strategen zu tun gehabt hatte.

Möglicherweise hatte es sogar etwas mit der Angst vor einem dritten menschlichen Establishment im Weltraum zu tun, eine zugegebenermaßen unglückliche Situation, über die sie an Bord gesprochen hatten, wenn auch nur in den stillen Stunden der Wachen und niemals in der Öffentlichkeit. Für die Union war es sehr wichtig, die menschliche Zukunft zu planen, und dass irgendwo außerhalb ihres Wissensbereichs eine dritte menschliche Kraft entstand, war vermutlich keine angenehme Aussicht.

»Was wir haben«, sagte der Alte Mann gerade zu den versammelten Kapitänen und der Verwaltung der Mariner-Station, »was wir haben, ist eine Schattenroute und ein Schattenmarkt, der von der Erde ausgeht und exotische Güter wie Whiskey, Holz und Ähnliches vertreibt, Biostoffe, die auf den kurzen Routen aus Sol herausgeschleust werden … ein Schiff haben wir erwischt, die *Flare*, ein Kauffahrer mit Basis auf Sol, der Kurztransporte übernimmt – nicht unbedingt *mit* Mazian, aber *für* Mazian.«

»Mazian streicht den Profit ein, meinen Sie.« Das war Walt Frazier von der *Lily Maid*, einem kleinen Schlepper, ein alter Bekannter von Madison und vom Alten Mann, soweit JR wusste.

»Auf der Erde gibt es einen gut entwickelten Schattenmarkt«, fuhr der Alte Mann fort. »Wie Sie wahrscheinlich alle wissen. Mars ist ein reicher Markt. Luxusgüter verlassen die Erde und gehen zum Mars. Eine bestimmte Menge kommt nicht dort an … abgeschrieben als Bruchgut oder auf dem Lademanifest einfach nicht aufgeführt. Und das Mininetzwerk lässt auf den Docks von Sol Eins eine bestimmte Menge durch, über Kurzstreckenschlepper … aber es gibt einen recht ausgeprägten Handel – es *gab* einen recht ausgeprägten Handel, der Waren auf Schiffe wie die *Flare* und einige andere umleitete, die wir beobachteten. Sie haben ihre illegale Fracht die kurze Strecke bis zum Rand des Systems befördert, wo sie von anderen übernommen und weiter befördert wurde. Wir glauben, dass bestimmte Interessengruppen in der Erdcompany Mazian unterstützen, indem sie Fracht für ihn befördern, und dass es im Gebiet von Sol Eins eine Verbindung gibt zwischen Diebstahl und Schmuggel – nicht Kriegsmaterial, sondern Luxusgüter. Gemälde. Delikatessen. Damit ist viel Geld zu verdienen. Und mit Geld kann sich Mazian kaufen, was er will.«

Vier der Kapitäne tauschten Blicke und nickten nachdenklich, andere spitzten merklich die Ohren.

»Und die *Flare* ist nicht mehr im Einsatz?« fragte Joshua.

»Die *Flare* nicht, aber dafür ein Schiff namens *Jubal*. So war es jedenfalls, als wir Sol verließen. Mallory behält sie im Auge. Wir wollen wissen, wo die Güter herkommen, aber wir interessieren uns auch dafür, wie die Route durch den Schwarzmarkt verläuft und wie die Waren in Versorgungsgüter umgemünzt werden. Wir finden es ironisch, dass der wichtigste Markt für illegale Luxusartikel ausgerechnet Cyteen ist. Der zweitgrößte liegt in Pell. Jeder Kredit, der auf dem Schwarzmarkt ausgegeben wird, hat eine gute Chance, irgendwann als Munition und Versorgung für die Flotte wieder aufzutauchen. Er wird durch die Hinteren Sterne geschleust und tritt nicht unbedingt bei Mariner wieder in unser Gebiet ein – wahrscheinlicher wäre Voyager, wo die Sicherheitsvorkehrungen nicht ganz so strikt eingehalten werden, von dort dann weiter nach Esperance, wo die Verbindung mit Cyteen geschaffen wird. Aber das sind die schweren Dinge, der groß angelegte Schmuggel. Auf die gleiche Art fließt Geld aus dem ganzen Schwarzmarkt zu Mazian – durch die Hände ehrlicher Kauffahrer! Durch Leute wie Sie und ich. Diese Situation kann Stationen zu Fall bringen. Unsere Märkte zum Zusammenbrechen bringen. Und dazu führen, dass sich Mazian und die Union auf den Routen der Allianz mächtig ins Zeug legen werden. Wir *alle* werden kämpfen, wenn das passiert – entweder kämpfen, oder wir werden Transporte für die Union fliegen, versuchen, Mazian zu schlagen, und hoffen, dass uns die Piraten nicht erwischen … Diese Situation ist uns allen wohlbekannt, und wenn wir von den Stationen nicht fair behandelt werden, wenn sich unsere Brüder und Schwestern der Kauffahrer-Allianz nicht gemeinsam mit uns gegen die Handelspraktiken wenden, die Mazian am Leben erhalten, dann werden die schlechten alten Zeiten zurückkehren und wir der Hölle ins Gesicht blicken. Sie erinnern sich bestimmt alle noch an dieses Gefühl. Sie alle waren da draußen in der Finsternis, an irgendeinem Sprungpunkt mit einem feindlichen Schiff auf dem Scanner und keiner Unterstützung im Umkreis von zehn Lichtjahren. Lassen Sie Mallory in einer solchen Lage nicht allein. Wir sind anständige Menschen. Bleiben wir unseren Prinzipien treu. Nehmen wir zur Kenntnis, welchen enormen Einfluss der Schwarzmarkt besitzt und wer von ihm profitiert.«

Himmel, der Alte Mann konnte die anderen wirklich mitreißen. Und er konnte Worte benutzen wie *Prinzipien*, weil er sie sich zu eigen gemacht hatte und nach ihnen handelte. Keiner rührte sich. So muss es vor vielen Jahren auch gewesen sein, dachte JR. So hat er sie dazu gebracht, sich zusammenzuschließen zu der Aktion, die den Krieg begonnen hat.

»Über welchen Prozentsatz sprechen wir hier eigentlich?« erkundigte sich der Kapitän der *Lily Maid*.

Der Stationsleiter von Mariner setzte zu einer Antwort an, aber der Alte Mann kam ihm zuvor.

»Pell nimmt zehn«, sagte er.

Einige schnappten hörbar nach Luft.

»Nicht höher«, sagte *Lily Maid* und *Genevieve* schloss sich ihr an.

»Heißt das zehn für alles?« wollte der Stationsleiter wissen. »Die Luxusgüter ...«

»Der springende Punkt ist«, unterbrach ihn der Alte Mann, »dass es um Freiwilligkeit geht. Wir reichen aus freien Stücken ein ehrliches Lademanifest ein. Sobald wir Anreize schaffen, die Wahrheit zu umgehen, wenn wir ein Regelbuch brauchen, das uns sagt, was richtig und was falsch ist, wird es keine allgemeine Freiwilligkeit geben. Also glatte zehn Prozent.«

Tiefe Seufzer waren zu hören, Stirnen wurden gerunzelt, viele wechselten die Position – im wörtlichen und sicher auch im übertragenen Sinn. JR wagte kaum Luft zu holen in diesem historischen Augenblick.

»Das ist ein Argument«, meinte der Stationsleiter. »Wenn Pell diesen allgemeinen zehn Prozent zustimmt. Wenn der Schwarzmarkt gestoppt wird. Wenn die Union dem gleichen Prozentsatz zustimmt.«

»Wir glauben, dass wir diesen Punkt verhandeln können. Die Union möchte neue Aufstände um jeden Preis verhindern. Und sie macht sich Sorgen darüber, was alles auf den Markt kommt. Der Luxushandel schickt Biostoffe die Pipeline zurück, direkt zur Erde. Überraschenderweise hat Cyteen hier etwas mit uns gemeinsam: Die Überzeugung, dass die Mutterwelt als unsere genetische Quelle, *sakrosankt sein sollte*. In dieser Hinsicht und wenn es darum geht, Mazian von seiner Versorgung abzuschneiden, wird die Union mit uns kooperieren. Die Tatsache, dass sie vielleicht Hoffnung hegt, härtere Geschäfte abzuschließen, wenn wir Mazian als Bedrohung eliminiert haben, bedeutet, dass wir zwei Aufgaben vor uns haben – eine davon ist, dass wir unsere schwächsten und langsamsten Schiffe stärken müssen, nicht schwächen. Unser Vorschlag wird beiden Ansprüchen gerecht.«

Alle lauschten aufmerksam. JR rührte sich nicht und verfolgte die Diskussion gebannt. Von seinem Platz aus sah er, wie Bucklin, der vor dem Konferenzzimmer Wache stand, mit Thomas B. sprach, der anscheinend mit Neuigkeiten gekommen war. Kurz darauf ging Thomas B. wieder weg.

Bucklin gab JR Handzeichen. In der Sprache der Spacer, die sich ja manchmal in schwieriger Umgebung verständigen mussten, bedeuteten sie: »Sprechen, dringend, dienstlich.«

Rasch und unauffällig verließ er den Raum.

»In der letzten Wache waren Leute von der *Champlain* im Pioneer«, berichtete Bucklin. »Und die *Champlain* steht auf dem Abfahrtsplan, in zwei Stunden. Alan hat es gerade erfahren.«

»Gott.« Ihr Sicherheitsnetz war durchbrochen und die Übeltäter unterwegs zu einem dunklen Punkt auf ihrer nächsten Route. Bewaffnete und feindliche Übeltäter. »Wo waren sie?«

»Sind mit der *Belize* reingekommen. Sie haben übernachtet und sind heute morgen wieder weg. Der Kapitän der *Belize* weiß nichts davon. Sie hatten keinen Zugang zu der ID, die wir vom Zoll bekommen haben.«

»Verdammt.« Sie hatten ihre militärischen Referenzen benutzt, um an die offiziellen Unterlagen der *Champlain* und der *China Clipper* zu kommen. Das konnte die *Belize* nicht. Aber auch die *Finity* mit ihren ganzen Informationen konnte nicht jeden überwachen, der kam und ging – sie konnten ja auch nicht herumgehen und vor Schiffen warnen, die bisher kein wirkliches Verbrechen begangen hatten. »Nur in der letzten Wache, bist du sicher?«

»So viel ich weiß, ja. Alan kümmert sich darum. Und sie sind abflugbereit, in der letzten halben Stunde auf der Anzeigetafel erschienen. Offenbar waren es zwei von der *Champlain*, die auf Einladung einer Frau der *Belize*-Besatzung bei ihr übernachtet haben.«

»Tolle Party.« JR warf einen Blick durch das Glas, hinter dem die Versammlung weiterging, noch immer an einem heiklen Punkt. Es war kein guter Zeitpunkt, den Alten Mann oder Madison zu stören. Es war auch kein guter Zeitpunkt, den Kapitän der *Belize* zu konfrontieren, der den Vorschlag der *Finity* mit unterstützt hatte. »Vermutlich wird sich die Frau nicht mehr daran erinnern, was sie den beiden erzählt hat oder worüber sie sich unterhalten haben.«

»Anscheinend *glaubt* sie, dass es zwei waren, und sie *glaubt* außerdem, dass keiner von ihnen das Zimmer verlassen hat.«

Jedenfalls war die *Belize* ein lebhaftes Schiff, das musste man schon sagen.

»Ich kann die Sitzung jetzt nicht unterbrechen«, sagte JR, »aber ich wette, wir werden früher als geplant an Bord gerufen. Wenn wir uns in Bewegung setzen, können wir den Kahn wahrscheinlich überspringen. Dann starren die *Champlainer* in *unsere* Gewehrmündungen.« Damit ihm keiner von den Lippen ablesen konnte, hatte er sich mit dem Rücken zu den Fenstern gestellt; er wollte nicht noch mehr Aufmerksamkeit auf sich ziehen als er es mit dieser verlängerten Botschaftsübermittlung ohnehin schon getan hatte. »Ich gehe lieber wieder rein«, sagte er. »Von hier können wir sowieso nichts unternehmen. Wo ist Tom?«

»Er gibt die Nachricht weiter. Befehl von Alan.«

»Wir werden an Bord gerufen, warte nur.«

Damit ging JR zurück ins Konferenzzimmer und stellte sich ruhig und selbstbewusst in die Nähe der Tür.

Die *Belize* hatte eine schwierige Fahrt von Tripoint hinter sich, ein Motorenproblem, das beim Sprung hätte gefährlich werden können. Zur Freude der *Belize*-Familie hatten sie ihre Fracht gleich am Dock verkauft, und das Problem stellte sich als ein relativ billiges Modul heraus. So hatte JR durchaus Verständnis dafür, dass die Besatzung feiern wollte – in einem Schlafheim, das viel luxuriöser war, als sie sich normalerweise erlauben konnten. Ihre Junioren hatten sie im juniorfreundlicheren Newton untergebracht und nicht erwartet, dass es in einem so eleganten Etablissement wie dem Pioneer andere Jugendliche geben würde. Aber man einigte sich rasch, denn die Leute der *Belize* waren in Ordnung, auch wenn die sexuell ausgehungerten Erwachsenen die Bar leergetrunken und vom Moment des Anlegens an jedem Avancen gemacht hatten – einige Besatzungsmitglieder der *Finity* hatten sie gern angenommen. Seit der ersten Nacht waren sie allerdings wesentlich ruhiger, gutmütig und naiv – und jetzt hatte sich eine von ihnen – verdammt noch mal! – ausgerechnet mit Angehörigen eines Schiffs eingelassen, für das der Kapitän ein deutliches »Hände weg!« erlassen hatte.

Unterdessen hatte sich der Seniorkapitän der *Belize* mit dem Alten Mann der *Finity's End* getroffen, ein sehr herzliches Zusammentreffen, und man hörte, dass Flaschen aus der Fracht der *Finity* – allesamt ordentlich verzollt und versteuert – sich auf dem Weg zu verschiedenen anderen Schiffen befanden. Falls Spione mit der Anzahl von Kapitänen Schritt halten wollten, die sich an unterschiedlichen Orten trafen, hatten sie alle Hände voll zu tun. Was JR Sorgen bereitete – und er war sicher, dass es dem Alten Mann genauso erging –, war der naheliegende Gedanke, dass die interne Sicherheit der

Belize ebenso lax gehandhabt wurde wie ihr Umgang mit einer geschlossenen Gesellschaft.

Wenn der Kapitän der *Belize* seiner Crew zu viel erzählt hatte, konnte etwas von dieser Information gestern Abend in das Schlafheimzimmer gedrungen sein und von dort direkt in die Ohren neugieriger Besatzungsmitglieder der *Champlain*.

Die jetzt kurz vor dem Ablegen war.

* * *

Es musste ein erfolgreicher Dockaufenthalt sein, sagte sich Fletcher: Jeremy hatte Bauchschmerzen, und keiner hatte mehr Geld übrig. Und jetzt standen sie in der Schlange zur Zollabfertigung, drei Tage früher als geplant. Zum Glück winkte der Zoll die meisten durch, sodass es wenigstens schnell vorwärtsging.

Allem Anschein nach war das Beladen zügiger erledigt worden als erwartet. Fletcher war relativ stolz auf sich. Er hatte den Schalter seines Taschenkoms in der richtigen Einstellung gehabt, er hatte den Aufruf mitbekommen, die komplexe Bedienung des Taschenkoms enträtselt, um die Bestätigung durchzugeben, und dann die Junioren zum Dock gebracht, mit nur einer kleinen Verzögerung, da Jeremy in letzter Sekunde noch in einen Laden beim Schlafheim stürzte, um sich ein Musiktape zu kaufen, mit dem er die ganze Zeit geliebäugelt hatte. Und ein wenig Süßkram.

Offenbar war er jedenfalls nicht so krank, dass er den Süßigkeiten für alle Zeiten abgeschworen hatte.

Anders als bei der gemächlichen Abfertigung der Pässe bei der Landung, gingen sie jetzt praktisch im Laufschritt durch den Zoll, zogen ihre Pässe über das Lesegerät an der Theke, hinter der ein einziger Zöllner stand, warfen ihre Seesäcke ungeprüft auf das Förderband und stiegen die Rampe zur Zugangsröhre empor, wo die Luftschleuse für kurze Intervalle an beiden

Enden aufging, um die Besatzung grüppchenweise durchzulassen.

»Die haben's aber wirklich eilig«, stellte Linda fest.

»Die Neuen Alten Regeln«, sagte Vince. »Vielleicht gibt es bald keine Warteschlangen mehr.«

»Wir haben Sicherheitsalarm«, informierte sie eine Seniorin hinter ihnen, und ihr Atem dampfte in der kalten Luft der gelben, gerippten Röhre.

»Weshalb?« erkundigte sich Jeremy.

»Bloß wegen einem Schiff, das uns nicht gefällt. Aber wir fliegen nicht allein.« Sie zauste Jeremy die Haare und dieser vollführte die uralten Abwehrbewegungen. »Kein Grund zur Aufregung.«

»Um welches Schiff geht es denn?« fragte Fletcher, der nicht genau wusste, was ein Sicherheitsalarm bedeutete, ob es um Handelsrivalen ging oder um Waffen und etwas weit Ernsteres.

»Wir haben einen Rimrunner auf der anderen Seite«, antwortete der Cousin dahinter – die erste war Linny, der andere Charlie T. »Aber wir haben auch eine Eskorte. Das Unionsschiff *Boreale* begleitet uns auf unserer Route.«

Ein Schiff der *Union*?

»Vertrauen wir ihm?« fragte Fletcher.

»Manchmal«, antwortete Charlie T. In diesem Moment öffnete sich die Luftschleuse, um sie durchzulassen, und es gab ein kurzes Gedränge, um möglichst schnell aus der Kälte zu kommen. In einem Nebelschwaden, der um sie herum kondensierte, gingen sie hinein. Auf dem Korridor lag ein Metallgitter, damit es nicht glatt wurde, denn ihre Vorgänger hatten überall Pfützen hinterlassen, die in der Kälte zu Schlitterbahnen gefroren.

Mikroklima, dachte Fletcher. Ihm schwirrte der Kopf. Eskorten der Union, überstürztes Einschiffen. Aber die Cousins um ihn herum wirkten fröhlich, unterhielten sich über die Restaurants auf Mariner und welche

Schnäppchen sie in den verschiedenen Läden gemacht hatten. Einer trug unter seiner Silberuniform ein wahrhaft fremdländisches Hemd. Im krassen Gegensatz zum letzten Mal, als Fletcher an Bord gekommen war, wusste er diesmal ganz genau, wohin er ging, er wusste, dass sie während des Starts Küchendienst hatten – die Wäscherei wäre unfair gewesen – und dass er sich nach dem Trubel und dem ständigen Feiern auf dem Dock tatsächlich freute auf *seine* Kabine, *sein* Bett, *seine* Matratze und die Bequemlichkeit seiner eigenen Sachen. Dabei hatte er beim Hinausgehen gedacht, der Abschied vom Freigang würde ihm schwer fallen. Er hatte sich ein paar Bücher gekauft, die er unbedingt bald lesen wollte, dazu ein paar Spiele, die lange Stunden der Entspannung verhießen, und sogar einen Block Modelliermasse. Es war lange her, seit er die Gelegenheit dazu gehabt hatte; früher war er richtig gut gewesen.

Er bog in die zum Ablegen ausgerüstete Rec-Halle ein, führte seine drei Schutzbefohlenen zu den Geländern und den bereits dort versammelten Cousins, aber er machte sich Sorgen um Jeremy.

»Alles in Ordnung?« fragte er ihn und blieb am Rand einer Reihe stehen, sodass er den ganzen Verkehr aufhielt. »Willst du vielleicht Charlie fragen, ob er dir etwas für deinen Magen gibt? Oder den Takehold im Sitzen machen?«

»Nein«, antwortete Jeremy mit einem tapferen Lächeln. »Mir geht's gut.«

»Wenn er sich übergibt, bringen sie ihn um«, meinte Linda hilfsbereit, während Jeremy sich in die Reihe stellte.

»Wenn du dich nicht gut fühlst, sag mir Bescheid.«

»Nein, nein, alles in Ordnung«, wehrte Jeremy ab, und sie stellten sich alle in die achte Reihe, mitten im Strom der eintreffenden Cousins.

Alle hatten sich gemeldet und bestätigt, dass sie sich

auf dem Weg zum Schiff befanden, der Zoll beeilte sich, der Start sollte so bald wie möglich erfolgen – das war den umherschwirrenden Gesprächsfetzen zu entnehmen. So etwas war für die *Finity* früher wohl ganz normal gewesen. Der Startbereich füllte sich schnell, vermutlich würden sie das Dock in schätzungsweise zwanzig Minuten verlassen.

Auch die *Boreale*, ihre Eskorte, hatte diesen verkürzten Zeitplan.

»Was hat dieses Schiff denn gemacht?« erkundigte sich Fletcher bei Charles T. »Warum ist es verdächtig?«

»Es hat das Dock früher verlassen. In unsere Richtung.«

»Wird es auf uns schießen oder was?«

»Möglicherweise hat es die Absicht«, antwortete Charles T. »Deshalb begleitet uns ja die *Boreale*.«

»Sie glauben, dass die *Champlain* – so heißt das Schiff – irgendwo vor uns Bericht erstattet«, schaltete sich ein anderer Cousin aus der Reihe vor ihnen ein. »Es besteht eine geringe Möglichkeit, dass sie etwas gegen uns vorhaben. Aber mit Zweien werden sie es nicht aufnehmen. Die *Boreale* ist nur in ihrer Freizeit ein Kauffahrer, sie würde es gern sehen, wenn die *Champlain* eine falsche Bewegung macht. Wenn wir beweisen können, dass dieses Schiff zu den Mazianni gehört, haben wir auf Voyager ganz andere Argumente in der Hand.«

»Die haben unser Schiff rund um die Uhr beobachtet«, meldete sich ein dritter Cousin. »Also sind wir sauber.«

Beobachtet? Warum? Fletcher gingen ziemlich unangenehme Gedanken durch den Kopf.

»Glaubst du nicht, die haben *ihres* beobachtet?« meinte Charles T. mit einem bösartigen Grinsen.

»Schön wär's«, sagte Parton.

Die Junioren spitzten die Ohren. Sogar Jeremy.

Ein weiterer Schwall Cousins kam an Bord. »*Zehn Minuten*«, meldete sich in diesem Moment der Interkom.

»Wir haben einen potentiellen Banditen, liebe Cousins, aber unsere unerschrockenen Alliierten von der Union werden uns begleiten, in der stillen Hoffnung, den Mistkerlen eins auswischen zu können. Vor dem Sprung werden besondere Sicherheitsmaßnahmen angesagt, aber wir verlassen das Dock so zeitig, dass die Champlain *reichlich Zeit hat, die Lage zu peilen, was einen klugen Kapitän davon abhalten wird, im Sprungpunkt auf uns zu warten. Wir werden einen ungewöhnlichen Systemeintritt machen, nur für den Fall, dass unsere Piratenfreunde uns irgendwelche Hindernisse in den Weg gelegt haben, und für diejenigen, die es interessiert, werden wir die Technik des Manövers gern näher erläutern. Willkommen an Bord, allesamt an Bord. Wir hoffen, ihr habt keinen allzu schlimmen Kater oder jedenfalls nicht so schlimm, wie ihr es verdient. Ein Lebewohl an die* Belize *und an Mariner, hoffnungsvolle Grüße an Esperance. Auf Voyager müssen wir leider arbeiten, also gibt es nur eingeschränkten Freigang und einen kurzen Aufenthalt.«*

Ein paar der Anwesenden stöhnten enttäuscht.

»Wir müssen *arbeiten*?« rief Vince empört.

»Klingt nach einem interessanten Stopp«, meinte einer der Umstehenden. »Transportieren wir was auf diesem Schiff oder wie viel haben wir jetzt geladen?«

Die Zeit lief. Ein paar letzte Cousins rannten noch herein, unter ihnen JR und Bucklin. Chad, Connor und Sue folgten ihnen, dann der Rest der Junioren ... wahrscheinlich im Dienst, dachte Fletcher. Das Eis auf dem Korridor zu entfernen, war bestimmt ein typischer Job für Junioren, der vor dem Ablegen erledigt werden musste, weil sich beim Start das Schmelzwasser verteilen und die Gitter ins Rutschen geraten konnten.

Seltsamer Gedanke ... was er sich jetzt alles allein erklären konnte, ohne groß darüber nachzudenken. *Sein* Schiff. *Seine* Juniorjunioren. *Sein* Zimmergenosse. Fletcher war auf Freigang gewesen, er war zurückgekommen und hatte seine drei Kids fest im Griff. Irgendwie waren sie doch zu der Erkenntnis gekommen, dass siebzehn im Wachzustand verbrachte Jahre in vielerlei Hinsicht mehr Erfahrung bedeuteten als zwölf und dreizehn. Fletcher war auf der Station in *seinem* Element gewesen, aber auch der Ort, an den er nun zurückkehrte, war ihm nicht mehr fremd.

Er kannte diese Menschen. Er kannte die Geräusche, er hatte sie schon gehört, und er wünschte sich, er könnte sie sich von jemandem noch genauer erklären lassen. Von draußen hatte er oft einem Schiff beim Ablegen zugesehen, wenn die Lichter blinkten, die Luken sich schlossen und die Zugangsröhre eingezogen wurde. Dann lösten sich die Andockverbindungen und der Kranarm zog sich zurück.

Dann die sich aus der Verankerung lösenden Klampen. Das war der Lärm. Der Ruck. Jemand stimmte ein lautes wildes Lied an, in dem das Wort *Belize* vorkam, und Fletcher merkte, dass er ein Lächeln auf dem Gesicht hatte, als die *Finity's End* sich vom Dock löste.

Ein Lied folgte aufs nächste, bis die wilden Melodien aufgebraucht waren und die sentimentalen an die Reihe kamen, ein Lebewohl an den Hafen, Lebewohl den verlorenen Geliebten …

Er hätte gern mitgesungen, aber er die Gegenwart der drei Junioren hemmte ihn ebenso sehr wie die Tatsache, dass er überhaupt nicht singen konnte. Aber er konnte zuhören. Er spürte die Gänsehaut auf den Armen, die Atemlosigkeit bei Liedern von fernen Häfen und verlorenen Freunden.

Sie wussten es. Er war nicht anders. Er wusste, dass er in ihren Bann geriet. Downbelow entfernte sich immer mehr. In dem Gesprächsgewirr vor dem Ablegen hatte er etwas von Sitzungen und Konferenzen gehört, davon, dass sich die Kapitäne getroffen und über den Frieden gesprochen hatten.

Und nun wurde ein Schiff der Allianz von einem Schiff der Union eskortiert?

Fletcher hatte geglaubt, das Universum einigermaßen zu verstehen, oder jedenfalls das, was er darüber wissen musste. Aber nun erkannte er, dass die meisten Dinge anders waren als er geglaubt hatte.

»Klar zum Loslegen«, kam es aus dem Interkom. *»Zwanzig Minuten bis zur Gepäckabholung, zehn zum Takehold. Los geht's!«*

Die erste Reihe drängte schon hinaus auf den Korridor, die nächste folgte ihr dicht auf den Fersen, alle voller Eifer.

Der Frachtraum spie das Gepäck rasch und recht effizient aus. Fletcher hatte einen Pappanhänger für seinen Seesack gekauft, den man leichter erkennen konnte als nur den Namenszug – Jeremy hatte ihn dazu gedrängt. Andere Leute hatten bunte Kordeln, Plastikplaneten, Quasten ... Jeremys Seesack beispielsweise war geschmückt mit einem Emailleschild, auf dem »Mars« stand, und einer Comic-Figur, die um nichts geschmackvoller war als die von Fletcher. Jeremys Sachen waren bereits auf dem Gepäckhaufen gelandet, seine noch nicht.

Jeremy machte sich mit seinem Gepäck schon auf den Weg, und kurz darauf sah Fletcher seinen Seesack die Rutsche herunterkommen. Er packte ihn, kontrollierte aber den Anhänger noch einmal, um ganz sicherzugehen.

»Fletcher«, hörte er in diesem Moment JRs Stimme neben sich, und instinktiv rechnete er sofort mit Unannehmlichkeiten, richtete sich auf und sah JR ins Gesicht.

»Gute Arbeit«, sagte JR. »Ich kann dir noch nicht alles sagen, aber wir hatten auf dem Dock eine Situation ... die auch das Schiff vor uns auf den Weg gebracht hat. Wir konnten in dieser Umgebung die Juniorjunioren nicht einweihen und sie auch nicht allein auf dem Dock umherwandern lassen. Toby und Wayne haben euch im Auge behalten, wie du vielleicht anfangs bemerkt hast, aber du hast keine Hilfe gebraucht, deshalb haben wir so ziemlich alles dir überlassen. Danach waren wir dann so im Sicherheitsdienst für die Geschäfte des Kapitäns eingespannt, dass wir gar nichts mehr überprüft haben – es gab ja auch keine Anzeichen von Schwierigkeiten. Wir haben nicht das Gefühl, dass es nötig gewesen wäre. Wir wissen das zu würdigen, das sage ich auch im Namen der anderen.«

Fletcher war nicht an Lob gewöhnt. Er hatte kein Repertoire ebenso höflicher Antworten. Sein Gesicht wurde ganz heiß, und er konnte nur hoffen, dass man es ihm nicht ansah.

»Danke«, brachte er immerhin heraus. Wäre er einer der Willetts oder der Verlasquez' gewesen, hätte er Komplimente abschütteln können wie Wassertropfen. Aber das war er nicht, und so stand er da mit seinem Gepäck, an der zur Kennzeichnung ein großäugiger Wolf aus Plastik hing. Der Anhänger an JRs Seesack hatte einen eleganten emaillierten Anhänger von Sol Eins, zweifellos an Ort und Stelle über der Erde gekauft.

»Wir sind gut rausgekommen«, fuhr JR fort, »und angesichts dessen, worüber der Kapitän mit dir gesprochen hat, bevor wir am Dock anlegten … und weshalb wir jetzt mit einer Eskorte fliegen … sage ich dir lieber gleich, dass wir auf Voyager bestimmt nicht sonderlich viel Freiheit bekommen. Wir können für den dortigen Umgang mit der Fracht nicht garantieren und müssen jeden kleinen Behälter selbst durchsuchen. Aber es geht nun mal nicht anders. Wir müssen so tun, als vertrauten wir Voyager, ohne ihnen jedoch wirklich zu vertrauen. Das solltest du übrigens lieber für dich behalten, solche Details sind nicht für die Juniorjunioren bestimmt.«

»Aber für mich?« Fletcher konnte sich die Frage einfach nicht verkneifen. Wieso gehörte er zu den Geheimnisträgern?

JR blickte ihm offen ins Gesicht. »Du musst es wissen. Du hast die potentiellen Geiseln im Auge. Also musst du informiert sein.«

»Aber ihr kennt mich nicht. Wie kommt ihr auf die Idee, dass ich vertrauenswürdig bin?«

Jetzt grinste JR breit. »Weil du mich auf diese Art warnen würdest.«

So hatte man ihn noch nie ausgetrickst. Fletcher klappte den Mund zu, aber er konnte nichts machen, er fand es amüsant.

»Takehold in zehn Minuten«, warnte der Interkom, und JR hob sein Gepäck auf. »Ich muss in mein Quartier«, sagte er. »Vergiss nicht, deine Drogen abzuholen«, rief er Fletcher noch über die Schulter zu.

Fletcher hatte tatsächlich nicht mehr daran gedacht. Bestimmt hätte er sich morgen daran erinnert, aber dann wäre es zu spät gewesen. Also nahm auch er seinen Seesack, schlang ihn sich über die Schulter und ging in die gleiche Richtung wie JR, zur Medizinstation, wo die Drogenpakete bereits gebündelt bereit lagen.

Nehmt 6, lautete die Anweisung, ein Zettel, der auf die Seite des großen Behälters auf der Theke geklebt war; der Behälter war Dreiviertel leer. Als Fletcher sich seine Portion herausholte, unterschrieb JR gerade auf der Liste für sein Quantum. Fletcher unterschrieb nach ihm und steckte die sechs kleinen Päckchen in seine Seitentasche, während er sich überlegte, welche Umstände wohl dazu führten, dass sie sechs brauchten. Leider war seine Informationsquelle inzwischen weiter gewandert.

Eine Vorsichtsmaßnahme nach der anderen. Die Drogen sicher in der Tasche, als Schutz gegen die unbekannten Gefahren der nächsten Reise, ging Fletcher mit seinem Seesack zurück in die andere Richtung, an der Wäscherei vorbei, an dem Schild vorbei, das die Crew anwies, keine Wäschebündel in den Wäscheschacht zu stopfen, wenn dieser bereits voll war.

Bestimmt stapelte sich die Wäsche schon auf dem Boden! Fletcher war froh, dass er nicht an der Reihe war. Die Kombüse war ein wesentlich angenehmerer Dienst.

So ging er weiter zu A26, seiner Kabine, in Erwartung

der vertrauten Umgebung – und griff, nach einer Woche im Pioneer, beinahe in die Tasche, um den Kartenschlüssel zu suchen. Aber die Tür ließ sich ja einfach aufdrücken.

Die Betten waren abgezogen, die Laken auf den Boden geworfen. Jeremy stand da, beide Arme voller zerknitterter Klamotten, und starrte Fletcher ängstlich an.

»Was, zum Teufel, ist denn hier los?« fragte Fletcher.

»Ich mach gerade Ordnung«, antwortete Jeremy.

»Das sehe ich. Aber wer hat das gemacht? Soll das wieder ein Spaß sein?«

»Es war dein erster Freigang.«

»Und da machen sie so was?«

»Ich mach ja schon Ordnung!«

»Den Teufel tust du!« In Fletchers Erinnerung erschien das Bild der Bar, wie Chad dort mit den anderen gesessen hatte. Als könnten sie kein Wässerchen trüben. Und nun stand Fletcher hier inmitten einer völlig verwüsteten Kabine, die er und Jeremy ordentlich hinterlassen hatten, und das Szenario war ihm auf höchst unangenehme Weise vertraut. Kein Wunder, dass sie ihn alle so freundlich angegrinst hatten.

Er sah Unterwäsche überall auf dem Boden verstreut, den ganzen Weg bis zum Bad, seine Studientapes, seine sauberen, gefalteten Sachen, durcheinander auf die nackte Matratze geworfen. Die Schublade mit seinen Wertsachen war ein Stück aufgezogen, die Tapes herausgeholt – und die Schublade war leer, ganz leer, die Schublade, in der er Satins Stock aufbewahrt hatte. Er stieß Jeremy zur Seite und fiel auf die Knie, um an die hinterste Ecke der Schublade zu kommen.

Nichts. Fletcher stand auf und schaute sich um, legte die Tapes und die Kleider wieder in die Schublade und hob die Matratze hoch, schlug sie zurück und lehnte sie gegen die Spinde, um darunter nachsehen zu können.

»Ich schau mal in die Dusche«, sagte Jeremy, ging hinein und kam mit einem weiteren Kleiderstapel zurück.

Aber nicht mit einem Stock.

»Scheiße!« stieß Fletcher zwischen zusammengebissenen Zähnen hervor. Er untersuchte die Schränke, fegte Kleider vom Boden, durchwühlte Jeremys Schubladen.

Nichts. Er schlug mit der Hand gegen die Wand, prügelte auf die Matratze ein und knallte einen Spind so heftig zu, dass die Tür vor und zurück schwang. Eine Plastiktasse fiel heraus, er fing sie auf und schleuderte sie gegen die Wand. Fast hätte sie Jeremy getroffen, der sich mit weißem Gesicht in eine Ecke drückte.

Keuchend blieb Fletcher stehen, weil er nichts mehr zu werfen hatte und keinen klaren Gedanken fassen konnte, bis Jeremy aus seiner Ecke kam und wieder anfing, Kleider aufzuräumen.

Fletcher packte ihn mit einer Hand, nahm ihm die Kleider weg und presste ihn gegen die Wand. »Wer hat das gemacht?«

»Ich weiß es nicht!« rief Jeremy. »Ich weiß es nicht, das machen sie manchmal, bei mir haben sie es auch gemacht. Wenn man das erste Mal Freigang hat …«

»*Fletcher und Jeremy*«, unterbrach ihn der Interkom. »*Bitte melden.*«

»Wir sind gegen die Wand geknallt«, erklärte Jeremy atemlos. »Sie wollen wissen, ob wir in Ordnung sind. Von der nächsten Kabine wurde bestimmt Lärm gemeldet.«

»Sprich du mit ihnen.« Fletcher war nicht in der Verfassung. Aber er ließ Jeremy frei und dieser rannte los und versicherte, dass alles in Ordnung sei.

Es dauerte eine Weile. »*Eine Minute bis zum Takehold*«, sagte eine andere Stimme über Interkom. »*Geht an eure Plätze.*«

Jeremy fing wieder an, Sachen aufzuheben.

»Lass das Zeug doch liegen!«

»Wir müssen die harten Sachen einräumen!« rief Jeremy, während er die Tasse, die Fletcher geworfen hatte, die Toilettenartikel und anderen Dinge auflas, die möglicherweise Schaden anrichten konnten. Fletcher riss sie ihm aus der Hand, verstaute sie im nächstbesten Spind und knallte die Tür zu.

Dann warf er sich auf das ungemachte Bett und griff nach den Gurten. Auf seiner Zimmerseite machte Jeremy dasselbe.

Inzwischen hatte der Interkom mit dem Countdown begonnen. Fletcher lag da, starrte an die Decke und versuchte sich zu beruhigen, aber er hatte kein Interesse zuzuhören.

Sie hatten ihn also drangekriegt. Und zwar ordentlich. Wahrscheinlich hatten sie sich vor Lachen gar nicht mehr eingekriegt, nachdem er die Bar verlassen hatte.

Vielleicht auch nicht. Vielleicht war es nur Chad gewesen. Chad, Connor und Sue vermutlich. Jeremy und Fletcher hatten die Kabine längst verlassen, als die Seniorjunioren noch auf dem Schiff herumrannten. Da konnten sie in jede x-beliebige Kabine eindringen, es waren ja alle unverschlossen.

»Es tut mir echt Leid!« sagte Jeremy, als die Beschleunigung begann.

Fletcher antwortete nicht. Die Kojen schwankten, und er sah Jeremys Bett wieder einmal von unten. Jetzt hatte er die leeren Unterbettkommoden genau im Blick, aber auch hier war Satins Stock nicht. Er machte sogar den Gurt einen Moment auf und streckte den Kopf über den Kojenrand, um die Rückseite genauer sehen zu können. So blieb er, bis ihm das Blut in den Kopf stieg, aber der Stock klemmte nicht unter dem Bettgestell, nicht unter dem Kopfbrett – und auch nicht unter dem Fußende, wie er unter beträchtlichen Anstrengungen feststellte. Keuchend legte er sich zurück und fuhr Jeremy an: »Sieh bei dir auf der rechten Seite nach, ob er vielleicht irgendwo im Rahmen steckt.«

Einen Moment später kam die Antwort: »Er ist nicht da, Fletcher, tut mir Leid.«

Fletcher schwieg. Er hatte keine Lust zu reden. Jeremy versuchte ihn in ein Gespräch zu verwickeln, und als Fletcher nicht reagierte, plauderte er über Mariner, was Fletcher nicht im geringsten interessierte.

»Mir ist irgendwie schlecht«, versuchte Jeremy schließlich seinen letzten Trick.

»So ein Pech«, gab Fletcher ungerührt zurück. »Dann hättest du dich eben nicht so vollstopfen sollen.«

Daraufhin war es still von oben.

Chad. Oder Vince. Und er tendierte eher zu Chad.

Er ließ sich alles noch einmal durch den Kopf gehen, was JR gesagt hatte, jede Nuance seiner Körpersprache. Bei JR war er sich nicht sicher. Fletcher glaubte eigentlich nicht, dass JR etwas damit zu tun hatte. JR machte auf ihn nicht den Eindruck eines Menschen, dem solche Spielchen Spaß machten – der ihm sagte, dass er seine Sache gut gemacht hatte und dabei die ganze Zeit wusste, dass ihm eine unangenehme Entdeckung bevorstand.

Er *glaubte* nicht, dass JR so etwas tun würde, aber er wollte mit ihm unter vier Augen sprechen. Er wollte seine Reaktion sehen, in seinen Augen lesen und sehen, ob er einen Lügner in ihm entdeckte: Bisher in seinem Leben war er dabei noch nicht sonderlich gut gewesen.

Es tat weh. Unterm Strich tat es hauptsächlich weh, und ehe er nicht mit dem verantwortlichen Seniorjunior gesprochen hatte, wusste er nicht, wo er stand oder welches Spiel gespielt wurde.

KAPITEL 17

Die *Boreale* war aus dem Dock, ebenfalls auf leichter Fahrt, ungefähr fünfzehn Minuten hinter der *Finity*. Nach JRs Einschätzung war das ein viel besseres Gefühl, als wenn sie die *Champlain* allein in den Sprung hätten jagen müssen.

Außerdem verbesserte es ihre Situation insofern, als die *Finity* dank der Stationsverwaltung Zugriff auf die Eintrittsdaten der *Champlain* gehabt hatte, auf Daten über das Verhalten des Schiffs und seine Manövriereigenschaften, die gesammelt worden waren, ehe das Schiff gewusst hatte, dass es unter Beobachtung stand. Diese Informationen konnten sie jetzt mit den Ausgangsdaten und der Beschleunigung vergleichen, mit der es sich von Mariner entfernt hatte, als die *Champlain* bereits wusste, dass sie observiert wurde.

So konnten die *Boreale* und die *Finity* zumindest die Kraft und die Fracht der *Champlain* einigermaßen einschätzen. Und von seinem Sprungposten auf der Brücke stellte JR seine eigenen Berechnungen mit diesen Daten an, wobei er ihre und die Realzeit-Position der *Boreale* als Display in einer Ecke des Bildschirms hielt und dann die große Datenbank abrief.

In ihrer militärischen Kapazität hatte die *Finity's End* Hunderte Profile von Schiffen zwielichtigen Charakters gespeichert, Daten, zu denen gewöhnliche Kauffahrer keinen Zugang hatten und die (JR kannte ja den Ehrencodex des Alten Mannes) die *Finity* nie benutzen würde, um andere Schiffe in Handelsdingen auszustechen.

Zu den Daten gehörten Beobachtungen zu Beschleunigung, Schätzungen der Motorenleistung, Manövrierfähigkeit, Ladungs- und Handelsinformationen nicht nur von Mariner, sondern auch Black-Box-Informationen, die von jedem Hafen des Systems stammten – all das besaßen sie auch von der *Champlain*.

JR war sehr froh, dass die *Champlain* das Gleiche wie die *Finity* getan hatte, und was auch vernünftig war. Sie hatten die Ladung gelöscht, nicht viel Neues an Bord genommen und den größten Teil ihrer Tragkraft in Treibstoff investiert: Die *Champlain* hatte das getankt, was sie für den Weg nach Mariner verbraucht hatte, aber niemand hatte die Gesamtladung inspiziert. Möglicherweise konnte sie ohne Auftanken noch weiter als nach Voyager kommen.

Die *Finity* dagegen musste auf Voyager auftanken. Wenn sie beim Löschen der Ladung und beim Tanken trödelten, verloren sie den Anschluss an die *Champlain*, selbst wenn diese auch ins Dock ging. Aber die im Verhältnis zu ihren übergroßen Motoren durchaus nicht voll ausgelastete *Finity* konnte immer noch weit besser manövrieren als die *Champlain*, es sei denn, deren Frachtraumstruktur verbarg mehr Maschinenkraft als es die Schätzwerte im Computer nahe legten.

Auch die *Boreale* verfügte über hohe Motorenleistung und war außerdem wesentlich manövrierfähiger als die *Champlain* – wenn die Daten über den neuen Alliierten der *Finity* korrekt waren. Schon seit einiger Zeit waren die neuen Kampfkauffahrer im Gespräch. Jetzt hatten sie Gelegenheit, einen davon in Aktion zu sehen, und die *Boreale* musste sich im Klaren sein über ihr Interesse und wem sie über ihre Erkenntnisse Bericht erstatteten …

Das Komlicht blinkte auf JRs Bildschirm. Jemand wollte Kontakt mit ihm aufnehmen. Gemächlich drückte er den Knopf, der den Kopfhörer aktivierte.

Fletcher. Fletcher, der seine Aufregung nur mit Mühe beherrschte.

»Ich bin im Dienst«, erwiderte JR. »Auf der Brücke.«

»Schon in Ordnung«, meinte Fletcher. »Dann warte ich eben.«

Die stille Wut in seiner Stimme und das, was JR über Fletchers Naturell wusste, sagte ihm, dass es wahrscheinlich besser war, sich gleich um ihn zu kümmern.

»Ich komme runter«, sagte er ihm. »Wo bist du?«

»In meinem Quartier.«

»Bin gleich da.« JR signalisierte *kurzzeitig nicht im Dienst*, speicherte und unterbrach die Verbindung, während er sich von seinem Sitz erhob.

* * *

Fletcher saß auf seinem Bett, mitten im Chaos, und wartete.

Jeremy war losgezogen, um sich bei Jeff in der Kombüse zum Dienst zu melden – sich und Fletcher.

Während Fletcher so untätig herumsaß, versuchte er sich vorzustellen, wie lange es dauerte, um die Brücke zu verlassen, zum Lift zu gehen und vom A-Deck herunter zu fahren …

Den Korridor entlang zu gehen.

Er wartete. Und wartete. Der Lift brauchte seine Zeit. Vielleicht wurde JR unterwegs von jemandem aufgehalten …

Dann leuchtete das Licht über der Tür und zeigte an, dass draußen jemand stand.

Leise stand Fletcher auf und öffnete die Tür.

JRs Gesicht sprach Bände, als sein Blick durchs Zimmer streifte. Er war offenkundig entsetzt.

Er hatte diesen Anblick nicht erwartet. Und aus diesem einen Grund hielt Fletcher seine Wut in Zaum.

»Jeremy hat sich zum Dienst gemeldet«, erklärte er betont ruhig. »So hat es hier ausgesehen, als wir zurückgekommen sind.«

»Das …« begann JR, brach den Satz aber ab.

»Das soll ein Spaß sein, oder?«

»Kein sehr lustiger.«

Fletcher hatte sich nichts vorgenommen, was er tun oder sagen oder fordern wollte. Er war wütend. Aber, zu diesem Schluss kam er jetzt, er war nicht wütend auf JR. Und darauf war er auch nicht gefasst gewesen.

»Ich habe diese Tradition abzuschaffen versucht«, sagte JR. »Es soll ein Scherz sein, ja. Zu deinem ersten Freigang. Aber es hätte nicht passieren sollen. Ist etwas beschädigt worden?«

»Es wurde etwas gestohlen.«

JR, der nachdenklich die Verheerung betrachtet hatte, sah Fletcher an. Natürlich hörte er einen solchen Vorwurf nicht gern. Er wird es leugnen, dachte Fletcher. Haarspalterei betreiben, seine Leute in Schutz nehmen. Selbstverständlich.

»Was ist gestohlen worden?« fragte JR.

»Ein Hisa-Artefakt. Ein Geisterstab. Aus Holz. Mit Schnitzereien, mit Kordeln und Federn geschmückt.« Fletcher zeigte mit den Händen die Größe an.

»Ich habe solche Stäbe gesehen, im Museum. Das sind heilige Objekte.«

»Ich war berechtigt, einen zu besitzen.«

»Ich nehme dich beim Wort. Du hattest ihn in deiner Kabine. Wo?«

»In der Schublade.« Er deutete mit dem Fuß auf die Unterbettkommode. »Ganz hinten, unter den Kleidern. Ich habe jeden Zentimeter abgesucht. Auch unter den Bettgestellen, unterwegs, als sie umgekippt waren. Er ist nicht hier. Dass sie das Zimmer verwüstet haben, ist mir gleich. Zwar gefällt es mir nicht gerade, aber das ist eine Lappalie. Es geht mir um den Stock. Der Stock gehört mir, er war ein Geschenk, und mit so etwas treibt man keine Spielchen.«

»Das ist mir klar.« Stirnrunzelnd sah JR sich um. Vermutlich überlegte er, wo der Stab sein konnte. Vermutlich wusste er auch, wer auf Fletchers Verdächtigenliste ganz oben stand.

»Ich bin nicht einmal sicher, ob der Stab noch auf dem Schiff ist«, sagte Fletcher. »Ich weiß nicht, warum jemand geglaubt hat, es wäre lustig, ihn wegzunehmen. Ich möchte es mir nicht mal vorstellen. Allerdings kann ich darauf hinweisen, dass der Marktwert eines solchen Gegenstands beträchtlich ist, jedenfalls für jemanden, der Interesse an solchen Dingen hat. Und dass wir im Hafen waren.«

Damit hatte er ins Schwarze getroffen, denn JRs Miene verdüsterte sich noch mehr.

»Niemand auf diesem Schiff würde so etwas tun«, sagte JR.

»Du sagst mir also, was die Leute hier tun und nicht tun würden. Aber ich will dir auch etwas sagen: Jemand saß an deinem Tisch, an der Bar neulich abends, hat mir direkt in die Augen geschaut und genau gewusst, was er getan hat. Oder sie. Wer auch immer hat sich jedenfalls nichts anmerken lassen. Vielleicht später ordentlich darüber gelacht. So etwas lasse ich mir nicht gefallen. Mit solchen Leuten kann ich nicht arbeiten. Ich will dieses Schiff verlassen. Ich hab getan, was ich konnte, ich habe es ehrlich versucht. Wenn du mir einen persönlichen Gefallen tun möchtest, verkauf mich zurück an Pell und lass mich zurück in mein Leben. Wenn du mir noch einen größeren Gefallen tun willst, dann besorg mir gleich eine Passage zurück von Voyager. Aber bitte mich nicht darum, auch nur einen Finger krumm zu machen oder jemandem auf diesem Schiff zu helfen. Ich möchte meine eigene Kabine, genau wie alle anderen. Ich will nicht mit Jeremy zusammen sein. Ich will mit niemandem zusammen sein. Ich will allein sein, ich will, dass man meine Sachen in Ruhe lässt, ich will keinen eurer dummen Scherze mehr, ich will nichts mehr von dem ganzen Quatsch, dass ich hierher gehöre. Es ist nicht wahr. Ich denke, ich habe mich klar genug ausgedrückt.«

JR argumentierte nicht. Er stand einen Augenblick lang schweigend da, als wüsste er nicht, was er sagen sollte.

»Hast du das mit Jeremy besprochen?« fragte er schließlich.

»Nein, ich habe es nicht mit Jeremy besprochen. Ich habe nichts gegen Jeremy. Ich will nur einfach nichts mit euch allen zu tun haben!«

»Ich verstehe deine Gefühle. Wenn du ein Zimmer für dich möchtest, verstehe ich das auch. Aber Jeremy wird darunter leiden. Er hat eine sehr starke Bindung an dich entwickelt. Ich möchte dich bitten, noch einmal darüber nachzudenken. Ich werde mit den Kapitänen sprechen, ich werde aufklären, was ich kann. Unter anderem werde ich den Stock finden. Und wenn du möchtest, dass jemand hier Ordnung macht, kann ich jemanden herschicken. Wenn du das nicht möchtest …«

»Nein.« Fletchers Stimme war scharf. »Ich habe genug davon, dass Leute in meinen Sachen herumwühlen. Danke.« Er war höllisch wütend und voller Aggressionen. Am liebsten hätte er jemanden verprügelt, aber er konnte JR nichts vorwerfen. Und er hasste Jeremy nicht, der keine Ahnung hatte, dass Fletcher weg wollte. »Ich werde über den Zimmerwechsel nachdenken. Aber nicht darüber, dass ich gehe. Es wird nicht funktionieren. Ihr habt alles wieder kaputt gemacht. Ich bitte dich nicht darum, es wieder in Ordnung zu bringen, denn das kannst du nicht. Aber du kannst mich nach Pell zurückschicken.«

»Ich kann momentan keine Passage für dich bekommen. Das wäre viel zu gefährlich. Du musst den Rundflug mit uns durchstehen.«

Das war keine große Überraschung. Fletcher machte eine wegwerfende Handbewegung und drehte sich zur Wand – eine bessere Aussicht als das, was JR ihm anbot.

»Ich übertreibe nicht«, fuhr JR fort. »Wir haben Feinde. Einer von ihnen ist direkt vor unserem Schiff und vermutlich mit Raketen bewaffnet.«

»Schön. Das ist euer Problem.«

»Fletcher.«

Jetzt kam die Moralpredigt. Fletcher drehte sich nicht um.

»Gib mir eine Chance, es wieder gutzumachen«, sagte JR. »Irgendjemand hat sich benommen wie ein Idiot.«

»Entschuldigungen nützen auch nichts.« Aber immerhin wandte Fletcher sich um und starrte JR ins Gesicht. »Weißt du, wie es für mich aussieht? Jemand auf diesem Schiff fand es urkomisch, dass ich so etwas habe. Jemand findet die Hisa urkomisch. Und alles, was ihnen heilig ist. Also kämpft ihr ruhig in eurem Krieg und macht euer großes Geld und tut all die Dinge, die für euch wichtig sind, aber lasst mir meine! Wusstest du, dass die Hisa nicht stehlen? Dass sie nicht lügen können? Dass Krieg für sie sinnlos ist? Und dass sie den Unterschied kennen zwischen Schikane und einem Scherz? Ganz bestimmt fändet ihr sie todlangweilig.«

»Möglicherweise hast du Recht«, sagte JR. »Vielleicht aber auch nicht. Ich muss auch die andere Seite hören. Das kann ich erst, wenn ich weiß, was passiert ist. Lass mich wenigstens ehrlich mit dir sein in dieser Situation – die darin besteht, dass ein feindliches Schiff vor uns fliegt, und dass ich vielleicht auf meinen Posten gerufen werde und keine Zeit für irgendetwas anderes habe. In der Zeit, über die ich verfügen kann, werde ich den Stab suchen, ich werde herausfinden, was passiert ist und ich werde dir deine Antworten liefern. Ich werde diesen Vorfall direkt an die zweite Stelle meiner Prioritäten setzen, gleich nach dem Schiff da draußen, das mindestens bis Voyager bei uns sein wird. Ich halte die Hisa nicht für einen Witz und ich finde das, was passiert ist, in keiner Weise witzig. Auf diesem Schiff kann sich niemand einen so gravierenden Irrtum leisten. Du hast mir soeben etwas offenbart, das mich, ehrlich gesagt, ziemlich aus der Fassung bringt, denn der Gedanke, dass jemand, den ich mein Leben lang kenne, so etwas macht, ist mir äußerst unangenehm. Das ist alles, was ich dir im Augenblick dazu sagen kann. Ich werde mich um die Sache kümmern.«

»Jawohl, Sir«, hörte Fletcher sich sagen, als JR sich zum Gehen wandte. Er hatte nicht darüber nachgedacht. Und dann fiel ihm ein – soweit er klare Gedanken fassen konnte –, dass JR gegen alle Erwartung sehr fair gewesen war, obgleich Fletcher Dinge gesagt hatte, die JRs persönliche Integrität infrage stellten. Noch einen Sekundenbruchteil hatte Fletcher Zeit, das zu würdigen, ehe sich die Tür hinter JR schloss.

Aber beim Gedanken an die Szene an der Bar traute er JR plötzlich nicht mehr, genauso wenig wie allen anderen auf dem Schiff.

Und in der Sekunde, nachdem die Tür sich geschlossen hatte … wusste er, dass dies nicht nur eine Fehleinschätzung seiner eigenen Gefühle war, sondern der ganzen Situation, und dass er sehr wohl etwas hätte sagen sollen. Aber es war zu spät. Die Vorstellung, jetzt die Tür aufzureißen und JR etwas nachzurufen, womöglich mit anderen Besatzungsmitgliedern als Zeugen, gefiel ihm ganz und gar nicht.

Es spielte ja auch keine Rolle. Wenn JR ihn hasste und ihn in dem Versuch unterstützte, von diesem Schiff zu kommen, um so besser. Wenn er auch nur einen einzigen Freund auf diesem Schiff fand, der die Pubertät hinter sich hatte, machte das sein Leben nur komplizierter, und er konnte nicht mehr einfach alle Verbindungen abschneiden und weglaufen. Diese Denkart hatte er in den Gerichtssälen und Anwaltskanzleien gelernt, eins ums andere Mal.

Er hatte einen bitteren Geschmack im Mund. Er sah die Zusammenkunft an der Bar als den Augenblick, in dem beinahe alles geklappt hätte, in dem er beinahe einen Platz für sich gefunden hätte … dabei hatte er nicht einmal geahnt, dass er sich das wünschte ... und jetzt wünschte er es sich so sehr.

Er konnte nicht nach Hause. Aber hier konnte er nicht leben, nachdem einer oder vielleicht auch mehrere der Junioren so deutlich gemacht hatten, wie sehr sie ihn verachteten – und das auf eine Art, die JR ihnen eigentlich untersagt hatte. *Ihn* hatten sie damit nicht verletzt, denn für ihn war das nicht schlimmer als all die anderen kaputten Arrangements. Die Illusionen, die man ihm zerstört hatte, waren alle kurzfristig, er hatte kaum etwas in sie investiert – deshalb fühlte er sich nur wie ein Idiot.

Was der Vorfall in JR angerichtet hatte, war eine andere Frage. Das sah Fletcher jetzt ganz deutlich, und er wünschte, er hätte etwas dazu gesagt. Aber er konnte es nicht mehr rückgängig machen. Seine Anwesenheit hier in JRs Crew hatte etwas ans Tageslicht gebracht, das sonst vielleicht nie offenbar geworden wäre.

Aber jetzt war es zum Vorschein gekommen. Es war JRs Job, so gut wie möglich damit umzugehen. Fletcher hatte die Tür zu einer Beziehung zufallen lassen, und jetzt konnte es nur noch JR weh tun, wenn er sich weiter bemühte. Und er konnte damit auch in seiner Crew Schaden anrichten. Fletcher war wieder einmal der Außenseiter. Wie so oft.

Langsam machte er sich ans Aufräumen, packte Sachen in Schubladen und Schränke, Jeremys und seine eigenen. JR hatte Recht. Jeremy war in einer bösen Zwickmühle. Er hatte sich an Fletcher statt an Vince oder Linda geklammert, weil er immer behauptete, er hätte mit ihnen außer dem Alter nichts gemeinsam. Wenn Fletcher ihn jetzt allein ließ, würde Jeremy seine Beziehung zu den anderen notdürftig kitten müssen, er hatte ja gar keine andere Wahl.

Noch schlimmer – für Jeremy war es sehr wichtig, dass Fletcher der verlorene Altersgenosse war, Jeremys lebenslanges Was-wäre-wenn, nachdem er – wie Fletcher, wie so viele andere dieser Besatzung – Mutter, Vater, Cousins verloren hatte … all die Beziehungen, die ein Kind haben sollte.

Das Letzte, was dieses Kind brauchte, war ein öffentlicher Schlag ins Gesicht – und so würde Jeremy es auffassen, wenn Fletcher auszog, bevor er dem Schiff überhaupt Lebewohl sagte.

Um Jeremy tat es ihm am meisten Leid. Der Junge hatte sich an ihn angeschlossen, wie Fletcher es als Kind selbst auch getan hatte. Jeremy hatte zu viel in einen anderen Menschen investiert. Menschen hatten Fehler, sie hielten ihre Versprechen nicht, sie machten sich davon und gingen ihren eigenen Angelegenheiten nach, aus persönlichen Gründen, ganz gleich, was andere dazu zu sagen hatten.

Darum ging es doch beim Erwachsenwerden. Fletcher hatte schon immer den Verdacht gehabt, dass dies die universelle Wahrheit war. Jetzt, da er der Erwachsene war, tat er das Gleiche einem anderem an, aus Gründen, die er nicht ändern konnte. Vielleicht verstand er seine Mutter jetzt ein bisschen besser, warum sie die effektivste und radikalste Form des Abhauens gewählt hatte.

Als Fletcher fertig aufgeräumt hatte, ging er zur Kombüse.

»Hast du ihn gefunden?« war Jeremys erste Frage, und Fletcher sah in seinem Gesicht echten Schmerz.

»Nein«, antwortete er. »JR sucht ihn.«

»Wir haben das nicht getan«, versicherte Linda.

Vince stellte sich neben sie.

»Wir hätten zwar die Unordnung gemacht«, ergänzte er, »aber wir hätten nichts weggenommen.«

Fletcher hätte nie gedacht, dass er Vince einmal so eindeutig als ehrlich empfinden würde. Aber er glaubte diesen drei Kids aufs Wort, deren zeitgedehntes Leben sie wie Zwölfjährige spielen und sich im nächsten Moment umdrehen und ein Jahrzehnt älter wirken ließ.

»Ich glaube euch«, hörte er sich sagen und hatte das Gefühl, dass Vince überrascht war.

Aber er sah die drei Gesichter zu sich aufblicken – sie sahen ihn nicht nur an, sie blickten wirklich zu ihm auf, wie Fletcher es nie für möglich gehalten hätte. Und er wusste nicht, was er damit anfangen sollte.

* * *

Bucklin war der erste Anlaufpunkt. Wayne der zweite. Lyra der dritte. Wenn diese drei ihn anlogen, gab es keine Hoffnung mehr auf die Wahrheit.

»So was kann ich mir nicht vorstellen«, lautete Bucklins erste Reaktion.

Wayne schüttelte nur den Kopf und sagte: »Verdammt.« Dann fügte er hinzu: »Was, zum Teufel, hat ein Hisa-Stab bei ihm verloren? Sind die Dinger nicht illegal?«

Aber Lyra, die JR auf dem Korridor des B-Decks fand, wo sie den Boden schrubbte, fragte beißend: »Ist es irgendwie denkbar, dass Fletcher das alles nur erfindet?«

Anscheinend war JR nicht verschlagen genug, um auf eine solcher Idee zu kommen.

Oder etwas an Fletchers Verhalten hatte solche Gedanken ausgeschlossen. JR ließ sich die Möglichkeit gründlich durch den Kopf gehen, kam aber zu dem Schluss, dass er es nicht glaubte.

Als nächstes tauchte er bei den Juniorjunioren auf, die mit Fletcher im Messesaal arbeiteten. »Ich möchte mit den anderen sprechen«, sagte er zu Fletcher und führte zuerst Jeremy weit genug weg, dass die anderen weder seine Mimik erkennen noch ein Wort verstehen konnten.

»Was ist passiert?« fragte JR Jeremy.

»Wir sind zurückgekommen und alles war durchwühlt«, antwortete Jeremy.

Einen Moment war JR versucht, Jeremy zu fragen,

wer seiner Meinung nach als Täter infrage kam. Aber dann wurde ihm klar, dass er damit nur eine interaktive Hexenjagd eingeleitet hätte, und das wollte er wirklich nicht. »Ist dir irgendwas aufgefallen?«

»Nein, Sir«, sagte Jeremy.

»Wie benimmt sich Fletcher?«

»Er war richtig nett«, antwortete Jeremy, nach wie vor schrecklich aufgeregt. »Glaubst du, wir sollten in Mariner nachfragen, ob jemand den Stab verkauft hat?«

Natürlich musste JR einen Anruf bei der Polizei von Mariner in Erwägung ziehen. Das sagte er aber nicht. Er wollte den Diebstahl nicht auf der Station aktenkundig werden lassen, denn das würde den Namen der *Finity* beschmutzen, ganz gleich, wie er es darstellte: Besitz illegaler Artefakte, Diebstahl an Bord eines Schiffs. Zu einem Zeitpunkt, da der gute Name der *Finity* gerade Vereinbarungen mit anderen Kapitänen und mit der für den Frieden maßgeblichen Station gesichert hatte, zu einem Zeitpunkt, da die Kapitäne – dessen war sich JR ständig bewusst – Angelegenheiten zu regeln hatten, in denen es um Leben und Tod ging, war das mehr als peinlich.

Jeden Augenblick konnte die Sirene losgehen und sie an ihre Posten rufen, weil das Schiff vor ihnen irgendein Manöver vollbracht hatte.

All ihre soeben abgeschlossenen Vereinbarungen hingen davon ab, dass die Reputation der *Finity* als fairem, rigoros ehrlichem Verhandlungspartner unangetastet blieb. Sollte ein unangenehmer Vorfall an Bord diesen Ruf trüben, mussten sich die anderen Kapitäne und die Stationsverwaltung natürlich fragen, ob die *Finity* in ihren Geschäften tatsächlich so zuverlässig und selbstlos war, wie die Legende es wollte. Andere Kapitäne und die verschiedenen Stationen hatten zu dem militärischen Fonds beigetragen, der die *Finity* und die *Norway* ohne Limit unterstützte, eventuelle Schäden reparierte, sie auftankte, aufrüstete und ihnen vertraute –

und nun sollte JR die Stationspolizei anrufen und einen Diebstahl melden, auf einem Schiff, zu dem kein Fremder Zutritt gehabt hatte?

Es wäre unehrlich gegenüber Fletcher, die Sache unter den Teppich zu kehren. Aber die Wahrheit zu sagen, konnte dem Schiff und der Allianz Schaden zufügen. Es gab keine saubere Lösung. Und die Verantwortung lag ganz allein in JRs Händen, er konnte die Sache nicht nach oben weiterleiten. Das wiederum bedeutete, er musste sich vor Fletcher für sein Stillschweigen rechtfertigen, in der festen Überzeugung, dass der Gegenstand – falls er je existiert hatte – sich an Bord befand, weil kein Mitglied seiner Crew ihn auf der Station verkauft hätte.

Er stellte eine letzte Frage, eine, auf die ihn Lyra gebracht hatte: »Wie sah der Stab denn aus?«

»Ungefähr so lang.« Jeremy zeigte mit den Händen eine Größe an. Genau die gleiche wie Fletcher. »Braune und weiße Federn, grünliche gedrehte Kordeln … und überall Schnitzereien.«

»Du hast den Stab gesehen?«

»Er hat ihn mir gezeigt. Ich durfte ihn anfassen. Es sind *echte Federn*.«

»Das glaube ich gern.« Bis Jeremy ihm den Stab beschrieb, hatte JR keine Beweise gehabt, dass der Stab existierte, nur Fletchers Wort. JR machte sich im Kopf eine Liste von den Dingen, die bewiesen waren, von denen, die nur auf Vermutungen beruhten, und von den Aussagen der einzelnen Beteiligten. Der Stab existierte, so viel war jetzt klar. »Hat Fletcher dir erzählt, woher er ihn hat?«

»Eine Hisa-Frau hat ihn ihm geschenkt. Er hat gesagt, die Polizei hat ihn durch den Zoll geschleust. Und er meint, die Schnitzereien bedeuten irgendwas.«

So viel also zu Waynes Frage, ob der Stab legal war. Fletcher behauptete, Satin getroffen zu haben, die große Autorität besaß. Fletcher hatte ein Anrecht auf den

Stock, falls Jeremy die Wahrheit sagte. JR kannte zwar den genauen Wert solcher Gegenstände auf dem Schwarzmarkt nicht, aber er schätzte ihn auf etwa fünfzigtausend Kredite.

Was sollte ein Mitglied der Familie mit fünfzigtausend Krediten anfangen, wo die *Finity* doch für alles bezahlte, was nicht gerade vom Taschengeld für den Freigang bestritten wurde, und wo die Familie abstimmte, wenn jemand sich etwas wirklich Teures wünschte? Mit fünfzigtausend Krediten konnte man sich nichts kaufen. Es gab keine Ansprüche auf Geldmittel, aber sie wurden auch keinem verweigert. Finanzielle Bereicherung ergab als Motiv also keinen Sinn.

Aber Fletcher könnte mit fünfzigtausend Krediten eine Passage zurück nach Pell kaufen. Auch dieser unwürdige Gedanke ging JR kurz durch den Kopf.

Aber Fletcher hatte den Bordaufruf nicht verpasst und war auch nicht die Anlegestellen entlanggeschlendert, um ein Schiff zu suchen, das nach Pell zurückfuhr. Was noch wichtiger war: Fletcher hatte seine Verpflichtung den Junioren gegenüber hundertprozentig gewissenhaft erfüllt und JR wusste, wo Fletcher sich während des Landgangs aufgehalten hatte, was er ansonsten von keinem Mitglied seines Kommandos behaupten konnte, einschließlich Bucklin.

Und was den Verbleib der Junioren anging, so waren sie bei Fletcher gewesen – unter der sorgsamsten und rigorosesten Aufsicht, die sie in ihrem übermütigen Leben je genossen hatten.

Das konnte JR für die Seniorjunioren nicht in Anspruch nehmen; sie waren überall am Dock verstreut gewesen, hatten für das Seniorkommando Botengänge aufs Schiff erledigt, eine ganze Reihe von Aufgaben erfüllt, die sie an Bord des fast leeren Schiffs brachte, ein Schiff, auf dem man sich, wenn man erst einmal drin war, fast unbeobachtet bewegen konnte, wenn man von der Anwesenheit der Diensthabenden in Ops und den

Kapitänen absah, die sich gelegentlich in ihren Büros aufhielten.

Dass ein Mitglied der Seniorcrew etwas dermaßen Dummes anstellen würde, war ausgeschlossen. Alles wies darauf hin, dass JRs eigene Crew dahinter steckte – und wie es aussah, nicht für Geld, sondern um Fletcher eins auszuwischen.

JR schickte Jeremy zurück und ließ ihn Linda holen.

»Weißt du irgendwas darüber?« fragte er sie, aber Linda schüttelte nur den Kopf und machte ihr übliches mürrisches Gesicht.

»Nein, Sir, ich weiß überhaupt nichts. Aber das hätten sie nicht tun dürfen, finde ich.«

»Wer?«

»Na, die, die's getan haben. Wer auch immer es gewesen ist.«

»Nein, das hätten sie wirklich nicht tun sollen. Du kannst gehen, aber schick mir Vince her.«

Sie zog ab; Vince hatte auf der Schwelle des Messesaals gestanden, den Blick in JRs Richtung. Als er Linda zurückkommen sah, trottete er auf ihn zu, aber langsamer als die anderen, mit gesenktem Kopf.

»Ich war's nicht«, sagte er, ehe JR ihm die erste Frage stellen konnte.

»Du hast das nicht getan?«

»Nein, Sir.«

»Schau mich an.«

Vince blickte ihm unruhig in die Augen.

»Weißt du etwas, das ich wissen sollte?« fragte JR.

»Nein, nichts. Ich war's nicht.«

»Waren es die Kobolde?«

»Ich weiß nicht, wer es war«, entgegnete Vince heftig. »Ich bin ja nicht für alles verantwortlich, was an Bord schief geht, oder?«

»Sir«, erinnerte JR den Jungen.

»Sir«, brummte Vince. »Ich war's nicht, Sir.«

»Das halte ich auch nicht für sehr wahrscheinlich«,

meinte JR, was ihm einen besonders bedrückten Blick von Vince einbrachte.

In diesem Augenblick trat Fletcher auf sie zu. Er blieb neben Vince stehen und legte ihm die Hand auf den Rücken.

»Er hätte es mir gesagt«, sagte Fletcher. »Sir.«

JR schwieg; ausgerechnet der, dem er helfen wollte, hatte ihn mundtot gemacht. Vor ihm standen die Junioren in einer geschlossenen Reihe. Linda war Fletcher gefolgt, Jeremy stand neben ihr und beide beobachteten interessiert, wie Fletcher das Protokoll verletzte, um Vince zu unterstützen. Im Allgemeinen legte sich der Verdacht immer auf Vince, sobald etwas auch nur ansatzweise mit den Juniorjunioren in Verbindung gebracht wurde.

Was nicht gerecht war. Und das hatte Fletcher soeben klar gestellt.

»Ich akzeptiere deine Einschätzung«, sagte JR zu Fletcher und wandte sich dann an Vince: »Danke, Junior.«

»Ja, Sir«, antwortete Vince mit einem kurzen Seitenblick zu Fletcher, der ihm nicht auswich – er hatte die widerspenstigen Juniorjunioren sicher und fest in der Hand, diese mutterlosen, zu rasch aufgewachsenen Überlebenden der letzten Freigänge, welche die *Finity* vor diesen letzten beiden Häfen genossen hatte.

JR wusste nicht genau, was in den letzten paar Wochen auf Mariner genau geschehen war oder welchen Zauberbann Fletcher auf die aufsässigen Jüngsten gelegt hatte, aber ihre Loyalität war unverkennbar. Fletcher behauptete gehen zu wollen. Wenn er es tat, würde er diesen Kids ebenso viel schaden, wie er ihnen gut getan hatte.

Es war schwer vorstellbar, dass einer der Junioren über das mentale Vakuum verfügte, das notwendig war, um einen solchen Diebstahl zu verüben. Wenn JR überlegte, wer von seinen eigenen Leuten fähig dazu wäre, eine persönliche Wertsache zu entwenden, musste er an Sue denken … und selbst Sues oft unüberlegtes Handeln passte nicht zu dieser Tat. Wer auch immer den Stab genommen hatte, war sich seines Werts bewusst, und selbst wenn ihm nichts passiert war, selbst wenn es als Scherz gemeint war, so steckte doch etwas Gemeineres dahinter, etwas, das den Vorwürfen näher kam, die Fletcher geäußert hatte. Wer das getan hatte, war kein Kind und wusste auf den ersten Blick, dass das hölzerne Objekt wertvoll war, unersetzlich sogar, und dass man es unmöglich als Teil des Begrüßungsrituals ansehen konnte, so etwas wegzunehmen.

Sollte JR nun seinen eigenen Kreis genauso durchgehen, nach einer intuitiven Verdachtshierarchie? Vince war es auf Anhieb klar gewesen, dass er der Hauptverdächtige war, obwohl *JR* wusste, dass Vince eigentlich gar nicht infrage kam, weil er keinen Zugang zum Schiff gehabt hatte. Vince nahm einfach an, was alle annahmen. Und in einer Gemeinschaft, die ausschließlich aus Familienmitgliedern bestand … JR tat es plötzlich sehr Leid, dass er den Jungen bis zum letzten Moment hatte zappeln lassen.

Sicher, Vince hatte sich diese unglückliche Position im Lauf der Jahre selbst erarbeitet. Für Sue und Connor galt übrigens das Gleiche. Aber JR wollte sie auf keinen Fall vorschnell an die Spitze der Verdächtigenliste setzen, vor allem nicht nach dem, was ihm soeben mit Vince passiert war.

Während er den Korridor zum Lift zurückging, fragte er sich, was er denn tun *wollte*, aber diese Liste war verdammt kurz.

Sein Rundgang führte ihn an der Wäscherei vorbei, wo Hochbetrieb herrschte. Connor nahm an der Theke die Wäschebündel in Empfang, ein halbes Dutzend Cousins stand Schlange und wartete darauf, ihre Wäsche abzugeben.

»Wenn du mit den Leuten hier fertig bist, stell das Schild an den Wäscheschacht und mach die Theke dicht«, sagte er zu Connor mit einer Handbewegung auf die Wartenden.

»Was ist denn los?« wollte Connor wissen, der zusammen mit Sue aus dem Wäscheraum kam.

Chad, Connor und Sue, alle drei.

»Schließt den Laden für eine Viertelstunde«, antwortete JR. »Wir treffen uns in der Rec-Halle.«

»Warum?« fragte Sue.

»Keine Fragen, kommt einfach.« JR ging zur nächsten Komschalttafel und piepte mit dem Kollektivcode alle anderen Seniorjunioren an: Dringendes Treffen, macht Pause und kommt sofort!

Danach ging er selbst in die Rec-Halle. Toby und Nike hatten die Holzverkleidung im Saal abgebaut und stellten den offenen Bereich wieder her. Die langen Stangen der Balustrade mussten ebenso wie die Stützen nach dem Abbau sofort ins Lager gebracht werden, denn sie waren spitz und unhandlich, sodass es leicht zu gefährlichen Beschädigungen kommen konnte.

»Wir haben deine Nachricht erhalten«, sagte Nike. »Was ist denn los?«

»Warte, bis alle da sind. Bringt schnell die Stangen weg und wartet dann einfach auf die anderen.«

»Ärger?« wollte Toby wissen, allem Anschein nach ehrlich ahnungslos.

JR musste sich verdammt harte Fragen stellen, musste mimische Nuancen nach Schuld oder Unschuld einordnen, und das bei Menschen, auf die er sich sein Leben lang verlassen musste. Er kannte Nike, seit sie als Bernice in der Wiege gelegen hatte. Und Toby, als er anfangs in seiner Einzelkabine Angst vor der Dunkelheit gehabt hatte.

Bucklin erschien mit Wayne. Chad, Connor und Sue kamen zusammen herein. Toby, Lyra und Ashley machten die Versammlung vollständig – alle Besatzungsmitglieder unter dreißig und über siebzehn in Schiffsjahren.

Alle Überlebenden, die zusammen mit den vier Juniorjunioren die Zukunft des Schiffes bildeten.

»Es ist etwas geschehen«, begann JR. Mit verschränkten Armen stand er vor ihnen und ließ ihre Gesichter keinen Moment aus den Augen. »Anscheinend hat sich wieder jemand mit Fletcher einen Scherz erlaubt – er ärgert sich weniger über das Chaos in seinen Schränken und die herausgezerrte Bettwäsche, obwohl er auch darauf nicht gefasst war. Wenn er damit gerechnet hätte, wäre er vermutlich Hals über Kopf in seine Kabine zurückgekehrt, was nicht der Fall war. Infolgedessen haben er und Jeremy bei der letzten Beschleunigung ein paar ziemlich üble Stunden zwischen allerlei losen Objekten verbracht, während wir ein feindliches Schiff vor uns und ein fremdes Unionsschiff auf den Fersen haben.«

Ernste Gesichter allenthalben. Sie waren sich der Gefahr voll bewusst. Und auch der Tatsache, dass sie Schwierigkeiten hatten, mit denen niemand gerechnet hatte.

»Zum Glück wurde niemand verletzt«, fuhr JR fort. »Zum Glück hatten wir keinen Notfall. Aber da ist noch etwas. Ein Andenken ist verschwunden, etwas Persönliches, das nicht ersetzt werden kann. Deshalb ist Fletcher so aufgebracht. Inzwischen habe ich schon mit den Juniorjunioren gesprochen. Falls es sich um einen extrem schlechten Einfall handelt, falls das Objekt irgendwie verlegt oder gar beschädigt wurde, möchte ich vorschlagen, dass es möglichst umgehend in meinem Quartier auftaucht. Oder in Fletchers. Ich hoffe im vollsten Vertrauen auf diese Crew, dass dies in der nächsten Stunde passiert. Ich gebe euch eine halbe Stunde dienstfrei und gehe zurück auf die Brücke, in der Hoffnung, dass dieser Teil des Problems bis dahin erledigt ist und wir nach Möglichkeiten suchen können, die Sache wieder ins Reine zu bringen. Ich werde keine Fragen beantworten. Wenn einer von euch weiß, wovon ich rede und das Problem rasch aus der Welt schaffen kann, bin ich ihm persönlich sehr dankbar. Wenn einer mit mir sprechen möchte, kann er mich anpiepen. Wenn jemand meinem Bericht etwas hinzufügen möchte, kann er das jetzt tun.«

Absolute Stille herrschte. Bucklin, Lyra und Wayne sahen ihn an. Sue blickte zu Connor, Chad zu Sue, und einen Moment lang dachte JR, jemand würde etwas sagen.

Aber dann schüttelten Sue und Chad den Kopf, und diejenigen, die diesen stummen Austausch beobachtet hatten, wandten den Blick wieder zu JR.

Keine Antwort. Aber es gab immer noch die Hoffnung, dass der Stab wie durch ein Wunder wieder auftauchte.

»Das wäre dann alles«, sagte JR, drehte sich um und ging zum Lift. Offenbar mit einem Gesicht, in dem seine Stimmung so klar zu lesen war, dass die Senioren, die ihm auf dem Weg begegneten, ihn interessiert musterten.

»Wie geht's?« fragte er, als er sich vor der Konsole niederließ. »Keine besonderen Vorkommnisse«, antwortete Trent auf dem nächsten Platz.

JR hätte das gern von der Juniorcrew gesagt.

KAPITEL 18

Der vermisste Gegenstand tauchte nicht in Fletchers Kabine auf. JR ging zu seinem eigenen Quartier, voller Hoffnung und Angst … und die Angst gewann, während die Hoffnung leer ausging. Nichts auf dem Bett, nichts auf dem Waschbecken.

Er merkte, wie er wütend wurde, und fragte sich, wer aus seinem Kommando wohl Hemmungen hätte, zu ihm zu kommen. Inzwischen musste man annehmen, dass der Übeltäter verängstigt war.

Außer wenn doch jemand von draußen an den Sicherheitskontrollen vorbeigekommen war … aber warum sollte sich dieser Jemand ausgerechnet Fletchers Zimmer vorgenommen haben? Solange der Ring stillgelegt war, brauchte man für alle Aufzüge einen Schlüssel, den man sich nur vom diensthabenden Offizier aushändigen lassen konnte, damit niemand unbemerkt auf die Brücke gelangte. Das Operationszentrum war als Zielscheibe denkbar, aber es war rund um die Uhr bemannt gewesen und ansonsten fehlte nichts auf dem Schiff.

Wieder überlegte er, ob Fletcher vielleicht ein sehr guter Schauspieler war, dass sogar sein beispielhaftes Verhalten beim Freigang nur Theater gewesen war. In seiner Crew gab es keinen, den er verdächtigen wollte. Damit blieb Fletcher, der den Stab erst Jeremy zeigte, ihn dann verschwinden ließ und sich als denjenigen verkaufte, dem ein Unrecht geschehen war.

Aber warum sollte er? Das war doch die Frage. Wollte er das Schiff irgendwie unter Druck setzen?

War es ein Plan, mit Abbitten nach Pell zurückgeschickt zu werden? Das hatte er als Erstes gefordert.

Vielleicht hatte Fletcher diesen angeblich heiligen Stab selbst aus irgendwelchen Materialien zusammengeschustert, die man sich auf Downbelow leicht aneignen konnte, mit eigenhändigen Schnitzereien, das Ganze eine Rückfahrkarte nach Pell, wenn er einen leichtgläubigen Junior als Zeugen präparierte und die ganze übrige Crew gegeneinander aufhetzte.

JR saß allein in der Rec-Halle des A-Decks und trank eine Tasse Kaffee, für die er nicht in den Messesaal hinunter musste, wo Fletcher arbeitete, denn die Gedanken, die ihm jetzt im Kopf herumgingen, deuteten auf Fletcher als Grund allen Übels.

Auf seinem Taschenkom erschienen allerlei Botschaften. Eine kam von Toby: *Ich hab nichts gehört. Es könnte doch sein, dass die Juniorjunioren einen Streich gespielt haben, der ihnen ein bisschen außer Kontrolle geraten ist.*

Von Ashley: *Ich hab nichts gehört. Ich würde es dir aber ganz bestimmt sagen.*

Nike setzte sich leise auf den Stuhl ihm gegenüber.

»Ich weiß nicht, wer es besonders auf Fletcher abgesehen hatte, aber wenn du uns vielleicht sagen könntest, was er vermisst und wonach wir suchen sollen, falls jemand … na ja, falls jemand Angst hat sich zu melden.«

»Auf dem ganzen Schiff? Es geht nicht um einen Gegenstand von der Größe eines Transportcontainers.«

»Was ist es denn?« wiederholte Nike. »Wenn es in Fletchers Kabine war, ist es auf alle Fälle kleiner als ein Transportcontainer. Wie groß könnte es denn sein? Wie ein Schmuckstück vielleicht?«

»Größer.« Jetzt spielte er schon Spielchen mit den Leuten, auf die er sich hundertprozentig würde verlassen müssen, wenn sie in die Seniorcrew aufstiegen. »Ich denke, ich werde euch morgen in die Einzelheiten einweihen«, sagte er und hoffte, dass die langen Stunden der Hauptnacht ihren Einfluss auf das schlechte Gewissen des Täters ausübten.

Normalerweise konnte Nike sich schlecht mit einer Antwort abfinden. Aber diesmal hakte sie nicht weiter nach. JR sah, wie sie mit Bucklin sprach, worauf dieser den Kopf schüttelte.

Dann kam Bucklin zu ihm, setzte sich auf den Stuhl, den Nike soeben geräumt hatte, beugte sich vor und verschränkte die Arme auf dem Tisch.

»Das ist eine ungute Sache«, stellte er fest. »Jamie, lass mich ihnen doch wenigstens sagen, wonach wir suchen.«

»Ich bin nicht sicher, wonach wir suchen. Ich bin nicht sicher, ob ich Fletcher traue.«

»Glaubst du, er führt uns an der Nase herum? Warum sollte er?«

»Um nach Pell zurückgeschickt zu werden! Ich weiß nicht.«

»Wäre möglich«, meinte Bucklin. »Aber eine Möglichkeit wäre auch Vince … oder Linda …«

»Oder Sue. Oder Connor. Oder Chad. Vielleicht sollten wir eine bewaffnete Wache aufstellen. Wir beide stellen uns auf den Korridor und erschießen den ersten, der sich in Richtung einer anderen Kabine bewegt.«

Bucklin ließ die Schultern sinken. »Da denke ich lieber, es war Fletcher.«

»Ich auch. Deshalb misstraue ich ja meinen eigenen Wünschen. Entweder ist er der beste Lügner seit Lichtjahren oder man hat ihm wirklich furchtbar Unrecht getan. Ich weiß einfach nicht, was zutrifft. Ich weiß nicht, ob er sich hinter unserem Rücken ins Fäustchen lacht oder ob einer aus der Crew total den Verstand verloren hat.«

»Ich finde, wir sollten eine Suchaktion starten.«

»Nach einem Gegenstand, der in eine Reisetasche passt, und das auf einem Schiff, das im Dock für die Crew zugänglich war.«

»Wenn es jemand versteckt hat, solange wir im Dock waren, kannst du den halben Ring bei der Suche aussparen.«

»Aber nicht den ganzen verdammten Frachtraum.«

»Möglich. Aber man müsste sich entsprechend anziehen, um in den Frachtraum zu gehen. In der Außenhülle muss man das nicht. Wenn Fletcher das Ding versteckt hat, muss es an einer Stelle sein, die Fletcher kennt, also in der Nähe der Kombüse. Wenn es jemand anderes war, bedeutet das immer noch, dass derjenige sich für seinen Streich gewaltig anstrengen musste, und höchstwahrscheinlich wollte er dabei möglichst wenig Zeit vergeuden. Ich würde also sagen, wir durchsuchen die Teile der Außenschale, die auch während des Dockens einigermaßen gut erreichbar sind, außerdem die Vorratskammern und vor allem das Büro neben den Speisekammern. Da haben sie Fletcher damals hingeschleppt, also könnte jemand das Ding gut dort versteckt haben.«

Das klang vernünftig. »Aber wir haben die *Champlain* da draußen.«

»Ich würde sagen, wir sollten das Ding *jetzt* suchen, solange wir uns noch im Mariner-Raum befinden. Wenn wir warten bis ins Tiefdunkle, wird es garantiert gefährlicher, im Ring herumzugeistern. Aber wenn wir nichts unternehmen, müssen wir auch damit leben. Und vielleicht – *vielleicht* – taucht es ja doch auf, einfach so, per Zufall.«

»Warum kann man nicht in mein Zimmer marschieren und es auf meine Koje legen?«

»Deine Koje ist in deiner Kabine, deine Tür sieht man ein gutes Stück von beiden Seiten des Korridors, wo auch noch Kameras installiert sind.«

»Was glauben die denn? Dass ich sage, geht rein und legt das Ding anonym zurück, und dann sitze ich auf der Brücke und schalte die Kameras ein?«

»Ich denke, alle wissen, dass es eine verdammt ernste

Sache ist, die denjenigen, der es getan hat, in ein ziemlich schlechtes Licht setzt, und vielleicht hat momentan gerade jemand furchtbar Angst, dass er dein Vertrauen endgültig verspielt hat. Ich nehme an, wer das getan hat, würde lieber sterben als überführt werden.«

JR sah zu Bucklin auf. »Weißt du, wer es war?«

Auf Bucklins Gesicht erschien – etwas nicht Identifizierbares. »Hör doch bloß mal, wie wir miteinander reden«, sagte Bucklin. »Hör dir das mal an!«

»Herr im Himmel«, erwiderte JR. Bucklin war seine rechte Hand, sein Freund, der ihm näher stand als ein Bruder. Und er hatte ihn gerade gefragt, ob er ihm etwas verheimlichte.

»Wir müssen etwas tun«, sagte Bucklin. »Ja, wir haben echte Schwierigkeiten. Aber dafür haben wir Waffen und ein Kriegsschiff neben uns, das uns beschützt. Nach außen könnten wir uns verteidigen. Aber das hier spielt sich mitten in unserem Herzen ab.«

»Such da, wo du es für nötig hältst.« JR hatte Bucklin instruiert, wonach er Ausschau halten musste. Es war an der Zeit, es auch dem Rest der Crew zu sagen. »Schick unsere Leute in Zweiergruppen los.«

»Einschließlich Fletcher?«

JR holte tief Luft. »Alle. Jeremy soll ausnahmsweise mit Linda gehen. Ich nehme Fletcher als Partner, wenn nicht gleich zu Anfang etwas auftaucht.«

»Wissen die Senioren, was los ist?«

»Ich glaube nicht. Alan weiß Bescheid, ich hab es ihm erzählt. Aber das ist eine üble, beunruhigende Sache. Die Brücke muss nicht unbedingt davon erfahren, wenn wir das Problem aus der Welt schaffen können. Behalten wir es für uns. Am Wechseltag können wir nichts machen. Wir haben also bloß die nächste Wache zum Suchen.«

»Wann hast du das erfahren?«

»Gerade eben erst. In der Hauptnacht gibt es eine lange Zündung, in der dritten Wache. Und dann direkt in den Sprung.« Da fiel ihm etwas ein. »Wenn das Ding tatsächlich in der Ringhaut war und vor dem Start nicht gesichert wurde, haben wir keine Ahnung, wohin es abgetrieben ist.«

»Verdammt. Stimmt, ja. Ganz zu schweigen davon, wohin es während der Zündung gelangen könnte. Wenn jemand es wirklich als Scherz versteckt hat und es unter oder in etwas gerutscht ist, finden wir es womöglich nie.«

»Holz und Federn. Wenig Masse. Gott weiß, wo das hingeraten könnte.« Es war frustrierend – und JR wusste ja nicht einmal, ob Fletcher den Stab nicht einfach in den Müllschlucker befördert hatte! Bestimmt gab es niemanden auf der *Finity*, der nicht wusste, wer die Hisa waren. Bestimmt ging niemand in eine Kabine und nahm aus Spaß einen Gegenstand aus Holz und echten Federn mit, ohne sich darüber im Klaren zu sein, dass er wertvoll war. Bestimmt würde niemand einen solchen Gegenstand fahrlässig zerstören. Gut, es war durchaus denkbar, dass jemand die gesamte Unterwäsche eines anderen wegnahm und an einer ungewöhnlichen Stelle deponierte. Aber nicht echtes Holz. Jeder an Bord hatte Holz zumindest schon einmal gesehen. Niemand war so dumm, seinen Wert zu verkennen. Niemand an Bord verachtete die Hisa, die einzige intelligente Lebensform, die man bisher im Universum entdeckt hatte. Es war ausgeschlossen, dass jemand in der Familie so etwas fertig bringen würde.

Bucklin nickte und stand auf. »Ich werde die Aktion anleiern.«

* * *

In der Kombüse verbreitete sich die Nachricht, dass es noch vor der Hauptdämmerung *hinauf* gehen würde. Jeremy begann förmlich zu hüpfen, schubste einen Stapel Pfannen in den Schrank und ließ die Tür ordentlich einrasten. Die Nerven, dachte Fletcher und spürte es bei sich selbst, allerdings ohne Jeremys wilde Vorfreude.

»Was ist los?« erkundigte sich Fletcher bei Jeff, dem Koch – er wollte ungern unwissender erscheinen als die Junioren, für die er verantwortlich war. Jedenfalls fühlte er sich dabei äußerst unbehaglich.

»Es ist wegen des Schiffs da draußen«, meinte Jeff. »Denke ich jedenfalls.«

Fletcher wusste nicht, was er sich darunter vorstellen sollte. Er war schlecht gelaunt. Stationen hielten sich an den Zeitplan, genau wie ihre Bewohner. Gewöhnlich verkrampfte sich Fletchers Magen schon, wenn nur Kleinigkeiten von der Normalität abwichen, vielleicht, weil so viele unangenehme Ereignisse in seinem Leben so angefangen hatten. Er verließ Mariner und entfernte sich damit noch weiter von Pell. Er hatte einen Feind, der ihn fertig machen wollte, er hatte sich von der Bindung an die Familie frei zu machen versucht und ausgerechnet die Junioren hatten sich verschworen, an ihm fest zu halten.

Er antwortete Jeff nicht, sondern verließ still die Kombüse und machte einen Spaziergang: immer rundum, genau wie auf der Station, vorbei an der Werkstatt, der Station für die Luftqualität, dem Lebenserhaltungssystem – hier befanden sich die Eingeweide des Schiffs, wo es ruhiger zuging und das Gefühl der Dringlichkeit nachließ. An den Korridorwänden hingen Computerausdrucke. Als er an der Werkstatt vorbeikam und den Lärm hörte, fragte er sich, was man dort vernünftigerweise tun konnte, wenn man sich am Rand einer Katastrophe befand. Das interessierte ihn plötzlich so brennend, dass er den Kopf durch die Tür streckte, um nachzusehen. Tom T. war es, der mit einer Bohrmaschine auf eine kleine Metallplatte losging.

»Was ist das?« fragte Fletcher.

»Das Schnappschloss von einer Badtür.«

»Oh«, machte Fletcher nur. Wenn er sich ihre Tür vorstellte, konnte er das Ding erkennen – es war der Türsockel. Beinahe hätte er gefragt, warum Tom eine Badtür reparierte, wenn sie doch alle demnächst zur Hölle fuhren. Er war noch nie in einer solchen Werkstatt gewesen, und irgendwie war es tröstlich, dass sich hier jemand um eine undichte Dusche bemühte.

»Hast du das gemacht?«

Tom schob seine Schutzbrille hoch und wischte sich die Nase ab. Tom hatte graue Haare und große kompetente Hände mit hervortretenden Adern. »Wir machen hier so ungefähr alles. Man kriegt schlecht Ersatzteile für alte Einrichtungen und auf diesem Schiff ist fast alles alt.«

»Sieht so aus, ja.« Ein Schiff, das von einem Hafen zum anderen reiste, fand jedenfalls ganz sicher nicht dieselben Markennamen. »Interessant hier.«

»Hast du schon mal in einer Werkstatt gearbeitet?«

»Nein, Sir.«

Tom grinste. »Wenn du mal Lust hast, es auszuprobieren, komm doch einfach her. Die Jüngeren deiner Generation sind meistens scharf drauf, ihren Lebensunterhalt mit Knöpfchendrücken zu verdienen.«

»Vielleicht komm ich mal.« Jetzt trieb es ihn zurück in die Kombüse, ehe Jeff sich fragte, wo er abgeblieben war. »Ich probier es, aber jetzt muss ich zurück.«

»Jederzeit«, sagte Tom. »Ein zusätzliches Paar Hände ist mir immer willkommen.«

Er hätte gern gefragt, ob Tom davon gehört hatte, dass es heute Nacht eine Zündung geben sollte, aber er verkniff es sich. Jeder hier ging einfach seiner Arbeit nach. Jeremy war total nervös, auch Linda und Vince waren aufgeregt. Aber Tom reparierte eine Dusche, und Jeff bereitete Lasagne zu.

Wahrscheinlich ergab das irgendwie einen Sinn, wenn auch einen ziemlich seltsamen. Er, der Stationsbewohner, beschloss jedenfalls, den langen Weg zur Kombüse zu nehmen, einmal rund um den Ring.

In den nächsten beiden Sektionen waren hauptsächlich Kabinen. Danach nummerierte Türen, Bezeichnungen wie Feuersystem und zwei weitere lediglich mit gelben Warnschildern und dem Vermerk »Nur mit Schlüssel«. Dann wieder Kabinen; alles so gleichförmig, dass es ihm schon ganz ungemütlich wurde.

Aber dann stieß er auf die Medizinstation und den unteren Hauptkorridor, was ihn etwas beruhigte. Jetzt wusste er wieder genau, wo er war, und ging auf das bekannte Gebiet um die Wäscherei zu. Allerdings war es weiter weg, als er gedacht hatte, und er beschleunigte sein Tempo. Vielleicht hätte er besser den Weg zurückgehen sollen, den er gekommen war.

Auf einmal hörte er Laufschritte hinter sich. »Fletcher!«

Jeremys Stimme. Offenbar hatte Jeff sich Sorgen gemacht und Jeremy losgeschickt, um ihn zu suchen.

Er blieb stehen und wartete, bis Jeremy keuchend die Krümmung herunter kam. »Wo gehst du denn hin?« japste der Junge.

»Im Kreis herum«, antwortete Fletcher.

»Verdammt, du hättest doch Bescheid sagen können.«

»Tut mir Leid«, sagte er und klopfte Jeremy beim Weitergehen auf die Schulter. Jetzt waren sie bestimmt auf dem kürzesten Weg zur Kombüse.

»Bist du sauer oder so?«

»Nein«, antwortete Fletcher. Aber vor ihnen war die Gruppe, die Wäschereidienst hatte, herausgekommen, um zu sehen, wer vorbeikam.

Chad. Connor. Und Sue.

»Was geht denn hier ab?« fragte Connor. »Macht ihr ein Wettrennen oder was?«

»Wir machen, was uns passt«, erwiderte Fletcher. Er spürte die Wut in sich hochsteigen, rief sich aber sofort zur Räson.

»He«, sagte Chad, als Fletcher an ihm vorbeiging, »wir suchen diesen komischen Stock.«

Fletcher wirbelte herum und versetzte Chad einen

Faustschlag. Er hätte keine zwei Worte aneinander reihen können, um sein Gefühl zu beschreiben – der verschwundene Hisa-Stock, die Tatsache, dass ausgerechnet Chad danach suchte, alles in einem einzigen Atemzug. Chad taumelte gegen die Wand, raffte sich auf und wollte sich auf Fletcher stürzen, aber dieser hieb ihm die Faust in den Magen.

Fletcher hörte Geschrei, fühlte, wie ihn jemand am Hemd packte und ihn am Arm zog. Aber Chad und er ließen nicht voneinander ab, wurden an die Wand geschleudert, stolperten hin und her. Als Chad einen Treffer landete, schlug Fletcher zurück, inzwischen fast besinnungslos vor Zorn, nur von einem Gedanken beseelt: seinen Gegner in Grund und Boden zu prügeln.

»He, he, he!« rief jemand ganz dicht an seinem Ohr, aber Fletcher achtete nicht darauf. Es ging um jeden Hinterhalt, der ihm je gelegt worden war, er schlug zu und steckte Schläge ein, bis er rot sah und außer Atem geriet, bis er nicht mehr die Kraft hatte auszuweichen, genauso wenig wie sein Kontrahent. Noch ein kurzer Schlägehagel, dann waren sie beide fast am Ende. Er versuchte noch einen ungeschickten Schwinger, prallte aber ab, Chad machte es ihm nach und Fletcher nahm alle Kraft zusammen. Inzwischen waren sie von Menschen umringt, und als Chad einen Konter versuchte und halb traf, packte ihn jemand und jemand anderes griff sich Fletcher und zerrte die Kampfhähne auseinander.

»Ich hab deinen blöden Stock nicht gestohlen!« schrie Chad ihn an und spuckte Blut.

»Ich hab gesagt, du sollst den Mund halten!« brüllte JR. Fletcher erinnerte sich dunkel, dass JR ihn gerade ebenfalls angebrüllt hatte und ihn jetzt festhielt; Bucklin hatte Chad am Kragen.

»Er hat angefangen!« rief Sue.

»Das interessiert mich nicht! Fletcher, jetzt reiß dich zusammen!«

Fletcher wischte sich den Mund ab und streckte den Arm aus, um sich das Hemd wieder über die Schulter zu ziehen. Die Hand war blutig. Mit dem rechten Auge sah er nur verschwommen und wusste nicht, ob es Schweiß oder Blut war, was hineinlief. Auch Chad war blutverschmiert. An der Wand sah man Blutspritzer.

»Fletcher!« sagte Jeremy. »Fletcher, hör endlich auf!«

»Ich hab bloß gesagt ...«, begann Chad von neuem.

»Halt den Mund!« unterbrach ihn JR und zerrte Fletcher außer Reichweite. »Madelaine möchte mit dir reden.«

»Das interessiert mich nicht.«

»Du gehst gefälligst zu ihr, bevor sie selbst runterkommt. Und zwar schnell!«

»Ich will mich erst waschen.«

»Nein, du gehst jetzt nach oben. Auf der Stelle!«

»Jawohl, Sir«, antwortete Fletcher, denn JR gehörte immer noch zu den wenigen Leuten, auf die er zu hören bereit war – außerdem hatte er sonst kein Ziel vor Augen, sein Universum war weit weg und verschwommen. Mit dem Handrücken betupfte er sein Auge, schniefte, schluckte etwas, das nach Blut schmeckte, und warf Chad einen wutentbrannten Blick zu, ehe er zum Aufzug wankte.

Leichte, schnelle Schritte folgten ihm, und er drehte sich schnell um.

»Jeremy«, sagte JR in tadelndem Ton. Fletcher sah Jeremy durch seinen Zorn wie einen Fremden, einen verängstigten, kindlichen Fremden, der ihm zwar nichts tun wollte, dessen Anwesenheit er im Moment aber auch nicht wünschte.

Nicht wenn er so war wie jetzt und nichts anderes wollte als das zu Ende zu bringen, was er begonnen hatte.

Doch für den Augenblick war das Feuer der Wut erloschen. Der Lift kam, Fletcher stieg ein und fuhr hinauf zum B-Deck. Entsetzt starrte ein Senior ihm nach, als er sah, wie Fletcher sich die Nase wischte, um den Teppich nicht vollzutropfen, ehe er im Rechtsbüro verschwand.

Auch Blue, der drinnen am Schreibtisch saß, betrachtete ihn einigermaßen entgeistert.

»Möchtest du ein Taschentuch?« fragte er pragmatisch und hielt Fletcher eines hin.

»Danke«, antwortete er, nahm es ebenso pragmatisch entgegen und tupfte sich noch einmal die Nase ab, ehe er Madelaines Büro betrat.

Madelaine starrte ihn wortlos an. Schockiert.

Fletcher hielt ihrem Blick stand, noch immer zornig, aber nicht genug, um Flecken auf den Teppich seiner Großmutter in Kauf zu nehmen. Schließlich ließ er sich auf einen Sessel sinken und machte erneut Gebrauch von seinem Taschentuch.

»Nimm noch eins«, sagte Madelaine und bot ihm das nächste Taschentuch an. »JR?«

»Nein, Chad.« In seiner Nase blubberte das Blut beim Sprechen. »Wir haben über vermisstes Eigentum gesprochen.«

»Den Geisterstab, ich hab davon gehört. Es tut mir sehr Leid.«

»Nicht dein Fehler.«

»Ich war entsetzt. Das sieht unserer Besatzung gar nicht ähnlich.«

»Ich bin eben kein guter Einfluss.« Er musste wieder das Blut abwischen. Aber es wurde allmählich weniger. »Ich habe versucht mich einzureihen. Es klappt nicht. Ich gehöre nicht hierher.«

»Wir kennen noch nicht die ganze Geschichte.«

Er ging nicht an die Decke, sondern holte tief Luft. »Ich schon.«

»Was ist denn passiert?«

»Was passiert ist? Chad ist wütend, dass ich existiere.«

»Hat er das gesagt?« fragte Madelaine.

»Ich denke nicht, dass er momentan sonderlich glücklich ist!« Fletcher lachte, bitter, gequält. »Es ist immer das Gleiche. Du glaubst, alle auf diesem Schiff freuen sich, dass ich hier bin? Nicht mal die Hälfte. Bei weitem nicht. Ich habe JR gesagt, dass ich zurück will nach Pell …«

»Aber?«

»Ich hab nichts von einem Aber gesagt.«

»Ich habe ein Aber gehört. Du hast JR gesagt, du willst zurück nach Pell, aber …«

Fletcher atmete vorsichtig aus; es blubberte immer noch. Er wischte sich Blut von der Oberlippe. Und schüttelte den Kopf, weil er an Jeremy dachte und sich in seinem Hals ein unerwarteter und unangenehmer Kloß bildete.

Einen Moment herrschte Schweigen.

»Also doch ein Aber«, meinte Madelaine schließlich. »Es gibt Leute auf diesem Schiff, die sind geneigt, dich zu lieben, Fletcher.«

»Na klar.« Jetzt wollte sie ihn mit dem Liebesquatsch in die Enge treiben. Dergleichen hatte er schon früher gehört.

»Ist das so häufig?«

»Nein, nicht besonders«, erwiderte er barsch. »Ich hab's gehört. *Das ist dein neuer Bruder, Fletcher. Ihr werdet gute Freunde sein. Das ist dein Zimmer, Fletcher, wir haben es extra für dich hergerichtet. Tut uns Leid, Fletcher, aber leider funktioniert es doch nicht …*«

Der Atem ging ihm aus. Und er verlor die Fassung. Und fand sie wieder, mied aber Madelaines Blick.

»Großartige Absichten. Ich werde allmählich Fachmann für Familien. Ich hatte schon eine ganze Menge.«

»Wir sind immer noch nicht bei unserem Aber. Du wolltest zurück nach Pell, aber …«

»Ich hab's vergessen.«

»Möchtest du zurück nach Pell?«

Fletcher fand nicht gleich die passende Antwort. »Ich weiß nicht, was ich will. Im Moment weiß ich es wirklich nicht.«

»In Ordnung«, sagte sie und stand auf. Er ging davon aus, dass er damit entlassen war, und erhob sich ebenfalls.

Aber Madelaine trat zu ihm und umarmte ihn sanft. Dann seufzte sie, trat zurück und betrachtete ihn, auf der Unterlippe kauend.

»Sag Charlie, er soll das nähen, sonst komm ich runter.«

»Das spielt keine Rolle.«

»Hör auf deine Großmutter. James Robert wollte mit dir sprechen wegen des Stabs ... ich hab ihm gesagt, er soll erst mal eine Weile abwarten und den Junioren Zeit lassen, die Sache vielleicht selbst zu bereinigen. Zur Zeit haben wir Probleme außerhalb, und die Kapitäne können sich nicht damit ablenken, dass sie einen Streit schlichten. Die Ops-Truppe kann so etwas nicht, also bleibt es uns überlassen. Und du ganz besonders mir, als der Verantwortlichen. Versprich mir, dass ab jetzt Ruhe und Frieden herrscht. Wir schaffen das.«

»Ich werde es versuchen«, sagte Fletcher.

»Wir gehen rauf, in der dritten Wache. Nimm deine Wut nicht mit in den Sprung, Fletcher. Lass sie los, auf dieser Seite noch. Lass sie einfach los.«

Ein Rat, bei dem ihm gruselte. Er verstand ihn nicht als Platitüde.

»Na gut«, sagte er. Dann verabschiedete er sich, ging hinaus, nahm den Lift nach unten und machte sich auf den Weg zur Krankenstation. Dort fand er JR und Chad vor, was ihn nicht überraschte.

»Du musst einen Moment warten«, sagte Charlie.

»Jawohl, Sir«, erwiderte Fletcher, biss die Zähne zusammen und warf Chad nur einen kurzen ärgerlichen Blick zu.

Charlie musste tatsächlich nähen, und das tat ziemlich weh. Außerdem musste die blutige Nase verätzt werden, weil ein solcher Zustand beim Sprung gefährlich sein konnte, und das war noch unangenehmer.

JR stand daneben, schaute zu, und als Charlie fertig war, entband er Fletcher von seinen weiteren Verpflichtungen. Er durfte sich wie Chad in sein Quartier zurückziehen.

»Und bleib dort«, wies ihn JR an. »Es ist mir gleich, wer der Schuldige ist – ihr bleibt beide bis nach dem Sprung auf eurem Zimmer. Das Schiff vor uns geht rauf, unser Schiff steht kurz davor, wir können uns keine Ablenkung leisten. Ich glaube nicht, dass Chad es getan hat. Hörst du mich?«

Inzwischen begannen die Verletzungen weh zu tun, und Fletcher hatte keine Lust zu widersprechen. Charlie hatte ihn mit Schmerzmitteln vollgepumpt, die Wände schienen weit weg und verschwommen. Es machte ihm Probleme zu verstehen, was JR sagte, und er spürte keine emotionale Reaktion darauf. Er hasste Chad nicht einmal mehr. Er dachte nur mit einem Rest Selbsterhaltungstrieb daran, dass er auf dem Sprung sicher Schwierigkeiten haben würde.

Als er vom Behandlungstisch stieg, fand er die Tür nicht. JR packte ihn, öffnete die Tür und führte Fletcher zu seiner Koje.

»Schlaf dich aus«, riet JR. »Wir reden nach dem Sprung darüber.«

* * *

Jeremy trat ins Zimmer. Fletcher wusste nicht, wie lange er schon da war, aber er tat so, als schliefe er noch. Er hörte, wie Jeremy näher kam; schließlich rüttelte er Fletcher sanft an der Schulter.

»Ich hab dein Abendessen gebracht.«

»Ich will nichts essen.«

»Mit Nachtisch. Du solltest lieber was essen, sonst ist dir nach dem Sprung kotzübel, Fletcher. Ich kann dir auch was anderes bringen. Was du willst, ich hol es dir …«

Das war Jeremy, wie er leibte und lebte: Drei neue Vorschläge, ehe der erste abgehakt war. Nachtisch ... eine Kohlehydrat-Bombe ... das war irgendwie verlockend, weil sein Mund nach Desinfektionsmittel schmeckte.

Mühsam setzte er sich auf. Sein Auge unter der genähten Augenbraue war vollständig zugeschwollen. Seine Rippen fühlten sich extrem ramponiert an. Jeremy stellte ihm ein Tablett auf den Schoß, mit einem Käse-Sandwich.

In Anbetracht des Zustands seines Mundes war der verachtete Synthetik-Käse gar nicht so schlecht. Fletcher aß das Sandwich und auch die Obsttorte, während Jeremy plapperte, von dem Schiff, das sie jagten und das jetzt anscheinend floh, von den Motoren der *Finity*, die natürlich viel stärker waren als die irgendeines kleinen Piratenkahns, von dem Unionskriegsschiff in ihrer Begleitung, das sie nach Jeremys Meinung überhaupt nicht brauchten. Wenn die *Champlain* jetzt versuchte, sich wegzuducken und dann zuzuschlagen, würde sie beim Sprungpunkt die Rechnung dafür präsentiert bekommen.

Fletcher war sich da nicht so sicher. Außerdem drehte sich in seinem Kopf alles. Der Zucker schmeckte gut, der Rest war genießbar. Eigentlich hätte er Angst haben müssen, weil die Möglichkeit bestand, dass das Schiff in Kampfhandlungen verwickelt wurde, aber es war ihm gleich – vielleicht aus der Perspektive, dass er selbst gerade aus einem Kampf kam, wenn auch natürlich in viel kleineren Dimensionen. Jeremy nahm ihm das Tablett ab; Fletcher legte sich wieder hin und döste ein.

Irgendwann wurde das Licht schwächer. Fletcher öffnete die Augen einen Spalt weit und sah Jeremy im Zimmer herumwirtschaften; er überprüfte die Schrankverschlüsse. Offensichtlich bemühte er sich, leise zu sein. Fletcher konnte sich nicht wachhalten. Was Charlie ihm eingeflößt hatte, wirkte noch immer. Er dachte an Chad, Connor und Sue und an die Szene vor der Wäscheausgabe. »Haben wir unsere Wäsche überhaupt abgegeben?« fragte er, weil ihm eingefallen war, dass Chad sich darum kümmern musste, ob er wollte oder nicht – die Arbeit musste erledigt werden.

»Ja, ich hab sie runtergebracht«, antwortete Jeremy.

Er driftete wieder weg. Und wachte auf, als der Interkom plärrte:

»*… noch zehn Minuten, Cousins. Wacht auf! Macht eure Päckchen fertig. Unser Gespensterfreund ist vor einer Stunde in den Sprung gegangen, deshalb sind wir etwas früher dran. Wacht auf und meldet euch, auf die Füße und schnallt euch an. Wird wahrscheinlich eine harte Landung werden auf der anderen Seite. Ihr Junioren solltet euch besonders gut anschnallen. Steuermann Eins sagt, es wird ein Kinderspiel, aber der Kapitän meint, nachher sind die Pfannen in der Kombüse platt. Wer Schnappschlösser hat, die nicht gut schließen, sollte sie zukleben.*«

»Verdammt«, sagte Jeremy. »Jetzt geht es los.«

»Was?« fragte Fletcher mit schwerer Zunge. Dann fiel ihm die *Champlain* wieder ein, JRs Erwähnung von Raketen, die Möglichkeit, dass geschossen wurde. Jetzt war die Angst, die bei seinem letzten Erwachen nicht akut geworden war, schon wesentlich stärker. Er versuchte sich aufzusetzen, suchte nach den Päckchen, und um ihn herum drehte sich die Kabine. Er bekam mit, dass Jeremy Meldung machte bei dem Computer, der für sie zuständig war.

Dann kam Jeremy mit den Drogenpäckchen und einem Stück Klebeband zu ihm. »Ich mach sie lieber fest, damit sie nicht außer Reichweite sind, wenn wir sie brauchen«, sagte er und klebte die Päckchen an den Bettrand. Nur eins ließ er übrig und entfernte die Schutzfolie. »Willst du es selbst versuchen oder soll ich es für dich machen?«

»Es ist noch ein bisschen früh.«

»Das ist schon in Ordnung. Nimm es ruhig. Ich muss zusehen, wie du es nimmst, ehe ich mich hinlege.«

»Ja«, sagte Fletcher. Er war zugegebenermaßen etwas

wirr im Kopf. »Charlie hat mir eine ganz schöne Dosis verpasst.«

»Bestimmt was von dem Zeug, das sich ganz langsam auflöst«, sagte Jeremy, als Fletcher das Päckchen an den Arm drückte und den Rückstoß kommen ließ. Fletcher spürte den Einstich nicht einmal, so betäubt war er.

»Doppeldosis«, murmelte er. »Ist das in Ordnung?«

»Charlie weiß, was er tut«, sagte Jeremy und suchte für Fletcher die Enden des Sicherheitsgurtes, während dieser sich zurücklegte. Fletcher ließ den Gurt einrasten, stopfte sich ein Kissen unter den Kopf und überlegte, ob er wohl wieder aufwachen würde, ob er, wenn etwas passierte, überhaupt je wieder etwas wissen würde. Wachte man auf, um zu sterben? Und wenn man im Schlaf starb, merkte man dann etwas davon?

Er konnte nichts dagegen tun. Er hatte die Spritze intus. Und Jeremy saß immer noch vor ihm und beobachtete ihn.

Es kam ihm vor wie eine Ewigkeit.

Was siehst du dir denn so genau an? wollte Fletcher fragen, aber er brachte nicht die nötige Koordination zum Sprechen auf, während er spürte, wie sich die zweite Droge in seinem Blutkreislauf ausbreitete. Jeremy legte ihm eine Hand auf die Schulter, aber Fletcher fühlte nichts. Er war viel zu benommen.

»Fünf Minuten, Cousins. Fünf Minuten. Was ihr auch gerade tut, macht Schluss damit, denn wir sind kurz davor loszuspringen.«

»Ich möchte nicht, dass du gehst«, sagte Jeremy mit trauriger Stimme. »Ich möchte, dass du nie weggehst, Fletcher. Ich möchte nicht, dass du nach Pell zurückgehst. Vince und Linda wollen auch nicht, dass du gehst.«

Fletcher war emotional entwaffnet, sediert, benommen und auf dem Weg in ein tiefes, tiefes Labyrinth aus Schatten und Finsternis. Er hörte die Traurigkeit in

Jeremys Stimme, fühlte den Druck von Jeremys Fingern auf seiner Schulter.

»Aber vor allem will *ich* nicht, dass du gehst«, fuhr Jeremy fort. »Nie. Seit du da bist, ist es, als hätte ich endlich einen Bruder. Und ich will nicht, dass du weggehst, hörst du, Fletcher?«

Er hörte es sehr gut. Jeremys Traurigkeit beunruhigte ihn. Und allmählich bekam er Angst um den Jungen, der immer noch neben ihm saß und redete, wo er sich längst in Sicherheit bringen müsste.

»Geh ins Bett«, brachte er mühsam hervor. Danach verschwand der Druck auf seiner Schulter, und halb im Dämmerzustand bekam er noch mit, wie Jeremy in seine Koje kletterte.

Er hörte noch die letzte Warnung aus dem Interkom …

Die Schwerkraft nahm zu. Die Erde war weich, und der Himmel schwer von Wolken …

»Ich möchte nicht, dass du und Chad sich streiten«, sagte eine junge Stimme und rief ihn zurück aufs Schiff, zu den einengenden Gurten und dem Druck, der ihn aufs Bett presste.

»Ich würde dich schrecklich vermissen«, sagte jemand. »Ehrlich.«

Lange, lange Zeit drückte sich sein Rücken auf den Boden, und er beobachtete die dahinziehenden Monsunwolken, eine Schicht über der anderen.

Dann ging er einen endlosen bewaldeten Abhang entlang … ein gleichermaßen endloses Ringen nach Luft …

Und ab geht's in den Sprung, hörte er jemanden sagen …

KAPITEL 19

Die Wächterstatuen thronten über der Ebene, Hisa-Gestalten mit riesigen Augen, wie die kleinen Figuren auf dem Hügel. Aber diese hier waren weit größer, täuschten das Auge, änderten den Maßstab der Welt, während Fletcher auf sie zu wanderte. Zwischen ihnen tummelten sich lebende Hisa, winzig neben den riesigen Skulpturen. Als die Menschen diesen Ort zum ersten Mal gesehen hatten, mussten sie ihre Meinung über die angebliche Kulturlosigkeit der Hisa korrigieren.

Fletcher kannte dieses historische Detail. Nur sehr wenige Artefakte verließen Downbelow. Jeder war neugierig auf die Hisa, und wenn nichts den Ausverkauf der Hisa-Kunst verhinderte, gab es bald keine mehr, und die Kultur würde zugrunde gehen, da keine wichtigen Objekte mehr existierten, die sie verehren konnten (oder wie auch immer die Hisa das nannten). Oder aber sie würde zugrunde gehen, weil zu viele kulturell andersartige Objekte einflossen und die Menschen mit ihrer Präsenz die Umwelt zerstörten. So hatte Fletcher es zumindest verstanden.

Forscher lernten diese Statuen normalerweise nicht kennen. Nur wenige waren hierher gekommen, um sie zu fotografieren und mit den Hisa zu sprechen.

Und nun war Fletcher hier, seine Träume hatten sich erfüllt, und er näherte sich dem wichtigsten Ort, den die Menschen auf Downbelow kannten. Sein jugendlicher Führer brachte ihn immer näher heran. Fletcher ging so schnell, wie es die Luftzufuhr durch die Maske erlaubte, in der Erwartung, dass ihn irgendeine Autorität – der Hisa oder der Menschen – aufhalten würde, bevor er zu den Figuren gelangte. Es war zu kühn, zu wunderbar für einen Niemand wie ihn, eine solche Stätte aus der Nähe zu betrachten.

Doch niemand stellte sich ihm in den Weg. Während er den Abhang hinunterging, sah er seltsame Streifen im Gras um die Gruppe der dunklen Steinbilder, und fragte sich, was sie wohl zu bedeuten hatten. Schließlich aber merkte er, dass die Spur seines Führers ebenfalls eine solche Linie bildete, und als er durch die Maske einen Blick zurückwarf, erkannte er, dass auch seine eigenen Schritte sich in das allgegenwärtige Muster einreihten: Von allen Himmelsrichtungen kamen und in alle Himmelsrichtungen erstreckten sich die Spuren der Besucher.

Hisa saßen und schlenderten zwischen den Steinbildnissen umher, manche allein, andere in Gruppen. Die meisten waren wie Fletcher aus dem Wald gekommen, einige aber auch vom Fluss, von den Hügeln oder der weiten Ebene dahinter. Der Regen drückte das Gras nieder, aber nichts zerstörte die Spuren.

Näher bei den Statuen trafen sich die Spuren in einem großen Kreis zertrampelten Grases, wo die Hisa mit ihren Füßen wohl auch das Wachstum des letzten Jahres platt getreten hatten; an ein paar Stellen zeigte sich die nackte Erde. Fletcher fiel auf, dass diese ganze Ebene von oben betrachtet einer riesigen, kindlich gestalteten Sonne ähnelte: der Kreis der Steinfiguren, von dem die Spuren wie Sonnenstrahlen ausgingen. Aber die Hisa sahen die Bedeutung menschlicher Zeichnungen nicht immer ein, deshalb war Fletcher auch nicht sicher, ob sie diese Ähnlichkeit oder ihre Bedeutung überhaupt wahrnahmen. Sie verehrten die Große Sonne, die nur einmal alle dreißig Tage als silbernes Leuchten hinter Downbelows Wolkenschleier erschien, und wegen dieser Verehrung unternahmen sie auch ihre Pilgerfahrten nach Upabove: Um das unverhüllte Antlitz der Sonne zu bewundern.

Da diese Gestalten hier errichtet worden waren, um geduldig in den Himmel zu starren, nahm die Wissenschaft an, ihre Bedeutung sei wohl die, dass sie der Sonne bei den seltenen Gelegenheiten, wenn sie denn auftauchte, ihre Ehrfurcht erwiesen.

Mit fünfzehn riesigen Wächterfiguren war diese Stätte die größte ihrer Art. Auf dem Hügel, zu dem Melody und Patch ihn und Bianca geführt hatten, gab es nur drei Statuen, die obendrein wesentlich kleiner waren. Doch was hatte das zu bedeuten – welche Rolle spielte die Größe der Statuen, was besagte ihre Anzahl?

Fletcher merkte, wie er immer schneller vorwärts eilte, obwohl er im nassen Gras des öfteren fast ausglitt. Sein Führer war bergab beträchtlich flinker, Fletcher keuchte, und als er endlich bei den Figuren ankam, war seine Maske an der Grenze ihrer Kapazität.

Er blickte zu der Gestalt hinauf, die ihm am nächsten stand, kein anderer Impuls war möglich. Zum ersten Mal in seinem Leben befand sich ein Hisa-Gesicht über ihm, aber es erwiderte seinen Blick nicht, sondern starrte unablässig hinauf in den Himmel. Fletcher spürte, wie sich seine Nackenhaare sträubten.

Als er sich umschaute, war sein Führer verschwunden.

»Warte!« rief er, die Stelle durchbrechend. Aber sein Hisa hätte einer von zehn, ja von zwanzig Hisa ähnlicher Statur sein können. Drei ganz in der Nähe waren mit Kordeln und Muschelstücken geschmückt, genau wie sein Führer. Große Hisa-Augen starrten ihn an, die wenigen, die standen, ebenso wie die, die einzeln oder in Gruppen vor einer Statue saßen.

»Melody?« rief Fletcher. »Patch?« Aber es war so still rundum, dass er durch sein Rufen nur noch mehr erstaunte Blicke auf sich zog.

Was sollte er tun? Sein Führer hatte ihm nichts gesagt.

Wo war der Hisa überhaupt geblieben? Sollte er doch den Alarmknopf drücken und von der Basis Hilfe anfordern?

Nein, dazu war er noch nicht bereit. Er war noch nicht bereit, die Hoffnung aufzugeben, dass Melody und Patch ihm wenigstens Lebewohl sagen würden; mehr noch, dass er durch sie dem Verwaltungschaos entging, das er zu seinen sonstigen Problemen noch auf sich geladen hatte – aber er wagte nicht, seinen Phantasien einer Hisa-Intervention nachzuhängen, sich eine wundersame Hilfsaktion in letzter Sekunde vorzustellen. Die Hisa hielten nicht viel von Grenzen, und nachdem Fletcher nun aufgehört hatte zu rufen, wanderten sie offenbar gänzlich unbeschwert zwischen den Statuen herum, ohne sich an seiner Gegenwart zu stören.

Also begann auch Fletcher schließlich umherzuschlendern, sah sich die Statuen an, eine nach der anderen, und entdeckte winzige Unterschiede, deren Bedeutung er nicht kannte. Wenn er aufblickte, bekam er den Nieselregen ins Gesicht, und seine Maske bekam mehr davon ab, als die Wasser abweisende Oberfläche verkraftete. So war der graue Himmel mit lauter durchsichtig glänzenden Welten übersät – jedenfalls stellte er sich die Tropfen so vor: Dies war das Zentrum des Hisa-Universums, und hier stand er, mit ihrer Erlaubnis.

Fletcher breitete die Arme aus und drehte sich, sodass die Statuen sich bewegten, sodass die Wolken und schließlich das ganze Universum zu kreisen begannen, und er stand im Herzen dieser Welt. Er machte weiter, bis ihm ganz schwindlig war, und dann merkte er plötzlich, dass die Hisa ihn anstarrten und sein seltsames Verhalten durchaus zur Kenntnis nahmen.

Augenblicklich wurde er verlegen und suchte sich schnell eine Statue, zu deren Füßen er sich niederließ, schwindlig, erschöpft, benommen. Ein Atemzylinder musste ausgewechselt werden. Zum Glück war es noch nicht dringend. Fletcher legte die Hände auf die Knie und saß mit überkreuzten Beinen und geradem Rücken da. Er fröstelte und hatte ein Loch im Bauch, wo Nahrung und gefiltertes Wasser hochwillkommen gewesen wären. Allein die Aufregung hatte ihm die Kraft verliehen, so weit zu wandern. Jetzt wurde sein Körper müde und schwach.

Er atmete langsam und regelmäßig und allmählich milderte sich das Dröhnen in seinem Kopf und der stechende Schmerz in seiner Brust ließ etwas nach. Ruhig, ruhig, ruhig, sagte er sich, denn so würde er die Zylinder weniger beanspruchen, bis er ihren Zustand genauer einschätzen konnte.

In seiner Kindheit hatte er oft unter Kälte und Hunger gelitten. Er erinnerte sich, wie er sich bei seinen Ausflügen in die Tunnel vor den Arbeitern des Wartungsdienststs versteckt hatte. Er war ohne Wasser ausgekommen, und so klein er auch gewesen war, hatte er gelernt, die Zylinder mit einer Finesse zu handhaben, die den Arbeitern fremd war. Als er auf den Planeten gekommen war, hatte er bei den Einweisungskursen immer Unwissenheit geheuchelt. Er hatte so viel mehr gewusst! Er hatte die Handbücher gelesen und die technischen Informationen genau verstanden, bei Neulingen eine Seltenheit.

Jetzt lehnte er sich zurück an den Stein, das Gesicht zum Himmel empor gewandt. Und holte tief Luft.

Nach einiger Zeit wurde ihm klar, dass er den Zylinder wechseln musste. Danach schlief er eine Weile, in Sicherheit mit zwei neuen Zylindern.

In einer kurzen Regenpause kam ein Hisa zu ihm und sagte: »Du Mensch hallo«. Fletcher erwiderte den Gruß.

»Du sitzen Mana-tari-so.«

»Ich verstehe nicht«, erwiderte Fletcher.

»Mana-tari-so«, wiederholte der Hisa und deutete hinauf zu der Statue. Fletcher kannte das Wort nicht, es gehörte nicht zu den wenigen Hisa-Worten, die er gelernt hatte.

»Er Name«, erklärte der Hisa.

»Er Name Mana-tari-so?« Dann hatten die Statuen also Namen, wie Personen. Vielleicht verkörperten sie Personen. Er lehnte sich an die Knie von Mana-tari-so.

»Kennst du Tara-wai-sa und Lanu-nan-o?« Zwar wusste Fletcher, dass er die Namen nicht hundertprozentig korrekt aussprach, aber er hoffte, dass man sie erkennen konnte.

»Hier, da«, sagte der Hisa und berührte die Statue. »Alt, alt, er.« Dann wandte er sich ab und wanderte davon, wie Hisa es tun, wenn sie gesagt haben, was sie sagen wollten.

Aus diesen wenigen Worten entnahm Fletcher etwas, vermutete er etwas, das die Wissenschaftler bestimmt gern gewusst hätten, aber er konnte über die Bedeutung bestenfalls spekulieren. Alt? Wie alt? Stand jede Figur für einen bestimmten Erbauer? Und falls es so war, womit verdiente es sich ein Hisa, dass man ihm ein so riesiges Bildnis erbaute, lediglich mithilfe von Steinwerkzeugen? Es war nicht das Werk eines Hisa allein. Niemand konnte so etwas allein gestalten, transportieren und hier aufstellen.

So saß Fletcher da, fröstelnd, hungrig und durstig, während die grauen Wolken mit dem herannahenden Unwetter immer dunkler wurden. Sein Schutzanzug hatte seine Wärmekapazität abgegeben und hatte ihm nichts mehr zu bieten außer dem Erhalt seiner Körperwärme. Aber Mana-tari-so schützte ihn vor dem Wind und das Wasser rann an ihm herab …

* * *

Die Erde bebte. Bäumte sich auf …

Wurde zu einem Schiff … und eine riesige Faust schlug nach ihm.

Halb erdrückt von seinem eigenen Gewicht lag Fletcher da … voller Schrecken, als er erkannte, wo er war … Wir werden sterben. Der Sprung ist vorüber. Wir werden hier sterben …

Wieder die Faust.

»Fletcher!« hörte er Jeremys Stimme. »Alles klar, Fletcher?«

»Ja«, stieß er hervor, während sein Magen sich umzudrehen drohte. »Ja.«

Der dritte Schlag. Ein wildes, nervenzerfetzendes Kreischen von Jeremy.

Für Jeremy war das alles wie ein Vid-Spiel. Fletcher dagegen konnte nur nach Luft schnappen.

Er durfte nicht zulassen, dass er sich übergab, diese Schande hätte er nicht ausgehalten. Er musste versuchen, es wie Jeremy zu nehmen, sich in den Jungen hinein zu versetzten.

»Bleibt angeschnallt! Bleibt angeschnallt!« ertönte der Interkom. *»Alles klar, wir sind in Ordnung, aber bleibt angeschnallt! An alle Junioren: Das ist ernst gemeint!«*

Wer's glaubt, dachte Fletcher. Wer's glaubt.

»Ich glaube, wir gehen lieber noch nicht unter die Dusche«, meinte Jeremy. »Aber trink das hier, trink es aus. Schnell.

* * *

Die Reserveschicht bei diesem Sprung war Team Zwei, also Madison für James Robert und Steuermann Zwei für Steuermann Eins. Beide Gruppen befanden sich auf der Brücke.

Aber JR, der unten geblieben war, machte sich Sorgen und vertrieb sich die Zeit, indem er sich, flach auf dem Bett liegend, rasierte und eine schnelle Katzenwäsche riskierte, ehe er sich anzog. Die Entwarnung war ungewöhnlich spät erfolgt, aber er hatte Audiokontakt zur Brücke und konnte über eine Monitorverbindung auf seinem Taschencomputer verfolgen, was auf dem Kapitänsposten vor sich ging – ein Test für seine Sehstärke. Allem Anschein nach befand sich die *Champlain* auf der Flucht aus dem Sprungpunkt und versuchte, der *Finity* und ihrem raschen Sturzflug zur dunklen Masse des erloschenen Sterns, der als Sprungpunkt diente, zu entgehen.

Sie waren niedrig geflogen, da ihnen ja die *Boreale* wie eine Kreatur aus der Hölle folgte – und das musste die *Champlain* wohl erraten haben.

JR wäre gern auf der Brücke gewesen, aber er konnte nichts tun als beobachten, und das ging ebenso gut hier in seiner Koje; Bucklin, Lyra und all die anderen, die über einen regulären Taschencomputer verfügten, waren in der gleichen Lage. Die kleinen Geräte wurden in aller Stille betrieben, ohne den Kom zu behindern, ohne auch nur als Störung zwischen den Stationen aufzutauchen.

JR wartete. Wartete, ohne die Uhr aus den Augen zu lassen.

Sah, wie absolut lautlos ein weiterer Punkt im System auftauchte, wie sich der Fächer der Wahrscheinlichkeit rapide korrigierte.

»*Da ist sie*!« Der Kom war ungewollt überschwänglich. »*Hiermit kündige ich die Ankunft des Unionsschiffs* Boreale *über uns an; die* Boreale *ist der* Champlain *auf den Fersen, um sie aufzuhalten und zu befragen. Inzwischen hinkt die* Champlain *schon gut eine, fast zwei Stunden zurück. Wir glauben nicht, dass sie eine zweite Bremsung durchgeführt hat.*«

In der Position des Kapitäns der *Champlain* wäre auch JR nicht langsamer geflogen, um Höflichkeitsfloskeln auszutauschen, mit einem Allianzkauffahrer und einem Kauffahrerkriegsschiff der Union auf den Fersen.

Was konnten der Alte Mann und die *Boreale* einem verdächtigen Piratenschiff im Raum von Mariner antun? Außerhalb dieser Rechtssphäre gab es kein Gesetz, und die *Champlain* wusste natürlich, dass sie nicht zufällig auf demselben Vektor gefahren waren und so dicht an ihren Fersen klebten.

JR hätte gewettet, dass fast die gesamte Lademasse der *Champlain* aus Treibstoff bestand und dass das Schiff sich möglichst weit vom lokalen Gravitätsschacht und von den beiden Verfolgerschiffen entfernen würde, ehe sie mit der Geschwindigkeit herunterging und wieder Kurs auf Voyager nahm. Leicht, wie die *Finity* momentan war, machte sie einen kleinen Hüpfer hinein und wieder hinaus, um als Erste zu springen, die Lichtgeschwindigkeit zu übersteigen, während die *Champlain* eine Delle im Zeit-Raum-Gefüge blieb. Möglicherweise erreichte die *Finity* auf diese Weise Voyager noch vor der *Champlain*. Dazu kam noch eine Ironie des Schicksals: Dass nämlich sowohl die *Finity* als auch die *Boreale* dieses Kunststück fertig brachten, dass aber weder sie noch die *Boreale* der jeweils anderen allzu genau zeigen wollte, wie leicht es ihr fiel, falls nämlich ihre jeweiligen Nationen eines Tages doch wieder auf Konfliktkurs gingen. Sie vertrauten einander nicht vollständig. Es bestand eine winzige Chance, dass es für eine der beiden Parteien politisch nützlich sein könnte, wenn eins der beiden für die Verteidigung der Allianz wichtigsten Schiffe auf mysteriöse Weise verschwand und nicht im Hafen ankam.

Da hatten sie sich wirklich einen gefährlichen Verbündeten zugelegt. Der Alte Mann hatte diese Gefahr dem sicheren Wissen vorgezogen, dass die *Champlain* kein Freund war. Vielleicht eben aus dem Grund, um Vertrauen zu demonstrieren.

Möglicherweise außenpolitisch eine noch überzeugendere Methode als das vom Alten Mann propagierte Ende des Schmuggels und das Akzeptieren von Verhandlungsforderungen der Allianz, dachte JR. Wenn die Allianz auf einmal die Vorschläge der Union annahm, war das im Verhältnis von Union und Allianz so neu, dass die *Boreale* es bestimmt nicht wagte, sich gegen die *Finity* zu wenden, ohne dem Hauptquartier der Union entsprechend Meldung zu machen. Anders als der Träger, den sie unterwegs getroffen hatten (und JR war inzwischen fast sicher, dass es kein Zufall war – die beiden Schiffe arbeiteten zusammen), war die *Boreale* kein Kommandozentrum für eine bestimmte Zone. Sie konnte nicht unautorisiert handeln.

Aber selbst der Träger *Amity* bei Tripoint konnte die Politik der Union nicht bestimmen. Ein Unionskommandeur im tiefen Raum musste mit einer gewissen Autonomie handeln, aber umgekehrt war klar definiert, welche Restriktionen die Politik dieser Autonomie auferlegte. Der Alte Mann hatte die Union vollkommen verunsichert, indem er sich ihren Forderungen fügte, und deshalb würde das Schiff, mit dem sie auf diesem Flug zusammen arbeiteten, sie schützen, zumindest so lange, bis eine Nachricht nach Cyteen geschickt und von dort beantwortet worden war.

JR war im Schatten der komplizierten militärischen und politischen Manöver des Alten Mannes aufgewachsen und hatte die grundlegenden Verhaltensprinzipien der Union gelernt: Unsicherheit wirkt lähmend, Eigeninteresse motivierend. Das, und: Kein Lokalkommandeur führt grundlegende Neuerungen in der Politik ein.

Mallory dagegen war stets auf Neuerungen aus. Das machte sie so unpopulär und verärgerte die Allianz, deren Eigeninteresse sie zwang, die Hilfe des einzigen Trägers und des einzigen Flottenkapitäns anzunehmen, die sie oder die Erde bekommen konnten. Aber nicht einmal Pell vertraute Mallory gänzlich.

Lasst es uns eine Lehre sein, hatte der Alte Mann immer gesagt, als JR noch ein Junior in Jeremys Alter gewesen war. Unberechenbarkeit hatte ihre Vorteile, beim Verhandeln aber auch Nachteile.

Die Strategie der Union hatte nicht immer funktioniert. Mallorys Strategie funktionierte meistens. Mazian war von seinen eigenen Herren betrogen worden und Mallory hatte vor seinen Ohren gesagt: Wenn du den Interessen der Erde dienst, hüte dich davor, erfolgreich zu sein. Nichts brachte die rund tausend politischen Interessengruppen der Erde so schnell in Fahrt wie der Verdacht, dass eine davon richtig Erfolg hatte.

Pell war hauptsächlich deshalb eine Quen-Monarchie, weil Pell ähnliche Tendenzen wie die Erde hatte, allerdings mit einem wichtigen Unterschied: Sie hatten eine Außenseiterin gewählt, um ihre Außenseiterbelange zu regeln, weil sie sich auf keinen Splittergruppenführer einigen konnten, der die Macht innehaben sollte. Mariner dagegen war eine Monarchie, die sich als Demokratie tarnte: Seit dem Krieg hatte der gleiche Administrator die Macht inne und mit ihm eine zunehmend eingewurzelte Gruppe – die Einzigen, die wussten, wie man regierte. Voyager hatte während des ganzen Krieges am Abgrund der Zerstörung gestanden und befürchtete nun, vom Frieden endgültig umgebracht zu werden … Voyager blieb ein Rätsel. Während Esperance, ein Gemisch von Interessen, sich – soweit JR die inneren Vorgänge durchschaute – nur so lange an die Allianz klammerte, wie es sie erfolgreich gegen die Union ausspielen konnte.

Nun brachte die *Finity* den Vorschlag, die Wirtschaft von Voyager zu unterstützen, und der Alte Mann konnte nur hoffen, dass der Stationsleiter von Mariner keine Details an die *Boreale* hatte durchsickern lassen.

Voyagers Überleben lag nicht im kurzfristigen Interesse der Union. Wenn Voyager bankrott machte, hatte Esperance keine andere Wahl, als in Cyteens politische und ökonomische Union einzuschwenken – eine Situation, die das Konsortium auf Esperance selbst sicher nicht wünschen konnte, auch wenn einzelne Mitglieder vielleicht anderer Ansicht waren. Aber indem die *Boreale* ihnen bei ihrer Mission half, unterstützte sie nicht nur die Bemühungen, den Schwarzmarkt abzuschaffen – was ja im Interesse der Union lag –, sondern auch die Wirtschaft von Voyager, was zwar nicht direkt im Interesse der Union lag, wohl aber im Interesse des Friedens, und der Frieden wiederum nutzte natürlich langfristig gesehen auch der Union.

Höhere Politik. Je nachdem, wie die Dinge sich entwickelten, würde der Kapitän der *Boreale* von seinen Vorgesetzten ein Lob dafür bekommen, wenn er der *Finity* half, oder man würde ihm dafür die Hölle heiß machen. Aber wie die Union für gewöhnlich funktionierte, konnte er seine Karriere damit retten, wenn die *Boreale* das tat, was die aktuelle politische Situation nahelegte.

Deshalb würde die *Boreale* sie nicht hier draußen, ohne Zeugen, zur Hölle schicken, sondern sich stattdessen auf ihr richtiges Ziel konzentrieren, nämlich einen Kauffahrer auf der falschen Seite der Unionspolitik und des Gesetzes der Allianz.

Der Alte Mann setzte bei dieser Wette ihr Leben ein, aber es war eine gute Wette, eine bessere, als allein hier draußen zu sein, wenn die *Champlain* doch auf sie losging und die *Finity* nach dem Sprung mit einem Sperrfeuer empfing. Möglicherweise hätten sie gesiegt, aber bei der jetzigen Version fiel kein Schuss. Der Alte Mann hatte seine Wette gewonnen.

»Eine Stunde für die Crew«, erscholl der Interkom. *»Eine Stunde, um sich auf den Sprung vorzubereiten. Wir bleiben hier nicht. Fracht ist stabil. Schiff ist stabil. Aus den Federn, Cousins, macht euch fertig. Unser Kollege ist jetzt vor uns, und wir sind ihm auf den Fersen. Bitte nehmt folgendes zur Kenntnis: Der Kapitän bedauert es, dass am Mariner-Voyager-Punkt keine Bar geöffnet ist.«*

* * *

»Was machen wir eigentlich?« Der Junior, der zum Verantwortlichen für Jeremy und Konsorten ernannt worden war, hatte keine Ahnung. Zwar beruhigte ihn der lockere Ton des Interkom, aber die Situation war alles andere als klar.

»Wir jagen dieses Schiff«, erklärte Jeremy fröhlich. »Verbrennen denen den Arsch, wenn sie trödeln.«

»Werden wir auf sie schießen?«

»Wahrscheinlich schon«, antwortete Jeremy. »Auf alle Fälle ziehen wir nicht den Schwanz vor denen ein. Wir müssen uns beeilen. Soll ich Sandwiches für uns holen, während du solange unter die Dusche gehst?«

»Ja«, sagte Fletcher. Eine Stunde, hatte es geheißen. Eine Stunde, bis sie auf jemanden schossen oder gleich wieder in den Sprung gingen, obwohl ihm noch vom letzten schlecht war. Unter diesen Umständen zu duschen, war einerseits das Dümmste, was er sich vorstellen konnte, aber andererseits konnte er sich auch nichts Besseres vorstellen, als aus den verschwitzten Sachen herauszukommen – immerhin hatte er sie seit einem Monat auf dem Leib. Noch besser wäre es natürlich, wenn sie nicht schießen und nicht springen würden, aber danach sah es momentan nicht aus.

Also zog er sich aus und stopfte die schmutzigen Sachen in den Wäschesack. Dann ging er unter die Dusche und stellte den Timer auf fünf Minuten.

Die blauen Flecken waren zu einem hellen Grün verblasst. Die genähte Braue schien verheilt und war nicht mehr geschwollen. Die kaputte Lippe fühlte sich normal an.

Ihm fiel wieder ein, wie er dazu gekommen war, erinnerte sich, dass er Chad Neihart windelweich prügeln wollte. Aber die Wut war im Lauf der Wochen abgekühlt ... wie es eben war, wenn man sich wochenlang nicht um sie kümmerte. Fletcher kannte sich aus in Biologie und war halbwegs froh über die Abkühlphase, die abgeschwächten Hormonaufwallungen. Trotzdem fühlte er sich der Zeit beraubt, als hätte man ihm etwas grundlegend und ursprünglich Menschliches weggenommen, so effektiv, wie man ihm seine einzige Bindung an zu Hause und an das erste Mädchen, das er liebte, weggenommen hatte. Die Gefühle wurden kalt wie das Frühstück von gestern. Menschliche Erwägungen schwächten sich ab, bis er einen Kampf als technisches Problem sehen konnte, weit entfernt vom A-Deck.

Höchstwahrscheinlich würden sie den Stab nicht wieder finden. Die Witzbolde hatten es vermutlich mit der Angst zu tun bekommen und das Kunstwerk lieber in den Müllschlucker geworfen, statt sich mit ihm erwischen zu lassen.

Bei diesem Gedanken konnte Fletcher die Wut, die er vor einem Monat gespürt hatte, fast wieder in ihrer ganzen Hitze fühlen. Ob er sich noch einmal mit Chad Neihart prügeln wollte? Das war unvermeidlich!

Ob er ihm jemals trauen würde? Das konnte er sich nicht vorstellen.

Würde er das Mädchen je wieder lieben, das er zu lieben geglaubt hatte? Er war sich seiner Gefühle nicht mehr sicher.

Aber er erinnerte sich an etwas, das erst kürzlich passiert war, kurz vor dem Sprung, nämlich Jeremys *›Ich würde dich vermissen‹*, das in seinem Kopf widerhallte. Jeremy würde ihn tatsächlich vermissen, genauso, wie er Jeremy vermissen würde. Ein sonderbarer Gedanke, aber sogar Madelaine, die darum gekämpft hatte, ihn an Bord zu holen, und die ihm ein Taschentuch gegeben hatte, würde ihm fehlen.

Fletcher vermisste Downbelow.

Aber er würde die Menschen auf der *Finity* ebenfalls vermissen.

Er schrubbte sich gründlich ab, entfernte abgestorbene Hautschuppen und Schorf, legte die frische Haut darunter frei. Ein Wettlauf mit der Dusche, die mit einer warmen Ganzkörperwaschung endete. Fletcher war immer noch flau im Magen, nicht nur vom Sprung, sondern von der Diskrepanz zwischen Geist und Körper, der einfach nicht mehr die Gefühlsintensität aufbrachte, die er vorher gespürt hatte. Als schwemmte das Wasser die Leidenschaft hinweg, wobei Erkenntnisse zwar intakt blieben, aber kein entsprechendes Echo mehr fanden. Einige Menschen auf diesem Schiff legten Wert auf seine Gesellschaft. Andere nicht. Wie viel Gefühl hatte der Sprung aus ihnen herausgesaugt ... und was würde bei Fletcher nach dem nächsten Sprung noch übrig bleiben? Würde er den Diebstahl mit heiterer Gelassenheit hinnehmen?

Zum Teufel, nein. Das würde er nicht zulassen. Eine Abrechnung musste sein. Gerechtigkeit.

Aber war ein Wutanfall nötig, um die Wut auszuleben? War es feige, etwas auf sich beruhen zu lassen oder zu merken, dass die Gefühle sich von allein beruhigten? Was machte ein vernünftiger Mensch in einem solchen Fall?

Zyklusgemäß kam das Wasser in der Dusche jetzt von allen Seiten, prickelte heftig auf seiner Haut. Machte ihn blind.

Er liebte Melody und Patch, doch auch dieses Gefühl verblasste zunehmend, war genauso wenig immun gegen die Wirkung des Sprungs wie seine Wut. Die Liebe von Spacern flammte in den Schlafheimen auf und erstarb zwischen den Sprüngen, wandte sich im nächsten Hafen einem anderen Menschen zu. Nichts währte ewig außer der Bruder- und Schwesternschaft auf den Schiffen. Familie bedeutete nicht, dass man jemanden traf und heiratete; es waren die Beziehungen, die Schiffskameraden, die Bindungen, so eng wie die von Jeremy. ›*Ich würde dich vermissen*‹ ... und das würde immer wieder auferstehen.

Bianca rückte mehr und mehr in den Hintergrund. Wie viel Zeit trennte ihn jetzt von ihr? War er ihr nach drei Monaten um sechs Wochen voraus?

Inzwischen würde man Melodys Schwangerschaft erkennen können, falls sie und Patch erfolgreich gewesen waren. Ihr neues Baby würde zu einer sichtbaren

Tatsache geworden sein. Sie würde ihre Zeit in einer Wohnhöhle verbringen, sie hatte Fletcher aus freien Stücken verlassen, sich ihrer eigenen Zukunft gestellt statt seiner Vergangenheit. Seine Liebe zu den beiden Hisa nahm nicht ab – sie war inzwischen so alt wie sein Gefühl für sich selbst –, aber sie war seine Grundfeste, nicht seine Gegenwart, seine Realität.

Als er in die kalte Luft hinaustrat, sah er, dass Jeremy mit Käse-Sandwiches und kalten Getränken in Plastikbehältern bereits zurück war – er musste regelrecht in den Messesaal gesprintet sein. Jeremy trank mit großen gierigen Schlucken, riss sich die Kleider vom Leib und verschwand in der Dusche, nachdem er seine Wäsche ebenfalls in den Sack gestopft hatte. »Ich bring das Zeug nachher zum Wäscheschlucker«, rief er aus der Dusche, ehe sie losging.

Fletcher zog sich an und machte es sich mit seinem Sandwich und seinem Fruchtsaft auf seiner Koje gemütlich. Er fühlte sich nicht schlecht und fand es schwierig, sich vorzustellen, dass sie sich möglicherweise kurz vor einer militärischen Auseinandersetzung befanden. Ganz normale Dinge passierten, die frischen Sachen waren angenehm, der kalte, süße Saft schmeckte wunderbar. So ging es einfach weiter, bis vielleicht irgendwann alles vorbei war. Und auf einmal konnte Fletcher es verstehen.

Er hatte sein Sandwich aufgegessen, als Jeremy wieder aus der Dusche kam und sich anzog.

»Wie geht's dir?« fragte er.

»Scheint alles ziemlich gut verheilt zu sein«, antwortete Fletcher.

Jeremy war offenbar nicht überrascht. »Hast du das *Introspect*-Tape? Könntest du es mir mal leihen?«

Fletcher hatte es auf Mariner gekauft und bereits mehrmals gespielt. Jeremy mochte es.

»Ja«, antwortete er und überlegte, ob er selbst auch Lust auf ein Tape hatte.

Aber in seinem Gedächtnis tanzten noch die Bilder von Downbelow, an einem Tag, der anders war als alle, die er erlebt hatte. Vielleicht konnte er den Traum zurückholen.

»*Hallo, Cousins*«, erklang es aus dem Interkom, diesmal mit einer anderen Stimme. »*Da sind wir, die zweite Schicht übernimmt jetzt. Wir bitten um einen donnernden Applaus für die erste Schicht, die uns sauber dort abgesetzt hat, wo wir hin wollten, genau in die richtige Richtung für unseren Hafen. Danke an die Kombüse für heldenhafte Bemühungen und die hervorragenden Sandwiches. Wir sind auf dem besten Weg nach Voyager, wo uns leider eine Menge Arbeit erwartet. Aber die Kombüse verspricht uns eine wahre Herkules-Anstrengung während des Anflugs auf Voyager. Inzwischen können wir euch auch allen Ernstes offenbaren, Cousins, dass wir sowohl in Verhandlungen mit Pell als auch mit Mariner und mit zahlreichen Kapitänen der Allianz liegen, die einem Plan beipflichten, nach dem die Union nun mit uns zusammenarbeitet. Das Schiff ist für den Frieden wertvoll geworden, Cousins. Auf welche Weise, wird euch das Kommando nach Voyager genauer erklären, aber Kapitän James Robert möchte das Wort jetzt schon an euch richten, vor unserer Abfahrt. Bleibt also dran.*«

»Krass«, lautete Jeremys Kommentar. »Das tut er nur, wenn ein Kampf bevorsteht.«

»*Hier spricht James Robert*«, meldete sich nun eine andere Stimme, und Fletcher bekam eine Gänsehaut. »*Wie Kom schon gesagt hat, später mehr, aber eins wissen wir schon jetzt. Wir schicken eine Botschaft, die man auf Voyager sehr gern hören wird. Wir sorgen dafür, dass Voyager weiterhin im Handelsnetz existieren kann, und außerdem, dass Mazian das Herzstück des Versorgungsnetzwerks verliert, das ihn am Leben erhält. Es hat eine Schwarzmarkt-Pipeline gegeben, die Waren von der Erde nach Cyteen umgeleitet und Kriegsmaterial zu Mazian geschafft hat, und damit ist jetzt Schluss. Auf Voyager werde ich euch genauer informieren, aber findet euch mit einem anstrengenden Aufenthalt ab und tröstet euch mit dem Gedanken, dass wir dabei sind, Mazian einen Schlag zu versetzen, der ihn schwerer trifft als alles, was er in den letzten Jahren einzustecken hatte. Frieden, Cousins. Sagt euch das, wenn ihr nur drei Stunden Schlaf bekommt und euch der Rücken weh tut und ihr keine Lust mehr habt, auf die Lichter einer Konsole zu starren, die sich nicht verändern. Der Freigang auf Voyager ist abgeblasen. Vielleicht können wir ein paar freie Stunden organisieren, aber wir müssen in diesem Hafen wie Dockarbeiter schuften. Noch eine zusätzliche Neuigkeit: Unser Partner* Boreale *macht Jagd auf die* Champlain, *und wenn die* Champlain *keinen Extratreibstoff hat, wie wir glauben, und doch auf Voyager anlegt, können wir uns auch dieser Angelegenheit widmen.«*

»Wir sollten sie fertig machen«, meinte Jeremy in enttäuschtem Ton. »Warum soll nur die *Boreale* den ganzen Spaß haben?«

»Das ist kein Spaß, Jeremy!« Vor lauter Nervosität konnte sich Fletcher die Bemerkung nicht verkneifen, erntete aber einen schockierten Blick. »Es ist kein Spaß«, wiederholte er trotzdem. »Hör auf den Kapitän, der bestimmt mehr gekämpft hat als alle anderen.«

»Vielleicht wird er alt.«

»Vielleicht wusste er immer, wofür er gekämpft hat! Und vielleicht bist du zu jung, um es zu wissen.«

»Ich bin nicht zu jung!«

»Sogar ich bin zu jung! Auf Pell herrschte zwar Frieden, aber die Vorstellung, dass es nirgendwo einen Feind gibt – die kenne ich auch nicht. Aber ich habe mit Kreaturen gelebt, die nicht gegeneinander kämpfen, die nichts voneinander stehlen. Und das tut jemand hier auf dem Schiff. Ich habe den Frieden wenigstens kennengelernt, aber du nicht!«

Jeremy starrte ihn an, als wäre Fletcher ihm plötzlich genauso fremd wie ein Downer.

»Vielleicht können wir so nicht sein«, fuhr Fletcher fort, und es tat ihm Leid, dass er Jeremy gekränkt hatte. »Aber wir können diesem Zustand zumindest näher kommen und glücklich sein, in einer Welt, in der Menschen nicht einfach grundlos getötet werden, wo man die Mittel, mit denen man Wälder anlegen könnte, nicht dafür benutzt, alles in die Luft zu jagen.«

Jeremy sah immer noch nicht glücklich aus. Und ziemlich ratlos.

»*Takehold*«, verkündete der Interkom. »*Schnallt euch an, Cousins. Gleich geht's los.*«

»Jemand muss Mazian das Handwerk legen«, sagte Jeremy. »Die Downer können das nicht.«

»Hast du nicht gehört, was der Kapitän gesagt hat? Wir legen ihm das Handwerk! Viel effektiver, als wenn wir einen Träger in die Luft jagen. Die Downer haben ihn nicht besiegt. Aber sie beobachten den Himmel und warten.«

Der Countdown lief. Dann kam der Druck und die Kojen kippten.

»Ich wünsche mir immer noch, dass wir das Schiff drankriegen!« rief Jeremy.

»Ich bin froh, wenn wir wohlbehalten ankommen«, brüllte Fletcher zurück. »Es ist kein Spiel, Jeremy. Kapier das doch endlich! Du hast das nie gesehen, wovon der Kapitän spricht, du warst nie dort. Aber du hast das Tape angeschaut. Das haben sie nicht weggenommen. Möchtest du es noch mal anschauen? Ich kann es dir geben.«

»Nein!« schrie Jeremy zurück. »Ich hab ein Studientape, das muss ich erst durchmachen.«

»Macht es dir Angst?« fragte Fletcher herausfordernd. »Mir nicht.«

»Hast du Angst vor der *Champlain*? Ich nicht.«

»Hast du Angst vor einem Gewitter? Ich bin in einem rumgelaufen!«

»Hast du schon mal eine Sonneneruption gesehen? Das ist gruselig! Ich hab Viking ausbrechen sehen!«

Fletcher grinste und setzte noch eins drauf: »Ich habe den Alten Mann in seinem Büro gesehen!«

»Das ist gruselig«, sagte Jeremy, und man hörte das Grinsen in seiner Stimme. So alberten sie weiter, bis sie bei einem Bottich widerlichem Synthetik-Käse angekommen waren und der Druck das Reden nahezu unmöglich machte. Die *Finity* bewegte sich immer schneller.

»Mein Bauch tut weh«, stöhnte Jeremy und eine Weile schwiegen sie.

Dann sagte Jeremy: »Ich weiß gar nicht, wie das wäre, wenn man dauernd Freigang hätte.«

»Denkst du, so ist das Leben auf einer Station? Wir müssen arbeiten, wir haben Jobs!«

»Nein, ich meine, wenn wir einfach von einer Station zur nächsten fliegen würden, von einem Freigang zum nächsten, in Süßwarenläden gehen, uns mit Mädchen treffen und so.«

»Und so? Was ist und so?«

»Das weißt du doch.«

Natürlich wusste Fletcher es. Wieder ein Grinsen. »Junge, eines Tages wird dein Körper deinen Ambitionen gewachsen sein, dann ergibt das Universum für dich einen Sinn.«

»Das tut es aber jetzt schon!«

»Du bist da draußen ohne Karte, aber eines schönen Tages weißt du über alles Bescheid.«

»Hast du mit einer der Frauen von der *Belize* geschlafen?«

»Wenn ich das getan hätte, würde ich es dir bestimmt nicht sagen!«

»Ich wette, du hast es nicht getan.«

»Da hast du sogar Recht. Ich bin wählerisch.«

»Hast du's überhaupt schon mal getan?«

»Vielleicht.«

»Wie war es?«

»Wie es in den Büchern steht, die du dir in den Buchläden auf Mariner nicht hättest ansehen sollen!«

»Das ist ungerecht. Ich hab mir die Reihe dahinter angeschaut!«

»Ganz bestimmt.« Allmählich machte das Reden seinen Rippen zu schaffen, andererseits verging so die Zeit viel schneller und wirkte gegen das Unbehagen des bevorstehenden Sprungs. Schließlich schwiegen sie aber, und Jeremy hörte sich ein Musiktape an.

Fletcher legte sich zurück und starrte zur Unterseite von Jeremys Koje empor, dann schloss er die Augen und fragte sich, wie er in dieses Gespräch hineingeraten war. Plötzlich dachte er, dass zu Hause niemand diesen Austausch auch nur annähernd verstanden hätte. Vermutlich merkte man daran, dass er anders geworden war – wenn er schon mit den jüngsten Besatzungsmitgliedern der *Finity* Witze machte ... und wusste, dass niemand zu Hause sie verstehen würde.

Es war ... wenn man sich so auf einen Sprung vorbereitete, im Bewusstsein, dass man als Feuerball in der Nacht enden konnte, etwa fünf Jahre bevor das Licht irgendwo ein kurzes Glitzern im Teleskop von irgendjemanden verursachen konnte, wenn man es mit Gelassenheit hinnahm und sich sagte, na ja, wahrscheinlicher ist es, dass wir stattdessen auf Voyager landen.

Und das war ein Ort, den kennen zu lernen er nie in Erwägung gezogen hätte. Mysteriös, dunkel, primitiv, so viel er wusste. Ein verhängnisvoller und verfluchter Ort.

Wenn er das als Junge seinen Kumpels auf der Station erzählt hätte, hätten die gesagt: »Krass«, und wahrscheinlich darüber geredet, einmal hinzufliegen. Aber wenn sie in sein Alter kamen, unterhielten sie sich lieber über Sparguthaben und eine größere Wohnung und ob es besser war, Überstunden zu machen und mehr Platz zu haben, oder die Freizeit zu genießen und in einem Besenschrank zu wohnen.

Auf der *Finity* hatte man keine Wahl, was man arbeitete, was man anzog, wann man in Ruhestand ging. Er wohnte in einem Besenschrank, den er sich obendrein noch mit jemandem teilen musste. Sie waren hier draußen mit einem anderen Schiff, das sie womöglich ins Jenseits befördern wollte. In Wirklichkeit …

O Gott.

Wie kam es, dass er es sich hier gemütlich machte und sich ganz gelassen sagte, dass sie es wahrscheinlich schaffen würden? Wie kam es, dass er sich sagte, dass er den Stab nicht unbedingt brauchte, um Satins Botschaft zu verstehen, und dass sie, die *Finity*, vielleicht genau das waren, worauf Satin wartete? Er befand sich im Himmel, in den Satin blickte und auf Antwort wartete.

»*Gleich geht's los zum Sprung*«, meldete sich wieder der Interkom. »Nehmt euer Mittel und träumt schön, Cousins!«

»Bist du wach?« fragte Fletcher. Seit einer Stunde hatte er von der oberen Koje keinen Piep mehr gehört.

»Ja«, antwortete Jeremy. »Ich hab mein Zeug. Wie geht's dir?«

»Gut«, sagte Fletcher und holte das Tranquilizerpäckchen vom Bettrand, wo es Jeremy vor einem Monat angeklebt hatte.

Er hielt es an seinen Arm und spürte den Kick, ohne sich vorher irgendwelche Sorgen gemacht zu haben.

»Träum schön«, sagte er.

»Du auch«, rief Jeremy zu ihm herunter.

»*Wir sind im Count plus fünf Minuten*«, verkündete Kom. »*Die* Boreale *ist schon im Sprung, und wir glauben, die* Champlain *ist vor uns aus dem Kontinuum gegangen. Wir haben keinen Hinweis auf feindliche Aktionen. Macht euch bereit für den Dienst nach dem Sprung. Wir werden den Voyager-Raum in normaler Rotation durchqueren, dritte Schicht auf der Brücke, darauf die vierte. Operationen in allen nicht lebenswichtigen Stationen sind vorerst ausgesetzt. Kombüsendienst geht weiter, mit Wayne, Toby B. und Ashley. Wäscherei, Putzdienst und Filterwechsel setzen aus. Macht euch das klar und ruht euch aus, Cousins. Ihr werdet Ruhe brauchen, wenn wir anlegen. Noch vier Minuten und … neunundzwanzig Sekunden …*«

Fletcher holte tief Luft und lauschte dem gleichmäßigen Zählen.

»Ich wette, wir hätten die *Champlain* kriegen können«, sagte Jeremy, als sie bei einer Minute angekommen waren.

»Vielleicht«, gab Fletcher zurück und spürte, wie sich seine Rippen gegen die Beschleunigung wehrten. »Aber Mazian wird viel wütender, wenn wir seine Versorgung lahm legen.«

»Glaubst du wirklich, dass wir das können?«

»Du musst dringend mal was anderes lernen außer deinen Vid-Spielen, Junge! Brot kann man nicht ohne Mehl backen und Mehl kriegt man nicht, wenn die Kauffahrer sich nicht bewegen. Und in diesem Universum ist Mehl wesentlich rarer als Metall für Raketenteile!«

»Noch dreißig Sekunden. Neunundzwanzig …«

Fletcher legte den Kopf in den Nacken. Einen Moment setzten die Motoren aus zum Gleitflug, der dem Sprung für gewöhnlich vorausging.

»*Träum schön*«, rief Fletcher dem kampflustigen Jüngsten der *Finity* zu. »Denk dran! Getreide und Mehl! Brot ist lebensnotwendig, viel mehr als Metall …«

Das Schiff glitt in die Unendlichkeit und hob sich …

So fühlte es sich jedenfalls an …

* * *

Die ganze Nacht saß er so da, im Bewusstsein, dass die Hisa um ihn herum waren. Es gab keinen Schutz außer den Statuen. Die Hisa warteten im Regen, der gelegentlich aussetzte, aber bald darauf wieder lostrommelte.

Kommen die alten Hisa vielleicht hierher, um zu sterben?

Hat der junge Hisa vielleicht nicht begriffen, was ich suche? überlegte Fletcher. Oder sitzen die Hisa hier einfach rum, warten, verhungern und sterben?

Er fühlte sich zunehmend unbehaglich. Ständig schliefen ihm die Beine ein. Er hatte gelernt, dass der Blitz gern in den höchsten Punkt einschlug, und nun saß er am Fuß eines der fünfzehn höchsten Punkten der unmittelbaren Umgebung, genau wie man es nach dem Rat der erfahrenen Basisbewohner nicht machen sollte.

Warteten die Hisa vielleicht darauf, dass einer vom Blitz erschlagen wurde? War es eine Art Spiel? Ein Gottesurteil aus den Wolken?

Eine Weile goss es in Strömen, dann ließ der Regen wieder nach, als hätte sich der Zorn der Natur ausgetobt.

Nach langer, langer Zeit konnte Fletcher wieder die Schatten der Wächter erkennen, aber jetzt nicht im Licht der Blitze.

Er hatte den Sonnenuntergang gesehen. Er war mitten im Wald gewesen. Aber noch nie im Leben hatte er einen Sonnenaufgang über einem unverstellten Horizont zu Gesicht bekommen, nicht wie jetzt, als sich nach und nach ein sanftes Licht ausbreitete, anfangs fast unmerklich. Fletcher hätte nicht sagen können, an welchem Punkt die Morgendämmerung begonnen hatte. Das Licht wurde stärker und ließ die Welt um ihn herum hervortreten.

Fletcher wechselte die Position: Das Bein, das dem Boden am nächsten war, tat weh vor Kälte, und er konnte immer nur eines schützen. Er tauschte den nächsten Filter aus und steckte die Verpackung ordentlich in die Tasche.

Dann schlief er ein, vielleicht einfach aus Schwäche. Er schlief fest und erwachte in ungewohnter Wärme. Als er die Augen öffnete, sah er, dass die Große Sonne heller war, als er sie je gesehen hatte, und das Land tröstete.

Er saß da, nahm die Wärme in sich auf, an die Knie der Statue gelehnt, an Mana-tari-so. Auf einmal dachte er, dass er einfach so warten sollte, dass er den Knopf nicht drücken und keine Hilfe herbeirufen würde. Hier war es nicht unheimlich. Er war bei den Hisa, und was auch immer dieser Ort sein mochte: Er wartete, er beobachtete. Alles war voller Erwartung, aber leicht und unbeschwert, und so fühlte Fletcher sich in diesem Moment auch.

Doch da nahm ihn ein Hisa beim Arm. Fletcher sollte aufstehen und mitkommen. Wohin, das wusste er nicht. Zumindest konnte er sicher sein, dass ihm nichts Böses bevorstand, denn die Hisa kannten keine Gewalt. Neugierig, mit weichen Knien vor Hunger und Benommenheit, auf verkrampften Beinen, ging er mit.

Der Hisa brachte ihn zum Fuß des größten Wächters und zu einem graubepelzten Hisa, älter als alle, die Fletcher je gesehen hatte.

»Du wandern in Wald«, sagte sie – anscheinend war es ein Weibchen. Fletcher sank vor dieser uralten Kreatur auf die Knie ins goldene Gras. »Du Name Fetcher.«

»Ja.« Irgendetwas hielt ihn zurück, mit seiner Frage nach Melody und Patch herauszuplatzen. Er hatte vor Richtern gestanden – und dies hier war eine Richterin, das sagte ihm das Gefühl von stiller Ehrfurcht, das nicht einmal der ferne Donner stören konnte.

»Ich Satin.«

Satin! Fletcher spürte, wie ihm ein Schauer über den Rücken lief. Satin, eine Downerin, die im Krieg eine führende Rolle gespielt hatte. Satin, die im Weltraum gewesen und zurückgekommen war.

Eine sehr dünne, alte Hand streckte sich ihm entgegen, wischte den Staub vom Gesichtsschutz seiner Maske und berührte dann seine bloßen, schmutzigen Finger.

»Du Junge kommen sehen Große Sonne.«

»Ja.«

»Was Große Sonne sagen dir?«

»Ich weiß nicht.« Hätte er etwas wissen sollen? Hätte er klüger sein müssen? Es hatte eine Zeit gegeben, da hatten die Downer ihm weit mehr Sinn vermittelt als er selbst. Aber was sollte er jetzt wissen? Er glaubte nicht, dass es eine einfache Antwort gab für das Schiff über ihren Köpfen und die Regeln, die er gebrochen hatte.

»Nicht du Platz«, sagte Satin, hob das Kinn und blickte zum Himmel empor, mit Augen, die so unermüdlich waren wie die der Wächter. »Da du Platz, Fetcher.«

»Ich gehöre Melody«, erwiderte Fletcher, voller Angst, vor dieser wichtigsten Hisa respektlos zu wirken, aber Satin hatte Unrecht. Er gehörte nicht dort hinauf. Das war ja das Problem. »Ich gehöre zu Melody und Patch. Ich möchte nicht dort hinauf. Niemals.«

Wieder lief es ihm kalt über den Rücken, als die durchdringenden Augen seinen Blick suchten, die Maske zwischen ihnen. »Du gehen mit Große Sonne. Ich gehe mit Sonne zu meiner Zeit, schlechte Zeit, viel schießen, viel sterben.«

Der Krieg. Einem Hisa gegenüber sollte man das Wort nie in den Mund nehmen.

»Ich weiß«, sagte er.

»Du gehen mit Sonne«, wiederholte sie und nahm aus dem Gras neben sich einen Geisterstab, so lang wie der Unterarm eines Menschen, mit Schnitzereien, gedrehten Kordeln, mit Federn und Steinen. Fletcher hatte solche Stöcke schon an Grabstätten gesehen, an Grenzen, an Stellen, die für die Hisa eine wichtige Bedeutung hatten und die sie markieren wollten. »Nimm«, sagte sie und hielt ihm den Stab hin.

Menschen durften solche Dinge eigentlich nicht berühren. Aber sie reichte Fletcher den Stab, und er nahm ihn vorsichtig in die Hand. Er sah die kunstvollen Schnitzereien, die Abnutzungserscheinungen des Alters, eine Verfärbung an einem Ende, wo der Stock vielleicht einmal in der dunklen Erde gesteckt hatte.

»Du nimm«, wiederholte Satin.

Fletcher wusste nicht, was er sagen sollte. Er konnte so etwas nicht behalten. Oder vielleicht – vielleicht war es ein Grabzeichen. Das waren die Stäbe manchmal. Vielleicht meinte sie, er würde sterben.

»Warum?« fragte er. »Was soll ich damit tun?«

»Geh deinen Platz. Du schlafen bei Mana-tari-so, machen er nicht Ruhe. Du träumen Upabove. Alles du träumen Upabove. Du gehen dort.«

Fletcher wusste nicht, was er sagen oder tun sollte. Er wollte diese Antwort nicht.

»Ich möchte Melody und Patch sehen«, sagte er so deutlich er konnte, so heftig, wie er sich zu widersprechen traute.

»Nicht du Traum«, erwiderte Satin.

»Ich habe nicht geträumt. Ich hatte keinen Traum!« Dazu kamen die Hisa hierher, jedenfalls meinten das die Wissenschaftler. Sie glaubten, dass die weisen alten Hisa diese Träume deuteten. Sie glaubten, dass die Alten die Welt in die Realität träumten. Sie waren primitive Wesen.

Fletcher blickte in die alten, weisen Augen und sah – war es Mitleid?

Wut stieg in ihm auf. Oder wollte es jedenfalls. Aber Melody hatte ihm vor all den Jahren die Wahrheit gesagt. Er war nicht wütend. Er war traurig.

»Du finden Traum dort oben.« Satin gestikulierte zum Himmel. »Geh du Frühling. Melody und Patch gehen wandern. Zeit zu gehen, Melody-Kind.«

Das tat weh. Sehr weh sogar. Aber Fletcher erkannte die Wahrheit, wenn sie ihm jemand wie jetzt nach einer Zeit der Selbsttäuschung klar und deutlich ins Gesicht sagte.

Geh. Geh zurück. Du tust Melody weh.

Es war die Wahrheit. Er hatte sich in Melodys Leben gedrängt und war nicht mehr von ihr gewichen. Und Downer lebten nun einmal nicht so lange wie Menschen. Mit seiner Bedürftigkeit, seinen Problemen hatte er Melody ein großes Stück ihres Lebens weggenommen.

Downer-Frauen wurden nicht schwanger, bevor ihr voriges Kind erwachsen geworden war.

Glaubte Melody, dass Fletcher ihr gehörte? War das der Grund, tief in ihrem Innern, dass sie ihn loswerden wollte und … und ihr eigenes Baby nicht bekommen konnte, ehe er aus ihrem Leben verschwunden war?

Er wollte den Stab zurückgeben, mit allem, was er bedeutete. Jeder Verbindung, jedem Zusammenhalt mit den Hisa. Es schmerzte ihn, aber sein Stolz beharrte darauf, dass er wütend war, auch wenn Melody das nie geglaubt hatte.

Aber Satin nahm den Stab nicht zurück. »Du nimm«, sagte sie. »Gehören du.«

Einen Moment lang war Fletcher sprachlos. Ihm war nicht bewusst, in welchem Augenblick ihrer Unterhaltung es ihm dämmerte, er wusste nur, dass er mitten in seinem Schmerz fühlte, dass er … nein, nicht dass er ein Ausgestoßener war, sonst hätte er dieses Geschenk nicht bekommen. Sondern dass er von ihnen *ausgesandt* wurde, dass er eine Prüfung bestanden hatte. Er wurde entlassen, weil seine eigenen Angelegenheiten noch nicht geregelt waren, seine Botschaften nicht überbracht. Und seine Pläne nahmen einen völlig anderen Kurs.

Nach dem, was er jetzt erfahren hatte, musste er gehen.

Gut, dass er eine Maske trug. Das untere Siegel wurde feucht, Fletcher hatte einen Kloß im Hals.

»Sag Melody und Patch, dass ich sie liebe«, sagte er endlich. »Ich hoffe, sie sind dieses Frühjahr erfolgreich.«

»Frühling für sie«, erwiderte Satin und Fletcher verstand genau, was sie meinte: Für einen Hisa ist es zu viel, einen Menschen großzuziehen. Der Frühling kam. Er brachte Hoffnung für Melody. Und eine Hisa, die sich in Upabove auskannte, erklärte ihm, was Melody und Patch nicht über die Lippen brachten, weil sie zu freundlich, zu sanft waren: Melody sollte ihr Menschenkind vergessen, sollte nicht länger auf Fletcher warten, sondern die Jahre nutzen, die noch vor ihr lagen. Zusammen mit Patch. *Frühling für sie.*

»Ich verstehe«, sagte Fletcher und stand auf, müde und geschwächt. Er verbeugte sich, wie die Hisa es vor Respektspersonen machten, und drückte den Stab an sich, als er davonging.

Er hielt auf die dunkle Linie des Waldes zu, ein langer, langer Aufstieg durch nebelnasses Gras. Er hatte den Kreis der Spuren längst hinter sich gelassen, als er in eine seiner Innentaschen griff und das Signalgerät fand. Den wertvollen Stock unter den Arm geklemmt, bediente er den Schalter.

Nun hatte er zwei Alternativen. Er konnte das Gerät wegwerfen und denen, die ihn retteten, einfach mitteilen, wo er gewesen war.

Oder er konnte in Richtung Heimat gehen, seinem Schicksal entgegen, und sich dabei fragen, ob er schon zu lange gewartet hatte und ob seine Zylinder durchhalten würden.

* * *

»Fletcher? Fletcher, wach auf!

Du machst mir Angst, Fletcher! Mach keine Spielchen …«

Fletcher blinzelte, ärgerte sich über das Leben und wäre vollkommen zufrieden gestorben. Erst als ein Juniorjunior ihn zu schütteln begann, fiel ihm ein, warum.

»Du warst *bewusstlos*«, sagte Jeremy. »Gott, Fletcher!«

»Mir geht's wieder gut«, erwiderte Fletcher barsch und wütend, weil er geschüttelt wurde, und dann merkte er, dass Jeremy bereits geduscht und angezogen war.

Er war auf Downbelow gewesen. Er hatte sich verirrt, er war weggeschickt worden.

»Wir sind da! Bist du in Ordnung?«

»Ja«, antwortete Fletcher. »Ja, mir geht's gut.«

Er hatte Satins Geschenk in der Hand gehabt. Ihr Geschenk, ihre Vollmacht. Aber er hatte den Stab verloren, hatte ihn sich stehlen lassen, ganz gleich, ob der Unterschied jetzt noch eine Rolle spielte.

Geh weg. Du zu alt, Fetcher. Zeit zu gehen.

Hatte sie es gewusst? Sah sie in ihren Visionen die Zukunft?

Sie hatte nicht gesagt … geh nach Upabove, auf die Station. Sie hatte gesagt … geh mit Große Sonne. Geh in den *Weltraum*. Und hatte ihm ihr Unterpfand gegeben, hatte ihn von Melody und Patch weggeschickt und in ihren Himmel hinein.

Damit er bestohlen wurde, von einer Crew, die angeblich die beste aller Kauffahrer war. Von seinen Verwandten.

Der Riss an seiner Lippe war verheilt. Er hatte Chad schon beinahe vergessen, ihn und den Diebstahl, bis er mit der Zunge nach dem körperlichen Merkmal seines letzten wachen Moments suchte und dort nur glatte Haut und keinen Schmerz vorfand.

»Fletcher?«

»Mir geht's gut«, beteuerte er zum dritten Mal, die universelle Antwort. Er streckte sich und setzte sich langsam auf. Er hatte das Gefühl, dort gewesen zu sein, in Downbelow, und er hatte es nicht verlassen wollen.

Als er aufrecht auf der Bettkante saß, hätte sich ihm fast der Magen umgedreht.

Rasch riss Jeremy ein Saftpäckchen auf und gab es ihm. Der Geschmack bewies Fletcher, dass er es dringend nötig hatte. Jeremy drängte ihm gleich noch ein zweites auf. Wieder hätte Fletcher sich um ein Haar übergeben, aber nachdem er eine Weile ruhig geatmet hatte, ging es vorbei.

»Du hast mich ganz schön erschreckt.«

»Ich war zu Hause«, erklärte Fletcher. »Aber dann bin ich hier aufgewacht und hatte die Schlägerei vergessen, verdammt!« So saß er auf dem Rand seiner Koje und suchte in seinem Innern verzweifelt nach seiner Wut, nicht auf sein Schicksal, nicht auf Quen, nicht auf das Schiff, sondern ganz spezifisch auf Chad ... aber sie wollte nicht zurückkommen. Sie ließ sich einfach nicht mehr heraufbeschwören.

Du bist nicht wütend ... hatte Melody gesagt. Daran hatte er sich im Traum erinnert, und das hatte seine Gefühle auf den Kopf gestellt. Aber diesmal war er auch nicht traurig – er hatte Angst! Doppelt bestohlen. Ungefähr zehn Lichtjahre lagen zwischen ihm, Chad, der Schlägerei, Mariner und allem Anderen. Es war zwei Monate her ... seine Gefühle waren abgekühlt und die Wut war verschwunden, trotz seiner konzentrierten Anstrengung, sich daran zu erinnern. Und jetzt war nur noch Panik an ihrer Stelle.

Er hatte das Vertrauen enttäuscht, das Satin in ihn gesetzt hatte. Er hatte den Stab verloren. Er wusste nicht, wo er Satins Geschenk wiederfinden konnte. Er wusste nicht, wo dieser Teil von ihm geblieben war, der ... der ihm im Schlaf entglitten war. Mit dem Verstand konnte er ihn sehen, aber sein Körper reagierte nicht darauf. Selbst der Schmerz über den Verlust von Melody und Patch wurde schwächer, als wäre es lange her, erledigt, abgehakt – was ja auch stimmte.

Er sprang auf die Füße und riss sich die Kleider vom Leib, als könnte er mit ihnen seine Träume abstreifen. Unter der Dusche schrubbte er den Geruch des Verlusts und der Angst von seinem Körper. Als er fertig war, machte er die Tür auf und trat rasch in die kalte klare Luft hinaus, wild entschlossen, seine geistige Gesundheit und seinen Platz im Universum auf diesem Schiff wieder zu finden, ganz gleich unter welchen Regeln.

Und um zu kämpfen. Zu *kämpfen*, wenn er musste.

Er zog sich an und dachte dabei an seine Pflichten. Er benahm sich, als wäre er wütend, als könnte er dem Gefühl so Leben einhauchen; aber sein Gehirn sagte ihm, dass es vorbei war, vergangen, und seine Angst erwiderte, wenn ihm das gleich war, interessierte es auch sonst niemanden. Auf einsamem Posten versuchte der Intellekt, dem Körper Wut einzuflößen, erreichte damit aber lediglich noch mehr Verwirrung.

Fletcher wollte – er wusste auch nicht mehr, was er wollte.

»Sind wir zum Dienst eingeteilt?« erkundigte er sich bei Jeremy. Er war noch nie aufgewacht, ohne gleich eine Aufgabe zu bekommen, aber er wusste nicht, ob das normal war.

»Wir sollen erst mal in unseren Kojen bleiben.«

»Mist.« Ausgerechnet dieses eine Mal, wo er wirklich arbeiten *wollte,* gab es nichts zu tun. Er war in einem Vakuum, grenzenlos nach allen Seiten. Er ließ sich auf sein Bett sinken und fuhr sich mit den Händen durch die nassen Haare.

Satin. Der Stab, den er durch die Hölle getragen hatte und der jetzt verschwunden war …

Sein Verstand suchte nach den Scherben zerstörter Realität. Endlich fand er das Schlüsselstück.

Voyager! »Wo ist das Schiff, dem wir gefolgt sind? Wo ist die *Champlain*?«

»Ich weiß nicht«, antwortete Jeremy. »Bis jetzt hat noch niemand was dazu gesagt. Fletcher, du bist irgendwie komisch drauf. Du machst mir Angst.«

»Ich möchte meinen Hisa-Stab zurück. Es ist mir vollkommen egal, was das für ein Scherz sein soll, jetzt reicht's. Ich möchte den Stock zurück. Meinst du, du könntest das den anderen überall im Schiff mitteilen?«

»JR hat danach gesucht. Alle haben danach gesucht. Ich glaube nicht, dass sie schon fertig …«

»*Wo ist er dann*?« Wieder erschreckte er Jeremy mit seiner Heftigkeit. Er hatte die Wut wiedergefunden und herausgelassen, aber sie hatte keine Richtung mehr, und er war fix und fertig. »Vielleicht hat JR die ganze Zeit gewusst hat, wo er ist. Vielleicht wollte er bloß, dass ich die Sache mit Humor nehme. Aber das tu ich nicht. Und wie ich das sehe, findet es ja wohl das ganze Schiff urkomisch.«

»Nein«, widersprach Jeremy kläglich. »Fletcher, wir werden den Stock finden. Wir suchen ihn. Sie haben uns keinen Dienst gegeben. Wir suchen ihn, bis wir ihn gefunden haben.«

»Ja. Warum nehmen wir Chad nicht gleich mit?«

»Wir werden den Stab finden.«

»Ich glaube, wir hätten wesentlich bessere Chancen, ihn zu finden, wenn JR die Anordnung geben würde, dass er gefälligst gefunden wird.«

Jeremy antwortete nicht.

Ich bin ein Dummkopf, dachte Fletcher. Der Traum von den Wächterstatuen verblasste. Das Verlustgefühl wurde schwächer.

Aber das Gefühl, beraubt worden zu sein – nicht nur Satins Geschenk hatte man ihm genommen, das, was er deswegen empfand – dieses Gefühl blieb und nahm ihm die Ruhe. Er war aufgewacht mit einer Panik, die vollkommen unlogisch war, einer Schwäche, die er doch längst überwunden hatte. Er hatte schon früher den Wohnsitz gewechselt und alles weggeworfen, wenn er einen neuen fand … Fotos, Andenken, Geschenke, die in letzter Sekunde aus schlechtem Gewissen gemacht worden waren. Alles in den Müll, kein Blick zurück, kein Bedauern. Und doch …

Diesmal war es anders.

Vielleicht war es die Bosheit, die in diesem Verlust steckte.

Vielleicht war es die Unschuld und die Erwartung der Geberin …

Vielleicht war es sein Versagen, dass er nicht begriffen hatte, was ihm gegeben worden war, oder warum, oder auch nur, wem es gehörte.

Die Downer legten solche Stöcke auf Gräber. An Stätten des Abschieds. Gaben sie denen, die fort mussten, und diejenigen, die sie bei einem Abschied oder Tod bekamen, trugen sie an andere Stellen – steckten sie am Flussufer in den Boden, ohne daran zu denken, dass der Alte Fluss sie mit dem nächsten Hochwasser wegschwemmte, wie die Wissenschaftler erzählten … steckten sie auf einem Friedhof in die Erde … auf einem Hügel, auch wenn ansonsten keine vergleichbaren Symbole in Sicht waren und es eigentlich keinen erkennbaren Grund gab außer der Laune des jeweiligen Downers.

Gelegentlich schienen solche Stöcke zurückzukehren. Manchmal nahm ein Downer einen von einer Grabstätte und übergab ihn einem anderen Hisa und bekam ihn irgendwann wieder zurück. Ein Forscher hatte sich einmal nach dem Grund dafür erkundigt und der betreffende Downer erklärte ihm: »Er gehen weg, er kommen zurück.« Das war alles, was die Wissenschaft zu diesem Thema erfuhr.

Er gehen weg, er kommen zurück.

Zu einem Friedhof, mit zusätzlichen Kordeln und Federn. Die Forscher registrierten solche Dinge gewissenhaft in ihren Studien, die auch festhielten, ob die Stöcke aufrecht oder schief in der Erde steckten und ob die Federn ober- oder unterhalb einer bestimmten Markierung hingen …

Vielleicht hatte all das in den Köpfen der Wissenschaftler etwas zu bedeuten. Aber Fletcher vertraute auf keine ihrer Spekulationen – er als ein Mensch, dem ein solcher Stock *geschenkt* worden war, als jemand, der einen davon bei sich getragen hatte, wie ein Hisa ihn bei sich tragen sollte. Nur dass er keinen Aufbewahrungsort dafür gehabt hatte, keine Möglichkeit, ihn bei sich zu behalten …

Hatten die Forscher in ihren klimatisierten Kuppeln, mit ihren Schränken und Klassifizierungsschemata nie daran gedacht, wie es war, einen Stab bei sich zu tragen, ohne Taschen – ein lächerlicher Gedanke? Wenn man einen solchen Stab anvertraut bekommen hatte, trug man ihn eben bei sich, und irgendwann in den folgenden Tagen hatte der betreffende Downer vermutlich das Bedürfnis, den Stab loszuwerden, ihn zu einem Grab zu bringen oder zum Alten Fluss oder ihn auf einen Hügel zu pflanzen, möglichst nah am Himmel, einfach um wieder ganz normal weiter zu leben, zu essen, zu trinken, praktische Dinge zu erledigen.

Fletcher hatte nicht die Gelegenheit gehabt, nach einem guten Platz Ausschau zu halten, das war das Problem. Satin hatte ihm den Stab gegeben, ihm die Last auferlegt und gesagt … geh in den Weltraum, Fetcher.

Er hatte den Stab hierher gebracht und in diesem Sinne trug er ihn für immer, wenn er ihn nicht finden konnte. Die Last würde sein ganzes Leben auf seinen Schultern ruhen, wenn die Menschen, zu denen er geschickt worden war, seine eigenen Leute, sich einen Scherz daraus machten – wenn diejenigen, die ihn akzeptieren sollten, ihn und das, was ihm wichtig war, so wenig zu würdigen wussten.

Er strich sich die Haare aus der Stirn, lehnte den Kopf in die Hände und dachte, dass er Satins Geste und seine Verbannung bestimmt besser verstand als jeder Verhaltensforscher es ihm je erklären könnte.

Nimm diese Erinnerung, Fletcher, und geh.

Lass die alten Dinge ruhen. Denke praktisch. Iss. Schlaf. Lass Melody gehen.

Aber das war nicht alles. Es war *Satins* Geschenk. Es stammte von der einen Hisa, die im Weltraum gewesen und zurückgekehrt war. Satin war nicht irgendeine Hisa. Sie war die Autorität, die alle Hisa und gleichermaßen auch alle Menschen anerkannten. Es war Satins Geschenk und nicht einmal die Verwaltung der Basis hatte das infrage zu stellen gewagt.

Aber dann hatte irgendein niederträchtiger Idiot den Stab gestohlen, weil ein unerwünschter Cousin sich in sein Leben gedrängt hatte, einer, der aus einem ganz anderen Leben kam.

Fletcher glaubte nicht mehr, dass JR es getan oder auch nur gebilligt hatte. Aber würde er den oder die Verantwortliche schützen und versuchen, den Diebstahl herunterzuspielen? Es war doch JRs Job, die schlechten Dinge unter den Teppich zu kehren und die Crew funktionsfähig zu erhalten. Wahrscheinlich wusste der Alte Mann noch nichts davon – falls es JRs Aufgabe war, ihm solche Dinge zu melden.

Aber nein – als Fletcher die Ereignisse vor dem Sprung wieder zusammensetzte, fiel ihm ein, dass Madelaine Bescheid wusste. Und wenn Madelaine es wusste, wusste es der Alte Mann garantiert auch.

Ganz sicher billigte der Alte Mann solche Vorfälle nicht. In diesem Licht betrachtet, war es gut möglich, dass JR ihm die Situation hatte erklären müssen.

Fletcher spürte, wie sich jemand neben ihm auf den Bettrand setzte. Jeremy. Mit ernstem, besorgtem Gesicht – ein unausgesprochenes Flehen. Er hatte Downbelow gesehen, in Gedanken.

»Das Schreckliche daran ist«, sagte Fletcher, »dass der Stab mir anvertraut wurde. Verstehst du? Und wenn ich ihn zurückbekomme, weiß ich nicht, was ich damit anfangen soll … etwas, das Satin sich wünschen würde, aber ich weiß nicht, was. Ich muss entscheiden, wann und wo ich es tun soll. Dass jemand anderes den Stab jetzt einfach irgendwohin gebracht hat …« Er redete mit einem Zwölfjährigen, der trotz mangelnder Ehrfurcht an Dinge glaubte, an die dumme Zwölfjährige eben glauben, an Zauberei, an ein lebendiges Universum, an Dinge eben, an die ein älterer Mensch vielleicht tief in seinem Herzen auch noch glauben wollte – ohne es zuzugeben natürlich. »Weißt du, was das bedeutet? Dass *sie* jetzt den Stab tragen, dass *sie* die Verantwortung für etwas haben, wofür sie wahrscheinlich nicht freiwillig die Verantwortung übernehmen würden. Aber ich will dir etwas sagen über diesen Stock: Er wird sie nicht loslassen. Er ist wie eine Verpflichtung. Und dieses Schiff wird sie nicht loswerden, bis der Stock zu mir zurückkommt.« Er blickte in Jeremys ernstes Gesicht; der Junge glaubte Fletcher jedes Wort. »Und – nein«, fuhr er fort, »ich werde nicht danach suchen. Der Stab muss zu mir zurückkommen, sonst verwandelt sich das Schiff in etwas, das jemand an Bord sich wünscht. Ich werde mit Chad keine Spielchen treiben. Er sollte lieber hoffen, dass er ihn findet und mir wiedergibt, bevor der Kapitän eingreift, und ich denke irgendwie, das war die Anweisung, die der Kapitän auch JR gegeben hat. Verstehst du? Wenn das Schiff den Stab nicht findet, dann ist er zur Verantwortung des Schiffs geworden, seine Last, und solange ich lebe, werde ich Chad Neihart nicht trauen. Vielleicht wird ihm auch kein anderer mehr trauen.«

»Und wenn er nichts dafür kann?« Jeremys Stimme klang bekümmert. »Was ist, wenn er ihn zurückgeben wollte und dabei ist etwas, na ja, etwas schief gegangen?«

»Ich hab es dir doch gesagt: Man muss ihn tragen, man kann ihn nicht einfach weglegen. Vielleicht ist es nur ein Downer-Aberglaube. Aber ich denke, dass es stimmt. Ich kann dir sagen, entweder verzeihe ich Chad und seinen Anhängern – oder nicht. Entweder vertraue ich diesem Schiff oder nicht. Das sind die Alternativen. Das kannst du gern weitersagen, wem du es weitersagen willst. Nicht alles, was jemand tut, kann gänzlich und für immer wieder gutgemacht werden, auch wenn es dem Betreffenden später Leid tut. Wenn Chad den Stab zerstört hat … das könnte ich viele Jahre lang nicht vergessen.«

Schweigen kehrte ein.

»Er ist kein schlechter Kerl«, sagte Jeremy schließlich.

»Aber kann ich ihm nach all dem noch trauen?« fragte Fletcher. Ja, Jeremy glaubte an Wunder und an Wiedergutmachung. Vielleicht war es gemein, das auszunutzen, aber verdammt, er glaubte selbst auch daran und vielleicht konnte Glauben ein einziges anderes Mitglied der Crew motivieren. »Kann ich ihm je vertrauen? Das ist doch die Frage, oder?«

Jeremy antwortete nicht, auch nicht nach einer langen weiteren Pause. »Ich sage es weiter«, sagte er nur. »Das hätte nicht passieren dürfen. Wirklich nicht. So sind wir nicht.«

»Das würde ich gern glauben«, erwiderte Fletcher und zumindest in der idealen Welt dieser wenigen Momente entsprach es der Wahrheit. Als das darauf folgende Schweigen ungemütlich wurde, fügte er hinzu: »Meinst du, sie machen die Rec-Halle heute Abend wieder auf?«

»Ich glaube eher, dass wir in den Kabinen bleiben sollten. Wenigstens, bis sie uns die Erlaubnis ausdrücklich erteilen. Ich leihe dir meine Tapes.«

Fletcher stand auf und ging die sechs Schritte bis zur Waschecke mit dem Spiegel. Darin beobachtete er, wie Jeremy ebenfalls aufstand, allem Anschein nach immer noch bedrückt.

»Karten«, schlug Fletcher vor, denn er war sicher, dass Jeremy sich ansonsten nur weiter grämen und er selbst lange, lange mit zwölf Schritten vor und zurück die Kabine durchmessen würde. Jeremy wusste, wie man mit der Situation umging, wenn man im Quartier eingepfercht war. Fletcher stellte sich vor, wie der viel zu schlaue Zwölfjährige ohne Ansprechpartner in ähnlichen Situationen allein hier gesessen hatte, während die *Finity* in einsame Sternsysteme vorgedrungen war.

Geh nicht weg. Er dachte daran, wie Jeremy ihn angefleht hatte, mit einer ganz besonderen Intensität, die sich ihm tief eingeprägt hatte. Vielleicht auch, weil er unter Drogen gestanden hatte. Sein ganzes Leben lang hatte er sich Brüder geliehen. Aber er hatte nie einen so verzweifelten, einsamen Bruder gehabt wie Jeremy. Es hatte nie Rivalitäten zwischen ihnen gegeben. Und jetzt merkte er, wie Jeremy ihn nachahmte, den Kragen seines Coveralls offen ließ, wie er es tat, seinen Gürtel knotete, wie er es tat …

Sogar die Hemdsärmel krempelte Jeremy auf wie Fletcher. Auf dem Freigang wollte er unbedingt einen braunen Pullover kaufen, genau so einen, wie Fletcher ihn trug. Gott, das war doch lächerlich.

Aber es rührte Fletchers Herz, wenn er dem Jungen ins Gesicht sah, in die Augen, die nach jedem Hinweis auf Fletchers Meinung fahndeten. Und nachdem Fletcher jetzt genau das provoziert und für sich ausgenutzt hatte – wie konnte er es je wieder ignorieren?

Fletcher war nicht sicher, wie er sich fühlte. Als säße er in der Falle, ja.

Und gleichzeitig hatte er etwas geschenkt bekommen, was er nie gehabt hatte und vor dem er jetzt nicht mehr entfliehen konnte … genauso wenig, wie Melody vor einem verlorenen Jungen hätte weglaufen können, damals, an jenem Tag am Dock von Pell.

KAPITEL 20

Voyager lag vor ihnen, ein Funkeln vor einer sternendurchsetzten Dunkelheit, in der Umlaufbahn um einen klumpigen, steinigen Protoplaneten, der seinerseits einen relativ kleinen Stern umkreiste.

Keine *Boreale*, keine *Champlain*, als die *Finity* hier aus dem Hyperspace herausgetreten war. Nur die Ionenspuren von Schiffen, die hereingekommen waren …

Und wieder verschwunden waren. Die *Champlain* vermutlich in Führung, die *Boreale* als Verfolger. Ein Allianzschiff – zumindest nominell – auf der Flucht, dahinter ein Unionsschiff, das ohne Erlaubnis in diesem Raum niemanden verfolgen durfte.

Auf der Brücke der *Finity* war das vorherrschende Gefühl Frustration. Die Zweite Wache war für den Sprung aus dem Mariner-Voyager-Punkt verantwortlich. Das war Madisons Crew; danach kam Francies Schicht, die Dritte Wache. Als Puffer und für Notfälle auch die Seniorjunioren, die die Strapazen des Doppelsprungs überstanden und ihre erschöpften Körper schneller aus den Kojen gehievt hatten als die meisten Senioren … auch wenn es nicht sehr wahrscheinlich war, mussten sie sich auf die Anwesenheit von Kampfstationen gefasst machen, und es konnte immer sein, dass es ein Senior nicht rechtzeitig auf seinen Posten schaffte.

Diese Gruppe wurde von JR angeführt.

Aber nichts passierte. Einfach nichts. Wie sich herausstellte, waren sie allein im Sprungbereich. Eigentlich doch eine gute Nachricht für das Schiff, sagte sich JR. Trotzdem blieb Madison auch nach dem Schichtwechsel in der Nähe. Er machte ein ebenso bedrücktes Gesicht wie Steuermann Zwei, der Steuermann Drei nicht von der Seite wich und ihm damit das Leben ziemlich schwer machte.

Nervöse Kampfbereitschaft ohne Kampf, ohne Antwort auf einfache menschliche Neugier – und immer mit dem Gedanken, dass ein Schiff der Union gerade ihren einzigen Zeugen im Allianzraum abgestreift und nun die Gelegenheit hatte, eine Attacke auf ein Schiff zu starten, das nominell immer noch zur Allianz gehörte.

Zumindest war das JRs Verdacht. Und das Ganze geschah zu einem Zeitpunkt, an dem sie alles daran setzten, die Kauffahrer der Allianz dazu zu bringen, dass sie der Allianzregierung auf Pell einige der Rechte überließen, für deren Durchsetzung die *Finity's End* einst erfolgreich gestritten hatte.

Die Tatsache ignorieren, dass ihr Verbündeter, ein Unionsschiff, gerade Jagd auf ein Schiff der Allianz machte … und das auch noch einen Sprung vor Esperance, dem schwierigsten Geschäftspartner, den sie vor sich hatten? Ganz gleich, dass dieses Allianzschiff vielleicht dem Feind geholfen hatte, dem Feind, der vor nicht allzu langer Zeit zu ihrer eigenen Flotte gehört hatte; ganz gleich, dass einige Allianz-Kauffahrer auf der falschen Seite erwischt worden waren. Der Allianz fiel es schwer, der Union zu vergeben, die im Krieg vielen Kauffahrern übel mitgespielt hatte und deren Territorialgrenzen jetzt manche Kauffahrer aus dem Geschäft zu drängen drohten.

Die Allianz hatte den Rimrunnern gegenüber eine sehr ambivalente Einstellung – jenen Schiffen an den Randbereichen der aktuellen interessenpolitischen Gruppierungen – und ebenso ging es ihnen grundsätzlich bei Kontakten mit der Union. Obgleich ihnen daran lag, Mazian in Schach zu halten, war man allgemein der

Ansicht, dass die Allianz nicht ohne das Schreckgespenst Mazian existieren konnte – weil die Furcht vor ihm die Union zwang, in ihren Schranken zu bleiben.

Ein Unionsschiff, das den Kampf mit einem Kauffahrer der Allianz aufnahm, würde die negative Haltung der anderen Kauffahrer nur bestärken und gleichzeitig dafür sorgen, dass Esperance eher zu einer Übereinkunft mit der Union tendierte. Eine harte Politik, die Kauffahrer willfährig zu machen, würde bei den kleinen Handelsschiffen kaum auf Gegenliebe stoßen, denn sie waren nur einen Schritt, – nämlich die nächste ökonomische Katastrophe – davon entfernt, Frachten transportieren zu müssen, die sie normalerweise nicht transportieren wollten. JR wusste nicht, wie der Alte Mann die Situation beurteilte. Er *hoffte*, dass die Ionenspur von durchfliegenden Schiffen stammte und dass sich kein Kampf unter den Augen von Esperance und allen, die dort an Dock lagen, anbahnte.

Bestimmt war sich der Alte Mann, der bei diesem Sprung nicht auf der Brücke gewesen war, der Lage bewusst und billigte es nicht, dass die *Boreale* ohne Rücksprache die Jagd über Voyager hinaus fortsetzte. Höchstwahrscheinlich dachte er längst darüber nach, wie er reagieren sollte, falls die Situation eskalierte.

Das enthielt ein potentielles Problem. Sie hatten der *Boreale e*ine Abkürzung durch Allianzraum ermöglicht, damit sie die Elemente der Union auf Esperance – angeblich gab es dort immer eine starke Unionspräsenz – warnen konnte, dass etwas im Busch war. Und das wiederum konnte sich ebenso gut positiv wie negativ für sie auswirken.

Es war ausgeschlossen, dass der Träger, dem sie bei Tripoint begegnet waren, die *Boreale* geschickt hatte, denn diese war schon wesentlich früher auf Mariner gewesen. Dennoch war JR neugierig genug, um Daten von Mariner abzurufen und zu bestätigen, dass die *Boreale* tatsächlich schon eine Woche im Hafen gelegen hatte, als die *Finity* dort eintraf. Nein, selbst unter der Voraussetzung, dass Schiffe sich im Sprung überbieten konnten, passte diese Theorie nicht in den Zeitablauf.

Außerdem war die *Boreale* über den Cyteen-Vektor hereingekommen; es war also auch von daher unmöglich, dass die *Amity* hinter ihrem Auftauchen steckte. Das Zusammentreffen war ehrlich gewesen.

Auch dass die *Boreale* sie beschützt hatte – in dem Einvernehmen, dass sie die Kauffahrer zu einer Einwilligung in die Zollregelung bringen wollten –, war ehrlich gemeint.

Demzufolge war es absolut vernünftig, weiter nach Esperance zu fliegen, von wo sie, anders als von Voyager, eine Nachricht direkt nach Cyteen befördern und genauso gut Kontakt zu anderen Schiffen aufnehmen konnten, deren Black Boxes in aktueller Kommunikation mit Cyteen gestanden hatten, um zu erfahren, was anderswo passiert war. Anstelle der *Boreale* hätte die *Finity* das Gleiche getan.

Der Alte Mann hatte auf Nummer Sicher gespielt, und jetzt mussten *sie* nach Voyager, auftanken, sich mit Repräsentanten der Stationsverwaltung treffen und die Dinge tun, die routinemäßig zum Handel gehörten. Sie würden Voyager nicht dadurch beleidigen, dass sie die Station links liegen ließen.

Das Gute daran war, dass das Steuer aufgrund der leichten Ungenauigkeit von Schiffsankünften in einem Gravitationsschacht den Signaleffekt eines noch auf dem Interface befindlichen Schiffs genutzt hatte, um das nur mittelschwer beladene und höchst leistungsfähige Schiff ein gutes Stück aus dem Zentrum der Systemmasse springen zu lassen, die nicht das Zentrum des Sterns war ... und in der Richtung dieses Manövers lag die Position, in der sich die Voyager-Station um diese Jahreszeit befand. Sowohl von der Nav als auch vom Steuer war es eine absolute Höchstleistung, ein Beweis ihres Talents, das den Abstieg der *Finity* zur Station erleichterte und ihr gleichzeitig in dem Wettrennen nach Esperance, das sich jetzt zwischen ihnen und der *Boreale* entsponnen hatte, einen Zeitvorteil gab.

Vor ihnen lag die altmodischste Station, die auf dieser Seite der Union noch funktionierte; eine kleine Station. Ein Teil ihres Rings hatte sich vor dem Krieg im Bau befunden, eine Konstruktion, die nach den Unterlagen der *Finity* inzwischen aufgegeben worden war.

Pell, Mariner, Erde … und auch Cyteeen hatten ihre Ekliptik mit zahlreichen Stützpunkten durchsetzt. Aber der verarmte Voyager war allein auf seiner Umlaufbahn um einen winzigen Planeten nahe einem Trümmerring, der einen eher kleinen Gasriesen umgab, welcher dort für Unruhe sorgte. Ursprünglich hatte Voyager eine wachsame Verteidigung nicht gegen Piraten, sondern gegen unerwünschte Hochgeschwindigkeitsbesucher aufgebaut. Doch im Krieg hatten Voyagers Kapazitäten doppelten Nutzen gehabt – sie hatten die Station am Leben gehalten und dafür gesorgt, dass sie für die Seite, die sie gerade hielt, ein Anlaufhafen blieb.

Die meiste Zeit war sie in Mazians Händen gewesen.

Vor dem Krieg, in den Tagen der Schiffe mit geringerer Sprungkraft, war Voyager eine Brücke nach Esperance mit seinen Bergwerken gewesen, aber in den Nachkriegsjahren erwies sich der Bergbau für Esperance als weniger lukrativ als der Handel mit Cyteen. Auch *Mariner* wünschte sich eine Verkehrsverbindung zwischen Pell und Cyteen, falls der Frieden stabil blieb. Nun war Voyager in seiner unglücklichen Position zwischen Mariner und Esperance ein Haltepunkt zwischen zwei Sternen, die nur sehr begrenzt an Wirtschaftsbeziehungen zueinander interessiert waren.

Die Zeit drängte; die *Finity* war zu sehr in Eile, um die Lage auf der Station zu verändern.

Jetzt erschien der Alte Mann auf der Brücke. Madison und Alan standen auf, ebenso wie JR und die anderen

Junioren auf der Brücke, um dem Seniorkapitän ihren Respekt zu erweisen, der ihnen aber sofort mit einer Handbewegung zu verstehen gab, sie sollten sich setzen.

Madison erstattete den ersten Bericht, von dem JR die wichtigsten Einzelheiten mitbekam. Dann war Alan an der Reihe. Mit James Robert war auch Frances gekommen, um sich die allgemeinen Berichte anzuhören, und JR lauschte am Rand; inzwischen hatte sich Bucklin neben ihn gestellt.

»Nun«, sagte der Alte Mann mit der gleichen Bitterkeit, welche die allgemeine Stimmung zu beherrschen schien, »wir müssen unseren Job in diesem Hafen erledigen, aber wir werden in Rekordzeit wieder verschwinden. Die Seniorbesatzung hat rund um die Uhr Wache auf dem Schiff, alle körperlich voll Einsatzfähigen werden beim Frachttransfer benötigt, der Seniorstab zu – hoffentlich kurzen – Beratungen. Ich nehme nicht an, dass sich die Station unserem Vorschlag grundsätzlich verschließt, aber der örtliche Kauffahrerhandel wird wahrscheinlich Widerspruch einlegen. Mir wäre es lieber gewesen, wenn die *Boreale* mit uns hier wäre. Aber das ist nicht zu ändern. Was zeigt uns das Schema? Wen haben wir da im Hafen?«

»Drei interstellare Schiffe, Sir«, antwortete Alan, »nach dem neuesten Bericht.«

Das war bemerkenswert wenig Verkehr.

»Bei unserer letzten Konferenz mit Mallory haben wir mehr antreten lassen«, meinte der Alte Mann kopfschüttelnd. »Jamie, wer sind diese Schiffe? Kommen sie von Mariner oder von Esperance?«

»Die *Velaria* hat Mariner vor einer Woche mit Ziel Voyager verlassen, Sir, die *Constance* und die *Lucky Lady* noch davor. In den letzten fünf Tagen gab es nur uns, die *Boreale* und die *Champlain*. Kein Schiff aus Esperance liegt im Hafen.«

»Wenn man bedenkt, dass eine Woche hier als langer

Aufenthalt gilt, sind drei Schiffe eigentlich ein vernünftiger Erwartungswert. Voyager bietet innerhalb von beliebigen vierundzwanzig Stunden Platz für fünf Schiffe, selten einmal zehn. Wir sind an vierter Stelle. Zusammen mit der *Boreale* und der *Champlain* hätten wir schon fast für ein Verkehrschaos gesorgt.«

»Ja, Sir«, sagte JR. Er war vorbereitet gewesen. Nach einem Doppelsprung war es schwer, alles im Kopf zu behalten, was man griffbereit haben sollte. Aber es gehörte zu seinem Job, und er hatte seine Hausaufgaben gemacht.

»Im Frachtraum befinden sich vier leere Container«, sagte der Alte Mann, »lebensmitteltauglich und sauber. Wir müssen alles, was wir auf dem lokalen Markt kaufen, testen und in einen anderen Container umpacken, um sicherzustellen, dass wir saubere Fracht haben. Die Seniorbesatzung kennt diese Vorgehensweise sicher noch, mit besten Empfehlungen an die Junioren, die einen großen Teil des Transfers erledigen werden. Alle werden in der Nähe des Schiffs Übernachtungsmöglichkeiten bekommen, niemand entfernt sich von seiner Gruppe, unter keinen Umständen. Wir werden zusätzliche, auf der Station gekaufte Kleidung ausgeben und auf die Schiffsregeln betreffs Abzeichen und Aufnähern verzichten. Wes, du übernimmst die Details in einer allgemeinen Ankündigung. Die Station kann den Handel gebrauchen, und wir haben keinen Zutritt zur Wäscherei. Vor allem die Juniorjunioren bleiben ganz in der Nähe, innerhalb eines engen Sicherheitsperimeters; Einkauf von Lebensmitteln, Kleiderausgabe, kurz alles, was mit Dingen zu tun hat, die von draußen aufs Schiff kommen – einschließlich persönliches Gepäck, was sehr eingeschränkt sein wird – ist Sache des Seniorstabs. Wir gehen auf Sicherheitscode Rot. Auch wenn wir keine explosive Fracht befördern.«

Das waren die alten Neuen Regeln. Nichts kam an Bord, ohne genauestens vom Scanner geprüft, aufgelistet und bestätigt zu werden; die jeweiligen Besatzungsmitglieder mussten sich hundertprozentig für die Korrektheit verbürgen können. Sicherheitscode Rot trat normalerweise in Kraft, wenn sie besonders empfindliche Fracht transportierten ... beispielsweise Explosivstoffe, was in der Vergangenheit nichts Ungewöhnliches gewesen war. Diesmal jedoch war nicht die Explosivität der Fracht der Grund für solche Vorsichtsmaßnahmen. Sondern Voyager.

Der Alte Mann machte einen Rundgang durch die Einer-Stationen, warf einen Blick auf die allgemeinen Schalttafeln, sprach kurz mit dem Computerschützen, der gerade erst die Notschalter entschärfte, und mit Tech Eins, der sich um die Emissionssignaturen gekümmert hatte.

Für gewöhnlich sagte der Alte Mann auch ein Wort zu den Beobachtern – so nannte man die Seniorjunioren – und JR wartete gespannt.

»Vor dem Sprung habe ich eine Notiz von der Rechtsabteilung bekommen«, sagte der Alte Mann mit gedämpfter Stimme. »Ich möchte dich in meinem Büro sprechen, JR. Sofort.«

»Jawohl, Sir.« JR wollte über das Thema nicht auf der Brücke reden. Er wollte sich überhaupt nicht mit dem Thema befassen. Aber er musste.

Danach verließ der Alte die Brücke. JR warf Bucklin einen Blick zu, den dieser mitfühlend erwiderte, und machte sich auf den Weg, um über eine Situation Bericht zu erstatten, die er gern schon vor dem Sprung aus der Welt geschafft hätte.

* * *

»Die Situation auf dem A-Deck«, sagte der Alte Mann ohne weitere Einleitung, als JR vor dem Schreibtisch stand, in dem Büro mit den Bücherregalen und den Erinnerungsstücken von alten hölzernen Schiffen. Hinter der eisernen Selbstkontrolle des Alten konnte JR unschwer seine Sorge erkennen: persönliche, quälende Sorge, die der Seniorkapitän gar nicht brauchen konnte, wenn er Entscheidungen treffen musste, in denen es um Leben und Tod, um Krieg und Frieden ging.

»Es ist nicht unmittelbar Kapitänssache, Sir. Ich hoffe, ich habe schon eine Lösung für das Problem.«

»Wir mussten bisher nie das Wort ›Diebstahl‹ in den Mund nehmen.«

»Dessen bin ich mir wohl bewusst, Sir. Ich weiß nicht, was ich dazu sagen soll. Ich habe darauf keine Antwort.« In diesem Augenblick meldete sich der Interkom mit der Nachricht, dass die *Boreale* und die *Champlain* das System von Voyager durchquert hatten und dass sie selbst unterwegs zum Docken und Auftanken waren.

»*Wir haben Sicherheitscode Rot*«, sagte der Interkom – es war Alans Stimme, *»und wir verschieben Fracht. Die Tatsache, dass die Boreale die Verfolgung der Champlain aufgenommen hat, ist noch immer Anlass, wachsam zu bleiben, soll aber momentan nicht unsere Sorge sein …*«

James Robert legte den Finger auf den Knopf an der Konsole, und es wurde still in dem kleinen Raum.

»Ich denke, diese Details kennen wir.«

»Jawohl, Sir«, sagte JR.

»Ein Geisterstab, soweit ich gehört habe?«

»Ja, Sir.«

»An Bord geschmuggelt.«

»Theoretisch ja, Sir.« Er hatte das Gefühl, dass es nicht so sehr um die Illegalität ging, sondern um die Frage, wie etwas so Ungewöhnliches JRs Aufmerksamkeit entgehen und an Bord hatte gelangen können. »Er befindet sich rechtmäßig in Fletchers Besitz.«

Manchmal musste er es bei den Prüfungen des Alten Mannes riskieren, Fehler zu machen. »Sir, ich bin noch zu keinem endgültigen Schluss gekommen, was der Fall ist. Die Tatsachen scheinen darauf hin zu deuten, dass jemand den Stab an sich genommen hat; ich habe um seine Rückgabe gebeten, aber bislang hat niemand sich gemeldet.«

»Und es hat eine Schlägerei gegeben.«

»Ja, Sir. Es hat eine Schlägerei gegeben.« Manchmal bestand die Herausforderung darin, ein Problem vom B-Deck fern zu halten. Andererseits zu wissen, wann man es nach oben leiten sollte. »Ich möchte den Fall gern mit meinen eigenen Möglichkeiten weiter bearbeiten.«

Ein langes, sehr langes Schweigen trat ein. Am liebsten wäre JR im Boden versunken. Aber so stand er da, unter dem kritischen Blick des Seniorkapitäns, obwohl dieser selbst müde und erschöpft wirkte und in seiner privaten Freizeit bestimmt Besseres zu tun hatte, als solche lästigen Angelegenheiten zu regeln.

»Wenn ich recht verstehe, sind die Ermittlungen also nicht zum Stillstand gekommen.«

»Nein, Sir. Die Schiffsbewegung hatte eine Weile Vorrang, aber das darf natürlich nicht dazu führen, dass wir die Situation einfach hinnehmen. Sie löst sich nicht von alleine.«

Bedächtig nickte der Kapitän. JR hoffte, dass es als Zustimmung zu verstehen war.

Sie riskierten, Fletcher zu verlieren. Das war die eine Seite. Sie riskierten, einen Präzedenzfall zu setzen, eine neue Umgehensweise miteinander auszuprobieren, die sie möglicherweise zerstörte.

»Die Ehre des Schiffs«, sagte JR leise in das fortgesetzte Schweigen des Alten Mannes hinein. »Ich weiß, Sir.«

»Die Ehre des Schiffs«, wiederholte der Alte Mann. »Das ist die Grundlage, auf der wir die anderen Schiffe bitten können, ihr Eigeninteresse beiseite zu stellen, Jamie. Letzten Endes ist das die höchste Karte, die wir ausspielen können. Denk daran. Wollen wir das aufgeben?«

»Nein, Sir.« JR brachte kaum ein Wort heraus. Erst als er wieder draußen auf dem Korridor war, konnte er wieder atmen.

* * *

Fünf Minuten später gab JR Bucklin und Lyra seine Anordnungen.

Fünfzehn Minuten darauf war jeder dienstfreie Junior einschließlich Fletcher über Interkom informiert, dass der Alte Mann sich nach dem Gegenstand erkundigt hatte; nun schweiften die Junioren einzeln auf dem Schiff aus, um ihn zu suchen.

So bekam der Übeltäter die Möglichkeit, den Stab zu finden, wie auch immer er oder sie dies wünschte. Damit war die Angelegenheit zwar nicht vom Tisch, aber JR wäre immerhin in der Lage, sich auf das zwischenmenschliche Problem zu konzentrieren und festzustellen, womit er es hier eigentlich zu tun hatte: mit einem Diebstahl, einem Streich – oder der Zerstörung von etwas Unersetzlichem.

Er fand Fletcher, der mit den drei anderen Juniorjunioren die leeren Kabinen des A-Decks durchsuchte. Whiskeykisten waren umhergeschoben, Vorratsbehälter geöffnet worden. Sie hatten sogar die Betten verstellt, damit man darunter spähen konnte, alles in großer Eile.

»Fletcher«, sagte JR und zog ihn vor die Tür von 40A. »Der Alte Mann ist zutiefst betroffen. Es geht nicht nur um Eigentum. Weder er noch ich halten die Sache für ein Eigentumsproblem. Wenn du bei ihm eine Beschwerde einreichen möchtest, steht dir das offen. Ich persönlich möchte dich allerdings bitten, mir Zeit zu geben, damit ich der Sache auf den Grund gehen kann.«

Fletcher hatte Kisten durchgestöbert und atmete heftig von der körperlichen Anstrengung der Suche. »Ich hatte nicht vor, mich da einzumischen«, sagte er mit Blick auf die hektische Betriebsamkeit. »Sie wollten das.«

Unter anderen Umständen wäre es undenkbar gewesen, dass unerfahrene Juniorjunioren Frachtgut durcheinander wirbelten. Dumpfes Poltern ertönte auch weiterhin aus dem Innern der Kabine. »Ich bin von ihrem Enthusiasmus beeindruckt«, sagte er.

Ein unbehagliches Schweigen folgte, dann sagte JR: »Fletcher, wir nähern uns einem sehr gefährlichen Dock. Ich hoffe, dass ich das Problem vorher aus der Welt schaffen kann. Falls nicht, bitte ich dich, genau so wie ich auch Chad bitten werde, von Konfrontationen Abstand zu nehmen. Es geht hier um sehr ernste Verhandlungen. Zwischen der Allianz und der Union. Wenn zwei Besatzungsmitglieder auf dem Dock aneinander geraten, könnte das den Ausgang der Gespräche negativ beeinflussen.« Wieder ein Moment des Schweigens, in dem JRs Hoffnung auf Fletchers Verständnis sank. »Ich bitte dich für ein paar Tage um Kooperation. Wir werden hart arbeiten müssen, deshalb wird die Stimmung sicher angespannt sein. Wie beim letzten Mal hast du die Aufgabe, auf die Juniorjunioren aufzupassen, aber wenn du das Gefühl hast, du möchtest lieber vom anderen Personal getrennt sein, kann ich dich davon befreien. Du kannst mit den übrigen Juniorjunioren auch im Schlafheim sitzen und Vids anschauen, wenn dir das am liebsten wäre, ihr braucht nicht zu arbeiten.«

Fletcher ließ sich den Vorschlag gründlich durch den Kopf gehen. Immer mehr vermutete JR, dass er sich für die Lösung im Schlafheim, die sicherste Möglichkeit, entscheiden würde. Womöglich musste JR genau diese doch noch anordnen, falls Fletcher sich nicht kooperationsbereit zeigte.

Aber Fletchers Stirnrunzeln verschwand, er sah zur Tür, hinter der die Juniorjunioren unermüdlich weiter rumorten, und dann wieder zu JR.

»Selbst wenn ich provoziert werde«, sagte er. »Solange wir im Dock sind. Das verspreche ich.«

»Ich nehme dich gern beim Wort«, antwortete JR und

überließ die Juniorjunioren wieder ihren Aktivitäten. Mit dem gleichen Angebot suchte er nun Chad auf, wofür er jedoch bis hinaus in die Außenhülle musste, wo Chad und Wayne, ausgerüstet mit Jacken, Handschuhen und Taschenlampen, gemeinsam auf der Suche waren. Ein Stück weiter sah man noch einen Lichtschein, wo sich Nike und Lyra nützlich machten, in einer Kälte, die selbst durch dicke Stiefel ging.

»Ich weiß nicht, warum er es auf mich abgesehen hat«, sagte Chad. »Schon das zweite Mal ist er jetzt auf mich losgegangen, als wäre ich allein an allem schuld.«

»Das kann ich dir auch nicht erklären«, entgegnete JR. »Ich will Fletcher auch nicht verteidigen. Ich weiß nur, wie wichtig es ist, dass wir den Frieden wahren. Auf beiden Seiten.«

»Ich weiß nicht mal, wie dieser Stab aussieht«, sagte Chad. »Es ist schwierig, etwas zu suchen, wenn man nur eine vage Beschreibung davon kennt. Und mehr hab ich nicht.«

Chad versuchte JR von seiner Unschuld zu überzeugen. JR hätte ihm gern geglaubt. Aber er konnte die Möglichkeit nicht ausschließen.

»Mehr habe ich auch nicht«, erwiderte JR.

»Ich glaube, er hat es getan«, fuhr Chad fort und man sah seinen Atem im Schein der Taschenlampe. »Und er beschäftigt uns hier bloß ein Weilchen. Bestimmt taucht das Ding irgendwo auf, und dann ist er der Einzige, den es nicht überrascht.«

»Falls es so ist«, entgegnete JR. »Falls nicht, liegt die einzige echte Lösung darin, dass wir uns zusammensetzen und ins Gesicht sehen, ohne vom Anderen das Schlimmste zu vermuten. Er. Du. Ich. Wir alle.«

»Chad kriegt immer die Hauptlast zugeschoben«, meinte Wayne. »Dabei glaube ich nicht, dass er die Schuld hat.«

»Jedenfalls möchte Fletcher nicht hier bei uns sein«, bestätigte Chad.

»Ich habe eben mit dem Alten Mann gesprochen und um Zeit gebeten. Hilf du mir auch, Chad.«

»Jawohl, Sir. Ich werde mich nicht prügeln.«

Zu Chad hatte JR so viel Vertrauen, wie er es zu Fletcher nicht haben konnte, denn er kannte ihn nicht sein Leben lang. Vielleicht hatte Chad etwas ausgefressen, aber er würde das Versprechen, das er soeben gegeben hatte, niemals brechen.

»Nicht mal, wenn Fletcher auf dich losgeht, Chad. Falls er etwas dergleichen tut, zeig ihm die kalte Schulter. Ich weiß, um was ich dich bitte, ist nicht leicht, aber ihr habt beide starke Hände, die wir brauchen, und ich möchte lieber nicht, dass du in deinem Quartier hocken bleibst.«

»Ich habe ein Stück Zahn verloren, als der Stationsknabe mir zum ersten Mal aus heiterem Himmel einen Faustschlag verpasst hat.«

»Chad!«

»Jawohl, Sir«, sagte Chad.

»Und nenn ihn nicht so. Keine Beschimpfungen, Chad, genauso wenig wie Schläge.«

»Jawohl, Sir«, sagte Chad zum zweiten Mal.

»Ich nehme dich beim Wort«, sagte JR und wünschte, es wäre nicht Chads Wort, um das es hier ging.

Und dass Chad der einzige potentielle Sprengstoff in ihrer Mitte wäre. Aber es gab da auch noch Connor. Und Sue. Und Nike.

Vince war allem Anschein nach aus den Reihen der möglichen Übeltäter ausgeschieden. Wenigstens ihn konnte er von der Liste streichen.

* * *

Keine Spur von dem Stock, nicht in den ersten vierundzwanzig Stunden, nicht in den zweiten, und die Juniorjunioren wurden nach dem anfänglichen Enthusiasmus frustriert und gereizt.

»Wir werden ihn nie finden«, jammerte Linda.

»Wahrscheinlich«, sagte Fletcher. »Wir haben ja auch weniger Chancen als die im Außenring.«

»Wir können da auch hin«, verkündete Jeremy.

»Nein, ich übernehme keine Verantwortung für euch, wenn ihr im Dunkeln rumkriecht. Außerdem suchen da schon die Seniorjunioren.«

Jeremy ließ die Schultern hängen. Die Juniorjunioren waren zum Umfallen müde. Sie hatte alle Blasen.

Inoffiziell wusste der Seniorstab also Bescheid. Ein paar von den Senioren hatten sich freiwillig bereit erklärt, Überstunden zu machen, und an Plätzen zu suchen, die sie als Verstecke benutzt hatten, als sie noch jung waren.

Die Juniorjunioren staunten, dass jemand außer ihnen diese Ecken und Winkel kannte.

Jake, der ebenfalls eine allgemeine Beschreibung des gesuchten Gegenstands erhalten hatte, kam und sagte, dass in den Recycling-Behältern keine Steine gewesen seien, ein Zeichen, dass der Stab jedenfalls nicht in die Biomasse geraten war, es sei denn, jemand hatte daran gedacht, die Steine zu entfernen, ehe er ihn in einen Müllschacht gestopft hatte.

Es war ganz logisch, an dieser Stelle zu suchen. Fletcher hatte nicht gewusst, wie man das hinsichtlich der Chemie anstellen sollte; Jake, der Bionier, hatte eine Lösung gefunden, die so grundlegend war, dass Fletcher mit seiner ganzen theoretischen Schulbildung nicht darauf gekommen war.

Von allen vier Kapitänen erschienen Nachrichten auf Fletchers Pieper, alle mit ungefähr dem gleichen Inhalt: Sie wussten Bescheid über die Sache, und wenn er darüber reden wollte, waren sie jederzeit zu einem Gespräch bereit, offizielle Themen hin oder her.

Fletcher wusste nicht, wie er reagieren sollte, und schob die Antwort hinaus. Sein erster Impuls war gewesen zu antworten, sie sollten ihn vom Schiff lassen.

Dann aber zögerte er, denn er wusste eigentlich immer noch nicht, wohin und was er wollte.

Die eifrige Beteiligung der Senioren an der Suche überraschte ihn.

Es überraschte ihn auch, dass die Juniorjunioren sich ihre Blasen mit Pflaster verklebten, um weiter suchen zu können.

Und es überraschte ihn, dass die Seniorjunioren im Messesaal auftauchten, halb erfroren vom Aufenthalt im äußeren Ring, auf der Suche nach heißem Kaffee und allem Anschein nach ebenso erschöpft wie seine eigene kleine Crew. Einschließlich Chad, der Fletchers Blick mied und demonstrativ in eine andere Richtung sah, wenn Fletcher ihn anstarrte.

Der Stab ist nicht mehr zu retten, dachte Fletcher, Chad hat nur Angst, es zuzugeben. Der Stab ist entweder kaputt oder verloren, und Chad kann ihn nicht finden.

Doch keiner der Seniorjunioren redete viel, schon gar nicht mit Fletcher, aber auch nicht untereinander. Es gab keine Freizeitvergnügungen, die Mahlzeiten wurden im Stehen eingenommen, niemand hatte Lust auf gemütliche Gespräche.

Das ist nicht richtig, dachte Fletcher; er saß im Messesaal auf dem A-Deck, eine Tasse Kaffee in den Händen. Auch Jeremy hatte sich Kaffee geholt, nach ihm bedienten sich Vince und Linda, obwohl das gar nicht ihrer Gewohnheit entsprach. Koffein würde Jeremys ohnehin überaus reizbare Nerven sicher nicht besser machen. Fletcher war nicht sicher, ob überhaupt einer der Juniorjunioren das Kaffeetrinken gewohnt war. Aber Fletcher trank und die Junioren tranken, und es war zumindest etwas Warmes nach der ganzen Stöberei in der Kälte.

Am vergangenen Abend war Jeremy im Handumdrehen eingeschlafen. Fletcher dagegen hatte wach gelegen, mit der Last der Verantwortung für die Suche schwer auf seinem Kopfkissen, und heute dachte er *Das ist einfach nicht richtig*. Was wäre, wenn er sich hinstellte und sagte, vergesst es, der Stab ist verloren, vielleicht taucht er nie mehr auf ... das würde sie alle erlösen, ihre Nerven schonen und die Wogen glätten.

Schließlich erhob er sich, um genau das zu tun, und augenblicklich sprangen die Juniorjunioren auf, um ihm zu folgen.

»Nein«, sagte Fletcher. »Ich möchte mal eine Weile allein sein. In Ordnung? Und macht keine Dummheiten.«

»Jawohl, Sir«, antwortete Jeremy.

Fletcher ging hinüber zu dem Tisch, an dem Chad, Wayne und Connor saßen. »Wo ist JR?« erkundigte er sich in möglichst neutralem Ton. »Habt ihr eine Ahnung?«

»Auf der Brücke«, antwortete Wayne. »Das ist das Letzte, was ich gehört habe. Gibt es ein Problem?«

Ohne Genehmigung konnte Fletcher nicht auf die Brücke.

»Danke«, sagte er frustriert.

»Was möchtest du denn von ihm?« fragte Wayne. Fletcher sah erst ihn an, dann die beiden, mit denen er die größten Probleme hatte, und nahm seinen ganzen Mut zusammen.

»Ich möchte der Sache ein Ende bereiten. Gebt die Suche auf.«

»Warum?« wollte Wayne wissen.

»Weil sie nichts bringt! Jemand hat den Stab verloren. Das akzeptiere ich. Alle sollen aufhören zu suchen. Womöglich kommt der Stab erst in zehn Jahren wieder zum Vorschein. Oder nie. So ist es eben.«

»Ich sage JR Bescheid«, meinte Wayne vorsichtig. Weder Chad noch Connor gaben einen Kommentar ab. Chad sah Fletcher an, zornig, argwöhnisch. Connor würdigte ihn keines Blickes.

Fletcher ging zurück zu den Junioren und setzte sich.

»Wir können nicht einfach so aufgeben«, sagte Jeremy.

»Selbst wenn wir nicht weiter suchen«, bestätigte Linda, »können wir trotzdem nicht aufgeben.«

Vermutlich war es die Wahrheit, was immer Linda genau damit meinen mochte. Noch immer warteten die Nachrichten der Kapitäne auf Fletchers Antwort; dass er von Madelaine nichts gehört hatte, bedeutete nur, dass Madelaine entweder entsprechende Anordnungen hatte oder sich zurückzuhalten versuchte, und von all den Dingen, die an Bord dieses Schiffs passiert waren, konnte er den Beteiligten höchstens eine ungute Situation und einen ganz natürlichen Groll vorwerfen.

Es war absolut verständlich, dass die Seniorjunioren wünschten, Fletcher wäre nie aufs Schiff gekommen; vielleicht war es auch verständlich, dass Jeremy und Madelaine und möglicherweise der Alte Mann nicht wollten, dass er wegging. Er war zum Mittelpunkt einer Situation geworden, die er nie gewollt hatte, und alles war so außer Kontrolle geraten, dass die Schiffsgemeinschaft darunter litt.

Selbst wenn wir aufhören zu suchen, können wir nicht aufgeben …

Inzwischen wusste Fletcher, in was für eine komplizierte, vielfach verwobene Struktur er hineingeraten war, wie sehr man versucht hatte, ihn einzugliedern, und wie er dieser Struktur geschadet hatte, ohne sie zu verstehen … vielleicht unwiderruflich. Die Suche abzublasen, würde das nicht wieder gutmachen.

Wenn Fletcher verschwand, wurde der Schmerz vielleicht geringer, seiner und ihrer, aber es würde ihn nicht heilen. Es gab nicht einmal ein organisiertes Abendessen, bei dem er JR in ein Gespräch unter vier Augen verwickeln konnte.

Eine Stunde später verkündete der Interkom den Zeitplan fürs Docken und die Einzelheiten der verschiedenen Dienste. Fletcher und Jeremy waren in ihrem

Quartier und packten ihre Taschen im umgekehrten Verhältnis: Diesmal gab es nur eine Ausgehuniform, der Rest waren blaue Arbeitsklamotten.

»*Hier spricht James Robert Senior*«, sagte eine unerwartete Stimme aus dem Interkom. »*Wir haben Frachtkäufe und Auftanken vor dem Anlegen arrangiert. Die Senioroffiziere werden in Verhandlungen eintreten, die für den Frieden der Allianz lebenswichtig sind. Wir haben Ausschau gehalten, ob sich von Esperance ein Kauffahrer nähert, da ein solches Schiff möglicherweise Informationen über die beiden Schiffe bei sich trägt, die so nahe bei uns den Sprung gemacht haben. Jeder sollte sich gelegentlich die Zeitpläne auf der Station ansehen und sich darüber klar sein, dass die Situation sich rasch und zum Gefährlichen wenden kann, wenn sich ein solches Schiff vom Esperance-Vektor her nähert. Denkt auch daran, dass auf dieser Station viele Schwarzhändler ihren Geschäften nachgehen und womöglich meinen, wir schadeten ihren Interessen. Seid wachsam. Haltet die vorgeschriebenen Zeiten ein und verlasst eure Unterbringung nicht, außer um zur Arbeit zum Schiff zu kommen, auf direktem Wege. Das Schlafheim ist das beste, was wir ergattern konnten und hat einige Freizeitangebote, aber wir glauben nicht, dass es neben Schlafen und Essen viel Zeit geben wird. Wir werden niemanden an Bord lassen, der sich nicht ausweisen kann.*

Inzwischen wisst ihr sicher alle, dass es an Bord einen Vorfall gegeben hat, wie wir ihn in der gesamten Geschichte unseres Schiffes noch nie erlebt haben. Ich rufe alle Beteiligten auf, die Sache für die Dauer unseres Aufenthalts ruhen zu lassen, im Interesse der ganzen Besatzung, und ich vertraue weiterhin darauf, dass die beteiligten Parteien das Problem lösen, und zwar im Sinne dessen, was für das Schiff am besten ist, in der Tradition unserer Ehre.

Einen guten Aufenthalt wünsche ich euch allen.«

Fletcher hatte die ganze Zeit weiter Kleidungsstücke zusammengelegt, Jeremy Kleinigkeiten wie sein Abspielgerät eingepackt.

Keiner von beiden sagte ein Wort. Inzwischen

wünschte sich Fletcher, er hätte den Diebstahl nie gemeldet und nie ein Thema daraus gemacht. Er wollte, dass die Sache einfach vergessen wurde, jenseits ihres nächsten Sprungs, dass er, wie das bei mystischen Dingen oft geschieht, alles aus seinem Verlust gewonnen hatte und wenn er darauf bestand, dass der Stab gefunden werden musste, alles aufs Spiel setzte.

Der Interkom dröhnte weiter, Dienst- und Schichtpläne. Die Juniorjunioren und Chad hatten die entgegengesetzten Enden des Tages erwischt. Als die Durchsage beendet war, gingen Jeremy und Fletcher hinunter in den Versammlungsraum und nahmen ihre Plätze ein; Vince und Linda kamen von weiter hinten durch die jetzt wieder mit Geländern ausgestattete Rec-Halle zu ihnen. Madelaine und auch ein paar andere der dicht gedrängten Cousins klopften den Junioren ermutigend auf die Schultern.

Fletcher ließ den Kopf sinken und studierte das Geländer vor sich; er hatte keine Lust auf Gespräche. Während des gesamten Landemanövers standen die Juniorjunioren neben ihm wie eine besonders aufmerksame Leibwache – bis es für die Sektionsleiter Zeit wurde, auszusteigen und zum Zoll zu gehen.

* * *

Nach kurzem war Fletcher klar, dass Voyager nicht viel Ähnlichkeit mit Pell oder Mariner hatte. Es wirkte noch öder als Pells Weißes Dock in den verlassenen Stunden des Wechseltags, so schäbig wie ein Hinterhof zwischen zwei Geschäften. Und es wirkte auch gefährlich wie Weiß, die Domäne der Inystemer und billigen Flittchen und denen, die zu ihrer eigenen Sicherheit zwischen ihnen verschwinden wollten.

Beim Zoll winkte man sie durch. Alle.

Auch die Gepäckabholung ging rasch vonstatten. Alle hatten so wenig wie möglich eingepackt und die

Seesäcke kamen das Förderband aus dem Laderaum herunter, als hätte die Ausgabe sechs auf einmal darauf gestellt.

»Der Bodensatz der Stationen, das sieht man«, sagte Fletcher zu den Juniorjunioren, als sie sich auf den Weg zu ihrem Schlafheim machten, ein kurzer Marsch über das Dock zu einer grau gestrichenen Metallfassade.

Ganz bestimmt nicht wie auf Mariner. Das Safe Harbour Inn schien ihrem Namen auf den ersten Blick keine große Ehre zu machen, eingequetscht zwischen den Neonlichtern einer Bar und einem Tätowierungsstudio.

Fünfzehn Minuten später hatten sie ohne große Zeremonie ihre Schlüssel und sahen sich in einer so genannten Suite auf der zweiten Ebene zusammengepfercht – mit einer Botschaft von JR auf Fletchers Pieper, dass die Bewohner des Stockwerks bekannte Schmuggler waren und dass der Seniorstab das gesamte Juniorjunioren-Kontingent bei jeder Schicht zum Dienst eskortieren würde.

Ihre Luxussuite bestand aus einem einzigen Zimmer mit zwei Betten und einer Couch.

»Gott«, jammerte Vince. »Das ist ja brutal. Hier sollen wir *bleiben*?«

»Wenigstens haben wir ein Vid«, tröstete ihn Jeremy mit verzweifelter guter Laune und schaltete das Gerät ein. Die Programmwahl war jämmerlich und bei einem Kanal stellte sich Fletcher schnell vor den Bildschirm.

Dann dachte er … ach, was soll's. Sie waren Spacerjunioren. Sie hatten Linda mit ihm, Jeremy und Vince in ein Zimmer gesteckt, vermutlich, weil sie bei ihnen sicherer war als sonstwo, wenn sie hinter irgendeiner anderweitig beschäftigten Frau der Seniorbesatzung herlaufen und ihre Altersgenossen dann für die Arbeit irgendwo treffen musste.

»Ach, zum Teufel damit«, knurrte Fletcher und gab seine Zensurmaßnahme auf. Dann stellte er den Apparat ab. »Ja, hier bleiben wir. Ich habe meine Tapes dabei.

Vince und Jeremy, ihr nehmt das Bett auf der linken Seite, Linda das auf der rechten, ich kriege die Couchpolster und habe damit vermutlich die bessere Variante erwischt. Wir schlemmen beim Abendessen und machen unsere Arbeit. Es sind höchstens drei Tage.«

»Sie begleiten uns zum Dienst wie Babies«, seufzte Linda und ließ sich auf ihr Bett sinken, die Füße auf ihre Tasche gelegt. »Würg.«

Das ist also die Kehrseite des Spacerlebens, dachte Fletcher. Nicht überall gibt es Paläste. Seine Mutter hatte Orte wie Mariner gekannt. Aber Voyager war wie Pell in der Nachkriegszeit, wie das Apartment, das er mit seiner Mutter bewohnt hatte, bis hin zur ratternden Wasserleitung. Die Details des Apartments hätte er nicht unbedingt im Gedächtnis behalten wollen. Über der Couch, die man als Schlafsofa aufklappen konnte, hatte es eine dreidimensionale Plastik-Wandverkleidung mit rosa Blumen gegeben.

Und jetzt durfte er wieder auf einer Couch übernachten. Seltsame Nostalgie. Aber so wenig Platz hatten sie gehabt. Er hatte über die Polster klettern müssen, um an der Armlehne der Couch vorbeizukommen, so eng an der Wand hatte seine Mutter es ihm bequem gemacht. Dein Nest, hatte sie es genannt. Und als die Wohlfahrt sich beschwerte, hatte sie ein Bett für ihn angeschafft, aber er hatte die Polster lieber gehabt, sein heimeliges, gemütliches Plätzchen. Nach dem ganzen Aufwand hatten sie sein Bett hinter die Couch geschoben und nie aufgebaut.

Sie aßen zu Abend, machten einen Rundgang durch die Lobby und spielten die wenigen Spiele, die im Spielsalon angeboten wurden. Um 1200 Uhr versammelte sich ein Teil der *Finity*-Besatzung im Foyer und marschierte als Gruppe zum Dock und zur Frachtschleuse.

Für jeden Sektionsleiter gab es schriftliche Anweisungen. Fletcher las die seinen dreimal, weil es ihm nicht sehr sinnvoll erschien, dass sie den Inhalt eines Containers in einen anderen Container umladen sollten. Ein bisschen verlegen ging er zum Chef der Technik beim Eingang.

»Sollen wir einen Container in einen anderen umfüllen oder habe ich irgendwas nicht richtig verstanden?«

»Wir saugen das Zeug vom einen in den anderen. Deshalb haben wir nur Qualitätslebensmittel in Pulverform«, sagte Grace, Chefin der Frachttech, wie der Aufnäher auf ihrer Jacke zu erkennen gab. »Da lässt sich der Sauger leichter reinigen.« Anscheinend sah Fletcher genauso verwirrt aus, wie er sich fühlte, denn Linda, die ihm gefolgt war, stupste ihn in den Arm.

»Man kann einen Fremdkörper einschmuggeln, sogar beispielsweise in Mehl, und der wird dann mit Fernzündung ausgelöst oder es ist ein Timer dran. Aber es muss immer ein kleiner Auslöser dabei sein.«

»Es explodiert«, fügte Grace hinzu. »Deshalb analysieren wir den Inhalt jedes Containers und sieben alles durch. Sicherheitscode Rot. Bestimmte Leute würden es gerne sehen, wenn wir den nächsten Hafen nicht erreichen.«

»Wegen der Verhandlungen«, sagte Fletcher.

»Deswegen und weil sich manche einfach wünschen, wir würden nicht existieren.«

Inzwischen hatten sich alle Juniorjunioren eingefunden. Es gab also Menschen, die Schiffe mit Kindern in die Luft sprengen wollten. Deshalb hatte das Gericht Fletcher von der *Finity* ferngehalten. Vielleicht hatte es ihm das Leben gerettet. So viel hatte er nun schon von all den Toten gehört, unter ihnen die Mütter dieser drei Kids, die bei einer Dekompression umgekommen waren.

Fletcher fragte nicht weiter nach. Er führte die widerspenstigen Junioren hinein, um die vorgeschriebenen Jacken zu holen. Die Container standen auf dem Dock, riesig, etwa von der Größe eines kleinen Zimmers. Die Nachricht an die Sektionsleiter hatte von etwa fünfzehnhundert solcher Behälter gesprochen.

Und sie sollten die Fracht vom einen in den nächsten umladen, um den Inhalt zu überprüfen?

Fletcher war noch nie im Frachtraum eines Schiffs gewesen, sondern kannte nur Bilder. Jetzt ging er die Personalrampe hinauf und war froh, sich aus den Spinden neben dem Eingang eine Jacke holen zu können und auch die anderen Junioren warm eingepackt zu sehen; sie befanden sich am Rand eines dunklen Raums mit Scheinwerfern, die Maschinerie und unendliche Regalreihen beleuchteten.

»Da hinten ist Hochvakuum«, erklärte Jeremy und deutete auf eine weitere Luftschleuse, auf der in großen, gelben und schwarzen Buchstaben »Vorsicht, Lebensgefahr« stand. Maschinen rasselten und klirrten, als ein Container auf einem riesigen Stapelschlitten hereinkam. Kein Ort für Kinder, dachte Fletcher, aber seine drei Begleiter wussten es besser.

»Du musst dich an die Laufplanken halten«, rief Vince, das Getöse übertönend, und sein Atem war als frierende Dampfwolke gegen das grelle Licht der Scheinwerfer und die Finsternis zu erkennen. Vince klopfte auf ein schmales Geländer. »Hier bist du sicher, hier kriegst du nichts an den Kopf. Wenn du dich über den Rand beugst, wums – schon hat dir der Lader den Kopf abgerissen!«

»Danke für die Warnung«, murmelte Fletcher. Von allen Jobs an Bord eines Schiffes, war Fracht der Allerletzte, den er sich wünschte – weit hinter der Wäscherei und dem Küchendienst. Seine Füße wurden schon taub, wenn er nur auf dem eiskalten Metall herumstand. Wenn er das Geländer anfasste, zog es ihm buchstäblich alle Wärme aus den Händen, trotz dicker Handschuhe. Auf der rechten Gesichtshälfte spürte er, dass dicht neben ihm ein Metallträger war. »Hier ist es ja höllisch kalt.«

»Du hast einen Knopf im Jackenfutter«, sagte Jeremy, Fletcher steckte die Hand hinein und fand ihn. Eine heizbare Jacke. Eine gute Sache.

* * *

Laut Dienstplan waren sie zum Saubermachen eingeteilt. Jeder Container musste ausgewaschen und staubfrei sein, bevor er in den Frachtraum gefahren wurde. Diejenigen, die außer Sicht hinter der Luke standen, mussten geöffnet werden. Dann wurde eine Probe entnommen und der Inhalt in einen anderen Container umgefüllt, der, nachdem seine Nummer auf dem neuen Lademanifest vermerkt war, von den riesigen Maschinen hochgehoben und zu *ihrem* Posten zurückgestellt wurde, während Parton und seine Helfer mithilfe eines chemischen Tests überprüften, ob es sich tatsächlich um zwei Tonnen Trockenhefe und sonst nichts handelte.

Dabei bildete sich auf den neu gefüllten Containern eine Staubschicht; Staub war der Feind jeder Maschine und wurde bald zum persönlichen Feind der Junioren. Abwechselnd hielten sie die Taschenlampe, um Staubstreifen auf der Oberfläche zu entlarven, auf denen das Kondenswasser gefrieren würde, obwohl die Kälte die raue Luft austrocknete, die sie in den vorderen Frachtbereich gepumpt hatten. Eis machte die Laufplanken glitschig, eine sowohl gefährliche als auch extrem lästige Raureifkruste. Die Gliedmaßen zitterten vor Kälte, die Hände wurden fahrig und ungeschickt.

Schließlich verkündete Fletcher eine Pause und führte die Juniorjunioren zur Ruhestation, wo sie sich mit heißer Schokolade aufwärmten und mit süßen Brötchen und Sandwiches vollstopften, ehe es dann wieder an die Arbeit ging.

»Wenn wir hier doch bloß das Blubberbad aus Mariner hätten«, sagte Jeremy, durchgefroren und rotnasig, über den Rand seiner Tasse hinweg. »Heute Abend könnte ich das bestimmt gut gebrauchen.«

»Ich wollte, wir hätten die Desserts aus Mariner«, seufzte Vince.

»Du und deine Desserts«, meinte Linda. »Bald müssen wir dich an Bord rollen, wie einen von den Containern.«

»Keine Chance«, entgegnete Vince. »Ich arbeite ja alles wieder ab. Ein Mann, der so schuftet, braucht eine Menge Kalorien.«

»Ein Mann, hör dir das an!« neckte ihn Linda.

»Ja, ich hab's jedenfalls gehört«, sagte Vince.

Fletcher atmete den Dampf der heißen Schokolade ein und dachte an den nächsten Ausflug in die Kälte. Er blickte zur Uhr. Inzwischen hatten sie zwei Stunden gearbeitet.

Also hatten sie noch vier Stunden vor sich!

* * *

Die Versammlung im Konferenzraum der Blauen Sektion von Voyager war wesentlich kleiner als die in Mariner. Die Kapitäne – zwei Frauen, ein Mann, alle ziemlich hartgesotten – wollten wissen, warum man sie gerufen hatte und was sie mit der *Finity's End* zu schaffen hätten.

»Wir haben keine Kanonen, kein Bargeld, nichts als das Lebensnotwendige«, sagte der Mann des Trios.

Er hieß Carson. Sein Schiff war die *Hannibal*, ein kleiner Frachter, nicht auf der Stammliste von Pell, aber regelmäßiger Gast auf Mariner: JR hatte die Liste auswendig gelernt, hatte das kleine »S« und das Fragezeichen sowohl neben der *Hannibal* als auch Fryes *Jacobite* gesehen, dem Schiff, dessen Besatzung das Schlafheim mit ihnen teilte. Das »S« bedeutete *»suspekt«*. Die *Jacobite* war nach dem, was sie sich zusammenreimten, ein kleines bisschen zu erfolgreich, wenn sie tatsächlich nur zwischen Mariner, Voyager und vielleicht noch Esperance flog – wobei die Reise nach Esperance sie schon ans Äußerste ihrer Leistungskraft gebracht hätte, was für die *Finity's End* ein Leichtes war.

Für kleine Schiffe gab es reichlich Gründe für den Schattenhandel – man drückte sich vor den Dockgebühren und maximierte den Profit.

»Wir hoffen«, startete der Alte Mann nun seinen Angriff, »dass wir eine gute Vereinbarung finden. Wir haben ein Problem und wir haben eine Lösung. Lassen Sie mich den Teil mit dem Profit erst erklären, bevor ich zu den Kosten komme. Es geht nicht nur um einen reinen Profit, aber um die Garantie, dass Voyager im Geschäft bleibt; Ihre Schiffe werden ein Mandat erhalten, dass Sie Ihre Routen beibehalten können, als diejenigen, die Voyager bisher solvent gehalten haben. Außerdem wird es einen Reparatur-Fonds geben, das heißt, Kurzstreckentransportern steht ein Kredit zur Verfügung. Mariner unterstützt diesen Plan, Pell ebenfalls. Der Stationsleiter von Voyager wird für sich selbst sprechen. Wir haben eine Liste mit fünfundzwanzig kleinen Frachtern, die sich in diesem Bereich aufhalten. Diese Schiffe werden geschützt.«

»Und die Kosten?«

»Sie bedienen die Gegend hier und erwirtschaften einen Profit. Sie beschränken den Handel ausschließlich auf die Docks und bezahlen die Gebühren.«

»Wir zahlen die Gebühren auch jetzt«, wandte *Hannibal* ein.

»Auf alle Geschäfte«, beharrte der Alte Mann und es trat ein kurzes Schweigen ein. Ein Teil seiner Ausführungen gefiel den Kapitänen. Schutz für die kleinen Unternehmer, die Kosten für Ausfallzeiten, Reparaturen, all das war gewährleistet, aber unwiderruflich mit der Aufgabe von Schiffsrechten verbunden. Eine Zwickmühle.

»Wer sagt uns, dass unsere Konkurrenz dasselbe bezahlt?« wollte Kapitän Wells von der *Jamaica* wissen, eine Frau, deren Augen ständig den Gang des Gesprächs von einem Diskussionsbeitrag zum anderen verfolgten. »Wer inspiziert? Die *Finity* argumentiert dafür, dass wir Stationsinspektoren an Bord lassen?«

Schwieriger Punkt, dachte JR. Schwierige Antwort, aber der Alte Mann nahm kein Blatt vor den Mund.

»Sie werden schon zahlen«, antwortete er, »denn an den Sprungpunkten wird es eine Wache geben.«

»Nein«, sagte *Hannibal.*

»Ihr beliefert Mazian«, entgegnete der Alte Mann, schroffer und auch matter, als er auf Mariner gewesen war, und der Kapitän der *Hannibal* wich zurück. JR glaubte einen Augenblick des Erschreckens wahrgenommen zu haben. »Nicht unbedingt absichtlich«, fuhr der Alte Mann in der nächsten Sekunde fort. »Aber dorthin führt der Schwarzmarkt, und deshalb brauchen wir eine Wache an den Sprungpunkten. Das Geld, das auf diese Weise nicht zu den Stationen gelangt, muss zu den Stationen kommen. Und darin liegt auch der Profit für *Sie.*«

Mit diesen Kapitänen benutzte der Alte Mann eine vollkommen andere Verhandlungstaktik als auf Mariner. JR nahm sich vor, das nie zu vergessen.

»Wir haben eine prinzipielle Vereinbarung mit Voyager und der Stationsleiter wird es innerhalb der nächsten Stunde noch einmal bestätigen: Es gibt Provision für die Schiffe, die Voyager als ihren Heimathafen wählen. Einheitliche Dockgebühren, um Geld nach Voyager zu pumpen und notwendige Reparaturen durchzuführen. Mehr Waren kommen herein, mehr gehen raus, mehr Ladung, mehr profitable Güter ...«

»Zu schön, um wahr zu sein«, meinte die *Jacobite.* »Was ist, wenn wir unterschreiben und uns einreihen und dann kommt irgendein großes schickes Schiff daher, sagen wir mal, eins wie die *Finity ...*«

»Dann haben *Sie* ein Vorrecht auf die Fracht. Sie sind hier registriert. *Sie* laden zuerst.«

»Darauf soll sich Voyager einlassen?« Offene Ungläubigkeit.

»Darauf hat sich Voyager bereits eingelassen.«

»Das ist zu schön, um wahr zu sein«, meinte auch die *Jamaica.* »Sagen wir mal, ich habe einen Antriebsschaden und leihe mir Geld für die Reparatur und lass sie machen. Dann gibt mir die Allianz das Geld?«

»Im Endeffekt, ja.«

»Ich bin aber schon verschuldet bei der Bank.«

»Die Idee des Ganzen ist, die Schiffe zu unterstützen, die ihrerseits die Station unterstützen. Die Allianz lässt kein Schiff fallen, nicht Ihres, nicht irgendein anderes, das hier registriert ist. Faire Gebühren, faire Steuern, die Stationen werden aufgebaut und modernisiert, und das Gleiche gilt für die Schiffe, die mit Ihnen zusammen arbeiten. In den letzten Tagen haben Sie vielleicht gedacht, Sie hätten ein Schiff der Union hier durchkommen sehen. Das war wirklich so. Die Grenze der Union weicht auf. Der Unionshandel wird wieder durchkommen, möglicherweise sogar bis zu den Hinteren Sternen.«

Unruhe breitete sich aus. Die kleineren Schiffe konnten so einen Sprung nicht schaffen. Dann sagte die *Jamaica*:

»Mal sind die Hinteren Sterne offen, dann nicht, dann wieder doch. Ich würde mich nie darauf verlassen. Das ist doch Geldverschwendung.«

»Aber es wird zu einer guten Wette, zumindest für den Handel der Erde. Schokolade. Tee. Kaffee. Exotika aller Art. Über Mariner und Esperance hat Cyteen Zugang zum Handel. Voyager liegt direkt in der Mitte. Wenn Esperance einen zweiten Zugang zu den Hinteren Sternen und zur Erde eröffnet, könnte Voyager in eine Position kommen, Güter über den Korridor nach Mariner zu leiten, mit einem verdammt lukrativen Handel, der mit Pells Erdroute konkurriert. Wenn Sie den Wechsel überleben. Das ist der Plan. Machen Sie den Schwarzmarkt dicht, geben Sie Mazian keinen Anteil an Ihren Geschäften, sondern unterstützten Sie damit lieber die örtlichen Kauffahrer.«

Nachdenkliche Stille trat ein. Man runzelte die Stirn und schenkte sich von dem echten Kaffee nach, den die *Finity* zur Sitzung beigesteuert hatte. JR half dabei, Bucklin setzte die nächste Kanne auf.

Sie arbeiteten genauso hart daran, drei schmuddelige Kurzstreckenfrachter für ihren Plan zu gewinnen, wie sie sich um die viel größeren Schiffe bemüht hatten.

Aber die Schiffe hier waren die Schwarzhändler, Mazians Pipeline. Dennoch horchten die Kapitäne auf, überschlugen Summen im Kopf, mit der gleichen Cleverness, mit der sie bisher ihre kleinen Schiffe durchgebracht hatten.

Natürlich würde keiner von ihnen laut sagen, dass sie am liebsten versucht hätten, beides zu machen, dem Plan zustimmen und ihre Verbindung zu Mazian trotzdem aufrechterhalten. JR hatte das ziemlich sichere Gefühl, dass ihnen genau das durch den Kopf ging.

Aber ein halbes Einlenken war besser als gar keines, aus einem halben konnte ein ganzes werden, wenn das System als solches erst einmal funktionierte.

JR ging nach draußen, um einen frischen Teller Donuts zu holen. *Hannibals* Kapazitäten zum Verzehr von Donuts waren gewaltig, und der Kapitän der *Jacobite* hatte bereits zwei in die Tasche gesteckt – bei Essen vom Buffet eine alte Gewohnheit einfacher Raumfahrer.

»Das Beladen läuft glatt«, flüsterte Bucklin JR zwischendurch schnell zu. »Wir sind sogar schneller als der Terminplan. Aber das Auftanken braucht Zeit. Die Pumpe ist nicht sehr schnell.«

»Hab ich mir gedacht«, entgegnete JR. Die Hochgeschwindigkeitspumpem auf Pell und Mariner waren Nachkriegsmodelle. Auf Voyager gab es fast nichts aus der Nachkriegszeit, außer der Raketenabwehr.

Für einen Ort wie diesen bedeuteten Schiffe mehr als nur eine Aufbauspritze, Schiffe, die mit dem Schattenhandel Schluss machten und geregelte Dockgebühren zahlten. Die Schiffe, die ihnen folgten, waren wie eine Transfusion Lebensblut für Voyager. Bisher hatte man die Schiffe genauso oft im Dunkel der Sprungpunkte Handel treiben sehen, wie die Besatzungen in heruntergekommenen Schlafheimen übernachtet und sich mit den überteuerten Vergnügungen amüsiert hatten. Im Krieg war der ehrliche Handel noch spärlicher geworden, denn die Union hatte Anstoß daran genommen, dass Kauffahrer die Flotte belieferten, und versucht, Voyager als Pipeline zu Mazians Flotte abzuschneiden.

Es war eine höchst unangenehme Lage für die Station und für die Kauffahrer gewesen, und die Allianzkauffahrer hatten sich geschworen, so etwas um jeden Preis zu vermeiden. Sollten sie Voyager im Stich lassen? Oder riskieren, dass Cyteen die Kontrolle über Esperance übernahm?

Nein. Seit dem Anfang seliger Unwissenheit in Pell hatte JR ein klares Verständnis für die Gründe entwickelt, warum das kleine, kränkelnde Voyager ein Kernstück ihres Plans war, Esperance in der Allianz zu halten und den Handel zwischen Mariner und Esperance im Raum der Allianz zu unterstützen.

Jetzt wusste JR, dass Quens Vereinbarung über den Bau ihres Schiffs sie hundertprozentig auf die Linie der anderen Allianzkapitäne brachte: Neue Frachtschiffe waren nutzlos, wenn der Handel in Richtung Cyteen abebbte; wenn sie Voyager unterstützten, würde das Pells Umraum effektiver beschützen als der Start einer neuen Flotte.

Deshalb waren sie zu einer Übereinkunft mit ihr gekommen. Die Gefahr für den Kauffahrerhandel war jetzt weniger die Flotte als ein Wiederaufblühen des Schiffbaus der Union, mit dem klaren Ziel, die Kauffahrer aus dem Geschäft zu drängen.

Deshalb waren die Fischfarmen von Voyager und eine Geldinfusion das A und O der neuen Strategie. Voyager konnte ein Markt werden, eine Wegstation: Eine Station, die, auf Grund der weiten Kluft zwischen ihr und den Hinteren Sternen, diese möglicherweise zum dritten Mal wiederbelebte, wenn sie eine Handvoll Schiffe etablieren konnten, die in der Lage waren, den langen Weg zu bewältigen.

Wenn die Hinteren Sterne zum dritten Mal frei von Piratenaktivitäten zum Leben erwachten, gab es doch eine Zukunft für die kleineren Kauffahrer.

Wenn sie Voyager funktionstüchtig machten, der Flotte den Hahn zudrehten, die Union dazu brachten, nicht mit den Allianzkauffahrern zu konkurrieren, und die finanziellen Interessen der Union auf die Seite des Kauffahrerverkehrs zogen, war das Problem der Abrüstung gelöst. Allianzkauffahrer flogen durch Unionsraum, jedes Kauffahrer-Augenpaar und jeder Kontakt mit einer Unionsstation so gut wie ein Spion der Flotte, der ihre Schwachpunkte registrierte (jedenfalls dachten das manche Mitglieder der Union). Seltsamerweise hatten sie aber dasselbe Gefühl bei Unionsschiffen, die Waren nach Mariner oder Viking transportierten. Es gab Kauffahrer auf Seiten der Union, ehrliche Kauffahrerfamilien, deren Routen zufällig innerhalb des Territoriums der Union lagen und die jetzt günstige Dockgebühren und Privilegien und Staatsfracht bekamen, da diese Schiffe sich der Allianz anschlossen.

Nach JRs Wissen hatte keine dieser Familie sich dem Einfluss der Union unterworfen und keine würde wissentlich einen Unionsschnüffler an Bord nehmen. Aber die Liebe war unberechenbar und man wusste nie, ob nicht irgendein Scan-Techniker in vierzehnter Reihe vom Schiff am Nebendock auf Station eine Ehegattin mit ungeklärter Loyalität hatte, die vielleicht wie eine Wilde Daten sammelte.

So sah das helle neue Zeitalter aus, in das sie eingetreten waren.

JR sah die Jahre, in denen er von der Brücke aus das Kommando übernehmen würde, als eine seltsame neue Ära, eine Zeit der Balance, der in Schach gehaltenen Mächte.

In der es immer weniger Platz für die Talente der Kriegsführung geben würde. Der Alte Mann, der sich noch an den Frieden von vor langer Zeit erinnerte, hatte ihm sozusagen wenigstens eine Karte dieses Zukunftsterritoriums gezeigt – und es war anders als alles, was einer von ihnen jemals gesehen hatte.

* * *

Das Bett, die Couchpolster auf dem Boden oder der Teppich, wenn sie nichts anderes hatten – die Chance, eine Zeitlang in der Horizontale zu verweilen, war willkommener denn je in Fletchers Leben. Die Juniorjunioren, die die Phase des albernen Gekichers hinter sich hatten und beim Jammern angekommen waren – darüber, dass sie nicht nach Geschlechtern getrennt untergebracht waren und überhaupt – legten sich hin und waren fast auf der Stelle eingeschlafen.

Es war die zweite Nacht, der zweite harte Tag, die immer gleiche eintönige Arbeit, bis Fletcher auch mit geschlossenen Augen die Containeroberfläche vor sich sah und kaum mehr stehen konnte. Die Debatte zwischen Vince und Jeremy wegen kalter Füße kam ins Stocken, dann war es still und dunkel, und Fletcher fühlte sich so erschöpft wie noch nie in seinem Leben.

Heute konnten ihn nicht einmal die betrunkenen Spacer ärgern, wenn sie gegen die Tür torkelten oder was sonst immer da draußen veranstalteten. Fletcher schloss einfach die Augen.

Sie hatten nicht zu Abend gegessen, weil sie zu viele Sandwiches im Ruhebereich und zu viel heiße Schokolade im Frachtbüro genossen hatten und immer noch dabei waren, die Energie zu verbrennen, die sie aufgenommen hatten.

Nach ihrer Rückkehr ins Safe Harbour hatten sie nur geduscht – hauptsächlich, um warm zu werden – und Fletcher hoffte inständig, dass die nächste Schicht eine Menge wegschaffte, damit die Junioren am nächsten Tag nicht mehr so viel erledigen mussten.

Er schloss die Augen … stürzte in die Finsternis …

… und erwachte im Halbdunkel daran, dass ein paar zwölfjährige Stimmen einander ermahnten, ihn nicht zu wecken.

In der nächsten Sekunde sah er ein Licht an der Wand, davor huschende Schatten, dann hörte er die Tür zugehen. Er drehte sich um, sah nichts als schwarze Finsternis, stand auf und knallte mit dem Schienbein gegen den Tisch.

»System, Licht!« befahl er dem Roboter, und als er sah, dass die Betten leer waren und auch im Bad nichts zu hören war, schrie er: »Jeremy? Verdammt!«

So schnell er konnte, fuhr er in seine Kleider, gab sich allerdings nicht lange mit seinem Thermohemd ab, sondern nahm nur das blaue Arbeitszeug und die Stiefel und rannte zum Lift. Der natürlich nicht kam.

Also rannte er über die nackte Metalltreppe in die Lobby hinunter. Gerade kam die dritte Schicht herein, ein paar Junioren.

Chad und Connor.

»Fletcher!« rief Connor.

Fletcher beachtete ihn nicht und eilte weiter zum Speisesaal, in der Hoffnung, die Junioren in der Warteschlange fürs Frühstück zu entdecken.

»Fletcher?« Schon wieder Connor. Und Chad.

»Ich sehe die Kids nirgends«, erklärte Fletcher.

»Was haben sie angestellt?« Connor war nicht sarkastisch, sondern ehrlich besorgt. »Sind sie abgehauen?«

»Ja«, brummte Fletcher, ging wieder in die Lobby und sah sich um. Überall nur Spacer in schäbigen Coveralls mit fremden Abzeichen.

Am Verkaufsautomaten fand er die Junioren schließlich. Linda hatte einen versiegelten Becher in der Hand.

»Du musst auf sie aufpassen«, sagte Connor an Fletchers Schulter.

»Ich habe auf sie aufgepasst«, gab er zurück. Er wollte Connors Hilfe nicht.

Mit raschen Schritten ging er hinüber, um die Drei zur Rede zu stellen.

»Du solltest nicht aufstehen«, sagte Linda, als sie ihn entdeckte. »Wir wollten dir heiße Schokolade bringen.«

Sie hatte immer noch die Tasse in der Hand. Fletcher atmete hörbar aus. »Wozu?«

»Zum Frühstück.«

Fletcher schaute auf die Uhr. Zum ersten Mal. Es war bereits Schichtwechsel! Wechselmorgen. 1823 Uhr. Und zwölfjährige Körper waren zu Recht hungrig.

»Wollt ihr Frühstück?«

»Ja«, antwortete Jeremy. »Jawohl, Sir.«

Zwar war Fletcher in den Sachen vom Vortag alles andere als korrekt gekleidet, aber er führte seine drei Schützlinge ins Restaurant und sorgte dafür, dass sie etwas zu essen bekamen.

Ein Senior kam an ihrem Tisch vorbei. »Bordaufruf morgen um 0100 Uhr. Wir sind schneller, als wir dachten.«

Fletcher bedankte sich, und der Senior ging weiter zum nächsten Tisch. 0100 war für sie nachts. Sie arbeiteten zwei Schichten und mussten dann zusehen, dass sie den Bordaufruf schafften.

»Heute Nacht?« fragte Vince und verzog das Gesicht. Linda faltete die Hände über ihrem Teller mit Synthe-Eiern und stützte den Kopf auf. Jeremy sah einfach nur erschöpft aus.

Im Pausenbereich hatte man Schmerzmittel gegen den zu erwartenden Muskelkater verteilt, aber Fletchers Hände taten trotzdem weh, die Füße stachen noch von der Kälte, die Nase war rot und rissig, und was die Freizeitgestaltung in diesem Hafen anging, so sehnte sich Fletcher nach seinem Bett und seinen eigenen Sachen; sie waren zu müde gewesen, um auf ihrem Zimmer noch die Tapes zu benutzen, nicht einmal das Vid hatte die Juniorjunioren in Versuchung geführt. Aber die Dusche war verlockend. Da warmes Wasser noch müder machte, waren sie danach einfach ins Bett gefallen. Nach Fletchers Empfinden schien es nicht länger als eine Stunde her zu sein.

Noch einen Dienst mussten sie erledigen, dann ging es zurück aufs Schiff – genau dann, wenn sie eigentlich das nächste Mal ins Bett sinken und ausruhen wollten.

* * *

Um 2000 Uhr standen die Unterschriften auf dem Papier und Gerüchte verbreiteten sich durch die Korridore von Voyager – als hätte die ganze Station mit gespitzten Ohren auf die Enthüllung des eigentlich längst offenen Geheimnisses gewartet: Voyager traf eine Vereinbarung mit den örtlichen Kauffahrern, mit Mariner, mit Pell und möglicherweise auch mit der Union. Nachrichtenkameras erschienen vor dem abgesperrten Gebiet, wo die Meetings stattgefunden hatten, vor den Zollzonen sämtlicher Sternenschiffe im ganzen Dock. Es gab Menschenaufläufe. Die Reporter zerrten jeden vor die Kamera, der bereit war, einen Kommentar abzugeben. Insgesamt war es die verrückteste Atmosphäre, die JR je erlebt hatte. Es war ihm sogar ein wenig unheimlich, als der Stationsleiter von Voyager, drei der Kapitäne der *Finity's End* sowie drei der schäbigsten Frachterkapitäne im zivilisierten Weltraum, gemeinsam mit Mitgliedern der Stationsverwaltung von Voyager und Besatzungsmitgliedern der jeweiligen Crew im Foyer eines der schicksten Restaurants auf Voyager auftauchten, nachdem sie sich unter großem Aufsehen durch die Massen von Schaulustigen auf dem Dock gedrängt hatten.

Der Geschäftsführer geleitete sie hastig in den reservierten Speisesaal.

Überall waren, bemerkte JR, die Sicherheitsleute der *Finity* verteilt, die das Etablissement begutachtet hatten, bevor die Reservierung bestätigt wurde. Sie hatten die

Küche bis zu den Wasserleitungen in den Unterschränken genauestens inspiziert und standen jetzt Wache bei den Nahrungsmitteln. Außer vom Personal der *Finity* durfte nichts gekauft werden.

JR hatte Verbindung zu Francies Tech Eins, der zum Sicherheitsdienst gehörte.

Er hatte Verbindung zu Bucklin, der zwischen seiner Wache an der Tür und den Sicherheitsleuten in der Küche hin und her pendelte.

Er hatte Verbindung zu Lyra, die ihrerseits mit Wayne und Parton in Kontakt war. Sie waren in der Safe Harbour Inn geblieben und saßen auf dem Flur, um die Zimmer im Auge zu behalten.

Außerdem hatte JR noch Verbindung zum Ops auf der *Finity*, wo man alles Menschenmögliche tat, um sicherzustellen, dass sie diesen Hafen verlassen konnten, solange es noch Grund zum Feiern gab. Dann sollte es in Richtung Esperance gehen, wo die Dinge weit weniger sicher waren und wo man eine Übereinkunft sicher nicht einhellig feiern würde.

Doch vielleicht war es ein gutes Omen, dass die Gruppe, als sie sich im Speisesaal niedergelassen hatte, ohne vorherige Absprache in fünf Minuten einheitlich ein Essen auswählte, um es den Köchen leichter zu machen. Die *Finity* übernahm die Rechnung.

Außerdem stellte sie dem begeisterten Restauranteigentümer noch zwei Kisten Whiskey und drei Kisten Downer-Wein zur Verfügung, woraufhin der Mann seinerseits etwas von seinen Weinvorräten spendierte. Bald waren alle so lustig, dass das gute Kristall des Hauses nicht mehr sicher war.

»Auf den Frieden!« lautete der Toast. »Und auf einen erfolgreichen Handel!«

Der Trinkspruch wurde mit allgemeiner Zustimmung aufgenommen.

»Vielleicht erleben wir doch noch, dass dieser Krieg zu Ende geht«, meinte die *Jacobite*.

»Auf das neue Zeitalter«, lautete der nächste Trinkspruch, ausgebracht von der *Hannibal,* und wieder tranken alle zusammen. »Ich habe mein Leben im Frieden begonnen«, sagte der Alte Mann. »Aber ich gehöre zu denen, die den Krieg angefangen haben, und nun möchte ich den Krieg vollständig beenden, ich möchte den Frieden noch einmal sehen. Dann kann ich beruhigt sterben.«

Nach kurzem Nachdenken riefen alle hastig: »Nein, nein«, womit sie zwar in erster Linie höflich sein, aber auch den ehrlichen Wunsch ausdrücken wollten, dass die *Finity* weiter die Befehlsgewalt der Allianz innehaben sollte.

»Kein anderer kann tun, was Sie getan haben«, sagte der Stationsleiter von Voyager und *Hannibal* fügte hinzu: »Nicht mal annähernd, *Finity*.«

Der Alte Mann schüttelte den Kopf, blieb aber ernst. »So soll es nicht sein. Es ist Zeit. Ich bin alt. Ich habe nie auf Unsterblichkeit spekuliert und ich kann euch relativ Jungen sagen, dass eine Zeit kommt, da habt ihr vor diesem letzten Sprung Angst. Ein Leben muss enden, und ich sage euch allen, ich möchte, dass es im Frieden endet. Das ist mein Anliegen. Alle unerledigten Dinge sollen bereinigt werden. Ich wünsche mir diese Vereinbarung von Herzen.«

Kurz breitete sich Unbehagen aus.

»Du hast sie doch, Bruder«, meinte Madison dann lachend und brachte das Gespräch wieder in Gang, indem er die Bemerkung des Alten einfach hinnahm.

Madison, der selbst fast so alt war.

Es war ein schwieriger, nie dagewesener Moment. JR holte erst wieder Luft, nachdem Madison die Wogen geglättet hatte, und fragte sich, warum der Alte Mann die Stimmung so hatte abkühlen lassen und warum er von seinen Sorgen sprach.

Anscheinend wurde er müde. Der Kapitän hatte vergangene Nacht nur wenige Stunden geschlafen und auch er war nur ein Mensch.

Sie hatten sich alle angestrengt, um diesen Hafen so schnell wie möglich wieder verlassen zu können, ehe die beiden Schiffe vor ihnen die Chance hatten zu tratschen oder die ruhige Atmosphäre zu zerstören, auf die sie hofften …

Gott sei Dank war hier auf Voyager kein Sabotageversuch unternommen worden, weder auf höherer noch auf niedriger technischer Ebene, nicht einmal ein Fehler bei den Verhandlungen über die finanziellen Einzelheiten, und auch keiner beim Auftanken. Zwar würde es die spezifischen Verhandlungen mit Pell, Mariner und Esperance nicht beschleunigen, dass sie nun die Unterschriften auf den Dokumenten vorweisen konnten, aber natürlich hatte Voyagers Votum für die neue Ordnung sein Gewicht. Der Stationsleiter von Voyager, ein zurückhaltender Mann und höchstwahrscheinlich ein Kandidat für eine Herzattacke, hatte alles gedreht und gewendet, ob nicht doch eine Falle oder ein Nachteil in dem versteckt war, was man ihm fast selbstverständlich anbieten wollte. Aber stattdessen hatte er nur Gutes für sich gefunden, so viel, dass sie nicht nur seine und die Zustimmung seiner Administration bekommen hatten, sondern auch noch mit Informationen über Esperance überhäuft worden waren. Einiges hörten sie mit Entsetzen; beispielsweise hatte der Mann herausgefunden, dass der Stationsleiter von Esperance eine Affäre mit der Schwester seiner Frau hatte – dieser Leckerbissen war am Vortag beim Dinner preisgegeben worden, noch bevor die Einzelheiten des Vertrags klar waren, und das auch noch in Anwesenheit der drei Kauffahrerkapitäne – von denen allerdings nur einer wirklich überrascht gewesen war.

Ein Stationsleiter, der routinemäßig mit jedem Kapitän in Voyagers bestem Restaurant zu speisen bereit war, wenn er eingeladen wurde, bekam sicher einiges zu hören.

Wenn dann auch noch ein paar Flaschen Wein getrunken wurden, erfuhr der Stationsleiter von Voyager wahrscheinlich Dinge, die die Kapitäne ansonsten nicht einmal ihren nächsten Verwandten anvertrauten.

Aber vergangenen Abend hatte der Stationsleiter von Voyager nun also Namen und pikante Details genannt. Dann hatten die Kapitäne am selben Tisch die Lockerheit der Zollbehörden von Esperance beschrieben und außerdem die Kontakte, durch die Esperance seine Luxusgüter bezog.

Und diese direkt an Voyager vorbeileitete, eine goldene Pipeline, von der weder Voyager noch die anwesenden Kapitäne profitierten. Nur recht und billig, dass sie verärgert waren.

Nach dem Essen löste sich die Versammlung auf; der Kapitän der *Jacobite* machte sich tatsächlich singend auf den Weg zum Dock, während die anderen mit ihren jeweiligen Besatzungen abzogen, um – Gott schütze ihre Leber – noch mehr zu trinken.

Der Start stand bevor, das ersparte ihnen eine Einladung zum Frühstück mit der Stationsverwaltung. So verabschiedeten sie sich von einem höchst zufriedenen und nur leicht beschwipsten Stationsleiter, holten die Sicherheitsleute aus der Restaurantküche und eilten vorbei an einer Reihe Kameras und wild entschlossener Reporter, die Fragen stellten wie: *Können Sie uns etwas über die Vereinbarung sagen? Wie können Sie sie charakterisieren*?

Kein Kommentar, lautete die Anweisung des Alten Mannes. »Tut mir leid«, musste auch JR sagen, als einer der Neugierigen ihn einholte, dann beeilte er sich, die anderen auf dem Weg zur Safe Harbour Inn einzuholen.

* * *

In vertraulicher Runde nach dem Essen am Abend hatte Madison gemeint, jetzt hätten sie in Esperance ein weit größeres Problem vor sich, als sie je gedacht hatten, und der Skandal in der Administration von Esperance könnte sie dazu bringen, erpresserische Methoden zu benutzen, wenn die Dinge wirklich so schlimm standen, wie es die Informationen auf Voyager andeuteten.

Natürlich war das ein Scherz. Aber ein ziemlich schwacher. Auf drei Stationen war alles nach Wunsch gelaufen, und jetzt würden sie gegen die Profitgier einer wohlhabenden Station angehen müssen, die glaubte, tun und lassen zu können, was ihr beliebte.

»Wir könnten umkehren«, meinte Alan, als auf dem Heimweg das Thema aufkam. »Wir lassen Esperance von den Abmachungen hören, die wir mit Sol, Pell, Mariner und Voyager getroffen haben, und dann sollen sie sich ein Jahr lang Sorgen machen, ob sie einbezogen werden.«

»Vor allem sollten sie erfahren, dass Sol in dem Handel mitmacht«, sagte der Alte Mann ganz ernst. JR, der mit Bucklin und den Sicherheitsleuten hinterherging, horchte mucksmäuschenstill. »Das ist ihre Quelle für Luxusgüter, genau auf die gleiche Art und über die gleichen Verbindungen wie es Mazians Quelle für Kriegsmaterial war. Also redet man auf Esperance schon lange insgeheim davon, dass Kauffahrer von Esperance aus zu einem der alten Hinteren Sterne springen und ohne Voyager, Mariner oder Pell zu dem neuen Punkt gelangen … sodass Esperance für die Union die direkte Pipeline zur Erde wird. Das ist immer noch eine sehr weite Strecke, die nur sehr große Schiffe zurücklegen können. Genau diesen Ansatz werden wir bei den örtlichen Kaufleuten auf Esperance anwenden, und es ist auch ein echtes Argument: *Wir* wären fein heraus, denn wir haben die richtigen Maschinen dafür, wir sprechen also nicht in unserem eigenen Interesse, wenn wir darauf hinweisen, dass die Mehrheit der Kauffahrer diese Route nicht befahren könnte. Kleine Schiffe würden aus dem Handel mit der Erde herausgedrängt, ausschließlich zugunsten von Schiffen wie der *Boreale*, die von der

Union betrieben wird, und ich glaube nicht, dass unsere Brüder und Schwestern im Handel so etwas gern hören, genauso wenig wie Esperance es hören will, dass seine kleine Intrige ans Licht der Öffentlichkeit gezerrt wird.«

»Wenn es nach Quen geht«, sagte Madison, »werden keine Schiffe von der Klasse der *Boreale* mehr gebaut. Jedenfalls nicht von der Union.«

»Und wenn es nach mir geht, werden wir die Geldmittel auch nicht dazu verwenden, Quens Superstreckentransporter selbst zu bauen. Wir werden *genug* Schiffe bauen, um die Stationen lebens- und entwicklungsfähig zu erhalten. Größere Stationen, mehr Bevölkerung, erweiterter Handel. Die Stationen der Allianz werden, was die Bevölkerungszahlen betrifft, nie an der Spitze stehen, aber *unsere* Märkte sind hundertprozentig auf uns angewiesen – anders als die von Cyteen. Esperance wird nie Getreide anbauen, und nach sechs Wochen würde sie Fischstäbchen und Hefe höllisch satt haben – von sechs Jahren ganz zu schweigen. Und darauf wäre sie angewiesen, wenn wir die Kauffahrer wieder zusammenziehen und mit einem Streik drohen, um unseren Willen durchzusetzen. Wir haben sie, Cousins. Vielleicht glauben sie, sie könnten uns austricksen und direkt mit der Erde gehen, vielleicht denken sie, dass die neuen Handelskriegsschiffe der Union ihre Antwort sind, aber wir und Quen haben diese Möglichkeit längst ausgeschlossen.

Obwohl der Alte Mann zwei Gläser Wein intus hatte, war er immer noch scharfsinnig und sachlich. Selbst für Kauffahrer wie die *Hannibal* hatte der Plan Sinn, da er ihr Eigeninteresse unterstützte.

»Aber das alles wollen wir auf Esperance nicht sagen«, fuhr der Alte fort. »Nicht bevor wir das Einverständnis der Union haben. Aber ihren Ehrgeiz, eine direkte Pipeline zur Erde zu werden, können sie gleich vergessen. Wir müssen sie nur dazu bringen, unser

Dokument zu unterschreiben. Sollen sie es ruhig in dem Glauben tun, dass sie uns austricksen und doch Schiffe der Union hereinbringen können. Wegen *Quens* Schiff und wegen unserer Tarifvereinbarungen werden diese Schiffe niemals gebaut. Und das bedeutet, die Union wird ihre Grenzen als Esperance ausschließend definieren, weil *wir* der Union die Sicherheit und die Handelsmöglichkeiten geben können, die sie braucht – weit besser, als es ihr bei irgendeinem Hintertürarrangement mit Esperance gelingen könnte. Sie werden außen vor gelassen, ohne Sicherheitsnetz. Einfach im Nichts treibend. Nur wissen sie das noch nicht.« Für einen Augenblick herrschte Schweigen, man hörte nur das Geräusch ihrer Schritte. Dann fügte der Alte Mann hinzu: »In mancher Hinsicht ist Mazian der beste Freund, den wir haben. Solange die Union fürchtet, er könnte als Volksheld zurückkehren, falls sie die Allianz zu sehr unter Druck setzt, haben wir auch *sie* in der Tasche. Mallory will ihn vernichten. Mir wäre er genau dort lieber, wo er jetzt ist. Cousins, da draußen im tiefen Dunkel, in dem Frieden, den er für sich gefunden hat.«

Was konnte man dazu sagen? Selbst Francie und Alan machten schockierte Gesichter.

Was Madison anging, war JR nicht sicher.

Und JR selbst fürchtete, dass es die Wahrheit war.

KAPITEL 21

Die *Finity's End* glitt elegant vom Dock weg, dank einer leichten Ladung und einem völlig freien Raum, der ohne Verkehr war, denn nicht mal die Pannenschnellboote waren unterwegs. Und der Seniorstab auf der Brücke stieß einen Seufzer der Erleichterung aus, als sie Voyager hinter sich ließen.

Momentan saß Francie im Kapitänsstuhl. Der Alte Mann, Madison und Alan, die wegen der Verhandlungen und den anschließenden Feiern seit fast achtundvierzig Stunden ohne Schlaf ausgekommen waren, hatten dienstfrei, um sich auszuruhen, sobald das Schiff wieder einigermaßen stabil war.

Aber JR – mit Händen ohne Blasen und ohne Frostbeulen – hatte Bucklin mitgenommen, war direkt vor dem Takehold nach oben gegangen und hatte Lyra die Angelegenheiten auf dem A-Deck überlassen, einschließlich des Abbaus der Geländer im Versammlungsraum.

Diejenigen, die Sicherheits- und Assistenzdienst gehabt hatten, die also bei den Stationskonferenzen Wache stehen, Wasser nachgießen und Gebäck servieren mussten – insgesamt sechzehn Besatzungsmitglieder –, pflegten ihre eigenen Wehwehchen und waren noch weniger zum Schlafen gekommen als die Kapitäne. Aber ihnen fehlten die sichtbaren Beeinträchtigungen derer, die – ebenfalls mit äußerst wenig Schlaf – in diesen zwei Tagen den Hauptteil der körperlichen Arbeit verrichtet hatten. Mit von der Kälte rissiger Haut, erschöpft bis in die Knochen hatten sie geschuftet bis zuletzt, um sicherzustellen, dass die Ladung in den Frachträumen auch wirklich genau das war, was sie eingekauft hatten, ohne unerwünschte Zusatzgeschenke ihrer Feinde.

Von der Brückenbesatzung, die nicht an den Sitzungen teilgenommen hatte, saß Tom T. in Pantoffeln und mit einem bandagierten Knöchel am Kom. Die glitschigen Laufplanken hatten einige Opfer gefordert. Der Alte Mann hatte sich so verausgabt, dass Madison in den Dockbüros für ihn hatte einspringen müssen.

JR hatte nicht einmal versucht zu schlafen in den zwei Stunden, die er noch hatte, ehe er sich zum Bordaufruf melden und die Versammlungshalle herrichten lassen musste.

Er und Bucklin hatten am Abend noch eine Weile über das gesprochen, was der Alte Mann gesagt hatte. In JRs Zimmer hatten sie sich leise unter vier Augen über das Thema Mazian unterhalten – dass sie ihn angeblich *brauchten!* – ehe Bucklin in seinem Zimmer verschwunden war.

»Er hat gemeint, es ist so, bis wir die Allianz wieder in Ordnung gebracht haben«, hatte er zu Bucklin gesagt und verzweifelt versucht, daran zu glauben. Der Alte Mann war sein Idol! »Wir brauchen sozusagen einen Hebel, um etwas in Bewegung zu bringen.«

»Glaubst du, Mallory weiß, was der Alte Mann denkt?« fragte Bucklin.

Gute Frage. Und als JR dann schließlich den Kopf aufs Kissen legte, hatte ihn dieser Gedanke am Einschlafen gehindert.

Wenn Mallory wüsste, dass der Alte Mann durchaus nicht daran arbeitete, Mazian zu stürzen, konnte das sehr wohl ein Grund sein, dass sich ihre Wege getrennt hatten.

Wenn Mallory es nicht wusste und der Alte Mann diese Einstellung jahrelang in der Politik gepflegt hatte, ohne es Mallory zu sagen, ging das in der zugegebenermaßen unerfahrenen Einschätzung eines Juniors weit über Pragmatismus hinaus und reichte beinahe an eine Verzerrung der Wahrheit heran.

Persönlich konnte JR es nicht glauben. Mallory war fest überzeugt, dass man mit Mazian keine Kompromisslösung finden konnte und der Krieg erst wirklich aufhörte, wenn Mazian tot war.

Auch JR war dieser Meinung. Er sah die Zukunft seines Kommandos – der ganzen Menschheit – durch eine Lösung, bei der eine auch nur ansatzweise funktionsfähige Flotte im Dunkeln lauerte, zumindest gefährdet. Und diese Sicht war in der Realität seines kurzen Lebens fest verankert.

Aber sie bemühten sich um Veränderungen.

Sie hatten ihr vollständiges Lademanifest als Beweis ihres guten Willens den Agenten der Voyager Station gezeigt, und so sollten es von nun an auch die anderen Kauffahrer halten.

Ebenfalls im Einklang mit den Regeln, die hoffentlich bald gesetzlich vorgeschrieben sein würden, hatten sie die Station verlassen und ihre Post der *Hannibal* überlassen: Sie hatten dieses Geschäft dem kleineren Schiff überlassen, denn es war für die *Hannibal* eine wichtige Einkommensquelle. Zwar würden die Briefe jetzt nicht so schnell ans Ziel gelangen, aber sie würden ankommen.

Die *Finity* hatte also Gesetze eingehalten, die es noch nicht gab, hatte mehrere Hunderttausend Kredite in die örtliche Ökonomie gepumpt … ihre üblichen Geschäfte abgewickelt und ihre kommerzielle Ladung Nahrungsmittel geladen – für den Alten Mann vermutlich ein echtes nostalgisches Vergnügen –, als Beispiel, wie die Dinge funktionieren sollten.

Fünf Jahre war es her, seit sie das letzte Mal auf Voyager gewesen waren und JR fand das meiste unverändert, ganz anders als in Pell oder Mariner. Doch wenn die Gerüchte stimmten, gab es auf Esperance Veränderungen, die mit denen in Pell und Mariner vergleichbar waren: Die Station war aktiver und weit luxuriöser geworden. Esperance hatte den Krieg überlebt, indem es sich mit beiden kriegsführenden Parteien gut gestellt hatte, beide hatten sich gelegentlich über die Station geärgert, aber nie so sehr, dass sie etwas unternommen hätten.

Nach den Details, die ihnen der Stationsleiter von Voyager am vergangenen Abend anvertraut hatte, war Esperance in Friedenszeiten ähnlich verfahren und hatte die Allianz sehr geschickt und subtil gegen die Union ausgespielt. Das Wort Schmuggel beschrieb nur ansatzweise den Fluss exotischer Güter, die auf Esperance frech auf den Dockmärkten feilgeboten wurden, nur selten gestört vom Zoll und so gut wie nie von den Ausfuhrbestimmungen. Das alles war schon bekannt gewesen, bevor der Stationsleiter von Voyager über den Skandal im Büro der Stationsleitung geplaudert hatte.

Auf alle Fälle würde der Aufenthalt in Esperance interessant werden.

Das hatte Madison gesagt, als sie sich trennten. Das Gleiche hatten früher die Junioren gesagt, wenn ein Schiff zu einer Kampfstation flog. Eine interessante Reise.

Wie Francie bei der Sitzung unter anderem erklärt hatte, wurde ihre Mission dadurch kompliziert, dass Mazians Sympathisanten und Helfer – einschließlich Schiffen wie die *Champlain* – eine Chance bekommen mussten, sich aus ihren promazianischen Aktivitäten auszuklinken, ohne kriminalisiert zu werden. Und nicht nur die Gelegenheit zur Reformierung, sondern auch Zeit, um zu merken, dass ihre Quellen wirklich austrockneten, dass es nicht einfach weiterging wie immer, dass nichts wieder so werden würde wie früher. Sonst hatte sich der alte Trott spätestens dann erneut eingestellt, wenn die Allianzkrieger aus dem System verschwanden.

JR verstand, was Francie meinte. Wenn die kleinen Händler erst mal wussten, dass es neue wirtschaftliche Regeln gab, würde sich der größte Teil diesen vernünftigerweise unterwerfen, aber niemand erwartete von einem Schiff, das um sein Überleben kämpfte, dass es freiwillig die Reformwelle anführte.

Daher nun also die von der *Finity* zur Schau getragene Regeltreue ... und über das Restaurant der Beweis, was sie geladen hatte, weil der Beweis, der diese Händler überzeugen würde, auf einen einzigen ethischen Wert hinauslief: die Reputation der *Finity*.

Mit dem Enthusiasmus der kleinen Transporter wie der *Hannibal*, der *Jamaica* und der *Jacobite* hatten sie etwas Außerordentliches gewonnen. Und diese Neuigkeit würde sich unter den Schiffen, deren Verbindungen für die Behörden nicht unbedingt durchschaubar waren, verbreiten wie ein Lauffeuer.

»Wir werden eine dreistündige Brennphase haben«, verkündete der Interkom. »Wir fahren bis zum Sprung eine verkürzte Schicht. Jetzt ist es 0308 Uhr. Von 0430 bis 0730 sind wir im Takehold. Dann haben wir einen verkürzten Haupttag, mit Essen um 0800 Uhr für beide Schichten, dann Hauptdunkel um 0930 für ein Takehold bis zum Sprung um etwa 0530 Uhr. Wir wollen unsere Alliierten nicht länger als nötig unbeaufsichtigt lassen. Am Sprungpunkt machen wir dann einen ähnlich verkürzten Transit ...«

* * *

»... und wir werden ankommen, lange bevor Esperance uns erwartet. Die Kapitäne informieren uns, dass dies der Tag der Abrechnung ist, Cousins, das ist der Ort, mit dem die ganze Reise steht oder fällt. Der Ort, mit dem wir uns auseinandersetzen wollten, und wenn wir die kritischen Verhandlungen auf dieser Station erfolgreich beenden, nehmen wir uns auf der Rückfahrt auf Mariner einen Monat Zeit. Unterdessen aber gibt es weiterhin die modischen Blaumänner direkt aus

der Kiste von Voyagers Lieferanten und dazu die gar nicht mal so üblen Sandwiches aus der Kombüse, Geschmack nach Wahl … Synthe-Käse, Synthe-Eier mit Speck und echter Voyager-Fisch. Wer als letzter kommt, hat das Nachsehen. Alle Nebendienste setzen aus, bis wir Esperance hinter uns gelassen haben.«

»*Esperance* hinter uns gelassen?« ging es durch die Warteschlange vor der Wäscherei, wo auch Fletcher stand. An der Theke hatten Toby und Ashley Dienst, und jeder, der sein Wäschebündel abgab, bekam drei brandneue Sets blaue Arbeitskleidung dafür.

»Bestimmt hat er Voyager gemeint«, vermuteten einige, aber ein paar der Senioren entgegneten: »Seid euch da nicht so sicher«, und der Interkom fuhr fort:

»Der Seniorkapitän hat eine Botschaft an die Besatzung. Bleibt also dran.«

»Ich glaube, er hat wirklich Esperance gemeint«, sagte ein Cousin düster.

Fletcher, der als dritter in der Schlange stand, die rasch vorrückte, verstand nicht, was mit den aussetzenden Diensten gemeint war, aber irgendwie hatte er das Gefühl, dass es größere Unannehmlichkeiten bedeutete, als er bisher auf dieser Fahrt kennengelernt hatte.

»Hier spricht James Robert«, sagte die Stimme des Kapitäns. *»Herzlichen Glückwunsch zu einer gelungenen Leistung. Wir sind dabei, Zeit zu gewinnen, die für unsere Mission sehr wichtig ist. Zwar bleibt noch immer eine geringe Chance, dass wir am Sprungpunkt Schwierigkeiten bekommen, falls die* Boreale *und die* Champlain *aneinander geraten sind oder falls die* Champlain *der* Boreale *entwischt ist und nun einen Hinterhalt gelegt hat. Sie ist ein schlauer und gefährlicher Gegner mit einem starken Interesse daran, dass wir Esperance nicht erreichen. Deshalb werden wir, bis wir Esperance erreichen, auf Sicherheitscode Gelb gehen und alle Sicherheitsmaßnahmen für die Korridore aktivieren. Vor dem Punkttransit sind zwei Stunden Gleitflug für Essen und Systemcheck angesagt. Ihr Junioren solltet euch bitte noch ein-*

mal die Bestimmungen für Sicherheitscode Gelb durchlesen. Noch einmal herzlichen Dank für eure hervorragende Leistung bei diesem Stopp. Ich empfehle jedem, für den Doppelsprung im Quartier einen Extravorrat an Energienahrung und Medizin bereit zu legen. Wir erwarten zwar keine Verzögerungen, weder hier noch am Sprungpunkt, aber es ist besser, wenn ihr für den Fall der Fälle vorbereitet seid. Die derzeitigen Prioritäten schreiben uns vor, einer Konfrontation eher auszuweichen als ihr zu begegnen. Gute Leistung und guten Flug.«

Jetzt war Fletcher an der Reihe. Er nahm Arbeitskleidung für sich und Jeremy und als er sich umdrehte, stand Jeremy direkt neben ihm. »Ich hab die Päckchen«, sagte er und hielt eine kleine Plastiktüte hoch, sowohl die Droge als auch die ungeliebten Nuritpacks. Jeremy war gerade von der Medizinstation zurückgekommen.

Es waren eine Menge Päckchen von beiden Sorten. Offenbar hatten die Meds den Terminplan schon vorher gekannt.

»Wir sind auf Gelb«, verkündete Jeremy fröhlich und drückte Fletcher den Beutel in die Hand. »Ich geh schnell zum Messeraum und hole ein bisschen Saft und die Energieriegel. Die mit Frucht sind immer zuerst weg. Möchtest du rote oder schwarze Füllung?« Jeremy war beim Sprechen schon losgezogen und kam jetzt noch einmal ein paar Schritte zurück.

»Rot!« Das war die häufigste Wahl. Sie hatten die Energieriegel auch bei der Arbeit im Frachtraum gegessen, zusammen mit der heißen Schokolade. Die schwarzen waren viel zu süß. Jeremy wandte sich um und eilte davon.

»He, Fletcher«, sagte Connor, der sich noch in der Warteschlange befand, als Fletcher vorbeikam. Connor und Chad warteten zusammen. »Schon gefunden?«

Connor hätte nicht unbedingt etwas sagen müssen. Offenbar war die Waffenruhe vorüber. Einen Augenblick lang blieb Fletcher stehen und fixierte Connor und

Chad mit kaltem Blick, dann ging er um die Kurve zu A26.

Dort legte er Kleider und die Tüte mit der Medizin auf Jeremys Bett, um sie dann aufzuräumen.

Aber nein, Jeremy hatte womöglich nicht genug Taschen für Fruchtriegel und Saftpäckchen. Also ging er wieder hinaus und zum Messeraum. Überall wimmelte es von kalorienhungrigen Cousins, und direkt am Eingang traf er Jeremy, der sich auf dem Rückweg befand, die Taschen und die Brustlasche seines Coveralls mit Früchteriegeln vollgestopft, zwei Sandwiches und vier eiskalte Trinkpäckchen im Arm.

»Das müsste die Flotte ausreichend versorgen«, bemerkte Fletcher. »Soll ich dir vielleicht was abnehmen?«

»Ich hab alles im Griff. Na ja – vielleicht könntest du die Sandwiches nehmen.«

Vorsichtig entwand Fletcher die Brote Jeremys Arm, ehe sie ganz zerquetscht waren. Gerade als sie den Messeraum verlassen wollten, stießen sie auf Chad, Connor und Sue, die herein wollten.

»Da ist ja Fletcher«, sagte Sue. »Latscht hinter den Kids her. Wer passt denn hier auf wen auf, he?«

Fletcher konnte die Kommentare schlucken. Keiner davon war es wert, dass man darauf reagierte. Aber wenn er sie duldete, würden die Sticheleien weiter gehen. Wenn er auf die Kleinigkeiten nicht reagierte, würden sie andere Register ziehen. Diese Regel kannte er von Kindesbeinen an. Also blieb er stehen.

»Ihr habt es so gewollt«, sagte er leise, denn im Messeraum waren auch Senioren, die ihren Proviant abholten, und auch vom Korridor kamen ältere Besatzungsmitglieder vorbei. »Ich gehe mit euch Dreien gern ins Lager und dann suchen wir noch mal nach dem, was ihr mir gestohlen habt, wenn ihr das gerne möchtet. Wollt ihr Jungs denn, dass auch *Sue* mitmacht?« Inzwischen hatte er eine Vorstellung davon, wie es in dieser Dreiergruppe funktionierte, und plötzlich passte Chad nicht mehr als Anstifter in dieses Bild. Und auch Connor nicht, obwohl er ihn vor fünf Minuten angemacht hatte.

Sue war die Präsenz im Hintergrund. Klein, gemein und immer unter Connors Schutz.

»Fletcher und seine drei Babies«, sagte Connor. »Babysitten ist genau das Richtige für dich.«

»Sue, bist *du* die Diebin?«

»Fletcher«, drängte Jeremy und stupste ihn in den Arm. »Komm schon. Lass es sein. Gleich haben wir Takehold, und wir werden mächtig Ärger kriegen, wenn jetzt was passiert.«

Sue hatte noch immer kein Wort gesagt.

»Ich will dir erklären, wie es war«, verkündete Chad. »Du hast den Stock versteckt, um uns Probleme zu machen. Du weißt ganz genau, wo er ist, falls es je einen gegeben hat.«

»Pass auf, was du sagst!«

»Ach was!«

»Komm jetzt«, wiederholte Jeremy, »komm, Fletcher. Fletcher, wir müssen in unser Quartier. Sofort. Das ist lebensgefährlich. Das Schiff wartet nicht.«

»Du hast das Schiff verrückt gemacht, den ganzen Weg hierher«, fuhr Chad fort. »Du hast dafür gesorgt, dass wir fünf Tage zu spät von Pell loskamen, und jetzt müssen wir uns beeilen, um das aufzuholen. Angeblich hat man dich bestohlen, und wir mussten in unserer Freizeit danach suchen, und du kannst dich auf was gefasst machen, wenn du so was noch mal abziehst, Fletcher.«

»Dafür konnte ich nichts!«

»Na, für mich sieht es aber so aus!«

»Fletcher!« mischte sich Jeremy von neuem mit angstvoller Stimme ein. »Chad – sei still! Halt einfach den Mund. Komm jetzt, Fletcher!«

Jeremy zerrte an seinem Arm. Inzwischen drehten sich bereits einige Senioren nach ihnen um.

»Ist was mit euch?« erkundigte sich eine ältere Cousine. Ihr Namensschild identifizierte sie als Molly; Fletcher war ihr im Frachtraum begegnet – sie war eine hart arbeitende, nüchterne Frau mit starken Händen, einem eckigen Kinn und viel natürlicher Autorität.

»Nein, Ma'am«, antwortete Jeremy. »Komm jetzt, Fletcher, du erreichst doch nur, dass wir beim Alten Mann antanzen müssen. Komm!«

Chad und Konsorten verstummten unter Mollys strengem Blick. Jeremy hatte Recht. Wenn sie die Sache hier austrugen, gab es nur noch mehr Ärger. Fletcher beschloss, Jeremys Drängen nachzugeben, wenn auch mit einem warnenden Blick zu Chad und Sue.

Die Stimmung war angespannt. Alle hatten wenig geschlafen, nach der Ankündigung des Interkoms standen ihnen zwei weitere schwierige Sprünge bevor und Chad hatte seine neuerliche Kriegserklärung in einem Augenblick abgegeben, in dem sie alle die Erschöpfung allzu deutlich spürten – Augenbrennen, Rückenschmerzen, Kopfweh und was sonst noch so zu einem Zustand allgemeiner Erschöpfung gehörte. Beruhige dich, versuchte sich Fletcher zu sagen, eine Schlägerei bringt keinem etwas.

Sie hatten sich geprügelt. Danach hatte sich ihr Verhältnis nicht merklich verbessert. Wenn Fletcher die Chance gehabt hätte, wäre es ihm am liebsten gewesen, Gras über die Sache wachsen zu lassen. Aber Chad hatte ihn wütend gemacht. Anscheinend hatte er einen wunden Punkt getroffen. Die ganzen Marshall Willetts, die eifersüchtigen Geschwister, die fiesen Bemerkungen in der Schule, die Hinterhalte, in die man ihn gelockt hatte – dank Chad hatte er das auf diesem Schiff alles noch einmal durchgemacht.

»Was ist los?« wollte Vince wissen, als er ihnen auf dem Korridor über den Weg lief. »Stimmt irgendwas nicht?«

»Alles bestens«, antwortete Jeremy schnell und befreite Fletcher von der Notwendigkeit zu lügen. Wenn er nur andeutungsweise die Stirn runzelte, sah Vince ihn nämlich gleich ganz besorgt an, und genau einen solchen Blick spürte Fletcher jetzt in seinem Rücken, als er neben Jeremy zu ihrer Kabine ging. Die ganze Zeit versuchte er sich einzureden, dass er nur unterlegen war, wenn er sich von Chads Verhalten ins Bockshorn jagen ließ. Tags zuvor hatte er mit Chad auf dem Dock ein paar ganz vernünftige Worte gewechselt, und als Fletcher seine Schützlinge aus den Augen verloren hatte, war Chad echt besorgt gewesen. Er wusste nicht, warum sich die Dinge plötzlich geändert hatten, es sei denn, Chad spielte Theater.

Oder es hatte ihn jemand dazu gebracht, etwas zu tun, das er selbst gar nicht unbedingt wollte.

Sie schlossen die Tür hinter sich, verstauten Sachen in den Schubladen und steckten die Drogen und die Nutripacks vorläufig in die Netze am Bettgestell, während Jeremy von Vid-Spielen und Dinosauriern plauderte.

Ablenkung. Fletcher wusste, dass Jeremy ihn auf andere Gedanken bringen wollte. Nervös setzten sie sich auf ihr jeweiliges Bett und nahmen sich Sandwiches und Saft vor.

Jeremy wollte eine neue Schlägerei um jeden Preis verhindern und versuchte, Fletcher auf andere Gedanken zu bringen.

Aber er konnte sich des Eindrucks nicht erwehren, dass es irgendwann doch wieder einen Kampf geben würde. Fletcher murmelte höfliche Antworten, kaute lustlos an seinem Käsesandwich herum und spülte es mit dem Fruchtsaft hinunter. In Gedanken war er bei Chad, Connor und Sue.

Wenn Chad den Geisterstab nun tatsächlich nicht genommen hatte?

Vielleicht steckte Sue dahinter. Wenn er nicht so ausschließlich auf Chad konzentriert gewesen wäre, hätte er es vielleicht mitgekriegt. Sie wollte ihm das Leben zur Hölle machen und als Mädchen war sie ein ganz anderes Problem. Chad und Connor konnte er verprügeln. Aber Sue nicht. Darauf verließ sie sich. Vielleicht hatte sie die Nerven, das Risiko einzugehen und sich im Notfall, falls ihre Rechnung nicht aufging, schnell zu ducken, aber sie war klein und schmal, und er war groß, was ihn bei einer körperlichen Auseinandersetzung von vornherein ins Unrecht setzte. Zum Teufel mit ihr!

Chad und Connor mussten wissen, was Sue machte. Aber wenn sie schuldig war und sie es nicht glaubten? Oder wenn es ihnen egal war? Fletcher war ja der Eindringling. Sue erledigte für Connor die Denkarbeit, Chad war zwar nicht sehr kreativ, aber der Intelligenteste der Gruppe, wenn er sich einmal dazu aufraffte, Stellung zu beziehen.

Fletcher hatte früher lange Untersuchungen über das Zusammenleben der Downer durchgeführt. Intraspezies-Dynamik, nannte man die Formulare, die ausgefüllt wurden, und man beobachtete, wer mit wem auf den Feldern arbeitete, wer wen berührte, wer wen jagte und wer davonlief. Daraus zogen die Experten dann ihre Schlüsse, wie die Downergesellschaft funktionierte. Jetzt hatte sich Fletcher ein Bild von einer ganz anderen Spezies gemacht, nämlich von der Juniorbesatzung der *Finity*. JR und Bucklin hatten das Heft in der Hand, Lyra und Wayne assistierten ihnen und versuchten Ärger zu verhindern, wenn sie welchen entdeckten, genau wie JR es ihnen beibrachte. Toby, Ashley und Nike gehörten zusammen, dabei war Nike die Aktive, aber alle Drei waren intelligent, technikbegeistert, keine Raufbolde.

Normalerweise waren Sue und Connor die Aktiven der Sue-Connor-Chad-Gruppe: Sue dominierte Connor und benutzte ihn als Waffe, die sie gegebenenfalls gegen das ganze Universum verteidigte. Meistens lief Chad einfach nebenher, machte, was ihm gefiel, war aber selbst innerhalb seiner Gruppe eher ein Einzelgänger. Vielleicht mochte er Sue nicht einmal sonderlich, aber sie bestimmte. Und das war der springende Punkt.

Wenn Chad jedoch eine eigene Idee verfolgte, stellte er sich vor die drei Anderen und setzte seine Körpergröße ein, um die anderen beiden zu beschützen. Connor folgte Chad, wenn dieser die Führung übernahm – und jetzt musste Sue versuchen, die Kontrolle zurückzuerobern, indem sie Kampfsituationen auswählte.

Genau das hatte sie getan. Nach der ersten Schlägerei war er fair gewesen, am Dock sogar beinahe nett. Aber irgendeine Sicherung war durchgebrannt da draußen, was nicht vollständig damit zu erklären war, dass sie alle so viel gearbeitet und den Zustand natürlicher Erschöpfung eigentlich weit überschritten hatten.

Vermutlich war Sues *Mundwerk* in Aktion getreten. Aber Chad war der Anführer der Gruppe, wenn auch meistens in Abwesenheit. Er wirkte ein wenig älter und benahm sich auch entsprechend. Als seine Gruppe im Alter von Jeremy, Vince und Linda gewesen war, war er vermutlich für die Juniorjunioren verantwortlich gewesen. Connor war noch nicht ausgewachsen. Chad schon. Nach seinem Körperbau und der Art, wie er an Dinge heranging, war er wahrscheinlich ein Frühentwickler: Beispielsweise kämpfte er nie unüberlegt drauflos. Chad trat auf mit dem Selbstbewusstsein eines Menschen, der daran gewöhnt ist, dass sich letzten Endes alles regelt. Wenn es nicht passierte und jemand sich ihm in den Weg stellte, war er erst einmal verdutzt.

Bei der Prügelei hatte Fletcher ihn ganz gut kennen gelernt, sodass es richtig weh getan hatte, als Chad ihn plötzlich bezichtigte, selbst der Dieb zu sein. Nachdem Chad ihm am Dock geholfen hatte, war Fletcher von seiner plötzlichen Stimmungsänderung überrascht worden, und er konnte sein Verhalten auf dem Korridor noch immer nicht richtig einordnen – er hätte sich gleich auf Chad stürzen können, als dieser ihn beleidigte, aber er hatte sich weniger angegriffen als vielmehr ungerecht behandelt gefühlt.

Sue hätte genauso die Chance gehabt, in sein Zimmer

zu kommen und den Stock wegzunehmen, und anders als bei den anderen konnte Fletcher sich bei ihr durchaus vorstellen, dass sie ihn zerstört hatte. Jetzt gab es Probleme und Sue sorgte dafür, dass der Streit zwischen ihren beiden Cousins von der Diebstahlsgeschichte ablenkte.

»Hörst du mir überhaupt zu, Fletcher?«

Genaugenommen nicht. Er hatte den Faden verloren.

»Was ich über Esperance gesagt habe«, erklärte Jeremy. »Und die Vid-Sims.«

»Nein, ich war mit den Gedanken woanders«, gestand er.

»Takehold steht bevor, Cousins, es ist so weit. Ab in eure Kojen oder wo immer ihr euch sonst für die nächsten drei Stunden hinlegt. Lasst euch nicht in der Dusche erwischen. Wir werden auf unserem glücklichen Schiff ein Stückchen Weg zurücklegen …«

»Ich hab gesagt, ich wette, die haben da gute Sims. Bestimmt gibt es bei der Union welche, die wir noch nicht kennen …«

»Wahrscheinlich, ja.« Sollte er Sue dazu provozieren, dass sie auf ihn losging, sie dann packen und sie an den Füßen hochheben, bis sie Angst kriegte. Aber das wäre ein unsauberer, dummer Kampf. Fletcher war nicht scharf darauf, sich von ihr treten und schlagen und angeifern zu lassen. Er wollte auch nicht, dass Sue Zeter und Mordio schrie und die ganze Besatzung gegen ihn aufbrachte. Chad und Connor würden sich ohnehin auf ihre Seite schlagen. Das war es einfach nicht wert.

Er musste etwas unternehmen, wenn der Takehold vorbei war.

Er murmelte: »Na klar«, als Jeremy ihn fragte, ob er sein Downer-Tape haben durfte, holte es heraus und gab es ihm.

Inzwischen waren sie schon bei einer Minute, also kramte er schnell sein eigenes Musiktape heraus und machte es sich gemütlich.

Er hatte zwei Möglichkeiten. Er konnte aufgeben und sich so lange schikanieren lassen, bis er das Schiff endgültig verlassen wollte – er hatte die Ausrede, die er brauchte, er hatte mit JR abgesprochen, dass er weg wollte und dass sein Anliegen gerechtfertigt war, und was tat er? Jetzt kämpfte er um seinen Platz hier, darum, nicht ausgeschlossen zu werden. Er wusste nicht recht, warum oder wie er zu diesem Entschluss gekommen war – ein Grund war jedenfalls der Junge, mit dem er das Zimmer teilte. Aber das war nicht alles.

Irgendwo, irgendwie hatte er sich zwischen Mariner und Voyager entschieden, dass er sich nicht so einfach hinausdrängen lassen würde, weil sein Gehen oder Bleiben keine einfache Sache war. Es ging nicht nur um Jeremy, sondern um das komplexe Arrangement, das ihn und Jeremy zu Partnern gemacht hatte.

Eins wusste er jedenfalls genau: Er wollte die Entscheidung, ob er blieb oder ging, keinem anderen überlassen.

Er musste mit Chad sprechen. Allein.

Er musste herausfinden, ob Chad ihn wirklich fertigmachen wollte, oder ob Chad, genau wie er selbst, nur für jemanden eine bequeme Zielscheibe war.

KAPITEL 22

Die Vorbereitung auf den langen Doppelsprung nach Esperance fühlte sich an, als wären die alten Neuen Regeln zurückgekehrt. Heimliche Treffen im tiefen Dunkel. Möglicherweise würde es zu einem Schusswechsel kommen. So erschien es jedenfalls JR und in ihm wurden Gefühle wach, die er vor ein paar Wochen als mehr oder weniger erledigt betrachtet hatte.

Nun saß er relativ entspannt auf seinem Brückenposten, als die Motoren hochgefahren wurden und die Beschleunigung ihn in sein Rückenpolster presste. Er sah zu, wie die Zahlen vorbeitickten, sah um sich herum das Schiff im Topzustand, sah den ungewöhnlichen Status der Feuerarmaturen – ungewöhnlich allerdings erst, seit sie wieder zu ehrlichen Händlern geworden waren. Die Waffen wurde getestet, der Computer bearbeitete ihren Kurs in einer ständig wechselnden Serie von Bedingungen.

Aber der Raum um sie herum war leer.

Sorgen machen mussten sie sich über den Bereich, der vor ihnen lag. Und in diese Leere schossen sie hinein, aus dem System heraus und zum nächsten Sprungpunkt, wo sie womöglich ein militärischer Hinterhalt erwartete – oder ein diplomatischer auf Esperance.

Drei Stunden.

* * *

Madelaine berichtete Alan, dass sie inzwischen die legalen Dokumente von Voyager vollständig beisammen hatten – typische Ausfallzeitgespräche auf der Brücke, wo jeder mithören konnte. Jakes trockener, sachlicher Bericht vom Lebenserhaltungssystem legte nahe, dass unerwartete Veränderungen seinen Dienstplan völlig über den Haufen werfen würden; er wollte vorschlagen, die Hälfte des Biomülls Typ A beim Sprungpunkt auszustoßen, statt ihn den nicht einwandfrei funktionierenden bakteriologischen Systemen zur Aufarbeitung anzuvertrauen.

Wenn durch die Beschleunigung eine lange Ausfallzeit entstand, herrschte auf dem Schiff ein reger Nachrichtenaustausch – *Hallo, wie war dein Aufenthalt? Hab dich gestern Abend vermisst bei einem Vid, das dir bestimmt gefallen hätte. Übrigens hab ich ein tolles Restaurant entdeckt …*

Auf Voyager hatte es aus offensichtlichen Gründen nicht viel persönliche Kommunikation gegeben. Hauptsächlich belief sie sich auf Dinge wie: *Ich bin tot, ich hab Frostbeulen, ich bin allmählich wirklich zu alt für so was, ich habe Vids gesehen, die schon vor zwanzig Jahren nicht mehr neu waren. Weißt du, dass die hier Zeug haben, das direkt aus dem letzten Jahrhundert stammt*? Gleichzeitig nutzten einige Abteilungschefs die ruhige Zeit, um zu ihrem Taschencomputer zu greifen und eventuelle Beanstandungen durchzugeben. Es war ein Kompendium der kleinen Katastrophen, aber auch von Vorschlägen – beispielsweise, dass die Besatzung ihre Handtücher ordentlich zum Trocknen aufhängen sollte, da es aufgrund der Service-Engpässe eine Weile keine frischen Handtücher geben würde.

Eine solche Nachricht kam auch von Molly aus der Frachtabteilung: *JR, ich dachte, du solltest folgendes wissen: Chad und Fletcher hatten vor der Zündung einen Krach. Jeremy hat die beiden Streithähne getrennt, mit Hinweisen auf die Sicherheit des Schiffs. Chad hat Fletcher wegen der Geschichte mit dem Downer-Kunstwerk heftige Vorwürfe gemacht. Fletcher hat sich natürlich gewehrt. Schließlich sind alle Beteiligten zum Takehold in die Kabinen abgezogen. So viel zu deiner Information.*

Es gab noch sechs weitere Botschaften ähnlichen Inhalts; eine davon zitierte die Einzelheiten der Auseinandersetzung – wer was gesagt hatte – und fügte noch die Information bei, dass es nicht nur um Jeremy, Fletcher und Chad gegangen war, sondern dass auch Sue und Connor dabei gewesen waren.

So ergab sich gleich ein klareres Bild.

Lyra teilte JR mit, Jeff habe ihr von der Beinahe-Keilerei erzählt. Doch das Detail hinsichtlich Connor und Sue fehlte hier.

Charakteristischerweise hatte keiner der mutmaßlichen Beteiligten sich gemeldet. Am bemerkenswertesten daran war, dass auch Jeremy nichts hatte verlauten lassen, obgleich er die strikte Anordnung hatte, jedes Problem mit Fletcher umgehend an JR weiterzuleiten.

Die Geschichte mit dem Geisterstock war also doch wieder auf diese Sektion des Decks zurückgekehrt. Vor der Ankunft in Esperance hatten sie keine Zeit mehr für eine neuerliche Suchaktion; der Seniorstab und der Alte Mann würden von der Streiterei auf dem Korridor hören und sich Sorgen machen. JR war gleichzeitig verärgert und ein bisschen verzweifelt.

Er schickte eine Nachricht an Lyra: *Bei der Auseinandersetzung zwischen Chad und Fletcher: Wer hat angefangen?*

Lyra antwortete in Realzeit: *Das hat mein Informant nicht gesagt. Es ist direkt am Eingang des Messeraums passiert, also muss es eine Menge Zeugen geben. Ich könnte nur raten.*

Lieber nicht, schickte JR zurück. Er musste Ruhe bewahren und durfte sich nicht so sehr davon beeindrucken lassen, dass Fletcher einerseits so unnachgiebig war und es andererseits in JRs eigener Truppe Hitzköpfe gab, die Fletcher noch mehr unter Druck setzten. Er war bei dem Vorfall genauso wenig dabei gewesen wie Lyra, und die Fakten, die er aus verschiedenen Augenzeugenberichten sammelte, gaben nicht genug Information über die Probleme auf dem A-Deck im allgemeinen her. Am liebsten hätte er Sprechkontakt zu Bucklin und Lyra aufgenommen und eine Dreierkonferenz angesetzt, um zu sehen, ob drei Köpfen vielleicht etwas Sinnvolles zur Situation der Juniorcrew einfiel, aber Ops hütete bei Sicherheitscode Gelb eifersüchtig ein Monopol über die Audiokanäle, und diese Situation würde sich vor Esperance nicht ändern.

Also tippte er stattdessen eine Anfrage an Bucklin ein, übermittelte ihm alles, was in den letzten fünf Minuten gespeichert worden war und piepte ihn an. Für Lyra schrieb er:

Ich möchte, dass du auf Fletcher aufpasst. Das ist aber keine Aussage darüber, wen ich bei dem Streit für den Schuldigen halte, nur dass ich auf der anderen Seite unmöglich alle von einer Person überwachen lassen könnte. Dazu schickte er das Zeichen für »Ich bin unzufrieden«, das älter war als die Hinteren Sterne.

Lyra antwortete mit dem Gleichen. Bucklin ebenfalls. JR, Lyra und Bucklin besaßen Taschencomputer und hatten Zugriff zu allen den Systemen der *Finity*, waren aber auch zugänglich für den Seniorstab. Im *Finity*-Kommando wurde nichts vor den Höherrangigen abgeschirmt, und die Junioren befanden sich auf der niedrigsten Stufe. Deshalb konnte JR sich nicht mit Lyra und Bucklin über den Diebstahl austauschen, ohne befürchten zu müssen, dass es irgendein Senior mitbekam – und JR wollte unbedingt verhindern, dass die Sache bis zum Alten Mann durchdrang. Dass JR noch keine Lösung gefunden hatte, war mehr als frustrierend, und inzwischen hatte die Suche nach der Wahrheit etwas Verzweifeltes an sich – und der Missetäter weigerte sich zu sprechen.

Ich komme zur Messe runter, sendete JR. Er konnte sich aussuchen, ob er sich auf Deck A oder B aufhielt, und momentan schien es ihm eine gute Idee zu sein, hinunterzugehen, sobald die Motoren gedrosselt wurden und die Besatzung sich wieder umherbewegte.

Wir könnten anordnen, dass die Juniorcrew im Quartier bleiben muss, schlug Bucklin vor.

Das war natürlich eine Idee. Es gab keinen Grund, warum die Juniorcrew sich beim Gleitflug vor dem Sprung unbedingt auf den Korridoren herumtreiben musste. Es gab keine Dienstleistungen, keine Arbeit war zu erledigen.

Wenigstens wären wir dann aus dem System draußen, meinte Lyra.

So konnten sie zumindest bis zum Massepunkt bei den Junioren den Status quo erhalten, denn der Alte Mann hatte ja bereits angekündigt, dass der Seniorstab dort ganz bestimmt keine Ablenkung gebrauchen konnte.

Gute Idee, antwortete er auf Lyras Vorschlag, und diesmal gingen sie auf Stimmfrequenz, sodass in jeder Juniorkabine folgende offizielle Anordnung aus dem Interkom schallte: »Hier spricht JR. Es gibt eine Veränderung der Anordnungen …«

* * *

»… *die Juniorcrew bleibt bis auf weiteres im Quartier. Die Juniorоffiziere werden euch in der Ruhepause das Essen bringen, und ich empfehle euch, in der Zwischenzeit noch einmal die Sicherheitsmaßnahmen zu studieren. Wenn jemand aufgrund dieser Änderung einen besonderen Wunsch hat, soll er sich beim Juniorstab melden, und wir werden uns darum kümmern.*«

»Ich glaube, JR hat was rausgefunden«, sagte Jeremy von der oberen Koje, während das Schiff weiter beschleunigte.

»Es ist doch nichts passiert, um Gottes willen!«

»Ich hab es dir gesagt!« kam es vom oberen Bett.

»Du hast mir gar nichts gesagt!« Dann fiel Fletcher ein, dass er der Ältere und Vernünftigere sein sollte, und er schwieg bedrückt. Wenn sie doch nur eine kleine Erholungspause bekommen würden! Jeremy war aufgeputscht und nervös und zappelte mit den Füßen über der Bettkante, mit einer Energie, die Fletcher bisher stumm toleriert hatte.

»Sag ihnen doch einfach, sie sollen den Mund halten«, schlug Jeremy vor.

»Oh, das würde bestimmt viel bringen.«

»Na ja, es ist besser, als sie bloß anzuglotzen. Das gefällt ihnen nicht.«

»Mir ist vollkommen egal, was denen nicht gefällt.« Fletcher hatte einen Computerausdruck auf dem Schoß und winkelte das Knie an, um die Seite dagegen zu lehnen, die sich unter dem Druck umbog. »Außerdem lese ich gerade.«

»Was denn?«

»Physik für hoffnungslose Fälle«, antwortete Fletcher. Es war die ausführliche Version des Handbuchs, beim Kapitel für Sicherheitscode Gelb. »Was meinen die eigentlich mit ›Roten Takeholds‹?«

»Die sind rot angemalt.«

»Warum?«

»Damit man sie sehen kann. Das sind die Griffe, die überall im Korridor in die Wand eingelassen sind, damit man nicht überall rumstolpert, wenn wir beschleunigen.«

»Hab ich mir gedacht. Und was ist ein roter Alarm?«

»Die Hupe. Wenn du die Hupe hörst, musst du dich auf der Stelle irgendwo festhalten. Wenn es bloß eine Glocke ist, hast du Zeit, zur nächsten Kabine zu laufen und dich hinzulegen, zwei pro Koje, oder in der Dusche. Wenn du irgendwas bei dir trägst, schmeißt du es in die Dusche und machst die Tür fest zu.«

Das alles stand hier auch Schwarz auf Weiß, allerdings war es in Jeremys Kurzfassung verständlicher.

»Warum in die Dusche?« Dann wurde ihm die Antwort plötzlich klar, und er sagte im gleichen Moment wie Jeremy: »Weil der Raum kleiner ist.«

»Dann fällt man nicht so weit«, fügte Jeremy fröhlich hinzu. »Ein Meter ist immer noch besser als drei Meter.«

»Hast du das schon mal gemacht?«

»Es in der Dusche durchgestanden? Ja. Einmal hatten JR und Bucklin sechs in ihrer Kajüte, einen in jeder Koje, drei in der Dusche.«

»Einschließlich der beiden.«

»Nein. Lyra und Toby haben sich ans Bettgestell geklammert und Toby hat sich die Nase gebrochen. Alle waren gerade auf dem Weg von der Messe zurück, da kam das Signal zum Takehold, und ich hab mich mit Angie hingelegt.«

»Wer ist Angie?«

»Sie hat sich um mich gekümmert«, antwortete Jeremy. Etwas leiser fügte er hinzu: »Sie ist gestorben.«

Da war Fletcher also wieder mal voll ins Fettnäpfchen getreten. Verdammt. »Tut mir leid.«

»Es sind viele gestorben«, entgegnete Jeremy. Und fügte mit einem zittrigen Seufzer hinzu: »Ich hab irgendwie die Nase voll davon, dass Leute sterben, du nicht auch?«

Was sollte man darauf sagen? »Vielleicht ist das ja Vergangenheit«, meinte Fletcher schließlich, weil ihm kein besserer Trost einfiel. »Wenn das Schiff jetzt Handel treibt, wird es vielleicht anders.«

»Momentan sind wir auf Gelb.«

Jeremys Besorgnis machte Fletcher nervös. Aber er versuchte sich zu beruhigen. »He, er hat der Union eine ganze Flasche Scotch geschenkt. Die sind garantiert bester Laune.«

»Ich meine, ich dachte, ich würde diese Handelsgeschichte nicht mögen, verstehst du.«

»Und magst du sie?«

»Ja, irgendwie schon. Obwohl ich's wirklich nicht gedacht hätte.«

»Ich auch nicht. Ich dachte, auf diesem Schiff zu sein, wäre das Schlimmste, was mir passieren kann.«

»Mariner war krass«, sagte Jeremy mit erzwungenem Frohsinn. »Mariner war echt krass.«

»Ja«, pflichtete Fletcher ihm bei. »Stimmt.«

»Hat es dir *gefallen*?«

»Ja«, antwortete Fletcher und merkte, dass er nicht einmal log.

»Mir auch«, sagte Jeremy. »Und wie. Das war die schönste Zeit, die ich *je* erlebt habe.«

Das konnte Fletcher nun nicht unbedingt behaupten. Aber irgendwie hatte er das Gefühl, dass Jeremy ihn an der Nase herumführte – so weit der Junge dazu überhaupt in der Lage war. Fletcher war gerührt, die Bemerkung brachte etwas in seinem Herzen zum Klingen. Aber er wusste trotzdem nicht recht, was er darauf erwidern sollte, außer, dass ihre gemeinsame Zeit ja noch nicht vorüber war, dass es nichts nützte, wenn sie jetzt Panik bekamen.

»Das Schiff wartet nicht«, meinte er leise. »Haben das nicht alle gesagt, als ich zu spät an Bord kam? Das Schiff wartet nicht, nichts hat die *Finity* je aufgehalten. Sie hat gegen Mazians Träger bekämpft, um Gottes willen. Sie wird vor so einem läppischen Frachter nicht kneifen.«

»Nein«, bestätigte Jeremy mit einem nervösen Lachen und klang wieder eher wie er selbst. »Nein, die *Champlain* ist vielleicht ein harter Brocken, ich meine, es gibt eine Menge guter Rimrunner, aber wir sind besser.«

»Na, dann hör auf, dir Sorgen zu machen. Wovor fürchtest du dich denn?«

»Nichts. Ist doch auch alles ziemlich normal. Eigentlich wie immer.« Einen Augenblick war er still. Dann fügte er heftig hinzu: »Ich hab keine Angst. Ich hatte noch nie Angst. Ich bin nur irgendwie angekotzt.« Aber in seiner Stimme hörte man wieder das Zittern.

»Wieso?«

»Ich meine, mir haben unsere Freigänge gefallen, ich

meine, meistens konnten wir raus auf die Docks und Sol Station war ziemlich krass.«

»Kann ich mir vorstellen. Möchtest du lieber wieder dort sein?«

»Nein«, antwortete Jeremy schwach. »Wir mussten immer im Blauen Sektor bleiben. Sie haben immer nur ein paar Orte für geeignet befunden, wo wir hingehen konnten – JR und vor ihm Paul, meine ich. Immer in Sichtweite des Anlegeplatzes. Sogar die Senioren. Sie hatten eine Unterkunft für uns, wo wir bleiben konnten, aber wenn wir was unternehmen wollten, ging das nur in Blau.«

»Du meinst, man hat mich angeschmiert.«

»Nein, gar nicht. Ich meine, vor Mariner war es so. In Pell durften wie ein bisschen raus aus Blau. Pell war ziemlich gut, aber Mariner war am *besten*. Wirklich.«

»Sie haben gesagt, wir verbringen vielleicht einen ganzen Monat dort.«

»Falls es klappt.«

»Das wird schon klappen. Das würde ich wetten.« Jetzt war Fletcher fest entschlossen, den Jungen aufzuheitern. »Was machst du als Erstes? Wenn wir hinkommen, wohin gehst du dann zuerst?«

»In eine Dessertbar«, sagte Jeremy.

»Einen Monat lang?«

»Jeden Tag.«

»Dann musst du einen Frachtschein ausfüllen, wenn wir weiter fliegen.«

Jeremy grinste und warf ein Kissen auf Fletcher.

Der warf es zurück, aber es blieb am Bettrand hängen. Fletcher holte es zurück und versuchte zwei weitere Würfe gegen die Schubkraft.

»Das schaffst du nie!« rief Jeremy.

»Wart's ab!« Fletcher schnallte sich los, stand vorsichtig auf, obgleich seine Gelenke protestierten, und stellte sich auf den Bettkasten, das Kissen in der Hand. Jeremy sah ihn kommen und rollte sich schützend zusammen.

»Das ist unfair!«

»Du hast angefangen!« Fletcher hob den Arm und knallte das Kissen auf Jeremys Bauch.

»Frieden!« schrie Jeremy. »Du brichst dir noch den Hals! Hör auf damit!«

»Frieden«, bestätigte Fletcher, überließ Jeremy das Kissen, kletterte in seine Koje zurück, ohne etwas kaputt zu machen, ziemlich außer Atem.

»Alles in Ordnung mit dir?« fragte Jeremy.

»Na klar. Du bist doch derjenige, der beim Bremsmanöver sonst so gern schummelt! Machst du dir Sorgen um mich?«

»Ich möchte nicht, dass du dir den Hals brichst.«

»Gut. Warum bleibst du dann nach dem Sprung nicht einfach im Bett – wie wär's?«

»Wenn du nicht noch mal aufstehst.«

»Abgemacht.«

Vielleicht hatte Jeremy nicht erwartet, dass er so einen Vorschlag machte. Eine Weile herrschte Schweigen.

»Jeremy?«

»Ja.«

»Alles klar bei dir?«

»Ja, sicher.«

Wieder Schweigen.

Ein unbehagliches Schweigen. Fletcher wusste nicht recht, warum ihn das beunruhigte. Wahrscheinlich las Jeremy nur oder hörte Musik.

»Du meinst also, Esperance soll ziemlich nett sein«, sagte er schließlich, um eine Antwort aus der oberen Koje zu provozieren. »Vielleicht haben wir da auch ein bisschen Freizeit.«

»Ja«, antwortete Jeremy. »Das wäre besser, viel besser als auf Voyager. Meine Zehen tun immer noch weh.«

»Hast du Salbe drauf gemacht?«

»Ja, aber sie tun trotzdem weh.«

»Ich glaube, ich möchte nicht bei der Fracht arbeiten.«

»Ich auch nicht. Da friert man sich ja die Eier ab.«

»Ja«, bestätigte Fletcher, und danach war die Atmosphäre besser. »Hast du das Buch vom Aquarium von Mariner?«

»Ich hab's verliehen.«

Fletcher war enttäuscht. Auf einmal hatte er Lust, über die Annehmlichkeiten einer Station zu reden. »Linda und ihr Fischtape.«

»Ja«, sagte Jeremy. Auf einmal kam Bewegung in die obere Koje, ein Kopf erschien, umgekehrt, mit herabhängenden Haaren. »Weißt du, dass sie keinen Fisch mehr essen kann?«

»Du machst Witze.«

»Sie sagt, sie sieht sie vor sich, wie sie sie anglotzen. Ich bin auch nicht sicher, ob ich Fischstäbchen noch mag.«

»Downer essen Fisch, ohne Probleme. Sogar roh.«

»Igitt«, machte Jeremy. »Igitt. Du machst Witze.«

»Ich hab mir überlegt, ob ich es mal versuchen soll.«

»Igitt«, wiederholte Jeremy. Der Kopf verschwand. »Das ist ja eklig.«

Die Motoren wurden zurückgefahren. Wenig später erschien das Abendessen, serviert von Bucklin. Diesmal gab es nicht nur Sandwiches.

Eine warme Mahlzeit. Mit Obstkuchen zum Nachtisch.

»Psst«, warnte Bucklin. »Das ist das Essen für die Brückencrew. Erzählt es niemandem weiter.«

»Warum dürfen wir eigentlich nicht raus?« wollte Jeremy wissen.

Doch Bucklin verschwand ohne Antwort; er erkundigte sich nur, ob sie alles hatten, was sie brauchten. Und Fletcher hatte keine Lust, irgendwelche Schwierigkeiten heraufzubeschwören.

Als sie fertig gegessen hatten, stopften sie die Behälter in den Beutel und in die Druckluftschleuse unter der Kommode, dann bereiteten sie alles für den nächsten

Sprung vor: Musik, Tapes, bequeme Kleidung, die Droge, Nutripacks und Fruchtriegel.

»Wir sollen viel essen, wenn ein Kettensprung bevorsteht«, sagte Jeremy.

»Du meinst zwei nacheinander.«

»Jawohl, Sir«, antwortete Jeremy und zog sich ein Fleecehemd über den Kopf. Er machte immer noch einen nervösen Eindruck. Womöglich aus gutem Grund. Aber jeder bemühte sich, den anderen aufzuheitern. Fletcher wollte nicht, dass Jeremy merkte, wie viel Angst er hatte, und umgekehrt.

Sie machten es sich für die Nacht in ihren Betten bequem und dämpften das Licht.

Nach einiger Zeit wurden die Motoren wieder hochgefahren, und ihre Kojen schwangen in die Horizontale.

»Gute Nacht«, sagte Jeremy.

Fletcher war sich der Nacht bewusst, der unwiderruflichen Finsternis, die das Schiff umgab und es winzig erscheinen ließ.

»Halt die Ohren steif«, sagte er, wie das seine Mutter früher immer gesagt hatte. »Es wird schon klappen.«

»Ja«, antwortete Jeremy. »Meinst du, Esperance ist so ähnlich wie Mariner?«

»Möglicherweise. Jedenfalls ziemlich reich, so weit ich gehört habe.«

»Das ist gut«, meinte Jeremy. »Das ist echt gut.«

Dann war er still, und zu Fletchers großer Überraschung erwiesen sich die starken Hände der Beschleunigung als Einschlafhilfe. Es gab sonst nichts zu tun. Er wachte am Alarmsignal für den Sprung auf, die Koje schwang zurück in die Position beim Gleitflug.

»Hast du dein Zeug?« fragte Jeremy. »Hast du alles?«

»Kein Problem«, antwortete er und tastete im Dunkeln nach der Droge. Jeremy machte das Licht heller und Fletcher blinzelte. Schließlich fand er das Päckchen.

Der Countdown begann. Die Brücke rief zum Appell und Jeremy erledigte es für sie beide.

Alle meldeten sich.

Unterwegs zu einem einsamen Steinklumpen halbwegs zwischen Voyager und der abgelegensten Station der Allianz.

Beinahe im Hoheitsbereich der Union. Das hatte er gehört …

* * *

Regen trommelte auf die Blätter, rann in kleinen Bächen von den bewaldeten Hügeln. Die Zylinder ließen nach, aber Fletcher holte das Letzte aus ihnen heraus, ehe er einen wechselte. Er hatte keinen verschwendet. Hatte keinen mehr übrig. Mit gleichmäßigen Schritten hielt er auf den Alten Fluss zu, dessen Rauschen über dem des Sturms zu hören war.

Du verirrt, hatte Melody gesagt, Alter Fluss spricht laut, laut. Du hören weit weg.

Das stimmte. Hätte Fletcher sich nicht daran erinnert, wäre er unsicher gewesen, wie er sich orientieren sollte. Die Basis lag flussaufwärts, einfach immer weiter flussaufwärts.

Er glitt aus, rutschte einen Abhang hinunter und schlug unten mit dem Knie auf. Sein Anzug war zerrissen. Aber er ging weiter, lauschte auf den Fluss, wanderte auch ein Stück im Dunkeln.

Am Morgen wachte er träge auf und merkte, dass er geschlafen hatte, ohne den Zylinder zu wechseln. Seine Finger waren taub, als er versuchte, sich durch die Prozedur zu tasten. Bis jetzt war ihm noch kein Zylinder heruntergefallen, er hatte keinen vergeudet, trotz steifer Finger. Aber jetzt musste er die fast leeren mit den noch mittelmäßig funktionierenden kombinieren, und es dauerte eine Weile, bis er mit zitternden Händen, schlechter Sauerstoffversorgung und verschwommener Sicht wieder auf die Beine kam und weiterwandern konnte.

Viel früher als er gedacht hatte, musste er drei weitere Zylinder auswechseln, und ihm war klar, dass seine Entscheidungen nicht mehr so gut waren wie bisher. Er setzte sich hin, ohne es zu wollen, holte den Geisterstab aus seinem Anzug und sah ihn an, während er versuchte, wieder Luft zu schöpfen.

Inzwischen waren Melody und Patch sicher längst unterwegs. Die an den Stock gebundenen Federn wurden nass im Regen, der den Hisa-Frühling ankündigte, und der Regen war gut. Der Frühling war gut, sie würden losgehen und ein Baby bekommen, denn Fletcher würde nicht mehr da sein.

Er war ihnen eine schreckliche Bürde gewesen, ein Kind, das viel länger Kind geblieben war als ein Hisa. Ein Kind, das nicht wachsen wollte.

Man hatte ihm erst sagen müssen, mach dich frei, lass los, sorge für dich selbst, Melody-Kind.

Satin hatte gesagt: Geh. Geh wandern mit Große Sonne.

Darauf hätte er gern verzichtet. Wie ein Kind wollte er, dass es nach seiner Nase ging, dass er dort bleiben konnte, wo er sich eingenistet hatte.

Aber Satin sagte: geh. Und Satin war die Anführerin der Downer, die Erste, die draußen gewesen und ebenfalls mit der Großen Sonne gewandert war.

Jetzt schaffte er es kaum mehr, auf die Füße zu kommen. Ich war wirklich dumm, dachte er, jetzt bin ich hier draußen und Melody kann mir nicht helfen. Ich werde hier sterben, hier am schlammigen Flussufer.

Dann plötzlich kam es ihm vor, als müsste er noch etwas anderes tun … er erinnerte sich nicht mehr, was es war, aber er musste aufstehen. Er musste aufstehen, so lange er noch konnte.

Doch er sank gleich wieder zu Boden.

Sie werden mich nie finden, dachte er, verzweifelt über sich selbst. Bestimmt war er jetzt schon zum zwanzigsten Mal hingefallen. Diesmal rutschte er einen Abhang mit nassen Blättern hinunter.

Wieder versuchte er aufzustehen.

Doch da drang ein seltsamer Laut an sein Ohr.

Eine menschliche Stimme, verzerrt durch die Atemmaske, sagte: »He, Junge! Junge!«

Bin kein Junge mehr, dachte er schwach. Kein Kind mehr.

Mit einer Hand umklammerte er den Stock und versuchte noch einmal, auf die Beine zu kommen.

Er schaffte es nicht – beziehungsweise schaffte er es doch, aber der Boden gab nach. So stürzte er die Böschung hinunter und sah das braune, wirbelnde Wasser auf sich zukommen.

»Gott!« Plötzlich tauchte ein Mensch vor ihm auf, zog ihn zurück, riss sie beide zu Boden, und der Aufprall nahm Fletcher den Atem. Starke Hände packten ihn unter den Armen und retteten ihn vor dem Wasser. In seinem Zeitgefühl war ein schwarzer Fleck, jemand betätigte ein elektrisches Horn, ein Signal, dachte er, eine Sturmwarnung.

Drohte ein noch schlimmeres Unwetter? Kaum vorstellbar.

Hände zerrten an seiner Maske herum. Sein Kopf dröhnte. Dann schob jemand etwas in die Maske, sicher einen neuen Zylinder, denn er bekam wieder Luft.

»Schon gut, Junge«, sagte eine Frauenstimme. »Lass die Maske schön auf, wir bringen dich zurück.«

Die Frau schleifte ihn halb den Hügel hinauf. Dann tauchte ein Mann auf und hob Fletcher hoch, sodass er endlich wieder auf die Füße kam.

Mit schmerzenden Beinen versuchte er zu gehen. An schwierigen Stellen klammerte er sich rechts und links an seine Retter, atmete tief, und sein Kopf pochte von den Strapazen, die er sich zugemutet hatte.

So brachten sie Fletcher hinunter zu einem Pfad, wo jemand mit einer Trage wartete und sie ihn aufluden. Immer wieder hatte er das Gefühl, er würde herunterfallen; nur als matter Glanz war die Große Sonne hinter grauen Wolken zu sehen, und der Regen überzog Fletchers Maske mit einem dünnen Wasserschleier. Vorwärtskommen war schwierig und seine Retter sprachen nicht mit ihm, das Atmen war anstrengend genug. Außerdem hatten sie ihm wahrscheinlich auch nichts zu sagen.

Gegen Abend erreichten sie die Basis, und Fletcher begriff verschwommen, dass er wohl geschlafen hatte, denn er erinnerte sich nur bruchstückhaft an den Weg hierher.

Jetzt weckte ihn jemand, um ein weiteres Mal zu überprüfen, ob er richtig atmete. Mit zwei neuen Zylindern war das natürlich wesentlich leichter, vor allem nachdem er tagelang mit halb verbrauchten Zylindern ausgekommen war.

Satin wollte ihn nicht. Melody wollte ihn nicht …

* * *

Der Boden fiel aus dem Universum, und er stürzte, stürzte ins Wasser. Aber er wehrte sich.

Noch einmal. Es war der Geschwindigkeitsabfall. Er war nicht am Ufer des Alten Flusses. Er war nicht dabei zu ersticken. Er war auf einem Schiff, eine Million – eine Million Klicks von irgendeiner Welt entfernt, selbst vom nächsten respektablen Stern.

Sein Schiff verlangsamte das Tempo beträchtlich, um den Zielstern anzupeilen. Es war alles in Ordnung.

Keine Feinde. Wenn es welche gegeben hätte, hätten sie es inzwischen bestimmt erfahren.

Finity's End war ins Universum zurückgekehrt, bewegte sich wieder mit den Sternen und ihrer Substanz.

Fletcher schlug die Augen auf. Lag da, öffnete einen Nutripack und saugte ihn aus, während er hörte, wie Jeremy nach seinem fahndete.

»Alles klar bei dir?« fragte er Jeremy.

»Ja, wunderbar.«

Er sah, dass Jeremy sein Päckchen bereits geöffnet hatte. Aus dem Interkom kam die Entwarnung und gab den Terminplan bekannt. Sie hatten zwei Stunden, um sich zu waschen, zu essen und sich auf den nächsten Sprung vorzubereiten.

Noch einen Moment blieb Fletcher liegen und dachte an den grauen Himmel über den Baumwipfeln. An den Regen auf seiner Maske. An den unnachahmlichen Laut des Donners in den Hügeln.

Im Zimmer roch es nach alten Schuhen. Nachdem er sich zwei Nutripacks einverleibt hatte, fand er die Energie, sich loszuschnallen und aufzusetzen.

»Du kannst duschen«, sagte er zu Jeremy, als dieser aus der Koje erschien. »Aber schnell, sonst dränge ich mich vor.«

»Du kannst zuerst, wenn du möchtest«, entgegnete Jeremy.

»Nein, du hast Priorität.« Sein Magen hatte sich noch nicht ganz erholt. Seine Schultern taten weh. Und sein Herz ebenfalls. »Wir haben zwei Stunden an diesem Sprungpunkt. Da schaffen wir es beide.«

»Ja, wir schaffen es beide«, wiederholte Jeremy und hievte seinen schmächtigen Jungenkörper aus dem Bett. »Kein ekliger Mazianni am Punkt, wir werden nach Esperance kommen und der Alte Mann wird glücklich sein, und wir lassen es uns gut gehen.«

»Klingt schön«, meinte Fletcher, und während Jeremy in der Dusche verschwand, stand er von seinem Bett auf, das dringend frisch bezogen werden musste, angeekelt von seinem eigenen Körper, in Klamotten, die eine Wäsche unbedingt nötig hatten. Aus der Schublade holte er sich frische Sachen und wünschte, er hätte auch Bettwäsche zum Wechseln gehabt. Dann wischte er sich mit einem chemischen Reinigungstuch über Gesicht und Hände; es roch scharf und sauber.

Er erinnerte sich noch gut an den schalen Geruch seines Atems, der ihm aus der Maske entgegengeschlagen war. An die fiebrige Kühle der Erde, wie ungleichmäßig seine Beine auf dem Heimweg funktioniert hatten.

Und an Satins Stab in seiner Hand. Er hatte sich geweigert, ihn loszulassen. »Satin hat ihn mir gegeben«, sagte er, als seine Retter ihn fragten, und dieser Name hatte sie tief beeindruckt, als hätte er behauptet, Gott gesehen zu haben.

Er war *hier*. Er war in Sicherheit.

Während der Rettungsaktion hatte er sich an den Stock geklammert, ohne die geringste Ahnung, was er damit tun sollte.

Bei ihrem Treffen hatte Satin weiter in seine Zukunft geblickt, als er sich vorstellen konnte. Sie war im All gewesen. Sie wusste, wohin sie ihn schickte.

Aber er hatte es nicht gewusst.

Er saß auf der Bettkante, lauschte dem Interkom, das über weitere Details informierte, wo sie sich befanden, wie schnell sie flogen, Zahlen, die Fletcher nicht einmal ansatzweise verstand.

Aber er war in Sicherheit. Er war beinahe gestorben und nun saß er hier, sauste durch den Weltraum und sagte sich, dass er großes, sehr großes Glück hatte; und dass Satin ihn hierher geschickt hatte, daran zweifelte er nicht mehr. Satin, die den Alten Mann kannte.

Ob sie wohl ahnte, dass er ein Neihart war, oder warum er sich auf ihrer Welt befand, als sie ihn ins All geschickt hatte? Er hatte noch nie geglaubt, dass die Downer so ignorant waren, wie die Forscher sie hinzustellen versuchten. Aber er hätte ihnen auch nie mystische Kräfte zugesprochen: Er war ein Stationsbewohner, für so etwas war er zu vernünftig. Jedenfalls meistens.

Aber die Forscher unterschätzten die Downer, das war seine feste Überzeugung.

In seinem Traum und seiner Erinnerung hatte Satin seinen Namen gekannt.

Satin hatte alles über ihn gewusst.

Das Wissen war nicht vom Himmel gefallen. Die

Große Sonne hatte es ihr nicht zugeflüstert. Sie hatte mit Melody und Patch gesprochen.

Und da sie alles wusste, was Hisa über ihn wissen konnten, hatte sie ihn … nicht auf die Station zurückgeschickt. *Sondern auf sein Schiff.* Hatte sie gewusst, dass die *Finity* im Hafen lag? Hatte Satin das gewusst, Satin, die zwischen den Wächtersteinen saß, zu denen alle Informationen auf flinken Downerfüßen gelangten?

Satin, die vielleicht gerade in diesem Augenblick zum wolkenverhangenen Himmel emporblickte und auf die Art eines alten, uralten Downers ihren Frieden, ihren neuen Himmel in die Realität träumte?

Sie hatte es gewusst. Ja, ganz bestimmt. Wie auch der Alte Mann auf der *Finity* es gewusst hatte – Dinge, die sich Fletcher nie als Bedingung für sein Universum vorgestellt hatte.

»*Nun gut, Cousins*«, sagte der Interkom. »*Ihr könnt essen, was ihr euch vor dem Sprung bereit gelegt habt, oder ihr könnt eine Weile rausgehen und euch strecken. In zehn Minuten werden beide Messen geöffnet, also habt ihr die Wahl zwischen Fruchtriegeln und einem eiligen Dinner, wie es auch die Brückencrew voller Dankbarkeit entgegennehmen wird. Denkt dran, es gibt noch keinen Wäschedienst.*«

Nach Seife duftend trat Jeremy aus der Dusche, umgeben von dichten Dampfschwaden. Inzwischen war die Luft dank der Ventilatoren schon wesentlich besser.

Downbelow verblasste unter dem sauberen Wasser, der Wärme, dem Seifenschaum. Fletcher zog sich aus und ging in die Dusche, Bilder von Holz und Wasser und mühsamem Atemholen im Kopf, aber hier war er in Sicherheit, warm und sauber, mit Jeremy als Talisman gegen Albträume und Verlust.

* * *

»Sir?« JR fand die Kabine des Alten Mannes schwach erleuchtet, als er das Tablett hineinbrachte, hörte die

Dusche im separaten Bad mit Wanne, dem Privileg der Seniorcrew. Er befahl helleres Licht, stellte das Tablett in der Essecke ab und ergriff die Gelegenheit, das bereits abgezogene Bett mit den bereitliegenden Laken frisch zu beziehen.

Der Alte Mann erledigte solche Arbeiten selbst. Gewöhnlich machten die Seniorjunioren Botengänge zur Wäscherei oder zur Medizinstation für die Brückenbesatzung, denn deren Zeit war kostbarer für das ganze Schiff, aber wenn sie es irgendwie konnte, machte die Seniorbesatzung ihre Betten selbst und holte sich auch ihr Essen.

Es war auch eine große Ausnahme, dass der Alte Mann sich sein Essen auf sein Zimmer bestellte. Er erholte sich meist sehr schnell nach einem Sprung und war fast immer schon in seinem Büro, ehe in der Küche alles geregelt lief.

Diesmal jedoch nicht, nicht nach dem Stress des Doppelsprungs und dem Schlafmangel während des gesamten Aufenthalts auf Voyager. JR spürte es selbst in allen Knochen. Mineralmangel. Vermutlich hatte Jeff den Fruchtsaft entsprechend angereichert, aber so, dass er trotzdem nicht wie ein Stein im Magen lag.

Die Dusche wurde abgestellt. JR schenkte Kaffee ein.

Wenige Augenblicke später öffnete sich die Badtür, und der Seniorkapitän erschien, in Hose und Rollkragenpullover und einem Schwall feuchter, nach Seife duftender Luft.

»Guten Morgen, Sir.« JR zog den Stuhl zurück, während James Robert in die Pantoffeln schlüpfte, die er in seiner Kabine zu tragen pflegte, zwar keine sehr würdevolle Bekleidung, aber zweifellos bequem. Ein Klicken der Fernbedienung erweckte den Bildschirm an der Wand zum Leben und zeigte ihnen eine Auswahl von Bildausschnitten von der Brücke.

Sie befanden sich am Sprungpunkt zwischen Voyager und Esperance, einem kleinen unbedeutenden Klumpen, der so gut wie nichts ausstrahlte. Hätte es im Umkreis von zwei Lichtjahren irgendeine andere Masse gegeben, wäre es schwierig gewesen, ihn zu benutzen – ja geradezu gefährlich. Aber es gab nichts, und so zog der Punkt ein Schiff herunter, als wäre er wesentlich größer.

Alle Systeme liefen optimal. Sie würden nach Plan hinausspringen. JR machte keine Bemerkung über Dinge, die normal waren: Der Alte Mann hörte morgens oder nach einem Sprung höchst ungern oberflächliches Geplapper. Also stand JR nur bereit, um den Stuhl vorzuschieben, wenn der Alte Mann sich setzen wollte.

JR blickte auf. Mitten in der Bewegung war der Kapitän stehen geblieben und starrte ins Leere; sein Körper wirkte schlaff und kraftlos, ein deutliches Zeichen, dass etwas nicht stimmte.

JR stürzte zu ihm, nahm ihn beim Arm und führte ihn zu seinem Platz am Tisch.

Der Alte Mann holte tief Luft und legte die Hand auf den Tisch; sie zitterte.

»Ich hole Charlie«, begann JR.

»Nein!« sagte der Alte, mit einer Stimme, die das ganze Leben lang Befehle gegeben hatte; man konnte sie unmöglich ignorieren.

»Sie sollten Charlie aber kommen lassen«, widersprach JR. »Nur um nachzusehen …«

»Er hat bereits nachgesehen«, erwiderte der Alte. »Medizinschränkchen, da drüben in der Ecke. Pillenschachtel.«

Rasch ging JR zum Schrank, holte eine Menge Fläschchen hervor, die für eine ganze Apotheke gereicht hätten und die JR hier nie vermutet hätte, und brachte sie zum Tisch. Der Alte deutete auf die Flasche, die er wollte; JR öffnete sie, der Alte Mann schluckte eine Pille und spülte sie mit Fruchtsaft hinunter.

»Die Verjüngung funktioniert nicht mehr«, erklärte der Alte nach einer Weile. »Charlie weiß Bescheid.«

Das war ein Todesurteil. Ein lange hinausgeschobenes. JR ließ sich auf den zweiten Stuhl sinken und hatte das Gefühl, jemand hätte ihm einen Schlag in den Magen verpasst.

»Weiß Madison davon?«

»Alle wissen es.« Der Alte Mann hatte immer noch Schwierigkeiten zu sprechen und JR verbiss sich weitere Fragen und saß einfach nur da. Die Erkenntnis traf ihn so plötzlich, als hätte jemand ihm den Boden unter den Füßen weggezogen … *das* also hatte der Alte Mann bei seiner Rede an jenem Abend auf Voyager gemeint! *Deshalb* war Madison so verstört gewesen: Weil der Alte Mann es öffentlich gesagt hatte, sodass alle es hören konnten. Es war gar nicht um den Teil mit dem Frieden gegangen, sondern um das Schlussmachen. Der Kapitän – *der* Kapitän, der wichtigste von allen, die die *Finity* gehabt hatte, klärte das, was ihm wichtig war – wie es um die Macht stand, wie er seinen Feind einschätzte, all diese Dinge … und alles wies in eine bestimmte Richtung, nämlich dahin, dass er seinen Nachfolgern kein Problem hinterließ außer Mazian. Deshalb hatte der Alte Mann die sonderbare Bemerkung gemacht, dass sie Mazian brauchten.

Nein, der Alte Mann hatte sich nicht mit Mallory überworfen, er war nicht umgeschwenkt.

Der Alte Mann hatte diese eine, ungeheuerlich wichtige Chance, die Macht zu nutzen, die er sein ganzes verlängertes Leben lang aufgebaut hatte.

Den Frieden ermöglichen. Den Frieden sichern und stabilisieren. Und nicht mehr weiter in die menschliche Existenz zu blicken. Vor ihm stand die letzte Mauer. Der Punkt, von dem keiner zurückkehrt.

»Soll ich Madison rufen, Sir?« fragte JR.

»Warum?« antwortete der Alte Mann mit einer scharfen Gegenfrage. Etwas milder fügte er hinzu: »Besorgt?«

Der Alte Mann hatte noch nie Wert darauf gelegt, mit Samthandschuhen angefasst zu werden. Am allerwenigsten jetzt. JR spürte das und blickte ihm direkt in die Augen. »Nicht wegen des Schiffs, Sir, das würden Sie nie aufs Spiel setzen. Aber Charlie wird höllisch wütend sein, wenn ich ihm nicht Bescheid sage.«

Der Alte überlegte, kam zu einem Entschluss – JR erkannte das an einem kurzen Augenzwinkern – und trank einen Schluck Kaffee. »Ich wäre dir dankbar, wenn du Charlie in Schach halten könntest. Ich habe mich für den Rest der Reise ins Bett gelegt. Ich habe vor, Esperance zu erreichen.«

»Freut mich zu hören, Sir.«

»Vorsichtsmaßnahme«, sagte der Alte.

»Ja, Sir.«

»Du glaubst mir kein Wort, stimmt's?«

»Ich mache mir Sorgen.«

»Hast du über diese Sorge in der Messe geplaudert oder was?«

»Aber nein. Ich habe nichts dergleichen geahnt, Sir. Es trifft mich vollkommen unvorbereitet. Mir ist das nie in den Sinn gekommen.«

»Kluger Junge«, sagte der Alte Mann. »Das warst du schon immer.« Er hob den Deckel, der sein Frühstück warm hielt. Eier und Schinken. Wenn die Zeit knapp war, bekam die Brückencrew die besondere Aufmerksamkeit der Küchenbesatzung. Und natürlich der Kapitän. Und die Seniorsenioren, aus Gesundheitsgründen.

»Ja, Sir«, sagte JR. »Danke. Ich tu, was ich kann. Ich schlage vor, Sie essen alles auf und nehmen die Vitamine. Meine Schultern tun weh, und ich möchte mir nicht mal vorstellen, wie Ihre sich anfühlen.«

»Die unerträgliche Borniertheit der Jugend.« James Robert blickte zu ihm empor. Seine Haut wirkte dünner denn je. Wenn die Verjüngung nicht mehr funktionierte, verfiel sie schnell und katastrophal. Die Haut verlor ihre Elastizität. Das Drüsensystem geriet aus dem Gleichgewicht, in manchen Fällen völlig außer Kontrolle. Gelegentlich kam es zu Halluzinationen. Da er nur einen Herzschlag von der Nachfolge entfernt war, hatte JR die Symptome studiert, und es graute ihm vor ihnen, vor allem bei einem Mann, auf dessen emotionale Stabilität und geistige Gesundheit sich so viele Menschen fest verließen.

»Du wartest darauf, dass ich verfalle«, sagte der Alte Mann.

»Nein, Sir. Ich sitze hier und frage mich, ob Sie scharfe Sauce möchten. Die haben nämlich die in der Küche vergessen.«

Der Alte warf ihm einen raschen Blick zu. Das Funkeln war in seine Augen zurückgekehrt, hart und brillant.

»Du wirst deine Sache gut machen«, sagte er. »Du wirst sie sehr gut machen, Jamie.«

»Ich hoffe es, Sir, in ein paar Jahren, wenn Sie jetzt bitte Ihre Vitamine einnehmen würden.«

»Wenn mir danach ist«, entgegnete der Alte Mann barsch. »Gott. Wo bleibt der Respekt?«

»Bei den Lebenden. Nehmen Sie beide Päckchen.«

»Hinaus! Verschwinde! Du bist schlimmer als Madison.«

»Hoffentlich, Sir.« Das vitale Glitzern in James Roberts Augen beruhigte ihn. Seine Stimme war lauter geworden. Der Adrenalinpegel stieg. »Ich würde vorschlagen, Sie überlassen den Transit Alan und Francie, Sir.«

»Jamie, geh mir mit deiner unerträglichen Jugend aus den Augen und mach dich wieder an die Arbeit! Ich werde Esperance erleben. Ich mache keinen Finger krumm, solange ich nicht dazu gezwungen bin.«

»Ja, Sir«, sagte JR, froh über die Tirade – und mit gebrochenem Herzen wegen dem, was er erfahren hatte.

»Raus jetzt! Sag Madison, er hat Ankunftsdienst. Mit der ersten Schicht.«

JR war nicht glücklich.

»Ich befördere alle«, sagte der Alte Mann vollkommen ruhig. »Nach dieser Fahrt ziehe ich mich jedoch zurück. Du übernimmst Francies Posten. Madison meinen.«

»Sir …«

»Ich denke, ich habe den Rückzug verdient. Mit hundertneunundvierzig oder wie viel ist es wirklich Zeit. Ich werde die Verhandlungen führen. Verwaltungsangelegenheiten übernimmt der Nächste. Formulare, Unterschriften. Das muss Madison erledigen, Jamie, mein Junge. Und du bist der Jüngste der Kapitäne. Und herzlich willkommen. Ich verleihe dir deinen Posten offiziell auf Esperance.«

Schon oft hatte der Alte Mann ihn überrascht, aber so noch nie.

»Dafür bin ich noch nicht bereit!« platzte JR heraus.

Wieder trank der Alte einen Schluck Kaffee. Und lachte leise. »Oh, keiner ist je bereit, Jamie. Dass ich so lange geblieben bin, ist Eitelkeit, reine Eitelkeit. Ich wollte diese willkürliche Zahl abwarten, hundertfünfzig. Das ist albern. Ich bin müde, ich bin meinem Job nicht mehr an allen Fronten gewachsen, ich delegiere sowieso schon eine Menge an Madison: Er macht die unangenehme Verwaltungsarbeit und ich tue das, was ich am besten kann, am Verhandlungstisch. Seniordiplomat. Der Titel gefällt mir. Dir nicht?«

»Ich werde die Befehle befolgen, Sir.«

»Gut. Das sollte der Vierte Kapitän auch lieber tun. Vorher hast du aber noch was zu erledigen, ehe du das A-Deck verlässt.«

Fletcher. Der Diebstahl. Die ganze Geschichte. Und zum ersten Mal in ihrem Leben würde er von Bucklin getrennt sein, der für die Junioren verantwortlich sein würde, bis Madison in Ruhestand ging. *Er* würde die vierte Schicht übernehmen und mit Senioren zurechtkommen müssen, die *ihren* kompetenten, lebenslangen Kapitän auf Rang Drei verwiesen sahen.

Er hatte das Gefühl, als hätte jemand das Feuer auf ihn eröffnet und es blieb ihm nicht anderes übrig, als die Treffer einzustecken.

»Nun?« fragte der Alte Mann.

»Ja, Sir. Ich denke, ich habe da noch was sauber zu machen. Eine Menge sogar.«

»Du solltest mit Francie reden. Du kannst in der Wechseltagschicht gehen, wenn Ops dran ist. Mit Vicky sprichst du am besten auch.« Das war Steuermann Vier. »Du hast Francie oft genug in den Schatten gestellt.«

Bei der Schufterei am Kommandopult – mindestens fünfhundert Stunden, vor allem mit Francie. Auf dem Flug, vielleicht hundert. Seine Ausbildung hinsichtlich der Operationsweise des Schiffs ließ nichts zu wünschen übrig. Aber hinsichtlich der Grundlagen vernünftigen Denkens und Handelns hatte er ernsthafte Zweifel.

»Ja, Sir«, sagte er.

»Jamie«, begann der Alte Mann.

»Ja, Sir?«

»Der Vorteil ist … ich kann meine Nachfolger noch bei der Arbeit sehen. Ich bekomme mit, dass alles gut läuft. Du kannst mir kein größeres Geschenk machen, als deinen Posten einzunehmen und deine Sache gut zu machen. Die vierte Schicht übernimmt den Systemeintritt nach Esperance. Auf diesem Sprung machst du Assistenz für Francie. Um die Formalitäten kümmern wir uns, wenn wir unsere Arbeit hier getan haben. King George kann auf seine Party warten. Wenn uns die Sache hier gelingt, haben wir Gelegenheit für unsere eigene Feier. Wir werden einen neuen Kapitän einsetzen.«

Einen Augenblick ließen ihn Atem und Bewegung im Stich. JR fand keine Worte, und einen Moment später sagte er leise: »Ja, Sir.«

* * *

Eine Stunde und sechsunddreißig Minuten waren noch übrig, als Fletcher geduscht hatte und angezogen war; die Aussicht, die Kabinentür zu öffnen, hinauszutreten und einen zügigen Rundgang auf dem Korridor zu machen, bedeutete schon fast unvorstellbare Freiheit. Auch Jeremy brannte darauf, und sie schlossen sich dem Strom der Cousins vom A-Deck an, die unterwegs zu einer warmen Mahlzeit waren, sich die Beine vertraten und den Rücken streckten, der vom vielen Liegen ganz steif geworden war. Sie gesellten sich zu ein paar Cousins von der Frachtabteilung und ein paar von den unteren Ops, den ganzen Weg zu den geradezu phantastisch intensiven Düften, die aus der Kombüse kamen.

»Ich könnte die Tische aufessen«, meinte ein Cousin, als sie sich in die Warteschlange stellten, die sich zum Glück zügig vorwärts bewegte. Jeremy hatte sich sogar für unterwegs noch einen Fruchtriegel eingesteckt, so heißhungrig war er. Alle hatten Ringe unter den Augen, eingefallene Wangen, bei den Älteren sah man Falten, die für gewöhnlich nicht da waren. Alle rochen nach Seife, viele hatten noch feuchte Haare.

Es gab zwei Gerichte zur Wahl: gebratenen Käse mit Sauce oder Soufflé. Vor der Landung auf Voyager hatten sie bei der Zubereitung des Soufflés geholfen und Fletcher entschied sich dafür. Jeremy wählte das Gleiche, dann setzten sie sich in den Messeraum und genossen es, einfach auf Stühlen zu sitzen. Vince und Linda, die sich kurz nach ihnen in die Warteschlange eingereiht hatten, gesellten sich zu ihnen, und Jeremy schnappte sich Extranachtisch. Sitzplätze waren rar, denn der Messeraum konnte nicht die gesamte Belegschaft des A-Decks gleichzeitig aufnehmen. Sie verschlangen die zweiten Desserts, räumten ihre Sachen weg, überließen ihre Stühle den nachrückenden Cousins und machten sich auf den Rückweg.

»Kann ich mir dein Fischtape ausleihen?« fragte Jeremy Linda.

»Ich dachte, du hast selbst eins gekauft«, erwiderte Linda.

»Ich hab es doch wieder zurückgebracht«, antwortete Jeremy, was Fletcher seltsam fand, denn er meinte sich genau daran zu erinnern, dass Jeremy im Andenkenladen des Aquariums dafür bezahlt hatte. Jeremy hatte ein paar Anhänger und ein Buch gekauft und Fletcher hätte schwören können …

Doch da sah er Probleme auf sich zukommen, in Gestalt von Chad, Sue und Connor, die um die Ecke bogen.

»Sagt am besten nichts zu ihnen«, wies er seine drei Junioren an. »Die suchen bloß Ärger. Lasst sie einfach quatschen, was sie wollen.«

»Die sind bescheuert«, sagte Vince.

Die Gruppe kam näher, Sue ging an ihnen vorbei, Chad ebenfalls – sie benutzen den Kopf und halten den Mund, dachte Fletcher.

Da rempelte Connor ihn an, und ohne nachzudenken, rempelte Fletcher zurück, drehte sich schnell um und stand Chad gegenüber.

»Hast *du* dafür gesorgt, dass wir im Quartier bleiben müssen?« fragte Chad.

»Es betrifft doch nicht nur dich«, gab Fletcher zurück und rief sich in Erinnerung, dass er diese Konfrontation nicht wollte und dass Chad zwar möglicherweise der Anführer und der Kämpfer der Truppe war, aber dass nicht alles von ihm ausging. »Wir haben die Anweisung alle bekommen. Wir zwei sollten uns unterhalten.« Ein Cousin wollte schwer beladen an ihnen vorbei, und sie rückten näher zusammen, um ihn durchzulassen. Jeremy ergriff die Gelegenheit, um in die Mitte ihres Grüppchens zu gelangen und Fletcher am Arm zu zerren.

»Fletcher, komm. Wir haben immer noch Gelb. Die schließen uns für die nächsten drei Jahre ein, wenn ihr zwei euch jetzt prügelt, also komm lieber mit, lass es sein.«

»Du hast wohl einen Verteidiger, was?« spottete Connor und rempelte Fletcher ein zweites Mal.

»Schluss damit!« rief Jeremy, aber Fletcher schob ihn beiseite, mühelos und ohne den Blickkontakt mit Chad zu unterbrechen.

»Wir zwei haben etwas zu besprechen«, wiederholte er.

»Ich bin nicht an einem Gespräch interessiert«, sagte Chad. »Ich werde dir genau sagen, wie es war. Du bist zu spät an Bord gekommen, dir hat die Arbeit hier nicht geschmeckt, dir hat es nicht gefallen, Anweisungen zu befolgen, und da hast du eine Möglichkeit gefunden, wie du uns allen Ärger machen kannst. Soweit wir wissen, hat es einen Hisa-Stock überhaupt nie gegeben.«

»Wohl!« rief Jeremy. »Ich hab ihn gesehen!«

»Na schön«, lenkte Chad ein. »Vielleicht gab es einen, aber das spielt eigentlich auch gar keine Rolle. Fletcher weiß, wo der Stock war. Fletcher hat das die ganze Zeit gewusst, weil er den Stock selbst da versteckt hat, und jetzt sorgt er dafür, dass wir Ärger kriegen und er als das arme Unschuldslamm dasteht. Wir müssen unsere Freizeit opfern und stundenlang in der Kälte rumrennen, während er faul rumsitzt und sich ins Fäustchen lacht.«

»Du irrst dich«, entgegnete Fletcher. »Ich weiß nicht, wer den Stab genommen hat. Das ist euer Problem. Aber ich hab's mir nicht ausgesucht.« Wieder wollten ein paar Cousins durch, erst aus der einen, dann aus der anderen Richtung. »Wir blockieren hier den Verkehr.«

»Ja, lauf ruhig weg und versteck dich«, höhnte Sue. »Der Stationsknabe ist zu fein, in der Außenhülle zu suchen, da ist es ihm zu kalt …«

»Halt du bloß den Mund!« rief Vince und trat Connor vors Schienbein. Connor wollte sich auf ihn stürzen, aber Fletcher ging dazwischen.

»Lass ihn in Ruhe«, sagte er.

Linda trat Connor ebenfalls. Heftig.

Connor versuchte sich zu befreien, aber Chad schob ihn mühelos beiseite.

»Du bist ein Lügner, Fletcher«, sagte er, während Fletcher Jeremy und Linda von ihm weg zerrte. Nun war er wütend und wurde immer wütender.

»Hört auf!« rief eine Stimme von außen. »Ihr da!«

»Fletcher!« schrie Jeremy, obwohl Fletcher nicht wusste, warum er derjenige sein sollte, der aufhörte: Chad holte zum Schlag aus, er wehrte ihn ab und landete seinerseits einen Fausthieb, der Chad gegen die Wand taumeln ließ. Sofort wollte er sich wieder auf Fletcher stürzen, Linda schrie, Vince schrie, aber Fletcher verstand nicht mehr, was sie sagten, bis plötzlich Jeremys Stimme an sein Ohr drang, der ihn anbrüllte und sich so riskant ins das Handgemenge der Größeren stürzte, dass er Gefahr lief, verletzt zu werden.

»Chad hat es nicht getan!« schrie Jeremy, klammerte sich an Fletchers Arm und zog mit aller Kraft. »Chad hat es nicht getan, Fletcher! *Ich* war es!«

Fletcher stutzte. Jeremy zerrte immer noch an ihm. Bucklin und Chad wichen zurück, und erst jetzt merkte Fletcher, dass JR sie am Schlafittchen gepackt hatte. Und dass Jeremy, in Tränen aufgelöst, ihm etwas zu erklären versuchte, was absolut keinen Sinn ergab.

»Was hast du gesagt?« fragte JR, an Jeremy gewandt.

»Ich hab gesagt, *ich* war's. *Ich hab den Stab genommen.*«

»Das ist nicht wahr«, sagte Fletcher ungläubig. Jeremy wollte sie nur von einer Prügelei abhalten. Jeremy hatte Angst vor JR, das war die Erklärung.

»Doch, es ist wahr!« schrie Jeremy. Inzwischen hatte sich eine Traube von Schaulustigen gebildet, jung und alt, überall um sie herum. »Ich hab den Stab gestohlen, Fletcher. Es tut mir leid. Ich hab's nicht so gemeint.«

»Wie hast du es denn gemeint?« fragte JR.

»Ich hab ihn einfach genommen. Ich hatte Angst, dass die ihn klauen, also hab ich ihn weggenommen.«

»Ist das dein Ernst?«

»Ich wollte ihn in Sicherheit bringen, Fletcher. Wirklich. Ich hab ihn auf Mariner mit raus genommen, weil ich dachte, dass sie bestimmt die Kabine durchwühlen und ihn finden und dass dann was mit ihm passiert, aber dann ist jemand in mein Zimmer im Schlafheim eingebrochen und hat meinen ganzen Kram gestohlen, Fletcher!«

Das klang einleuchtend. Das Aquariumtape, das Jeremy plötzlich nicht mehr hatte, die Musiktapes, die ganze Hektik, als er in letzter Minute unbedingt noch in die Läden am Dock musste. Der Dieb hatte sich mit allem aus dem Staub gemacht, was Jeremy in Mariner gekauft hatte. Jeremy hatte alle Rekorde gebrochen, um rechtzeitig in der Kabine zu sein, damit er das Chaos inszenieren konnte, das Fletcher dann vorgefunden hatte.

Aber Fletcher war nicht sicher, ob er schon die ganze Wahrheit erfahren hatte. Sein Herz klopfte, von der Prügelei, von Jeremys Geständnis, weil so viele Leute alles mitbekommen hatten. Schweigen breitete sich auf dem Korridor aus. JRs Griff lockerte sich; anscheinend merkte JR, dass Fletcher kein unmittelbares Bedürfnis verspürte, auf Chad loszugehen, der sich nun doch als schuldlos entpuppt hatte. Zumindest, was den Diebstahl betraf.

»Gott«, sagte Vince, »das war wirklich blöd von dir, Jeremy!«

Jeremy schwieg.

»Jemand hat den Stab also aus deinem Zimmer im Pioneer gestohlen«, sagte JR.

»Ja, Sir«, antwortete Jeremy schwach.

»Und warum hast du nichts gesagt?«

Darauf wusste Jeremy keine Antwort. Er stand da, als wäre er am liebsten im Boden versunken. Und da glaubte ihm Fletcher auf einmal. Jeremy hatte es getan, der einzige Mensch, dem Fletcher wirklich vertraut hatte. Der, dessen Wort ihm über alles gegangen war.

Jeremy war ein Junge, darauf lief es doch hinaus, ein kleiner Junge. Er hatte versagt wie ein Kind, er hatte nicht die Verantwortung für seine Tat übernommen, bis die Sache vollkommen verfahren war.

»Lasst ihn«, sagte Fletcher mit einem bitteren Geschmack im Mund. »Der Stock ist weg. Das macht nichts. Jeremy und ich werden damit fertig.«

»Das Schiff hat einen Zeitplan«, sagte JR. »Und die Sache liegt nicht länger in meinen Händen. Bucklin, übernimm du es. Es ist deine Entscheidung.«

»Fletcher«, sagte Bucklin. »Jeremy? Wollt ihr andere Kabinen? Oder werdet ihr wirklich damit fertig? Ich lasse nicht zu, dass du den Jungen verprügelst, Fletcher.«

Seine Wut riet Fletcher zu gehen. Einfach zu verschwinden. Dann wäre er wenigstens allein, das war sowieso das Beste. Das Sicherste. Alleinsein war immer besser.

Aber der Sprung stand bevor, die Einsamkeit eines Einzelzimmers und ein Junge, der – obwohl er so lange nicht mit der Wahrheit herausgerückt war – sich letztlich nur benommen hatte wie ein Kind, weiter nichts. Er war eben nur ein Junge, mehr konnte man nicht von ihm erwarten – eigentlich konnte er das nicht mal von sich selbst.

Er fühlte sich nur allein. Mitgenommen und jetzt auch noch im Unrecht gegenüber Chad und den anderen, abgeschnitten von seinen Altersgenossen, zusammengepfercht mit Kindern, die schließlich doch nur Kinder und jetzt auch noch wütend auf Jeremy waren.

»Ich behalte ihn bei mir«, antwortete er Bucklin. »Wir kriegen das hin.«

War die Last für den Jungen zu groß? Es ist mein Fehler, dachte Fletcher, nicht Jeremys. Darauf lief doch alles hinaus: Es war sein Fehler, und es war bitter, etwas zu verlieren, was ihm so sehr am Herzen gelegen hatte, das Hisa-Kunstwerk. Aber schlimmer schmerzte der Verlust des Vertrauens zu Jeremy.

»Du schlägst ihn aber nicht«, schärfte Bucklin ihm ein.

»Nein, das habe ich nicht vor«, antwortete Fletcher aufrichtig. Da ihm klar war, wo er sonst noch Dinge in Ordnung bringen musste, blickte er Chad an und sagte ein etwas widerwilliges: »Tut mir Leid.« Schließlich waren ihm in einem halben Dutzend Familien die Grundregeln der Fairness eingebläut worden. Er hatte einen Fehler gemacht. Die Schlägerei mit Chad war nicht Jeremys Schuld.

Chad jedoch war nicht besänftigt; an seinem wütenden Gesicht sah Fletcher, dass die Sache noch nicht überstanden war.

»Na schön, dann widmet euch mal wieder euren Aufgaben«, meinte Bucklin. »Vielleicht habt ihr euch in einem Monat so weit abgekühlt, dass wir die Sache friedlich regeln können. Es geht um die Ehre des Schiffs, Cousins. Vor allem anderen sind wir eine Familie, mit Fehlern, Mängeln, dummen Irrtümern und allem. Und wir haben alle unsere Aufgaben zu erledigen.«

Inzwischen war die Zuschauermenge auf mindestens zwanzig angewachsen. Es gab Gemurmel, Leute, die sich mit leisen Entschuldigungen vorbeidrängten.

»Wir haben noch …« – Bucklin zog seine Uhr zu Rate – »noch zweiunddreißig Minuten bis zum Takehold.«

JR sagte nichts. Chad und seine Genossen tauschten düstere Blicke. Fletcher ignorierte sie, sammelte seine Junioren um sich und machte sich mit Jeremy auf den Weg zu den Quartieren, Vince und Linda ein Stück hinter ihnen. Die ganze Zeit zermarterte er sich den Kopf, was er sagen oder tun sollte, fand aber keine schnelle Lösung. Genaugenommen gar keine.

»Beruhigt euch alle«, war das Einzige, was ihm einfiel, als sie an die Tür zu seiner und Jeremys Kabine kamen. »Es ist in Ordnung. Wirklich. Wir reden noch mal darüber, wenn wir an unserem Ziel angekommen sind.«

»Wir wussten nichts davon!« protestierte Vince und Linda schloss sich ihm an.

»Sie wussten nichts«, bestätigte Jeremy.

»Es war ein Fehler«, hörte Fletcher sich sagen, trotz der Bitterkeit, die er empfand, eine Bitterkeit, die zu frisch war und ihm das Gefühl gab, dass er gegen die ganze Welt kämpfen wollte. Aber er war entschlossen, sich nicht beirren zu lassen. »Denkt darüber nach. Es ist nichts passiert, was sich nicht wieder gutmachen lässt. Nur nicht von jetzt auf nachher. Ich bin aufgeregt. Das ist nur recht und billig. Chad ist aufgeregt. Sue und Connor ebenfalls und wahrscheinlich die ganze Besatzung auch, die sich die Finger und Zehen abgefroren hat, um etwas zu finden, was gar nicht mehr auf dem Schiff war. Jetzt stehe ich da wie ein Idiot. Ein paar Worte hätten das Problem für alle gelöst.«

»Es tut mir Leid«, sagte Jeremy.

»Wurde auch Zeit.«

»Er hat uns nichts davon verraten«, wiederholte Vince.

»Wir bringen das in Ordnung, wir zwei. Inzwischen sind es nur noch dreißig Minuten, bis wir in die Kojen müssen. Wir werden nach Esperance kommen und unseren Freigang haben, wenn sie uns nicht einsperren, wir werden alle vier auf dem Dock rumspazieren und uns amüsieren. Wir werden den Stock vergessen, er ist höchstens noch eine Erinnerung daran, dass so etwas nicht noch einmal vorkommen soll und dass wir zu unseren Fehlern stehen müssen, ehe sie einen Schlamassel verursachen, der uns alle mit reinzieht. Sind wir uns da einig?«

»Jawohl, Sir«, sagten alle wie aus einem Mund, auch Jeremy.

Ernsthafte Kinder, die dem zustimmten, was sie nicht einmal halbwegs verstanden. Sie sahen nur, dass Jeremy vor Kummer und schlechtem Gewissen nicht aus und ein wusste. Wenn Fletcher sich in diesem Augenblick jemanden aus dem Schiff herbeiwünschte, dann war es seine nüchterne Großmutter Madelaine.

»Ab in die Quartiere«, schloss Fletcher seine Ansprache. »Benehmt euch, macht keinen Ärger. Sorgt dafür, dass ich die nächste halbe Stunde meine Ruhe habe. In Ordnung?«

»Jawohl, Sir«, antworteten Linda und Vince leise. Fletcher ging mit Jeremy in ihre Kabine und schloss die Tür.

Dort kletterte Jeremy sofort auf seine Koje, drückte sich gegen die Wand verschränkte die Arme und starrte Fletcher herausfordernd an.

Der hielt dem Blick stand, und so verharrten sie lange. In der Haltung des Jungen sah Fletcher den gleichen trotzigen Selbsterhaltungstrieb, den er von sich selbst nur allzu gut kannte.

Sollte er diesen Trotz durchbrechen? Er war dazu fähig, aber er entschied sich dagegen.

»Übler Fehler«, sagte Fletcher, kurz und freundlich. »Mehr habe ich momentan nicht zu sagen.«

Jeremy zog den Kopf ein.

»Jetzt schmoll aber nicht.«

Sofort kam der Kopf wieder hoch, so schnell, dass die Haare flogen. »Ich schmolle nicht! Ich bin aufgeregt! Du behandelst mich, als hätte ich den Stock aus Gemeinheit gestohlen!«

»Vergiss den Stock! Du magst Chad nicht, stimmt's? Du wolltest, dass ich Chad verprügle, damit ich wie ein Blödmann dastehe. Du hast geglaubt, dass einfach Gras über die Sache wächst, wenn du den Mund hältst, du dachtest, dann wärst du an nichts Schuld. Das stinkt, mein Junge, so ein Benehmen stinkt zum Himmel. Du hast mich *benutzt*!«

»Gar nicht!«

»Dann beweis mir, dass ich mich irre!«

Jeremys Unterlippe war weiß, so kaute er auf ihr herum. »Ich wollte nicht, das du Chad verprügelst.«

»Was wolltest du denn dann?«

»Ich weiß nicht.«

»Na, dann mach es das nächste Mal besser. Mach es besser. Du weißt genau, was du hättest tun sollen.«

»Ja.«

»Warum hast du mir dann nicht die Wahrheit gesagt, um Himmels willen?«

»Weil ich nicht wollte, dass du weggehst!«

»Was hast du denn geglaubt, wie lange du das noch aufrechterhalten kannst? Dein Leben lang?«

»Ich weiß nicht!« schrie Jeremy. »Ich dachte bloß, später wäre es nicht mehr schlimm.«

Fletcher ließ den Satz eine Weile wirken. »Hat nicht so gut geklappt«, sagte er dann. »Oder?«

»Nein«, murmelte Jeremy und ließ den Kopf hängen. Dann strich er sich mit beiden Händen die Haare aus dem Gesicht. »Ich hatte Angst, okay? Ich dachte, du würdest mich windelweich prügeln.«

»Habe ich dir diesen Eindruck vermittelt? Habe ich dir jemals diesen Eindruck vermittelt?«

Jeremy schüttelte den Kopf, ohne Fletcher anzusehen.

»Ich dachte, du hast mir erzählt, dass es dir mit mir gefällt. So gut wie noch nie in deinem Leben. War es das? Du wolltest dich so gut amüsieren, dass du dich unmöglich darum kümmern konntest, mir die verdammte Wahrheit zu sagen, war es so?«

»Ich wollte es nicht verderben!« Jeremy Stimme versagte in einer Mischung aus kindlicher Wut und Tränen. »Ich wollte dich nicht verlieren, Fletcher. Ich wollte nicht alles kaputt machen, ich wusste nicht, wie wütend du sein würdest, ich wusste nicht, dass du Chad deswegen verprügeln würdest, ich wusste nicht, dass sie das ganze Schiff danach durchsuchen würden!«

Fletcher ließ sich auf das zerwühlte Bett sinken.

»Ich wusste es nicht«, wiederholte Jeremy leise. »Ich wusste das alles einfach nicht.«

Fletcher seufzte und dachte daran, was er verloren hatte, was er geglaubt hatte und wer sich jetzt als der Schuldige herausgestellt hatte. Jeremy. Ein Junge, ein

Kind. Ein Junge, der sich an ihn gehängt hatte und jetzt da saß, versuchte, sein Kinn am Zittern zu hindern und stark zu sein und den Schaden zu tragen, den er angerichtet hatte. Im Grunde ging es doch darum, dass er nicht daran kaputt gehen wollte, genauso wenig wie an all den anderen Schicksalsschlägen, die er schon hatte einstecken müssen. Fletcher sah seinen Gesichtsausdruck nicht, er fühlte ihn in sich, er konnte ihn mühelos aus dem Gedächtnis heraufbeschwören, fühlte ihn in seiner Brust emporsteigen, bis er kaum mehr wusste, ob er der Bestohlene war oder vielleicht doch der Junge, auf den Vince, Linda, er und fast seine gesamte Bekanntschaft sauer waren.

Jeremy konnte nicht die Familie wechseln. Sie konnten ihn nicht wegschicken und gegen einen anderen, netteren Jungen umtauschen.

Die Geschichte, die Jeremy sich aufgebürdet hatte, würde nicht weggehen. Die Menschen auf diesem Schiff würden sie genauso wenig vergessen wie den letzten Fletcher, der die Luftschleuse geschlossen hatte und auf dem Deck verblutet war.

Jeremy hatte eine immense Last zu tragen für einen Zwölfjährigen.

Und er, Fletcher, einfach Fletcher, hatte eine Unmenge eigenen Schmerz zu verarbeiten. Persönlichen Schmerz, der aber mehr aus seinem früheren Leben stammte, nicht aus dem auf diesem Schiff.

Was Jeremy an Gefühlen aus ihm herausgeholt hatte, hatte nichts mit Jeremy zu tun.

Fletcher starrte Jeremy an, stumm.

»Du hast versprochen, dass du mich nicht fertig machst«, protestierte Jeremy.

»Ich habe nicht gesagt, dass ich dich nicht fertigmachen will. Ich habe nur gesagt, ich will dich nicht rauswerfen.«

»Es ist sowieso meine Kabine!«

»Ah, jetzt sind wir wohl stark, was?« Wenn er Jeremy

provozierte, würde ihn Jeremy bitten zu gehen. Das musste er. Das lag in seiner Natur. Das war die Stahlbarrikade, die er Junge erbauen musste, wenn er allein sein musste.

»Jeremy.« Fletcher beugte sich auf seiner Koje vor und saß Jeremy gegenüber, die Arme um die Knie geschlungen. »Ich will dir mal was sagen. Dieser Stab ist den Hisa heilig, nicht weil er das ist, was er ist, sondern einfach, weil er da ist. Es ist wie ein Wunsch. Und ich wünsche mir, dass du die Sache mit JR in Ordnung bringst, und ich gehe zu Chad, weil ich ihm gegenüber im Unrecht war. Gut, du hast die Sache inszeniert, aber ich habe mich geirrt. Das muss ich in Ordnung bringen, und du auch. Das muss jeder. Du musst dir nicht den Kopf abreißen, wenn du einen Fehler gemacht hast. Dein wirklicher Fehler war, dass du nicht zu mir gekommen bist, als es passiert ist, um es mir zu sagen.«

»Wir hatten so eine schöne Zeit!« sagte Jeremy, als wäre das eine Entschuldigung für alles.

Aber so einfach war es natürlich nicht. Fletcher erinnerte sich an diesen letzten Tag, als Jeremy Magenschmerzen gehabt hatte.

Jede Wette. Der Junge hatte schreckliche Angst gehabt. Und weil er es allen recht machen und sein persönliches Kartenhaus nicht zum Einsturz bringen wollte, hatte er versucht, die Sache unter den Teppich zu kehren, in der Hoffnung, dass sich die Aufregung irgendwann legte.

Kartenhaus, von wegen. Ein Luftschloss war das. Fletcher war aufgetaucht, hatte die drei Junioren auf einen Phantasieurlaub mitgenommen, hatte sich um die kostbaren Nesthäkchen des Schiffs gekümmert.

Fletcher wusste Bescheid. Er wusste, welch verzweifelte Kompromisse ein Kind mit der Wirklichkeit schließt, um zu verhindern, dass alles in Wut und Geschrei untergeht. Dass die Situation unerträglich wird.

Wenn er nur daran dachte, bekam er schon einen Stein im Magen.

»Ich wäre nicht weggegangen, wenn du mir die Wahrheit gesagt hättest«, sagte Fletcher.

»Doch«, beharrte Jeremy. Und Fletcher wusste ehrlich nicht, ob Jeremy die Lage richtig oder falsch einschätzte, denn er war genauso imstande, die Einsamkeit auf sich zu laden, die er so unendlich schmerzlich empfand – die Einsamkeit, aus der er sich nur von Melody und Patch hatte herauslocken lassen.

Und aus der er von Satin herausgezerrt worden war. Um Melody, Patch und sich selbst zu *retten*.

Vielleicht hatte der Stab doch eine Art Zauberkraft.

Fletcher streckte die Hand über die Lücke zwischen den beiden Betten und legte sie auf Jeremys Knie. »Es kommt alles wieder in Ordnung«, sagte er.

»Es waren diese Leute von der *Champlain*, ganz bestimmt«, sagte Jeremy. »Diese eklige Bande ...«

»Na ja, mit denen können wir uns nicht anlegen. Wir können nichts mehr daran ändern, Jeremy. Vergiss es.«

»Ich *kann* es aber nicht vergessen! Ich wollte nicht lügen, aber es ist immer verrückter und verrückter geworden, alle waren wütend, und jetzt werden sie auf mich nur noch wütender sein.«

Fletcher zupfte Jeremy am Bein. »Inzwischen sind sie bestimmt hauptsächlich froh, dass das Rätsel endlich gelöst ist. Weiter nichts.«

»Ich hab dem Schiff geschadet! Ich habe dir weh getan! Und ich hatte Angst.« Jeremy begann zu zittern, die Arme weiterhin fest verschränkt, einen verstörten Ausdruck im Gesicht. »Ich hatte einfach bloß Angst.«

»Wovor denn? Dass ich böse werde? Dass ich dich verprügle?« Dabei wusste Fletcher, wovor Jeremy Angst gehabt hatte. Aber er blickte auf die fünf Jahre zurück, die zwischen ihm und Jeremy lagen, und hatte nicht das Gefühl, dass Jeremy die Antwort schon begriffen hatte.

Bei jeder Frage schüttelte Jeremy stumm den Kopf, noch immer weiß wie ein Laken.

Angst vor Schlägen? Nein.

Angst, dass einfach alles in die Luft ging, die totale Katastrophe – so etwas das ließ sich für ein Kind so furchtbar schlecht in Worte fassen.

Es war der Wunsch, irgendwie zu wissen, dass man wirklich und wahrhaftig im Unrecht war, denn wenn man dieses Signal nie bekam, wurde Wut austauschbar, eine so wichtig wie die andere, und dagegen konnte man sich nicht wehren. Man bekam es nie wieder richtig auf die Reihe: Man wusste nicht, was berechtigter Ärger war und welcher einen völlig sinnlos und willkürlich traf.

Irgendwann wusste man dann nicht mehr, was eigener Ärger war – der Flaschengeist, den man nicht herauslassen wollte, nicht herauslassen *konnte* als schmächtiger Zwölfjähriger, der nur dann das Kind von allen gewesen war, wenn er etwas falsch machte. Wenn man sich still verhielt und niemanden seinen Kummer merken ließ, dann war man das Kind von niemandem.

Gott, Fletcher kannte diesen Jungen so gut.

»Deshalb war dir an dem Morgen, als wir Mariner verlassen haben, so schlecht. Deshalb wolltest du zurück und noch etwas kaufen. Stimmt's?«

»Ich konnte ein paar Tapes mitnehmen. Damit ihr nicht merkt, dass ich bestohlen worden war. Ich wusste doch nicht, was ich tun soll ...« Jeremys Zähne klapperten hörbar aufeinander. »Ich wollte nicht, dass du gehst, Fletcher. Ich möchte, dass du niemals weggehst.«

»Ich werde es versuchen«, sagte er. »So gut ich kann.« Wieder verlieh er seinen Worten Nachdruck, indem er Jeremys Knöchel drückte. »Eine Erwachsenenlektion, Jeremy: Manchmal kann man etwas nicht wieder gutmachen. Dann muss man es akzeptieren und weitermachen. Ich kann das ziemlich gut. Du auch. Vergiss den Stock. Aber nicht ganz, verstehst du? Lern was daraus. Lass dich nicht ein zweites Mal so reinreißen.«

In diesem Moment kam die Stimme des Alten Mannes aus dem Interkom: »*Hier spricht James Robert*«, begann er, auf die gewohnte Art. Aber dann fuhr er fort:

»*... Dies ist das letzte Mal, dass ich als Kapitän von der Brücke zu euch spreche.*«

»O Gott.« Das letzte bisschen Farbe wich aus Jeremys Gesicht. Er sah aus, als hätte man ihm den nächsten Schlag in den Magen verpasst. »Was hat er gesagt?«

Fletcher brauchte keine weitere Erklärung, er wusste, dass eine Säule, auf der Jeremys bisheriges Leben geruht hatte, soeben zusammengebrochen war.

Zwei Schläge innerhalb einer Stunde. Fletcher saß da und hörte zu, in dem Bewusstsein, dass er nicht einmal halbwegs nachvollziehen konnte, was diese Rede für die Menschen bedeutete, die ihr Leben auf der *Finity* verbracht hatten.

Er wusste, dass die Allianz sich durch das, was er hörte, verändern würde. Unwiderruflich.

* * *

»*... Es kommt eine Zeit, Cousins, da sind die Reflexe nicht mehr so genau. Dann spart man seine Energie am besten für administrative Aufgaben, wo ich mit eurer freundlichen Unterstützung meine Pflichten gewiss erfüllen werde. Im Einverständnis aller jetzt ernannten Kapitäne werde ich vor der Außenwelt meinen Rang zunächst beibehalten. Ich mache diese Ankündigung zu diesem Zeitpunkt, nämlich lieber vor als nach dem Sprung, weil es sich um eine rationale Entscheidung handelt, eine, mit der wir am besten aus der Distanz umgehen können, die wir alle nach dem Sprung empfinden – und ich habe offen gestanden vor, mich dann ganz aus der aktiven Verwaltung zurückzuziehen.*

Selbst für meine Kapitänskollegen, auf deren Schultern die nun anstehenden Entscheidungen ruhen, kommt dieser private und öffentliche Entschluss überraschend. Von nun an ist Madison Kapitän der ersten Schicht, Alan Kapitän der zwei-

ten, Francie Kapitän der dritten Schicht. Die vierte Schicht liegt ab heute in den fähigen Händen von James Robert junior, der heute seinen ersten Kommandoflug unternimmt – der neueste Kapitän der Finity's End.«

Auf der Brücke war es so still, dass die Ventilatoren und für JR das Pochen seines eigenen Herzens als einzige Hintergrundgeräusche zu hören waren. Er sah zu, wie der Alte Mann seine Ansprache beendete und das Mikro an Kom Eins weiterreichte, der sich von seinem Stuhl erhob.

Auch einige andere erhoben sich. Nach JRs Erinnerung hatte es hier noch nie so viel Ablenkung gegeben – ein paar Sekunden passte nur der Steuermann auf das Schiff auf.

Hände wurden geschüttelt, gute Wünsche ausgesprochen. Viele Gesichter waren tränennass. Madison umarmte den Alten Mann, eine seltene Geste.

»Bucklin bekommt jetzt den Platz des ersten Beobachters«, sagte der Alte Mann. »Jamie – eigentlich bist du aus diesem Namen heraus gewachsen.«

»Ein langer Weg, Sir«, antwortete JR. »Ich gebe den Auftrag an Bucklin weiter, Sir. Danke.«

Leise wandte der Alte Mann sich ab und verließ gemessenen Schrittes die Brücke.

Ganz zuletzt hielt er inne, schaute alle noch einmal an, ein Bild, das sich in JRs Wahrnehmung mit dem nächsten, verzweifelt zurückgehaltenen Blinzeln auflöste.

»Ich bin in meinem Büro«, sagte der Alte barsch. »Nicht dass jemand etwas anderes erwartet.«

Dann ging er hinaus, und das Kommando wechselte. JRs Hände waren kalt und seine Stimme hätte gezittert, hätte er sprechen müssen.

»Weiter geht's«, sagte Madison. »Alan?«

Die dritte Schicht verließ ihre Plätze, und die vierte trat an ihre Stelle.

Jetzt war es seine Crew. Steuermann Vier war die

grauhaarige Victoria Inez. Kompetent, ruhig, erprobt, wenn auch nicht der beste Kampfpilot – das war Hans, Steuermann Eins. Aber wenn man absolutes Feingefühl brauchte, wenn man ein Ungetüm glatt ins Dock bringen wollte, dann brauchte man Vickie.

Die anderen Kapitäne verließen die Brücke. Auf die Konfusion des Schichtwechsels folgte Stille. JRs eingeschnürte Kehle entspannte sich, einfach weil er wusste, dass es Arbeit zu erledigen gab.

Er trat an die Kommandostation und stellte den Situationsdisplay auf Bildschirm Nummer Eins. »Steuermann«, sagte er so ruhig er konnte. »Nav. Synch und Standby.«

»Jawohl, Sir«, ertönte es von beiden.

JR blickte auf die Bildschirme, die ihm bestätigten, dass draußen im tiefen Raum alles still war, dass der Punkt selbst mit seiner Strahlung die stärkste Präsenz darstellte, stärker als die Sterne. Noch immer war die Spur zweier Schiffe zu erkennen, die hier auf der gleichen Route geflogen waren, laut und eilig.

Aber es waren keine Schüsse gefallen. Die *Champlain* hatte keine Zeit für einen Hinterhalt vergeudet.

Auch die *Boreale* hatte nicht getrödelt. Was auch immer passieren mochte, würde auf Esperance passieren.

Bisher hatte JR seine Entscheidungen lediglich als Schatten zu den Anweisungen des Kapitäns auf der Brücke getroffen. Doch jetzt musste er ihnen gemäß handeln.

»Geschützcomp.«

»Jawohl, Sir.«

»Synch mit Nav und Steuer, wahrscheinlicher Austrittspunkt für die *Champlain*. Geschütze bereit, Rot.«

»Jawohl, Sir.«

Er ordnete eine Maßnahme an, die nur zwei Schiffen der Allianz gestattet war: Allein die *Finity* und die *Norway* konnten legal mit scharfen Geschützen in ein bewohntes System einfliegen.

»Nav, der Countdown beginnt, wenn du bereit bist.«

»Jawohl, Sir.«

Knöpfe wurden bedient, Bildschirme verändert. Die *Finity's End* bereitete sich auf alle Eventualitäten vor.

Noch etwas tat JR. Er nahm Kontakt mit Charlie im Medical auf und ordnete einen Bereitschaftsdienst für das Büro des Alten Mannes an. Charlie und sein Medizinkoffer schlugen ihr Lager im Vorzimmer auf.

So etwas zu organisieren, lag im Ermessensbereich eines Kapitäns. JR traf seine Anordnung vor dem Befehl, der die *Finity's End* sprungbereit machte, damit Charlie Zeit für den Umzug hatte.

Sie brauchten den Alten Mann, brauchten ihn so dringend, dass JR bereit war, medizinische Maßnahmen zu erzwingen, die der Alte Mann ansonsten abgelehnt hätte.

Noch ein Hafen. Noch ein Sprung. Ein Austritt in den normalen Raum. Der Alte Mann reizte den Zeitplan bis aufs Letzte aus. Und sie mussten ihn wohlbehalten ans Ziel bringen.

KAPITEL 23

Nichts regte sich in der anderen Koje, während sie warteten.

»Jeremy«, sagte Fletcher nach langem Nachdenken. »Hörst du mich?«

»Ja.« Er hatte Ohrenstöpsel in den Ohren. Das Warten im Gleitflug erschien unendlich; sie konnten einander sehen. Jetzt zog Jeremy den Stöpsel aus dem rechten Ohr.

»Ich hab nachgedacht. Ich hätte dir wegen Chad keinen Vorwurf machen sollen. Ich hab die Schlägerei angezettelt. Unterschwellig. Ich hab ihn geschlagen.«

»Ja«, antwortete Jeremy.

»Es war nicht deine Schuld. Ich hätte Sue schlagen sollen.«

»Du kannst Sue nicht schlagen.«

»Ja, klar, das weiß Sue auch.«

»Willst du sie dir vornehmen? Ich kann dir helfen.«

»Ich will Frieden in der Crew. Verstehst du?«

»*Achtung*«, ertönte es von der Brücke.

»Jawohl, Sir«, kam Jeremys kleinlaute Antwort. »Ich hab verstanden.«

Die Motoren heulten auf.

Und die Kojen änderten ihre Lage.

»JR macht das zum ersten Mal!« sagte Jeremy. »Irgendwie unheimlich.«

Auch Fletcher dachte daran, aber so weit er die Funktionsweise des Schiffs verstanden hatte, stellte er sich JR nicht mit den Händen an einem Steuerrad vor. Was auch immer da oben einem Steuerrad entsprechen mochte. Eigentlich nicht da oben, sondern eher auf der anderen Seite des Rings.

»*Alles Gute uns allen*«, fuhr die Stimme fort. »*Los geht's, Cousins. Alles Gute, neuer Kapitän, Sir. Alles Gute, James Robert senior. Wir bewahren Sie für immer in unserem Herzen.*«

»Amen«, rief Jeremy innig.

»Esperance«, sagte Fletcher. Er hatte nicht damit gerechnet, die Station schon nach so kurzer Zeit kennen zu lernen.

Aber seit Mariner waren ja auch drei, fast vier Monate vergangen. Seit Pell beinahe sechs.

Auf Downbelow war jetzt Herbst. Bald wieder die Jahreszeit, in der er nach Downbelow gekommen war.

Erntezeit, die Frauen hochschwanger, die Männer hart bei der Arbeit, um Vorräte für den kalten Winter anzulegen.

Ein halbes Jahr. Und er war nur ein paar Wochen älter geworden.

Das Schiff hob sich und breitete seine nicht vorhandenen Flügel aus.

* * *

Regen prasselte auf die Erde, in große Pfützen. Kiesel knirschten, die Füße seiner Träger platschten im niedrigen Wasser. Fletcher starrte durch seine regenfleckige Maske in den grauen Himmel hinauf,

Er wusste, dass er in Schwierigkeiten war, obwohl sie sich um seine Gesundheit bemühten. Sie hatten ihn gerettet, aber sie wollten ihn nicht mehr in ihrem Programm haben. Zwar waren sie froh, dass er lebte, aber sie waren auch wütend auf ihn. Keine große Überraschung.

Sie trugen ihn in die Kuppeln, nahmen ihm die Maske ab, zogen ihm den Schutzanzug aus und der Sicherheitsoffizier befragte ihn eingehend, ob er irgendwo da draußen eins der Siegel zerbrochen hatte.

Wenn er seine sieben Sinne beisammen gehabt hätte, hätte er Ja geantwortet und sie glauben lassen, er würde sterben. Das hätte ihn davor bewahrt, weggeschickt zu werden. Aber dummerweise hatte er die Wahrheit gesagt und seine Chance verpasst, die er erst erkannte, als es zu spät war.

Auch den Stab hatten sie inzwischen natürlich gefunden und wollten ihn ihm wegnehmen, noch bevor sie zu den Kuppeln gelangten, aber er gab ihn nicht her. »Satin hat ihn mit geschenkt«, sagte er, und wenn sie ihn daraufhin als Verrückten abstempeln wollten und meinten, er halluziniere, dann riss er sich eben so weit zusammen, dass er beschreiben konnte, wo er gewesen war: Dass er mit der obersten Hisa gesprochen hatte, mit der, die – so wollten es die Gerüchte – die anderen Hisa dazu bewegen konnte, mit den Menschen zu arbeiten oder nicht, ganz einfach.

Die Experten und Administratoren, die sich herabgelassen hatten, ihnen entgegenzugehen, zogen sich im dichten Regen ein Stück zurück und unterhielten sich, gerade so weit entfernt, dass Fletcher nichts verstehen konnte. Sie hatten ihm irgendeine Droge verabreicht, er wusste nicht genau, was. Er wusste nicht einmal genau, wann. Vier seiner Retter mussten Fletchers Trage halten, während die Experten konferierten, und wie ihm schien, waren sie frustriert. Mehrmals wechselten sie die Griffe.

Aber dann kam jemand vom medizinischen Personal nach draußen, ebenfalls im Schutzanzug, und der Arzt ermunterte Fletcher aufzustehen, damit er durch die Entgiftung konnte. Allerdings musste ihn dabei jemand festhalten, sonst wäre er umgekippt.

Sie wollten den Stock durch die Bestrahlung schicken, und das war auch in Ordnung: Danach nahm Fletcher ihn wieder an sich, wankte hinaus und ließ sich in eine warme Decke einwickeln, die ein Offizier für ihn bereithielt.

Dann ließen sie ihn Platz nehmen und untersuchten

ihn: Puls, Temperatur, alles, was die Bergungsleute schon getan hatten; unterdessen ging eine andere Gruppe von Medizinern die Berichte durch.

Als Fletcher danach vor Hunger so schwach war, dass sein Kopf sich drehte, gaben sie ihm heiße Suppe und legten ihn ins Bett.

Während er aß, tauchte Nunn auf und hielt ihm eine Moralpredigt, die sich Fletcher allerdings nicht sehr aufmerksam anhörte, denn das erste Essen seit Tagen war ihm wesentlich wichtiger. Er bekam mit, dass Nunn seinetwegen Ärger mit Quen bekommen hatte und dass Nunn jetzt an allem, was Fletcher je in seinen Kursen geleistet hatte, etwas auszusetzen fand. Zwar begriff Fletcher nicht ganz, wie das Eine mit dem Anderen zusammenhing, aber irgendwie hatten Quens Anweisungen alle außer dem medizinischen Personal überrumpelt. Dann wurde Fletcher übel, und er konnte die Suppe nicht bei sich behalten; daraufhin verschwand Nunn, ein angenehmer Nebeneffekt einer ansonsten unangenehmen Situation. Er legte sich ins Bett, man gab ihm eine Infusion und ließ ihn schlafen.

Aber als er erwachte, schickte das Forschungsbüro Leute mit Mikros und Kameras, die ihn stundenlang ausquetschten und jedes Detail hören wollten. Fletcher schlief viel. Der Arzt sagte, er hätte fünf Kilo abgenommen und wäre trotz des Regens dehydriert. Wenn er wach war, fand eine endlose Abfolge von medizinischen Tests und Interviews statt.

Am Ende erschien Bianca.

Fletcher hatte geschlafen, wachte auf und sah sie.

»Wie fühlst du dich?« fragte sie.

»Ach, ganz gut«, antwortete er. »Haben sie dir Ärger gemacht?«

»Nein, eigentlich nicht.«

»Sie schicken mich rauf«, sagte er. »Vermutlich hast du es schon gehört. Meine *Familie* will mich wieder haben. Auf der *Finity's End*.«

»Ja«, sagte sie. »Das haben sie mir erzählt.«

»Du hast aber keine Schwierigkeiten damit, oder?«

Sie schüttelte den Kopf.

Dann begann sie zu weinen.

Ihm war unglaublich schwindelig. Vollgestopft mit Medikamenten wahrscheinlich, mit Beruhigungsmitteln, sodass sich in seinem Kopf alles drehte, wenn er ihn vom Kissen hob. Er wehrte sich dagegen. Ärgerlich stemmte er sich auf einen Arm und versuchte aufzustehen, das Mittel zu besiegen.

Und wäre um ein Haar aus dem Bett gefallen.

»Tu das nicht«, sagte Bianca. »Bleib liegen. Ich habe nur ein paar Minuten. Sie lassen mich nicht bleiben.«

Dann beugte sie sich zu ihm herab und küsste ihn, lange. Es war ihr erster Kuss. Es war das einzige Mal, dass sie außerhalb des Klassenzimmers ohne Maske zusammen waren.

»Ich komme zurück«, versprach Fletcher. »Ich bleibe nicht auf dem verdammten Schiff. Vielleicht kriege ich eine psychologische Behandlung und muss gar nicht mit.«

»Velasquez!« Ein Aufseher erschien an der Tür. »Zeit zu gehen.«

Bianca umarmte Fletcher fest.

»Velasquez. Er ist in Quarantäne.«

»Ich komme zurück«, wiederholte Fletcher.

»Ich werde auf dich warten«, versprach sie. Inzwischen war der Aufseher in das kleine Kabuff gekommen, in dem Fletcher lag, um Bianca hinaus zu bringen; sie hielt seine Hände fest, solange es ging, bis ihre Fingerspitzen schließlich auseinanderglitten.

Fletcher sank in sein privates Dunkel zurück, in dem Biancas Anwesenheit war wie ein Traum, aus der Zeit vor dem dunklen Wald und dem Downer, der vor ihm her gerannt war.

Dann kam die Ebene. Eine goldene, grasbewachsene Ebene, mit Wächtern, die in den Himmel starrten, endlos …

Sie waren nicht mehr da. Nie.

Statt dessen waren sie in Esperance.

»Jeremy?« Fletcher vermisste die Geräusche, die für gewöhnlich aus der anderen Koje kamen. Jeremy war sehr still.

»Ja«, erklang schließlich seine Stimme. »Ja, ich bin wach.«

»Wir sind da. Hast du die Päckchen schon getrunken?«

»Hab's versucht«, antwortete Jeremy. Dann kletterte er aus seine Koje und rannte ins Bad.

Jeremy war übel. Ein zarter Körper, sagte Fletcher sich und trank einen Nutripack, um seinen eigenen Magen zu beruhigen.

Esperance. Der Umkehrpunkt ihrer Reise. Die Mitte.

KAPITEL 24

*D*ie *Boreale* war einen Tag entfernt, die *Champlain* im Endanflug, eine Stunde vom Dock.

JR sah sich die Nachricht an, während er seinen Nutripack leerte und den Schaden begutachtete. Eine Information lag ihm besonders am Herzen, aber sie stand noch aus. Charlie würde nach dem Alten Mann sehen. Inzwischen wusste er, dass er zwei Probleme vor sich hatte, aber keine Zeit, um sich angemessen vorzubereiten.

Er überlegte sich, ob er einen Landeanflug mit hoher Geschwindigkeit anordnen sollte, damit sie nicht lange nach den beiden anderen Schiffen anlegten.

Aber das würde auf allen Ebenen der Station für Aufsehen sorgen und konnte die Verhandlungen behindern. Wenn er die Arbeit des Alten Mannes verpfuschte, würde er sich das nie verzeihen.

Also befahl er den ersten und zweiten Geschwindigkeitsabfall, wodurch die schnelle Alternative zunehmend unanwendbar wurde, und folgte schließlich einfach den üblichen Regeln für die Annäherung an eine große Sternstation.

Lieber Gott, mach, dass es dem Alten Mann gut geht. JR leerte einen zweiten Nutripack.

In diesem Moment traf die Nachricht von Charlie ein, erhofft und gleichzeitig befürchtet. »*Er beschwert sich*«, berichtete Charlie. »*Sagt, er zieht sich an. Madison hat ihn gebeten, erst mal in der Kabine zu bleiben.*«

JR lachte leise. Hier saß er nun auf der Brücke und

wartete darauf, dass Alan ihn ablöste. Sie planten, die erste und zweite Schicht während des Anflugs in Reserve zu behalten. Die dritte und vierte Schicht würden in dem halbwachen Zustand arbeiten, der für die Brückencrew während des Sprungs typisch war, und Vickie würde beim Anlegen das Steuer übernehmen. Das bedeutete lange Schichten, aber es bedeutete vor allem auch, dass der Alte Mann während des Anflugs so viel Ruhe bekam wie nur möglich.

Auch Madison hatte auf diese Weise eine längere Pause, und schließlich war die Umstrukturierung für ihn auch nicht gerade leicht zu verkraften. Deshalb hatten sie sich vorgenommen, ihn ebenso zu schonen wie den Alten Mann. Da er sich noch nicht darüber beschwert hatte, dass Alan und Francie gemeinsam die ganzen Schichten übernahmen, hatte er wahrscheinlich noch gar nicht bemerkt, dass er verwöhnt wurde.

»Sag dem Alten Mann, dass keine Pfanne in der Küche verrutscht ist, und die *Boreale* wird daran denken, dass sich eine Signalflagge der Allianz an ihre Fersen geheftet hat. Sie wird ihren politischen Kurs *nicht* verändern. Lautet so nicht die alte Regel?«

»*Wirf mir nicht meine eigenen Zitate an den Kopf!*« unterbrach die Stimme des Alten Mannes: Mit den Kom-Armaturen auf seinem Schreibtisch konnte er sich einklinken, wo immer er wollte. Natürlich hatte der Alte Mann JRs Entscheidungen überwacht.

Dann fügte der Alte leise hinzu: »*Keine Pfanne verrutscht, ganz richtig, Jamie. Gute Arbeit.*«

»Danke, Kapitän, Sir«, antwortete JR ruhig und wies dann Kom Zwei an, in Aktion zu treten. Der Live-Interkom blinkte als Kanal Eins auf seinem Bildschirm.

»Das Schiff ist stabil«, begann er, die uralte Bezeichnung dafür, dass alles in Ordnung war und das Schiff sich auf Kurs für ein paar friedliche Tage befand.

* * *

Routine pendelte sich ein. Fletcher hätte nie gedacht, wie beruhigend sich das anfühlen konnte – einfach nur die gewohnte Abfolge von Mahlzeiten in der Kombüse, er und die Juniorjunioren beim reduzierten Wäschereidienst, vor einem Wäscheberg, der sich unmöglich in vier Tagen abarbeiten ließ, während die Seniorjunioren sich mit der Leerung und Säuberung der verunreinigten Tanks in Jakes Domäne zu beschäftigen hatten – keine beneidenswerte Aufgabe. Die Reinigung der Ausgehuniformen der Senioren hatte Priorität, denn diese wurden für die Sitzungen benötigt, in denen man über die Zukunft der Allianz verhandeln und Mazian noch weiter in die Schranken verweisen würde.

Niemals hätte Fletcher sich träumen lassen, dass der Knopf einer Waschmaschine für Krieg oder Frieden im Universum eine Rolle spielen könnte, aber die Juniorjunioren setzten ihren privaten Ehrgeiz darein, dass ihre Kapitäne zu den wichtigen Stationskonferenzen in makellosen, beeindruckenden Uniformen erschienen.

Sie mussten aufs B-Deck laufen, um die Wäsche der Senioren einzusammeln, denn alle waren nach dem Sprung so mit Reinemachen beschäftigt, dass der Seniorstab keine Zeit für persönliche Angelegenheiten hatte. Linda und Vince erledigten die meisten Botengänge: Jeremy wollte lieber hinten bei den Maschinen bleiben und die Theke möglichst meiden.

»Nein«, widersprach Fletcher. »Du gehst da raus, du arbeitest, du lächelst, du sagst Hallo, du bist so charmant wie immer und versteckst dich nicht hinter irgendwelchen Maschinen.«

»Die glauben doch alle, ich bin blöd!« protestierte Jeremy.

»Wir wissen aber, dass das nicht stimmt. Du weißt, dass es nicht stimmt. Geh raus, nimm Kontakt mit den Leuten auf und zeig, dass du nicht blöd bist!«

Jeremy war nicht sonderlich glücklich darüber. Sue und Connor tauchten mit Bettwäsche auf, die sie als

Einziges für die gesamte Crew erledigten, und Jeremy versteckte sich wieder.

Fletcher ging hinaus und hakte die Cousins von der Liste ab; nachdem die beiden wieder weg waren, erschien Jeremy wieder.

»Das kannst du nicht machen«, sagte Fletcher. »Du kannst nicht weglaufen. Ja, du hast sie verärgert. Aber so was ist ihnen auch schon passiert. Jedem passiert das mal. Die anderen kommen schneller drüber weg, wenn du dich nicht wie eine Zielscheibe benimmst.«

»Die reden alle über mich.«

»Wenn du meine Meinung wissen willst, reden sie wahrscheinlich eher über den bevorstehenden Freigang. Jetzt verkriech dich nicht dauernd! Die Leute vergessen, es war ein Unfall, um Himmels willen. Du hast ja nichts gestohlen oder so.«

Jeremy schlich wieder nach hinten zu den Waschmaschinen, ein Manöver, das – so erkannte Fletcher nicht ohne Ärger – Fletcher die undankbare Aufgabe des Tröstens überließ: Nein, es war kein Diebstahl, nein, der Verlust des Stabs war nicht nur Jeremys Schuld.

In einer Hinsicht war das Geschenk natürlich unersetzlich, denn es kam von Satin. In anderer Hinsicht wiederum konnte man es ohne weiteres ersetzen. Allmählich verstand Fletcher, was der Stock wert war – genaugenommen war er für Satin nichts wert, denn der Stock war genauso austauschbar wie alles andere, was die Downer herstellten. Du hast ihn verloren? würde sie, würde *jeder* Downer sagen. Ihre Welt war voller Stöcke, Steine und Federn. Ich finde einen anderen für dich, würde Melody sagen.

Kein Downer hätte sich jemals wegen des Stocks geschlagen, das war die Wahrheit, an die Fletcher sich endlich, wenn auch reichlich spät, erinnerte. Kämpfen war eine menschliche Eigenart, um eine menschliche Erinnerung zu schützen, eine menschliche Wertvorstellung, die er auf Satins Geschenk projiziert hatte. Nie würde Satin selbst darum kämpfen, Zank und Streit sollte niemals Teil ihres Geschenkes sein.

Dieser eine Gedanke umfasste ihr gesamtes Wesen. Alles, was Melody und Patch zu dem machte, was sie waren.

Und auf einmal hatte Fletcher Antworten. In diesem seltsamen Augenblick, während er in einer Schiffswäscherei stand, wusste er, warum er nicht hatte dort bleiben und auf ewig die Träume der Downer hatte mit träumen können. Satin hatte ihn zurück in den Himmel geschickt, in einen menschlichen Himmel, beherrscht von menschlichen Beweggründen. Vielleicht wusste sie keine Antwort auf die Frage, warum jemand in einem Schlafheim ihr Geschenk gestohlen hatte, aber ein Downer wäre entsetzt und verwirrt, dass Menschen sich deswegen gegenseitig blutig prügelten.

Aber – aber – sie war der einzige Downer, der jemals ins All geflogen war, sie war diejenige, die dem ganzen gegenwärtigen Zusammenleben von Menschen und Downern ihren Stempel aufgedrückt hatte. Diejenige, die mit Wissenschaftlern und Administrationen *und* mit Elen Quen fertig geworden war. Sie kannte die Umgebung, in die sie Fletcher geschickt hatte. Sie hatte den Krieg gesehen und sie war zutiefst entsetzt gewesen.

Vielleicht würde es sie gar nicht so sehr überraschen, dass es zu Handgreiflichkeiten gekommen war.

Vielleicht, dachte Fletcher, vielleicht mussten Menschen in Situationen wie damals im Messeraum, als Jeremy und er in der Warteschlange vor Chad und Connor gestanden hatten, einfach miteinander kämpfen. Möglicherweise gehörte das ebenso zum menschlichen Verhalten wie die Frühlingswanderung zu den Downern. Es könnte für Menschen ja ein unvermeidlicher Prozess sein, vielleicht mussten sie kämpfen, bis sie ihrem Groll angemessen Ausdruck verliehen hatten und erschöpft waren, wie Jeremy, wie Fletcher, wie Chad.

Eigentlich hatte Fletcher also nur das getan, was alle Menschen taten. Aber er war ein Mensch, der wusste, dass Downer sich nie wegen Satins Geschenk gestritten hätten. Deshalb hätte er verantwortunsgsbewusst handeln und sich zurückhalten können. Doch dass er es nicht getan hatte, bewies eindeutig eins von den Dingen, die Satin ihm klargemacht hatte: Dass er als Downer eine jämmerliche Gestalt war und früher oder später der Mensch werden musste, als der er geboren war.

Noch etwas anderes hatte Fletcher gelernt. Downer hinterließen die Geisterstäbe an Erinnerungsstätten, an Wächterstätten, auf Gräbern. Der Regen wusch sie, die Zeit zerstörte sie – und Downer, so erinnerte Fletcher sich jetzt, hatten nicht das Bedürfnis, die alten Stöcke zu ersetzen. Also waren sie nie als etwas Permanentes gedacht. Auf einmal fiel ihm ein, dass er Satin ja einen anderen Geisterstab mitbringen könnte, einen aus Metall, mit einer Handvoll bunter Nägel und ein bisschen Nylonschnur. Sie würde die Menschen sicher gut darin symbolisiert sehen, und darum ging es ja auch, um ein menschliches Andenken, so widerstandsfähig wie der Stahl, den die Menschen benutzten.

Vor seinem inneren Auge konnte Fletcher sich vorstellen, wie Satin ein solches Geschenk bei einer Versammlung respektvoll von ihm entgegennahm. Er malte sich aus, wie sie am Fuß des Mana-tari-so saß, wie der Metallstab den Regen so lange aushielt, wie ein Metallstab das eben konnte. Downer würden ihn sehen und diejenigen, die sich erinnerten, würden sich erinnern. Und so lange jemand sich erinnerte, würden es die anderen von ihnen erfahren. Das war alles. Der Stab war nur ein Andenken. Weiter nichts.

Letztlich konnte niemand es stehlen oder zerstören.

Niemand außer ihm selbst.

Er hatte alles falsch gemacht. Er war aufgewacht und hatte die einfache Wahrheit begriffen, aber er war trotzdem zu blind gewesen, um sie zu sehen. Er hatte Biancas Kuss gespürt, so real hatte sich alles angefühlt. Es war wunderschön gewesen, schön und traurig – und menschlich, so verwirrend, dass er nicht mehr an Hisa-Erinnerungen gedacht hatte. Und das war in sich schon eine Antwort.

Dummer Fletcher, hörte er Melodys Stimme. Jetzt wusste er, was er bisher vor lauter Schlauheit nicht erkannt hatte, weil er Holz und Stein für den wahren Wert gehalten hatte.

Dummer Fletcher, hörte er Melody wieder. Dummer du.

Wie ein Schlafwandler arbeitete Fletcher sich durch die Warteschlange, bis er schließlich sein Tablett neben dem von Vince absetzte und Jeremy das seine ihnen gegenüber.

Genau in diesem Moment traten Chad und Connor an die Theke. Vielleicht war es nicht das Klügste, denn Fletcher wusste ja, dass weder er noch diejenigen, mit denen er zu tun hatte, Downer waren, aber er wartete, bis sich Chad und Connor bei Nike und Ashley niederließen.

»Wohin willst du, Fletcher?« fragte Jeremy, als Fletcher aufstand, sein Tablett stehen ließ und zum übernächsten Tisch strebte.

Er setzte sich Chad gegenüber, neben Connor. »Ich möchte mich bei dir entschuldigen«, sagte er. »Auch für manches aus der Zeit, bevor der Stock verschwunden ist. Ich hab Einiges falsch aufgefasst. Du brauchst nichts zu sagen oder zu tun, aber ich möchte dir hier vor Connor und den anderen sagen, dass es mir Leid tut. Ich hätte das nicht tun sollen, ich habe übertrieben reagiert. Du hattest Recht, ich hatte Unrecht. Ich hab es dir schon vor dem Sprung gesagt und bin immer noch derselben Ansicht. Das ist alles.«

Chad starrte ihn an. In seinem viereckigen, ausdruckslosen Gesicht, das immer etwas mürrisch aussah, verzog sich keine Miene, und er ermunterte Fletcher auch nicht, weiter zu sprechen. Also stand Fletcher schließlich auf und ging zurück zum Tisch mit Vince, Linda und Jeremy.

»Was hast du ihm gesagt?« wollte Jeremy wissen.

Es war erschreckend, von einer Gruppe Zwölfjähriger so intensiv überwacht zu werden. Aber manche Dinge mussten sie mitbekommen, damit sie die Erfahrung machten, wie vernünftige Erwachsene sich benehmen *sollten*. »Ich habe mich entschuldigt«, sagte er nur.

»Was hat er gesagt?« wollte jetzt Linda wissen.

»Gar nichts. Aber er hat mich gehört. Leute, die mich gehört haben, als ich ihn beschimpfte, haben es auch gehört. Darauf kommt es an.«

Jeremy sah bedrückt aus.

»Chad ist ein Esel«, sagte Vince.

»Na ja, ich war auch einer«, meinte Fletcher. »Hin und wieder sind wir alle Esel. Nur sollte man zusehen, dass es nicht zur Gewohnheit wird. Also, Kopf hoch. Denkt an den Freigang. Denkt an nette Sachen, wie ihr euch die Sehenswürdigkeiten anschaut. Oder in einen Tapeladen geht und neue Tapes kauft.«

»Meine sind gestohlen worden«, bemerkte Jeremy mit düsterer Stimme.

»Hmm, kriegen wir nicht bald Geld?«

»Möglicherweise«, meinte Vince. »Sie haben gesagt, wir sollen bei jedem Freigang welches kriegen. Und auf Voyager gab es nichts.«

»Frag JR«, schlug Linda vor. »Der ist ja jetzt *Kapitän*.«

»Vielleicht tu ich das«, sagte Fletcher.

Aber Jeremy blieb trübsinnig. Stumm verzehrte er sein Abendessen.

Später verlor er beim Vid-Spiel zweimal gegen Linda. Dann gewann er eins, beschloss aber gleich danach, ins Bett zu gehen.

Da haben wir ein Problem, sagte sich Fletcher. Ein echtes Problem. Allmählich wurde er wütend.

* * *

»Soll ich dich jetzt vielleicht jede Sekunde unterhalten und aufheitern, oder was?« fragte Fletcher. Er war Jeremy gefolgt und fand ihn auf seinem Bett sitzend. Absichtlich drohend baute er sich vor ihm auf. »Ich hab mein Bestes getan!«

»Ich bin schlecht gelaunt, in Ordnung?«

»Schön. Schön! Zuerst verlierst du meinen Hisa-Stock und jetzt soll ich dich deswegen trösten, aber jedesmal, wenn ich es versuche, dann schmollst du. Ich weiß nicht, was für ein Spiel das sein soll, aber ich glaube, ich habe ziemlich bald die Nase voll davon.«

»Warum tust du's dann nicht?«

»Warum tu ich *was* nicht?«

»Warum nimmst du dir nicht eine Einzelkabine? Ich war vorher auch allein. Das kann ich auch wieder. Mir doch egal!«

»Oh, jetzt ist das schöne Spielzeug kaputt, und wir wollen es nicht mehr. Du bist ein verwöhnter Rotzbengel, Jeremy. Du bist mir was schuldig, aber du willst, dass ich es für dich wieder hinbiege. Du kannst mich mal! Ich bleibe.«

Inzwischen hatte Jeremy Tränen in den Augen – und er starrte Fletcher an, als hätte der plötzlich zwei Köpfe.

»Warum?«

»Darum! Weil ich hier wohne!«

Jeremy sagte nichts, während Fletcher zu seiner Koje ging und sich setzte. Und zurückstarrte.

»Ich wollte das doch nicht«, murmelte Jeremy schließlich.

»Ja, das hast du schon mal erwähnt. Tatsache ist, du *hast* es nicht getan, sondern irgendein Idiot auf Mariner hat den Stock genommen. Also vergiss es endlich! Ich versuche auch, es zu vergessen, das ganze Schiff versucht es zu vergessen, aber du lässt ja nicht zu, dass wir zu einem anderen Thema übergehen. Du bist eine Nervensäge, Jeremy. Willst du Karten spielen?«

»Nein.«

Fletcher holte das Spiel trotzdem heraus. »Ich finde, den Stock zu verlieren, bringt mindestens hundert Stunden. Also gewinn sie lieber zurück.«

»Also schulde ich dir hundert Stunden.« Jeremy klang resigniert.

»Ja, und Linda hat dich heute Abend auch zweimal geschlagen, aber nur, weil *du* aufgegeben hast. Willst du den gleichen Mist noch mal machen? Ist das der Kerl, bei dem ich eingezogen bin? Ist das der Kerl, der eines Tages Steuermann Eins werden will?«

»Nein.« Jeremy rutschte an den Rand seiner Koje, sodass die Karten in seine Reichweite rückten. Fletcher wechselte die Koje und teilte aus.

Jeremy gewann. Es war kein unbedingt gemogeltes Ergebnis, aber schon extrem willkommen.

* * *

Esperance, eine wohlhabende Station, riesig, mit Rennbooten und Begleitschiffen um die Schiffe am Dock herum.

Unter ihnen befand sich auch die *Boreale*, die keine Nachricht geschickt hatte, und die *Champlain*, die beim gemächlichen Anflug der *Finity* schon mehrere Tagen im Dock gewesen war und auf deren Betreiben die Rechtsbehörde von Esperance ihnen in der Hundswache des Wechseltags eine Mitteilung geschickt hatte, dass Klage gegen sie eingereicht worden war.

Die *Champlain* hatte die *Finity* und die *Boreale* angezeigt, wegen Belästigung und Nötigung.

Als der Kapitän der Wache, die den Anflug auf Esperance leitete, sah JR die Liste der angedockten Schiffe durch. Zwanzig Schiffe lagen hier, drei von der Union, zwei kleinere Schiffe und die *Boreale*, fünf Kauffahrer, die mit der Union vertraglich verbunden und in einem Hafen der Union registriert waren. Alle waren Familienschiffe; vier von ihnen, die *Gray Lady*, die *Chelsea*, die *Ming Tien* und die *Scottish Rose* hatten beschlossen, das Versprechen der Union zu glauben, dass ihr Status unveränderlich sei: Sie waren ehrliche Kauffahrer, die einfach das Angebot der Union – niedrigere Gebühren und sichere Häfen – attraktiv fanden und glaubten, ihre Schiffe auch weiterhin besitzen zu dürfen, wie die Union es zugesichert hatte. JR glaubte nicht daran, genauso wenig wie die meisten anderen Kauffahrer. Doch manche waren auf den Unionsvorschlag eingegangen und einige andere hatten schon vor dem Krieg über die Grenze gearbeitet und betrachteten Unionshäfen als ihre Heimathäfen.

Diese vier Schiffe waren kein Problem. Auch nicht die drei Schiffe der Union. Ihr Votum zählte nicht, das heißt, die Union würde ihnen ohnehin diktieren, wie sie zu stimmen hatten.

Aber der fünfte der mit der Union vertraglich verbundenen Kauffahrer, die *Wayfarer*, arbeitete zwar für die Allianz, hatte aber Papiere der Union: Das Schiff war ein Spion, nicht mehr und nicht weniger, und sie mussten vorsichtig sein, sich nicht zu verraten.

Natürlich war die *Champlain* ebenfalls ein Spion, arbeitete aber höchstwahrscheinlich für Mazian, nicht für die Union oder gar die Erde. Die *Champlain* war Schiff Nummer Acht.

Nummer Neun bis Achtzehn waren allesamt kleine Allianzfrachter mit begrenzter Reichweite: *Lightrunner, Celestial, Royal, Queen of Sheeba* und *Cairo; Southern Cross, St. Joseph, Amazonia, Brunswick Belle* und *Gazelle*. Neunzehn und zwanzig waren die *Andromeda* und die *Santo Domingo*, Langstreckenfrachter, die zwischen Pell und Esperance und dann weiter zur Erde flogen. Die beiden Letzeren waren natürliche Verbündete und ein Glücksfall auf einer Station, auf der bereits eine Anzeige von einem feindlichen Schiff auf die *Finity* wartete – ganz zu schweigen von einer ablehnend gesinnten Verwaltung.

Die beiden Großfrachter hatten höchstwahrscheinlich Luxusgüter transportiert, denn sie besaßen die nötige Reichweite, um zu Häfen zu gelangen, wo diese erhältlich waren; vielleicht freuten sie sich ein wenig, dass sie ihre Fracht bereits verkauft hatten, bevor die der *Finity* auf den Markt gelangte, was gerade jetzt elektronisch passierte. Madison leitete die Marktanalyse.

»Letzte Rotation«, verkündete das Steuer ruhig. Sie waren auf Kurs zu einer mathematisch präzisen Berührung mit einem sich drehenden Stationsring.

»Weiter so«, sagte JR und überließ das Schiff ganz der Urteilskraft des Steuermanns. Sie legten an. Am Dock würden bereits Anwälte mit Dokumenten auf sie warten. Auch Madelaine hatte entsprechende Papiere vorbereitet, mit einer Gegenklage gegen die *Champlain* wegen rechtlicher Belästigung.

Herzlich willkommen, dachte JR. Herzlich willkommen, Kapitänsrang mit allen Verantwortlichkeiten. Er hatte die anderen Kapitäne nicht gefragt, ob eine Gegenklage eingereicht werden sollte. Er wusste einfach, dass die *Finity* sich so etwas nicht gefallen ließ. Er hatte Madelaine angerufen und erfahren, dass sie die notwendigen Papiere bereits vorbereitete, und der Alte Mann hatte nicht eingegriffen.

Diesmal mischte sich JR nicht unter die lärmende Gruppe der Cousins, die in der Versammlungshalle das Andocken erwarteten. Bucklin war jetzt dafür zuständig, den Versammlungsbereich für die Landung bereit zu machen und nachher wieder abzubauen, Bucklin würde all das beaufsichtigen, was JR bislang beaufsichtigt hatte.

Das bedeutete unter anderem, dass JR auf Bucklins Kommentare, auf seine Scherze und sein Mitgefühl verzichten musste, selbst wenn Bucklin Zeit fand, auf die Brücke zu kommen und das Kommando zu verfolgen. Dabei würde Bucklin als Anleitung nicht JR beobachten, sondern vornehmlich Madison, denn er sollte ja von den Erfahrensten lernen.

JR fühlte sich einsam, wenn Bucklin anderswo arbeitete. So würde es immer sein, bis auch Bucklin aufs B-Deck kam. Aber der Preis dafür war Madisons Ruhestand, den keiner von ihnen herbeiwünschte.

Er hatte noch ein wichtiges Stück Arbeit vor sich, und zwar, das Schiff computergesteuert und optimal auszurichten: Der Passagierring begann sich langsamer zu drehen, sobald der Takehold erklang, der das Einrasten vorbereitete, kurz bevor der Kontakt mit dem Anlegekonus erfolgte. Auch bei diesem Vorgang wurden die Pfannen in der Küche häufig durcheinander geworfen, wenn er zu kurz berechnet war; Knochen konnten gebrochen und das mag-lev Interface beschädigt werden, wenn sie zu weit ausfiel. JR sah es, *fühlte* es, als sie einen Moment lang auf null-g im Ring waren.

Unter Vickies ruhiger Hand und ihren blitzschnellen Reflexen glitten sie hinein. Von zehn Meilen pro Sekunde auf Fünf, auf Null Komma fünf, auf Null Komma zwei auf Null Komma Null eins.

Kontakt. Peng. Klapper. Klink.

Maschinerie von der Größe einer Schlafheimsuite hakte sich ein und zog sie in Synch mit der Station.

Dockmannschaften begannen im Kran herumzuklettern und passten die Schläuche und Kabel einer Reihe von Verbindungsgliedern an, die nicht für jedes Schiff dieselben Maße hatten – die letzten Überreste der alten Anlagen, die irgendwann verbessert werden sollten. Die Dinge veränderten sich, aber nur langsam. Wenn Maschinen ein Jahrhundert lang funktioniert hatten, wurden sie erst geändert, wenn sie absolut nicht mehr zu gebrauchen waren.

JR schickte ein Lob ans Steuer. Vickie würde ein paar Minuten nicht sprechen, das war eine normale Reaktion auf ihre Arbeit. Sie war momentan nicht ins Universum eingegliedert und Steuermann Vier würde sie und Steuermann Zwei vom Schiff herunter führen, wenn Steuermann Drei die Apparaturen abgestellt hatte.

»Danke euch allen, einem wie dem anderen«, sagte JR zur Brückencrew und stand auf. Kom gab Ankündigungen durch und schickte die Sektionsleiter zum Zoll.

»Kapitän der Ersten Schicht«, sprach er Madison über Interkom an. »Die Rechtsabteilung wird Sie an der Luftschleuse mit den erforderlichen Dokumenten erwarten.« Das war einigermaßen Routine, aber die fraglichen Papiere waren eine Gegenklage, eine Antwort auf die Mitteilung, die sie bereits elektronisch erhalten hatten. Er drückte eine weitere persönliche Piepernummer. »Blue, hier ist JR. Bekommen wir Schwierigkeiten am Zoll?«

»Noch nicht«, lautete die Antwort.

Unterdessen gab der Zahlmeister die Reservierung für eine Zimmerflucht im Luxusetablissement Xanadu durch, wo sie sich unter einem Dach mit der *Boreale* und der *Santo Domingo* befanden.

JR antwortete mit einer Bestätigung und überließ es dem Zahlmeister, Kom Bescheid zu geben, seinerseits die Besatzung zu informieren.

Inzwischen war die Dockmannschaft dabei, die Verbindungen festzumachen, und die Technik beobachtete das Einrasten. Vom Bug erscholl dumpfes Poltern. Mit einem Rasseln rutschte die Zugangsröhre an ihren Platz.

Direkt unter ihnen machte sich der Großteil der Besatzung zum Aussteigen bereit. Wenn JR hier fertig war – in etwa einer Stunde, falls alles glatt lief – würde JR den Lift hinunter aufs A-Deck nehmen. Er würde mit seinem Taschenkom leben, an Bord schlafen und endlose Berichte schreiben. Er würde keine Gelegenheit haben, mit den Junioren an der Bar zu plaudern, er würde auf keinem Vid-Gerät mehr in den Vergnügungsclubs fahren, auf keiner Station, nie mehr. Junge Raumfahrerfrauen in einer Bar anbaggern? Das war doch nichts für einen Kapitän der *Finity's End*!

Er freute sich auf die Verhandlungen, denn dann hatte er seine einzige Chance auf diesem so genannten Freigang, ein wenig Zeit mit Bucklin zu verbringen. Vielleicht in einem ungenutzten Konferenzraum einen Kaffe zu trinken, ein paar Donuts zu essen, eine Verschnaufpause zwischen den Sitzungen, deren Bedeutung natürlich schwerer wog als das Bedürfnis des Vierten Kapitäns, stundenlang mit seinen Altersgenossen herumzusitzen und zu plaudern.

Paul, der vor JR in die Seniorcrew gekommen war, hatte die dritte Schicht. Paul hatte zwei Landungen und sechs Sprünge gebraucht, bis er nicht mehr bei den Junioren auf dem A-Deck auftauchte – als hätte er gehofft, die Kluft zu seinem alten Platz überspannen zu können. Aber es war immer seltsam gewesen und hatte letztlich seine Autorität als neuer Offizier untergraben. JR erinnerte sich, wie unbehaglich ihm in Pauls Anwesenheit immer zumute gewesen war. Das wollte er Bucklin auf keinen Fall antun.

Wenn JR wollte, hatte er Zugang zu allen Nachrichten auf dem Schiff, von Jeffs Anfrage, wann die erste Mahlzeit nach dem Ablegen in zwei Wochen fertig sein sollte, bis zum Austausch über Interkom zwischen Madison und Alan hinsichtlich des Verhandlungszeitplans.

Der Zoll hielt sie nicht lange auf; sie hatten befürchtet, dass er sie tagelang lahmlegen würde, wenn die Administration von Esperance plante, die Verhandlungen hinauszuzögern. Die Crew stieg planmäßig aus. Die Klage kam herein, die Gegenklage ging hinaus. Sie waren um 1040 Uhr am Haupttag angekommen, kurz vor Mittag, bevor die Richter zum Lunch gegangen waren. Das erwies sich als nützlich.

Sie hatten ihre Fracht verkauft. Die Reise war profitabel gewesen. Bei der nächsten Wache würden sie die Kisten aus den Kabinen entfernen. Dafür würden sie zwei Frachtschichten brauchen, denn die Kisten mussten von Hand geschleppt werden, über Böden, die jetzt Treppen waren und den fleißigen Mannschaften von

Deck A und B Zutritt zu Bereichen verschaffte, die sie sonst, wenn der Zylinder stillgelegt war, nicht betreten durften.

Dafür würde die reguläre Besatzung ausreichen, sie brauchten keine Extrakräfte anzuheuern, und die Frachtarbeiter bekamen trotzdem noch ihre fünf Tage Freigang, ehe sie für Pell wieder einladen mussten.

Solche Dinge gingen JR durch den Kopf, denn das alles musste er präsent haben, falls der Zeitplan sich unvorhergesehen änderte. Was auf dieser Station gut passieren konnte.

Er erhielt Meldungen über den Systemstatus. Kein Seniorkapitän erschien, um ihn einzuweisen. Das Abstellen von Systemen sparte Energie und schützte Ausrüstung und Geräte, außerdem gab es eine Sequenz für das Abschalten. JR war ein wenig langsamer als die älteren Kapitäne, weil er sein Vorgehen auf der Liste checken musste. Aber er wusste auch, dass die gut hundert Systeme, die für die nächsten Wochen schlafen mussten, jederzeit zum Aufwachen bereit waren, wenn die *Finity* wieder hochgefahren wurde.

Dann entließ er alle bis auf die Ops-Wache, die nach einem Rotationssystem von drei Tagen arbeitete. Sie verließen die *Finity* nie, ohne dass jemand zum Aufpassen an Bord blieb.

Niemand sagte: »Gut gemacht.« Aber es runzelte auch niemand die Stirn. JR war erleichtert, dass niemand Kritik äußerte oder ihn auf etwas aufmerksam machen musste, was er vergessen hatte. Er kannte die Vorgänge vorwärts und rückwärts und hätte das Herunterfahren der Maschinen auswendig bewerkstelligen können. Aber das riskierte er lieber nicht, das kam erst infrage, wenn die Anfangsnervosität überwunden war.

Er ging zu dem kleinen Lift, einem Zugang zur Brücke, und fuhr hinunter zu Ops, wo er ausstieg.

In Ops lief ebenfalls alles nach Plan, und JR übergab das Schiff dem diensthabenden Senior – es war Molly.

Dann wanderte er hinaus in die kalte, metallische Luft von Esperance, aufs Dock mit der üblichen Reihe von Neonschildern jenseits der Zollkontrolle. Als einer der letzten holte er sein Gepäck ab – er hatte vor, es selbst zu machen, obwohl er es regelmäßig für den Alten Mann erledigt hatte, als sie noch nicht ganz so wenige Junioren zur Verfügung hatten wie jetzt.

»Nein«, sagte Bucklin, der jetzt dafür zuständig war, dass die Seniorjunioren sich um das Gepäck der Besatzung kümmerten. »Wayne hat deine Sachen schon auf dein Zimmer gebracht.«

»Selbstverständlich«, sagte JR. Bucklin hatte sich um alles gekümmert. Wenn er etwas dazu sagte, würde er damit zugeben, dass er an Bucklins Fähigkeit gezweifelt und sich überlegt hatte, ob er vielleicht vergaß, jemanden für die Doppelaufgabe einzuteilen. Also gab es kein Dankeschön. JR hätte furchtbar gern ein Treffen mit seinen alten Freunden in der Bar des Schlafheims arrangiert, damit sie sich wie immer über alles unterhalten konnten. Aber es ging nicht. Er hätte nicht einmal teilnehmen können, wenn Bucklin schon irgendetwas arrangiert hätte. »Das erste Treffen mit dem Stationsleiter ist in drei Stunden«, sagte er. »Du bist dabei.«

»Ja, Sir«, antwortete Bucklin – offenbar genauso froh, seinen neuen Job bewältigt zu haben, wie JR, als er die Checkliste zum Herunterfahren ohne Panne hinter sich gebracht hatte. »Möchtest du eine persönliche Eskorte zum Schlafheim?«

»Die würde ich nicht ablehnen.«

»Mach du hier fertig«, sagte Bucklin zu Lyra, die jetzt sein Leutnant war, und dann zogen JR und Bucklin durch den Zoll und übers Dock, wo die kunstvollen Neonschilder leuchteten und Musik aus Bars und Restaurants wehte, als wäre alles noch wie früher.

Esperance in seinem ganzen wohlhabenden Glanz. Grelles Neonlicht wehrte die Dunkelheit in den höheren Regionen des Docks ab. Kräne schoben sich in den Rand des Blickfelds und die weißen Lichter der Scheinwerfer strahlten wie kleine Sonnen von ihren Spitzen.

»Ziemlich schick hier«, meinte JR.

»An Pell kommt es nicht ganz ran«, sagte Bucklin, aber er stellte nicht die Frage, die ihn nach JRs Meinung am meisten beschäftigte: Was für ein Gefühl es war, auf diesem Stuhl zu sitzen, wenn es kein Spiel mehr war. Doch JR fragte Bucklin auch nicht, wie die Junioren reagierten.

Das ging ihn nichts mehr an.

Jetzt musste er sich um die Sitzungen kümmern, in denen der Alte Mann den Stationsleiter von Esperance seine Vorschläge unterbreiten würde. Dass JR bei dieser Prozedur eine Stimme hatte, war ein höchst ernüchternder Gedanke und an sich schon ein guter Grund, das Protokoll gewissenhaft zu befolgen. Möglicherweise beobachtete die Station schon jetzt jede Nuance ihres Verhaltens – Anwälte und Angehörige der Verwaltung suchten nach Möglichkeiten, wie sie dafür sorgen konnten, dass Esperance auch weiterhin genau das tat, was es immer getan hatte, nämlich zwischen der Union und Pell zu balancieren.

Genauso hatten manche Schiffe womöglich Zweifel, wo ihre Vorteile lagen und wo sie in einem Monat liegen mochten.

Jemand hatte die *Champlain* zu dieser Klage gedrängt. Es war eher unwahrscheinlich, dass ein Schiff mit dem Charakter der *Champlain* – ein ziemlich wilder Haufen – das zustande gebracht hätte. Jemand hatte die *Champlain* an die Kandare genommen und riskierte jetzt, dass diese Verbindung publik wurde. Möglicherweise hatte die *Champlain* selbst Angst bekommen vor den Feinden, die sie sich gemacht hatte, und hatte jemanden unter Druck gesetzt, um von ihm Unterstützung zu erhalten.

Beschützt uns, sonst packen wir aus.

Oder es wollte umgekehrt jemand verhindern, dass sich die *Finity* den Autoritäten näherte: Verklagt die *Finity*, sonst bekommt ihr keine Protektion von ihren Stationskontakten.

Diesmal würde Madelaine den Verhandlungen im Hintergrund beiwohnen: Die Chefanwältin des Schiffs würde zwar nicht mit ihnen am Tisch sitzen, aber ganz bestimmt jede neue Entwicklung mit Argusaugen verfolgen.

»Liegeplatz 2«, sagte Bucklin unterwegs. »Und die *Champlain* ist auf 14.«

»Nicht weit genug weg«, meinte JR. »Wir brauchen eine Wache beim Schlafheim, nichts Auffälliges, aber wir können keinen Zwischenfall riskieren – und es ist gut möglich, dass sie uns provozieren.«

»Ich habe alle zur Vorsicht gemahnt«, sagte Bucklin.

»Daran habe ich nicht gezweifelt. Ich vermisse euch.«

»Es ist richtig leer auf der anderen Seite des Korridors.«

JR lachte leise. »Ich hab das Andocken überlebt, aber ich war höllisch nervös.«

»Mach dir bloß keine Vorwürfe deswegen. Wie geht's dem Alten Mann?«

Eine sachliche und äußerst wichtige Frage. »Als ich ihn zum letzten Mal gesehen habe, war alles in Ordnung.« JR hatte Bucklin noch nicht erzählt, dass die Verjüngung des Alten Mannes versagt hatte. Kurz überlegte er, ob er es jetzt tun sollte. Aber er selbst hatte es in einer Situation erfahren, wo er es wissen musste, und das war bei Bucklin jetzt nicht der Fall. Wenn die Gesundheit eines zweiten Kapitäns auf dem Spiel gestanden hätte, dann schon, aber auch das traf jetzt nicht zu.

»Ganz schön anstrengend, diese Fahrt«, fuhr Bucklin fort. »In seinem Alter muss das doch besonders schlimm sein.«

JR ging nicht in die Details. Inzwischen hatten sie das

Schlafheim erreicht. Er überlegte, wie er sich mit Bucklin treffen und unterhalten könnte, wenn Bucklin gelegentlich als Assistent und Aufpasser agierte. Ihm wäre es anders lieber gewesen.

Aber so würde es in Zukunft aussehen.

* * *

Wenn man durch das Xanadu schlenderte, kam man sich vor wie im Herzen eines Edelsteins – ständig wechselte das Licht, alle Oberflächen reflektierten. Das beeindruckte die Junioren unglaublich. Und Fletcher ebenfalls.

Auch die Suite beeindruckte sie – wie auf Voyager schliefen alle Junioren in einem Raum, aber es waren genügend Betten vorhanden. Das Bett im zentralen Raum war so groß wie das auf Mariner. Die beiden angrenzenden Schlafzimmer waren annähernd so luxuriös. Ständig wechselte die Wandfarbe. An der Wand des großen Zimmers stiegen Blasen durch echtes Wasser auf, wie Perlwein.

»Gehen wir auf die Docks«, sagte Jeremy und Fletcher freute sich, dass er so ungeduldig klang. Anscheinend erholte sich der Junge. Der Freigang zog die Juniorjunioren in seinen Bann, lockte sie in Vid-Clubs und Dessertbars und zu all den Vergnügungen, die je ersonnen wurden, um einem Spacer das Geld aus der Tasche zu ziehen. Vid-Spiele waren wieder wichtig, das Universum war wieder in Ordnung.

»Es gibt einen Vid-Zoo«, berichtete Linda, während sie die aufsteigenden Blasen bewunderte. »Man kann durchgehen und was dabei lernen. Da gibt es Tiger und Dinosaurier und Zebras.«

»Woher weißt du das?« wollte Vince wissen.

»Ich hab es nachgesehen, während andere Leute gefaulenzt haben.«

»Von wegen«, erwiderte Vince.

In Fletchers Ohren hörte sich die Stichelei richtig angenehm an. »Gehen wir nach unten«, schlug er vor und sein Vorschlag wurde mit großem Beifall aufgenommen.

* * *

Es dauerte vier Stunden, bis das erste Treffen zwischen den Schiffsoffizieren und den Stationsbediensteten arrangiert war. Die Rechtsabteilung der Station meinte, man wolle sich nicht mit einem Schiff treffen, gegen das Anzeige vorlag … das wäre juristisch bedenklich.

Der Alte Mann meinte, die Stationsbediensteten könnten sich ja vielleicht weigern, ein Schiff zu treffen, das eine Anzeige am Hals hatte, aber sie sollten lieber zusehen, dass sie eine Zusammenkunft mit den Abgesandten der Allianz anberaumten. Und zwar ein bisschen plötzlich.

So saß JR an Bord, im unteren Ops, zusammen mit den anderen vier Kapitänen, das Piepen und Ticken des Frachtmonitors als einziges Lebenszeichen auf den Armaturen, und beobachtete den Wortwechsel, für den Wayne den Boten spielte. Den Alten Mann schien nichts aus der Ruhe zu bringen, stets blieb er freundlich zu allen Cousins, und sonstiger Verwandtschaft um ihn herum. Das war ein schlechtes Zeichen für seine Gegner.

Auch für die *Boreale* diktierte der Alte Mann einen Brief, der persönlich befördert werden sollte, ein Umstand, der deutlich machte, wie viel der Alte Mann von der Sicherheit der Kommunikationssysteme der Station hielt, selbst der angeblich sicheren Leitungen; alle klugen Offiziere merkten sich das. JR schrieb die Nachricht und druckte sie aus; Wayne beförderte auch sie, während Tom B. für Madelaines Büro den Boten spielte und zur Rechtsbehörde von Esperance und wieder hierher eilte, mit Botschaften, deren Inhalt JR nicht kannte.

Der Brief an die *Boreale* war einfach. *Die Anklage lautet Belästigung und lässt sich nicht aufrechterhalten. Wir wer-*

den uns mit aller Macht dagegen wenden und Sie gleich mit verteidigen. Wir hoffen auf Ihre Teilnahme an einer unserer Schlusssitzungen, zu einem Zeitpunkt, der allen Beteiligten Schiffskapitänen genehm ist, und hoffen ebenfalls auf Ihre Unterstützung, was die einschlägigen Vertragsbedingungen mit Ihren eigenen lokalen Behörden angeht.

Zurück kam folgendes:

Selbstverständlich können wir nicht für die Autoritäten der Union sprechen, aber wir stehen mit Ihnen gegen die Klage. Außerdem sind wir der Ansicht, dass unser Deck sowohl auf Grund der Immunität der Union als auch nach dem Gesetz der Allianz souveränes Territorium ist.

Der letzte Satz war absolut ironisch. James Robert selbst hatte diese Klausel im internationalen Recht durchgesetzt, was damals einer der Gründe für den Kriegsausbruch gewesen war; die *Boreale* erwähnte es unter anderem, damit das Personal der Esperance-Station nicht auf die Idee kam, ihr Schiff zu entern und nach irgendwelchen Unterlagen zu suchen – denn die *Finity* beanspruchte ja dasselbe Recht.

Doch die Union hatte innerhalb ihres eigenen Territoriums mit den ihr vertraglich verpflichteten Schiffen nichts dergleichen vereinbart.

»Sie halten zu uns«, sagte Madison, als er die Antwort hörte. »Wir können sogar hoffen, dass sie auf unserer Seite waren, als sie der *Champlain* nachgejagt sind und uns diesen ganzen rechtlichen Schlamassel eingebrockt haben.«

»Aber dürfen wir auch feststellen, dass die Station der *Boreale* keine Gebühren abverlangt hat?« warf Francie ein. »In diesem Hafen fasst man die Union mit Samthandschuhen an.«

»Das ist mir auch schon aufgefallen«, bestätigte Alan. »Die Frage ist, wie viel höher ist der Rang des Kapitäns der *Boreale* als der desjenigen, der im Handelsbüro der Union sitzt. Ich *glaube*, dass die *Boreale* rangmäßig besser abschneidet, ausgenommen bei speziellen Instruktionen.«

»Ich denke, es war kein bloßer Zufall, dass die *Boreale* auf Mariner aufgekreuzt ist«, mischte sich nun auch James Robert nach langem Schweigen in die Diskussion. JR spitzte die Ohren; als derjenige, der am wenigsten informiert war, hatte er sich bisher zurückgehalten.

Es war also kein Zufall. JR wagte seine erste Wortmeldung: «Was hatte der Träger dann in Tripoint zu suchen?«

»Das ist Mallorys Angelegenheit«, antwortete Madison. »Wir glauben, dass sich die Aktionen der Mazianni von der Sol-Peripherie zu einer neuen Gegend jenseits von Viking verlegt haben. Wir haben dort eher ein Schiff in der Größe der *Boreale* auf Beobachtungsposten erwartet. Aber nun war da ein Träger und dann tauchte in Mariner auch noch die *Boreale* auf. Und ein Mazianni-Schiff, das nach Esperance fuhr, also genau in der entgegengesetzten Richtung – in Tripoint wäre es dem Träger direkt in die Arme gelaufen.«

An die Alternativkurse der *Champlain* hatte JR noch nicht gedacht. Da hatte er einen blinden Punkt gehabt. Einen ziemlich schlimmen sogar, wie er bekümmert feststellte.

»Also ist sie in diese Richtung geflogen.«

»Bei uns hatte sie bessere Chancen. Dieser Träger hätte sie fertiggemacht, keine Frage. Die *Boreale* wollte sie lebend, hat es aber nicht geschafft.«

Die *Champlain* war eine Informationsquelle, die theoretisch von der Union ausgequetscht werden konnte. Die Gerichte hatten keine Möglichkeit, sich einzumischen, denn in einem Bereich, der offiziell noch Kriegsgebiet war, operierte das Militär der Union größtenteils autonom.

Vielleicht sollten wir sie diese Gelegenheit nutzen lassen, war der etwas unmoralische Gedanke, der JR als erster durch den Kopf huschte. Vielleicht halten wir uns zu sehr an den Buchstaben des Gesetzes, vielleicht zieht sich die Geschichte deshalb seit zwanzig Jahren ergebnislos dahin.

Nein, das war nicht richtig. Dass sie sich strikt an das Gesetz hielten, war genau das, worum es bei ihrer Mission ging. Das war es, was ihnen die Kooperation von Hunderten unabhängiger Kauffahrer eintrug, die Mazian ansonsten zumindest gelegentlich mit Versorgungsgütern unterstützt und ihn aus der politischen Sackgasse zurückgeholt hätten, wenn die Lage riskant wurde. Das Ergebnis wäre ein neuer, weitaus schlimmerer Krieg, bei dem die ganze menschliche Zukunft auf dem Spiel stünde.

Keine gute Idee.

»Es gibt verschiedene Interessen auf Esperance, die nicht tatenlos zusehen würden, dass die *Champlain* konkrete Fragen beantwortet«, sagte Francie. »Darauf wette ich.«

»Ich auch«, bestätigte Madison. »Und ich denke, dass wir gute Chancen haben, die Wette zu gewinnen. Wäre die *Champlain* nach Tripoint geflogen, gäbe es sie jetzt nicht mehr. *Sie wusste, was sie dort erwartete.* Wenn sie sich in diese Richtung aufmacht und ihre eigenen Geschäftspartner bedroht, kann sie überleben. Sie ist hier. Auf Esperance. Zumindest *ein* starker Anker für Mazians Versorgungsnetzwerk ist also hier ... die Schmuggelware, der illegale Handel mit Verjüngungsprodukten, die ganze Litanei. Das andere Leck befindet sich vermutlich in Viking, aber das ist nicht unser Problem. Unser Problem ist Esperance.«

Das klang logisch. Endlich schien die Struktur des Netzes einen Sinn zu ergeben. Und es schien klar, wo das Tor lag, durch das die hochwertigen Güter zu den zahlenden Märkten in Cyteen gelangten. Es gefiel den Behörden vielleicht nicht, aber sie tranken immer noch ihren Scotch und sahen sich nicht genau genug an, ob er von einem rechtmäßigen Kauffahrer geliefert wurde oder ob er bedeutete, dass Verjüngungsprodukte und Biostoffe zur Erde gelangten, dem Urquell alles Menschlichen, im Austausch gegen Versorgungsgüter für Mazians Kriegsmaschinerie.

Die anderen Kapitäne diskutierten technische Angelegenheiten. JR, der Neue unter ihnen, füllte die Lücken in seinem Verständnis dessen, was sie taten, warum sie es taten und warum bestimmte Splittergruppen in Cyteen sie unterstützten und andere nicht. Manche Cyteener verteidigten ihre Welt. Andere machten Geld.

Das konnte man auch über die Position von Esperance sagen. Die Station hatte dadurch existiert, dass sie die Union gegen die Allianz ausspielte, Mazian mal unterstützte und mal nicht. Es war das, was der Alte Mann auf Voyager gesagt hatte: Mazian war lebenswichtig ... in diesem Fall für Esperance. Vielleicht sogar für die Seite der *Finity* ... denn ohne Mazian hielt die Union Esperance fest in Händen und die Union hätte sich die Allianz längst einverleibt. Nun aber würde die Union Esperance in die Allianz lassen, als Gegenleistung für sichere Grenzen – sicher vor einer Bedrohung, welche die Union selbst finanzieren half, einfach weil sie Appetit auf das hatte, was ihr Planet nicht produzierte.

Beispielsweise Lebensmittel, die nicht giftig oder gar tödlich waren. Cyteen hatte viel Wirbel gemacht um seine Rebellion gegen alles, was der Erde ähnelte; Cyteen schwang die Genetik wie eine Waffe; aber wenn es ums leibliche Wohl ging, nahm es Cyteen, genau wie einige auf dieser Seite der Grenze, mit dem Blick aufs Etikett nicht so genau.

Wie Pell, dachte JR. Wie Pell mit seinen Dinos und Zuckerlimonaden, fast an der gleichen Stelle, wo Tausende ihr Leben gelassen hatten. Die Menschen vergaßen. Das war eben menschlich, und deshalb überprüften sie das, was unschädlich aussah, auch nicht so genau. Wenn sich ein Einzelner ein bisschen Kaffee auf dem Schwarzen Markt kaufte, konnte das ja dem Universum nicht viel schaden.

Diesen Traum träumten die Menschen: Dass kleine Dinge auf der kosmischen Skala unwichtig sind.

Der Wind wehte durch virtuelle Blätter. Feuchte Luft strich über die Haut. Es war keine von den Sims, bei denen man einen speziellen Anzug tragen musste. Man trug seine normalen Sachen, legte nur Einwegkontakte auf und ging los.

Und kletterte. Und wanderte. Es hätte Downbelow sein können, nur war es zu grün. Sie wanderten über weichen Boden, zwischen Bäumen, folgten einem Handlauf.

Ein Tiger lauerte im Unterholz, richtete sich zu seiner ganzen riesigen Größe auf, realistisch bis zu den Schnurrhaaren und dem Ausdruck seiner Augen.

Vince kreischte, die virtuelle Raubkatze setzte zum Sprung an, fauchte und zog sich wieder zurück, ohne jedoch die Junioren aus den Augen zu lassen.

Fletcher musste sich selbst erst einmal beruhigen und tief Luft holen. »Rührt euch nicht«, sagte er. »Bleibt ganz still stehen.«

Der Tiger knurrte drohend. Seine Schwanzspitze bewegte sich, die Muskeln unter dem gestreiften Fell waren sichtlich angespannt. Es roch nach Feuchtigkeit, Moder, nach Raubtier.

»Der sieht total echt aus«, meinte Linda.

»Ja, er ist ziemlich gut«, bestätigte Fletcher. Die Juniorjunioren scharten sich um ihn. Sogar seine planetenerprobten Nerven waren aus dem Gleichgewicht.

Vorsichtig drückten sie sich an dem Tier vorbei. Der Tiger wandte den Kopf und sah ihnen nach.

Jetzt sprang ein seltsames braunes Tier mit vier Beinen vor ihnen auf und ergriff die Flucht. Der Tiger schnellte vor ihnen über den Weg.

»Verdammt!« rief Jeremy.

Fletcher war ganz seiner Meinung. Es gab eine Kinderversion und eine Abenteuerversion des Zoos und allmählich konnte er sich den Unterschied lebhaft vorstellen.

Vielleicht waren sie ja auch alle von zu viel plötzlichen Ereignissen, zu vielen Bedrohungen fahrig geworden.

Ziemlich erledigt verließen sie die Ausstellung, durchstreiften noch den Souvenirladen und gaben überall Geld aus.

* * *

Vier Stunden dauerte es, einen Termin für die Zusammenkunft zu finden, und dann noch eine weitere Stunde, in der die Stationsbeamten von ihren verschiedenen anderen Verpflichtungen eintrudelten. Alan und Francie übernahmen das Kommando mit der Ankündigung, der Seniorkapitän sei auf dem Weg zum Versammlungsort. Auf dem Weg ... noch einmal anderthalb Stunden.

»Bleib einfach hier sitzen«, wies Francie JR an. »Sitz einfach da und sei freundlich. Sollen die sich ruhig Gedanken machen.«

Also nahm er neben Alan seinen Platz am Tisch ein, was von den grimmigen Stationsautoritäten und den Vertretern der Allianz mit neugierigen Blicken quittiert wurde.

»Fünfter Kapitän«, stellte Alan ihn vor. »James Robert Neihart junior.«

JR blickte in die schockierten Gesichter und plötzlich war ihm klar, dass diese unvermittelte Information hier am Konferenztisch einschlagen musste wie eine Bombe. Noch vor zwei Sekunden hatten diese Leute nicht einmal gewusst, dass er existierte – ein neuer Kapitän James Robert, unter den Fittichen des ersten.

Ausgerechnet zu einem Zeitpunkt, da sie vielleicht gedacht hatten, dass der berühmte Kapitän bald abtreten würde und sie seine Nachfolger kannten, war ihm die Kapitänswürde verliehen worden.

Jetzt wussten die Versammlungsteilnehmer plötzlich nicht mehr, woran sie waren.

»Meine Herren, meine Damen«, sagte JR höflich. »Es ist mir ein Vergnügen.

Einen Moment lang waren alle wie gelähmt. Was sollten sie mit diesem jungen Mann anfangen? Sie konnten seine Position nicht einordnen, sie ahnten nicht, wie viel er wusste. Kurz gesagt, sie mussten komplett umdenken.

»Wir sind nicht informiert worden«, sagte der Stationsleiter der ersten Schicht, in dem Versuch, etwas Ungreifbares greifbar zu machen. »Gibt es den fünften Kapitänsrang erst seit kurzem? Wir hoffen, dass es nicht auf eine Gesundheitskrise des Kapitäns hindeutet.«

Ein abscheulicher Mann, dachte JR. Noch nie hatte er den Ausdruck *Schlange* in einem Menschen so treffend verkörpert gesehen. Absolut unbewegt, den Alten Mann so gut er konnte imitierend, antwortete JR: »Unser Alter entspricht nicht unbedingt unserer äußeren Erscheinung. Welchen Zeitraum meinen Sie mit ›seit kurzem‹?«

Damit nahm er dem Mann den Wind aus den Segeln. Eine implizite Beleidigung – der Wahrnehmungsunterschied zwischen Spacern und Stationsbewohnern.

Außerdem hatte JR eine Frage gestellt, die nun in der Luft hing und auf eine Antwort wartete, während ein Dutzend Gesichter an dem langen Tisch hofften, nicht direkt angesprochen zu werden.

Es gab eine Geste, die der Alte Mann sich zu eigen gemacht hatte, und die JR jetzt bewusst anwandte: ein ausdrucksloses, oberflächliches Lächeln. Mindestens zwei der obersten Stationsvertreter sahen alles andere als behaglich drein.

»Es gibt eine Nachfolge«, sagte JR in die Stille hinein. Er hatte gedacht, es würde ihm höllische Angst einjagen, an diesem Tisch zu sitzen, ihm würde nie ein Wort einfallen. Vielleicht war es der reine Übermut, der ihn dazu brachte, sich bis an die Schwelle zu echten Verhandlungen vorzuwagen, und das in dem Bewusstsein, dass der Alte Mann womöglich noch länger brauchen würde. Vielleicht war es gefährlich. Aber JR hatte viel von dem Alten Mann gelernt. »Es gab schon immer eine Nachfolge. Wir Jüngeren beschirmen die Senioren, deshalb gibt es beim Wechsel keinerlei Bruch. Es wird auch nie einen geben. Das kann Mazian beispielsweise nicht von sich behaupten. Im Krieg sind seine Leute auf Verjüngung gegangen – um zu gewährleisten, dass es keine Geburten gab. Auf einem solchen Schiff gibt es natürlich keine Nachfolge.« Ein zweites, wohlüberlegtes Lächeln. »Wir dagegen haben nur einmal eins unserer Kinder an Land zurückgelassen. Und auf Pell haben wir es zurückgeholt. Zufälligerweise ein neuer Fletcher Neihart. Sieht aus wie siebzehn. Und ist es auch, im Gegensatz zu mir.«

Einen Augenblick war es totenstill, kein Lufthauch regte sich im Raum. Niemand konnte JRs wirkliches Alter schätzen. Sein Gesicht war das eines Jungen, aber jetzt wussten alle, dass es anders war.

Doch dann näherten sich Schritte in der Halle, zahlreiche Schritte: Der Alte Mann traf mit seiner Eskorte ein.

JR war sich seiner Körpersprache permanent bewusst, eine weitere Lektion des Alten Mannes. Konsterniert nahmen die Anwesenden seine ruhige Gelassenheit zur Kenntnis, und als der Alte Mann und Madison durch die Tür traten und Alan und Francie sich respektvoll erhoben, stand er ebenfalls auf. In ihrer Verwirrung folgten vier der Umsitzenden seinem Beispiel.

»Sie haben den jüngeren James Robert also schon kennen gelernt«, stellte James Robert senior fest und JR hätte die Hand dafür ins Feuer gelegt, dass irgendwo ein Taschenkom eingeschaltet gewesen war und der Alte Mann alles mitbekommen hatte, was in den letzten Minuten vorgefallen war. »Wie schön, wieder einmal in Esperance zu sein. Ich habe soeben mit dem Handelsbüro der Union gesprochen. Sehr ermutigend.« James Robert setzte sich und alle anderen nahmen ebenfalls wieder Platz. »Freut mich sehr, hier zu sein«, sagte

James Robert, während er seinen Aktenordner aufschlug. Er sah gut aus, ausgeruht, kein Härchen am falschen Platz, und die dunklen Augen, die in seinem undurchdringlichen, fast maskenhaften Gesicht so lebhaft leuchteten, wanderten über die verschworenen Mächtigen von Esperance. In ihnen lag nicht der geringste Zweifel – nicht an sich selbst, nicht an der Allianz, nicht an der Macht, die er selbst repräsentierte.

»Willkommen auf Esperance«, sagte der oberste Stationsleiter.

»Danke.« James Robert schnitt ihm freundlich das Wort ab. »Danke, dass Sie alle Ihren Terminplan so kurzfristig geändert haben. Sicher haben sie alle Berichte über die Handelslage und die Bedrohung durch die Piraten erhalten. Ich komme gerade von der Peripherie des Erdraums, von einer Beratung mit unseren Verbündeten der Union über Fragen der Sicherheit und des Handels und die sich verändernde Natur der Piratenaktivitäten in der Gegend.« Dies sagte er auf einer Station, die es auf eigene private Abmachungen mit der Union abgesehen hatte – die Bemerkung legte nahe, dass die Union ihre Position verschob, dass die Dinge sich allgemein veränderten. JR vermutete stark, dass der Alte Mann dieses Thema unbeirrt weiter verfolgen würde, als Schuss mitten ins Herz der Einwände seitens Esperance.

* * *

In Bucklins Anweisungen waren einige Vorsichtsmaßregeln enthalten. Die *Champlain* lag hier im Hafen. Die Besatzung sollte im Bereich Dock Blau bleiben, stets in Gruppen, in Zivilkleidung. Fletcher trug seinen braunen Pullover. Jeremy ebenfalls. Jetzt wollte auch Linda einen.

»Wir könnten alle denselben Pullover anhaben«, meinte sie.

»Eigentlich«, wandte Fletcher ein, »eigentlich zeichnen sich Zivilisten dadurch aus, dass jeder anders aussieht.«

»Wir sehen ja verschieden aus«, lautete Lindas Kommentar.

Fletcher bezweifelte, dass Linda verstand, worum es ihm ging. Linda wollte einen Pullover. Dann war Vince an der Reihe. Die Vorstellung, in Einheitskleidung herumzulaufen, gefiel ihnen, und Fletchers Einwände, dass sie dann ja gleich die Schiffsfarben tragen könnten, stießen auf taube Ohren. Also gingen sie einkaufen und fanden genau die richtigen Pullover. Die Junioren bestanden darauf, sie noch im Laden überzuziehen.

Neben dem Laden war ein Geschäft für Anstecker und Abzeichen, ein Muss für alle Reisenden. Aufnäher und Anstecknadeln von Esperance lagen im Schaufenster, dazu auch eine Auswahl von ähnlichen Stücken von anderen Orten ... die von der Erde und von Cyteen hatten Seltenheitswert und einen entsprechend hohen Preis.

Bei der ersten Reise zu einer Station gehörte es dazu, sich eine Anstecknadel oder ein Abzeichen zu kaufen, und die Juniorjunioren, die sich im Geist der Kauffahrer und Händler übten, tauschten Nadeln von Sol, die sie übrig hatten, ein, bekamen dafür welche von Esperance und kauften eine Unmenge dazu. Der Ladenbesitzer war hocherfreut.

Schließlich fischte Vince noch ein Abzeichen von Jupiter aus der Tasche und bekam Bargeld auf die Hand.

Als Neuling war Fletcher natürlich darauf angewiesen, seine Abzeichen käuflich zu erwerben; er zückte sein Geld und erwarb ein paar Esperance-Nadeln von guter Qualität. Eine als Glücksbringer, drängte ihn Linda, und mindestens eine zusätzlich zum Tauschen.

Fletcher tat es, denn er sagte sich, dass er die Nadel ... vielleicht ... Bianca schenken könnte, wenn er nach Pell zurückkam. Sie würde ihr bestimmt gefallen. Zumindest war es ein Beweis, dass er an sie gedacht hatte, auf dem äußersten Stern des zivilisierten Alls.

Es war eine ziemlich seltene Nadel. In Pell bestimmt einiges wert.

Teufel, dachte er, als sie den Laden verließen und er mit drei überschwänglichen Junioren das Dock entlangging. Das heißt, eigentlich waren nur zwei seiner Begleiter überschwänglich – Jeremy blies Trübsal, weil niemand mit ihm nach einer Schneekugel Ausschau halten wollte, einer Spezialität von Esperance, die Jeremy einmal gesehen hatte und unbedingt kaufen wollte.

»Sie hatten eine in dem Andenkengeschäft«, sagte Linda.

»Das war nicht die Gleiche«, entgegnete Jeremy verdrossen.

»Wir versuchen es morgen«, tröstete ihn Fletcher. »Wir haben volle zwei Wochen hier, um Himmels willen!«

»Aber gleich morgen früh«, sagte Jeremy.

»Abgemacht.« Vielleicht hätte er noch eine Nadel für die Wilsons kaufen sollen. Er glaubte eigentlich nicht, dass die Wilsons einschätzen konnten, wie viel so ein Ding wert war, also konnte er eine x-beliebige kaufen … er durfte es nur nicht vergessen, bevor sie abreisten. Garantiert würden sie in den zwei Wochen, in denen sie sich auf den Blauen Sektor beschränken sollten, an dem einen oder anderen Geschäft vorbeikommen.

Aber Bianca war vielleicht eher in der Lage, den Wert einer solchen Nadel zu erkennen. Und falls nicht, würde sie sicher nachfragen. Sie war wissbegierig, das hatte Fletcher mit am meisten an ihr gemocht.

Hier auf Esperance merkte er, dass er sie vermisste. Jedenfalls vermisste er sie wie eine Freundin, nach all dem Aufruhr der Beinahe-Liebe und Vielleicht-Liebe und dem Gefühl der Verlassenheit, weil er aus allem herausgerissen worden war.

Sie hatte mit Nunn gesprochen – na und? In ihrer Situation hätte er das Gleiche getan. Er war wütend und verletzt gewesen. Erst jetzt, nachdem er so lange auf der *Finity* war, um sich herum die Hektik und den Trubel einer weitläufigen Familie, die ihn halb verrückt machte, die etwas von ihm wollte, so unbeirrbar, dass ihm der Kopf schwirrte, die sich mit ihm stritt … und dann Jeremy und alle Junioren und Senioren, die sagten: *Fletcher, geh nicht weg …* erst jetzt wurde Fletcher sich seiner Gefühle dieser Familie gegenüber allmählich bewusst.

Vielleicht hatte er auf Downbelow unter einem akuten Ansturm von Hormonen gelitten. Nach den vielen Sprüngen, in denen sich die Leidenschaft unweigerlich abkühlte, beschlichen ihn Zweifel an der Realität von allem, was er je empfunden hatte. Vorher hatte er nirgendwo hingehört, jetzt war er ein Mensch mit einem ganz spezifischen Ursprung. Aber die Entfernung und die ganzen Veränderungen in seinem eigenen Verständnis hatten nichts an der Tatsache geändert, dass er Bianca sehr gern hatte.

Vielleicht kam der Teil mit den Hormonen zurück, wenn er wieder in Biancas Nähe war. Vielleicht würde alles wieder auferstehen, wenn sie sich wieder sahen, vielleicht waren sie dann wieder verliebt …

Jedenfalls vermisste er sie, so viel war klar.

Andererseits gab es immer weniger, was sie verband. Bianca kannte nichts von dem, was er inzwischen gesehen hatte. Sie war eingesperrt in die Kreisläufe eines Planeten und seiner Jahreszeiten. Sie hatte nie die Fesseln eines Gravitationsschachts abgestreift, sie war noch nie mit unvorstellbarer Geschwindigkeit auf dem Interface entlanggeschlittert, hatte nie in einer anderen Zeit gelebt als der Rest der Menschheit. Sie hatte noch nie auf Mariner in einem Wasserbogen gestanden und Fische in Menschengröße beobachtet, die über ihrem Kopf schwammen.

Er hatte so viel zu erzählen.

Falls sie sich je wieder trafen.

Er würde ihr die Nadel zuschicken müssen. Er konnte nicht zurück in das Programm, denn er hatte sämtliche Regeln übertreten. Mit dem ihm eigenen Talent hatte er wieder einmal eine Situation zerstört, aus der er herausgerissen und weggeschickt werden sollte. Vor allem, wenn man jemanden beinahe liebte, machte man die Beziehung kaputt, damit man sich nicht danach zurücksehnen konnte. Manchmal zerstörte man sie aber auch schon prophylaktisch.

Das hatte er immer so gemacht. Auch das begriff er jetzt … wie er jedesmal den Streit heraufbeschworen, den Zusammenprall provoziert hatte, damit er sagen konnte, *er* hätte *sie* verlassen, nicht anders herum. Das hatte er ganz offensichtlich mit Jeremy gemeinsam: Den rasch aufbrausenden Zorn, das intensive Engagement – gefolgt von wütendem Leugnen und totaler Zurückweisung. Mach doch, zieh ruhig aus! Du brauchst nicht mit mir zu reden.

Dummer Fletcher. Wieder hörte er Melodys Stimme; sie hatte es gesagt, wenn Fletcher sich wieder einmal so dämlich angestellt hatte, dass selbst die Geduld eines Downers an ihre Grenzen geriet.

Dummer Jeremy. Er wünschte, er könnte Melody das sagen hören. Dummer Jeremy. Freu dich. Kopf hoch.

* * *

Für jede wohlhabende Station, die blühte und gedieh, war Veränderung ein rotes Tuch.

Veränderungen und neue Informationen bedeuteten, dass diejenigen, die zu wissen glaubten, wie das Universum eingerichtet war, plötzlich keine Ahnung mehr hatten, was ihre Zukunft bringen würde.

Wenn sich die Beziehungen zwischen der Allianz und der Union veränderten, wurden womöglich Vereinbarungen ungültig, auf die sich Esperance bislang fest verlassen hatte. Also sträubte sich die Station erst einmal. Ihre Vertreter diskutierten über Lappalien. Eine lange Verzögerung entstand durch einen Disput über eine angebliche Unregelmäßigkeit in den Zollerklärungen. Schließlich löste sich das Problem in Luft auf. Dann diskutierten sie eine Stunde lang über die offizielle Tagesordnung.

Madison war kurz davor zu explodieren. Der Alte Mann lächelte milde und blieb ruhig am Tisch sitzen, während der Stationsleiter von Esperance sich verabschiedete, um sich mit seinen Assistenten zu beraten.

Nach einer halben Stunde kamen sie zurück.

»Die legalen Probleme«, sagte der Stationsleiter.

»Der dritte Punkt auf der Tagesordnung«, warf Alan ein.

»Wir können nicht verhandeln und über Themen diskutieren, die sich auf ein schwebendes Verfahren beziehen …«

»Dritter Punkt«, wiederholte Alan.

»Wir sind äußerst beunruhigt«, beharrte der Stationsleiter, »durch ein offenkundig selbstherrliches Verhalten einem unbescholtenen Schiff gegenüber, Sir. Ich möchte gern eine Antwort auf eine Frage, eine einzige Frage, Sir.«

»Keine Fragen«, entgegnete Madison. »Wie in der Tagesordnung beschlossen.«

»Wir können dieser Anordnung nicht zustimmen. Wir können nicht über etwas sprechen, wenn ein Verfahren anhängig ist. Wir beantragen, die Sitzung zu vertagen, bis das Gericht ein Urteil gefällt hat.«

»Das steht Ihnen zu, Sie können sich nach dem Urteil gern mit dem Handelsoffizier der *Finity* treffen. In der Zwischenzeit jedoch … gibt es kein Treffen mit dem Handelsoffizier der *Finity*.«

Madison, leidenschaftlich und in Bestform. JR zog den Kopf ein bisschen ein und lauschte den an ihm vorüberpfeifenden Argumenten.

»Ich kann keine Allianzzeugnisse von einem Schiff akzeptieren, das gegen die Garantien der Allianz verstößt.«

»Das ist Sache der Allianz, die sie nicht infrage stellen sollten, Sir.«

»Ich stelle nur eine Frage. Eine einzige Frage. Mit welcher Berechtigung verfolgen Sie ein Schiff im bewohnten Raum?«

»Welches Schiff?« erkundigte sich James Robert und unterbrach sein Gekritzel auf einem Konferenzblock. Einen Moment sah er aus, als wüsste er von nichts. JR wurde ganz flau im Magen. Ist er krank? schoss es ihm durch den Kopf.

Empörung machte sich auf der anderen Seite breit. Gut inszenierte Empörung. »Die *Champlain*, Kapitän.«

James Robert blickte zu Madison auf einer Seite, zu Francie, Alan und JR auf der anderen. Blinzelte. »War dieses Schiff nicht am Dock, als wir in Ihr System eintraten?«

»In der letzten Anflugphase, Sir«, antwortete JR und begriff plötzlich, dass der Alte Mann alles andere als geistesabwesend war. »Als wir ins System eintraten. Einige Tage vor uns.«

»Und was war sein letzter Hafen?«

»Mariner.«

»Und unserer war Voyager.« Der Alte Mann blickte den Esperance-Vertretern direkt ins Gesicht. »Das kann man wohl kaum als Verfolgungsjagd bezeichnen. Dieses Schiff hat Voyager-Esperance passiert, bevor wir zu diesem Punkt kamen. Der Inhalt unserer Black Box hat die neuesten Daten von Voyager. Ihre sicher nicht. Unsere hat eine offizielle Warnung von Mariner wegen des auffälligen Verhaltens der *Champlain*. Ihre wohl kaum. Sie haben abgelegt, ehe wir oder die *Boreale* Mariner verlassen haben. Sieht nicht so aus, als hätte da jemand einen anderen verfolgt, Stationsleiter. Vielleicht hat die *Boreale* einen Streit mit der *Champlain*, von dem wir nichts wissen. Wir haben sie jedenfalls nicht gejagt. Und ich lade jeden ein, der das bezweifelt, die Aufzeichnungen der Black Box zu untersuchen, die Esperance seit dem Augenblick unserer Landung hat. Sie werden genau die Tatsachen zeigen, wie ich sie beschrieben habe, einschließlich eines Stopps auf Voyager.«

Bravo, dachte JR und sah sich die Gesichter der Stationsvertreter an, eindeutig gespalten in pro-Union und pro-Allianz … und natürlich gab es noch diejenigen, die weiterhin beide Seiten gegeneinander ausspielen wollten. Und wenn er sich nicht sehr täuschte, hatte der Stationsleiter sich noch gar nicht mit den Aufzeichnungen der Black Boxes befasst, um zu erfahren, wo sie gewesen waren. Ziemlich nachlässig für jemanden, der solche Beschuldigungen erhob.

Nachlässig und improvisiert.

»Aber ein Militärschiff hat Zugang zur Black Box auf technischer Ebene«, wandte der Stationsleiter ein. »Und ihr Wendemanöver auf Voyager muss registriert worden sein, wenn Sie dort gestoppt haben.«

Dieser Mann war ihr Problem. William Oser-Hayes. Er war die Hauptquelle des Gifts. Am liebsten wäre JR aufgestanden und hätte dem Mann seinen selbstgefälligen Ausdruck vom Gesicht gewischt.

Doch der Alte Mann blieb ganz ruhig. »Zwangsläufig«, sagte er ruhig. »Das Militär hat Lesezugriff. Und kann Informationen löschen. Aber Black Boxes … würden die Spuren eines militärischen Zugriffs registrieren, das können Sie sich von Ihren technischen Experten bestätigen lassen. Bei unserer liegt nichts dergleichen vor. Lassen Sie sich ruhig auch das von Ihren Experten bestätigen.«

»Die Experten werden von Pell gestellt.«

Oh, der politische Sumpf wurde immer tiefer. Jetzt war alles eine Intrige von Pell. Und der Alte Mann spielte Karten aus, die sie sich lieber für das Gericht aufgehoben hätten, für den anstehenden Prozess. So bekam ihr Gegner nämlich eine Vorschau auf ihre Verteidigung, auch wenn es eine sehr gute Verteidigung war – in einem Hafen, in dem die Richterschaft ehrlich war, wäre es eine wasserdichte Verteidigung gewesen.

An der Tatsache, dass bestimmte Mitglieder der Konferenz fröhlichere Gesichter machten, wenn sich die Waagschale der Argumente zugunsten des Alten Mannes senkte, deutete darauf hin, dass sie zumindest nicht mit einhelligem Widerstand rechnen mussten und dass es durchaus Sympathie für die Seite der *Finity* gab. Doch dass Oser-Hayes als Einziger sprach und diejenigen, die sich freuten, wenn er Erfolg hatte, allesamt weiter oben am Tisch saßen, war für JR ein Hinweis, dass es ein ernstes Problem gab – eines, das sehr wohl die ganze Rechtsprechung auf dieser Station betreffen konnte. Dass die Attacke von der Richterschaft ausgegangen war und nicht beispielsweise von der Handelskammer oder anderen ausführenden Organen, war ein unmissverständliches Anzeichen, dass die Richterschaft die beste Waffe ihrer Gegner war. Oder jedenfalls die, welche sie wie Wachs in ihren Händen gefügig machen konnten.

Hier gibt es kein faires Gerichtsurteil, sagte sich JR. Die Karten waren gezinkt, und die *Finity* verlor einen Prozess womöglich selbst dann, wenn die andere Seite nichts in der Hand hatte und die Beweislage eindeutig war. Dass sie mit Einschüchterungen die Oberhand in der Sitzung gewinnen wollten, bedeutete sicher, dass Oser-Hayes keine absolute Macht hatte, dass er auf ein gewisses Maß an äußerem Schein achtete und für manche in seinem Lager schönreden musste, damit sie ihm nicht den Rücken kehrten.

Im Handumdrehen lernte JR, dass man genau in den Augenblicken, in denen man am liebsten aufspringen und dem Gegner den Hals umdrehen möchte, sich besonders konzentrieren und die Argumente so sorgfältig wählen musste wie ein Chirurg sein Operationsbesteck. Oser-Hayes war kein Dummkopf: Er wollte den Alten Mann zu einem taktischen Fehler provozieren – aber zum Glück war der Alte Mann der klügste Unterhändler seiner Zeit. Einmal war Oser-Hayes auf eine Finte des Alten hereingefallen und hatte ihn für einen senilen Greis gehalten, der nicht mehr alles mitbekam, einmal hatte der Alte Mann ihn ins Messer laufen lassen, sodass die Sitzung beginnen konnte. Nach stundenlangen Verzögerungen waren sie nun endlich bei der Tagesordnung. Mit einer parlamentarischen Wendung würden sie zurechtkommen und wieder die Oberhand gewinnen, ehe Oser-Hayes etwas einfiel, um das zu verhindern.

Sie verhandelten, so viel hatten sie immerhin schon erreicht.

Aber dass die technischen Experten aus Pell als Grund zum Argwohn angeführt worden waren … dieses Gerede von geplanter Sabotage durch Agenten aus der Hauptstadt der Allianz – als wäre die *Regierung der Allianz* und von der *Allianz beglaubigte Techniker* eher eine Quelle falscher Informationen und bewusster Lügen als irgendein schäbiger Frachter, der Güter für den Schattenmarkt beförderte und höchstwahrscheinlich für Mazian spionierte – das war doch eine Logik, die Kopf stand. Die Black Boxes, auf die das Netzwerk der Allianz angewiesen war, erweckten natürlich das Misstrauen von Oser-Hayeks Anhängern; das Wort der *Champlain* gegen sie reichte natürlich, um die Verhandlungen hinzuhalten und die Beteiligten stattdessen in Theorien universeller Verschwörungen zu verwickeln, über die Oser-Hayes dem Anschein nach unbedingt diskutieren wollte.

In welchem Zustand der Blutdruck des Alten Mannes sein mochte – auf seinem Gesicht ließ sich davon jedenfalls nichts ablesen. Und er meldete sich absolut ruhig zur Diskussion zurück.

»Wäre es Ihnen lieber, wenn diese Experten von der Union gestellt würden, Sir? Ich fürchte, solche stehen uns nicht zur Verfügung. Doch die *Boreale* kann mit Sicherheit jede Bewegung bezeugen, die wir vollführt haben. Und das nächste Schiff, das vom Mariner-Vektor in diesem Hafen eintrifft, wird die gleiche Information haben, das weiß der Stationsleiter von Esperance so gut wie jeder Kapitän – es sei denn, unsere technischen Experten hätten die Hauptcomputer auf Mariner verändert, dann das Gleiche mit nahtloser Perfektion auf Voyager durchgeführt, und zwar so, dass es einer Doppelüberprüfung aller nachfolgenden Schiffe standhält, auf jeder Station der Allianz …«

»Genügend Zeit, um Unterschriften auf die betreffenden Dokumente zu bekommen, mehr brauchen Sie doch nicht.«

»Ah, ist es das, was Sie befürchten?«

»Das ist meine Vermutung.«

»Ihre Vermutung. Hm … Nun, bezüglich ihrer wohl durchdachten Vermutung haben wir die exakte Fallnummer, die frühere Beschwerden über die *Champlain* zutage fördern, einschließlich derer, die anderen Ursprungs und anders datiert sind als irgendeiner unserer Anlaufpunkte. Das wird Ihren Experten ganz gewiss wochenlange mühevolle Arbeit ersparen …«

Wochenlang natürlich nur, wenn die Techniker Zeit schinden wollten.

»Das kann unser Militärdienst sicher etwas effizienter leisten: Zugang zu Fallnummern. In dieser Sache wird der letzte Eingangsstempel auf der Klage vom Gericht in Mariner sein.«

Stundenlang saßen sie nun hier schon zusammen und kamen nicht recht vom Fleck. Oser-Hayes schlug wirklich das ganze politische Kapital heraus, und JR wäre jede Wette eingegangen, dass Oser-Hayes hinter den Kulissen Leute abgestellt hatte, um die Akten zu manipulieren und Dinge zu vertuschen, die ihnen womöglich schadeten, obgleich schon das nächste Schiff, das diese Station besuchte, Informationen abladen würde, mit denen die fehlenden Daten wieder vollständig wurden.

Der Alte Mann hatte die Tatsache nicht erwähnt, aber ein Militärschiff hatte die Möglichkeit, mühelos auf das Black-Box-System einer *Station* zuzugreifen. Angesichts des massiven Widerstands fiel das JR plötzlich wieder ein. Unter seinem Kommando hatte die *Finity* beim Hereinfliegen einen solchen »Schnappschuss« gemacht, ein kurzes Herunterladen der Stationsakten und Navigationsinformation im Moment des Anlegens.

In friedlicheren Tagen war das lediglich eine Annehmlichkeit. Jedes Schiff, das kürzlich die Station verlassen hatte, trug dieselbe Information bei sich, regelmäßig abgerufen, wenn es eine Station verließ, und heruntergeladen, wenn es zur nächsten Station kam. Das Privileg des Militärs war es, die Information direkt bei der Ankunft abzurufen ... weil ein Militärschiff bei einem Notfall umgehend reagieren musste und sich nicht die Verzögerung leisten konnte, bis das gesamte Update eintraf. Sie hatten eine Ladung Information abgerufen, als sie hereinfuhren, und wenn ihnen danach war, konnten sie das jederzeit wieder tun. Wieder war es ein Privileg der Militärschiffe, das für die gewöhnlichen Zivilisten, die ihre eigene Black Box nicht lesen konnten, nutzlos war: Die meisten Leute dachten gar nicht an solche Möglichkeiten, aber JR war ziemlich sicher, dass den Stationsverwaltern diese Praxis nicht unbekannt war.

Bei der nächsten Pause übermittelte JR eine Anordnung an Bucklin, ohne sich mit den anderen Kapitänen abzusprechen. »Speichere die Information der Black Box in der Zusatzbox. Mach gleichzeitig ein Backup zur Sicherheit. Alles klar?«

»Jawohl, Sir.«

»Zweiter Schritt. Hol dir zur gleichen Zeit die Tagesladung Information von der Station. Mach einen Datenabgleich. Jeden Tag.«

Sie waren allein im Foyer des Versammlungsbereichs und Bucklin trug ein elektronisches Gerät bei sich, das auf Wanzen reagierte.

»Meinst du, sie manipulieren die Stationsdaten?« fragte er.

»Ich halte es für möglich. Falls es irgendwelche Veränderungen in archivierten Dateien gibt, möchte ich, dass der betreffende Sektionsleiter informiert wird und eine Kopie bekommt. Wenn die Leute hier versuchen, die Geschichtsschreibung zu ändern oder Daten zu löschen, möchte ich es erfahren. Es sollte aber erst mal unter uns bleiben. Dieser Oser-Hayes ist kein Dummkopf. Er könnte für die Union eine Doppelrolle spielen – und die Union selbst hat Splittergruppen, die sich ihrerseits nicht mit der Splittergruppe der *Boreale* vertragen.«

»Das wird ja immer verwickelter.«

»Allerdings. Irgendeine Gruppe oder ein Unternehmen auf Cyteen möchte vielleicht, dass Esperance aus der Allianz ausschert; die *Boreale* wird nicht auf eigene Faust handeln; und es ist sehr wahrscheinlich, dass das Militär von Cyteen *uns* und dem Handelsabkommen mit Pell den Rücken stärkt. Das Ergebnis liegt in ihrem Interesse. Ihre Handelspartner werden nicht durchgängig positiv reagieren, aber die Stationsbewohner schon. Die Sache ist noch lange nicht geregelt, und ich persönlich vermute, dass das Militär auf Cyteen den Handel abgeschlossen haben möchte, ehe Cyteens komplexere Splittergruppen davon Wind bekommen: Es wäre nicht das erste Mal, dass sie ihrer eigenen rechtlichen Prozedur vorgreifen. Ich denke, das Militär von Cyteen legt genau wie der Träger bei Tripoint Wert darauf, dass wir das Abkommen durchsetzen. Aber Oser-Hayes ist dagegen.«

Bucklin nickte. »Ich werde den Auftrag weitergeben. Wayne kann hier meine Stellung halten, bis ich zurück bin.«

Es war die erste administrative Entscheidung, die JR als frisch gebackener Kapitän getroffen hatte, und er grübelte über die Tatsache nach, während er Bucklin nachblickte, wie er zur Tür hinausging und Wayne zurückrief. Vielleicht wiederholte dieser Auftrag nur etwas, das ein anderer längst eingeleitet hatte, und falls es so war, hätten die Anweisungen des höheren Kapitäns natürlich Vorrang. Falls es Widersprüche gab, würde JR bald davon erfahren. Er glaubte nicht, dass jemand Widerspruch einlegte gegen die extravagante Ausgabe von einmalig beschreibbaren Sicherheits-Cubes, die inzwischen sogar vor Gericht zugelassen wurden.

Wenn diese Information nicht bereits zusammengetragen wurde, wollte er sie auf jeden Fall haben. Selbst wenn die Fakten für niemand sonst wichtig waren, für die Techniker hatten sie ausschlaggebende Bedeutung, und Oser-Hayes hatte vielleicht Verleumdungen gegen die Ehrlichkeit der in Pell ausgebildeten Techniker in die Welt gesetzt, die das Black-Box-System auf Esperance instand hielten. Aber das bedeutete nicht, dass Oser-Hayes nicht trotzdem einen Techniker dazu bringen konnte, etwas gegen unangenehme Beweise zu unternehmen. Wie beispielsweise finanzielle Daten.

Der Ton, in dem Oser-Hayes über Pell gesprochen hatte, legte nahe, dass Misstrauen gegen die Zentralregierung und gegen Pell eine wichtige Antriebskraft der Politik auf Esperance darstellte.

JR dagegen sah sich immer mehr von Misstrauen gegen diese Station und gegen diese Administration motiviert.

* * *

Sie hatten den Vid-Zoo besucht. Sie hatten alle Holo-Haie im Lagoon gesehen. Damit hatten sie gleich am ersten Tag zwei der Hauptattraktionen von Esperance abgehakt.

Sie aßen im nicht allzu luxuriösen Lagoon zu Abend; Linda und Jeremy hatten sich dieses Lokal beide gewünscht: Bunte Lichter vermittelten hier den Eindruck, man wäre unter Wasser, und ein Schild warb für die gleichen Wegwerf-Kontaktlinsen, die sie schon in der

Ausstellung benutzt hatten – erst mit ihnen offenbarten sich die Wunder der mystischen Lagune richtig. Der Preis betrug einen durchschnittlichen Tageslohn.

Die Juniorjunioren waren müde. Fletcher sehnte sich nach dem Sprudelbad im Schlafheim. Seiner Ansicht nach war es höchste Zeit, ins Xanadu zurückzukehren und ins Bett zu kriechen. Es war lange nach Hauptdunkel, und der Dockbereich, der niemals schlief, zeigte nun seine rauere Seite: Ein bisschen mehr Neon, lautere Musik und auch der Alkoholpegel der Passanten war deutlich gestiegen.

Aber Jeremy lief mit einer Jammermiene an den Auslagen der Geschäfte entlang und wollte unbedingt noch bleiben. »Ich bin überhaupt nicht müde«, behauptete er.

»Also, *ich* möchte lieber zurück«, meinte Vince.

»Wir sind noch zwei Wochen hier«, erinnerte Fletcher. »Wir haben uns doch geeinigt, dass wir morgen einkaufen gehen. Gleich nach dem Frühstück.«

»Sieh mal, dieser Laden hier ...«, rief Jeremy, und schon war er in einem Geschäft verschwunden, einem vollgestopften kleinen Lädchen mit Raritäten und Andenken.

Es gab Nachbildungen von Szenen aus dem Leben auf Cyteen. Teure, in Plastik eingelassene Blumen und Insekten von der Erde. Samenpäckchen mit passenden Töpfen. Man konnte die Pflanzen in der Kabine züchten und über die fleischfressenden Ungeheuer staunen.

Aber das alles wollte Jeremy nicht.

Sie suchten eine Weile herum, betrachteten die teils wirklich geschmacklosen Auslagen und machten so einen Verdauungsspaziergang, bei dem Jeremy in jedes winzige Ladenkabuff rannte.

Die Junioren kauften allerlei albernes Zeug: Fingerfallen, ein Gerät, das garantiert älter war als die Zivilisation. Einen Plastikhai. Jeremy erwarb ein billiges Geduldsspiel in Form eines Balls, sicher ebenfalls uralt. Allmählich bekam er etwas bessere Laune.

Dafür hat sich die Mühe ja gelohnt, dachte Fletcher. Es war eine extra Stunde wert, wenn Jeremy dadurch auf andere Gedanken kam.

* * *

Die Sitzung zog sich zäh dahin bis zur Vertagung am Abend. Das eigentliche Thema war noch nicht auf den Tisch gekommen, und keine der beiden Seiten war zufrieden mit dem, was erreicht worden war … außer dass sich keiner von der Stelle gerührt hatte. Die Details hätten am Wechseltag von den Beratern und Assistenten weiter besprochen werden können, aber es gab nichts, woran sie wirklich hätten arbeiten können.

Immerhin gab es inzwischen ein paar Sicherheits-Cubes, damit man entsprechende Aufzeichnungen über vorher und nachher hatte, falls Oser-Hayes tatsächlich an unantastbaren Dateien herumgepfuscht hatte. JR erreichte Madison nach Abbruch der Sitzung unter vier Augen; Francie geleitete den Alten Mann mit einem Team diskret bewaffneter Sicherheitsleute ohne Zwischenfälle zu dem auserwählten Restaurant.

»Ich habe eine Analyse und Sicherstellung von Stationsinformationen veranlasst, vor und nach unserer Ankunft«, erklärte JR. »Es wird täglich überprüft. Bucklin war bei Gerald und hat Personal vom Freigang zurückbeordert.«

»Gut«, sagte Madison, und seinem nachdenklichen Gesicht entnahm JR, dass niemand sonst eine entsprechende Anweisung gegeben hatte. Madison kritisierte mit keinem Wort die Ausgabe von mehreren Tausend Krediten für die Maßnahme und hatte auch nichts dagegen einzuwenden, dass Computerpersonal aus der wohl verdienten Freizeit zurück geholt worden war. »Gut gemacht. Cubes?«

»Jawohl, Sir.« Das *Sir* kam immer noch ganz automatisch. »Ja. Ich weiß, die Dinger sind teuer, aber …«

»Lass eine Analyse durchführen. Ich möchte das Ergebnis wissen. Es wäre wirklich dumm von dem Mann. Andererseits – er ist nicht der Hellste. Womöglich glaubt er, das nächste Schiff, das vorbeikommt, schafft sein Problem aus der Welt und keiner merkt was. Unter uns – das System besitzt Schutzfunktionen gegen einen solchen Eingriff. Ein in Pell zertifizierter Techniker könnte die Daten zur Not fröhlich ändern.«

»In dem Wissen, dass er Spuren hinterlässt.«

»Das schon. Das ist übrigens vertraulich, auch nicht für Bucklin bestimmt. Noch nicht.«

»Das denke ich mir.«

Zusammen gingen die beiden weiter, hinter sich die Sicherheitsleute mit Alan. Das Restaurant war nicht weit, eins der ruhigen, kostspieligen Etablissements, wie der Alte Mann sie schätzte, eines von mehreren in der Nähe des Konferenzbereichs.

Zum ersten Mal in seinem Leben war JR nun mit den Kapitänen gleichgezogen, die er bisher nur beobachtet hatte.

»Abendessen und danach keine Pause für dich, Francie und Alan«, sagte Madison. »Ich habe Botschaften, die überbracht werden müssen.«

Die Wahl der Adressaten leuchtete unmittelbar ein.

»Wir kommen auf dieser Station nicht recht voran«, erklärte Madison weiter. »Also wenden wir uns zuerst einmal an die Kapitäne. Die Station provoziert eine Konfrontation. Das wird ihnen nicht schmecken. Aber ich glaube, zwei Schiffe werden uns ohne Diskussion folgen. Plant heute Nacht keinen Schlaf ein.«

JR sollte Kontakt mit einem der Kapitäne aufnehmen? Er sollte diese schwierige persönliche Botschaft übermitteln?

Es war eine Sache, mit dem Alten Mann im Rücken bei einer Konferenz zu sprechen. Aber es war etwas völlig anderes, auf ein fremdes Schiff zu marschieren und einen unabhängigen Kauffahrer zu überreden, einem Stationsleiter am nächsten Tag die Stirn zu bieten. Mit einem einzigen Fehler konnte man die ganze Konferenz platzen lassen. Oder einem falschen Kapitän eine wichtige Information zukommen lassen, mit der dieser zu Oser-Hayes rannte, oder durch die sich die Einstellung der Kauffahrer ihnen gegenüber zum Negativen wandte.

Aber JR konnte nicht ablehnen. Dazu hatten sie ihn ja schließlich nicht befördert.

* * *

Da sie nun schon nachts einkauften, wollte Vince auch in ein Tapegeschäft. Als sie eines fanden, kaufte er zwei Tapes. Dreißig Minuten dauerte diese Aktion und nun fand Fletcher, dass es wirklich höchste Zeit war, die hyperaktiven Junioren zurück ins Schlafheim zu scheuchen, ehe auch Linda noch ihren Kopf durchsetzte und ihn zu einem weiteren gezuckerten Drink überredete, der ihn bis in die frühen Morgenstunden wach halten würde.

»Nein«, sagte er.

Dann musste Jeremy unbedingt noch in den nächsten Raritätenladen; anscheinend hatte er immer noch nicht genug von Plastikschlangen und Samen und kleinen Mineralien. »Nur noch einen«, bettelte er. »Nur noch den hier.«

Wenn es ihn glücklich machte … Wenn sie dann alle gut gelaunt im Schlafheim ankamen …

Der Laden waren von höherer Qualität, einer von der Sorte, die am Haupttag und nur jeden zweiten Wechseltag geöffnet hatten, da Kundschaft am Wechseltag meist zu preiswerteren Angeboten und billigeren Vergnügungen tendierte. Die Tür öffnete sich mit einem melodiösen Gebimmel und meldete dem Inhaber, dass Kundschaft eingetroffen war. Ein untersetzte Mann erschien, der ganz offensichtlich keine Juniorjunioren in seinem Laden mochte.

»Wir sehen uns nur ein wenig um«, erklärte Fletcher beruhigend, aber der Mann beobachtete sie weiterhin argwöhnisch. Allerdings schien ihn die Anwesenheit einer etwas älteren Person, die offenbar für die kleinen Radaubrüder verantwortlich war, doch etwas zu beschwichtigen.

»Das ist ja abgefahren«, meinte Linda und schaute sich um. »Echt abgefahrenes Zeug.«

Ihr Staunen war nicht unverständlich. Es gab Blumensträußchen in Plastik, Mineralien, Kristalle und einige wirklich seltsame geologische Kuriositäten, die Fletchers Blick auf sich zogen, obgleich er fest entschlossen war aufzupassen, dass die wuseligen Junioren nicht mit den Ellbogen Vasen umstießen oder in der Enge die wertvollen Schnitzereien von den Regalen schubsten.

»Aus den Minen von Viking« stand auf vielen Etiketten und der Preis deutete darauf hin, dass sie womöglich sogar echt waren – eine mit Kristallen bedeckte, leuchtend blaue Kugel auf dem obersten Bord, ein schimmernder Gegenstand in Mutterboden auf dem nächsten.

Außerdem ein fast unerschwinglich teures Teil mit der Bezeichnung »Museumsqualität«. Auf dem Etikett war zu lesen, dass es sich um einen Ammoniten von der Erde, aus Nordamerika, handelte. Nach dem, was Fletcher gelernt hatte, war er wohl ebenfalls echt.

Echt und irgendwie beunruhigend, hier so etwas zu sehen.

Fletcher betrachtete das schimmernde Ding, als er merkte, dass Jeremy mit dem Geschäftsinhaber sprach und etwas aus einem anderen Regal haben wollte. Er konnte sich kaum vorstellen, was Jeremy sich in einem solchen Laden meinte leisten zu können.

Einigermaßen erstaunt sah er, was der Mann herausholte und vor Jeremy auf den Ladentisch legte.

Kunsthandwerk. Tongefäße.

»Von der Erde«, erklärte der Geschäftsinhaber. »Eingeborenenkunst. Dreitausend Jahre alt. Bestimmt hast du so was noch nie gesehen.«

Fletcher hielt die Luft an. Ob die Junioren wussten, was sie da vor sich hatten?

Doch er als Spezialist für Eingeborenenkultur wusste, worum es sich handelte, und als solcher kannte er auch die Gesetze, die eindeutig festlegten, dass sich solche Kunstwerke nicht in einem Laden wie diesem befinden durften.

»Die sind echt, nicht wahr?« fragte Fletcher und ging hinüber, um sich die Stücke anzusehen, achtete aber darauf, sie nicht zu berühren.

»Mit Echtheitssiegel. Kennt ihr vielleicht einen Sammler?«

Beinahe hätte Fletcher noch gesagt »Aus dem Mittelmeerraum«, aber ein Spacer wusste solche Details nicht.

»Haben Sie auch Downer-Sachen?« meldete sich Jeremy wieder zu Wort.

Das rief ein nervöses Nein und ein Kopfschütteln hervor, und der Mann mied Fletchers Blick.

Als Fletcher Jeremys Frage hörte, war ihm schlagartig klar, warum sich der Junge plötzlich so für diese Art Geschäfte interessierte. Er überbrückte einen unbehaglichen Moment, indem er mit einer Geste die Tongefäße von der Erde und den Rest der Kostbarkeiten umfasste. »Das hat mich schon immer interessiert«, sagte er und spielte nun Jeremys Spiel bewusst mit. Deshalb also legte der Junge einen solchen Enthusiasmus an den Tag, deshalb unterstützten ihn die beiden anderen Junioren auch noch darin, obwohl sie sich doch eigentlich hier nichts leisten konnten. »Ich habe viel über die Downer gelesen. Kein Markt für Keramik. Aber ich kenne einen für Downer-Sachen.«

Der Geschäftsinhaber schüttelte abermals den Kopf. »Das ist illegal.«

Fletcher holte tief Luft, dachte an die Junioren, die Situation. »Und wenn ich später wiederkomme?«

»Vielleicht.« Der Mann ging in den hinteren Teil des Ladens, holte eine Karte von der Wand und schrieb eine Nummer darauf.

»Hier.«

Fletcher nahm die Karte; darauf war eine Telefonnummer und ein Logo. »Ist es dort?«

»Vielleicht.« Der Mann blickte zu den drei Junioren und wieder zurück.

»Die sind meine Beine«, erklärte Fletcher in der Unterweltsprache der Docks von Pell. »Wenn Sie den Markt wollen, kann ich es arrangieren, keine Frage. Sind Sie dabei?«

»Gehen Sie zu diesem Mann«, entgegnete der Geschäftsinhaber. »Ich nicht. Keinesfalls.«

»Verstanden.« Fletcher steckte die Karte ein.

»Spezialitäten«, fügte der Mann noch hinzu.

»Alles klar.« Fletcher schob Linda an der Schulter in Richtung Ausgang und setzte damit auch die übrigen Junioren in Marsch.

Jeremy betrachtete ihn von der Seite, als sie ein Stück weit weg waren, auf dem lärmenden Dock im Neonlicht der kleinen Läden und Schlafheime.

»Kluger Junge«, sagte Fletcher. Er hatte keine Ahnung gehabt, was Jeremy mit seinem untypischen Interesse an Raritäten beabsichtigte.

»Ich hab gesagt, wir kriegen ihn zurück«, sagte Jeremy.

»Wir?«

»Ich meine uns.«

»Nein.«

»Was meinst du mit ›Nein‹? Wir haben eine Adresse, wo es Downer-Sachen gibt! Von da verkauft der Kerl das Zeug nach Cyteen!«

»Ich meine, das ist illegal. Ich meine, diese Leute bringen dich um. Euch alle! Das ist mein Ernst, ihr Drei. Das ist kein Spiel.«

»Wissen wir«, sagte Jeremy in einem Ton, der Fletcher das Blut in den Adern erstarren ließ. Jeremy, der im Krieg aufgewachsen war. Wie auch Linda und Vince. Sie wussten, was Risiko bedeutete. Wussten, dass Menschen starben. Wussten, *wie* sie starben, aus eigener Anschauung.

»Die *Champlain* liegt im Hafen«, sagte Vince. »Also ist auch der Dieb hier.«

»Na und?« erwiderte Fletcher. »Vielleicht verkauft er den Stab gar nicht hier. Nicht auf dem offenen Markt.«

»Ich wette, das tut er doch«, wandte Linda ein. »Ich wette, Jeremy hat Recht.«

»Es ist mir gleichgültig, ob er Recht hat.« Den ganzen Tag hatte er sich nun schon von diesen drei schlauen Bälgern an der Nase herumführen lassen. Oder zumindest von *einem* klugen Balg, vorausgesetzt, dass Vince und Linda vielleicht erst Verdacht geschöpft hatten, als es allen klar war, worauf Jeremy aus war. »Das ist nicht das Gleiche, wie das Schiff durchsuchen. Hört mal, wir sagen JR Bescheid. Er kann den Alten Mann informieren, und dann kann die Polizei dem Laden mal auf den Zahn fühlen.« Die Worte waren noch nicht aus seinem Mund, da wusste Fletcher schon, wie dumm sie klangen. Die Polizei würde nichts finden. Er selbst kannte mindestens ein Dutzend Tricks und Finten. Er wusste, wie Ladenbesitzer, die mit Schmuggelware handelten, ihre illegale Ware sehr gut schützten.

»Wir können doch einfach nur da reinmarschieren und die Lage peilen«, schlug Jeremy vor. »Wir sind in Zivil, stimmt's? Wer sollte da auf dumme Ideen kommen? Dann wissen wir, wohin wir die Cops schicken müssen. Ich meine, wir sind doch bloß ein paar Jugendliche, die rumziehen und sich das Zeug ansehen. Wir tun doch nichts. Aber wir können was *rauskriegen*, Fletcher. Wir. Selbst.«

Es war verlockend – herauszufinden, was mit Satins Geschenk geschehen war und den Verbrechertypen, der es geklaut hatte, dem Arm des Gesetzes zu übergeben. Sie konnten sogar einen Weg finden, der *Finity* einen Beweis gegen die *Champlain* in die Hand zu geben, die die Unverschämtheit besessen hatte, sie zu verklagen – das hatte sich sogar bis zu den Juniorjunioren herumgesprochen. Er vermutete stark, dass der Dieb auf eigene Faust gehandelt hatte und in die eigene Tasche wirtschaftete, dass der Kapitän der *Champlain* nichts von der Sache wusste – die Aktivitäten auf einem Schiff voller schlechter Angewohnheiten, wo sich jeder bereicherte, wo es nur ging. Der Dieb hatte es auf Geld, IDs, Tapes, alles, dessen er habhaft werden konnte, abgesehen. Nun war der Gauner durch Zufall in Jeremys Zimmer auf das große Los gestoßen. Würde er den Hisa-Stab in einem Hafen verkaufen, in dem es wesentlich lockerer zuging als auf Pell, einem Hafen, wo Raritäten teuer waren und Etiketten mit der Aufschrift »Museumsqualität« trugen?

Jeremy hatte Recht. Es war eine Pipeline, die direkt nach Cyteen führte, für Keramik, die dieser Laden nicht im Sortiment führen durfte – zumindest vermutete Fletcher das. Vielleicht auch für illegale Pflanzen und Biostoffe. Vielleicht ging der Handel in beide Richtungen: Verjüngungsprodukte kamen von der Erde und weiß der Himmel, was sonst noch alles. Cyteens Expertise in Biostoffen war mehr als legendär, und Cyteens Biostoffe waren in den Studienprogrammen von Downbelow abgrundtief verhasst – etwas, das sie mehr fürchteten als Erdorganismen, die zumindest in einem Ökosystem gewachsen waren, statt für Cyteen gentechnisch fabriziert, eigens um auf Cyteen heimische Mikroben zu ersetzen. Fletcher war bewusst geworden, wie groß die Angst gewesen war, vor allem unter den Wissenschaftlern von Pell während des Kriegs, dass Cyteen, das im Weltraum sowohl hinsichtlich der Waffen als auch der Strategie der Flotte bei weitem unterlegen war, Biostoffe zur Zerstörung von Downbelow einsetzen könnte.

Oder zur Vernichtung der Erde. Sie hatten es nicht getan, aber nun verbreiteten sich die gleichen Stoffe auf illegalem Weg. Jeder Wissenschaftler, der sich mit Planeten befasste, wusste das.

Es betrübte Fletcher unsäglich, dass ausgerechnet Satins Geschenk zur Währung in diesem Handel werden sollte, der nach all den Gefahren, welche die Menschen über die Hisa gebracht hatten, die tödlichste Bedrohung überhaupt darstellte.

Geh wandern mit Großer Sonne?

Ein Hisa-Andenken ins All mitnehmen? Woran konnte Satin sich erinnern, außer an eine Welt, in der Handel getrieben wurde, um zu zerstören – aus Profitgier und aus Bequemlichkeit?

Fletcher betrachtete die Adresse, die der Mann ihm zugesteckt hatte. Sie lag in Blau, im nobelsten Teil von Blau, in den Fünfhunderter-Nummern. Sie standen vor einem Laden mit Dreier-Nummer. Die *Finity* ankerte in Blau Zwei, die *Boreale* in Blau Fünf, die *Champlain* in Blau 14. Da Fletcher für die Sicherheit der Juniorjunioren verantwortlich war, hatte er es sich zur Pflicht gemacht, alle Hinweisschilder zu lesen und sich einzuprägen.

»Komm schon«, drängte Jeremy. »Wir können uns doch wenigstens *informieren.*«

Sie hatten das ganze Schiff in Aufruhr versetzt mit der Suche nach etwas, das gar nicht an Bord war, und Jeremy hatte es die ganze Zeit über gewusst. Jetzt wollte der Junge herausfinden, wo der Hisa-Stab wirklich war.

Und vielleicht war es ja auch gut für das ganze Schiff. Vielleicht konnten die Offiziere der *Finity* persönlich etwas unternehmen, um den Stab zurückzubekommen, wie die Junioren ihren Teil dazu beigetragen hatten, ihn zu finden, und vielleicht konnte das ganze Schiff dann mit der Sache ins Reine kommen.

Vielleicht konnte Fletcher dann mit sich ins Reine

kommen. Vielleicht fand er Mittel und Wege, nicht schon wieder eine Situation kaputt zu machen, den Stab zurückzuholen, damit er sich nicht sein Leben lang fragen musste, welcher Laden auf Cyteen sein Hisa-Andenken gekauft hatte ... und bei wem es gelandet war, eine Rarität, die irgendein Unbekannter sich an die Wand hängte.

»Na schön«, sagte er schließlich entschlossen. »Wir sehen nach. Aber wir schauen uns wirklich nur um. Es ist nicht unsere Sache, etwas zu unternehmen. Aber wir können nachsehen, ob der Mann aus dem Laden uns an der Nase rumgeführt hat. Was sehr gut sein kann. Habt ihr gehört?«

»Jawohl, Sir«, antwortete Jeremy. So leidenschaftlich hatte er das seit Wochen nicht mehr gesagt.

»Jawohl, Sir«, sagte auch Vince, und Linda nickte.

»Dann benehmt euch«, meinte Fletcher ernst und führte seine Truppe zu den Fünfhunderter-Nummern.

KAPITEL 25

Arnason Imports, Ltd. hieß der Laden, nicht einer von denen in der vorderen Reihe, wie Fletcher es eher erwartet hätte, sondern versteckt in einer Nische zwischen einer weiteren Importhandlung und einem Juwelier. Keine schlechte Adresse, aber der Laden war nicht von der Qualität, wie die Nummer es hätte vermuten lassen. Gleich kamen Fletcher wieder Bedenken wegen der Juniorjunioren, der späten Stunde – um diese Zeit gab es weniger Verkehr als am Haupttag. Der Juwelier hatte geschlossen. Das andere Geschäft war offen, aber im Fenster prangte ein Schild, auf dem stand »Kein Verkauf«.

»Nichts richtig Feudales«, meinte er; die Gegend erinnerte ihn an den Dockbereich seiner vergeudeten Jugend. »Geht langsam.« Jeremy war immer einen halben Schritt voraus. »Hört mal her, ich möchte, dass eins ganz klar ist – keine Alleingänge hier, ja? Vertraut mir.«

»Jawohl, Sir«, antwortete Jeremy und wippte nervös auf den Fußballen, eine typische Angewohnheit, wenn er aufgeregt war. Und schon stürmte er weiter.

Sie konnten nicht sicher sein, dass der Stock überhaupt hier war. »Jetzt beruhigt euch endlich«, zischte Fletcher und die Junioren bemühten sich, einen Gang zurückzuschalten. Trotzdem war Jeremy als Erster durch die Tür, was einen Summer auslöste, kein melodiöses Gebimmel.

Ein Mann erhob sich hinter einem Schreibtisch voller Krimskrams: Schachteln, Masken, Skulpturen, Kristalle,

Plastiksträuße, geflochtene Matten und getrocknete Pflanzen, getrocknete Fische – ein riesengroßer war auf einem Brett befestigt – und ein ausgestopftes Tier mit Hörnern. »Krass!« rief Vince und Linda machte ein angeekeltes Gesicht.

Wie ein Wirbelwind war Jeremy bei den Schaukästen, lugte unter Theken und in Schränke.

»Krass«, wiederholte Vince.

Es war beeindruckend. Aber der Mann hinter dem Tisch stand kurz vor einer Panikattacke.

Fletcher holte die Visitenkarte aus der Tasche und legte sie auf den Tisch. »Man hat Sie mir empfohlen«, sagte er. »Anscheinend haben Sie ein gutes Sortiment.«

»Das beste auf dieser Seite von Cyteen«, antwortete der Mann. »Mr. …?«

»James«, improvisierte Fletcher – der Name, der jedem Neihart am schnellsten von den Lippen kommt. Doch dann fiel ihm das Problem mit dem Familiennamen ein und er entschied sich rasch für ein Unionsschiff. »Von der *Boreale*.«

»Union.«

»Aus Cyteen. Wir machen ein bisschen Geschäfte, mal hier, mal dort, haben einige Kontakte. Jemand hat mich gebeten, ein paar gute Sachen aufzutun, bevor wir zurückfahren, Sie wissen schon. Der Jemand gehört zur Regierung.« Fletcher hatte gehört, dass Cyteen-Politiker gelegentlich auf Beutefang gingen, zumindest munkelte man das auf den Docks von Pell. »Ich sehe mich ein wenig um.«

»Haben Sie Downer-Sachen?« platzte Jeremy heraus.

»Der Junge ist ganz verrückt nach Downern«, erklärte Fletcher schnell und der Mann warf ihm einen nervösen Blick zu. »Ich interessiere mich für das Ungewöhnliche. In dem Geschäft, das mich hierher geschickt hat, meinte man, Sie hätten vielleicht was im Hinterzimmer.«

»Ich hab ein Lagerhaus«, antwortete der Mann nichtssagend.

»Ich bin nicht an Sachen interessiert, die man überall kriegen kann. Für meinen Auftraggeber ist Geld kein Problem, er gibt mir, so viel ich brauche. Dafür bringe ich ihm keinen Müll. Sie wissen, was ich meine?«

»An welcher Preisklasse wären Sie interessiert?«

»Sagen wir mal, mein Kapitän weiß Bescheid. Diese Art von Finanzierung. Keine Schmuggelware, verstehen Sie. Nur das Einzelstück. Keine Schachteln mit irgendwelchem Kram. Ich hab in meinem Leben genug gewebte Matten gesehen. Das Zeug ist doch Abfall. Kaum hat man das blöde Ungeziefer drin, schon fallen sie auseinander.«

Das stimmte, und jemand, der mit Downer-Waren handelte, wusste Bescheid darüber. Wenn eine Matte geschmuggelt und durch die Sterilisation geschickt wurde, geriet Mikrofauna in den Bast. Das Ergebnis war, dass ganze Sammlungen illegaler Stücke zerstört worden waren.

»Hier sind wir keine Idioten. Wir bestrahlen alles.«

»Dann zeigen Sie mir doch mal was«, sagte Fletcher und signalisierte seinen drei Schützlingen, den Mund zu halten.

Der Mann ging zur Hintertür und ließ sie offen, während er auf der anderen Seite rumorte.

Er hat etwas, formte Jeremy lautlos mit den Lippen, so übertrieben deutlich, dass man es quer über das Stationsdock verstanden hätte, und Fletcher schickte ein *Sei still* zurück.

Der Mann kam mit mehreren Bündeln zurück und rollte Matten und andere alte Webarbeiten aus. Fletchers Herz pochte. Er wusste, welche Gruppe sie gemacht hatte.

Aber er setzte ein gelangweiltes Gesicht auf und strich langsam mit den Fingerspitzen über das simple Muster.

Die nächste Matte wurde entrollt.

Und dann landete ein Päckchen in Seidenpapier darauf. Satins Stab.

»Gott.« Jeremy drängelte sich an Fletcher und Vince vorbei, hob den Stock auf und hielt ihn ins Licht.

»Vorsicht!« rief der Mann.

»Jeremy«, mahnte Fletcher und blickte den Jungen streng an, während sein Herz bis in den Hals schlug. Er nahm Jeremy den Stab aus der Hand. »Sieht echt aus.«

»Flusskultur, vielleicht aus dem Krieg. Damals ist eine Menge Zeug hierher gekommen.«

Als Mazians Truppen den Planeten besetzt hatten und sich nahmen, was ihnen gefiel.

»Das glaube ich gern«, erwiderte Fletcher leichthin. Er hatte mit Diebesgut gehandelt. Allerdings nie in dieser Branche. Der *Preis* konnte einen Amateur womöglich verraten. »Wie lautet Ihre Schätzung?«

»Oh, Sie haben Erfahrung?«

»Allerdings.«

»Sie sind mit diesen Kindern hier …«

»Gute Tarnung.« Fletcher zuckte die Achseln. »Sagen wir mal, wir werden uns einig. Mein Problem ist der Zoll.«

»Ich werde etwas arrangieren. Falls wir uns über den Preis einig werden.«

Dieser Mann würde also Absprachen mit dem Zollagenten treffen, der die *Boreale* abfertigte. Das war kein kleiner Fisch. Und er hatte die Geschichte mit der *Boreale* geglaubt.

»Also …«, sagte Fletcher behutsam. »In welchen Bereichen bewegen wir uns?«

»Sechzigtausend.«

»Fünfzig.«

»Sechzig. Wir sind hier nicht in Grün.«

»Fünfundfünfzig.«

»Neunundfünfzig, tiefer nicht.«

»Neunundfünfzig ist in Ordnung, aber ich muss ein paar Dinge organisieren.« Jetzt musste Fletcher improvisieren, denn er hatte keine Ahnung, wie Transaktionen dieser Art für gewöhnlich abliefen, und er befürchtete irgendeine falsche Bewegung oder eine hilfreiche Bemerkung von den Juniorjunioren, die sich rechts und links von ihm an den Ladentisch drückten.

»Das lässt sich einrichten.« Der Mann holte ein Rechnungsbuch. »Sie vereinbaren mit Ihrem Kapitän, dass er einen Massenkauf macht, Export von Originalwaren der Erde. Ich gebe Ihnen ein Zertifikat. Das ist inklusive.« Der Mann kritzelte etwas auf das Papier, riss es ab und reichte es Fletcher. »Das ist der Gesamtpreis. Alles drin. Sie sorgen dafür, dass er gedeckt ist. Die Ware ist dann in der Kiste.«

Doch Fletcher war nicht so dumm, dem System zu vertrauen, sondern sah den Mann zweifelnd an. »Ich muss erst mit meinem Kapitän sprechen, verstehen Sie?«

»Das Geschäft gilt erst, wenn die Zahlung auf dem Konto eingetroffen ist. Wenn jemand vorher hierher kommt und mir den Preis bezahlt, kann er das Ding haben.

Der älteste Verkaufstrick aller Zeiten. Wahrscheinlich war er schon in Babylon gang und gäbe gewesen. Fletcher blickte den Mann durchdringend an.

»Wenn Sie ein Angebot kriegen, nehmen Sie's ruhig an«, meinte er. »Es dauert seine Zeit, um alles zu arrangieren. Kann ich Sie haupttags erreichen?«

»Fragen Sie nach Laz. Mein Neffe arbeitet tagsüber. Er weiß, wo er mich findet.«

»Gut.« Dass der Chef persönlich am Wechseltag in so einem Laden arbeitete ... Fletcher steckte den Zettel ein und verließ das Geschäft, seine Juniorjunioren im Schlepptau.

Kaum waren sie außer Sichtweite, war Jeremys Geduld am Ende.

»Holen wir die Cops!«

»Moment mal!« Fletcher packte Jeremy am Kragen. »Das ist kein kleiner Fisch, das ist ein echter Fang.« Jeremy wand sich, aber Fletcher hielt ihn um so fester.

»Glaubst du vielleicht, dieser Kerl hat keine Verbindungen zur Polizei?«

Jeremy hörte auf, sich zu wehren.

»Wir werden genau das tun, was wir ihm gesagt haben. Wir werden zu unseren Kapitänen gehen und sehen, was sie davon halten.«

»Die sind in der Sitzung«, gab Vince zu bedenken.

»Dann suchen wir Bucklin oder so und versuchen, ihnen eine Nachricht zukommen zu lassen. Jetzt beruhigt ihr euch erst einmal, und wir gehen ins Schlafheim zurück. Da finden wir schon jemanden, der uns weiterhilft. Es war eine schlaue Idee, in den Raritätengeschäften nachzuforschen. Wir haben Beweise. Jetzt müssen wir unseren Grips benutzen.«

»Jawohl, Sir«, sagte Jeremy und rieb sich den malträtierten Arm.

Wahrscheinlich hatte Fletcher ihn wirklich zu hart angefasst, und das tat ihm Leid. Er klopfte dem Jungen auf den Rücken und zusammen wanderten sie zu den Zweier-Nummern, zum Sammelplatz sowohl der Crew der *Boreale* als auch der *Finity*, mit ihren Paketen und ihren Informationen.

Sie hatten Satins Geschenk gefunden und dazu noch eine ganze Menge. Fletcher kannte solche Aktionen nur gerüchteweise und über seine Studien in Planetenkulturen. Wenn solche Läden auch auf Pell existierten, dann in wesentlich kleinerem Rahmen.

Das Lager hinter dem Laden war sicher eine Besichtigung wert und Fletcher rief sich in Erinnerung, dass keine örtliche Behörde etwas dagegen unternahm. Außerdem hatte der Mann sehr selbstbewusst über den Umgang mit den Zollvorschriften gesprochen. Und von einem ausgeklügelten System, wie die Rechnungen gestellt und die Fracht als etwas deklariert wurde, was sie nicht war.

Das alles war ein Zeichen dafür, dass das System gut durchorganisiert war, dass die Beteiligten das Gesetz nicht fürchteten, so lange sie für die ehrlichen Beamten, die vielleicht mit der Ware in Kontakt kamen, den Schein wahrten, und dass in dem Laden vermutlich kein unerwarteter Besuch der Polizei stattfand. Alle Instinkte aus seiner Zeit auf der harten Seite der Docks sagten Fletcher, dass dieser Mann seine Geschäfte mehr oder weniger im Offenen abwickelte. Hier gab es mehr Raritätenläden als irgendwo sonst und Fletcher wäre jede Wette eingegangen, dass kaum einer davon einer gründlichen Überprüfung standhielt.

Gewöhnlicher Diebstahl schockierte ihn nicht, er wusste, dass so etwas vorkam. Doch dies hier, der Handel mit planetenproduzierten Gütern, die Plünderung dieser Planeten, der Diebstahl ihrer Kunstgegenstände, Artefakte, die Auslöschung menschlicher Geschichte und Downer-Glaubens … das war widerlich.

Und gefährlich. Wenn Waren unbehelligt durch Systeme wanderten, die sie eigentlich prüfen und stoppen sollten, bedeutete das auch, dass sie den Kontrollen entgingen, die kleine Lebensformen feststellten, und dass biologische Materialien an Orte gelangten, wo sie möglicherweise nicht überleben konnten, weil sie fremd waren. Oder gerade doch.

In solche Hände war Satins Geschenk geraten. Satins Geschenk hatte ein solches System aufgespürt. Mazian als Feind … ja. Dieser Gedanke war in Ordnung. Aber gegen diesen Handel wollte Fletcher etwas unternehmen, gegen diese Machenschaften, die auf internationaler Ebene kein Interesse erregten, weil keine offene Gewalt im Spiel war.

Sie machten sich Sorgen, dass Cyteen genetische Waffen einsetzte … aber sie schmuggelten solche Dinge.

Er brachte seine kleine Truppe in die Lobby des Xanadu und sah sich nach Offizieren um.

Als Erste entdeckte er Lyra.

»Ich muss mit dir reden«, sagte er. Die Juniorjunioren ruhig zu halten, bis sie mit Lyra zu einer stillen und einigermaßen ungestörten Stelle an der Bar gelangten, war schwierig, aber er schaffte es. Lyra musterte ihn mit gerunzelter Stirn.

»Was ist los?«

»Wir haben den Stab gefunden«, erklärte Fletcher.

Einen Augenblick lang starrte Lyra ihn schweigend an.

»In einem Raritätenladen«, ergänzte Jeremy, dem es mal wieder nicht schnell genug ging. Er vibrierte förmlich vor Aufregung. Linda und Vince ging es nicht viel anders und sie hielten sich nur mit größter Mühe zurück. »Das sind Schmuggler«, platzte Vince heraus. »Sie haben ein riesiges Lager voller Zeug.«

»Das soll kein Witz sein, oder?«

»Nein, das ist kein Witz«, erwiderte Fletcher ernst. »Jeder Stab ist so einmalig wie ein Fingerabdruck. Ich kenne meinen. Wir haben ihn aufgespürt und sind absolut sicher. Der Kerl hat mir ein Angebot gemacht, sechzigtausend und ein falscher Frachtbrief, arrangiert durch den Kapitän.«

»*Den Alten Mann*?«

»Ich habe behauptet, dass ich von der *Boreale* komme.«

Lyra machte ein erstauntes und leicht belustigtes Gesicht. »Das ist wirklich gut – was, zum Teufel, hast du dir dabei gedacht, mit den Juniorjunioren auf die Suche zu gehen?«

»Wir haben den Stock aufgespürt!« brachte Jeremy zu seiner Verteidigung vor. »Wir haben uns gedacht, dass der Dieb ihn hier verkauft, deshalb haben wir in den Geschäften nachgeschaut, und als wir nach Downer-Sachen gefragt haben, hat man uns zu diesem Laden geschickt, Blau 512, direkt gegenüber von der *Boreale*! Ist das nicht der glatte Wahnsinn?«

»Ihr geht jetzt erst mal ganz friedlich in euer Quartier«, bestimmte Lyra. »Überlasst die Sache lieber älteren Besatzungsmitgliedern. Fletcher, ich werde die

Information an Bucklin weiterleiten. Die Kapitäne sind beim Abendessen. Oder vielleicht schon fertig.« Sie blickte auf ihre Uhr. »Ich sehe mal, ob ich Bucklin erreiche.«

»In Ordnung«, antwortete Fletcher. »Sag ihm, ich kann den Stock identifizieren, falls das nötig sein sollte. Wir gehen jetzt rauf.«

»Zu den Spielen!« rief Linda.

»Ins Zimmer!« widersprach Jeremy. »Damit wir hören, wenn Sie anrufen.«

»Ab aufs Zimmer«, entschied Fletcher und fügte, um Protesten von Linda und Vince vorzubeugen, hinzu: »Morgen früh gehen wir zu den Vids und zum Lunch ins Lagoon. Los jetzt!«

* * *

Es war extrem schwierig festzulegen, welches Schiff zuerst kontaktiert werden und welcher Rang sich darum kümmern sollte. Es konnte passieren, dass man jemanden beleidigte, der eigentlich schon fast auf ihrer Seite war, oder denen zu schmeicheln, die höchstwahrscheinlich trotzdem in die Opposition gehen würden. Schließlich rief der Alte Mann eine ganze Reihe von Kapitänen aus dem Restaurant an und lud sie auf einen Drink ein.

Im winzigen Bankettsaal eines der teuersten Restaurants von Esperance fand so ein hochrangiges Strategietreffen statt, gleich neben der Bar. Es gab Sicherheitsleute in Silber von der *Finity*, in makellosem Grün von der *Santo Domingo*, bunt gemischt und ohne Vorschrift von der *Scottish Rose* und der *Celestial*, in geschmackvollem Blau von der *Chelsea* und im Blaugrün der *Boreale*.

Man trank und diskutierte und nach einer Weile beschlossen die Kapitäne, dass jeder von ihnen einen Kollegen einladen sollte … ein ziemlich hoher finanzieller Aufwand.

JR hielt sich beim Alkohol zurück und schlenderte

freundlich plaudernd von einem zum anderen. Das Restaurant wollte eigentlich schließen, aber ein sensationelles Trinkgeld von der *Finity* überzeugte den Inhaber vom Gegenteil. Die Gesellschaft unterhielt sich munter, Madison und der Alte Mann hielten an ihrem Tisch Hof, und die Zweiten Kapitäne trudelten in solcher Menge ein, dass bald auch an der Bar und auch im kleinen Speisesaal Hochbetrieb herrschte. Es kamen Kapitäne der Allianz, Angehörige von Familienschiffen, die Transporte für die Union übernahmen, Offiziere der *Boreale*, deren Ruf von sittenstrenger Rechtschaffenheit und geklonter Humorlosigkeit sich nach einigen Flaschen in Luft auflöste und die stattdessen so geistreich wurden, dass die Kapitäne von der *Celestial* wie von der *Santo Domingo* Tränen lachten.

Doch die Kapitäne der *Champlain* wurden nicht eingeladen. »Ich verwette aber meine Freigänge fürs ganze nächste Jahr, dass sie darüber informiert sind«, sagte JR zu Bucklin, der zur Sicherheitsmannschaft gehörte. »Ich traue es ihren Freunden auf der Station hier durchaus zu, dass sie einen von ihnen beim Personal einschmuggeln. Ganz bestimmt kriegen die heute Nacht kein Auge zu.«

»Ich sehe mal, ob einem von den Kellnern ein verdächtiger Kollege aufgefallen ist«, meinte Bucklin.

Unterdessen stieß JR auf Madelaine, die sich ebenfalls herbemüht hatte. Sie und Blue amüsierten sich prächtig.

»Ganz schön viele Juristen hier«, stellte Madelaine fest. »Der Kerl da drüben mit dem Schnurrbart, der gehört zur *Santo Domingo*. Ein alter Freund.«

Ein Angst einflößender Gedanke, so viele Schiffsanwälte auf einem Fleck, überall an der Bar und im Restaurant.

Man sprach über Oser-Hayes, man diskutierte über die Anzeige. Viele Kapitäne beider ehemaliger Kriegsparteien erkundigten sich nach Fortschritten bei den

Aktionen gegen Mazian, Kriegserinnerungen machten die Runde.

Inzwischen hatte auch jemand die Information preisgegeben, dass Pell und Mariner sich mit der Union geeinigt hatten und dass die alten Routen der Hinteren Sterne über Esperance eine Wiedergeburt erleben würden, die der Stationsleiter jedoch hintertrieb.

Da ständig neue Gäste eintrafen, war die Party nun auch für den Bankettsaal *und* die Bar zu groß geworden; das Gespräch drehte sich um Profite, die auf der neuen Erdroute und auf dem Weg zwischen Mariner und Pell erzielt werden konnten – abgesehen vom Widerstand der Administration von Esperance, die alles daran setzte, um am schlechter werdenden Status quo festzuhalten.

Die gesamte Liste der momentan auf Esperance ankernden Schiffe außer der *Champlain* waren in Restaurant und Bar vertreten; JR wanderte wie alle anderen umher, erzählte auf Wunsch die wahre Geschichte über die Klage und wusste bald nicht mehr, wie oft er sie schon zum Besten gegeben hatte. Man stellte ihm Fragen zur Kapitänsnachfolge der *Finity* und zur Gesundheit des Alten Mannes, bis er auch den Überblick über dieses Thema verloren hatte. Man war aufrichtig besorgt um Kapitän James Robert und zeigte ehrliches Interesse an einem jungen Kapitän, der dessen Namen trug.

»Das bestgehütete Geheimnis der *Finity*«, begrüßte ihn eine Frau und schüttelte ihm die Hand. »Freut mich, Sie kennen zu lernen.« Anschließend machte sie JR mit der halben Seniorcrew der *Celestial* bekannt. Längst waren nicht mehr nur die Kapitäne anwesend. Wie es meist bei Spacerzusammenkünften passiert, hatte sich die Party auch auf niederere Ränge ausgeweitet.

JR schlängelte sich an einer Gruppe Senioroffizieren vorbei und fand Wayne, der gerade vom Dock zurückgekommen war. Wayne drückte ihm einen Zettel in die

Hand und erklärte, es handle sich um eine Sicherheitsangelegenheit. JR musste sich zu einer der wenigen Lichtquellen im Raum begeben, um die Nachricht zu lesen.

Sie stammte von Lyra.

Der Gegenstand, nach dem wir das Schiff abgesucht haben, ist in einem Laden in Blau aufgetaucht. Anweisungen?

Verdammt, dachte JR. Er konnte Bucklin nicht entbehren. Hier waren Sicherheitsvorkehrungen so dringend notwendig wie nirgendwo sonst im Weltraum.

Aber er winkte Wayne zu sich und führte ihn zu Bucklin, der mit einigen ranghöheren Senioroffizieren Wache hielt.

Er zeigte Bucklin die Notiz, doch der reichte sie gleich weiter an Tom R, dem Sicherheitschef. »Das Hisa-Kunstwerk, das in Mariner verloren gegangen ist«, erklärte er leise. »Hier haben wir es also gefunden. *Champlain*-Besatzung, behaupten die Junioren. Bisher wurde noch nichts unternommen. Ich habe lediglich das hier.«

»Madelaine sollte es zu sehen kriegen. Und der Alte Mann.«

Das schien eine gute Idee. Für die Sicherheitsleute war die Sache letztlich zu brisant, dieser Meinung war auch JR. Er schickte Wayne zurück zu Lyra, um ihr mitzuteilen, sie würden das Problem in die Hand nehmen. Dann bahnte er sich einen Weg durch den schwach beleuchteten Raum zu Madelaine.

»Das Hisa-Artefakt ist hier in einem Laden aufgetaucht«, sagte er. »Von der *Champlain* höchstwahrscheinlich.«

»Oh, das ist ja interessant«, meinte Madelaine. »Hundertprozentig identifiziert?«

»Das weiß ich nicht«, musste JR zugeben. »Aber nichts von den Hisa gehört in einen hiesigen Laden.«

»Wo ist Fletcher?« fragte Madelaine.

»Das weiß ich leider auch nicht.« Auf einmal interessierte ihn die Antwort auf diese Frage brennend. Hätte er Wayne doch nur beauftragt! Am liebsten wäre er ihm nachgelaufen. Aber Wayne war schon weg, der Raum voller Menschen und seine Mission führte ihn als Nächstes zum Alten Mann.

»Sir.« Er stand an seiner Schulter. »Haben Sie einen Moment Zeit für mich?«

»Sofort.« Behutsam erhob sich der Alte, verließ den Tisch, an dem er sich mit ein paar alten Bekannten unterhalten hatte, und führte JR in eine dunkle Ecke, wo sie unter vier Augen sprechen konnten.

»Was gibt's?« fragte der Alte Mann.

»Die Junioren haben das Hisa-Stück in einem Laden in Blau gefunden. Ich weiß nicht, wer von ihnen es entdeckt hat, ich weiß nicht, wodurch wir sicher sein können, dass es wirklich das Gesuchte ist, aber so lautet die ursprüngliche Information.«

»Sehr interessant«, sagte der Alte Mann, genau wie Madelaine.

»Ich dachte nur, Sie sollten es wissen. Das ist alles.«

»Behalte es für dich. Wir unterhalten uns später. Sag ihnen, sie sollen auf keinen Fall die Polizei einschalten.«

»Jawohl, Sir, ich schicke einen Boten.« JR nahm sich vor, einen der höheren Sicherheitsleute zu senden, und überließ den Alten Mann wieder seinen Freunden. Doch er kam nur bis zum nächsten Tisch, denn dort fing Madison ihn ab und wollte ebenfalls wissen, was los war.

Er hätte Wayne nicht zurückschicken sollen, er hätte ihn als Boten brauchen können … ein Fehler, den er mit etwas mehr Geistesgegenwart hätte vermeiden können.

Er suchte Bucklin auf, der ein Taschenkom dabei hatte. »Ruf Lyra an und sag ihr, sie sollen nichts unternehmen. Gar nichts.«

»Jawohl, Sir«, antwortete Bucklin und erledigte seinen Auftrag sofort, mitten im Lärm und Gewühle.

Nun war das wenigstens geklärt und konnte nicht mehr schief gehen. JR suchte Tom, den höchsten anwesenden Sicherheitschef, und wies ihn an, einen Kurier zum Xanadu zu schicken.

»Ich möchte die Sache im Auge behalten«, erklärte er. »Wenn sich irgendjemand irgendwie mit irgendjemandem getroffen hat und nervös geworden ist, möchte ich nicht, dass sich die Junioren auf dem Dock herumtreiben. Schon so ist das eher riskant, mit dem Treffen hier und allem.«

»Jawohl, Sir, sagte Tom.

Er hätte sich nicht in Bucklins Domäne mischen sollen, ohne Bucklin vorher zu fragen, was er getan hatte. Es war eine übereilte Reaktion, diese letzte Anordnung bezüglich der Juniorcrew. JR war nicht zufrieden mit sich; Anordnungen auf zu vielen Ebenen verpatzten allzu leicht die ganze Situation. Also ging er zurück zu Bucklin und zog ihn mit sich in eine Ecke.

»Ich habe gerade angeordnet, dass die Junioren vom Dock wegbleiben sollen«, sagte er. »Das hätte ich nicht tun sollen. Entschuldige.«

»Ich hab das schon vor einer Stunde getan«, entgegnete Bucklin mit dem Anflug eines Lächelns. »Kapitän, Sir!«

* * *

Sie hatten ein Vid angeschaut und auf den Telefonanruf gewartet. Sie hatten Karten gespielt und auf den Telefonanruf gewartet.

»Die müssen doch irgendwas unternehmen«, meinte Jeremy. »Ich wette, Lyra hat keinen gefunden.«

»Sie wird Bescheid geben, sobald sie jemanden auftreibt«, beruhigte ihn Fletcher, der die letzten Karten auf der Hand hielt. Das Spiel lief schlecht für ihn. »Hier wird über Krieg und Frieden verhandelt. Da ist es eher unwahrscheinlich, dass sie alles abbrechen, um einen illegalen Kunsthändler zu jagen.«

»Vielleicht sollten wir mal in der Rechtsabteilung anrufen«, schlug Vince vor. »Madelaine könnte einen

Haftbefehl beantragen und den Laden schließen lassen, bis sie ihn durchsuchen.«

Vinces Glaube an das Rechtssystem war rührend naiv. Fletcher war realistischer. Aber es hatte keinen Sinn, über diesen Punkt zu diskutieren. Linda war so erschöpft, dass sie einen Fehler nach dem anderen machte. Fletcher selbst war fix und fertig, mit den momentanen Karten war auch nichts mehr zu gewinnen.

Vince schlug sie alle.

»Ach da waren also die ganzen guten Karten«, seufzte Linda.

»Gewonnen«, sagte Vince. »Noch ein Spiel?«

Sie spielten am Tisch im größten Zimmer ihrer Suite. Fletcher schob die Karten zusammen. »Ich glaube, es ist Zeit zu schlafen. Wer weiß, was uns morgen bevorsteht, wir sollten lieber ein bisschen ausruhen.«

Es wurde gemurrt – das allabendliche Ritual –, aber es klang eher halbherzig. Jeremy wirkte bedrückt und stand als Letzter vom Tisch auf.

»Jeremy«, meinte Fletcher, »auf den Stock kommt es wirklich nicht an. Wir wissen Bescheid, wir haben ihn gefunden. Wenn etwas passiert, ist das schlimm, aber nicht das Ende. Hörst du mir zu? Kopf hoch. Morgen tun wir, was wir tun können, und wenn wir den Stock zurückbekommen, dann feiern wir und essen im Lagoon zu Abend. Wir haben zwei Wochen Urlaub. Wir haben Zeit.«

»Jawohl, Sir«, bestätigte Jeremy schwach und ging ins Bett. Ebenso erschöpft wie sie alle. Sie waren weit länger auf gewesen als gewöhnlich, und das nach einem Tag, wo sie im Sektor Blau zu jeder erlaubten Vergnügung gewandert waren, und jetzt mussten sie sich wieder normalen Dingen widmen. Leider hatte Fletcher jetzt nichts mehr, womit er die Junioren bestechen konnte, damit sie sich benahmen.

Möglicherweise würden die Regeln etwas gelockert und sie konnten vielleicht bald auch nach Grün, vor allem, wenn die *Champlain* abgeflogen war. Anstelle des Kapitäns der *Champlain* hätte Fletcher zugesehen, dass er baldmöglichst verschwand, zumindest aber bevor die *Finity* und die *Boreale* ihre Geschäfte abgeschlossen hatten. Und außerdem hätte er eine Route bevorzugt, die nicht auf dem Weg der *Finity* lag. Die *Champlain* war nicht groß, so weit er wusste, und ihre Kapazitäten wahrscheinlich eher begrenzt.

Nun konnte Fletcher heute Nacht in dem Wissen schlafen, dass sie die brennende Frage, was mit dem Hisa-Stock geschehen war, beantwortet hatten. Er wollte nicht daran denken, was ihm noch geschehen *könnte*; seine Hoffnung, dass sich die Kapitäne rasch um die Sache kümmerten, war einer realistischeren Einschätzung gewichen, dass es zumindest rechtliche Schritte geben würde. Die Prozesse am Wechseltag beschäftigten sich mit Alkoholikern und unwichtigen Streitfällen. Erst am Haupttag wurden die ernsten Dinge verhandelt.

Aber er hatte den Junioren trotzdem die Wahrheit gesagt: Es ging hier um Krieg und Frieden und das Schmuggeln von Kunstgegenständen rangierte auf der Prioritätenliste wesentlich weiter unten, zwischen Frachtladung und Auftanken und dem nächsten Hafen der *Champlain* oder ihren momentanen Machenschaften.

Fletcher zog sich aus, kuschelte sich in dem wahrhaft luxuriösen Bett bequem zurecht, befahl den automatischen Lampen auszugehen und schloss die Augen.

Vielleicht morgen.

Vielleicht würden sie die Sache auch in aller Stille angehen, hinter den Kulissen, und den Laden erst kurz vor dem Ablegen mit einem Durchsuchungsbefehl überrumpeln. Für die Junioren wäre das zwar eine Enttäuschung, denn sie glaubten an Gerechtigkeit und unmittelbare Ergebnisse – zwei Dinge, die sich nach den Naturgesetzen des Universums gegenseitig ausschlossen – und Fletcher wollte nicht, dass sie ihr Vertrauen verloren … aber es war keine vernünftige Hoffnung angesichts all dessen, was hier vor sich ging.

Auch andere Besatzungsmitglieder der *Finity* waren müde, und wenn sie so aufs Kissen fielen wie Fletcher, war es einfach zu leicht, sich in die tiefe Dunkelheit fallen zu lassen.

Finsternis und dann das Grau der Hisa-Wolken.

Der Blick auf das Ufer des Alten Flusses veränderte sich nicht. Aber der Alte Fluss veränderte sich mit jedem Augenblick.

Auch Fletcher änderte sich, stand am Ufer und beobachtete den Wind in den Blättern der Bäume. Er und der Alte Fluss veränderten sich. Und der Wind. Blätter fielen, Blätter wuchsen, Bäume lebten und starben. Der Blick war nicht mehr der gleiche. Es hatte nur den Anschein. Und der junge Mann, der hier stand, war nicht mehr der gleiche, ebenso wenig wie der Fluss, der zwischen den Ufern dahinströmte. Er sah nur so aus.

Er wollte Satin wissen lassen, dass er sein Möglichstes getan hatte. Er wollte wissen, ob Melody und Patch ein Baby bekommen hatten … und als er sich das fragte, sah er eine Dunkelheit in der Gabelung eines gefallenen Asts, auf dem Hügel über sich, einen dunklen Platz, gemütlich, für Downer.

Er wusste, wer hier wohnte. Es war ein Traum, das war ihm klar, und er wusste, dass die Tatsachen, die dieser Traum ihm zeigte, so wenig fragwürdig waren wie die Unmittelbarkeit des Szenenwechsels, aber er war sich trotzdem relativ sicher, was er sah, wer dort war.

In seinem Traum waren Monate verstrichen, seit er weggegangen war. Ein halbes Jahr. Und in der Bewegung von Welten um Sterne und von Sternen um das Herz der Galaxie und von Galaxien durchs Universum … war eine bestimmte Zeit verstrichen, im Mikrokosmos dieser lebendigen Welt. Er war aus der Zeit gefallen, aber Melody und Patch lebten mit dem Lauf ihres Planeten und der mal stärkeren, mal schwächeren Strömung des Alten Flusses und dem Licht und den Schatten der Wolken über ihnen. Für sie verging die Zeit schneller und ein Baby wuchs heran, ein Baby, das nicht Fletcher war.

Der junge Mann stand am Flussufer … in der merkwürdigen Art seines Traums sah er sich selbst objektiv, der Besucher von den Sternen, zeitlos, vorwärts und rückwärts springend.

Im Handumdrehen stand der junge Mann im schäbigen, billigen Apartment seiner Kinderzeit, sah die tote Frau in den zerwühlten Laken, fühlte den Schmerz, weil er sie so wenig kannte.

Er stand da und beobachtete eine Bande junger Burschen, die über das Dock von Pell stolzierten, und fühlte Mitleid und Bestürzung. Sie waren so dumm und glaubten doch, alles zu wissen, bis hin zur Form des Universums.

Er stand in den tiefen Tunneln von Pell und beobachtete die Downer, die hier umherhuschten, warm eingepackt gegen die Kälte, mit Lampen, die aussahen wie kleine vereinzelte Sterne.

Er stand neben den Feldern von Downbelow und hielt unter den Arbeitern Ausschau nach Bianca, aber er konnte sie nicht entdecken. Der junge Mann ging von einer Stelle zur anderen und sah Menschen, die er kannte … stand in der Ecke von Nunns Büro und sah dem Mann bei der Arbeit zu … besuchte den Messesaal und beobachtete das Kommen und Gehen von jungen Männern und Frauen. Aber das eine Gesicht, das er suchte, war nirgends.

Er musste sie finden. Zwar wusste er nicht recht, warum, aber es war dringend, und er ahnte Gefahr. Er überlegte, wo er noch suchen könnte, und ging weiter, an Menschen vorbei, die nichts bekümmerte, und an Downern, die nur ihre Spiele im Kopf hatten.

Ein Unwetter braute sich zusammen. Aber das war

nicht die Gefahr. Die Gefahr war formlos und von einer Dringlichkeit, die er nicht identifizieren konnte.

»Fletcher!«

Er fuhr hoch, schwer wie Blei, verhedderte sich in Laken und Dunkelheit.

»Fletcher!«

Es war Vince. Vinces Schatten neben seinem Bett, kaum sichtbar gegen das schwache Leuchten der Zimmerdecke.

Er war nicht auf Downbelow. Bianca war nicht verloren. Er war in einem Schlafheim am äußersten Ende der Weltraumrouten, es war Nacht, und ein Junge, auf den er aufpassen sollte, hatte irgendwelche Probleme.

»Fletcher, Jeremy ist weg.«

Wo sollte Jeremy sein? Fletcher war noch im Halbschlaf und verwirrt … wo war er? … Der Traum, aus dem er aufgeschreckt war, ein Traum von Verlust und Suche, war noch so lebhaft, aber jetzt war nicht Bianca verschwunden, sondern Jeremy, und das war die Wirklichkeit.

Esperance. Das Xanadu.

»System, Licht an!«

Ein sanftes Schimmern an der Decke, die allmählich heller wurde.

»Wann?« fragte er Vince.

»Ich weiß nicht. Ich bin aufgewacht, und er war nicht da.«

Das Licht nahm zu, wie rosafarbene Vorhänge an den Wänden, dazu Gold, den Augen vorgegaukelt.

Fletcher wälzte sich an die Bettkante und versuchte nachzudenken, über Esperance, Spielhallen und Kids, die sich nach unten schlichen, um heiße Schokolade und Frühstück zu holen …

Aber hier waren sie auf Esperance. Hier lauerten andere Gefahren als betrunkene Belizer.

»Wenn er Frühstück holt, ziehe ich ihm das Fell über die Ohren. Ist Linda wach?«

»Keine Ahnung.«

»Weck sie auf. Zieht euch an. Wenn Jeremy unten ist, sperr ich ihn ins Zimmer ein. Der Himmel weiß, wie er es an der Wache vorbei geschafft hat.« Er dachte an die Docks da draußen. Wie unzufrieden Jeremy gewesen war. Ein Treffen der Kapitäne. Jeremy, wie er hinausging, um einen Offizier zu suchen, der etwas veranlassen konnte ...

... wegen des Hisa-Stocks. Der Laden, sein Inhaber.

Hier ging es nicht um Frühstück oder ein Vid-Spiel im Geheimen. Womöglich war Jeremy zum Schiff zurückgegangen, vielleicht, um über Ops Kontakt mit jemandem aufzunehmen, mit einem höheren Offizier zu sprechen, der etwas in die Wege leiten konnte.

Fletcher zog sich an, so weit er seine Klamotten finden konnte. Er hörte die beiden Junioren nebenan, hörte, wie Linda Vince wegschickte, damit sie sich anziehen konnte. Sie beeilte sich.

Fletcher stieg in seine Stiefel. Das Licht im Zimmer war immer noch erst halb hell, wie eine gemächliche Morgendämmerung, aber aus dem gemeinsamen Korridor strahlte es hell und weiß, als Vince das Bad betrat.

Aber er kam sofort wieder heraus. »Fletcher, sieh dir das mal an!«

Das Bad? Aber Fletcher fragte nicht lange, sondern ging hinein.

Mit weißer Seife stand quer über dem Spiegel:

Für die Ehre des Schiffs.

KAPITEL 26

Der Alte Mann trank noch Kaffee, aber die Kapitäne der *Celestial* und der *Rose* stimmten der Vereinbarung zu, die Mazians Versorgung abschneiden sollte, und waren beide mehr als beflügelt vom allgemeinen Enthusiasmus und einer neuen Freundschaft. Andere, nüchternere Kapitäne saßen noch an den Tischen und diskutierten die Einzelheiten, viele davon in der Nähe des Alten Manns.

Von großem Interesse war auch, was sich zwischen der *Boreale* und der *Champlain* abgespielt hatte. Themen wie *Schwarzmarkt* und *Mazian* sorgten immer für gespitzte Ohren; die meisten der hier vertretenen Schiffe waren grundsätzlich bereit, auf jedem Markt Handel zu treiben, bei dem Geld zu verdienen war, billigten es jedoch nicht, wenn er gegen den unausgesprochenen Verhaltenscodex verstieß. Man debattierte über die Aktion der *Champlain*. Einige äußerten Misstrauen der *Boreale* gegenüber, die sich als Handel treibendes Kriegsschiff auftakelte, und es gab unbehagliche, tastende Gesprächsversuche zwischen Schiffen, die unter der Registratur der Union operierten, und den Kauffahrern der Allianz, die an den kleinen Tischen in der Bar die Köpfe zusammensteckten. Das private Speisezimmer war zu klein geworden, hier saßen nur noch der Alte Mann und seine ständig wechselnden hochrangigen Tischgenossen.

Abmachungen wurden getroffen. Das Sicherheitsbüro am Dock hatte der Versammlung einen Besuch abgestattet, um zu prüfen, ob auch alles ordnungsgemäß ablief: Das Lokal hatte die maximale Besetzung überschritten, aber niemand wollte sich mit den momentan gut gelaunten Schiffsoffizieren anlegen.

Die Abmachungen betrafen nicht nur den Vertrag mit der Allianz. Es gab Vereinbarungen über zeitliche Nutzung der Routen, zwei oder drei Schiffe einigten sich darauf, was sie transportieren wollten und wann, um bessere Preise für ihre Waren zu erzielen. Einige jüngere Offiziere machten sich gegenseitig schöne Augen, und ihre Blicke verwiesen auf ein späteres Treffen im Schlafheim.

JR hatte das Gefühl, inzwischen mit jedem Anwesenden gesprochen, alle seine Informationen zum besten gegeben und alle Fragen mehrfach beantwortet zu haben. Mit dem Wein hielt er sich weiterhin zurück. Er hatte ein paar Cracker gegessen, die ihm wie Steine im Magen lagen, und widmete sich als Gegenmittel den alkoholfreien Getränken.

Er staunte über das Durchhaltevermögen des Alten Mannes und zweifelte immer mehr an seinem eigenen. Allerdings hatte der Alte auch nur Kaffee getrunken und die ganze Zeit gesessen. Madison hatte sich zu ihm gesellt und an dem Tisch der größtenteils weißhaarigen Senioren wurde zu dieser späten Stunde unvermindert leidenschaftlich debattiert.

JR fühlte sich benommen. Einfach nur noch benommen. Vielleicht *weil* er sich so zurückgehalten hatte. Vielleicht wussten es die alten Männer des Schiffs besser und hatten das Treffen absichtlich in diese endlose Party ausufern lassen.

Niemand hatte sich bisher um den Verstand getrunken, niemand hatte sich daneben benommen. Hier waren die Köpfe der Spacerfamilien, und sie hatten die Chance, sich über die Geschäfte der *Finity* aufklären zu lassen … das hatte sie in erster Linie hierher gelockt, aber auch das Bedürfnis, ihre Frustration über die internationale Politik in Anwesenheit von Fremden zum Ausdruck zu bringen, und nicht zuletzt der Wunsch nach günstigen Handelsvereinbarungen. Die Tatsache, dass die *Finity* für diesen Anlass etwas von den Vorräten ihres Kapitäns zur Verfügung gestellt hatte – ganz nach der alten Gastfreundlichkeit der Kauffahrer –, war eine zusätzliche Finesse, wie es der Kapitän der *Rose* ausgedrückt hatte. Eine solche Geste hätte man von dem reservierten Stationsleiter von Esperance niemals erwarten können.

Dass Oser-Hayes eine gute Flasche kaufte und sie mit den Kauffahrerkapitänen trank? Das konnte man glatt vergessen, fand JR, nachdem er den Mann nun kennen gelernt hatte. Für den Kapitän der *Boreale*, der ganz gewiss nicht dumm war, war es ein ganz neues Erlebnis. Kapitän Jacques – so lautete sein Name – war ein Neuling, einer jener gesichtslosen Unionsmänner, ein gut aussehender, relativ junger Seniorkapitän, mit der kerzengeraden Haltung des Unionsmilitärs, aber durchaus bereit, sich ein Gläschen Wein schmecken zu lassen und mit geradezu schockierend guter Laune von einem Ohr zum anderen zu grinsen.

Er war sympathisch, ebenso wie seine zweiten Kapitäne … nur drei von der *Boreale* waren anwesend. Der unglückliche Vierte schmachtete im Dienst, eine Regel, die nicht gebrochen werden durfte.

Der Kapitän der *Rose* klopfte dem Kapitän der *Boreale* freundschaftlich auf den Rücken, allerdings so überschwenglich, dass die makellose Uniform einen Schwall Whiskey abbekam, alles in guter Freundschaft.

Ein ganz normaler Mensch, hörte JR jemanden sagen, ehe sein Taschenkom sich meldete.

Er ging in den Korridor bei den Toiletten, wo es einigermaßen ruhig war.

»Hier ist JR.«

»Lyra hier. Jeremy ist verschwunden.«

»Wo ist Fletcher?«

»Fletcher hat geschlafen. Er sucht Jeremy, falls er nicht bei dir aufgetaucht ist …«

»Ist er nicht. Sorg dafür, dass es nicht publik wird.« Jede Station konnte sich auf die Frequenz der Taschenkoms zuschalten. Die Verwaltung dieser Station war ihnen feindlich gesinnt. Eigentlich hätte dieser Bericht zuerst bei Bucklin landen sollen, nicht bei JR, aber Lyra war seit Stunden allein mit einer Information und einem Problem, die längst einem Senioroffizier hätten zugehen müssen. JR machte ihr keinen Vorwurf.

»Ruf das Schiff!«

»Das hab ich schon getan. Sie haben gesagt …«

»Ich schicke einen Kurier zu dir. Bleib, wo du bist. Wir machen jetzt lieber Schluss.« Falls sie nicht dort war, wo sie sein sollte, hätte sie es ihm gesagt, und JR wollte keine Details und Adressen preisgeben, falls jemand lauschte. Rasch ging er wieder zur Bar und schnappte sich Bucklin. »Nimm Wayne mit, falls du ihn unterwegs zur Tür erwischst. Geh zu Lyra im Xanadu. Lass dir ihre Info geben und ergreife umgehend entsprechende Maßnahmen. Schnell!«

»Was ist …«, setzte Bucklin an.

»*Fletcher*!« antwortete JR nur und machte sich auf die Suche nach einem anderen Kapitän.

* * *

Mit wild pochendem Herzen schlängelte sich Fletcher über das zum Glück kurz vor der Hauptmorgendämmerung nur spärlich bevölkerte Dock. Seit den Zweihunderter-Nummern rannte er, was das Zeug hielt. Jeremy hatte sich durch die Sicherheitsabsperrung gemogelt – und auch Fletcher hatte Lyra nur kurz Bescheid gegeben, dass er versuchen wollte, Jeremy noch zu erwischen, bevor er sein Ziel erreichte. Dann hatte er Linda und Vince mit der Anordnung allein gelassen, sie sollten Lyra und jedem Senior Bericht erstatten, den sie aus dem Bett trommeln konnten.

Arnason Imports. Kein Neonschild, sondern eine gemalte Inschrift wie bei den besseren Läden, in seiner Nische zwischen weit auffallenderen Geschäften. Fletcher rannte über den im Neonlicht eines Souvenirshops grün und rot schimmernden Boden des Decks, wich geschickt einem betrunkenen Schaufensterbummler aus und ging das letzte Stück etwas langsamer, während er versuchte, seinen Atem einigermaßen zu beruhigen.

Er würde sagen, der Junge hätte sich in der Sperrstunde rausgeschlichen und der Kapitän habe ihn zu sich befohlen.

Deshalb war Fletcher gelaufen. Wenn er Jeremy gefunden hatte, würde er ihn schütteln, bis die Zähne klapperten.

Das schlichte Schild im Fenster gab als Öffnungszeiten Haupttag und Wechseltag an.

Auf einem kleineren darunter stand: »Bin in einer Stunde zurück« … natürlich ohne Angabe, wann diese Stunde begonnen hatte.

Fletcher probierte die Tür.

Klopfte an das Doppelfenster … Schichtenplastik, das auch dem Weltraum widerstand, falls der Druck im Dock abfiel.

Also hatte Jeremy es doch bis hierher geschafft. Jetzt hatte sich der Junge echten Ärger eingehandelt. Ganz bestimmt. Aber Fletcher sagte sich, dass er jetzt nicht in Panik verfallen durfte. Er schlug noch einmal mit der Faust ans Fenster, so heftig, dass es weh tat.

Und noch einmal.

Es war unvorsichtig und wahrscheinlich nicht klug. Möglicherweise hätte er es nicht tun sollen. Aber er war aufgeregt, und womöglich hatten diese Leute Jeremy in ihrer Gewalt. Dann wussten sie auch, dass sie mit einigen Fragen zu rechnen hatten. Da konnte Fletcher doch nicht so einfach abhauen.

Wenn sie da drin waren, die Leute, die mit gestohlenen Gegenständen handelten, war er für sie zu einem

Problem geworden, das weit über das hinausging, was ein kleiner Junge anrichten konnte.

Und wenn der Mann von gestern noch da war, der Mann, der Jeremy und sein Anliegen kannte, wusste er, dass dieser Junge Teil dieses Problems war.

Fletcher steckte mit drin. Er musste diese Tür öffnen. Er konnte nicht weggehen. Er konnte nur hoffen, dass Lyra JR oder jemand ähnlich Wichtiges erreichte. Und zwar möglichst schnell.

Er schlug noch einmal gegen das Fenster. So heftig, dass er sich beinahe die Hand brach.

Die Tür ging auf. Vor ihm stand ein Mann, den er nicht kannte. »Komm rein«, sagte er, packte Fletchers Arm und zerrte ihn mit sich. Ein harter Gegenstand bohrte sich in Fletchers Rippen. Jetzt sah er auch den Mann von gestern, zwei weitere Männer – und Jeremy.

Was er an seiner Seite spürte, war eindeutig eine Waffe. Er wusste nicht, was, und wollte die Situation nicht durch eine falsche Bewegung komplizierter machen. Jeremy trat einen der Männer, um frei zu kommen. Der Mann versetzte ihm einen Schlag.

»Mein Kapitän weiß, wo wir sind«, erklärte Fletcher. Die Zeit schien stillzustehen, und er hatte keine Ahnung, was er tun sollte, aber seine Prioritäten waren klar: Er musste verhindern, dass er oder Jeremy erschossen oder verschleppt wurden. »Sie sind schon unterwegs. Und was jetzt?«

»Mistkerl!« Der Mann, den sie kannten, war bleich. Und hatte offensichtlich Angst. »Die brauchen einen Durchsuchungsbefehl …«

»Unser Kapitän nicht«, rief Jeremy mit hoher Stimme. »Ihr steckt ganz schön in Schwierigkeiten!«

Der Mann schlug Jeremy wieder, viel zu heftig. In seiner Zeit am Dock mit den harten Burschen hatte Fletcher gelernt, in solchen Situationen absolut stillzuhalten. Jeremy war nicht tot, aber er blutete. In dem Laden mit seinem Krimskrams, seinen Regalen, Steinen und anderen Raritäten standen nun also drei Männer mit einer Menge Ärger am Hals, zwei Gefangenen und einem Gegenstand, den sie eigentlich gar nicht wollten – und im Hintergrund spielte noch ein ganzes Netzwerk mit, darauf hätte Fletcher gewettet.

»Im Ernst«, sagte er zu dem Mann vom vorigen Abend, »an Ihrer Stelle würde ich in Erwägung ziehen, Ihren Anwalt anzurufen.«

»Halt den Mund!« zischte dieser, und der Mann, der Fletcher festhielt, zog ihn heftig am Arm – offenbar nicht sehr nervenstark. In der nächsten Sekunde jedoch schlug ihn der andere Mann auf den Kopf, Fletcher sah Sterne, und dann wurde es dunkel. Er sank auf ein Knie …

»Fletcher!« schrie Jeremy auf, und spätestens jetzt war klar, dass diese Männer bereit waren, ihre Waffen auch zu *benutzen*. Einen Augenblick lang war Fletcher blind und wollte nur zu Jeremy, wollte ihn berühren, sich seiner vergewissern. Es gab zwei Auswege aus dem Laden. Einer führte nach hinten ins Warenlager, der andere nach vorn durch die Eingangstür. An die vordere Tür würden sie bestimmt denken, aber vielleicht vergaßen sie die hintere.

»Beweg dich!« Der Kerl mit dem Revolver packte Fletcher am Kragen, und er rappelte sich mühsam auf und stolperte zu Jeremy. Insgesamt waren es vier Männer: der von gestern, der Jeremy festhielt, dann ein kurzer Dicker, der jetzt zwischen Fletcher und Jeremy stand, außerdem der mit der Waffe hinter ihnen und zuletzt ein Dünner, der etwas seitlich stand und ebenfalls bewaffnet war … Fletcher registrierte das alles. Ruhig, die Waffe im Rücken, ging er an dem kleinen Dicken vorbei, dann an dem von gestern, der Jeremy jetzt in Richtung Hintertür schubste.

»Die Kapitäne werden euch den Arsch aufreißen!« sagte Jeremy und kickte den Mann gegen das Schienbein. Der packte seinen Arm fester und stieß ihn zur Tür, die er mit einer Hand öffnete; allem Anschein nach näherten sie sich der Stelle, wo ein doppelter Unfall geschehen würde.

Keine Zeit zu verlieren. Fletcher wirbelte herum und stieß den Mann mit dem Revolver gegen die Regale. Schachteln regneten auf ihn herab, aber Fletcher wartete nicht, bis der Dünne näher kam, sondern stürzte sich auf den Mann von gestern, sah ein Messer, tat so, als hätte er selbst eins und merkte, wie der andere darauf reagierte und Angst bekam. Das Messer kam gerade weit genug vom Kurs ab, dass Fletcher den Manns wegstoßen konnte, aber als er zur Tür losrennen wollte, löste sich ein Schuss und der Mann von gestern rappelte sich auf.

Trotzdem packte Fletcher Jeremy und floh mit ihm an den vollgepackten Regalen vorbei zur Tür. Ausstellungsstücke und Krimskrams polterten herunter.

Plötzlich trat der Mann mit dem Revolver ihnen in den Weg.

Fletcher blieb stehen wie angewurzelt, Jeremy dicht neben ihm.

Der Mann trieb sie ins Lagerhaus.

Er würde von seiner Waffe Gebrauch machen, daran zweifelte Fletcher nicht. Aber die Polizei hatte ihre Schnüffler. Wenn überall Blut war, würde man schlecht abstreiten können, wer hier gewesen war. Aber erst einmal hatte der Mann mit dem Revolver das Sagen, während der von gestern noch am Boden lag und eine Wunde am Kopf befingerte.

»Da rein«, befahl der Revolvermann. Fletcher hatte Jeremys Schulter umfasst, verhinderte einen neuerlichen Ausbruchsversuch und führte ihn durch die Tür.

Diesmal stellten die Männer es schlauer an: Der Dünne wartete im Lagerraum und richtete seine Pistole auf sie.

»Na gut«, sagte Fletcher. »Ihr wollt einen Handel …«

»Schaff sie hier raus!« rief der Mann von gestern. »Nimm den Notausgang!«

Die Tunnel, dachte Fletcher. Die Wartungsgänge. Das finstere Netzwerk der Rohre, der Luftzufuhr, der gesamten Notfallsysteme, der Kabel und so weiter.

In dieser Hinsicht glich eine Station der anderen aufs Haar. Der gleiche Grundriss, höchstens andere Neonschilder. Im Ganzen mochte es anders aussehen, aber auf Modulebene war die Struktur absolut identisch.

Laufstege, Dunkelheit. Wenn man dort eine Leiche verschwinden ließ, blieb sie verschwunden. Vielleicht hundert Jahre oder mehr.

Der Revolverheld ging mit ihnen zwischen einer Doppelreihe Regale hindurch zu einem Kistenstapel.

»Schafft die weg.«

»Tu, was er sagt«, murmelte Fletcher, denn er fürchtete, Jeremy könnte unüberlegt reagieren. Der Junge hatte Angst. Und Reflexe wie Stahlfedern. »*Tu es einfach.*«

»Jawohl, Sir«, antwortete Jeremy leise und begann, die Kisten vom Eingang zu den Tunneln wegzuschieben.

Ladenbesitzer verfügten für gewöhnlich nicht über Schlüssel, die ihnen Zugang zu einem Wartungstunnel verschafften, denn die Türen waren offiziell nach außen verschlossen.

»Mach sie auf!« befahl der Mann, doch Jeremy hatte offensichtlich keine Ahnung, wie er es anstellen sollte. Schließlich half ihm der Dünne, während der andere Fletcher weiterhin mit der Waffe bedrohte.

»Fletcher«, sagte Jeremy kläglich.

»Sie werden nicht wagen, uns etwas anzutun«, sagte Fletcher, ganz der vertrauensvolle Dummkopf. »Auf unserem Schiff weiß man ja, wo wir sind. Die Besatzung wird die gesamte Sektion nach uns absuchen.«

Der Dünne machte die Tür auf. Kalte Luft schlug ihnen entgegen, und als der Mann auf den Laufsteg hinaustrat, hallten seine Schritte aus der Tiefe wider.

»Los!« befahl der Erste und Fletcher sagte: »Mach schon, Jeremy!«

Jeremy gehorchte und Fletcher folgte ihm, packte den Pullover des Jungen von hinten und zog mit einem heftigen Ruck nach unten, als sie an der Tür und an dem Revolver vorbeikamen.

»*Lauf*!« schrie er, stieß den Dünnen gegen das Geländer und knallte mit einen blitzschnellen Bewegung die Tür zu.

Pechschwarze Finsternis umgab sie. Die Türen verriegelten sich automatisch, wenn man sie schloss. Eine Sekunde lang herrschte totale Dunkelheit ... aber dann ging die Pistole des Dünnen los, ein Aufflammen direkt vor dem Mann. Fletcher schubste ihn noch einmal – und spürte mit Entsetzen, wie der Widerstand nachgab. Kurz darauf hörte er, wie ein Körper die stockfinsteren Stufen hinunterpolterte.

»Jeremy, pass auf!«

Im Dunkeln rannte er die Treppe hinunter. Zum Glück hatte er noch in Erinnerung, wo sich ein Absatz befand, und dort lag Jeremy zusammengekauert und klammerte sich an den Metallstufen fest. Der fallende Mann musste über ihn hinweg gestürzt sein.

Im gleichen Moment strömte Licht aus der Tür über ihnen.

Fletcher riss Jeremy vom Geländer weg und zerrte ihn mit sich – in den Tunneln von Esperance gab es eine Sauerstoff-Atmosphäre, man brauchte also keine Maske. Er kannte die Kurven, die Steilheit der Treppe, die sich wand, in eine weiter Laufplanke überging und zum Hauptwartungsgang Blau führte.

Ihre Verfolger eilten die Treppe herunter und überquerten mit donnernden Schritten die Planke, dass das Geländer unter Fletchers Hand bebte. Jemand rief: »Wir brauchen Licht, verdammt!«

Sie waren in Blau, bei den Fünfer-Nummern. An der nächsten Tür in den Vierern ... eine weitere Ladenzeile. Dort gab es einen Ausgang. Durch den konnten sie fliehen. Weglaufen. Hilfe holen.

»Wohin gehen wir?« japste Jeremy.

»Bleib einfach bei mir!« Fletcher wollte nicht, dass Jeremy hinter ihm eine Zielscheibe abgab ... dabei wusste er tief in seinem Innern, dass solche Männer Kugeln abschossen, keine Nadeln, und dass es deshalb gar keine Rolle spielte, wo Jeremy war: Eine Kugel konnte glatt durch Fletcher hindurchgehen und den Jungen trotzdem treffen. Rettung lag darin, möglichst viel Distanz zu gewinnen, und so führte er Jeremy immer weiter ins Dunkel.

Der Tunnel hallte wider von den Schritten ihrer Verfolger. »Schickt jemanden raus aufs Dock!« hörte man eine Stimme. Inzwischen hatten sie eine Lampe beschafft. Der Strahl wanderte im Zickzack über das Labyrinth der Laufplanken, Pfeiler und Rohre und landete schließlich vor ihnen, sodass Fletcher in ihrem Licht das Netz der Stützstruktur, Spannungskabel und Rohre erkennen konnte.

So schnell er konnte rannte er hinter dem Lichtstrahl her zu der Ausgangstreppe vor den nächsten Geschäften. Er kletterte hinauf, Jeremy hinter sich her ziehend. Seine Seiten schmerzten, und auch Jeremy keuchte laut, als sie die Tür erreichten und Fletcher mit geübtem Griff den Notriegel betätigte.

Mit einem Schlag war es strahlend hell um sie herum – ein Schutz gegen Einbrecher. Das bedeutete, dass jetzt gleich überall der Alarm losging. Fletcher zerrte Jeremy durch die Tür in das Lagerhaus irgendeiner Versandfirma und schlug die Tür hinter sich zu. Sie würde sich automatisch wieder verriegeln. Lieber Gott, mach, dass sie wirklich zugeht! Die andere Tür war bestimmt manipuliert worden. Und diese Männer wussten bestimmt nicht, wie man den Notriegel aufbekam, das war nämlich nicht einfach.

Fletcher holte tief Luft. Einmal, zweimal. Lehnte sich an die Wand und ließ sich auf den Boden herunterrutschen. »Was hast du dir denn bloß dabei gedacht?«

Japsend sank Jeremy neben ihm auf den Boden. »Sonst hat doch keiner was unternommen!«

»Verdammt, die sind einfach noch nicht dazu gekommen!«

»Aber keiner hat sich drum gekümmert! Es war ihnen egal! Da bin ich einfach reinmarschiert und hab gesagt, ich will den Stock noch mal sehen, und dann bin ich damit losgerannt …«

»Ja, und sie hatten einen Schließmechanismus gegen Ladendiebe und haben ihn unter dem Ladentisch ausgelöst, bevor du auch nur in der Nähe der Tür warst!«

»Ja«, bestätigte Jeremy verlegen. »Die Tür war zu.«

Fletcher wollte Jeremy lieber nicht erklären, woher er solche Dinge wusste. Der Junge war schlohweiß im Gesicht und schwitzte.

»Danke, dass du mir geholfen hast«, sagte er, die Ellbogen an die vom Laufen schmerzenden Rippen gepresst.

Unterdessen wusste die Polizei bestimmt Bescheid, dass sie hier waren. Fletcher hatte nichts dagegen, von den Cops gefunden zu werden – lieber von ihnen als von ihren Verfolgern. Aber wenn es möglich war zu verschwinden, ohne jemandem zu begegnen, war das natürlich noch besser. »Komm, sehen wir mal, ob wir die Tür hier aufkriegen.«

»Fletcher …«

Er hörte die Angst in Jeremys Stimme. Und dann hörte er Schritte, die hinter der Wand die Metalltreppe herunter kamen.

Rasch packte er Jeremy am Arm und zog ihn zwischen den Kisten und Fässern zu einer Tür, die nach draußen führen musste.

Er hoffte, dass es etwas dauern würde, ehe ihre Verfolger den Riegel aufbekamen.

Doch dann hörte er, wie sich die Tür hinter ihnen öffnete.

»Fletcher!« Auch Jeremy hatte es bemerkt.

Mit Jeremy im Schlepptau überquerte er geduckt einen Gang und entdeckte eine Tür, auf der in roten und weißen Buchstaben »Feuerzugang« stand. Das musste doch ein einfaches Knebelschloss sein!

Inzwischen waren die Männer hinter ihnen in der Halle. Fletcher hörte Schritte hinter den Kisten, spürte den kalten Luftzug. Seine Finger tasteten nach dem Knebelbolzen und drehten ihn. Er drückte gegen die Tür, drückte gegen den Luftdruck vom Dock. Irgendwelche Idioten hatten die Tür offen gelassen. Er nahm seine ganze Kraft zusammen, schaffte einen Spalt, und in dem Moment, als ein heftiger Luftstrom sein Gesicht berührte, ging draußen eine Sirene los. Mit Jeremys tatkräftiger Hilfe war der Spalt schließlich groß genug, dass der Junge durch passte. Fletcher blieb mit dem Bein hängen, bekam es aber in letzter Sekunde frei, ehe die Tür donnernd wieder ins Schloss fiel. Leider nicht, ohne seinen Knöchel einen Augenblick einzuklemmen.

»Komm, schnell!« sagte er und scheuchte Jeremy weiter. Er hinkte, zwang sich aber, trotz der Schmerzen weiter zu laufen, in Richtung Dock.

Dort, wo sie so viele Zeugen wie nur möglich hatten.

Wieder begann der Wind zu heulen, anscheinend war es den Männern gelungen, die Tür hinter ihnen zu öffnen. Ein Schuss peitschte durch die Luft, aber Fletcher wartete nicht, um zu sehen, was er traf.

Im rechten Winkel zur Vorderfront des Lagerhauses war ein frei stehender Geschäftskomplex. Fletcher zog Jeremy um die Ecke, wo Spacer einen Schaufensterbummel machten und durch die Kneipen zogen, schlängelte sich zwischen den Passanten durch und provozierte erschrockene Aufschreie.

Wieder peitschten Schüsse. Schreie. Empörung, Panik. Fletcher rannte weiter, während sich die Fußgänger in Sicherheit zu bringen versuchten.

»Stopp!« rief jemand, aber sie blieben nicht stehen. Doch dann stieß Jeremy mit jemandem zusammen und stürzte, sodass er Fletcher, der ihn wieder hochziehen wollte, den Arm verdrehte.

»Was ist denn hier los?« wollten die Umstehenden wissen.

»*Finity's End*!« stieß Fletcher hervor, während er versuchte, den völlig atemlosen Jeremy irgendwie auf den Beinen zu halten. »Bitte sagen Sie auf unserem Schiff Bescheid!« Er wollte weiterrennen, aber der Schmerz in seiner Seite überwältigte ihn fast. Helfende Hände streckten sich nach ihm aus, aber er zerrte Jeremy fort, hörte den Jungen leise protestieren, hörte Schreie, Flüche und Schüsse. Es gab nichts zu sagen, und er hätte ohnehin kein Wort herausgebracht, er sah nur noch verschwommene Umrisse und wusste nicht, wohin sie gingen, bis er mit jemandem zusammenstieß, der ihn packte und festhielt.

»Fletcher!«

Es war Chad! Chad, Nike und Toby.

»Das ganze Schiff sucht nach dir!« schrie Chad ihn an.

»Diese Kerle verfolgen uns«, versuchte Fletcher zu erklären, aber in diesem Moment schoss etwas über ihre Köpfe hinweg und prallte mit einem lauten *Peng*! von einem Druckfenster ab.

Fletcher duckte sich in den nächstbesten Schlupfwinkel, einen Ladeneingang, und warf sich, die Arme über Jeremy gebreitet, zu Boden. Chad und Nike folgten ihnen und stellten sich schützend vor sie, als draußen das Chaos losbrach. Andere entdeckten das Versteck, jüngere Besatzungsmitglieder, nicht von der *Finity*, nicht einmal alle vom selben Schiff, aber in diesem Moment explodierte ein Druckfenster auf der anderen Seite der Ladenpassage.

»Sie schießen!« schrie Nike.

Einige Spacer zogen Ketten aus den Taschen, Leute schrien. Jeremy hob den Kopf, aber Fletcher schubste ihn wieder hinunter. Er zitterte am ganzen Leib, obwohl er früher schon Tumulte hatte ausbrechen sehen. Leute, die keine Ahnung hatten, worum es ging, bewaffneten sich, Spacer stürzten sich auf alles, was ihnen in die Quere kam.

Wie beispielsweise Stationsbewohner mit Revolvern.

»Das ganze verdammte *Dock* ist in Aufruhr!« zischte Chad zwischen zusammengebissenen Zähnen. »Gott, Fletcher. Wie hast du das denn fertig gebracht?«

»Die haben versucht uns umzubringen!« entgegnete Jeremy empört.

Nun endlich erschien die Polizei, ein großer Aufmarsch, mit Betäubungsgewehren, die höchst willkürlich zum Einsatz kamen, Ketten schwingend. Fletcher legte schützend den Arm um ein paar Spacerkids, als ein Wurfgeschoss direkt an ihrer Zufluchtsstätte vorüberrauschte.

Nike hob den Kopf und wollte die Ladentür aufstoßen, aber sie war verschlossen und drinnen hatten sich Leute verbarrikadiert. Nike schlug mit der Faust gegen die Tür. »Wir haben Kinder hier, ihr verdammten Dummköpfe! Macht die Tür auf, lasst uns rein!«

Der Aufruhr wogte an ihnen vorüber, die Polizei stolperte buchstäblich über ihren Unterschlupf, halb geschubst von der Menge, auf dem Rückzug vor den Ketten schwingenden Spacern. Jemand trat auf Fletchers Bein, eine Kette krachte über ihren Köpfen gegen das Ladenfenster.

Dann ertönte der Ruf: »Da sind sie!« und als sie aufblickten, entdeckten sie die silberfarbenen Uniformen.

Bucklin war da, Wayne und eine Handvoll Senioren der *Finity*, die einen Schutzkordon zwischen ihnen und dem Kampf bildeten.

»Hört auf!« rief jemand, dann erhob sich eine Stimme, die alle aufhorchen ließ, sodass die Menschen mitten in der Bewegung erstarrten. Fletcher kannte diese Stimme … er *glaubte* sie zu kennen. »Wir haben Kinder hier! Hört auf, hört auf, hört augenblicklich auf, macht endlich Schluss!«

JR. Und Personal der *Finity*. Und wenn JR diese Stimme benutzte, dann gehorchte der Körper schon, während der Kopf noch darüber nachdachte. Fletchers Nerven hatten augenblicklich reagiert. Jetzt hielt er nur den Atem an und wartete, dass nicht mehr geschossen wurde.

Allmählich ebbte der Aufruhr ab; Chad und Nike erhoben sich, Toby folgte ihrem Beispiel. Fletcher half Jeremy und den anderen Kinder beim Aufstehen und rappelte sich dann selbst hoch. Sein Knöchel war im Stiefel dick angeschwollen.

»Hört auf!« rief eine Stimme. Polizei rückte gegen ihre kleine Gruppe vor, Polizei mit Betäubungswaffen.

»Hört auf!« rief JR abermals und stellte sich dazwischen, Bucklin und die anderen Besatzungsmitglieder der *Finity* dicht hinter ihm. »Zieht euch zurück«, befahl JR der Polizei von Esperance. Ketten verschwanden in Taschen oder Abfalleimern, aber es gab noch andere Waffen, da war Fletcher sicher. Die Polizisten waren bewaffnet und die Nerven der Spacer lagen noch blank von der letzten Konfrontation.

»Wer sind Sie?« fragte eine typische Polizistenstimme.

»Kapitän James Neihart, vom Kauffahrer *Finity's End*, und das hier sind *Kinder*. Niemand erhebt die Waffe gegen unser Personal.«

»Es sind auch Kinder von der *Rose*«, warf ein anderer Spacer ein. »Verdammt, wenn Sie eine Waffe in der Nähe von einem Junior der *Rose* herumschwenken, Mister. Stecken Sie das Ding weg!«

»Verschwindet hier!« sagte der führende Polizeibeamte. Zwei der Kinder, die mit Fletcher Zuflucht gesucht hatten, standen auf und traten zu dem Mann, der für die *Scottish Rose* gesprochen hatte.

Inzwischen hatten sich eine ganze Menge Spacer um sie versammelt, die meisten in Zivil, unter anderem noch mehr *Finity*-Personal. Die Polizisten waren immer mehr in der Minderzahl und forderten jetzt Verstärkung an. Fletcher hörte die Funkgeräte knistern.

»Geht auseinander!« sagte der Polizeichef. Jeremy schrie: »Die Kerle da hinten wollen uns töten!« An JR gewandt, fügte er hinzu: »Dieser Laden hatte den Stock, Sir! Er ist dort! Diese Männer machen Jagd auf uns.«

»Jetzt nicht«, warf ein Spacer mit kühler Entschlossenheit ein.

»Wir haben einen Schaden am Wartungssystem«, sagte der Polizeichef. »Fensterscheiben sind zu Bruch gegangen, wir haben ...«

»Die haben auf uns geschossen!« rief Jeremy empört. »Die haben wild in der Gegend rumgeballert!«

»Jeremy hat Diebesgut in einem Laden gefunden«, erklärte Fletcher. »Ich bin ihm nachgegangen, um ihn da rauszuholen, da wollten sie uns beide in die Tunnel verfrachten.«

»Dafür sind *Sie* verantwortlich«, entgegnete der Polizist.

»Wir wollten weglaufen«, sagte Fletcher. »Wir sind unbewaffnet.«

»Sie sind verhaftet.«

»Nein!« Jetzt ging JR dazwischen. Bucklin trat an seine Seite. Im Nu stand eine Mauer aus Offizieren der *Finity* und verschiedenen anderen Spacern zwischen Fletcher und den Polizisten, sodass diese nichts unternehmen konnten.

»Wir haben einen Einbruch in die Tunnels«, beharrte der Polizist.

»Wir haben Diebstahl von Eigentum der *Finity* und einen tätlichen Angriff auf minderjährige Besatzungsmitglieder«, konterte JR.

»Wo ist ihre ID?« wollte der Polizist wissen. »Sie tragen kein Abzeichen. Woher sollen wir wissen, wer Sie sind?«

»Sehen Sie denn nicht den schwarzen Kreis?« warf

ein Spacer ein, der gar nicht zu ihrer Besatzung gehörte. »Das ist die *Finity*. Wenn er sagt, er ist ein Kapitän, Mister, dann gehen Sie ihm aus dem Weg.«

Einer der Polizisten hatte sein Clipkom herausgeholt. Eine elektronische Stimme gab Anweisungen.

»Wir stecken hier in einer Sackgasse«, sagte JR. »Und wir kommen so nicht wieder heraus. Sie können versuchen, ein paar Jugendliche festzunehmen, aber es wird Ihnen nichts nützen. Aber Sie könnten zurück zu den Zweihundertern gehen und sich Arnason Imports vornehmen. Zuerst einmal könnten Sie dort eine Anklage wegen Übertretung vertraglicher Vereinbarungen vorbringen, was vielleicht ein wenig außerhalb ihres Dienstbereichs liegt, aber ich bin sicher, dass Stationsleiter Oser-Hayes Wert legt auf jede Information und jeden Beweis, dessen er habhaft werden kann. Hinzufügen möchte ich noch Handel mit illegaler Ware, Hehlerei und so weiter bis hin zu Mordversuch. *Finity's End* ist souveränes Territorium, Gentlemen, und wir liefern unser Personal nicht aus, aber wir werden gern Klage einreichen und entsprechende eidesstattliche Erklärungen unterschreiben.«

Unter den Spacern wurde gemurmelt, die Polizisten schwiegen. Fletcher blieb dicht neben Jeremy. Es war nicht der richtige Zeitpunkt für Erklärungen seinerseits. Aber er hatte einen Menschen von einer Brüstung gestoßen. Wenn es hier schon um eine Aufrechnung der Tatsachen ging – es war durchaus möglich, dass er jemanden umgebracht hatte.

»In der Tunnelpassage hinter dem Importgeschäft«, begann er leise, obwohl alle Instinkte seiner Jugend ihn drängten, zu behaupten, dass der Mann auf der Planke ausgerutscht und nicht von ihm gestoßen worden war. Der Ehrencodex der *Finity* hatte altmodische Prinzipien. »Einer der Männer ist uns dort nachgelaufen, und ich habe ihn von der Treppe gestoßen. Jemand sollte ihn suchen.« Da er wusste, wie gefährlich es war, wenn im

Tunnelsystem Leitungen beschädigt wurden, fügte er hinzu: »Jemand muss dringend nachsehen, was passiert ist. Die Kerle haben um sich geschossen wie die Wilden.«

»Wir verlangen eine Aussage.«

»Unser *Kommando* wird eine Klage in ihrem Namen aufsetzen«, erwiderte JR. »Unterdessen haben Sie jedoch von dem Diebesgut bei Arnason gehört, und wir erstatten hiermit Anzeige. Wenn Sie eine Aussage wollen, bin *ich* gern dazu bereit. Wir verlangen eine sofortige Durchsuchung der Örtlichkeiten. Ich kann Ihnen versichern, dass ein Durchsuchungsbefehl erwirkt wird. Unsere Rechtsabteilung wird in Kürze mit der Ihren Kontakt aufnehmen, und ich vermute, dass der Stationsleiter einige Erklärungen aus dem betreffenden Geschäft hören möchte.«

Die Polizisten zögerten.

»Wenn ihr euch nicht bald zu dem Laden auf den Weg macht, tun wir es«, rief ein Spacer. »Wenn diese Kerle gestohlenes Spacereigentum bei sich horten, holen wir es uns persönlich zurück.«

Der Widerstand der Polizei geriet ins Wanken. »Aber wir brauchen eine Anzeige und einen Durchsuchungsbefehl.«

»Sie haben bereits eine Anzeige. Ihr Durchsuchungsbefehl befindet sich bereits in Arbeit.«

Eine neue Gruppe tauchte auf. Zahlreiche ergraute Häupter darunter. Und Paradeuniformen.

Schiffsoffiziere. Eine ganze Menge, dachte Fletcher. Er sah Kapitän James Robert an der Spitze. Madison.

Ein Raunen der Überraschung ging durch die Reihen der Spacer. Vielleicht begriffen die Stationspolizisten nicht sofort, wer ihnen hier gegenüberstand.

»Ich würde sagen, Sie sollten sich mit dem Durchsuchungsbefehl beeilen«, meinte JR.

* * *

Oser-Hayes hatte die allgemeine Versammlung mit den Schiffskapitänen nicht gewollt ... noch nicht.

Doch nun hatte er sie.

JR reihte sich am Schluss der Delegation von der *Finity* ein; diesmal kannte er jedes einzelne Gesicht der Anwesenden, jeden Kapitän, der bei der Party gewesen war, jeden Stationsbeamten, der bei der Verhandlung mitgewirkt hatte.

Mit einer bemerkenswerten Ausnahme: Die *Champlain* bereitete ihren Abflug von Esperance vor. Rein rechtlich hatte die Station keine Handhabe gegen einen Spacer, dessen Kapitän sich für ihn einsetzte, aber sie brauchte das betreffende Schiff auch nicht an ihrem Dock zu dulden.

Wayne sorgte dafür, dass die Wassergläser nachgefüllt wurden. Bucklin schob Wache an der Tür.

Froh und entspannt saß JR auf seinem Platz, denn er war sicher, dass die Kapitäne den Bedingungen des Abkommens von Pell zustimmen würden, und er beobachtete zufrieden, wie der Alte Mann vollkommen selbstsicher den Hisa-Stock auf das weiße Tischtuch legte ... ein verwitterter, ramponierter Stock, der wesentlich mehr wert war als die Statuen draußen oder das ganze Mobiliar des Konferenzraums.

In diesem Fall war sein Gegenwert die Reputation der *Champlain*, die hundertprozentige Rechtfertigung der *Finity* und ein Beispiel für die ernsten juristischen Probleme, in denen die Verwaltung von Esperance steckte. An zahlreichen Fronten braute sich die Unzufriedenheit mit Oser-Hayes' Administration zusammen, nicht nur unter den Spacern, die im allgemeinen Missmut ein Stück Dock zerstört hatten, sondern auch unter den Stationsbewohnern, die gewusst hatten, dass Schmiergelder geflossen waren, damit bestimmte Unternehmen ungeschoren ihre illegalen Profite einstreichen konnten.

Und es gab noch weitere, die gewusst hatten, dass

nicht nur in den Gerichten unschöne Dinge vor sich gingen, sondern auch in der Zollbehörde, der Polizei und der Steuerkommission. Man brauchte sich nicht lange umzusehen, um die Stellen auf Esperance zu finden, bei denen man mit den entsprechenden Geldbeträgen Tür und Tor hatte öffnen können.

Bisher hatte es nichts gegeben, was die unzufriedenen Elemente unter einen Hut brachte. Deshalb hoffte Oser-Hayes immer noch, dass es *kein* gemeinsames Votum geben würde ... ehe das Handelsabkommen von Pell unter Dach und Fach war.

Nein, die Polizei hatte sich einer Versammlung der Schiffskapitäne und Vertreter der Kauffahrerallianz nicht widersetzt. Rasch und reibungslos war aus dem Richterbüro ein Durchsuchungsbefehl eingetroffen, was eine hochinteressante Razzia in Arnason Imports und eine Reihe von Verhaftungen nach sich zog. Alle Verdächtigen wiesen eifrig darauf hin, dass sie durchaus nicht das einzige Unternehmen mit illegalen Handelspraktiken waren.

Im Nachrichtendienst der Station und in den einschlägigen Kaffeestuben schwirrten offizielle Berichte und inoffizielle Gerüchte umher.

Ein ganzes Schmugglernest wurde ausgehoben, und durchaus kein harmloses. Vielmehr handelte es sich um ein Netzwerk für den Handel mit gestohlenen Gütern ... gestohlene Kunstwerke, Artefakte, Waffen, Verjüngungsprodukte und Arzneimittel einschließlich Biostoffe, die an alle möglichen Orte des Universums gelangten. Esperance hatte für jeden etwas, sogar Waffen, die als Recycling-Material deklariert wurden. Was sie in zwei Wochen auf Esperance gefunden hatten, war ein wahrhaftiger Schwarzmarktschatz ... und was sie freigelegt hatten, würde *nicht* wieder in Aktion treten, auch wenn die derzeitige Gruppe von Kauffahrern abgereist war.

Die *Finity's End* hatte mit ihren Kauffahrerbrüdern

vereinbart, die Nachricht von den aktuellen Geschehnissen überall zu verbreiteten, die gesamten Akten, die Archive von Esperance. Außerdem sollte immer eines ihrer Schiffe am Dock liegen, bis es vom nächsten abgelöst wurde, das dann seinerseits auf Esperance bleiben würde – natürlich ohne Zusatzgebühren bezahlen zu müssen – um seinerseits die Information in Umlauf zu halten.

Kurz gesagt: Es gab eine Menge Umwälzungen in sehr kurzer Zeit, Veränderungen mit einer Geschwindigkeit, die den Stationsbewohnern geradezu atemberaubend erschien, für Spacer jedoch, die daran gewohnt waren, ihre Angelegenheiten in zwei Wochen intensiver diplomatischer Bemühungen zu regeln, nur vernünftig war.

Sicher, Oser-Hayes hätte gern eine Verzögerung von vier oder sechs Wochen gehabt. Wäre es nach dem Stationsgesetz mit einstweiligen Verfügungen, Aussetzungen, Verlängerungen, richterlichen Anordnungen und allen möglichen anderen Winkelzügen gegangen, hätte er die notwendigen Reformen auf Monate und Jahre hinausgeschoben.

Aber das war mit dem Rechtssystem der Allianz und einer Zeitbegrenzung auf zwei Wochen jedoch nicht möglich.

Und inmitten des modernen Konferenzraums mit seinem dezenten Grau und Schwarz, inmitten des modernen Gefunkels und Geglitzers der Spacer und der eleganten, teuren Aufmachung des Stationsleiters und seiner Berater ... ging es um einen Gegenstand von zweifelsfrei organischer Herkunft, abgenutzt, handgefertigt, aus Materialien, die für Menschen im Weltraum rätselhaft waren. Einfache Dinge, hatte Fletcher gesagt, denn er hatte auf einer solchen Welt gelebt. Holz. Federn. Fasern.

Kleine Wunder eines Planeten.

»Dies ist der Gegenstand, der uns an die Quelle des

Problems geführt hat«, sagte Kapitän James Robert und legte die Hand auf das Hisa-Kunstwerk. »Nicht sehr groß, nicht sehr kompliziert. Aber für ein Mitglied meiner Besatzung von großer Wichtigkeit. Es war ein Geschenk von Satin. Tam-utsa-pitan lautet ihr Name in ihrer eigenen Sprache. Für uns Menschen ist sie ... Satin. Sie hat es uns geschickt. Um ihrem Wunsch nach Frieden Ausdruck zu verleihen. Frieden, das ist es, was wir hier zu finden hofften.

Und in diesem Sinne«, fuhr der Alte Mann fort, »in diesem Sinne sitzen nicht nur Menschen an diesem Tisch. Verstehen Sie mich recht: Wir konnten den Hisa die Bedeutung des Krieges nie erklären, auch nicht, als uns diejenige, die uns diesen Gegenstand geschickt hat, direkt danach fragte. Frieden mag für sie leichter zu begreifen sein. Doch für uns ist er sehr schwer zu finden. Doch dank des *Finity*-Besatzungsmitglieds, das diesen Stab für unsere Konferenz zur Verfügung gestellt hat, haben wir hier ein lebendiges Zeugnis der einzigen anderen intelligenten Spezies, die im Lauf der Ereignisse unserer Zeit in Erscheinung trat. Es soll hier liegen, während wir eine Antwort suchen und ein einfaches Stück Papier unterschreiben, das Reputationen reinwaschen kann ...«

Das Gesicht von Oser-Hayes war sehenswert, als der Alte Mann diese Möglichkeit ansprach: Wiedereinsetzung, Amnestie. Ein reingewaschener Name und eine zweite Chance. Garantiert kannte Oser-Hayes die Einzelheiten der Aktionen, die auf der Station abgelaufen waren – vielleicht besser als jeder andere. Und vielleicht war auch keiner besser für die Aufräumarbeiten geeignet als ein frisch zu ökonomischer Strenggläubigkeit Bekehrter.

»Unterdessen«, fuhr der Alte Mann mit tiefer, ruhiger Stimme fort, einer Stimme, die aufgewühlte Emotionen auffing und beruhigte, »unterdessen sitzt eine alte Hisa-Frau unter ihrem Himmel und wartet auf eine Antwort. Und ihr Frieden ist um so viel näher an diesem Ort. Ich denke, dieses Mal werden wir ihn finden – zumindest unter uns selbst.«

* * *

»Auf dem ganzen verdammten Dock, Fletcher, überall Löcher, ein Dutzend Schiffe völlig leer …«

Chad übertrieb schamlos – das tat er gern. Aber gerade war das Gericht zusammengetreten, und es ging um den Ausbruch der Unruhen, die allen noch lebhaft in Erinnerung waren.

»Fletcher kam hereingestürzt«, berichtete Jeremy, der auf der Stuhlkante kauerte und am ganzen Leib zitterte. »Sie hatten alle Revolver und Fletcher hat sich mit bloßen Händen gegen sie gestellt.«

»Das ist ein bisschen übertrieben«, stellte Fletcher richtig. »Du wirst mich bloß lächerlich machen. Hörst du?«

* * *

Henley's Saftbar war der Austragungsort. Stationsarbeiter reparierten die letzten Lecks in den Wasser- und Luftsystemen und sorgten dafür, dass der Name Arnason Imports in zwei nahe gelegenen Wohnblöcken sehr wohlhabender Stationsbewohner äußerst unbeliebt wurde, denn das Wasser blieb einige Zeit abgestellt; der Mann, den man mit zwei gebrochenen Beinen und einem gebrochenen Arm in den Tiefen des Tunnels gefunden hatte, würde sich wieder erholen, allerdings eher von seinen körperlichen Verletzungen als von den gegen ihn erhobenen Anklagen.

Jeremy saß rechts von Fletcher, Linda und Vince links. Die Schlagzeilen der Stationsnachrichten über der benachbarten Bar waren voll von den Ermittlungen und Anklagen; heute war die *Finity's End* offiziell für unschuldig befunden worden.

Zur Feier des Tages hatten sich die Junioren an einem langen Tisch im Henley's versammelt. Bucklin und Wayne hatten Dienst und würden erst später eintreffen. Unterdessen ging alles auf JRs Rechnung, genauso wie der Rest des Urlaubs – ein unbegrenzter Freifahrschein für alle Vergnügungen ab heute morgen.

Nach einer weiteren Runde Limonade erschien Madelaine, ganz in Silber, und klopfte Fletcher auf die Schulter. »Ich hab dir doch gesagt, wie das Urteil ausfallen würde«, sagte sie und drückte Fletcher einen Kuss aufs Ohr – zum Vergnügen aller Anwesenden.

Doch Fletcher zuckte nicht zurück, sondern nahm Madelaines Hand und drückte sie. Er sah ihr fest in die Augen. Madelaine, der Drachen. Madelaine, die ihre Sache vor Gericht vertreten hatte.

»Großmutter«, sagte er und verbesserte sich dann auf Art der Stationsbewohner: »Urgroßoma, du bist eine verdammt gute Anwältin. Setz dich. Trink ein Glas mit uns. JR hat uns alle eingeladen.«

»Ich bin in Uniform«, erinnerte ihn Madelaine. »Selbst wenn ihr absolut nüchtern seid. Wir sehen uns später, auf dem Schiff, wenn wir abgelegt haben. Mach's gut. Ich hab dich da rausgeholt, mein Guter. Also zerschmeiß nicht das Mobiliar.«

Noch ein kurzes Schulterklopfen zum Abschied, dann war sie weg. Einen Augenblick war es am Tisch ganz still, weil alle dem Wortwechsel gelauscht hatten.

Die heutige Anhörung mochte eine Formalität gewesen sein, eine Selbstverständlichkeit – ein Urteil gegen die *Finity* hätte nur einen neuerlichen Ketten schwingenden Aufstand provoziert. Trotzdem hatte das Gericht Fletcher wieder einmal Angst eingejagt, rein aus Prinzip. Gerichte konnten bestimmen. Dinge konnten sich ändern. Alles konnte einem weggenommen werden. Das war seine Lebenserfahrung. Wenn einem etwas wichtig war und das Gericht sich einmischte, konnte man alles verlieren.

Und er wollte momentan nichts verlieren. Er hatte etwas zu verlieren – beispielsweise drei Junioren, von denen einer ziemlich ramponiert aussah, die aber alle drei neben ihm saßen, Limonade nippten und sich ausdachten, wie sie die wildesten Ferien ihres jungen Lebens verbringen wollten.

Aber auch die Seniorjunioren, die unter der Friedensfahne vorsichtige Annäherungsversuche unternahmen.

Als die nächste Runde serviert wurde, holte Sue Bargeldpapier aus der Tasche. »Die nächste Runde geht auf mich, ich zahle«, sagte sie, ohne jemanden direkt anzusehen. »Dann sind wir quitt. Auf euch alle.«

Doch es ging nicht ums Geld. Es ging nicht um die spendierten Getränke. Darum, dass sie sich zu Fletcher bekannte.

»Das nehme ich dankend an«, antwortete Fletcher, wie das in einem solchen Fall hier Sitte war.

Es war der Beginn der Wiedergutmachung. Fletcher kaufte den Seniorjunioren eine Runde, obwohl sie ohnehin alle eingeladen waren. Allein die Geste zählte. Zwar riss die Ausgabe ein Loch in Fletchers Finanzen, aber das war weniger wichtig. So machte man es hier, auf die Gesten kam es an. Man steckte einen Scherz ein und zahlte einen zurück. Mit gleicher Münze. Man bekannte sich zu seinen Fehlern. Im Grunde waren die Regeln ganz einfach. Regeln, die ihm so sinnvoll erschienen, wie noch nie etwas in seinem Leben.

Sie aßen, sie spielten Vid-Spiele, sie stopften sich mit Desserts voll und schließlich kehrten sie in einer Gruppe ins Schlafheim zurück, alle Junioren zusammen, bis auf diejenigen, die Dienst hatten.

In dieser Nacht lag Fletcher in seinem Bett im Xanadu und betrachtete die Farben, die über die Zimmerdecke zogen. Wenn sie wieder an Bord waren, wollte er Jake fragen, ob er bei ihm als Lehrling anfangen durfte …

So leicht fiel ihm jetzt die Erinnerung an gedämpftes Grün, an den Alten Fluss, an leise fallenden Regen.

Er dachte an einen Jungen, der allein in einer Kabine aufwuchs, während das Schiff durch den Kampf flog, ein Kind, das groß und breit die Schiffsehre postuliert hatte, wo es ihm doch nur um die eigene Würde gegangen war.

Er stand auf und ging hinüber ins andere Zimmer, schaute nach Linda, die schlief, und nach Jeremy und Vince, die ebenfalls schliefen.

Alles in Ordnung, es ging ihnen gut. Jeremy hatte blaue Flecken und Schrammen, genau wie Fletcher selbst, aber sie würden nach dem nächsten Sprung verheilt sein. In zwei Tagen legten sie ab.

Manche Dinge verblassten, andere wurden wichtig. Die Worte »Ich liebe dich« gehörten nicht zum Wortschatz eines Zwölfjährigen. Aber sie zeigten sich in dem braunen Pullover, den der Junge praktisch nicht mehr auszog. Und in den Blicken, die Jeremy ihm zuwarf, wenn er sich Anerkennung wünschte, wenn er seinen Rat brauchte in diesen schwierigen Jahren der Unsicherheit, bevor ein Jugendlicher alles wusste, was es zu lernen gab.

Fletcher konnte nicht mehr zurück, er konnte sich nicht für den Rest seines Lebens ans Ufer setzen und zusehen, wie der Alte Fluss an ihm vorüberfloss. Er konnte nicht in einen stets von Wolken verhangenen Himmel blicken, wenn er doch wusste, dass da oben die Sterne waren und dass sich alles Menschliche in Upabove abspielte.

Er konnte nicht monatelang auf einer Station sitzen und darauf warten, dass sein Schiff zu ihm zurückkam, aus einem Dunkel, das ihm allmählich realer und gegenwärtiger erschien als es einst Sonnenaufgänge und Sonnenuntergänge gewesen waren.

Er war am äußersten Rand der menschlichen Zivilisation gewesen. Und selbst hier hatte er sich nicht fremd gefühlt. Er lebte in der Dunkelheit des Weltalls, dort, wo er jetzt war und immer sein würde. Das helle Neonlicht der Stationen, der kurze, surreale Besuch im Stationsleben … das war Karneval. Aber das wirkliche Leben für einen Spacer spielte sich anderswo ab, hier draußen, auf einem Schiff.

Das würde er keinem Stationsbewohner je erklären können. Er konnte auch Bianca nicht erzählen, was er hier gefunden hatte, falls sie sich wieder trafen. Er wusste nur, dass er begonnen hatte, sich in einer anderen Zeit zu bewegen als alles, was um eine Sonne kreiste. Er konnte lieben, er spürte den Schmerz des Verlusts. Es würde weh tun, dagegen gab es kein Heilmittel. Aber es gab so viel – so unendlich viel – das ihn gefangen genommen hatte, ihn mitriss, zusammen mit dem Schiff, das ihn in Bewegung hielt. Zum ersten Mal in seinem Leben bewegte er sich… und wusste, wohin er gehörte.

Ihre Fracht war Satins Frieden. Kein perfekter Frieden. Kein selbstverständlicher Frieden, kein Frieden, der nichts kostete. Aber der beste Frieden, den fehlbare menschliche Wesen zustande brachten. Den sie überwachen und zum Funktionieren bringen konnten – das war ihre Aufgabe.

»Fletcher?« Offenbar hatte Jeremy doch nicht geschlafen. Oder er hatte Fletchers Anwesenheit gespürt. Seinen Atem gehört. Der Junge hatte in dieser Hinsicht geradezu unheimliche Fähigkeiten.

»Ich wollte nur sichergehen, dass du da bist«, sagte Fletcher.

»Ich geh nirgendwo hin. Ich laufe nie wieder weg, Fletcher. Versprochen.«

»Ich nehme dich beim Wort«, erwiderte Fletcher.

ZYKLUS DIE COMPANY-KRIEGE
(auch DER PELL-ZYKLUS):

Pells Stern · 06/4038
Kauffahrers Glück · 06/4040
40 000 in Gehenna · 06/4263
Yeager · 06/4824
Schwerkraftzeit · 06/5017
Tripoint · (in Vorb.)
Pells Ruf · 06/6329

DIE CYTEEN-TRILOGIE
(gehört lose zum Zyklus DIE COMPANY-KRIEGE):

Der Verrat · 06/4710
Die Wiedergeburt · 06/4711
Die Rechtfertigung · 06/4712

Alle drei Romane in einem Band als Sonderausgabe:

Geklont · 06/5287

DER FRÜHE CHANUR-ZYKLUS:

Der Stolz der Chanur · 06/4039
Das Unternehmen der Chanur · 06/4264
Die Kif schlagen zurück · 06/4401
Die Heimkehr der Chanur · 06/4402

DER SPÄTE CHANUR-ZYKLUS:

Chanurs Legat · 06/5126

DER ATEVI-ZYKLUS:

Fremdling · 06/5651
Eroberer · 06/5652
Erbe · 06/5653